Rire haïtien
Haitian Laughter

Biographie

Ancien professeur titulaire de géographie à l'Université du Québec à Montréal et ancien ministre de la mouvance démocratique en Haïti en 1995, membre fondateur et premier président du Congrès mondial haïtien, **Georges Anglade** aura contribué en trente ans (1974-2004) par une vingtaine d'ouvrages et une centaine d'articles à quatre champs différents sur Haïti : la didactique de l'espace (à partir de 1974), le paradigme de développement (à partir de 1982), la jonction du politique et du scientifique (à partir de 1990) et la promotion littéraire de la *lodyans* haïtienne (à partir de 1999). Docteur en géographie de l'Université de Strasbourg (1969) et triplement licencié en droit, lettres et sciences sociales, il a signé au mitan 2004 le bilan biographique de la sixième génération haïtienne (*L'espace d'une génération,* chez Liber, Montréal, 275 p.) ; le Congrès mondial haïtien a germé dans le sillage de cette œuvre. De la chute des Duvalier en 1986 jusqu'à 1996, il aura milité activement dix ans en politique, notamment pour le renouvellement de la question de la diaspora haïtienne. Auteur du manifeste *La chance qui passe* de le triple alliance démocratique qui portera au pouvoir Aristide le 16 décembre 1990, prisonnier politique sous la dictature duvaliériste et deux fois exilé politique par les forces militaires, il a reçu en 1999 la plus significative de ses nombreuses distinctions, la mention d'honneur du Prix international José Martí de l'UNESCO pour ses contributions scientifiques, politiques et littéraires, et son action de rapprochement des peuples latino-américains dans l'esprit du Maître d'Amérique José Martí.

Bibliographie

L'Espace haïtien, Les Presses de l'Université du Québec, 1974 ; ***La géographie et son enseignement***, Les Presses de l'Université du Québec, 1976 ; ***Mon pays d'Haïti***, Les Presses de l'Université du Québec, 1977 ; ***Paroles de géographe***, Radio Canada international, entrevues sur disque long-jeu (1978) ; ***Se peyi pa nou, fok se li nou pi konnen***... murale, Les Presses de l'Université du Québec, 1978 ; ***Espace et liberté en Haïti***, Centre de recherches Caraïbes, Université de Montréal, 1982 ; ***Hispaniola***, Universidad catolica Madre y maestra, Santiago, République dominicaine 1982, murale ; ***Atlas critique d'Haïti*** Centre de recherches Caraïbes, Université de Montréal, 1982 ; ***Éloge de la pauvreté***, discours de circonstance, ERCE-UQAM, 1983 ; ***Cartes sur table***, trois volumes en coffret, co-édition Henri Deschamps & ERCE, PauP et Montréal, juin 1990, volume I : **Itinéraire et raccourcis**, volume II : **Divergences et convergences**, volume III : **Jonctions et carrefours** ; ***Des espaces et des femmes,*** PNUD et MTAS, M. Anglade et G. Anglade, PauP 1988, suivi de la ***Banque de données des bourgs-jardins***, 700 pages ; ***La chance qui passe***, novembre 1990, manifeste des mouvements démocratiques, 100 p., Lavalas, PauP ; ***Rules risks and rifts in the transition to democracy in Haïti***, Fordham Interational Law Journal, vol. 20, april 1997 ; ***Les blancs de mémoire*** (fiction-*lodyans*), Boréal, Montréal, 1999 ; ***Leurs jupons dépassent*** (fiction-*lodyans*), Cidihca en 2000, BH bibliothèque haïtienne, réédition en poche, Petite Collection Lanctôt, 2004. Montréal ; ***Ce pays qui m'habite*** (fiction-*lodyans*), Lanctôt éditeur, Montréal, 2002 ; ***Et si Haïti déclarait la guerre aux USA ?*** (fiction-*lodyans*) Éditions Écosociété, 2004 ; ***L'espace d'une génération***, entretiens avec Joseph Josy Lévy, Liber, Montréal, 2004.

www.lehman.cuny.edu/ile.en.ile/paroles/anglade.html
www.litterature.org/detailauteur.asp?numero=1057

LES LODYANS DE GEORGES ANGLADE

Rire haïtien
Haitian Laughter

A Mosaic of Ninety Miniatures in French and English

TRANSLATION FROM THE FRENCH BY ANNE PEASE McCONNELL

EDUCA VISION

Une seule et même histoire / A single story

Les Blancs de Mémoire, livre I, Montréal, Boréal, 1999
Leurs jupons dépassent, livre II Montréal, Lanctôt éditeur, 2004
Ce pays qui m'habite, livre III, Montréal, Lanctôt éditeur, 2002
Les allers simples, livre IV, Montréal, 2005

Un seul et même livre / A single book

Dépôt légal : 1er trimestre 2006
Bibliothèque et Archives Canada
Bibliothèque nationale du Québec

Maître d'œuvre : Georges Anglade
Hôte : Congrès mondial haïtien
Partenaire : Saint Michael's College, Vermont, USA
Éditeur conseil et graphiste : Nicolas Calvé
Illustrateur de la couverture :
Philippe Rouzier, *Éclats* (détail), huile sur panneau dur,
35,5 cm x 45,7 cm, création pour cet album

ISBN 1-58432-359-0

IMPRIMÉ AUX ÉTATS-UNIS D'AMÉRIQUE DU NORD

Avec les gracieuses attentions du CIDIHCA
à toutes les étapes du projet.

For information, please contact:
Educa Vision Inc.
7550 NW 47th Avenue
Coconut Creek FL 33073
Tel.: (954) 725-0701
Web: www.educavision.com

La construction de ce répertoire de lodyans a exigé la validation continuelle de chaque histoire à retenir, le choix dans chaque cas de la manière d'en traiter parmi plusieurs possibles et l'agencement de chaque pièce dans l'ensemble de la mosaïque.

À la personne au quotidien dans le rôle du « cavalier polka » : M.

Nous remercions les Éditions du Boréal et Lanctôt éditeur pour les autorisations accordées à la réalisation de cet album.

La bourse de recherche et création (2001-2002) du Conseil des arts et des lettres du Québec a fourni un bel élan à ce projet de théorisation et d'illustration de la lodyans haïtienne.

Constructing this book of lodyans demanded a continual validation of each story to be included; the choice, in each case, of the best way of handling them from among several possibilities; and the placement of each piece in the mosaic.

To the person who daily played the role of "polka partner": M.

We thank Les Éditions du Boréal and Lanctôt Éditeur for their authorization of the production of this book

A research and creativity grant (2001-2002) from the Québec Conseil des Arts et des Lettres provided impetus to this project of theorizing and illustrating the Haitian lodyans.

Table des matières | Table of contents

Le maître, c'est lui.

(Justin Lhérisson, 1873-1907)

Journaliste à 16 ans, patron de presse à 26, décédé à 34 ans en pleine gloire de lodyanseur intarissable dans son quotidien *Le Soir,* dont les dix mille pages (1899-1908) constituent les archives originelles de la lodyans et des premiers lodyanseurs à l'écrit.

Avez-vous dit Lodyans ?

La *lodyans* est un genre narratif qui s'est épanoui en Haïti comme un art de miniatures. La vigoureuse réduction d'échelle qui préside à leurs créations ne laisse subsister que les traits significatifs, à l'exemple d'une enluminure du Moyen Âge, d'un bonzaï japonais ou simplement d'une petite carte d'un immense territoire ; ce qui fait de chacune des miniatures un « roman-fleuve nain » qui donne à voir la démesure de l'original dont il est le modèle réduit.

La *lodyans* est donc cet art haïtien du bref, passé de l'oral à l'écrit à partir des années 1900, voilà un siècle, entre 1899 et 1908, dans les colonnes d'un quotidien de Port-au-Prince, *Le Soir*, sous l'impulsion de deux maîtres *lodyanseurs*, Justin Lhérisson et Fernand Hibbert[1]. Et l'accumulation de ces miniatures sur un même thème, une même conjoncture, une même époque, ou des âges de la vie qui défilent, les fait déboucher sur une mosaïque, un méta récit, une fresque, une autobiographie de génération ; toutes ces choses que sont justement ce livre de l'autobiographie de la sixième génération haïtienne, celle des grands-pères au Bicentenaire de 2004. Ainsi définie, des miniatures montées en mosaïque, la *lodyans* peut

Did You Say Lodyans?

The *lodyans* is a narrative genre that has blossomed in Haiti as an art of miniatures. The substantial reduction in scale that presides over their creation allows only the significant features to remain, like a medieval illumination, a Japanese bonzai, or simply a small-sized map of an immense territory. This makes each of the miniatures a "dwarf-sized saga" which lets us glimpse the excessive dimensions of the original of which it is the reduced model.

The *lodyans* is thus the Haitian art of brevity, which moved from an oral to a written form in the early 1900s, a century ago, between 1899 and 1908, in the columns of a daily newspaper in Port-au-Prince, *Le Soir*. The impetus for this was provided by two master *lodyanseurs*, Justin Lhérisson and Fernand Hibbert.[1] And the accumulation of these miniatures—on a single theme, a single situation, a single era, or on the successive ages of life—cause them to form a mosaic, a meta-narrative, a fresco, a generational autobiography; all these things which are in fact this book, the autobiography of the sixth Haitian generation, the one that includes the grandfathers of the Bicentennial of 2004. Defined in

prendre forme de recueils, de feuilletons (romans)[2] et aussi de pièces de théâtre.

La *lodyans* qui a pris naissance, tout au long de l'évolution du peuple haïtien, au confluent de l'oralité et de la littérature (que l'on nomme bellement oraliture), est à classer parmi les créations collectives les plus significatives de ce peuple comme le sont le vodou, le créole, la commercialisation par *madansara*, le *compagnonnage* des jardins paysans, la peinture haïtienne, etc. Et cette *lodyans* est le mode littéraire le plus généralisé, le plus populaire, le plus ancien aussi dans l'expression du romanesque de ce peuple profond, tel qu'il s'exprime en son pays profond.

On est donc en présence de la forme fictionnelle par excellence[3] du fond culturel haïtien, puisqu'elle est la seule à en venir et que, de plus, elle ne semble réductible à aucun autre genre littéraire connu dans le monde. Elle est au fondement du *Rire haïtien,* exactement comme on dit en littérature: Âme russe, Humour juif ou Réalisme merveilleux. Rire haïtien donc de la *lodyans* qui charrie en plus quelque chose d'irréalisable en dehors d'elle, et que seule elle peut réaliser — mieux que toutes les constructions scientifiques du social et mieux que tous les manifestes politiques — c'est sa façon unique de pister, dans le quotidien d'une société emmurée vive depuis son invention caraïbéenne voilà trois siècles, les rêves d'échappées. La *lodyans* est ainsi fille des champs de canne comme le Blues afro-américain l'est des champs de coton.

Tirer des lodyans est donc un rituel des moments forts de la vie haïtienne, que des histoires à rires, à risettes, à rictus ponctuent en mille mots. Le réel est agrémenté (par un agré-menteur, comme il se doit) au point que le défi du *lodyanseur* est, à chaque fois, d'en raconter une, plus vraie que nature, plus vraie que vraie. C'est alors que son mentir en cours sonne juste et déguise en témoignage ce qui n'est qu'imaginaire, que romanesque et que peinture à travers toute une enfilade de faux tableaux plausibles, aux décors vrais, et dans lesquels se meuvent une foule de personnages-types, faits de tel ou tel trait, de tel ou tel individu, dans telle ou telle circonstance. Toute ressemblance avec des personnes et des événements... et cætera, est alors fortuite, selon l'indélogeable formule consacrée dont la fausse naïveté fait toujours sourire.

this way, as miniatures mounted in a mosaic, the *lodyans* can take the form of short-story collections, serialized novels[2] as well as plays.

The *lodyans,* which was born, throughout the evolution of the Haitian people, at the confluence of orality and literature (which has been given the apt name of "oraliture"), is worthy of being ranked among the most significant collective creations of this people—comparable to vodou, Creole, the *madansara* commercial economy, the guilds (*compagnonnages*) of country gardeners, Haitian painting, etc. And this *lodyans* is the most widespread literary mode, the most popular, also the oldest in its expression of the fiction of this remote people as it is expressed in its remote land.

And so we find ourselves in the presence of the fictional form par excellence[3] of the Haitian cultural background, since it is the only one that is rooted in that culture, and since what is more it seems to be impossible to categorize with any other literary genre known in the world. The *lodyans* is at the heart of *Haitian Laughter,* exactly like the references made in literary studies to the Russian soul, Jewish humor or Magic Realism. The Haitian laughter of the *lodyans* also bears something impossible to realize outside of it, which it alone can fulfill—better than all the scientific constructions of social issues and all the political manifestos—which is its unique way of tracking, in the daily life of a society that has been walled up alive since its Caribbean invention three centuries ago, its dreams of escape. And so the *lodyans* is the daughter of the cane fields, just as the blues are the daughter of the cotton fields.

Tirer des lodyans (literally "shooting off" *lodyans*) is thus a ritual of the meaningful moments of Haitian life, which is punctuated by thousand-word stories for laughing, for smiling, for grinning, for grimacing. The real is enlivened (by a lively liar, as is fitting), to the point where the challenge for the *lodyanseur* is, each time, to tell something truer than nature, truer than true. That is when the lie he is telling rings true and disguises the imaginary, the fictional, the pictorial as an eyewitness account, through a succession of false but plausible images, with realistic scenery, through which pass a crowd of character types made up of such and such a trait, of such and such an individual, in such and such

La *lodyans*, vieille de trois siècles[4], s'est toujours voulue une création littéraire et n'a jamais renié *le plaisir du texte et le grand goût des mots* pour raconter avec humour les tribulations de la *vie vieux nègre*[5]. C'est le RIRE HAÏTIEN, typique et unique. *Peuple rieur* dit-on souvent, en s'étonnant avec raison de le voir rire malgré ses trois cents ans de situations désespérées ; mais sait-on que ce sont justement ces *Trois guerres de cent ans* qui en ont fait un peuple de *lodyanseurs*, comme on a déjà dit de lui que les exigences picturales de son vodou en avait fait un peuple de peintres.

Georges Anglade
Octobre 2005

Notes

1. « Les lodyanseurs du *Soir*, il y a 100 ans, le passage à l'écrit », dans *Writing Under Siege, Amsterdam*, New York, Rodopi, 2004, p. 61-87.
2. *Et si Haïti déclarait la guerre aux USA ?*, Montréal, Éditions Écosociété, coll. « Fiction », 2003, 96 p.
3. « L'espace littéraire (de la lodyans) », dans *L'espace d'une génération, entretiens avec Joseph Josy Lévy*, Montréal, Éditions Liber, coll. « De vive voix », Montréal, 2004, p. 199-247.
4. « Un antidote à l'érosion des paysages culturels, la lodyans haïtienne », dans *71e Congrès mondial du PEN international, Bled, Slovénie, 14-21 juin 2005*, Ljubljana, Slovenski PEN, 2005, p. 53-59.
5. « De la lodyans "La mort du colonel" ; à propos de l'usage du poison, de 1750, l'affaire Makandal, à nos jours... », dans *Frontière*, vol. 16, nº 1, aut. 2003, Montréal, Centre d'étude sur la mort (UQAM), p. 95-97.

a situation. Any resemblance to persons or events… et cetera, is accidental, according to the time-honored and immutable formula whose false naiveté always makes one smile.

The *lodyans*, three hundred years old,[4] has always thought of itself as a literary creation and has never denied *the pleasure of the text* and *a great taste for words* in order to recount, with humor, the tribulations of the *vie-vieux-nègre* (the "old-negro-life").[5] It is HAITIAN LAUGHTER, typical and unique. A *people of laughter*, they often say, justifiably astonished to see Haitians laugh in spite of their three hundred years of desperate situations; but do they know that it is precisely those *three hundred-years'-wars* which made them a people of *lodyanseurs*, just as it has already been said that the pictorial demands of vodou made them a people of painters?

Georges Anglade
October 2005

Notes

1. "Les lodyanseurs du *Soir*, il y a 100 ans, le passage à l'écrit", in *Writing Under Siege, Amsterdam*, New York, Rodopi, 2004, p. 61-87.
2. *Et si Haïti déclarait la guerre aux USA ?*, Montréal, Éditions Écosociété, coll. "Fiction", 2003, 96 p.
3. "L'espace littéraire (de la lodyans)", in *L'espace d'une génération, entretiens avec Joseph Josy Lévy*, Montréal, Éditions Liber, coll. "De vive voix", Montréal, 2004, p. 199-247.
4. "Un antidote à l'érosion des paysages culturels, la lodyans haïtienne", in *71e Congrès mondial du PEN international, Bled, Slovénie, 14-21 juin 2005*, Ljubljana, Slovenski PEN, 2005, p. 53-59.
5. "De la lodyans 'La mort du colonel' ; à propos de l'usage du poison, de 1750, l'affaire Makandal, à nos jours...", in *Frontière*, 16-1, fall 2003, Montréal, Centre d'étude sur la mort (UQAM), p. 95-97.

Quina Quina

ÉPITAPHE POUR UNE MADEMOISELLE

Quand je l'ai connue, elle était déjà vieille à mes yeux d'enfant de cinq ans en classe de douzième, et j'avais surpris les conversations des grandes personnes à la maison sur sa retraite prochaine. On m'avait alors expliqué que cela voulait dire que Mademoiselle ne ferait plus classe l'année prochaine et qu'une nouvelle, et toute jeune demoiselle, la remplacerait.

Elle avait autrefois un prénom quand, avec le siècle, en octobre 1900, jeune fille de vingt ans, elle devint institutrice à la communale de Quina. Mais, avec le temps, ce prénom s'était perdu pour ne laisser que le Mademoiselle dont tout le monde usait à son propos. Ma grand-mère m'a dit un jour, en me conduisant à l'école, qu'elles avaient été condisciples de classe au temps longtemps, et que l'on restait une Mademoiselle jusqu'au mariage, et qu'elle avait un très beau prénom, Vélianne, arrimage de celui de son père Véli et de sa mère Anne, et qu'elle était de la section rurale de Brodequin.

De la énième et dernière promotion de Mademoiselle, je garde le souvenir très net de la mixité de l'établissement, des filles aux nœuds de toutes les couleurs, comme cette petite rieuse aux grands yeux clairs, que son grand-

EPITAPH FOR A SPINSTER

When I first met her, my five-year-old first-grader's eyes found her already old, and I had overheard the grownups at home discussing her impending retirement. This meant, they explained, that Mademoiselle would no longer teach the following year and that a new, very young lady would replace her.

In the old days she had a given name when, along with the new century in October of 1900 she came to teach at the district school in Quina as a twenty-year-old girl. But with the passing of time, the name had been lost, leaving nothing but the title "Mademoiselle" by which everyone referred to her. My grandmother said one day when she was walking me to school that they had been classmates long ago, and that ladies were called "Mademoiselle" until they were married, and that she had a very pretty name, Vélianne, a composite of her father's name, Véli, and her mother's, Anne, and that she was from the rural sector of Brodequin.

I still have a very clear recollection of Mademoiselle's nth and last class, of its mingled sexes, of girls with hair ribbons of every color, like that little laughing girl with

père, le pharmacien de la ville — amateur fou de Mistral après des études en Provence — appelait Merveille au lieu de Mireille, et dont j'aimais tant tenir la main en rang pour aller à l'église le vendredi après-midi.

Les grandes personnes, surtout quand ma tante Thiotte qui me mordillait toujours le nez venait à la maison, baissaient la voix pour parler de Mademoiselle. Mon grand cousin du Certificat, le fils aîné de ma tante, qui savait tout des secrets des grandes personnes, me fit de la peine en me disant que si j'avais d'aussi bonnes notes c'était parce que Mademoiselle dans sa jeunesse avait été amoureuse de notre grand-oncle, le frère de grand-père, dont je portais le même prénom et qui était parti un jour pour l'Europe faire son Droit en s'embarquant sur un bateau venu chercher du bois de campêche en rade de Quina. Mon cousin savait tout.

Elle l'avait attendu, longuement, en faisant la classe, inlassablement, année après année, puis un beau jour il était revenu marié à une Française. Ils avaient trois filles. L'aînée s'appelait Vélianne. La rumeur eut cent bouches. Tout Quina chuchotait. De ce jour, elle ne sortit plus que pour aller à l'église et faire l'école, refusa net de recevoir qui que ce soit et ne salua jamais le grand oncle Georges jusqu'à sa mort, à la célébration de laquelle elle n'assista pas et pour laquelle elle ne présenta même pas de condoléances. Mademoiselle avait du caractère et avait gommé depuis longtemps le grand-oncle félon de la liste du genre humain.

La famille, qui s'était toujours sentie coupable dans cette affaire — l'oncle Georges l'avait bel et bien compromise, « mais jusqu'où ? » disait, pincée, tante Thiotte —, prit l'initiative d'une extravagante fête d'adieu à Mademoiselle à l'image des trois ou quatre nuits folles par année que Quina s'offrait sur la grande Place. Quand elle sut d'où venait cette attention, elle ne se présenta même pas à la fête, prétextant une terrible migraine. La ville entière fêta cependant fort tard sans elle, sur la Place illuminée pour cette grande occasion. Il y eut des feux d'artifice achetés à la capitale, et, pour la circonstance, le lieutenant autorisa l'usage des pétards du carnaval que vendait le pharmacien. « On se croirait au Champ-de-Mars », de Port-au-Prince évidemment, répéta toute la nuit le comité d'organisation. Mon père,

the big, bright eyes whose hand I loved to hold in line going to church on Friday afternoons. Her grandfather, the pharmacist, who had returned from his studies in Provence wildly enthusiastic about Mistral, like this poet always called her *Merveille*, Marvel, instead of Mireille.

The grownups (especially when my Aunt Thiotte, who always nibbled at my nose, came to our house) lowered their voices when they spoke of Mademoiselle. My older cousin, the one with the primary diploma, my aunt's oldest son who knew all the grownups' secrets, hurt my feelings when he said that the reason I had such good grades was because in her youth Mademoiselle had been in love with our great-uncle, our grandfather's brother, whose name I bore as well, and who had left one day for Europe to study Law, sailing on a boat that had anchored off Quina to take on a load of camwood. My cousin knew everything.

She had waited a long time, teaching her class tirelessly year after year; then one fine day he returned with a French wife. They had three daughters. The eldest was called Vélianne. Rumor grew a hundred wings. All Quina was awhisper. From that day on, she went out only to attend church and teach school, refused absolutely to invite anyone to her house, and never spoke to great Uncle Georges until his death. She did not attend his funeral, nor did she even offer her condolences. Mademoiselle had character, and had long ago erased this felonious great-uncle from the list of humankind.

Our family, who had always felt guilty about all this—Uncle Georges had thoroughly compromised her, "But how much?" said Aunt Thiotte, tight-lipped—took it upon themselves to organize an extravagant retirement party for Mademoiselle, somewhat like the three or four festive evenings to which Quinois treated themselves yearly on the town Square. When she learned the source of this honor, she did not even make an appearance at the party, on the pretext that she had a terrible migraine. In spite of this, the entire town celebrated until the wee hours without her on the Square, which was brightly lit for this important occasion. There were fireworks brought in from the Capital, and for this event the Lieutenant authorized the use of Carnival firecrackers sold by the druggist. "It's as if we were on the *Champ-*

qui avait toujours été contre ce projet, se moqua longtemps de la déconvenue des dames de la famille.

Le bruit courut assez vite, toutefois, que la migraine n'était pas complètement feinte et que Mademoiselle était gravement malade. Au point que le père Laznec, un Blanc breton, gros, rougeaud, devait lui porter la communion chez elle après la messe. Elle avait pris une seule disposition finale dans le plus grand secret, la préparation de sa pierre tombale, qu'elle fit graver aux Cayes par crainte des indiscrétions du graveur local. On apprit plus tard que le maçon, analphabète, qui scella au dernier moment la pierre, avait reçu une honnête somme pour veiller la tombe et ne laisser voir à personne l'inscription recouverte d'un voile de mousseline mauve.

Les dames de la famille tenaient là leur vengeance et, encore contre l'avis de mon père qui disait se méfier de la déception amoureuse tenace de Mademoiselle, elles prirent des jours à l'avance de somptueux arrangements avec le curé qui, vu le tarif des messes solennelles et des enterrements de première classe, ne demandait pas mieux ! Mademoiselle semblait enfin laisser aux autres le soin de l'honorer et d'apaiser leur mauvaise conscience. Sur le coup, cela ne parut étrange à personne.

Je fus habillé pour la circonstance comme tous les autres garçons de Quina, d'une chemise blanche et d'un pantalon noir confectionnés par ma mère, bonne couturière, sur la grosse machine Singer à pédale que lui avait offerte ma grand-mère en cadeau de mariage. Mais le nœud papillon noir que je portais au col, et qui tenait avec deux pinces métalliques, venait de l'étranger. C'était ma première « rosette », ce dont j'étais joyeusement redevable à l'enterrement de Mademoiselle. La petite fille que son grand-père, le pharmacien de la ville, appelait Merveille au lieu de Mireille était tout de blanc vêtue, une mantille blanche sur la tête. Je n'avais d'yeux que pour elle, deux rangées en avant, puisque ce jour-là elle n'était pas à côté de moi pour me tenir la main. Mais elle s'est retournée trois fois pendant la cérémonie. Je le jure ! Du moins, est-ce ainsi que je m'en souviens.

Il y eut beaucoup de discours, dont celui de mon père qui avait longtemps répété à la maison devant le grand miroir aux pattes d'aigle du salon. C'est toujours là qu'il mettait au point les gestes de ses discours. Le dévoilement de la plaque revint à Tèdè, le doyen du

de-Mars," in Port-au-Prince, of course, repeated the organizing committee all night long. My father, who had always been against this project, laughed long and hard at the embarrassment brought upon the women in our family by Mademoiselle's absence.

The news soon began to circulate, however, that the migraine was not completely feigned, and that Mademoiselle was gravely ill. So ill that Father Laznec, a white Breton, stout and red-faced, had to bring Communion to her after mass. She had made one final arrangement, in the utmost secrecy: the preparation of her gravestone, which she ordered in Les Cayes, fearing the indiscretion of the local stone carver. We later learned that the illiterate mason who erected the stone at the last moment had received a respectable sum to watch over the grave and to let no one see the inscription, which was draped in a veil of mauve muslin.

The women in the family restrained their vengeful thoughts and—once more against the advice of my father, who said he found Mademoiselle's tenacious amorous disappointment suspect—they made sumptuous arrangements in advance with the parish priest to whom nothing could be more satisfying, considering the fee for solemn masses and first-class burials! Mademoiselle seemed finally to be allowing others to honor her and appease their bad consciences. At the time, no one thought it strange.

I was dressed for the occasion, as were all the other boys of Quina, in a white shirt and black trousers made by my mother, a good seamstress, on the big Singer treadle machine my grandmother had given her as a wedding present. But the black bow tie I wore at my neck, held by two metal clips, had been imported from outside. It was my first "rosette," for which I was joyously indebted to Mademoiselle's funeral. The little girl whose grandfather called her *Merveille* instead of Mireille was dressed all in white, and her head was covered by a white mantilla. I had eyes only for her, two rows in front of me—that day she was not beside me to hold my hand. But she turned around three times during the ceremony. I swear it! At least, that's how I remember it.

There were a lot of speeches, including one from my father, who had practiced for hours in front of the big claw-footed mirror in the parlor. That was how he would

tribunal civil qui avait les cheveux comme une crinière blanche de cheval. Des murmures et une bousculade s'en suivirent. Des dames feignaient la pâmoison et gloussaient, en agitant rapidement leur éventail. Des hommes faisaient des efforts méritoires pour ne pas rire. Mon père, dans sa redingote noire et son haut-de-forme mêmement noir, ne riait pas du tout de la dernière action de Mademoiselle. Les mères traînaient leur progéniture par la main hors du cimetière avant même que ceux qui savaient lire aient pu lire l'épitaphe. Mon cousin m'expliqua tout.

La vieille fille, aux baisers légers et aux genoux serrés, qui n'avait jamais dépassé sa galerie de Quina, alors que descendait chaque soir, dans l'obscurité complice, le vent coquin du Maracoif sous les frondaisons accueillantes des lauriers de la Place et sur le sable chaud invitant des bords de mer, avait fait graver sept mots:

Mademoiselle Vélianne Brunet
Morte Vierge Quoique Quinoise

Dernier coup de règle à toute la ville qui lui était passée entre les mains et qui savait de quoi elle était capable, ses jours de colère.

always perfect the gestures for his speeches. The task of unveiling the headstone fell to Tèdè, the most senior member of the civil court, whose hair was like a white horse's mane. A buzzing and jostling broke out immediately. Women pretended to feel faint, waving their fans and making clucking noises. Men made admirable efforts not to laugh. My father, in his black frock-coat and his black top-hat, was not laughing at all at Mademoiselle's final act. Mothers were pulling their offspring away from the cemetery even before those who could read had read the epitaph. My cousin explained it all to me.

The old spinster, with her light kisses and tightly-closed knees, who had never left her gallery in Quina when the roguish wind would come down from Mount Maracoif every evening in the complicit darkness, beneath the welcoming canopy of laurel branches in the Square and onto the inviting warm sand of the seaside, had ordered nine words carved:

Mademoiselle Vélianne Brunet
Although Quinoise, She died a virgin

A last rap on the knuckles to the entire town, which had passed through her hands and which knew what she was capable of when she was angry.

Des crabes et des hommes

Faut vous dire que Quina est une bande côtière qui ourle en demi-cercle une baie adossée aux Mornes Maracoif. Ce croissant de lune au pied marin est un pays de crabes surplombé de gradins couverts de haricots rouges. Et pourtant, jamais de mémoire de Quinois, n'a-t-on vu servir dans un même repas des crabes et des haricots rouges. Cela ne se fait tout simplement pas. Un impair. Une agression même, car la combinaison est réputée fatale. Sans pour autant vous entraîner dans toutes ces histoires d'imprudents qui payèrent de leur vie leur audace culinaire, répertoire favori des cuisinières de Quina capables de remonter jusqu'à quatre générations de victimes, j'ai moi-même vu dans mon enfance mourir Ti-Djo, un voisin, « mangé par un crabe » comme ils disent ici.

Son ventre avait démesurément grossi sous la violence de l'intoxication qui l'emporta en deux jours. Je me rappelle être allé, avec mes grands frères, voir dans sa chambre ce premier vrai mort de ma vie sur son lit de mort, à travers les fentes de sa case de planches malmenées et rétrécies par le mauvais temps côtier. Il y avait des chandelles de suif jaune allumées aux quatre coins de la

Of Crabs and Men

You see, Quina is a strip of coastland curling around a half-circle of bay bounded by the Maracoif Hills. This crescent moon bathed in the sea is a land of crabs, above which rise terraces covered in red beans. And yet no Quinois in history has ever seen crabs and red beans served at the same meal. It is just not done. A blunder. Even an assault, for it is said that the combination is fatal. I won't bother you with all the stories of careless people who paid for their culinary daring with their lives, the favorite repertoire of Quina's cooks, who can trace victims as far back as four generations. I myself, as a child, witnessed the death of Ti-Djo, a neighbor, "eaten by a crab," as the saying goes in Quina.

His belly had swelled extravagantly from the violence of the poison that carried him off in two days. I recall going to look into his room with my big brothers, peering through the cracks in his hut of rough planks shrunken by the bad coastal weather to see the first real dead body of my life on its deathbed. There were yellow tallow candles burning at the four corners of the room and an odor of incense whose intensity reminded me of the blessing ceremonies held the on the first Friday of

chambre et une forte odeur d'encens comme à la bénédiction des premiers vendredis du mois. Mais nombreux étaient ceux qui pensaient, comme mon père, que les crabes avaient bon dos à Quina.

La veillée de Ti-Djo fut l'occasion d'un sommet sur les crabes entre les émérites quinois imbattables sur les familles brachyoures de l'ordre des décapodes. À défaut de vie académique en province, il y avait du moins les veillées mortuaires pour permettre de rivaliser de virtuosité et de sortir les dernières trouvailles. Des sociétés secrètes haut en couleur locale, comme seules les provinces savent en abriter. Saint-Marc était connue pour ses grammairiens puristes, désuets, mais redoutables ; tandis que Les Cayes s'était fait une juste réputation en droit civil, que des générations de civilistes depuis le XIXe siècle avaient enrichi de savanteries allant des emprunts du droit japonais aux codes allemands au sortir de l'ère Meiji, jusqu'au droit romain aux formules magiques impensables autrement qu'en latin. Pour Quina, c'étaient les crabes.

Il y a bien plus de cinq mille espèces de crabes au monde et de grandes planches couleurs dans les encyclopédies illustrant la classification des crustacés. Plus prosaïquement, en noir et blanc, on peut ranger les crabes en marins, littoraux et d'eau douce d'après le *Petit Larousse*, mais, chez nous, on se distinguait encore davantage en les regroupant finement en digestes, indigestes et funestes. Une contribution originale de Quina. Des gens pratiques que ces gens de Quina, moins portés sur la spéculation que dans les chefs-lieux de département, mais gourmets avisés ! Et puis, à l'aide des vingt-deux types de crabes locaux, répertoriés et classés, on enseignait aussi aux générations montantes les mentalités des hommes de ce pays.

Mon conteur préféré était un vieil homme de la mer. Ils le sont tous à Quina, des hommes de la mer, mais celui-ci avait été cuisinier à bord de grands navires autour du monde pendant plus de quarante ans, d'une guerre à l'autre, et était revenu à sa retraite, vers 1950, à Quina. Il en savait des choses, de tous les ports du monde. Il avait même échappé à des pirates aux drapeaux noirs et fraternisé avec des marins aux drapeaux rouges. Je n'arrive vraiment pas à me souvenir de son nom, et pourtant je peux le décrire dans les moindres

each month. But there were many, like my father, who thought that crabs were Quina's scapegoats.

Ti-Djo's wake gave rise to a summit meeting on crabs among the Quinois leading lights who were unbeatable on the subject of the brachyura family of the order of decapods. Although academic life was lacking in the provinces, at least there were wakes, where men could try to outdo each other's virtuosity and show off their latest bright ideas. Secret societies full of local color, societies that only the provinces can foster. Saint-Marc was known for its purist grammarians, antiquated but formidable; while Les Cayes had made a sound reputation for itself in civil law, which generations of experts going back to the nineteenth century had enriched with learned bits and pieces running the gamut from borrowings by Japanese law from German codes at the end of the Meiji era, to Roman law with its magic formulas which could only be considered in the original Latin. As for Quina, it was crabs.

There are more than five thousand types of crabs in the world and large color plates in encyclopedias illustrating the classification of crustaceans. More prosaically, in black and white, they can be divided into sea crabs, coastal crabs and freshwater crabs, according to the *Petit Larousse* dictionary; but we set ourselves apart by grouping them subtly as digestible, indigestible and lethal. An original contribution on Quina's part. Practical, these people of Quina, less apt to speculate than in the county seats, but wise in the ways of eating! And then, with the help of the twenty-two types of local crabs, itemized and classified, the coming generations were taught the local ways of thinking.

My favorite storyteller was an old man of the sea. All men from Quina are men of the sea, but this one had been a cook aboard big ships all around the world for more than forty years, from one war to the next, and had returned to Quina upon his retirement in 1950. He knew many things, gleaned from all the ports in the world. He had escaped pirates with their black flags and fraternized with sailors beneath their red flags. I can't quite remember his name, yet I can describe him in detail: short and wiry, with light skin and flat, thinning white hair plastered across his bald pate, a polyglot, the natural son of an aging general, madly in love since

détails : petit et mince, peau claire et cheveux blancs, clairsemés, plats et plaqués de travers sur le crâne chauve, polyglotte, fils naturel d'un général vieillissant, amoureux éperdu depuis l'enfance de la fille naturelle d'un autre général vieillissant. Peu avant l'Occupation, au début du xxe siècle, le père de la fille avait fusillé le père du garçon, à moins que ce ne fût l'inverse, mettant ainsi fin à cet amour d'enfance et poussant à l'exil le jeune homme. C'était au temps des baïonnettes.

Maintenant âgés, ils s'étaient réservés l'un pour l'autre comme ils se l'étaient juré et allaient enfin se marier à l'Église. Quina tenait là une belle histoire d'amours marines et n'entendait pas les voir contrariées. Mais il y avait un empêchement au mariage selon le droit canon, disait le nouveau vicaire en l'absence du curé, en vacances en France. On ne connaissait pas ce droit à Quina et le titulaire de la paroisse n'en avait jamais parlé ; très politique, il n'en aurait jamais parlé d'ailleurs, dans ces circonstances. Le temps pressait cependant à ne pouvoir attendre le curé. La consultation de mon parrain, juriste des Cayes, n'offrit pas l'échappatoire souhaitée sous forme d'une quelconque exception. Il fallait donc lever l'interdiction d'autorité. Cela se passa à l'Hôtel de la Préfecture.

Que pouvait faire d'autre le petit père Pierre Petit, au sobriquet de Pèpépé, qui en était à son premier poste dans un Sud étranger, face à cet aréopage composé par le préfet, le lieutenant, le commissaire du gouvernement et le juge du tribunal de paix, aux prénoms de généraux allant de l'Antiquité à l'Empire : Alexandre P., Turenne A., Dessaix A., et pour l'un d'eux, le nom au complet de Jules César II ? Ma mère, émoustillée par cette histoire d'amour qu'elle disait racontable dans les journaux de Port-au-Prince, était marraine des noces. Je me souviens l'avoir trouvée particulièrement belle ce jour-là dans sa robe longue bleu ciel et d'avoir acquiescé à la demande d'avis de mon père : « Alors, tu la trouves belle ta maman ? » C'était la première fois qu'il me demandait mon avis. C'est depuis ce temps que le vieil homme de la mer fréquenta assidûment notre galerie tous les soirs et m'apprit en un été, c'était l'été de 1954, toute sa science des crabes. J'avais dix ans.

C'est au Japon qu'il avait vu le géant des crabes, de la taille d'un volant de camion, avec des pattes de trois

childhood with the natural daughter of an aging general. Not long before the Occupation at the beginning of the twentieth century, the young lady's father had shot the young man's father, unless it was the other way around, putting an end to their childhood romance and sending the young man into exile. That was during the time of the bayonets.

Now elderly, they had remained faithful to each other as they had promised, and were finally going to be married in the church. Quina had itself a nice nautical love story, and would allow nothing to thwart the lovers' plans. But there was still an impediment to the marriage according to canon law, said the new curate in the absence of the parish priest (on vacation in France). No one had heard of this law in Quina, and the head of the parish had never spoken of it. Would never have spoken of it, for that matter, given the circumstances. Time was running out, however, and they could not wait for the parish priest to return. A consultation with my godfather, a jurist from Cayes, did not offer the hoped-for loophole in the form of some exception or other. The ban had to be lifted by someone in authority immediately. This took place at the town hall.

What else could he do, little Father Pierre Petit, nicknamed Pèpépé, on his first assignment in a foreign South, faced with this learned assembly made up of the Prefect, the Lieutenant, the Government Commissioner and the Justice of the Peace, men whose first names were those of generals from Antiquity to the French Empire: Alexandre P., Turenne A., Dessaix A., and for one of them, the complete name of Jules César II? My mother, aroused by this love story she claimed was worth being told in the newspapers of Port-au-Prince, sponsored the wedding celebration. I remember thinking she was particularly lovely that day in her long sky-blue gown, and agreeing with my father when he asked me: "So then, you think your mother's beautiful?" It was the first time my father had asked my opinion. From then on, the old man of the sea became a regular visitor to our gallery, and one summer (the summer of 1954) he taught me all he knew of crabs. I was ten years old.

In Japan, he had seen the giant of all crabs, the size of a truck's steering-wheel, with legs that gave it a breadth of three and a half meters; and in the

mètres cinquante d'envergure, et en Méditerranée le plus petit, de moins de cinq millimètres. Je n'avais retenu les noms latins que les Quinois se lançaient à la figure que pour ces cas extrêmes de l'espèce, le gros Macrocheira Kaempferi et le petit Sirpus. Vertières — son nom m'est revenu, je savais que c'était une bataille célèbre, mais j'avais oublié laquelle, il y en eut tellement dans la campagne d'indépendance — en parlait en agitant les deux mains comme le font les crabes de leur cinquième paire de pattes, celle aux pinces. Il avait fini avec le temps par ressembler à l'objet de sa passion. Mains recroquevillées et doigts écartés, Vertières tançait ainsi les crabes pour leur manière de marcher de travers, jamais franchement en ligne droite, jamais de face, et pour leur manie de s'empêcher mutuellement de grimper en s'agrippant tous au premier à vouloir sortir du panier. Une société de niveleurs par le bas, de haïssables et de cabaleurs, concluait-il, en baissant toujours la voix. Car, à Quina, le vent du Maracoif porte loin, le soir.

Mes méditations sur les crabes étaient ponctuées de travaux pratiques de chasses aux crabes. Inutile et dangereux de leur courir après quand ils sont tous sortis aux champs ; il suffit de boucher un trou de crabe avec une pierre et d'attendre, car aucun autre congénère n'offrira au piégé l'hospitalité dans l'adversité, il sera même chassé sans merci des autres trous et devra errer, seul et vulnérable à ce moment-là. Chez ces gens-là, me disait le vieil homme, jamais l'amour ne compte. De tous les animaux, en effet, seul le crabe n'a jamais été surpris copulant. Et Dieu sait si à cet âge, en province, on épie toute la faune, et que les grandes promenades à travers bois n'ont souvent d'autre but que de surprendre le bestiaire en pleins ébats amoureux. Il ne vit pas en famille le crabe, ni même en couple, et ne va se reproduire à la sauvette que dans l'eau.

Et puis, il parlait d'abondance des caractères différents de tous nos crabes, du plus olé olé au plus hideux, du petit crabe de sable écervelé, dont on dit que le trou n'est pas profond, au vingt-deuxième, le crabe bleu des cimetières, aux pattes de devant puissantes assez pour fouiller jusqu'au royaume des morts. Crabes velus que ceux-là, reconnaissables à leurs yeux exorbités et cerclés, comme ceux des serpents à lunettes. Ce sont les crabes funestes, ceux avec lesquels on fait peur aux enfants dans

Mediterranean, he had seen the smallest, measuring less than five millimeters. I remembered, among those Latin words so easily tossed off by Quinois, only the names of these extreme examples of the species, the huge Macrocheira Kaempferi and the little Sirpius. Vertières—his name just came to me, I knew it was a famous battle, but I had forgotten which one, there were so many during the War of Independence—talked about them while waving his hands just the way crabs do with their fifth pair of legs, the ones with pincers. Over time, he had ended up resembling the object of his passion. With his hands curled and his fingers spread out, Vertières rebuked crabs for their way of walking sideways, never openly in a straight line, never face to face, and for their habit of preventing each other from climbing by ganging up on the first one to try to escape from the crab basket. A lowest-common-denominator society, hateful and scheming, he concluded, always lowering his voice. For in Quina, the evening wind off the Maracoif Hills carried sounds a long distance in the evening.

My meditations were punctuated by laboratories on crab hunting. Useless and dangerous to chase after them when they have all gone out into the fields; all you have to do is stop up a crab's hole with a stone and wait, for none of its fellow creatures will offer the victim hospitality in adversity—it will even be chased away from the other holes and will have to wander, alone and vulnerable. As far as crabs are concerned, the old man said, love counts for nothing. In fact, of all the animals, only the crab has never been seen copulating. And God knows that at that age in the provinces we spied on all the animals, and our long hikes through the woods were often taken with the sole objective of catching fauna in the act of love-making. The crab never lives as a part of a family, or even as a couple, and reproduces only in water, hastily and furtively.

And then he spoke about the myriad of different personalities of our crabs, from the sweetest and tenderest to the most hideous, from the little scatterbrained sand crab, whose hole is said to be shallow, to the twenty-second, the blue crab found in cemeteries, whose front claws are powerful enough to dig straight down to the kingdom of the dead. These are hairy crabs, identifiable by their bulging, ringed eyes like a cobra's. They

la plus remarquable des berceuses haïtiennes, en les menaçant d'être mangés par le crabe s'ils ne dorment pas :

Dodo ti titit manman-l
Si li pa dodo
Krab la va manje-l

Mangé par le crabe, si l'enfant ne dort, ou enlevé par le tonton macoute, indifféremment, car en ce temps d'innocence perdue, ce croque-mitaine, ce bonhomme-sept-heures de tonton macoute n'était pas encore sorti de son mythe bon enfant pour sa lugubre inscription dans la réalité milicienne.

Et puis, un jour, Vertières ne vint pas à la brunante après souper, comme à l'accoutumée, tirer des *lodyans.* J'obtins le lendemain matin l'autorisation d'aller chez lui, sur le Fort, voir ce qui se passait. On chuchotait, d'un petit attroupement à l'autre, que Vertières avait bravé le sort en clamant à la ronde, voilà une semaine — mais personne ne savait où ni à qui —, que c'étaient des peurs superstitieuses que de ne jamais mélanger le rouge et le noir, vu la succulence d'un plat noir de crabes aux aubergines associé au rouge des haricots en sauce.

Il délirait, en sueur sur son lit, agité de visions, et son ventre avait déjà beaucoup gonflé. Il essayait de repousser quelque chose d'invisible de ses mains crispées de contorsions, comme des pinces de la cinquième paire de pattes, et disait voir que le crabe mangeur d'hommes, dans sa livrée bleue et ses lunettes fumées, et son chiffre 22, avait envahi Quina, drapeau rouge et noir en tête, culbutant toutes les autres espèces, même l'inoffensif petit crabe de sable.

Dans la chambre, indifférent à sa dernière vision d'apocalypse sur la venue d'un temps des mitraillettes, on s'affairait plutôt à préparer de l'encens et des chandelles de suif jaune.

are the lethal crabs, the ones used to scare children in the most remarkable of Haitian lullabies by threatening that they will be eaten by the crab if they don't go to sleep:

Dodo ti titit manman-l
Si li pa dodo
Krab la va manje-l

Eaten by the crab, if the child doesn't sleep, or taken away by the *tonton macoute,* either one, since during this time of lost innocence, that ogre, that bogey man of a *tonton macoute* had not yet left his childhood myth to enlist sullenly in the militia of reality.

And then one day Vertières did not come by at twilight after supper, as he usually did to tell *lodyans.* The next day, I asked permission to go to his home above the Fort to find out what had happened. Whispers were flying from one group to another that Vertières had tempted fate a week before by proclaiming loudly—but no one could say where or to whom—that never mixing red and black was nothing but superstitious fear, given the succulence of a black dish of crab and eggplant associated with a red one of bean stew.

He was delirious, lying in bed bathed in sweat, perturbed by visions; and his belly had already swelled noticeably. He kept trying to push away something invisible with his contorted hands clenched like pincers on the fifth pair of crab legs; and he said that the man-eating crab, in its blue uniform and its dark glasses, and its number, 22, had invaded Quina, with its red and black flag flying, overwhelming all the other crab species, even the harmless little sand crab.

In his room, unconcerned by his last apocalyptic vision of the arrival of the era of machine guns, the women went about preparing incense and yellow tallow candles.

Ma première leçon de survie

Je l'ai eue très tôt, ma première leçon de survie. Sous forme d'un dialogue tellement inattendu que même un petit distrait la retiendrait, pour la vie durant. Une sorte de premier pas que l'on vous fait faire en vous tenant la main pour vous empêcher de tomber. Comme un bébé à l'entraînement. Et ce n'était ni en période électorale ni à l'occasion d'une quelconque crise. Tout juste dans le train-train hebdomadaire de la vie de Quina. Dans la forêt d'un jour de marché à la faune et à la flore d'exubérances.

Le terrain vague qui jouxtait la mangrove aux huîtres avait en semaine un drôle d'air d'abandon. Quelques chiens errants le traversaient, museau à terre à renifler d'hypothétiques reliefs. C'était une terrasse marine dont l'effet de désolation était renforcé par des plaques blanchâtres de sel qui interdisaient toute illusion de vie à la moindre pousse d'herbe. Le soleil faisait scintiller la croûte saline du sol en mille petits éclats qui semblaient les seuls signes d'excitation dans les langueurs provinciales de Quina. Ce temps de semaine qui s'écoulait ainsi avec une lenteur désespérante s'accélérait brusquement le vendredi soir par l'arrivée des premiers chargements de bourriques venus des lointaines marges communales

My First Survival Lesson

It came very early, this first survival lesson. In the form of a dialogue that was so unexpected that even a little absent-minded boy would remember it for the rest of his life. A sort of first step they make you take, holding your hand so you won't fall. Like a baby in training. And there were no elections going on, no crisis. Just the weekly rhythm of the life of Quina. In the forest of a market-day with its exuberant flora and fauna.

The vacant area by the mangrove swamp where the oysters grew had a strangely deserted air during the week. A few stray dogs crossed it, their muzzles sniffing the ground for hypothetical orts. It was flat, seaside land whose air of desolation was reinforced by whitish patches of salt which prevented any illusion of life, even the tiniest sprig of grass… Sunshine made the salty crust sparkle with thousands of tiny shafts of light which seemed the only signs of animation in the provincial languor of Quina. Weekdays which went by with such desperate sluggishness speeded up suddenly on Friday evenings, when the first donkeys and their loads arrived from the far reaches of the commune for Saturday's market. Torches fashioned from a dozen home-made

pour le marché du samedi. Des torches faites d'une douzaine de lampes artisanales à huile de palma-christi, *tèt-gridap* et bobèche, étaient agencées en différentes figures — rond, croix, carré, losange, pyramide — sur de longues tiges qui sortaient la grande rue de sa noirceur habituelle. La ville allait veiller tard dans un air de fête, sur fond de radios s'époumonant au dernier volume à cracher des *méringues* par les fenêtres donnant sur cette artère principale menant à la place du marché. Mille, deux mille, trois mille personnes s'agglutinaient ainsi à mesure, prêtes à transformer au petit matin la terrasse marine en centre-ville, *le bòdmè* d'un jour, pour vendre et acheter, certes, mais aussi, mais surtout, pour voir et se faire voir, pour parler et pour entendre parler, pour faire le point et s'ajuster aux rumeurs. Et faire de la politique.

Car la politique, la grande affaire, trouvait son agora le jour de marché. C'était l'événement de la semaine où le filleul venait visiter son parrain, la commère voir son compère, l'agent électoral son candidat. Et cent autres liens patiemment tissés venaient resserrer quelques mailles relâchées. C'était aussi jour de rencontre des produits de la mer, de la terre et du ciel, des montagnes et des plaines, de l'en-dehors et de l'en-dedans, de l'envers et de l'endroit, de la main gauche et de la main droite. C'était le moment des recettes populaires à base de maïs, de cochon frit, d'huiles et de graisses, des odeurs fortes de trempés au clairin, de la gouaille des marchandages, des musiques canailles, dernières démesures des samedis qui contrastaient avec les lendemains bourgeois, les dimanches feutrés des riz Uncle Ben's, des gratinés au fromage Tête-de-Maure, des punchs aux rhums plus étoilés que des généraux de carnaval, sur fond de musique classique. Piano. Chopin. *La Polonaise.*

La notion port-au-princienne de fin de semaine, de week-end, avait été pervertie par le marché du samedi qui était le grand jour ouvrable de la petite succursale bancaire, de la clinique médicale, du bureau des contributions. Il avait fallu tout un combat, et de longues représentations politiques, pour que le week-«end» soit officiellement à califourchon sur deux semaines consécutives. Car, le week-end à Quina englobait le lundi, sauf pour l'école, hélas, ce qui n'était pas juste pour les petits.

lamps filled with *palma-christi* oil or castor oil, *tét-gridap* and *bobèches*, arranged in different shapes—circles, crosses, squares, diamonds, pyramids—on long posts, would relieve the main street of its usual darkness. The town would stay up late in a festive atmosphere, with radios in the background booming *merengues* at top volume from windows giving onto this main artery leading to the market square. A thousand, two thousand, three thousand people gradually gathered, prepared to transform this wasteland, at the first light of dawn, into a *bodmé*, a "downtown," for a day—to sell and buy, of course, but also, but especially to see and be seen, to talk and hear others talk, to take stock and adjust to the latest rumors. And to practice the art of politics.

Politics, that all-important pursuit, found its agora on market day. It was the event of the week, when godson came to visit godfather, bosom friend to see bosom friend, campaign manager to meet his candidate. And a hundred other ties, patiently knit, would come to pick up a few dropped stitches. It was also the day when the products of the sea, the soil and the sky, the mountains and the plains, the outside and the inside, the right side and the wrong side, the left hand and the right hand, would all come together. It was the time of homespun recipes made from corn, fried pork, oils and grease; of strong odors; of all sorts of vines and barks steeped in *clairin*; of the cocky humor of bargaining; of roguish music—the last excesses of Saturday which contrasted with the following day belonging to the *bourgeois*, Sunday—muffled by Uncle Ben's rice, Gouda cheese casseroles, punches whose rum had more stars than a sideshow general, against a background of classical music. Piano. Chopin. The "Polonaise."

The citified notion of the weekend had been corrupted by market Saturday, the most important business day for the small branch bank, the medical clinic, the tax office. It had taken quite a struggle and long political communiqués before Quina's week "end" could officially straddle two consecutive weeks. For the weekend in Quina included Monday, except for school, alas, which was not fair to the little ones.

Market Saturday was also the time when all rebellions were fomented and all protests took shape. If the slightest panic began to spread, it was enough to put

C'est aussi le samedi au marché que se fomentaient toutes les rebellions et que prenaient corps toutes les contestations. Il suffisait d'y provoquer une panique pour que tout le monde se mette à fuir et que tout l'équilibre de la région se trouve rompu pour longtemps d'avoir sauté un jour de marché. À Port-au-Prince, c'était tellement devenu la norme de l'agitation que de commencer par l'interruption d'un marché, qu'une expression en rendait compte : un *kouri*, une sorte de débandade postérieure à l'explosion d'un engin quelconque. La paix du jour de marché, la trêve du jour de marché, le contrôle du jour de marché mobilisaient toutes les autorités.

Les militaires — un lieutenant, un sergent, un caporal et quatre soldats — étaient tous les sept de service ce jour-là. Tous les chefs de la vingtaine de sections rurales descendaient à cheval prêter mains fortes et faire rapport au petit poste de police, appelé caserne, dans leur grand uniforme kaki aux bottes de cavalerie à éperons. Leurs dolmans étaient orgueilleux de la dorure des boutons aux armes de la République, de l'écusson étoilé, symbole de la fonction, haut porté à gauche et des deux armoiries du drapeau national sur le rabat du col, de part et d'autre de la cravate également kaki. Et chaque chef de cette rutilante maréchaussée portait titre de l'État. Rien de moins. L'État, c'était lui.

Les autorités civiles étaient en civil et, contrairement aux militaires en militaire continuellement en mouvement à patrouiller, elles campaient sur les galeries dominant la place du marché de leurs grandes balances à peser le café par sac de 100 kilos. Le tracé des frontières de chaque clan, aux ramifications de groupes de parenté, s'inscrivait dans la disposition des tonnelles du marché. La politique, les rivalités et les alliances étaient ainsi à base familiale. Plus on se méfiait les uns des autres, plus grande était l'onctuosité des saluts et l'obséquiosité des échanges qui reposaient sur un étrange art de l'écho : les personnes en se croisant répétaient très exactement les mêmes phrases qui leur avaient été adressées.

« Cher collègue, comment allez-vous ?
— *Cher collègue, comment allez-vous ?*
— Irez-vous bientôt à Port-au-Prince ?
— *Irez-vous bientôt à Port-au-Prince ?* »

everyone to flight, upsetting the stability of the region for quite a while, since a market day had been missed. In Port-au-Prince, it had become so normal for agitators to begin by interrupting a market that an expression had been coined to describe it: a *kouri*, a sort of general exodus following the explosion of any sort of device. The peace of a market day, the respite of a market day, the control of a market day mobilized all the authorities.

The military—a lieutenant, a sergeant, a corporal and four soldiers—were all seven on duty that day. All the heads of the twenty or so rural sectors would come on horseback as reinforcements and would report to the little police station, called a barracks, decked out in their best khaki uniforms, wearing spurred cavalry boots. Their hussar's coats were proud of the gilded buttons bearing the arms of the Republic, the star-studded badge, a symbol of office, worn proudly at the upper left, and the two insignia of the national flag worn on the collar at each side of the tie, which was also khaki. And each leader of this gleaming constabulary bore the title of the State. He was the State. Nothing less. *L'État, c'était lui.*

Unlike the soldiers in soldiers' garb who were constantly on the move as they patrolled, the civil authorities in civilian clothes were camped on the galleries which dominated the market square with their great scales for weighing coffee in hundred-kilo sacks. The boundary line of each clan with its offshoots of kinship groups was marked by the arrangement of market *tonnelles*. Politics, rivalries and alliances were all based on family. The more people mistrusted each other, the greater the unctuousness of their greetings and the obsequiousness of their dialogues, which were based upon the strange art of the echo: people who met would repeat exactly the sentences that had been addressed to them,

"My dear colleague, how are you?"
"My dear colleague, how are you?"
"Are you going to Port-au-Prince any time soon?"
"Are you going to Port-au-Prince any time soon?"

« Je ne vous ai pas vu hier au club !
— *Je ne vous ai pas vu hier au club !*
— Et comment va la famille ?
— *Et comment va la famille ?* »

« Bonjour chez vous.
— *Bonjour chez vous.*
— À bientôt donc.
— *À bientôt donc.* »

On a beau vous dire encore et encore de ne pas parler, quel que soit le jour de la semaine. De ne jamais parler, surtout le samedi. D'en dire le moins possible, en toutes circonstances. Et que, quand il n'y a pas moyen de faire autrement, de parler pour ne rien dire, pour que jamais on ne puisse aller dire que vous avez parlé ou que vous avez dit...

Il faut avoir vu faire au moins une fois.

"I didn't see you yesterday at the club!"
"I didn't see you yesterday at the club!"
"How's the family?"
"How's the family?"

"Say hello to the family."
"Say hello to the family."
"See you later."
"See you later."

They can tell you over and over not to talk, whatever the day of the week. Never to talk, especially on Saturday. To say the least possible, whatever the circumstances. And, when there is no way to avoid it, to talk without saying anything, so that no one will ever be able to say how you talked, what you said.

But you have to have seen it done at least once.

Haute trahison

Sur le mur du couloir qui séparait la chambre de mes parents de celles des enfants, mes grands frères et mes grandes sœurs, il y avait un calendrier accroché à un clou. C'était l'inévitable cadeau de fin d'année que l'épicier distribuait aux clients qui avaient un compte ouvert chez lui. Chaque année, on remplaçait ainsi l'ancien par le nouveau, non sans longuement commenter à table la nouvelle image qui illustrait l'almanach. Le répertoire était invariablement celui des images saintes de l'Ancien Testament (mais plus tard je sus qu'il se donnait aussi, plus discrètement, des calendriers aux photos de femmes blanches très légèrement vêtues, aux gros tétés roses). Cette année-là, un œil perçant poursuivait de ses rayons un pauvre homme qui titubait en allant vainement se cacher dans une tombe. C'était Caïn qui venait de tuer Abel, son frère, et que l'œil de sa conscience fautive allait poursuivre partout et toujours, devait-on nous lire dans un long poème que ma mère avait recopié dans son cahier de poésie du Brevet et qu'elle nous déclama jusqu'au dernier vers : « L'œil était dans la tombe et regardait Caïn. »

High Treason

On the wall of the hallway separating my parents' bedroom from those of the children—my big brothers and big sisters—a calendar hung on a nail. It was the inevitable end-of-the-year gift the grocer distributed to customers who had an account at his shop. Every year we replaced the old one with a new one, whose illustration was the cause of much comment at the dinner table. It was invariably drawn from a repertoire of holy images from the Old Testament (but I found out later that other calendars were distributed more discreetly, with photos of scantily-clad white women with big pink tits). That year, a penetrating eye pursued with its sun-like rays a poor man who was staggering along toward a tomb in which he hoped, in vain, to hide. It was Cain, who had just killed Abel, his brother, and whose bad conscience in the form of an eye would forever follow him everywhere he went. This was the way it was described in a long poem by Victor Hugo my mother had copied out in her high-school poetry notebook, a poem which she recited to us right to the very last verse: "The eye was in the tomb, gazing at Cain."

Cette histoire d'œil qui ne vous lâche pas pour un fratricide m'avait beaucoup impressionné, moi qui rêvais, au moins trois fois par jour, d'étrangler l'un ou l'autre de mes Big Brothers dont j'étais le souffre-douleur. Je trouvais cela insupportable d'être ainsi épié continuellement pour un tel acte, que tous les petits derniers des grandes familles doivent considérer sûrement avec une indulgence plénière. (Les commodes circonstances atténuantes et la légitime défense m'étaient lors inconnues). Déjà que l'Ange Gardien était assez encombrant, pour ne pas rajouter l'œil « tout grand ouvert dans les ténèbres et qui (le) regardait dans l'ombre fixement. » Et les histoires racontées, le soir sur la galerie, nous parlaient aussi du rôle et des actions de notre *Gwobonzanj* et de notre *Tibonzanj*. Comme les histoires du jour et de la nuit concordaient pour nous encercler d'anges, on n'avait plus qu'à bien se tenir sous de si hautes et diverses surveillances.

C'est vers cette époque de la découverte des célestes espionnages que je remarquai le manège de mon père. Le jour de mon anniversaire — je suis né un 1er février — mon père arrachait toujours une page du calendrier. Et, de temps à autre, il en arrachait une autre, jusqu'à la fin du petit recueil de pages agrafées en dessous de l'image. À la longue, c'était d'ailleurs devenu une compétition entre mes aînés pour distinguer celui ou celle qui arracherait le premier ou la première, de temps en temps, une page. Le gagnant ou la gagnante devait se lever tôt pour commettre son acte.

À mon anniversaire suivant, j'avais fait projet de participer au rituel. Je me levai le premier, grimpai sur une chaise et, sur la pointe des pieds, j'arrachai une première page, puis une deuxième sans trop savoir pourquoi, et enfin une troisième pour rattraper le temps perdu à entrer dans le jeu, je suppose. Je sentis confusément peu après que j'en avais trop fait et m'en fus cacher les trois feuilles sous mon matelas. L'œil commençait à me regarder en louchant du haut de la couverture sous laquelle je faisais semblant de dormir. Quand toute la maisonnée se réveilla, ce fut un tollé. Je fus illico accusé du méfait et, pire que tout, tout le monde semblait savoir le nombre exact de pages que j'avais enlevées. Je tentai de limiter les dégâts en disant que je n'avais pris qu'une seule page. Rien n'y fit. Puis je concédai deux petites pages. Sans

This story of an eye which wouldn't let you go because of a fratricide made a strong impression on me, since I dreamed at least three times a day of strangling one or the other of my Big Brothers, for whom I was a convenient scapegoat. It seemed to me intolerable to be spied upon continually for such an act, one that all the youngest children of big families must surely contemplate with unqualified sympathy. (Convenient attenuating circumstances and the law of self-defense were unknown to me at the time.) The idea of a Guardian Angel was already enough of a burden, without adding this eye "open wide in the darkness and staring at him in the shadows." And the stories we heard in the evening on the gallery told us as well of the role and the actions of our *Gwobonzanj* and our *Tibonzanj*. Since the stories of the daylight world and the companions of night conspired together to surround us with angels, there was nothing to do but behave ourselves, given such important and varied sources of surveillance.

It was during this period of discovery of heavenly espionage that I noticed what my father was up to. On my birthday—I was born on the first of February—my father always tore off a page of the calendar. Then he tore off others from time to time, until there were no more pages left stapled beneath the illustration. As time passed, a competition developed occasionally among my older siblings to see which one would be the first to tear off a page. The winner had to rise early to be able to perform this action.

On my next birthday, I resolved to participate in the ritual. I was the first to get up. Clambering up on a chair, I stood on tiptoe and tore off the top page, then the next one without quite knowing why, then a third to make up for the time I had lost when I was left out of the older children's game, I suppose. Shortly afterward, I had a vague feeling that I had gone too far, and I went to my room and hid the three pages under my mattress. The eye began to watch me, squinting through the blanket beneath which I was pretending to sleep. When the whole household awakened, there was a general outcry. I was promptly accused of the misdeed, and what was worse, everyone seemed to know exactly how many pages I had taken. I tried to limit the damage by saying that I'd only taken one page. It had no effect. Then I

plus de succès. Enfin je dus admettre que c'était bien trois pages, à ma plus grande confusion. Je dus les rendre et l'on m'autorisa à n'en garder qu'une seule. Peut-être parce que c'était le jour de mon anniversaire !

J'avais en horreur d'être le petit, le dernier, le petit dernier, le bébé, le benjamin, le *crasse-ventre*, et de ne pas savoir lequel de tous mes accompagnateurs invisibles de là-haut m'avait aussi vilainement trahi. Mais j'avais des soupçons.

conceded two little pages. No success. I finally had to admit, to my great embarrassment, that there were indeed three pages. I had to give them back, and I was permitted to keep only one of them—perhaps because it was my birthday!

I hated being the little one, the last one, the little last one, the baby, the youngest, the runt, and I hated not knowing which of all my invisible heavenly escorts had so wickedly betrayed me. But I had my suspicions.

Les chasseurs de sortilèges

La grande affaire des grandes vacances était le *fistibal*, lance-pierre avec lequel on traversait les trois mois de juillet, août et septembre, entre le carnet de fin juin et la rentrée de début octobre. On ne sortait jamais sans son *fistibal*. Cela allait de soi. Et c'était la seule arme des petits garçons pour de longues chasses d'où nous revenions le plus souvent bredouilles, pour d'interminables compétitions de tir sur des canettes de V-8 et autres bouteilles de cola, et pour la cueillette des plus hautes mangues jaunes qui nous narguaient tout en haut de l'arbre, car la principale saison de mangues coïncidait miraculeusement avec le moment où nous avions le plus de temps pour aller les cueillir. Et puis aussi pour traquer le *wanganègès* — dont on faisait la « poudre d'amour », pour s'assurer des sentiments de l'aimée —, oiseau-mouche quasi imprenable dont la capture relevait d'une chance insolente. En quatre ans de mes enfantines vacances scolaires d'avant dix ans, je n'ai réussi finalement à en tirer qu'un seul, dont la poudre me valut de devenir, ipso facto, le *ménage* de Babette, au grand dam des petits copains en général et de David en particulier.

Hunters of Magic Spells

The object that occupied our entire summer vacation was the *fistibal*, a slingshot which accompanied us through the three months of July, August and September, between June's report cards and our return to school at the beginning of October. We never left home without our *fistibals*. It went without saying. And it was the small boys' only weapon on long hunting expeditions from which we returned empty-handed more often than not, for interminable shooting contests with empty V-8 cans and soda bottles as targets, and for bringing down the highest yellow mangoes that taunted us from the top of the trees; for the mangoes' main season coincided miraculously with the period when we had the most time to go pick them. We also went on hunts for the *wanganègès*, the source of "love-powder," so we would be sure that the girls we loved returned the sentiment. It was a hummingbird that was almost impossible to catch, and whose occasional capture was attributable to sheer luck. In four years of childhood summer vacations before I was ten years old, I succeeded in hitting only one of them, but its powder earned me the right to become Babette's *ménage*, her

La première des étapes était de choisir la paire d'élastiques dont les qualités allaient être essentielles à la mise sous tension du *fistibal*. Ils étaient taillés dans de vieilles chambres à air pour pneus de voiture, et ce commerce était l'exclusivité des réparateurs de crevaisons. C'est au Carrefour 44, chez Mascari, à deux bonnes heures de marche de Quina, au croisement de la grande route menant à Port-au-Prince et de la plus petite menant à Côtes-de-Fer, que se trouvait le plus grand choix. Il y avait des noires et des orangées. J'ai beaucoup aimé les orangées, plus souples que les noires et moins difficiles à bander. Mais c'étaient aussi les plus coûteuses, et l'on avait besoin de ramener un bon carnet de notes de troisième trimestre pour obtenir les quelques centimes de plus pour une paire orangée. Ou d'avoir fait de prévoyantes économies depuis les étrennes de janvier en prévision d'un mauvais carnet. Autrement, il fallait se contenter de l'épaisse paire provenant de chambres à air pour camion, presque rigide et réclamant beaucoup de force pour un lancer médiocre, ou encore, venant des pneus de bicyclette, d'une paire qui s'étirait démesurément pour peu de puissance. Oui, les orangées étaient de loin les meilleures. Mais il y avait d'autres avis tout aussi tranchés que le mien en faveur de certains caoutchoucs noirs.

Une fois déterminée la catégorie d'élastiques que l'on voulait acheter, venait le moment de choisir la bonne paire. Après de longues hésitations et de nombreux essais à étirer à bout de bras chacune des lanières de l'étalage du marchand, et de minutieux contrôles de qualité pour s'assurer de l'absence du moindre petit trou qui irait fatalement en s'agrandissant, après la vérification de l'uniformité de l'épaisseur du caoutchouc en le mirant au soleil, et le contrôle qu'aucune partie n'était plus rigide que l'autre, et que le tracé de la coupe était droit et avait bien été fait dans le sens du roulement du pneu et non en travers, après tout cela, on avait franchi la première étape de l'entrée en grandes vacances : on avait sa paire d'élastiques pour *fistibal*. Car il était strictement interdit de se servir d'un *fistibal* pendant les neuf mois de l'année scolaire, au point que le dernier jour des vacances, il y avait le rituel de la destruction des *fistibals* comme on enterre des compagnons des jours de jeu. Les parents tenaient beaucoup à cette cérémonie d'avant la rentrée. Les professeurs aussi ne manquaient

boyfriend, to the chagrin of my playmates, particularly David.

The first step was choosing a pair of elastic straps whose qualities were essential due to the pressure that would be put on the *fistibal*. They were cut from old automobile inner tubes, and tire-repairers had the exclusive right to sell them. The best selection could be found at Junction 44 at Mascari's place, about two hours' walk from Quina, where the highway to Port-au-Prince crossed the smaller road to Côtes-de-Fer. There were black ones and orange ones. I liked the orange ones a lot, as they were more flexible than the black ones and easier to stretch. But they were also the most expensive ones, and you had to bring home a good report card for the last school term to earn the few extra centimes needed for an orange pair. Or you had to have made provident savings from your New Year's gifts in case your report card was bad. Otherwise, you had to settle for a thick pair cut from a truck inner tube, almost rigid and requiring great effort even for a mediocre shot. Or it might be a pair taken from bicycle tires, which stretched too much and ended up having very little power. Yes, the orange ones were by far the best. But there were other opinions as entrenched as mine in favor of certain black types of rubber.

Once you had decided on the category of straps you wanted to buy, you came to the moment when you must choose the best pair. After much hesitation, numerous tests (made by holding each thong offered for sale in one hand and stretching it the length of your arm), meticulous inspections of the quality of each strap to make sure that it was absolutely free of any tiny holes that might grow larger; after verifying that each was of uniform thickness by holding it up to the sunlight, making sure that no part of it was more rigid than the rest and that it had been cut straight and in the direction the tire turned rather than across the grain; after all that, you had completed the first stage of entry into summer vacation: you had your pair of *fistibal* thongs. For it was strictly forbidden to use a *fistibal* during the nine months of the school year, and on the last day of vacation, there was a ritual destruction of *fistibals*, comparable to the burial of a playmate. Parents insisted on this end-of-vacation ceremony. Teachers, as well, never

jamais, le premier jour de classe, de s'enquérir du sort fait aux *fistibals.* On aurait dit une conspiration. Et c'était une manière de distinction, car il n'y avait que les petits vagabonds à avoir un *fistibal* à longueur d'année. Et gare à celui qui se faisait prendre, hors vacances, avec un *fistibal*! C'était terrible.

Puis le choix de la fourche, le croc, sur lequel monter l'élastique. Cette démarche, de beaucoup plus longue, pouvait s'étirer sur une semaine pendant laquelle on parcourait les environs à la recherche de la bonne branche. Il y en avait qui ne juraient que par le cerisier, mais moi j'étais pour le laurier dont on pouvait rapprocher à volonté les deux branches de la fourche en les attachant pendant deux à trois jours, de préférence plongées dans l'eau de mer, pour qu'elles ne s'écartent plus d'ici la fin des vacances. Mais l'on était aussi cerisier ou laurier en héritage de ce qu'avaient été nos grands frères. Dans ma famille, on était laurier, et chez nos voisins, une longue tradition cerisier présidait aux crocs des *fistibals.* C'était ainsi.

Restait le choix du morceau de cuir qui allait loger la pierre à lancer. En général, une languette d'une vieille botte était le premier choix, tant pour la souplesse du morceau que pour sa dimension capable d'être taillée et ramenée au format requis. Mais une languette de botte n'était pas facile à trouver chaque année, parce qu'une paire de bottes pouvait avoir autant de vies qu'un chat avant d'être déclarée, en fin de parcours, bonne pour le *fistibal,* ultime métamorphose d'une vie bien remplie. Ce verdict final était de la seule compétence des parents. Il fallait parfois se contenter d'un morceau de cuir taillé dans un vieux sac, d'une vieille empeigne, d'une ceinture de selle usée, à condition qu'elle soit assez large.

À l'inauguration des *fistibals,* cérémonie de lancer de la première pierre, tous les petits se retrouvaient sur le quai pour se mesurer aux mouettes, dont les changements brusques de trajectoire rendaient nos tirs pratiquement inoffensifs. C'était de loin l'exercice le plus difficile. Puis, avec plus de succès, on allait dans la vase des palétuviers écraser quelques carapaces de crabes. C'était facile. Le retour en ville passait par l'*Arbre à madansara,* ce chêne immense recouvert de ces volatiles piailleurs, au coin de la route du poste de police. Quelques salves leur étaient lancées et, parfois, il en

forgot to ask what had become of our *fistibals* on the first day of class. It was as if there were a conspiracy. It was even a matter of class distinction, since no one but little ruffians kept a *fistibal* all year long. Anyone caught with a *fistibal* during the school year was in real trouble! It was terrible.

Then there was the choice of a forked stick on which we would mount the rubber straps. This process, even longer than the preceding one, could draw itself out for an entire week while we covered the area around Quina in search of the best branch. There were those who swore by cherry wood, but I favored the laurel, since the two branches of the fork could be brought closer together to just the right distance by tying them up and letting them soak, preferably in sea water, for two or three days. That way, they stayed in place until the end of vacation. But we inherited our affiliation to the cherry or the laurel camp from our older brothers. In my family, we were "laurel"; as for our neighbors, a long "cherry" tradition presided over the forks of their *fistibals.* That was the way it was.

Lastly came the selection of a piece of leather that would contain the stone to be shot. The tongue of an old boot was generally the first choice, for its suppleness as well as its size, which could easily be adjusted to the required shape. But a boot tongue was not easy to find every year, since a pair of boots could have as many lives as a cat before being declared fit for a *fistibal* at the end of its course, the ultimate metamorphosis of a full life. This final verdict was solely within the jurisdiction of our parents. We sometimes had to be content with a piece of leather cut from an old handbag, the upper of an old shoe, or a worn-out saddle strap, provided it was wide enough.

At the solemn opening *fistibal* ceremonies when the first stone was shot, all the little boys would gather on the wharf to pit themselves against the seagulls, whose sudden changes in trajectory made our shots virtually harmless. That was by far the most difficult operation. Then, with more success, we would make our way into the mud of the mangrove swamp to crush a few crab shells. That was easy. We would return to town via the *Madansara* Tree, an immense oak covered by chirping *madansara* birds, at the corner of the road to the police

tombait un ou deux. Avec de la chance. Et les jours se succédaient ainsi en se ressemblant, chasse quotidienne le matin et bruyante compétition de tir sur cible l'après-midi.

Et puis il y eut ce jour béni où je descendis en flèche un *wanganègès*. Ce n'est pas que mes amis fussent franchement jaloux, mais ils ne la trouvaient tout simplement pas drôle que ce ne fût pas à eux qu'arrivât cette chance d'avoir une *ménage*. Il nous était inconcevable, en ces âges tendres, de nous faire autrement une petite amie. Je plumai l'oisillon avec attention pour lui laisser le bec et toutes les plumes de la queue, et après l'avoir vidé et lavé, je le mis à sécher trois jours sur le toit de tôle de la cuisine et des dépendances, construction détachée au fond de la cour. Tous les soirs, je le rentrais sous mon lit dans une boîte à chaussures pour que les bêtes de la nuit ne viennent pas le manger. Je l'écrasai ensuite dans le grand pilon à café, après lui avoir ôté les plumes de la queue et le bec. La poudre était grisâtre comme de la cendre. Je la recueillis dans une petite enveloppe en me servant des plumes comme plumeau et je refermai l'enveloppe avec les deux parties de son long bec, comme il convenait de faire. J'avais suivi toutes les prescriptions qu'on nous disait dater du temps des Indiens, qui l'appelaient colibri, et j'étais fin prêt pour m'enduire un jour la main de la poudre, juste avant d'aller serrer la main de la personne en question. Mais le bruit de ma chasse fructueuse avait déjà couru, et tout le petit monde de Quina savait pour qui je concoctais le puissant sortilège. L'intéressée aussi, probablement une indiscrétion de son frère qui était de ma bande, ou plus certainement une ultime manœuvre déloyale de David, qui lorgnait aussi du côté de Babette.

Le pouvoir de la poudre d'amour était finalement tel que je n'eus même pas besoin de l'utiliser. Je rangeai l'enveloppe scellée pour la prochaine occasion, car le *wanganègès* était très difficile à tirer.

station. A few salvos would be launched at them, and sometimes one or two would fall. Sheer luck. And thus the days ensued, each one like the next, with a daily hunt in the morning and noisy target competitions in the afternoon.

And then there was the day I brought down a *wanganègès*. My friends weren't exactly jealous, but they were not at all amused that they hadn't been the ones lucky enough to have a *ménage*. At our age, they could conceive of no other possible way to obtain a girlfriend. I plucked the little bird, being very careful to leave the beak and all the tail feathers intact. After gutting and washing it, I put it out to dry for three days on the metal roof that covered the kitchen and its other outbuildings, a detached structure at the bottom of the garden. Every evening, I brought it in and put it under my bed in a shoe box so that nocturnal animals would not come and eat it. Then I crushed it in the big mortar and pestle for grinding coffee, after I had removed the tail feathers and the beak. The powder was grayish, like ashes. I gathered it up in a little envelope, using a feather to sweep it in, and I closed the envelope with the two parts of the long beak, just as I was supposed to do. I had followed all the dictates that are said to date from the time of the Indians, who called this hummingbird *colibri*, and I was all ready to coat my hand with the powder some day to go shake the hand of the person in question. But the news of my fruitful hunting had already spread, and all my little Quina friends knew for whom I was concocting this powerful magic spell. The girl involved knew as well, probably as a result of some indiscreet remark made by her brother, who was a part of our group; or even more likely because of some disloyal ploy by David, who also had feelings for Babette.

The love-powder's potency was so strong that I did not even have to use it. I put the sealed envelope away for another occasion, since the *wanganègès* was so hard to catch.

La mort d'Alice C. un dimanche

Un cri. Puis un autre. Et encore un autre. Il est relayé d'îlot en îlot à faire le tour du village. Il n'y a pas à s'y tromper quand, de pleureuses en pleureuses, la larme est ainsi donnée : la mort a frappé. Du côté du front de mer, sans plus de précision pour le moment. C'est alors, dans chaque maison de Quina, une bousculade qui met fin à la tardive sieste du dimanche, après le repas étiré du midi. Le bedeau qui sonnait l'angélus enchaîne avec le glas, sans savoir pour qui il sonne. Branle-bas général des femmes qui enfilent quelque chose de convenable, pour se précipiter quelque part d'imprécis encore. « Qui cela peut bien être ? » se dit ma mère en dévalant l'escalier tout en se jetant, pour coiffe et foulard, la grande mantille espagnole noire qu'elle ne porte que dans ces circonstances. « Personne n'était à l'article de la mort ! »

En arrivant chez les C., en suivant toutes celles qui avaient pris les devants, car seules les femmes et les enfants y vont en premier, les hommes n'arrivant que beaucoup plus tard pour la veillée, il y avait déjà là toutes les voisines et amies de maman, Man Fifie, Man Réa, Man Tigo, Man Émilie et les autres qui s'amenaient

The Death of Alice C. on a Sunday

A shout. Then another. And still another. Relayed from block to block until it makes the rounds of the village. There is no mistaking it when tears are thus passed from weeping women to weeping women: death has struck. In the neighborhood closest to the sea, with no more precise information for the moment. And then, in every house in Quina, there is a bustling about that ends the belated Sunday siesta after the drawn-out noon meal. The verger who had been ringing the Angelus moves on the death knell, without knowing for whom he is ringing the bells. A general move to action stations by the women, who slip into something appropriate in order to hurry off somewhere still indefinite. "Who can it be?" wonders my mother, rushing down the stairs while donning, as headgear and scarf, the big black Spanish mantilla she wears only on these occasions. "There was no one at death's door!"

Arriving at the C.'s house, following all the women who had set out before her (for the women and children are the first to go, while the men arrive much later for the wake), Mama found all her friends and neighbors already there: Man Fifie, Man Réa, Man Tigo, Man Émilie and

une à une, les dernières ayant pris le temps de beaucoup se maquiller, comme tatie Solange qui n'était pas encore mariée. Madame C. mère était effondrée : Alice était morte à New York, un télégramme venait d'arriver. Un dimanche !

Faut dire qu'en ce mitan des années 1950, voyager *là-bas* était exceptionnel, et que toute la proche parenté, entre vingt et trente personnes par voyageur, remplissait à déborder l'unique salle de l'aérogare de Port-au-Prince. Près de trois cents personnes, avec un mélange de petites larmes de bon ton et de grands sourires de fierté, saluaient la douzaine de voyageurs à se hisser par un étroit escalier dans le quadrimoteur de la Pan Am. Ce jour-là, Alice agitait un foulard blanc — avec des motifs sacrés brodés en points de croix rouges aux quatre coins — qu'elle avait sorti de son sac à main, pour faire comme dans les films. *Adieu foulard, adieu madras.* La préparation, bien à l'avance, de ce viatique à faire flotter au rythme du *Ce n'est qu'un au revoir, mes frères* qu'entonnaient immanquablement lors les accompagnateurs, avait été très largement commentée dans le village. Le dessin à réaliser n'était pas simple, c'est-à-dire innocent. Et quatre petites filles choisies, avec un subtil équilibre entre les familles, dont une de mes sœurs, la plus habile aux travaux d'aiguilles, avaient réalisé comme un honneur, la broderie de chacun des coins du foulard de protection d'Alice pendant son voyage.

Le départ d'Alice avait été décidé après qu'une opération délicate aux poumons lui eut été recommandée. Il y avait bien un chirurgien au Sanatorium de Port-au-Prince capable de la réaliser, mais manque de chance pour elle, il était ces mois-ci en prison pour un obscur règlement de compte politique qui menaçait de perdurer. Ce devait être le fait d'une autorité lourde car aucune démarche n'aboutissait à son élargissement. Féfé, frère aîné d'Alice, depuis longtemps installé à New York, fit alors chercher sa sœur pour quelques mois, après s'être chargé de toutes les formalités pour l'intervention chirurgicale.

Alice n'avait donc pas eu de deuxième chance ! Les dames s'activaient aux arrangements de la maison en déplaçant des meubles, faisant chercher argenterie et vaisselle nécessaires à la veillée, se chargeant chacune d'un plat en rapport avec sa renommée culinaire. Mais

others were coming one by one, the last arrivals having taken the time to put on a large amount of makeup, like Tatie Solange who wasn't married yet. Madame C., the mother, was distraught. Alice had died in New York City. A telegram had just arrived. On a Sunday!

You see, in the mid-fifties, traveling *over there* was rarely done, and all the close relatives, between twenty and thirty persons per traveler, used to fill to bursting the only waiting room in the Port-au-Prince airport. Nearly three hundred people, blending small, tasteful tears with broad smiles of pride, would see off the dozen or so travelers who would vanish into the four-engine Pan-Am plane. That day, Alice was waving a white scarf—with sacred figures embroidered in red cross-stitch in the corners—which she had taken from her handbag to say good-bye the way they do in films. *Farewell scarf, farewell headscarf.* The preparation (made well in advance) of this object of leave-taking to wave in the air to the rhythm of *It's only for a while, my brothers* that the people seeing off relatives chanted without fail, was commented upon at great length in the village. The design to be stitched on the scarf was not simple—"innocent," in other words. And four little girls (chosen with a subtle balance among families), including one of my sisters (the most adept at needlework) had stitched with a sense of honor the embroidery of each of the corners of the scarf which would protect Alice during her voyage.

Alice's departure had been decided upon after it had been recommended that she undergo a delicate lung operation. There was a surgeon at the Port-au-Prince Sanatorium capable of doing it, but unluckily for her, he was spending those months in prison to settle some murky political score which looked as if it would go on for a long time. It must have been on the orders of someone in high authority, since no efforts had been able to bring about his release. Féfé, Alice's oldest brother who had been settled in New York for some time, sent for his sister to come and stay several months, after making all the arrangements for the surgery.

So poor Alice had not survived this second chance! The women were busy with the arrangement of the house, moving furniture, sending for the silverware and dishes needed for the wake, each one taking the responsibility to bring a dish of food in accordance with her

Madame C. mère s'était réservé la soupe jaune, que l'on devait servir chaude au petit jour du lendemain, à partir de 5 h 30, au lever du soleil comme il se doit, au départ des hommes qui avaient passé la nuit et l'arrivée des femmes qui prenaient la relève de jour. Comme il n'y avait pas de cadavre à porter et à préparer, baigneuses inutiles et croque-morts désœuvrés s'activaient aux pompes funèbres des tentures noires à placer devant la maison, aux miroirs à recouvrir de draps blancs, aux chandelles de suif jaune à allumer. C'est qu'il y a beaucoup à colorier dans une maison mortuaire !

Vers huit heures du soir, les différentes pièces du bas — car c'était une demeure à chambres hautes — la tonnelle et la cour fin prêtes pour la veillée, les hommes s'amenèrent tous, couleurs sombres des habits, chapeau de feutre noir de rigueur, chemises boutonnées jusqu'au col, mais sans la cravate qui ne serait portée que le jour de la mise en terre. La veillée prit immédiatement son élan avec la première rasade collective de punch planteur. Ensuite le rhum devait se prendre sec, en alternance avec le punch sucré, pour convoquer plus rapidement la griserie qui délie les langues. Il avait fallu faire ouvrir l'épicerie fermée le dimanche pour la vider de ses bouteilles. Cette mort inattendue avait quand même pris tout le monde de court, l'épicier compris, qui dut y aller de sa réserve personnelle de rhum pour éviter de porter l'odieux d'une rupture de stock en cours des libations d'une veillée. La boîte à *lodyans* s'ouvrit sur la fois où Alice s'était rendue par-ci par-là, pour faire ceci cela, qui s'était terminé comme ci comme ça ! Et puis l'autre fois où de-ci de-là, en quête de ci et de ça, Alice... *et cæteri, et cætera.*

Rares encore étaient les Haïtiens à mourir à l'étranger. Et si les départs étaient l'occasion d'une brave parade familiale, le retour d'un cadavre était nettement à l'aéroport une manifestation de la foule des parents, amis, et connaissances... aux mines appropriées. On n'échappait pas non plus à la scène de quelques femmes plongeant subitement à s'y méprendre dans les contorsions d'une crise de possession, sur fond de bêlements d'interjections — Aaaah ! Ooooh ! Eeeeh ! Tout le village se préparait ainsi et il n'était pas concevable que chaque famille ne fût dignement représentée par quelques insignes délégués. En plus du camion d'Edmond et de celui

culinary renown. But Madame C., the mother, took upon herself the preparation of the yellow soup, the *soupe jaune*, which had to be served hot at dawn the next day, from 5:30 at sunrise, which is the custom upon the departure of the men who had spent the night and the arrival of the women who took over for the day. Since there was no corpse to carry and prepare, useless body washers and undertakers at loose ends busied themselves preparing the house for mourning—black hangings to place in front of the house, mirrors to cover with white cloths, yellow tallow candles to light, etc. The fact is, there is a lot of color in a house of mourning!

At about eight o'clock in the evening, with the various rooms below (for this was a two-story house with the bedrooms above), the *tonnelle* and the yard all perfectly prepared for the wake, the men came wearing dark colors, the required black felt hat, shirts buttoned to the neck, but without the necktie that would be worn only on the day of the burial. The wake quickly gathered momentum with the first collective swig of planter's punch. After that, rum was supposed to be taken straight, alternating with the sweet punch, rapidly bringing about the headiness that unlocks the tongue. They had had to open the grocery store, which was closed on Sundays, to empty it of its bottles. This unexpected death had caught everyone unprepared, the grocer included, and he had to dip into his personal reserves of rum to avoid bearing the odium of a shortage of stock during the libations of a wake. The box of *lodyans* opened with the time Alice had gone here there, to do this that, which had ended up like this like that! And then the other time when from here from there, looking for this and that, Alice... et cetera, et cetera.

It was still rare for a Haitian to die in a foreign country. And if departures were the occasion for a brave family display, the return of a corpse to the airport was clearly a rally consisting of a crowd of kinfolk, friends, and acquaintances... with the appropriate expressions on their faces. It was also impossible to avoid the sight of a few women falling suddenly into the identical contortions of a fit of possession, against a background of bleatings and interjections—Aaaah! Ooooh! Eeeeh! And so the entire village prepared itself, and it was inconceivable that each family would not be duly represented by a few distinguished delegates. It went without say-

d'Yves, les transporteurs locaux réquisitionnés de fait comme cela allait de soi, l'on avait déjà retenu à Saint-Louis celui de Luc et au Vieux-Bourg celui de Pierre. Avec quatre camions de neuf bancs de neuf passagers chacun, les quelque trois cents personnes à y aller composeraient un cortège digne de nous tous, et de cette vieille famille quinoise de toujours, pour ramener Alice au pays des merveilles célestes.

La veillée allait son cours et dix heures approchant, les femmes et les derniers enfants allaient être renvoyés à la maison, pour laisser seuls les hommes à leurs histoires moins convenables, comme je l'apprendrai plus tard. C'est alors que tatie Solange — dont on disait derrière son dos qu'elle ne ratait pas une occasion de sortir son anglais, appris lors d'un séjour à la Jamaïque où l'on envoyait parfois quelques jeunes filles parfaire le secrétariat bilingue — tatie Solange s'enquit donc du télégramme dont elle offrit de traduire la partie des informations en anglais, comme le bureau d'expédition, le jour et l'heure de l'envoi, etc. À Quina, nous en étions encore aux lettres par bateau, et depuis peu par avion, et chaque chef-lieu de commune comme chez nous avait un bureau du téléphone et un télégraphiste. Je me souviens avoir vu Monsieur Fontaine communiquer journellement par morse, le téléphone étant capricieux et peu fiable. Des terminaux sans cadran reliaient certains bureaux publics et quelques rares maisons à la centrale, et il suffisait de quatre à cinq vigoureux tours d'une manivelle pour entrer en communication avec Monsieur Fontaine et être mis en ligne avec la capitale et les autres villes de province. Avec un peu de chance tout de même. Quant au télégramme, c'était alors un médium inusité, pratiquement réservé aux mauvaises nouvelles, surtout celles venant de l'étranger, à un tel point qu'on l'associait un peu partout aux messages de décès.

L'enveloppe fut apportée. Tatie Solange, moue intriguée de lèvres purpurines, tourna et retourna l'enveloppe brune manifestement encore cachetée. Elle l'ouvrit avec des manières, pour ne point se casser un ongle mêmement purpurin, et, le temps d'une imperceptible hésitation, lut d'une voix, qui soudain n'avait plus rien d'affecté, une voix blanche : « Opération réussie, Féfé. »

ing that local shippers Edmond and Yves would have their trucks commandeered. Trucks belonging to Luc in Saint-Louis and Pierre in Vieux-Bourg were called upon as well. With four trucks containing nine benches holding nine passengers each, the three hundred or so persons who were going to the airport would make up a procession worthy of us all, worthy of that old family that had always lived in Quina, to accompany Alice back to the land of celestial marvels.

The wake was running along smoothly, and as ten o'clock approached, the women and the last of the children were going to be sent home, leaving the men alone with their less respectable stories, which I was to learn about later. It is at that moment that Tatie Solange—of whom it was said behind her back that she never missed an opportunity to show off her English, learned during a stay in Jamaica where they would sometimes send young women to perfect their skills as bilingual secretaries—Tatie Solange brought up the subject of the telegram, offering to translate the part of the information that was in English, such as the office that had sent it, the day and the time it was sent, etc. In Quina, we were used to letters brought by boat, or more recently by air, and each commune's administrative center had a telephone office and a telegrapher. I remember seeing Monsieur Fontaine communicate daily by Morse code, since the telephone was capricious and not very dependable. Telephones without dials connected some public offices and a very few homes to the central switchboard, and it only took four or five vigorous turns of a crank to contact Monsieur Fontaine, who would connect you with the capital and other provincial cities. At least with a little luck. As for the telegram, it was at that time a medium that was almost never used, virtually reserved for bad news, especially from a foreign country, to the point that it was associated nearly everywhere with death announcements.

The envelope was brought. Tatie Solange, with an intrigued pout on her crimson lips, turned the brown envelope over several times—an envelope which was obviously still sealed. She opened it carefully, so as not to break a fingernail of the same crimson, and after an imperceptible hesitation, read with a voice that had suddenly lost all its affectation, a blank voice: "Operation a success, Féfé."

Madame Grandbousin du Limousin

L'attaché culturel de France faisait pour la première fois une tournée des provinces haïtiennes. L'ordre lui était venu d'en haut, de Paris, depuis qu'un grand reporteur avait fait état de la grogne des provinces contre la Compagnie Jean Gosselin, une troupe française qui chaque année dans son périple aux îles francophones ne touchait que Port-au-Prince, pour y jouer trois pièces, sans jamais moindrement s'ouvrir aux provinces. L'article, dans le plus pur style à sensation de *Paris-Match*, s'attardait sur l'île magique et mystérieuse et africaine dont on découvrait pêle-mêle le créole et le vodou, les *madansara* et le *plaçage* au son des tambours rituels et sur fond d'ignorances, de la langue aux croyances, des mœurs aux coutumes.

L'Exposition internationale du Bicentenaire de Port-au-Prince en 1949 venait de placer la capitale à la une du monde, mais les provinces étaient restées quantités négligeables. Et négligées. Seules quelques familles bien pourvues faisaient religieusement chaque année le pèlerinage d'une semaine pour voir à Port-au-Prince les trois pièces. De retour de ce « bain de culture », comme il se disait, certains tenaient galerie à les raconter

Madame Grandbousin from Limousin

The French Cultural Attaché was touring the Haitian provinces for the first time. The order had come from higher up, in Paris, because a well-known journalist had reported on the discontent in the Provinces concerning the "Compagnie Jean Gosselin," a French theatre troupe that each year in its journey to the French-speaking islands stopped only at Port-au-Prince to present three plays, without ever setting foot in the Provinces. The article, in the purest sensational style of *Paris-Match*, dwelled on the magic and mysterious and African island where in its jumbled fashion Europe was discovering Creole and vodou, *madansaras* and *plaçage* to the sound of ritual drums against a background of ignorance of everything from language to beliefs, from manners to customs.

The International Exposition for the Bicentennial of Port-au-Prince in 1949 had recently put the capital on the front pages of the world, but the Provinces had remained a negligible factor. And neglected. Only a few well-heeled families religiously made the week-long pilgrimage each year to see the three plays in Port-au-Prince. On their return, "steeped in culture," as the

publiquement, en vantant la qualité de la langue et surtout de l'esprit français, si fin si fin.

Il fallait faire quelque chose, mais l'on était quand même loin du temps à venir des excuses publiques pour esclavage, voire des restitutions de ressources massivement détournées qui figureront sans aucun doute aux agendas du XXIe siècle ; nous étions alors tout juste dans l'après-guerre et l'avant-décolonisation. L'attaché culturel s'était mis en route, et rapport avait été fait quotidiennement à la préfecture de Quina par *télédiol* (télégueule) — la rumeur volant de bouche à oreille — sur tout ce que le représentant de la France disait à chaque étape le long de la nationale du Sud, la RN 200. Et l'attaché avait dit la même chose à tout le monde, à chacune des assemblées de Grand Goâve, Petit Goâve, Miragoâne. Aussi, quand vint le tour de Quina à la quatrième étape, l'assistance, qui savait déjà tout de ce qui allait être dit, fut-elle impatiente, signifiant au visiteur, par des salves d'applaudissements à chaque inflexion de sa voix, d'abréger sa communication qui menaçait d'être longue. Cette technique de raccourcissement des discours avait été mise au point depuis longtemps à Quina, car autrement l'on n'aurait plus fait que ça, les écouter. Et ma foi, cette trouvaille marchait presqu'à tout coup, sauf avec les dépourvus d'humour qui mettaient toujours un certain temps avant de se rendre compte de leur infortune. C'est que tout le monde avait hâte que les discours finissent pour se précipiter sur le buffet que les grandes dames de la ville, aidées des élèves en arts ménagers de chez les Sœurs, avaient mis trois jours à monter. C'était une immense table garnie dressée dans l'auditorium de cette école de filles et je n'avais d'yeux que pour les sandwichs à deux ou trois épaisseurs, aux deux et trois couleurs nationales des deux pays, bleu et rouge ou bleu, blanc, rouge. L'art de colorer les farces était en honneur à Quina.

L'attaché culturel, qui jouissait de ce succès inespéré de voir chaque membre de ses phrases autant embraser une assistance provinciale, était inextinguible : la France venait offrir un prix de consolation sous forme d'une activité culturelle itinérante en la personne d'un conférencier qui passerait une fois par année entretenir la ville d'une question d'intérêt, pour le maintien de la culture française. Il finit tout de même par se douter de

expression went, some held forth publicly about them, vaunting the quality of the language and especially of the French mind, so refined, so refined.

Something had to be done, but we were still far from the future era of public apologies for slavery, and even farther from restitutions of massively diverted resources which will certainly appear on the agendas of another century: we were in the post-war pre-decolonization period. The Cultural Attaché had set out, and daily reports had been made to the administration in Quina by *télédiol* (*télégeule*, or word-of-mouth) on everything the representative of France said at each stop along the Southern National Highway, the RN200. And the Attaché had said the same thing to everyone, to each gathering in Grand Goâve, Petit Goâve, Miragoâne. And so when Quina's turn came at his fourth stop, the audience, which already knew everything that was going to be said, grew impatient, letting the visitor know through waves of applause at each inflection of his voice that he should shorten his speech which threatened to be long. This technique for shortening speeches had been perfected over a long time in Quina, for otherwise they would have ended up doing nothing but listening to them. And amazingly, this ingenious technique worked almost every time, except with the humorless ones who took a certain amount of time before becoming aware of their misfortune. The thing was that everyone was anxious for the speeches to end so they could fall upon the buffet that the leading ladies of the town, helped by home economics students from the convent school, had taken three days to prepare. It was an immense, copious table set up in the auditorium of that girls' school, and I had eyes only for the two- or three-layer sandwiches, in the two and three national colors of the two countries, blue and red or blue, white, red. The art of coloring sandwich fillings was highly regarded in Quina.

The Cultural Attaché, basking in the unexpected success of seeing each clause of his sentences so inspire a provincial audience, was unquenchable: France had come to offer a consolation prize in the form of an itinerant cultural activity in the person of a lecturer who would travel through once a year to speak to the town about a subject of interest, for the purpose of maintaining French culture. But he did end up suspecting some-

quelque chose, du moins en eus-je l'impression, quand la musique cadencée des battements de mains ne lui laissa même plus le loisir de poursuivre, après qu'il eût qualifié la langue française de « plus beau butin de votre guerre d'indépendance ». Il fut alors définitivement muselé par l'ovation debout qu'allait soulever à chaque fois cette ritournelle qu'entonnera, à partir de ce jour, tout fonctionnaire français dûment chapitré avant parachutage à Quina ; l'effet était garanti. C'est ainsi que nous passâmes enfin aux choses sérieuses.

Et l'on vit arriver, l'année d'après, la plus célèbre des voitures françaises des films policiers du dimanche soir, la Citroën noire de Jean Gabin, carrée et basse sur pattes comme l'acteur. Tout avait été pensé pour frapper les imaginations. En descendit, crinière rousse au vent, une rondelette Madame Grandbousin du Limousin. Ainsi se présenta-t-elle dès la prise de contact, pour créer un courant de sympathie « entre provinciaux que nous sommes tous », disait-elle, avec une fierté forcée. Le Limousin était donc une province de France ; ça, on ne savait pas. Grandbousin par contre, on savait. Les autorités locales, prises de court, n'eurent aucune marge de manœuvre pour prévenir l'inéluctable suite.

La missionnaire demanda à faire sans plus tarder le tour des écoles pour nous parler des symboles de la grandeur française : le coq gaulois, Marianne au bonnet phrygien, l'hexagone comme figure géométrique parfaite et l'orthographe française qui séparait l'élite du peuple... Et elle se présentait à chaque fois comme Madame Grandbousin du Limousin, avant d'éclater d'un grand rire satisfait de son humour devant des interlocuteurs consternés. Cependant, ce fut tout le contraire chez les petits qui ne tenaient plus en place : bousin signifiant prostituée en créole, et grand bousin, oh là là ! C'était à celui qui prononcerait le plus de fois le nom de la dame, laissant tomber au passage la particule de politesse, pour ne plus conserver que « grand bousin du Limousin » que tous les élèves scandaient avec jubilation dans la cour de récréation en raccompagnant à sa voiture la dame, émue à pleurer de l'accueil fait à son jeu de mots.

L'attaché culturel lui avait bien dit que la tournée culminerait à Quina, compte tenu de la chaleur de ces gens simples et sans malice, bon public de surcroît,

thing, at least I had that impression, when the rhythmic music of clapping hands did not even give him time to go on after he had described the French language as "the greatest spoils of your war of independence." He was definitively muzzled at that moment by the standing ovation that would be brought on each time by this same phrase which from that day on would be intoned by every French bureaucrat, duly informed before parachuting into Quina. The effect was guaranteed. And thus we were able to go on to more serious things.

And the next year saw the arrival of the most famous of French automobiles from the Sunday-evening mystery films: Jean Gabin's black Citroën, stocky and short-legged like the actor. They had thought of everything to appeal to the imagination. From it alighted, her red mane blowing in the wind, a plump Madame Grandbousin from Limousin. That is the way she introduced herself from the very beginning, to create fellow feeling "among the provincials that we all are," she said, with a rather forced pride. Limousin seemed to be a province of France; we hadn't known that. On the other hand, we knew Grandbousin. The local authorities, caught short, had no room to maneuver in order to prevent the inevitable consequences.

This cultural missionary requested an immediate tour of the schools, in order to speak to us of the symbols of French grandeur, the French rooster, Marianne in her Phrygian cap, the hexagon as a perfect geometric figure, and French spelling, which distinguished the elite from the common people, etc. And each time she introduced herself as Madame Grandbousin from Limousin, before bursting out into a hearty laugh, pleased at her own sense of humor before her dismayed listeners. However, it was the opposite situation with the little ones who could not keep still: *bousin* meant prostitute in Creole, and *grand*, or big prostitute, *oh là là*! They competed to see who could say her name the most often, dropping the polite title, keeping only "grand bousin from Limousin," which all the pupils chanted jubilantly as they accompanied her across the playground to her car—a lady overcome to the point of tears at the response to her play on words.

The Cultural Attaché had told her that her trip would end in Quina because of the warmth of these simple

avoua-t-elle rougissante de félicité, mais jamais elle n'avait pu imaginer que ce serait à ce degré d'ébullition.

and harmless people. A good audience besides, she admitted blushing with happiness, but she would never have imagined that the fever of excitement would be that intense.

La fabrication des petits machos

Pour fabriquer un petit macho il faut beaucoup de petites pièces que l'on doit emboîter de savante manière. Patiemment. Le schéma de montage est cependant depuis longtemps connu. Les provinces et la capitale utilisaient des tours de mains ancestraux quasi identiques pour la mise au point des petits garçons, quoique chaque province cultivât quelques fantasmes particuliers, pour se démarquer des autres. À Quina, le comble de la félicité était de mourir à quatre-vingt-deux ans, de mort violente, sous les balles assassines du mari jaloux d'une jeune bougresse, éperdue ! Mais l'image ne s'arrêtait pas là dans son envol, encore fallait-il avoir dépensé sa fortune pour cette belle, et ne laisser à sa mort qu'un seul chèque, de préférence sans provision, pour ses funérailles.

Chaque petit garçon était donc exposé à cet idéal, dont il pouvait répéter le mot à mot, sans encore trop comprendre le sens, même pour les plus délurés et les plus imaginatifs. Je me souviens de m'être beaucoup tracassé une année, à propos du seul vieillard de quatre-vingt-deux ans du village, père Gélumet, à essayer de deviner pourquoi un jeune mari jaloux devait occire de

Manufacturing Little Machos

The production of a little macho requires a lot of little parts that must be assembled skillfully. Patiently. But the assembly diagram has been familiar for a long time. The provinces and the capital used nearly identical ancestral techniques in the fine tuning of little boys, although each province cultivated certain of its own fantasies in order to distinguish itself from the others. In Quina, the ultimate good fortune was to die a violent death at eighty-two years of age, felled by the murderous bullets of a husband jealous of a young woman desperately in love with you. But the fancy did not stop there in its flight—you should also have spent your entire fortune on this beautiful woman, so as to leave nothing but one check, preferably without the funds to cover it, for your funeral.

And so every little boy was exposed to this ideal, which he could repeat word for word without understanding much of what it meant, even for the most knowing and imaginative among them. I remember fretting a lot, one year, over the only eighty-two-year-old man in the village, *père* Gélumet, trying to figure out why a young jealous husband was supposed to put a

quelques balles ce dernier survivant des joueurs de bésigue de Porte-Gaille, qui n'avançait plus que lentement, courbé à quatre-vingt-dix degrés, à l'aide d'une marchette, sur quatre roues de trottinette, que lui avait confectionnée son fils, le soudeur de la ville. Le père Gélumet n'avait pas le physique de l'exploit. Et personne ne l'assassina jusqu'à son quatre-vingt-troisième anniversaire. Ce jour-là, après les nombreux visiteurs qui étaient passés le saluer bruyamment, comme pour fêter le grand risque auquel il avait habilement échappé, lui laissait-on entendre avec force clins d'yeux, je résolus d'approfondir la question. Mais je ne pouvais l'aborder de front, avec quelque adulte que ce soit. Pas plus qu'avec les copains de mon âge.

Tout questionnement des viriles normes célébrées, bien avant les premières manifestations d'une sortie prochaine de l'enfance, par quelques jets nocturnes pendant son sommeil, revenait à manquer à un code d'honneur et surtout à se faire suspecter, sinon accuser, de « tendances tendancieuses pour un petit garçon de sexe masculin », comme on disait. Il fallait donc, pour se mériter la raison sociale d'homme-à-femmes propre aux machos, avoir couché dans une vie d'homme avec tant de centaines de femmes, et aucune place n'était faite à ceux qui rêvaient plutôt de centaines de fois avec la même femme. Je ne crois pas avoir entendu à ce sujet, une seule fois dans mon enfance, le mot fidélité, substantif sans objet chez le genre masculin.

Il fallait à un homme autant de femmes que de jardins, et l'on citait tel ou tel patriarche, riche de quatre-vingt-dix ou de cent parcelles de café dans la montagne et d'autant de femmes-jardins. Il flottait même une sorte de dédain pour les sourates du Prophète qui limitait à quatre le nombre d'épouses. Des versets anémiques. Il est vrai, s'empressait-on d'ajouter, admiratif, que les harems étaient exceptions courantes chez les musulmans. Ainsi découvrait-on les religions du monde et la diversité des peuples par le petit bout de la lorgnette des mâles de l'espèce.

Je me mis à collectionner, en cachette, comme les morceaux d'un puzzle à assembler dès que possible, les remarques coquines et égrillardes qui couraient dans les références littéraires régulièrement convoquées au secours de l'imaginaire local. Le père Karamazov était le

few bullets through this last survivor of the Porte-Gaille bezique players. He moved so slowly, his body bent at a ninety-degree angle, with the help of a walker contrived for him by his son, the town welder. *Père* Gélumet did not have the physique for such an exploit. And no one killed him before his eighty-third birthday. That day, after numerous visitors had come to greet him noisily, as if to celebrate the great danger he had so cleverly escaped, alluded to with all sorts of winks, I resolved to explore the issue more deeply. But I couldn't come right out and ask any of the adults. No more could I with boys my age.

Any questioning of highly-extolled masculine norms, long before the first manifestations of a coming end to childhood evidenced by a few nocturnal emissions, would be considered betraying a code of honor and causing the questioner to be suspected, if not outright accused, of "tendentious tendencies in a little boy of the male gender," as they put it. And so, to deserve the title of a true ladies' man fit for machismo, you had to have slept during your man's life with so many hundreds of women, and no status was accorded to those who dreamed instead of sleeping hundreds of times with the same woman. On this subject, I do not believe I ever heard even once the word fidelity—a purposeless substantive in the eyes of the masculine gender…

A man needed as many women as he had garden patches, and such and such a patriarch was referred to as endowed with ninety or a hundred coffee plots in the mountains and with as many *femmes-jardins.* A certain disdain even hovered around for the *suras* of the Prophet which limited the number of wives to four. Anemic verses. It is true, one hastened to add admiringly, that harems were common exceptions among the Muslims. Thus we discovered world religions, and the diversity of peoples, through the blinkered vision of the males of the species.

I began to collect in secret, as pieces of a puzzle to be assembled as soon as possible, naughty remarks and bawdy bits of conversation that ran through the literary references regularly called upon to support the local imagination. The elder Karamazov was the most often quoted, he who wished nothing better than to die *happily in a woman's bed like a general on his battleground,*

plus cité, lui qui souhaitait mourir « content dans le lit d'une femme comme un général sur son champ de bataille, sabre au clair ». Le livre ne devait me tomber entre les mains que dix ans plus tard, et c'est avec avidité que je le traversai, en faisant une pause émue au passage qui s'était rendu jusqu'à Quina, Dieu seul sait par quel chemin ! Je me rendais bien compte qu'avec le temps, ceux de Quina avaient ajouté le « sabre au clair », qui avait échappé à Dostoïevski, mais qui, reconnaissons-le, ne déméritait pas de cette dernière scène. Ce genre de rajouts était fréquent dans les citations des *pages roses* quinoises du parfait petit macho.

Mais, c'est l'étrange ferveur dont bénéficiait Mussolini, qui fera plus tard couler beaucoup d'encre sur Quina. Il y avait d'abord la chanson que, dès huit ou neuf ans, je connaissais par cœur, et que je peux encore chanter, même si je n'ai jamais entendu entonner cette mélodie ailleurs qu'à Quina. Depuis la fin de la guerre, elle avait dû disparaître de partout, évidemment, sauf dans cette petite ville, plus concernée par les performances sexuelles du Duce que par les contre-performances fascistes.

En voulant visiter l'Italie
Je débarque au pays du soleil
En vain à l'hôtel je supplie
Vite une chambre
Car je meurs de sommeil

Le patron m'dit
Faudra coucher dehors
Y'a plus de place
pas même dans le corridor
Et au lieu de discuter
je me mis à lui chanter

Viva Mussolini !
C'est le plus grand homme
qui soit à Rome
et s'il était ici
Nous aurions bu à sa santé
Et alors le patron de l'hôtel
me dit : Vous coucherez dans mon lit
Viva Mussolini !

etc. etc.

his sword unsheathed. The book would not come into my hands until ten years later, and I went through it avidly, pausing fondly at the passage which had made its way to Quina, by God knows what route! I realized that with time, the men of Quina had added the "sword unsheathed," which had not occurred to Dostoyevsky, but which, let us admit, did nothing to detract from that final scene. This type of exaggeration was frequent in the quotes from the Quinois "pink pages" for the perfect little macho.

But it is the strange admiration enjoyed by Mussolini which would later cause much ink to flow on the topic of Quina. First of all there was the song which I knew by heart from the age of eight or nine, and which I can still sing, even though I have never heard this melody sung outside of Quina. After the War's end, it obviously must have disappeared everywhere except in this little town, more concerned with *Il Duce*'s sexual performance than by the Fascists' poor performance.

Desiring to visit Italy
I land in the country of sunshine
At the hotel in vain
For a room I beg
Since I'm dying for sleep

The owner told me
You have to sleep outdoors
There's no more room
Not even in the hallway
And instead of arguing with him
I began to sing

Long live Mussolini!
He's the greatest man
In all Rome
And if he were here

We would have drunk to his health
And so the hotel owner
Said to me: You'll sleep in my bed
Long live Mussolini!

Etc., etc.

Quelques anthropologues, ethnologues et autres géographes blancs de passage se sont jetés, dès la fin des années 1950, sur ce courant fasciste qui aurait saisi toutes les personnes du sexe masculin d'une communauté entière. Mais, comme par ailleurs, aucune manifestation fasciste ne venait corroborer cette vénération de Mussolini à Quina, mémoires et thèses se livrèrent à une surenchère explicative de laquelle émergea une nouvelle modalité de fascisme, du genre petit-nègre, par analogie aux parlers du même nom, sorte de dérive tropicale et provinciale bon enfant de la souche européenne. Cet amour suspect serait, pour d'autres, lié au décorum du fascisme, ce qui collait mal dans ces terres fertiles en personnages haut en couleur, plus grands que nature, et dans cette période de guerre mondiale si féconde en chefs flamboyants dans les deux camps — Patton devait laisser son prénom à plus d'un au village et Rommel eut aussi ses inconditionnels. Non, l'énigme est restée entière et la question sans réponse pour les savants, ce qui n'a pas empêché un amoncellement académique de deux décennies.

Mais si leur terrain avait duré une semaine de plus, ou plus d'une semaine, selon le cas, ils se seraient peut-être rendu compte de ce que nous autres les petits savions déjà : cette postérité inattendue de Mussolini, plus tenace que celle de tous les autres chefs, lui venait de la légende à Quina des six mille femmes qu'il aurait séduites dans sa vie — aidé en cela par les trois testicules qu'on lui créditait aussi.

Several anthropologists, ethnologists, geographers and other whites passing through near the end of the 1950's fell upon this fascist tendency that was supposed to have taken hold of all the persons of the male sex of an entire community. But since no manifestations of fascism could be found to corroborate this veneration of Mussolini in Quina, dissertations and theses engaged in explanatory one-upmanship from which emerged a new modality of fascism, of the black-pidgin-French-type analogous to the dialects of the same name, a sort of tropical, good-naturedly provincial offshoot from its European roots. According to others, this suspicious admiration was tied to the decorum of fascism, but that hardly seemed to apply to this land which was so fertile in colorful characters, bigger than life, nor with that era of world war which was so prolific with flamboyant leaders of all kinds in both camps—Patton would leave his first name to more than one in our village, myself included, and Rommel also had his devoted admirers. No, the enigma remained unsolved and the question unanswered for the scholars, which in no way prevented the piling up of a great academic mass over two decades

If their sojourn had lasted one week more, or more than one week, depending on circumstances, they might have realized what we young boys already knew: that this unexpected posterity of Mussolini, more tenacious than that of any other wartime leaders, came from the legend in Quina of the six thousand women he was supposed to have seduced during his life—helped along by the three testicles with which he was also credited.

La danse du ventre

L'année 1954 en fut toute une. À vous détrôner toutes les références habituelles à la guerre de Corée, à la IVe République en France, aux républicains avec Dwight Eisenhower aux États-Unis et aux Russes avec Nikita Khrouchtchev, au terrible cyclone Hazel et à la Guerre froide. Car, 1954 fut l'année du hula hoop, ce cercle de plastique coloré vif que l'on faisait tournoyer à sa taille à coup de mouvements des hanches! Pour chaque petit macho en formation d'avant puberté, ce fut l'année des premiers doutes et du côté des petites filles, ce fut l'année des premières audaces d'une deuxième moitié de siècle qui en comptera tellement.

Jusqu'à l'exhibition de cet engin simpliste et de peu de chose — c'est du hula hoop qu'il s'agit —, le déhanchement en public était strictement une performance masculine dont les roulements, pointes et contre-pointes, atteignaient des sommets la semaine du carnaval avant carême, au terme de trois mois de défilés réguliers des bandes carnavalesques, le dimanche, à partir de janvier. Dans ce happening de jeunes mâles, réunis pour singer le rut en une célébration païenne du phallus, il était évidemment très mal vu pour une fille

Belly Dance

Nineteen fifty-four was quite a year. It outdid all the usual references to the Korean War, the Fourth Republic in France, the Republicans with Dwight Eisenhower in the United States, and the Russians with Nikita Khrushchev, terrible hurricane Hazel, and the Cold War. 1954 was the year of the hula hoop, that circle of brightly-colored plastic that would spin around your waist, propelled by the movements of your hips. For every little prepubescent macho-in-the-making, it was the year of his first doubts, and as for the little girls, it was the year of the first act of daring in a half-century that would see many more.

Until the introduction of this simplistic, negligible device—I mean the hula hoop—swaying your hips in public was a strictly masculine performance whose rotations, points and counterpoints reached their height during Carnival week, just before Lent, the culmination of three months of regular Sunday parades of costumed crowds begun in January. During this "happening" for young males gathering to ape the movements of rutting season in a pagan celebration of the phallus, it was obviously frowned upon for a girl to show up, and indeed

de s'y montrer et, effectivement, ces festivités de la danse du ventre étaient exclusivement masculines. À une exception près, les trois jours gras, dans le défilé des chars bariolés montés de reines, aux déguisements de robes longues moulantes, secouées d'un balancement très digne, tout au plus coquin, fesses serrées de gaines-culottes à baleines, sous les vains assauts de méringues hurlantes.

Le hula hoop, que chacun avait reçu en cadeau à l'une des nombreuses occasions de cadeau, Noël, Jour de l'an, Fête des Rois, etc, fut une conquête des petites filles qui saisirent vite tout le parti qu'elles pouvaient en tirer en s'y spécialisant et en organisant des concours et des parades dont les garçons furent exclus, après avoir été battus sur leur propre terrain. Ce prétexte à la danse du ventre pour les filles, cette incitation à parfaire leur coup de hanche, plongea les garçons dans une boudeuse morosité quand ils les virent bien mieux faire qu'eux. Bientôt, les compétitions exclusivement féminines prirent une extension nationale. Au cours des vacances d'été, chaque dimanche, les meilleures danseuses de hula hoop du pays vinrent rivaliser à la capitale, en solo, duo, trio... car cet art avait conquis le niveau d'enchaînement de mouvements qui mérite le nom de danse et le statut de phénomène médiatique de l'année.

Quina s'était distinguée avec Annick, championne nationale toutes catégories, dont la virtuosité relevait d'un talent naturel pour ça. Du haut de ses 12 ans, elle était effectivement en forme et grande, elle s'était imposée dès les premiers moments du déferlement de la manie collective, avant même qu'une quelconque riposte puisse être trouvée par les garçons. Les filles s'étaient emparé cet été-là, avec méthode, et un rien de narquois, des lieux publics masculins en venant s'entraîner, sur la grande place, sur les plages, à l'emplacement du marché, à des figures de plus en plus complexes dans lesquelles le hula hoop grimpait et descendait de la tête aux pieds, virevoltait au bout des mains, remontait le long du bras pour repartir de la tête jusqu'aux hanches, là où c'était merveille de le voir tournoyer plus vite qu'une toupie. Puis, l'on vit Annick mettre au point des chorégraphies et enseigner aux filles des numéros avec plusieurs hula hoops à la fois, dans des cadences et des contorsions jusque-là inexplorées. C'en était trop, faut-

these belly dancing festivities were exclusively masculine. With one exception: the three non-fasting days, during the parade of gaudy floats topped by queens, costumed in long, clinging gowns which were set to swinging by a very dignified yet saucy hip movement, their buttocks imprisoned in panty-girdles ribbed with stays, resisting the vain assaults of blaring *merengues.*

The hula hoop, which everyone had received on one of the numerous occasions for gift-giving—Christmas, New Year's Day, Epiphany, etc.—was an arm of conquest for the little girls who quickly understood everything they could gain by specializing in it and by organizing contests and parades from which the boys were excluded, having been beaten at their own game. This opportunity for girls to belly dance, this incitement to perfect their hip movements, plunged the boys into a pouting gloom when they saw the girls outdo them. Soon exclusively female competitions broadened to a national scale. Every Sunday during summer vacation, the best hula-hoop dancers in the country came to compete in the capital: solos, duets, trios... This art had attained the level of a sequence of movements deserving the title of dance and the status of media phenomenon of the year.

Quina had distinguished itself by producing the national overall champion, Annick, whose virtuosity revealed a natural talent for such things. At the advanced age of 12, she was in fact tall and thin. She had established herself as the leader from the first moments of this upsurge of collective mania, even before the boys could counter with anything of their own. That summer, methodically and with a touch of mockery, the girls had taken over the public places that had been reserved for males, coming to the main square, to the beaches, to the market grounds to practice increasingly complex figures in which the hula hoop climbed and descended from head to feet, twirled at the tips of their fingers, moved back up the length of the arm and again went up to the head and down to the hips, where it was a marvel to watch it spin faster than a top. Then Annick could be seen perfecting choreographies and teaching the girls numbers using several hula hoops at a time, with heretofore unexplored rhythms and contortions. That was the final blow, it seems, to the insecurity of the boys, who

il croire, pour l'insécurité des petits gars qui s'en défendaient de leur mieux, comme d'habitude, à coup de jeux de mots dans leur langue d'initiés. C'est Ti-Ben qui trouva l'unique botte de tout l'été : une histoire de *fexes* que ce hula hoop, mot nouveau forgé de fesses et de sexes, ces deux choses les plus sollicitées par le cerceau. Une histoire de *fexes* tout juste bonne pour les filles !

La contre-attaque en règle se fit à la rentrée scolaire d'octobre de cette année 1954. Même la fierté d'être du patelin gagnant à l'échelle nationale passait au second plan. Les filles avaient ébranlé l'ordre des choses. Les garçons se mirent à les chahuter à la moindre occasion, les traitant à voix basse, mais assez haut pour être entendus, de tous les noms accessibles au vocabulaire des grossièretés qui se transmettaient de grands frères en petits frères à Quina. En moins d'un mois, la situation devint intenable pour Annick sur qui s'était concentré l'assaut, malgré l'intervention des parents, des professeurs et même du missionnaire qui devait en chaire interdire aux garçons de continuer à jouer au *bully*, expression anglaise de ce religieux canadien anglais venu enseigner l'anglais au collège des garçons. *Bully* fit fureur comme terme à la place de son équivalent créole d'*inférieur*, alors que la langue française se perdait en circonvolutions pour rendre compte de ce comportement de petit chef de bande scolaire, que matamore et fier-à-bras, olibrius ou rodomont n'arrivaient pas à complètement cerner. *Bully* s'intégrera durablement dans le vocabulaire local tout en devenant, sans surprise, le surnom que porte encore ce prêtre cinquante ans après.

Les parents d'Annick décidèrent de l'envoyer à l'école à Port-au-Prince dès le mois de novembre. Il y allait de son équilibre et de la suite de ses études pratiquement impossibles à continuer à Quina. Et tous les parents prirent la mesure du danger que représentait le hula hoop pour la réputation, à conserver intacte, de leurs filles. Avant Noël, on ne vit plus à Quina aucune d'elles pratiquer en public cet art de la révolution. Et les garçons reprirent les espaces extérieurs, ébranlés tout de même dans leur for intérieur. Quelque chose avait changé.

L'engin avait subitement disparu des deux magasins de la ville qui en vendaient, et la ferveur de la première année de son apparition déclina grandement partout au pays. Machisme oblige, son règne de Janus, grimaçant

defended themselves as best they could with the usual word play in their own secret language. Ti-Ben is the one who hit upon the only riposte of the entire summer: a matter of *bexes*, this hula hoop, a new word forged from butt and sex, those two things the hoop sought out the most. A *bex* story for girls only!

The obligatory counterattack was made when school started in October of that year of 1954. Even the pride of being the winning village on a national scale became secondary. The girls had shaken the natural order. The boys began heckling the girls at the slightest opportunity, calling them—in a low voice, but loudly enough to be heard—all the names available in the vocabulary of bad language passed down from big brother to little brother in Quina. In less than a month, the situation became unbearable for Annick, upon whom the brunt of the assault had been concentrated in spite of the intervention of parents, schoolteachers, and even the missionary, who from the pulpit had to forbid the boys to play the *bully*, an English expression used by this English-Canadian priest who had come to teach English at the boys school. *Bully* became all the rage as a term to use instead of its Creole equivalent of *inférieur*, while French got lost in convolutions trying to describe the behavior of a little schoolboy gang leader, which *matamore, fier-à-bras, olibrius,* or *rodomont* could not completely define. *Bully* was to integrate itself perfectly into the local vocabulary, becoming, as might be expected, the nickname this priest still bears fifty years later.

By November, Annick's parents had decided to send her to school in Port-au-Prince. Her stability was at stake, as well as her studies, which were virtually impossible to pursue in Quina. And all the parents assessed the danger the hula hoop represented for their daughters' reputation, which must be kept intact. By Christmas, not a single girl could be seen in Quina practicing this revolutionary art in public. And the boys again took possession of the outside spaces, shaken, however, to the core of their being. Something had changed

The device had suddenly disappeared from the displays of the two town shops that had been selling it, and the fervor of the first year of its appearance declined throughout the country. *Machisme oblige*, and its reign

à un sexe et souriant à l'autre, avait tout juste duré l'année 1954, dont on ne se doutait pas qu'elle passerait pour l'année zéro, l'année de référence, prélude à l'année de la pilule, à l'année de ceci et à l'année de cela, et autres années du genre.

of Janus, frowning upon one sex and smiling upon the other, had been confined to the year 1954, a year that no one suspected would become the year zero, the reference year, the prelude to the year of the pill, the year of this and the year of that, and other such years.

Quinamour

Jeune veuve d'un avocat d'avenir du barreau de Quina qui n'eut pas le temps de faire fortune, cette mère désargentée de cinq filles en bas âges, femme de tempérament s'il en était une, entreprit de les réussir toutes à la force du poignet. Cela voulait dire chez nous les marier coûte que coûte, à la première occasion et en forçant la chance, dussent leurs unions s'écrouler ensuite sous trop de précipitations. Elle trima dur année après année en tenant commerce sur la place du marché jusqu'au moment où sa progéniture fut d'âge à marier. Mais, quand elle maria effectivement les deux aînées en deux ans, la sympathie condescendante dont elle jouissait dans la ville se transforma en hostilité ouverte des autres mères de filles à marier. Avec l'annonce des fiançailles de la troisième, Amatala, c'en fut trop pour le marché matrimonial du village qui cria au délit d'initié. Voilà comment on s'était retrouvé au crépuscule d'un samedi-jour-de-marché avec un phénomène, jamais encore entendu par personne, de deux cents bourriquots hennissant en cœur.

Faire hennir un âne n'est pas une mince affaire. La bête n'est pas têtue pour rien, et ni bâton ni carotte n'ont

Quinamour

The young widow of an up-and-coming member of the Quina bar who had not had the time to make his fortune, a penniless mother of five very young daughters, a woman of strong character if ever there was one, undertook to make a success of her girls through sheer hard work. In our town, that meant she would marry them off at all costs, at the first opportunity and by pressing her luck, even if these unions should fall apart afterwards due to an excess of haste. She slaved away year after year, running a little business on the market square until her progeny was of marriageable age. But when, in fact, she married off the two eldest ones in the space of two years, the condescending sympathy she had enjoyed in the town turned into open hostility from the other mothers who had daughters to marry off. When the engagement of her third, Amatala, was announced, it was too much to bear for the village matrimonial market, which made claims of insider trading. That is why everyone found themselves on a Saturday market-day in the midst of a heretofore unknown phenomenon—the sound of two hundred donkeys braying in chorus.

jamais eu le pouvoir de provoquer son cri étonnant. L'immense baillement à déboîter sa mâchoire qui précède le Hi ! aigu et le Han ! grave en une succession de HI ! HAN ! d'une portée unique, surtout pour la plus petite des bêtes cavales, ne semble obéir à aucune règle connue. Aussi la grande clameur de ce samedi, où les ânes dans l'enclos à charbon du marché se mirent tous à hennir en même temps, jeta une juste panique dans la population qui se signait à qui mieux mieux en regagnant chacun son domicile au plus vite. La seule explication plausible à avoir été retenue pour ce comportement pour le moins insolite était que cette chrétienne communauté, imbibée d'Ancien Testament, savait qu'au jour du jugement dernier, la fin du monde serait annoncée à coup de trompettes, et que toute clameur inhabituelle, d'une certaine ampleur, pouvait bien en tenir lieu. On ne sait jamais, le mal existe et il s'agissait bien de cela ce jour-là.

La veuve avait été méchamment surnommée depuis peu « La Marieuse » et l'on s'était mis à lui prêter toutes les techniques de harponnage que le vodou mettait à disposition de l'amour à Quina, sauf à reconnaître que ses filles étaient charmantes et tôt entraînées à se trouver chacune mari au plus vite. Pour les deux premières, le consensus s'était vite fait que seul une ingestion d'eau à rendre sot, (le « Dlo sot » bien connu et d'utilisation courante), pouvait expliquer cette subite passion aveugle du fils d'un épicier du bord de mer pour l'aînée et du jeune fonctionnaire de la banque pour la cadette. Mais pour Amatala, la troisième, au surnom flatteur et justifié de Carré d'AS pour les quatre A de son nom, tout avait été si rondement mené en trois mois, avec le meilleur parti qui soit en province — avant même le sous-officier en garnison —, le médecin fraîchement diplômé envoyé en internat rotatoire, que l'on chuchota que la Marieuse ne reculait devant rien pour retenir des maris à ses filles. Jusqu'à cet été de mes dix ans à leur fin, j'avais des choses du sexe une connaissance de bribes éparses diversement recueillies au gré des conversations avec les copains et l'écoute des fanfaronnades des plus vieux, pas plus. Le *Quina érotica* restait bon enfant à ces âges. Mais cet après-midi-là, j'allais faire un grand bond en avant dans la mécanique de cette affaire.

L'ultime recours pour retenir un homme était de commander à l'un des jeteurs de sorts des environs un

Making a donkey bray is no small task. There is a reason this beast is called stubborn, and neither a carrot nor a stick has ever had the power to set off its astonishing cry. The immense, jaw-dislocating yawn that precedes its high-pitched Hee! and its low Haw! in a succession of HEE! HAW!'s that have a unique carrying power, especially for this the smallest member of the horse family, seems to follow no known rules. So the great uproar of that Saturday, when the asses in the charcoal enclosure all began to bray at the same time, threw the populus into a justifiable panic. Everyone headed for home as quickly as they could, outdoing each other in making signs of the cross. The only plausible explanation for this highly unusual behavior was that this Christian community, steeped in the Old Testament, knew that on the day of the Last Judgment, the end of the world would be heralded by trumpets, and that all this unusual uproar and the extent of its range could well take the place of those instruments. One never knows, evil exists and it was certainly a question of evil on that day.

The widow was now referred to maliciously as "The Marriage Broker," and people were beginning to attribute to her all the harpooning techniques that vodou used in aid of love in Quina, without giving her credit for the fact that her daughters were charming and soon brought to the point of finding a husband as quickly as possible. In the case of the first two daughters, the consensus was soon formed that only an ingestion of *eau à rendre sot*, idiot water (called "Dlo sot," well known and widely used) could explain the sudden blind passion of the son of a seaside grocer for the eldest and of the young bank employee for the next youngest. But in the case of Amatala, the third girl with the justifiably flattering nickname of "Four A-ces" for the four a's in her name, everything had been so promptly arranged in three months, with the best catch in the province (even better than the garrison's non-commissioned officer), the newly-qualified doctor sent to Quina on a rotating internship, that it was whispered that the Marriage Broker would stop at nothing to capture husbands for her daughters. Until that summer of the end of my tenth year, in 1955, my knowledge of things sexual consisted of scattered bits and pieces gleaned in various ways from

« verrouillage de chienne ». Tout le monde savait autour de moi, et moi aussi je savais, que les chiens à Quina restaient parfois attachés l'un à l'autre après l'amour, le vagin de la femelle verrouillant le pénis du mâle, et que les deux amants ainsi réunis par derrière formaient, en jappant à l'amour comme on jappe à la lune, un couple inséparable réuni par leur sexe. Cette image de chiens collés était somme toute banale, même que les pauvres bêtes ainsi mal prises étaient cruellement pourchassées par la meute des badauds jusqu'à ce que séparation s'en suive, sauf qu'il se disait que les humains aussi pouvaient en être victimes, où plutôt en être bénéficiaires (je ne comprenais pas trop pourquoi on ne trouvait pas cette situation belle et digne d'un grand amour). Il suffisait d'un surdosage du *wanga* commandé, pour que le verrouillage, de métaphorique, devienne tragiquement anatomique. Un chapelet de cas, les uns plus croustillants que les autres, étaient cités à l'appui, comme le dernier en date à avoir fait courir tout Quina : deux effrontés s'en furent par défi à midi au cimetière célébrer leurs amours sur la tombe d'une illustre braguette du village, Ti-Prosper A. On prétend que le fossoyeur des lieux qui n'avait pas perdu, lui, son sang-froid, se fit une petite fortune en exigeant un droit d'entrée d'une gourde par personne à l'attroupement des voyeurs qui se forma illico dès que la fâcheuse posture siamoise des amants fut ébruitée. L'antidote connu était que seul le hennissement d'une bourrique avait le pouvoir de séparer les amants ainsi retenus. Contre cette menace embarrassante des maladies d'amour, d'ailleurs croyances largement répandues partout au pays, les résidents en médecine de Quina proposaient vainement leur savoir sur le vaginisme qui n'intéressait personne.

Le mariage d'Amatala était prévu pour dans trois mois, le dernier samedi soir de septembre, après la fermeture du marché, et juste avant le retour début octobre à Port-au-Prince de la jeunesse quinoise en grandes vacances d'été. Comme aux grands maux il faut de grands remèdes, à grands frais et en grands secrets, des comploteuses qui ne seront jamais clairement identifiées, mais l'on savait qui, avaient fait venir un spécialiste de Fond-des-Blancs dit Ti-Rouge, que l'on prétendait capable de faire hennir n'importe quelle bourrique, pour désarranger le *wanga* de la Marieuse. Et comme cette

conversations with my playmates and from the boasting of old men, nothing more. The *Quina Erotica* of those two age groups remained fairly innocent. But that afternoon I was to make a great leap forward in the mechanics of the subject.

The last resort for holding on to a man was to go to one of the sorcerers in the area to order a "bitch hitch." Everyone around me knew, and even I knew, that dogs in Quina sometimes stayed attached to each other after making love, the vagina of the female locking onto the penis of the male, and that the two lovers thus united from behind, yapping at love as one yaps at the moon, formed an inseparable couple held together by their sexual organs. This image of dogs stuck together was in fact quite commonplace, and the poor animals in their difficulty were even cruelly pursued by the pack of onlookers until separation took place; but it was said that humans could also fall victim to this, or rather to benefit from it (for at that age I found the situation admirable and worthy of a great love). All that was needed was a large dose of the sorcerer's *wanga*, and the union went from metaphorical to tragically anatomical. A string of cases, each spicier than the last, were cited to prove this phenomenon, such as the most recent one that made all of Quina come running: two shameless lovers went on a dare to the cemetery at noon to celebrate their love on the tomb of an illustrious womanizer from the village. It is claimed that the local gravedigger, remaining calm and composed, made a small fortune by demanding an entrance fee of one gourde per person from the crowd of voyeurs which gathered immediately, as soon as the news of the unfortunate Siamese-twin posture of the lovers made its way through town. It was said that the braying of a donkey was the only known antidote with the power to separate lovers locked together in this way. The medical residents in Quina tried in vain to counter this embarrassing threat of love sicknesses (beliefs widely held throughout the country) with their knowledge of vaginal spasms which interested no one.

Amatala's marriage was planned to take place in three months' time, the last Saturday evening in September, after the market closed and just before the end of summer vacation in early October, when all the youth of

histoire s'était terminée au tribunal par une plainte contre X introduite par la veuve pour entrave à mariage, Maître Ti-Michel, plus que jamais dans ce cas défenseur de la veuve et de l'orphelin, plaida par devant Tutu, juge en première instance du siège. L'on sut ainsi que Ti-Rouge avait été aperçu dans l'enclos à charbon en train de brûler un mélange de feuilles, restées inconnues, mais dont l'odeur âcre avait provoqué des éternuements contagieux chez les humains, qui pour cela fuyaient le marché en courant, et des hennissements généralisés chez les bourriques dans l'enclos à charbon. Le tribunal se garda bien de lancer un mandat d'amener contre Ti-Rouge qui se serait mis à table, en impliquant des bourgeoises, mais il statua que dix semaines d'une surtaxe de marché de vingt centimes par bourrique chargée de charbon serait perçue par la Mairie pour constituer une dot de quatre cents dollars à remettre à Amatala à son mariage.

Quina would return to Port-au-Prince. Just as dire illnesses require drastic remedies at great expense and in secrecy, conspiring women who will never be clearly identified (but everyone knew who they were) brought in a specialist from Fonds-des-Blancs called Ti-Rouge, who claimed to be able to make any donkey whatsoever bray, in order to undo the *wanga* bought by the Marriage Broker. And since this affair ended up in court on a complaint against X brought by the widow for alienation of affection, Ti-Michel, esquire—more than ever the defender of widows and orphans—appeared before Tutu, the judge presiding over the proceedings. Thus it became known that Ti-Rouge had been seen in the charcoal enclosure burning a mixture of leaves of unknown provenance but which had caused contagious sneezing among the humans, who fled the market, and which had caused generalized braying among the donkeys in the charcoal enclosure. The court was careful not to issue a summons to Ti-Rouge, who would have spilled the beans and implicated some of the leading women in Quinois society, but he ruled that for ten weeks a market-day surcharge of twenty *centimes* per charcoal-laden donkey would be imposed by the town government to make up a compensation of four hundred dollars payable to Amatala upon her marriage.

La vocation

C'était au confesseur que l'on nous conduisait en rang, le premier vendredi de chaque mois, une fois faite notre première communion. Un examen de conscience précédait ce rituel du début d'après-midi, pour laisser à chacun le temps de remplir soigneusement sa liste de peccadilles. En cet âge encore d'innocence, les écarts se réduisaient aux vénielles offenses bien provinciales d'avoir désobéi en allant courir les crabes de sable au bord de mer sur lequel donnait la cour de récréation, de s'être battu aux parties de billes avec de mauvais perdants qui vous refilaient des *grison* au lieu des belles *chelèn*; d'avoir lancé des pierres sur les manguiers et autres fruitiers du voisinage, et surtout d'avoir menti régulièrement en niant tout cela en bloc en rentrant à la maison. Et l'on s'en sortait invariablement avec deux *Je vous salue, Marie* pour pénitence.

L'on comprit assez vite qu'il était pratique de conserver sa liste de péchés d'une confession à l'autre. Les plus audacieux s'échangeaient même leur liste, et les plus paresseux copiaient simplement les péchés des autres. Le prêtre somnolait de sieste à écouter les petits du primaire, piquait du nez en ronflant souvent et n'intervenait

Vocation

They brought us in line to the confessor the first Friday of each month, once we had made our first communion. An examination of conscience preceded this early-afternoon ritual, to give each of us time to draw up a meticulous list of our peccadilloes. At that tender age, our misdemeanors were nothing more than truly provincial venial offenses such as going off to chase sand crabs on the shore next to our playground; playing marbles with bad losers, who fobbed chipped and pitted *grison* off on you instead of pretty, bright *chelèn*; throwing rocks at the mango trees and other fruit trees in the neighborhood; and especially lying regularly by denying all these things out of hand when we came home. And we invariably managed to get off with two Hail Mary's as a penitence.

We realized early on that it would be practical to save our lists from one confession to the next. The boldest pupils traded their lists of sins with each other, and the laziest simply copied someone else's sins. The priest would doze while listening to the primary grades, nodding off and snoring, and would never intervene as long as the young sinner had not reached the year of the

jamais tant que le jeune pécheur n'avait pas atteint l'année du Certificat d'études primaires ou ses douze ans révolus. Car nous savions tous que l'exercice devenait au secondaire plus corsé, puisqu'il fallait s'expliquer en détail sur ses moindres pensées impures et répondre à des questions qui ne sauraient être indiscrètes en ce lieu, prétendaient les confesseurs.

Mais c'était aussi un grand moment de délicieuses menteries, puisque fantasmes, inconscient et libido ne faisaient pas partie du vocabulaire et des horizons de nos introspections à Quina. Les choses y étaient simples et tranchées : l'on disait la vérité ou l'on mentait, et tout l'entre-deux tamisé des désirs, des rêveries, des pulsions secrètes ne relevait d'aucune des catégories du petit catéchisme, peu porté sur les nuances. C'est alors que je m'engouffrai dans cette lacune en faisant de chacune des rencontres mensuelles une fête de l'imaginaire. Je me demande si ma vocation tardive dans la fiction n'eut pas en fait une précoce genèse au confessionnal de Quina.

Toujours est-il que l'été de mes douze ans fut le début d'une fantastique aventure qui prit abruptement fin dix-huit mois plus tard à la remise des carnets au premier trimestre de la classe de cinquième. Dix-huit mois à méchamment appâter le père Salomon, devenu accro du feuilleton qui me tenait lieu d'aveu de mes fautes. Il s'était donné mission de sauver cette jeune âme menacée et tourmentée. Par la chair, bien sûr.

Le curé en charge de la paroisse avait laissé cette clientèle scolaire à son deuxième vicaire, un tout jeune et nouveau venu, pour ne se consacrer qu'à la confession des dames, qui se déroulait le jeudi toute la journée. Ce privilège lui était exclusif et, s'il devait s'absenter, le jeudi des dames était reporté. Ses seconds n'étaient autorisés à le remplacer qu'en cas d'extrême-onction. Le père Salomon devait se contenter de la corvée des boutonneux à titre de dernier en grade des fonctionnaires de Dieu à Quina.

Cela commença par une rapide disqualification « des mauvaises habitudes sur sa personne. » Il avait appris aux Petit et Grand séminaires de la capitale les périphrases introductives aux interrogatoires feutrés. Le « Dieu seul me voit » était-il de pratiques courantes à vous rendre sourd ? Mais en provinces, toutes ces manières métropolitaines faisaient mauvais effet. Quina la

Primary Studies Certificate or the age of twelve. But we all knew that the procedure became spicier in secondary school, since you had to explain yourself in detail regarding the slightest impure thought, and answer questions which could not be considered indiscreet when asked in the confessional, or so the confessors claimed.

It was also a sublime opportunity for delicious falsehoods, false since they were fantasies—the unconscious and the libido were not part of the vocabulary or the horizons of our introspections in Quina. Things were simple and clear: you told the truth or you lied, and all the soft in-between of desires, dreams, secret urges did not fall within any of the categories of the shorter catechism, which was not prone to subtleties. And so it was that I dove into this gap by making each encounter a celebration of the imagination. I wonder if my belated calling to fiction writing might not in fact have had an early genesis in the confessional of Quina.

So it was that the summer of my twelfth year marked the beginning of a fantastic adventure which came to an abrupt halt eighteen months later, when the end-of-term grades came out. Eighteen months of wickedly baiting father Salomon, who became addicted to the soap-opera that masqueraded as the avowal of my misdeeds. He had taken on the mission of saving my young soul, threatened and tormented. By the flesh, of course.

The parish priest had left the schoolchild clientele to his second curate (quite young and newly arrived), preferring to devote himself to hearing the ladies' confessions which took place throughout the day on Thursdays. This privilege was his exclusively, and if he had to be away, "ladies' Thursday" was put off. His assistants were authorized to take his place only in cases of the last rites. Father Salomon had to make do with the chore of hearing the pimply crowd's confessions, being the lowest in seniority of God's bureaucrats in Quina.

It all began by a quick mention of the impropriety of "bad habits practiced on one's person." He had learned, at the *Petit Séminaire* and the *Grand Séminaire* in the capital, the circumlocutions for initiating whispered interrogations. Was the practice known as "only-God-sees-me" so common as to make one deaf? But in the provinces, all that citified delicacy made a bad impres-

généreuse était trop bonne fille pour ne pas pousser à entrer dans le vif du sujet avec les mots du cru. Inutile de se masturber ici mon père, car le péché comme le verbe s'est aussi fait chair, et j'avouai, avec juste ce qu'il fallait d'hésitations à la crédibilité du tout, que j'étais plutôt l'objet de sollicitations nombreuses et secrètes de certaines dames du jeudi, auxquelles je succombais au terme d'une résistance peu convaincante. Il n'y en avait que pour moi.

D'un premier vendredi du mois à l'autre, toute la gent féminine de Quina risquait d'y passer si je ne changeais pas de tactique. Aux manœuvres répétées, et de plus en plus pressantes, du vicaire pour me faire livrer quelques noms, j'opposai ce mutisme et cette dérobade que très tôt l'on nous avait appris comme une marque d'élégance : n'avouez jamais. C'était la seule stratégie gagnante, au dire des hommes d'expérience du village, et cette formule comptait en bonne place parmi la douzaine des principes inculqués très tôt aux garçons pour une traversée au moindre casse de la vie. *N'avouez jamais !*

Au terme de six mois de ces batifolages peu sélectifs, mon confesseur résigné à l'anonymat de ces dames, réclama une sortie de mes nombreuses amours illicites pour l'élection d'une seule partenaire. Il avait visiblement fait projet de me ramener par étape dans un droit chemin plus conforme aux fraîcheurs de la puberté. Je devins ainsi, au bout d'un an, progressivement monogame, si je puis dire. J'avais cependant conservé de toutes les dames la plus délurée, dont les audaces faisaient un effet bœuf sur le père Salomon, qui me priait d'abréger la longue liste de mes péchés introductifs que j'allongeais méchamment pour mettre à vif son impatience d'en arriver aux manquements du sixième commandement — n'était-ce pas le cinquième ? l'ordre et le rang se sont estompés dans ma mémoire — que je réservais pour la fin. Je faisais de larges emprunts à la collection de romans d'amour de mes grandes sœurs, dans lesquels la caresse suprême des grandes amantes de glisser une langue chatouilleuse dans l'oreille aimée intervenait immanquablement d'un livre à l'autre vers la page 90. Le père Salomon m'attendait, enfermé dans sa cage d'acajou ajourée, avec cette impatience mal contenue du jour

sion. Fertile Quina was too good a woman not to insist on getting to the heart of the matter with local words. Useless to masturbate here, Father, since the sin, as the word, had also become flesh, and I admitted, with just the right amount of hesitation to make me credible, that I was instead the object of numerous and secret enticements on the part of some of "Thursday's ladies," enticements to which I yielded after a token and unconvincing resistance. They only had eyes for me.

From one first Friday of the month to the next, the entire fair sex of Quina was in danger of playing a part in my confessions if I did not change my tactics. Faced with repeated and increasingly pressing maneuvers by the curate to make me reveal a few of their names, I countered with the muteness and evasion that we had been taught early on as a sign of distinction: never admit to anything. That was the only winning strategy, according to men of experience in the village, and this adage was among the most important of the dozen or so principles instilled in boys at a very young age so that we could get through every patch of rough weather in life. Never admit to anything!

After six months of these fairly indiscriminate antics, my confessor, resigned to the fact that these ladies would remain anonymous, asked me to drop my numerous illicit love affairs and select one exclusive partner. He was obviously planning to bring me by stages back to the straight and narrow path, more suitable to the innocence of puberty. And so by the end of the year I became progressively monogamous, so to speak. I had kept, however, the most brazen of all the ladies, whose boldness had a tremendous effect on Father Salomon, who begged me to cut short the long list of my introductory sins, which I drew out maliciously to heighten his impatience to get to the breaches of the Sixth Commandment—or was it the Fifth?—their order and rank have become blurred in my memory—that I saved for last. I borrowed extensively from my big sisters' collection of romance novels, in which the supreme caress of great lovers, which was to slip a voluptuous tongue into the beloved's ear, occurred unfailingly, from one book to the next, around page 90. Father Salomon would await me, enclosed in his openwork mahogany cage, racked by the ill-contained

et de l'heure que provoquent les histoires par épisode, quand on y succombe.

Une absence imprévue pour la capitale, un premier vendredi du mois, pour des examens d'entrée dans un collège, le mit dans un tel émoi qu'il fit savoir à mes parents qu'il était prêt à me recevoir à confesse, avant le mois prochain, pour ne pas laisser s'accumuler deux mois de péchés non pardonnés. Ma mère trouva cela bien et mon père trouva cela louche. Au froncement de ses sourcils quand vint le jeune enfant de cœur messager du vicaire, je compris qu'une tierce personne allait s'immiscer dans mes amours secrètes. Mon père s'informa d'ailleurs à table, le soir même, sur ce je pouvais bien trouver à raconter aux prêtres et s'enquit de celui des trois auprès duquel je me confessais régulièrement. Je sentais, sous le ton faussement badin, toute sa méfiance en éveil. Mes sœurs vinrent à mon secours en disant qu'elles ne me trouvaient pas plus pieux que d'ordinaire, et mes deux frères aînés, bons mécréants, qui ne fréquentaient plus l'église du haut de leur vingtaine, rirent à chaude gorge pour être passés par là. Ma mère laissa entendre qu'un fils appelé par Dieu était quand même une bénédiction pour une famille chrétienne et que, de toutes les façons, les grands étaient déjà irrécupérables pour une vocation même tardive. Le silence qui suivit m'acheva, tout le monde me regardait comme si je portais déjà soutane.

J'avais bien compris que, dans ce petit village, où chaque personne est une vigie au haut d'un sémaphore, j'allais devoir mettre un terme à mes palpitantes aventures secrètes. J'attendis toutefois l'autre premier vendredi du mois pour révéler l'illumination qui m'avait fait mettre un terme à ma vie dissolue et ma ferme résolution de m'éloigner des alcôves interdites. J'en rajoutai tellement sur mon chemin de Damas qu'avait été ce voyage au haut lieu des perditions port-au-princiennes que le vicaire se trouva illico une autre mission, celle de m'amener à servir Dieu au rang des *glorieux appelés.* Je ne me voyais cependant pas du tout dans la cage d'acajou à écouter le cinéma de petits marrants. Il me fallait une échappatoire.

Le Breton curé en chef me fit venir à son bureau, pour me révéler que son deuxième vicaire indigène avait perçu les signes de ma vocation et que je me devais de laisser

impatience for a specific day and time that occurs when one falls prey to stories that appear in installments.

My sudden departure for the capital one first Friday of the month, to take entrance exams for admission to a boarding school, put him into such a state that he notified my parents that he was ready to hear my confession before the following month, so that I would not accumulate two months' worth of unpardoned sins. My mother thought that was nice, and my father thought there was something fishy going on. When I saw my father's brow furrow when the choirboy came with the curate's message, I realized that a third person was going to involve himself in my secret love affairs. This was made even more evident when that same evening, at the dinner table, my father inquired as to what I could possibly have to tell the priests and asked to which one of the three I confessed the most often. I could sense, beneath his superficially light-hearted tone, that all his suspicions had been aroused. My sisters came to my aid by saying that they had not noticed that I was any more pious than usual, and my two older brothers, complete nonbelievers who had stopped attending church at the age of twenty, laughed heartily, since they had put all that behind them. My mother hinted that a son called by God was still a blessing for a Christian family, and that in any case the grown-up brothers were already beyond redemption as far as a vocation was concerned, even a late one. The ensuing silence was the final blow—everyone was looking at me as if I were already wearing a cassock.

I knew very well, in this little village where every inhabitant is a look-out at the top of a watchtower, that I would have to put an end to my thrilling secret amorous adventures. I waited, however, for the following last Friday of the month to reveal the inspiration which had made me put an end to my life of dissolution and to resolve to distance myself from forbidden bedrooms. I so embellished the story of my road to Damascus, which had been the trip I had taken to the dens of iniquity in Port-au-Prince, that the curate came at once upon a new mission: to lead me to serve God in the ranks of the Blessed Chosen. But I could not imagine myself in a mahogany cage listening to silly little boys' play-acting. I had to find a way out.

grandir en moi cette interpellation. Sa joie était grande : je risquais d'être une recrue de choix de sa paroisse. Comme je devais monter à Port-au-Prince pour mes études, il me menaça même d'une lettre de recommandation à son bon confrère, le père Desjardins, en charge à Saint-Louis-de-Gonzague. Je commençais à être inquiet de tant d'insistances. J'avais bien besoin d'inspirations, et vite, avant que tout cela n'aille trop loin.

Je me rendis, décidé, à la confession du début d'octobre avant de quitter Quina et je balançai tout de go au père Salomon que je posais une condition à Dieu pour qu'il me fasse clairement savoir ses intentions : si en décembre je sortais premier de classe du premier trimestre, je considérerais son offre. C'était un secret entre nous pour lequel il promit de prier. Je n'étais pas peu fier de ma trouvaille, de probabilité zéro, puisque j'avais été reçu à la capitale au collège le plus compétitif et le plus huppé. Et j'oubliai bien vite tout cela dans ma nouvelle vie aux côtés de ces bêtes d'études. Le premier trimestre de cinquième traînait tranquillement ses débuts et je n'étudiais pas plus que de coutume, tout absorbé à dévorer la nouvelle bibliothèque où je voyais autant de livres pour la première fois.

Le 6 décembre 1956, le gouvernement Magloire « tombait » en pleine commémoration du débarquement de Christophe Colomb, et grèves et manifestations avaient perturbé la période des examens de Noël, ramenés à seulement deux jours d'épreuves. Il fut convenu que toutes les matières dites de récitation, les histoire d'Haïti et histoire générale, les géographie d'Haïti et géographie générale, les sciences naturelles et l'instruction civique... ainsi que toutes les règles des grammaires latine, anglaise et espagnole que mes camarades piochaient à longueur de dortoir, seraient ramenées à un seul groupe d'épreuves comptant pour le quart de la note, et non plus pour plus de la moitié des points. Les trois matières de base, les mathématiques, la composition française et les explications de textes compteraient chacune pour 25 % de la note. Je ne fis attention aux conséquences de ce changement majeur que le jour de la remise des carnets où je me retrouvai bon premier de la classe...

The Breton parish priest had me come to his office so that he could disclose to me that his second native curate had detected signs of a vocation in me and that I owed it to myself to let this calling grow. His joy was immense: I was in danger of becoming the first recruit from his parish in twenty years. Since I was to leave for school in Port-au-Prince, he even threatened me with a letter of recommendation to his close colleague, Father Desjardins, who served the parish of Saint-Louis-de-Gonzague. All this insistence was disturbing. I was in dire need of inspiration, and quickly, before it all went too far.

Resolute, I went to confession at the beginning of October before leaving Quina, and I flung the idea straight at Father Salomon that I was laying down a condition to God, so that He would make His intentions clear: if, in December, I was first in my class after the first term, I would consider His offer. It was to be a secret between us, for which he promised to pray. I was more than a little proud of my ingenious proviso which had zero probability of coming true, since I had been accepted at the most competitive and upper-crust boarding school in the capital. I soon forgot all this in my new life alongside those studious types. The beginning of the first term shuffled along calmly, and I studied no more than I had been used to, absorbed in devouring the new library where I saw so many books for the first time.

December 6, 1956—Magloire's government "fell" right in the middle of the commemoration of Christopher Columbus' landing; and strikes and demonstrations had disrupted the Christmas examination period, which had been reduced to only two days of testing. It was decided that all the subjects categorized as "recitation" (history of Haiti and general history; geography of Haiti and general geography; civics; Latin, English and Spanish grammar rules which my classmates were cramming for up and down the dormitory) would be combined into a single test counting for a quarter of the grade, rather than the usual half. The three basic subjects, mathematics, French composition, and critical analysis of texts, would each count for a quarter of the grade. I paid no attention to the consequences of this change until the day our grades came out and I found myself first in my class...

L'homme qui parlait trop

C'était le mois de mes onze ans et j'accompagnais pour la première fois un oncle juge de paix et son greffier qui allaient dresser, dans les mornes, le constat d'une mort suspecte. Mon oncle avait son chapeau de circonstance à la main, et le greffier son registre sous les bras. Je portais le petit sac qui contenait les accessoires indispensables à l'établissement des pièces de droit : plumier, lames à gratter, gomme, loupe, encreur d'empreintes et quelques buvards.

La scène du crime était à flanc tellement incliné que je craignais de voir basculer les champs de pommes de terre dans le vide. « Terres suspendues », qu'ils disent bellement dans la montagne, terres pentues cultivées en cordée. Face au ciel, dans la cavité d'une maigre source de flanc de versant, la victime, recouverte d'un essaim de mouches qui allaient et venaient dans sa bouche grande ouverte par les rigidités de la mort, portait des traces sombres de coups sur tout le corps qui était déjà passablement gonflé. Afin que nul n'ignore, la cause retenue devant être exemplaire, la clameur publique et le procès-verbal s'entendirent pour un suicide par noyade à mille mètres d'altitude et soixante degrés de pente. La

The Man Who Talked Too Much

It was the month of my eleventh birthday, and I had been allowed for the first time to accompany an uncle, who was a justice of the peace, and his clerk on their way to draw up the official report of a suspicious death in the hills. My uncle held a hat suitable to the occasion in his hand, and the clerk clutched his register under his arm. I carried the small bag containing the accessories essential to drafting legal documents: pencil box, sharpeners, eraser, magnifying glass, an inkpad for fingerprints and a few pieces of blotting-paper.

The scene of the crime was on such a steep slope that I feared the potato fields might tumble into the emptiness below. "Suspended plots," as they put it so nicely in the mountains—sloping land cultivated at the end of a rope. Facing the sky, in the hollow of a meager spring at the foot of a slope, the victim, covered by a swarm of flies which came and went in his mouth left gaping by death's rigidity, showed the darkened marks of blows everywhere on his already-swollen body. So that no one would be left in the dark, and since the case before them must be a model of correctness, public demand and the official report agreed that it was a suicide by drowning

noyade sèche, ainsi retenue, d'un *viejo à la dent d'or,* ainsi connu, consigna le greffier, sous la dictée de mon oncle qui déclamait en faisant les cent pas, après s'être coiffé de son melon noir, selon le vœu de la loi.

Les procès-verbaux étaient pour lui une grande occasion de défoulement juridico-littéraire en français, devant des assistances créolophones médusées par les pompes de la Justice. Le préposé aux écritures ne manquait jamais de manifester son admiration pour les tournures les plus recherchées, les plus imagées, auxquelles il invitait d'un geste de la tête l'assistance à applaudir tout en s'appliquant sur son registre.

« Homme sans ascendant vivant et sans descendant connu de son état, mort *ab intestat* et sans héritier collatéral — laissant dans la montagne beaucoup de terres achetées avec ses économies de *bracero* » ; mon oncle était subitement passé au créole pour cette dernière partie de la phrase. Le greffier, absorbé, notait tout de son mieux en s'aidant parfois coquettement de la loupe pour parfaire un jambage. À la relecture du constat, il fut traité d'imbécile, à mi-voix, par mon oncle pour avoir aussi écrit la menace voilée, dont l'assistance savait ce que cela voulait dire et comment en tenir compte. Il dut inscrire en marge de l'acte « treize mots rayés nuls », pour justifier le grattage expert qui rendait maintenant illisible la phrase dite en créole : *« Tout moun konnen nèg-la kite bon jan tè kafe ak lajan panyòl. »* Et l'empreinte du pouce de toutes les personnes présentes fut finalement relevée.

Sur la route du retour, à ce qui devait être ma mine stupéfaite, mon air sceptique ou ma tête interrogative, puisque je me serais bien gardé de parler, mon oncle, laconique, laissa tomber en trois heures de marche trois mots, comme une insigne faveur à mon jeune âge, en hochant la tête en direction de la victime, que des porteurs convoyaient attachée à une porte : *il parlait trop.* Il parlait trop, depuis son retour des cannaies de sa migration cubaine, de l'organisation syndicale des travailleurs de la terre, de la réforme des eaux, du prix du café aux producteurs des montagnes et surtout des commissions des spéculateurs sur les denrées. Il parlait « définitivement » trop de ses voyages et défilés à Santiago et même à La Havane, à l'occasion de grèves des travailleurs. Point.

Cette mort n'avait l'air d'une surprise pour personne à Quina. Même que, pour les quatre vieillards de mon

at an altitude of a thousand meters and at sixty degrees of incline. The *dry drowning,* thus agreed upon, of a *viejo with a gold tooth,* as he had been known, was recorded by the clerk at my uncle's dictation as he lectured, pacing to and fro after donning his bowler hat according to the requirements of the law.

Official reports were for him a perfect opportunity to display his judicio-literary virtuosity in French to Creole-speaking audiences dumbfounded by the magnificence of justice. The recording clerk never failed to express his admiration for the most original of his turns of phrase, filled with imagery, which he would invite the audience to applaud by a movement of his head, while at the same time applying himself to his recordbook.

"A man with no living ascendants or descendants, deceased *ab intestat* and without collateral heirs, leaving many mountain fields bought with the savings from his work as a *bracero*;" my uncle had suddenly changed to Creole for the last part of that sentence. The clerk, absorbed in his work, wrote down everything as best he could, using the magnifying glass from time to time to make a stylish downstroke. When the report was read back to my uncle, he called the clerk an imbecile under his breath, because he had included the veiled threat in Creole, understood perfectly well by the audience who would certainly know what to make of it. He had to inscribe in the document's margin "14 words stricken, null and void" to justify the expert scratching-out that now rendered illegible the section spoken in Creole: "*Tout moun konnen nèg-la kite bon jan gè kafe ak lajan panyòl.*" And the thumbprint of all those present was finally taken.

On the way back, seeing on my face what must have been a stupefied look, a skeptical air or an interrogative expression, since I would have refrained from speaking, my uncle laconically uttered four words during our three-hour hike, as a distinguished compliment to my youth. Nodding toward the victim, tied to a door and carried by two bearers, he said: "*He talked too much.*" He talked too much, since his return from the cane fields, about his Cuban migration, about the farm workers' union, about water reform, about the price paid to mountain coffee growers, and especially about the com-

village qui, beau temps mauvais temps, jouaient silencieux au bésigue sous la galerie de Montalis, la parole était un attribut douteux. Ils avaient vu tous les malheurs s'abattre sur le village ou pour un mot de trop ou pour un mot de travers. Ils n'étaient pas tous de l'avis que naître muet était une faveur, mais ils croyaient tous que le temps de parole du genre humain aurait dû être strictement contingenté, chacun disposant d'un petit nombre fixe de mots par jour que l'on apprendrait dès la plus tendre enfance à utiliser avec parcimonie. Ils ont été les seuls, jusqu'à présent, à ma connaissance, à proposer un nombre moyen de mots indispensables dans une vie ; dix millions paraît-il ! Leur calcul baroque comptait cinq cents mots par jour pour les vingt mille jours de l'espérance de vie locale.

Ce quota, pas très généreux, donnerait lieu à une bourse où s'échangeraient des crédits de mots entre ceux qui en avaient en réserve et ceux qui les gaspillaient, pour une raison ou une autre, comme pour un discours politique. Il fallait leur faire payer leurs discours, car à Quina, pour un oui pour un non, on vous en servait un. Une dispense serait prévue cependant pour l'enseignement et les autres situations similaires strictement réglementées. Ainsi développaient-ils leur modèle des heures durant, par de petites touches successives, pour ne pas dépasser la mise de mots préalablement fixés pour la conversation. C'était d'ailleurs pour des mots qu'ils jouaient au bésigue. Le gagnant ayant droit à une tirade de son choix. Monologue conquis de hautes luttes. Car ils trichaient aussi entre eux à longueur de partie.

Des gens de peu de mots que ces gens de Quina, qui s'attroupèrent en silence devant chez Boss Pétain ce jour-là, pour le rituel de la double mise en bière d'un homme de paroles. Pour douze gourdes, en ces temps sous Magloire la planche coûtait 1 gourde, l'ébéniste du village cloua sans ménagement trois planches grossières aux deux morceaux carrés qui servaient de bout au cercueil et, une fois le noyé, puisqu'il faut bien le désigner ainsi, qui attendait couché sur sa porte y fut introduit sans ménagement, et de côté sur le flanc, tellement étroits sont ces cercueils *Madouleur*, il riva la quatrième planche en choisissant minutieusement dans sa boîte à clous ceux qui étaient les plus rouillés ou les plus tordus,

missions earned by speculators in the commodities market. He "definitely" talked too much about his travels and demonstrations in Santiago and even in Havana, when there was a workers' strike. Period.

This death seemed to surprise no one in Quina. In fact, in the opinion of the four old men of my village who, fair weather or foul, played bezique silently on Montalis' gallery, speech was a dubious attribute. They had seen every kind of misfortune befall the village, brought about either by one word too many or by one wrong word. They weren't all of the opinion that being born mute was a blessing, but they all believed that there should be a strict quota placed on the time allotted to the human race for speech, each person having at their disposal a small, fixed number of words per day which they would learn at a very young age to use sparingly. They were the only people until now, as far as I know, to propose an average number of necessary words for a lifetime: ten million, according to them! Their convoluted calculations counted five hundred words a day for the twenty thousand days of the local life expectancy.

This hardly generous quota would give rise to a Stock Exchange where those who had words in reserve and those who were profligate with them, for example in the case of a political speech, could exchange word capital. They must be made to pay for their speeches, since in Quina they would serve one up at the drop of a hat. The old men would allow for dispensations, however, in the case of teaching and other similar situations, but strictly regulated. And so they would develop their scheme for hours on end, adding merely a touch here and a touch there, so that they would not exceed the allotment of words determined ahead of time for the conversation. In fact, the stakes of their bezique games were words, the winner being entitled to a peroration of his choice. A soliloquy won at the cost of heroic struggle. For they cheated, as well, throughout every game.

They were people of few words, those folk of Quina, who on that day gathered round in silence before Boss Pétain's place for the rite of the double laying out of a man of words. For twelve gourdes—at that time, under Magloire (whose name means literally "my glory"), a plank cost one gourde—the village carpenter roughly nailed three unfinished planks to the two square pieces

pour ne pas gaspiller les bons exemplaires qui n'avaient servi qu'une ou deux fois.

Puis il confectionna un petit cercueil mince de trois à quatre pouces de large et de haut, et très long de deux à trois pieds, pour recevoir la grande langue du mort qui dans les prochains jours devait se détacher jusqu'à sa racine, pour une traversée autonome du reste du corps. L'on avait tapissé le coffret oblong d'un coussin de piquants verts de quatre provenances différentes, symbolisant les quatre points cardinaux de l'au-delà pour que l'appendice vienne s'empaler pour toujours sur les épines et aiguilles de sisal, de cactus, d'ananas et de pin. Le garçon de bureau de la préfecture, Iméus, déchira un billet d'une gourde en prononçant les paroles rituelles pour l'intercession favorable de toutes les épines possibles : « *pit kou maro zanana kou pengwen* ». Il déposa l'une des moitiés de la gourde bien en vue dans la petite boîte pour payer à la langue un passage aller sans retour possible parmi les vivants.

Après quelques coups de goupillon d'eau bénite du sacristain sur ces œuvres grossièrement *coupées-clouées*, les curieux s'ébranlèrent vers la fosse commune de la mairie, sans passer par l'Église, qui refusait toujours d'ouvrir ses portes aux suicidés. Les porteurs s'élancèrent en courant dans un fou tournoiement avec les cercueils sur leur tête, pour que jamais le mort ne retrouve le chemin du retour vers les vivants. Sa langue non plus. L'étrange ballet au pas de course était précédé par un *Gede* tout de noir vêtu qui ordonnait, en faisant des moulinets avec un *bâton-serpent* à la main, les mouvements de la chorégraphie. D'avant en arrière ; par la gauche, par la droite ; balancement sur place... une, deux, une, deux, et hop ! Eût-il été Petit Poucet que ses chances de revenir étaient minces. On pouvait maintenant citer son nom sans le détourner de son chemin de mort, et raconter son histoire comme je le fais maintenant, sans crainte de ce que vous savez.

Sur la tombe des deux cercueils superposés, la mairie, qui avait un certain nombre d'inscriptions de circonstance qu'elle prêtait pour l'inhumation des indigents, avait fait déposer un vieil ex-voto centenaire sur lequel on pouvait encore lire :

that served as the coffin's ends; and as soon as the drowned man (we had to refer to him as such), who lay waiting on his door, was unceremoniously placed within the coffin on his side, since these *Madouleur* ("my pain") coffins were narrow, the carpenter attached the fourth plank, choosing with great care from his nail box the ones that were the rustiest and the most twisted, so as not to waste the good nails that had only been used once or twice.

Then he prepared a little, thin coffin, about three or four inches in width and height, and very long—two or three feet—to contain the dead man's large tongue which, over the ensuing days, was supposed to detach from the rest of the body by its roots in order to make a separate crossing into the world of the dead. This oblong casket was lined with green spines from four different sources, symbolizing the four compass points of the world beyond the grave, so that the appendage would impale itself forever on the thorns and needles of sisal, cactus, pineapple, and pine. The office boy from the town hall, Iméus, tore a one-gourde bill in two, uttering the ritual words for the favorable intercession of all the thorns possible: "*pit kou maro, zannana kou pengwen...*" He placed one of the halves in the little box, clearly visible so that it would pay a one-way passage for the tongue, with nothing for a return trip to the land of the living.

After the sacristan had sprinkled some holy water on this crudely-knocked-together handiwork, the onlookers moved off toward the potter's field near the town hall, without passing through the church, which still refused to open its doors to victims of suicide. The pallbearers took off running, whirling madly with the coffins on their heads, so that the dead man would not be able to find his way back. Nor his tongue. This strange ballet with its racing pace was preceded by a *Gede* dressed all in black who directed the choreography with flourishes of the *bâton-serpent*, or serpent-stick, he held in his hand. Backward, forward; to the left, to the right; sway from side to side... one, two, one, two. And they're off again! Even if he were like little Tom Thumb from the children's stories, his chances of finding his way back would be slim. Now it was permissible to say his name without diverting him from his path to the land of the

En close bouche
n'entre point mouche

et, en plus petits caractères en dessous, la référence :

Dernière phrase du Carmen *de Prosper Mérimée.*

dead, to tell his story as I am doing without fear of you-know-what.

On the grave of the two superimposed coffins, the town council, which had a certain number of suitable inscriptions it could offer for the burial of indigents, had placed a commemorative centennial plaque on which the inscription was still legible:

Between closed lips
no fly can pass

and, in smaller type beneath, the reference:

Last sentence of Carmen, by Prosper Mérimée

La Vierge noire à l'enfant noir

Nous n'en finissions pas d'être intrigués par une Vierge noire avec un enfant noir sur son bras gauche dont les images et statuettes se vendaient dans les marchés des hautes vallées de montagne, tout autour de Quina vers Fond-des-Blancs. Les curés n'aimaient visiblement pas cette dévotion, mais ils se gardaient bien de la prendre de front comme ils le faisaient pour le vodou, ou même pour les rassemblements en musique, balancements et porte-voix des premiers pasteurs protestants à sillonner la région. On eut dit que la guerre des religions, dont le village était le théâtre, laissait en dehors la Vierge noire. Elle semblait même inspirer aux prêtres une telle crainte qu'ils n'en parlaient jamais, comme si elle n'existait tout simplement pas. Et pourtant, ma propre grand-mère entretenait dans un coin de sa chambre, sur une petite table, une bobèche de suif jaune toujours allumée au pied de cette Madone noire qu'elle savait prier avec ferveur, en caressant les sept balafres de sa joue droite.

Dans la cour de récréation des petits, les commentaires allaient bon train sur cette bizarrerie. Je me souviens que l'espièglerie la plus poussée avait été la

The Black Virgin and Child

We were constantly fascinated by a black Virgin with a black child in her left arm whose images and figurines were sold in the high mountain valleys all around Quina towards Fond-des-Blancs. Parish priests were visibly unenthusiastic about this devotion but they avoided tackling the problem head on, which they did not hesitate to do with vodou and even with the music, swaying and megaphones of the assemblies organized by the first Protestant pastors to criss-cross the region. One would have thought that the religious wars fought with our village as battleground had left the black Virgin aside. She even seemed to inspire such fear in priests that they never spoke of her, as if she simply did not exist. But my own grandmother kept, in a corner of her bedroom, on a little table, a yellow tallow *bobèche* always lit at the feet of the black Madonna to whom grandmother knew how to pray fervently, caressing the seven gashes on the statuette's right cheek.

On the children's playground comments on this oddity were rife. I remember that the most extreme mischievousness had been the conclusion that "God is black," because evidently, with that mother, the child

conclusion que « Dieu est noir », puisque à l'évidence, avec cette maman, l'enfant ne pouvait avoir un père d'une autre couleur. Et si la conception de l'enfant par cette Vierge avait été aussi immaculée, comme on nous l'enseignait au catéchisme, à la suite d'une opération du Saint Esprit, eh bien le Saint Esprit était aussi noir ! Bref, la sainte trinité y passait, tous trois noirs, le Père, le Fils, le Saint Esprit, et la Vierge aussi. Cette logique était de béton, mais pas sans appel, car je sentais confusément quand même que quelque chose d'important m'échappait puisque partout ailleurs, dans les livres et dans les églises, des statues aux vitraux, et dans toute la gamme des images saintes, tout ce monde était blanc. Et pourtant il y avait bel et bien une Vierge à l'enfant, tous deux noirs, du côté de chez moi à Quina.

L'étrange était qu'aucun parent, ni aucun autre adulte, tous toujours si prompts en général à nous marquer nos limites, ne sanctionnait cette dérive des petits sur la couleur du Bon Dieu, autrement que par un sourire énigmatique, comme quand il s'était agi du débat angoissant entre nous, d'où nous sortions à peine en ce temps-là, sur l'existence du père Noël. Il fallait probablement encore grandir avant de savoir la vérité — c'est ce genre de choses qui m'a fait haïr pendant toute mon enfance de n'être pas né tout grand.

Cinq ou six ans plus tard, proche enfin de quitter et l'enfance et Quina, j'avais quand même rassemblé quelques-uns des morceaux épars de cette histoire de Vierge noire. Pas tous cependant, une zone d'ombre subsistait, même qu'un malaise perdurait puisqu'elle avait été récemment au centre de quatre morts d'hommes, et pas n'importe lesquels, quand un curé, plus intrépide que la moyenne de ses confrères, assisté d'un sacristain et deux bedeaux, avait entrepris une expédition iconoclaste contre les Vierges noires des quatorze carrefours du chemin de croix de la vallée perchée. C'était au début des années 1940 pendant la campagne de destruction des objets du culte vodou initié par le clergé breton, et ce curé de choc y avait vu une occasion d'en finir une fois pour toutes avec la dérangeante Vierge noire qui aurait dû être blanche. Ils eurent le temps d'en détruire trois exactement, avant que l'on ne retrouve leurs cadavres carbonisés au lieu-dit « Roses-en-fleurs », la quatrième station, un monticule chauve de *roches-à-ravets* mauve,

could not have a father of another color. And if the conception of the child by that Virgin had also been immaculate, as they taught us in catechism class, resulting from the intervention of the Holy Spirit, well then the Holy Spirit was black, too! In short, the entire Holy Trinity, all three of them, were black, the Father, the Son, the Holy Spirit, and the Virgin, too. The logic was watertight, but not final, for I still felt that something important was missing. Everywhere else, in books and churches, from statues to stained-glass windows, and in the entire range of holy images, everyone was white. But still there was well and truly a Virgin and child, both black, here in our own back yard.

The strange thing was that no parent, no other adult—all of whom were usually so quick to impose limits on us—punished the children's deviation from doctrine concerning the color of God's skin, reacting with nothing but an enigmatic smile, just the way they did when we had debated (not that long ago) the existence of Santa Claus. We would probably have to grow up even more to learn the truth—it's that type of thing that filled my childhood with hatred of the fact that I had not been born all grown up.

Five or six years later, on the verge of leaving childhood and Quina, I had been able to gather up a few scattered pieces of the story of the black Virgin. Not all the pieces, however—a shadowy zone remained, an uneasiness persisted, since she had recently been central to the death of four men, and not just any men. This occurred when a parish priest, more intrepid than his colleagues, aided by a sexton and two vergers, had undertaken an iconoclastic expedition against the black virgins of the fourteen meeting points of the Way of the Cross in the high valley. It was the beginning of the 1940's, during the campaign to destroy vodou ritual objects, a campaign initiated by the Breton clergy; and this shock-troop-priest had taken advantage of the opportunity to do away once and for all with that disturbing black Virgin who should have been white. They had the time to destroy exactly three before their charred bodies were found at the place called *Roses-en-fleurs*, Roses-in-Bloom, the fourth station. It was a bald mound of mauve-colored *roches-à-ravets* topped by a niche where the virgin stood on a large, cement base made of

surmonté d'une niche où reposait la Vierge sur une large base de ciment faite de marches toutes pleines de bougies noires et d'ex-voto liserés en noir en son honneur. Ce joli nom cachait à peine la redoutable désignation d'origine du lieu, « Aux Enfers », devenus en créole *Rozanfè* (Roses-en-fer), avant qu'un accès de normalisation toponymique ne vienne vers 1925, pendant l'occupation américaine, convertir ces sonorités menaçantes et métalliques en des Roses-en-fleurs inconnues de la région. Il n'a jamais rien poussé là, encore moins des roses en fleurs, mais on pouvait y brûler cependant comme aux enfers à ne pas savoir que la Vierge noire était une intouchable.

Il était une fois, à quelque dix-huit mois de l'indépendance, une demi-brigade polonaise de deux mille cinq cents hommes prit pied en juin 1802 pour combattre dans le contingent français les nègres de Saint Domingue, et quatre mois après, en octobre 1802, une autre demi-brigade vint rejoindre la première. Des cinq mille légionnaires polonais d'une armée dix fois plus grande, quelques centaines de survivants vont recevoir en 1804 de Dessalines la nationalité haïtienne et des terres à Fond-des-Blancs pour ce qui concerne les nôtres, ceux qui vont faire partie de l'histoire du peuplement et des alliances quinoises, car en deux siècles et six générations, un très grand nombre de familles de Quina se sont trouvées mélangées inextricablement à celles de Fond-des-Blancs. Faut croire que les Polonais furent des alliés fiables des troupes indigènes pour être ainsi les premiers blancs de nationalité haïtienne à continuer sur ce sol leur vie de paysans du Danube, expression qui s'est conservée dans la région. La deuxième génération à naître, celle des métis, date de 1805 à 1820, la troisième de part et d'autre de 1840-1845 et la quatrième génération à partir des trois quarts du siècle, 1875. C'est celle de ma grand-mère, morte nonagénaire, que j'ai bien connue jusqu'à mes vingt ans et qui elle aussi avait connu son grand-père, le fils du blanc polonais. Tout cela ne remontait pas finalement à très loin puisque j'avais de première main accès au fils du légionnaire qui portait, comme tous ses semblables, la Vierge noire en sautoir pour amulette, icône de plus de deux siècles encore conservée dans la famille.

steps covered in black candles and plaques of thanksgiving in her honor. The pretty name of the place barely hid the formidable original name given to it: "*Aux Enfers,*" "In the Depths of Hell," which had become in Creole *Rozanfè* (*Roses-en-fer*, Iron Roses), before a fit of toponymical normalization in about 1950 ended up converting those threatening and metallic sounds into blooming roses, a plant unknown to the region. Nothing had ever grown there, especially blooming roses, but it was possible to burn there as if in Hell if you did not know that the black Virgin was untouchable.

Once upon a time, about eighteen months before Haitian independence, a half-brigade of two thousand five hundred Polish soldiers arrived in June 1802 to join French troops in fighting the Negroes of Saint-Domingue; and four months later, in October of 1802, another half-brigade joined the first. Of the five thousand Polish legionnaires (part of an army ten times that size), a few hundred survivors would receive Haitian citizenship from Dessalines in 1804. They were also granted land, and the ones in our area settled in Fond-des-Blancs. They were to become a part of the history of Quina's population and family connections, for within two centuries and six generations a great many families in Quina found themselves mixed with those of Fond-des-Blancs. The Poles must have been trusted allies of the local troops to become the first whites of Haitian nationality to live out on that soil their life of peasants from the Danube, an expression that is still used in the region. The second generation, the *métis* or half-breeds, dates from 1805 to 1820; the third (on both sides) from 1840 to 1845; and the fourth generation from three-quarters of a century later, 1875. That is the generation of my grandmother, who died in her nineties, and whom I knew well until I was twenty; and she had also known her grandfather, the son of a white Pole. All this did not really go back that far, since I had first-hand access to the legionnaire's son who wore, as did all his comrades, a black Virgin around his neck as an amulet, an icon more than two hundred years old that was still maintained in the family.

The case of the "State vs. X" for homicide was brought, and dismissed after an investigation. The judge concluded that it had been an "Act of God" after a crowd

Plainte contre X avait été déposée pour homicides, et *non-lieu* déclaré après enquête. Le juge d'alors avait conclu, probablement sans sourciller comme le ferait le nôtre actuel, à un *Acte de Dieu,* après avoir organisé le défilé d'une foule de *témoins d'expériences,* chacun venu dire qu'effectivement la foudre savait tomber là, par beau temps plein soleil, et carboniser tout ce qui s'y trouvait, bêtes et humains. L'expédition n'aurait été qu'au mauvais moment, au mauvais endroit. Sans plus. Paraît même que ce phénomène électrique serait à l'origine du premier nom du lieu, qui lui fut d'ailleurs restitué dans la foulée de cette affaire : *Aux Enfers.*

of "expert witnesses" paraded to the stand, each testifying that in fact lightning would strike in that place during good weather and full sunshine, and that it would turn whatever was there into charcoal, beasts and humans. The expedition must have just been in the wrong place at the wrong time. It even seems that this electrical phenomenon is what gave the place its original name, which was restored in the wake of the affair: *Aux Enfers.*

Le loup-garou de la ville voisine

Les dernières recommandations avaient été brèves, avant que je n'aille passer cette fin de semaine chez mon meilleur ami, André, au Vieux-Bourg. C'était ma première fin de semaine chez un ami. Nous fréquentions la même école qui préparait au Certificat d'études primaires et nous étions devenus des inséparables. Il était, en outre, en pension chez les Moulins, nos voisins de la Place, et nous pouvions ainsi préparer ensemble nos examens juste en passant la clôture par ce trou que nous avions ménagé dans la haie mitoyenne de cactus. Il était vraiment inutile pour mes parents d'insister sur la bonne conduite à tenir et sur la discrétion à observer tant je savais déjà que, par-dessus tout, il ne fallait rien voir qui ne dût être vu et ne rien entendre qu'il ne fallût entendre. Quant à parler le moins possible, c'était la règle d'or, particulièrement difficile à observer, il est vrai.

J'allais certes chez un ami, mais en territoire hostile, car, pour chaque ville de province, la ville voisine est l'ennemi intime, la perverse aux rites secrets, celle sur laquelle on colporte tellement d'histoires et dont on se méfie tant. Quina avait l'insigne privilège d'en avoir deux à égale distance vers l'Est et vers l'Ouest, ses boucs

The Werewolf of Vieux-Bourg

The last bits of advice were brief as I prepared to spend the weekend with my best friend André at his home in Vieux-Bourg. It was my first weekend at a friend's house. We went to the same school to prepare for the Certificate of Primary Studies, and had become inseparable. What's more, he boarded with the Moulins, our neighbors on the Square, and we could study for our exams together simply by passing through a hole we had made in the cactus hedge between the two houses. It was a waste of time for my parents to insist that I be on my best and most discreet behavior, since I was already well aware that above all I must not see anything that should not be seen nor hear anything that should not be heard. As far as speaking as little as possible, that was the golden rule, though it was particularly hard to obey.

Of course, I was going to the home of a friend, but it was in hostile territory, since in the eyes of every provincial town the neighboring town is the intimate enemy, a depraved place with secret rituals, a place which fuels innumerable stories that feed mistrust. Quina had the distinguished privilege of having two of these towns,

émissaires de Vieux-Bourg et de Saint-Louis, un de chaque côté pour recevoir son trop-plein de fiel et de bile accumulé d'être resté immobile depuis tant de décennies. Ainsi grandissait-on à Quina dans une atmosphère générale de méfiance qui n'interdisait pas, loin de là, de solides amitiés et des alliances familiales dans ces trois villes d'une même commune. Du « tricoté serré » auraient-ils dit, s'ils avaient su tricoter.

Il fallait ainsi maîtriser le code tout en nuances pour distinguer la règle des exceptions, que ce soit au marché, à un match de foot ou pendant une élection. L'arbitre d'une rencontre intercommunale devait obligatoirement être de la troisième ville non impliquée et une élection était une formalité qui favorisait à tour de rôle un député de chacune de ces villes. C'était cela l'équilibre ambiant que je trouvai en arrivant dans ce monde à la fin de la guerre, *modus vivendi* dont tout un chacun était content et qui fut ma première des locutions latines apprise des pages roses du *Petit Larousse* qui alimentaient ainsi fréquemment conversations sérieuses et discours de circonstance.

La journée s'était bien passée chez mon ami, occupée par mille entreprises, comme la visite des ruches d'abeilles au miel de campêche des plaines sèches, dont on tartinait d'immenses et épaisses cassaves de manioc, alors que les nôtres étaient toutes petites, minces et friables. Les gens de ce pays rajoutaient de ce miel sur pratiquement tout et les hommes y trempaient même, le soir, le bout à mordre de leur cigare avant d'en allumer l'autre bout. Bien en vue au fronton de la mairie, des abeilles bourdonnaient sur les armoiries de la ville, pour lesquelles le maire avait ramené, d'un rapide séjour louisianais, l'idée d'une devise distinctive, à l'exemple de tous les États et Provinces du nord des Amériques. « Vieux-Bourg *mirabile visu* », avait-il pêché dans les *pages roses*, pour le jour où la ville, devenue grande, aurait aussi des plaques d'immatriculation à délivrer.

La nuit tomba sur notre fatigue et l'on me désigna mon lit à l'étage, dans la chambre inoccupée de la grand-mère d'André, morte quelques mois plus tôt. J'aurais bien aimé dormir dans la même chambre qu'André, ou peut-être dans la chambre à côté, mais il eût été inconvenant de ne pas dominer ma peur et de laisser voir une quelconque crainte de cette chambre trop indépendante,

equally distant to the East and to the West—its scapegoats Vieux-Bourg and Saint-Louis, one on each side—to bear the overflow of venom and bile which had been accumulating for decades of stagnancy. And so we grew up in Quina in a general atmosphere of suspicion which, however, did not prevent the formation of solid friendships and family alliances in these three towns of the same commune. "Close-knit," they would have said, had they known how to knit.

This situation made it imperative to master all nuances of the social code, in order to be able to distinguish the rule from its exceptions, whether it be at the market, at a soccer match or during an election. It was mandatory that the referee of a game between two of the towns be from the third, and an election was a mere formality that favored in turn a deputy from each of the towns. That was the prevailing equilibrium that I encountered when I came into this world at the end of the War, a *modus vivendi* which satisfied everyone and which was the first Latin expression I learned in the pink pages of the *Petit Larousse* dictionary, pages which frequently supplied fodder for serious conversations and speeches on special occasions.

The day had gone well at my friend's house, filled with a thousand projects, including a visit to the beehives with their camwood honey from the dry plains, which they spread on huge, thick cassavas (ours were quite small, thin and crumbly). The people of the area put this honey on practically everything, and in the evening the men even dipped their cigars in it before lighting the other end. Bees buzzed about on the town's coat of arms, conspicuous on the pediment of the town hall; a coat of arms for which the mayor had brought back from a short stay in Louisiana the idea of a motto, like those of all the States and Provinces in the northern part of the Americas. He had come up with "Vieux-Bourg *mirabile visu*," the Latin for "wonderful to see" from those same pink pages in the dictionary, looking toward the day when the town would be so large it would have license plates to distribute.

Night fell on our fatigue, and they showed me to my bed, upstairs in the unoccupied bedroom of André's grandmother, who had died a few months earlier. I would have liked to sleep in the same room as André, or perhaps

qui donnait sur la ruelle arrière. J'ai probablement dormi tout de suite, car, sans le savoir à l'époque, je jouissais de cette rare faculté de bien dormir même dans les pires situations.

Quand je me réveillai brusquement en pleine nuit, contrairement à mes habitudes, la maison tremblait et mon lit secouait assez fort pour changer de place en s'avançant vers la fenêtre selon la forte pente du plancher. Je vivais ma première expérience de l'insolite et je m'efforçai de mettre en pratique les préceptes souvent serinés de ne pas bouger en pareille circonstance. Plus facile à dire qu'à faire, et c'est de ne pas savoir où courir qui me fit rester immobile, le cœur battant à me sortir par la bouche. Le tremblement de la maison reprit encore une fois, et je vis distinctement un énorme papillon noir d'un mètre d'envergure, prendre majestueusement son envol du haut de l'armoire de la grand-mère, pour aller se poser dans un coin de la chambre, après être passé avec une lenteur calculée par-dessus mon lit. J'étais terrifié. Je fermai très fort les yeux et les poings pour ne plus jamais les rouvrir jusqu'au petit jour. J'entendis ensuite très distinctement des voix nombreuses et excitées s'interpeller dans la nuit sous ma fenêtre et, même dans la maison, il y avait des bruits de pas qui allaient et venaient précipitamment. Je serrai fort les dents pour ne pas crier et je pris le goût du sang sur mes lèvres que j'avais mordues.

Ai-je dormi ou perdu connaissance ? Je me souvins d'avoir tremblé de tout mon corps sans pouvoir me contrôler. Je me souviens de l'aurore qui prenait tout son temps à chasser la nuit, par de petites touches de clarté à chaque fois à peine plus lumineuses sur les persiennes. J'ai dû me rendormir d'impatience à ce jeu des lumières de l'aube, puisque je me fis bruyamment réveiller vers les sept heures du matin par un André tout excité des évènements de la nuit.

J'étais le seul de la maison à ne m'être pas réveillé. De la ville même, ajoutait-il. J'avais perdu toute une occasion de participer au premier vrai tremblement de terre depuis des années et l'on déplorait, aux lisières du bourg, l'effondrement de deux vieilles maisons, qu'il nous fallait aller voir au plus vite après le petit-déjeuner de lait caillé au sirop de miel, avec des crêpes de manioc mêmement nappées de miel. Il m'avait si souvent parlé

in the room next door, but it would have been ill-mannered to lose control of my apprehension or to reveal any fear at all of this too-isolated room which looked out on the back alleyway. I probably fell asleep right away, for although I did not know it then, I had the rare gift of being able to fall asleep in the worst of situations.

When I awoke suddenly in the dead of night, an unusual occurrence for me, the house was trembling and my bed was being shaken violently enough for it to begin moving along the sloping floor toward the window. I was experiencing the unearthly for the first time, and I did my best to carry out the precept that had been drummed into us not to move in such circumstances. Easier said than done, and it is only because I did not know where to run that I remained unmoving, my heart in my mouth. The shaking began again, and I saw clearly an enormous black butterfly, with a wingspan of about a meter, take majestic flight from the top of the grandmother's wardrobe and alight in a corner, having first soared about with deliberate languor above my bed. I was terrified. I quickly closed my eyes and my fists (which remained so until first light). Then I heard quite clearly a number of excited voices calling to each other in the darkness beneath my window, and even inside the house there were footsteps coming and going hastily. I clenched my teeth tightly to keep from crying out, and tasted blood on my bitten lips.

Did I fall asleep or did I lose consciousness? I remember my entire body trembling uncontrollably. I remember the dawn, which took its own sweet time chasing away the night with tiny brush-strokes of light, each scarcely brighter than the last on the shutters. I must have dropped off to sleep again, impatient at the too-slow approach of morning's light, since I found myself being noisily awakened at about seven o'clock by André in a state of high excitement about the night's events.

I was the only one in the house not to have awakened. The only one in the whole town, he added. I had lost the great opportunity to participate in the first real earthquake in years, and everyone was mourning the collapse of two old houses on the edge of town, and we had to go see them as soon as possible after our breakfast of curdled milk with honey syrup, and manioc pancakes likewise drenched in honey. In Quina, during

à Quina, dans la cour de récréation, de ce menu matinal que je le connaissais par cœur. Je me penchais pour jeter un coup d'œil sur le papillon dans le coin de la chambre quand André ramassa l'immense capeline noire qui avait été le dernier chapeau de sortie de sa grand-mère et la balança sur l'armoire, qu'elle regagna dans un vol plané majestueux.

recess, he had often spoken of this menu which I knew by heart. I leaned over to glance at the butterfly in the corner, just as André picked up the immense, black, wide-brimmed hat which had been his grandmother's last Sunday-best hat and tossed it toward the wardrobe, which it reached in a soaring, majestic flight.

Les lumières de Paris

Il faut avoir passé des nuits d'épaisses noirceurs quinoises, à jouer à celui qui compterait le plus de lucioles comme unique clarté, pour comprendre l'effet magique d'une ville que les grandes personnes appelaient « La ville lumière ». Il fallait beaucoup d'imagination, pour qu'à l'examen de dessin, matière obligatoire du Certificat d'études primaires, l'on puisse exécuter cette question, qui revenait chaque année, de faire baigner cette grande ville dans l'auréole de lumière réservée à Dieu dans nos images de première communion. C'était là notre seule référence pour concevoir Paris.

Et voilà que le fils de Ménès en revenait.

Peu avant, il avait épuisé sans succès les quatre chances du rituel de la descente au Baccalauréat première partie, et, parce qu'il avait le physique de l'emploi, il s'était inscrit pour une formation de neuf mois d'officier sanitaire. Il avait été affecté dans sa ville natale, avec un uniforme kaki, des épaulettes vertes et un casque rigide, comme celui des frères de l'Instruction chrétienne. Les FIC. Un énorme pulvérisateur de DDT, porté à dos d'homme, complétait le portrait. Le réservoir, le *tank*,

The Lights of Paris

You have to have spent nights of thick blackness in Quina, playing at who can count the most fireflies, the only light visible, to understand the magical effect of a city the grownups called "the City of Lights." You had to have an excellent imagination for the drawing test which was a required subject for the Primary Certificate exams in order to carry out the command, issued each year, to bathe this great city in the halo of light reserved for God in our first-communion images. That was our only point of reference for imagining Paris.

And lo and behold, Ménès' son was returning from there.

Not long before, he had used up his four chances (or descents into Hell) to pass the first part of the *Baccalauréat* exam, and since he had a good physique for work he had signed up for nine months' training as a sanitary officer. He had been assigned to his native town, with a khaki uniform, green epaulettes and a hard helmet like the ones worn by the Brothers of Christian Instruction. The BCI's. An enormous DDT sprayer carried on his back made the picture complete. Back then the tank (we used the American word for it) held fif-

comme nous disions en américain, était à l'époque de quinze gallons, ce qui prenait de l'aide à l'officier sanitaire pour le charger, avant d'aller asperger toutes les eaux stagnantes du patelin et de ses environs, qui avaient la peu enviable réputation de compter dix-sept mille moustiques par habitant et par saison — encore un calcul piquant des joueurs de bésigue de Porte-Gaille. Dans sa guerre aux moustiques, il entreprit aussi de blanchir à la chaux les troncs d'arbres, surtout les cocotiers, par lesquels commencèrent ses badigeonnages. Cela fut apprécié par les propriétaires de cocoteraies qui le recommandèrent en haut lieu, lors du passage du Président Magloire en tournée dans le Sud, en 1954. Deux mois plus tard, Quina fêta fort tard l'octroi d'une bourse de perfectionnement au fils de Ménès, et il y eut attroupement lorsqu'il prit le camion qui devait l'emmener à Port-au-Prince, en route pour trois mois à Paris.

Il était de retour depuis hier soir, en plein orage. Mais la nouvelle avait nuitamment fait le tour de toutes les maisons, par des messagers qui la colportaient comme des fantômes en se couvrant la tête de serviettes de bain blanches pour se protéger de la pluie. J'attendais fébrilement de le voir le lendemain. Tous les garçons s'en furent à la rivière de Morisseau vers onze heures du matin pour un « bain d'hommes ». L'habitude était de s'ébattre nu entre hommes, le port du costume de bain n'était requis qu'en cas de mixité, surtout le dimanche aux plages de la cocoteraie. Le fils de Ménès arborait une sorte de culotte de fille qu'il appelait *slip* et qu'il avait achetée à Paris, où il ne s'était d'ailleurs jamais baigné dans le fleuve qui traversait la ville. Jusqu'à présent, le boxer était le seul modèle connu de sous-vêtement à Quina, et nous trouvions le nouvel accoutrement efféminé ; il se le fit dire par Como qui, perfide, laissa tomber que les jeunes de la capitale reviennent de Paris ou communiste ou *masisi,* parfois les deux. Cela jetait un froid sur le début de la rencontre, même si nous savions que la méchanceté de Como venait de ce qu'il avait été recalé à l'admission d'officier sanitaire, pour n'avoir pas le physique pour trimbaler sur son dos plus de cinquante kilos d'impedimenta. Le fils de Ménès parla d'abondance des petites femmes de Pigalle en nous chantant quelques couplets, de leur commerce d'amour sur les trottoirs, de danseuses nues nues nues, de lumières de toutes

teen gallons, so the sanitary officer had to have help putting it on before he went to spray all the stagnant water in the village and its environs, which had the unenviable reputation of harboring seventeen thousand mosquitoes per capita per season—another spicy statistic from the bezique players of Porte-Gaille. While he battled the mosquitoes, he also undertook to whitewash the tree trunks, especially the coconut trees with which his painting projects began. This was appreciated by coconut grove owners, who complimented him in high places upon President Magloire's visit to the South in 1954. Two months later, Quina stayed up quite late to celebrate the granting of a scholarship for a proficiency course to Ménès' son; and there was quite a crowd when he climbed into the truck which was to take him to Port-au-Prince, en route to a three-month stay in Paris.

He had returned yesterday evening, during a thunderstorm. But the news had reached every home by night, brought by messengers who carried it like ghosts, covering their heads with bath towels to protect themselves from the rain. I waited feverishly to see him the next day. All the boys went to Morisseau's stream at about eleven o'clock for a "men's swim." Our custom was to romp about naked, since a bathing suit was required only in cases of mixed groups, especially on Sundays at the beaches by the coconut groves. Ménès' son sported a sort of girl's panties which he called briefs, and which he had bought in Paris, where he had never gone swimming in the river that flowed through the city. Until then boxer shorts had been the only underwear style known in Quina, and we found this new getup effeminate; Como said as much to him, and the traitor added that youths from the capital came back from Paris either communists or *masisi*—homosexuals—sometimes both. That cast a pall over our reunion, even though we knew that Como's meanness came from the fact that he had just failed the sanitation officers' test because he didn't have the physique to lug about more than fifty kilos of impedimenta on his back. Ménès' son told us about the abundance of women in Pigalle—singing a few verses about the way they sold love on the sidewalks—and about the completely, absolutely nude dancers, about lights of every color everywhere all night long, about the price and many

les couleurs partout et toute la nuit, du coût et de force autres détails des trois aventures qu'il avait pu se payer en trois mois avec le reliquat de sa bourse. J'entendais aussi parler de capote anglaise pour la première fois. Como rageait.

Et puis, baissant la voix comme pour nous confier un grand secret, il aurait découvert que beaucoup des citations célèbres qui étaient attribuées à d'augustes Quinois seraient, ou très connues, beaucoup plus qu'on ne pouvait l'imaginer, ou mal baptisées. « Partir c'est mourir un peu » n'avait peut-être rien à voir avec nos célèbres exilés du siècle dernier, dont certaines de nos rues portaient fièrement le nom. Même le « Mieux vaut apprendre à pêcher à quelqu'un que de lui donner cent poissons », malgré le label indiscuté de « pays de pêcheurs » de Quina, était peut-être un emprunt, ou avait plusieurs pères. Nous étions troublés de voir que nos citations célèbres, compendium dont chaque province était fort jalouse, pouvaient cacher quelques origines partagées, sinon suspectes. Como partit furieux en le traitant de traître.

L'après midi, le fils de Ménès entreprit de rendre visite aux autorités de la ville par ordre d'importance. Il revêtit, juillet chauffant dru, sa veste parisienne de laine sombre à long poil, appelée « gros-peau », et se rendit d'abord chez le préfet. Les grandes personnes s'étaient préparées à le recevoir. Faut dire, qu'au hit-parade de Quina, il y avait trois livres comme valeurs sûres, que l'on pouvait se procurer aussi bien chez le pharmacien qu'à la station d'essence : *Comment se faire des amis* de Dale Carnegie, *Convenances et bonnes manières* de je ne sais plus qui et *Paris tel qu'on l'aime*, un guide trapu vert relié en dur, abondamment illustré, par lequel on se promenait sur les grands boulevards, visitait musées, remontait les Champs-Élysées et prenait petit déjeuner dans un bistro, *sur le zinc*, en commandant œuf dur, café crème et croissants chauds.

Tout le monde savait que le fils de Ménès s'en venait passer un examen en bonne et due forme. Lui aussi. Sa main tremblait un peu, et la voix n'avait plus l'assurance du matin, car les sujets allaient être autres. Il ne déçut point tout à fait au départ, quand il réclama du vin au lieu des rafraîchissements offerts par la maîtresse de maison. Il aurait donc appris des choses ; serait-il devenu

other details of the three amorous adventures he had been able to pay for during those three months from what was left of his scholarship money. I also heard about condoms for the first time. Como was fuming.

And then, lowering his voice as if to confide a great secret, he seemed to have discovered that many famous quotations attributed to distinguished men of Quina were either very well known—more so than we could imagine—or ill-named. "Parting is such sweet sorrow" might have nothing to do with our famous exiles of the last century, whose names were proudly borne by some of our streets. Even "It is better to teach someone how to fish than to give him a hundred fish," in spite of Quina's undisputed label of "land of fishers," was perhaps a borrowing or had several creators. We were perturbed to learn that our famous quotations, a compendium of which each province protected jealously, could be hiding shared origins or even suspicious ones. Como left in a rage, calling him a traitor.

That afternoon, Ménès' son undertook to pay a visit to the town authorities, in order of their importance. In July's oppressive heat, he wore his Parisian jacket of dark wool, called "*gros-peau*," and started with the Prefect's home. The grownups had prepared themselves to receive him. I must add here that there were three books of proven value on Quina's best-sellers list, books which could be obtained at the pharmacy as well as the gas station: *How to Win Friends and Influence People* by Dale Carnegie, *Etiquette and Good Manners* by I don't remember whom, and *The Paris We Love*, a stout, green guide, hard-bound and abundantly illustrated, thanks to which we strolled on the boulevards, visited the museums, walked up the Champs-Elysées, and breakfasted at the counter of a bistro, ordering a hard-boiled egg, a *café crème*, and hot croissants.

Everyone knew that Ménès' son had come to be tested in due form. He knew it, too. His hand trembled a bit and his voice no longer had this morning's assurance, for he was to be tested on other subjects. At the beginning, he wasn't completely disappointing when he asked for wine instead of the refreshments offered by his hostess. So he must have learned something; had he become a good catch for the young ladies? But things quickly took a turn for the worse when he was unable to hold

un bon parti pour les demoiselles ? Mais, tout se gâta vite quand il ne sut point disserter sur les vins rouges, rosés et blancs comme dans l'annexe du guide. Tout juste fit-il remarquer que la pratique populaire courante de rajouter deux bonnes cuillerées de sucre au vin ne se faisait pas. Mais, si le guide de Paris n'avait jamais opiné sur ce point, l'autre ouvrage sur les convenances et bonnes manières était formel ; le geste de fort mauvais goût était à proscrire. On le savait depuis longtemps. Puis il devint patent qu'il entendait parler pour la première fois du Trocadéro et qu'il n'avait pas été à Versailles voir les jardins et la galerie des Glaces, et qu'il n'avait rien à dire du Panthéon... Et puis, il n'habitait même pas dans l'un des Arrondissements de Paris, mais à Montrouge, nulle part identifié dans le guide. Como aurait exulté, s'il avait été présent.

De sa visite, moi, je retins tout autre chose : il buvait en tirant d'abord la langue, y déposait ensuite délicatement le bord de sa coupe et aspirait enfin le vin dans un petit clapotis. Maniéré certes, mais n'était-ce pas la mode à l'étranger ? Le lendemain matin, j'adoptai à table sa manière de boire avec un verre de lait dont je n'eus pas le temps d'avaler la première gorgée. Je reçus une taloche et l'interdiction d'imiter en quoi que ce soit le fils de Ménès qui était « parti » mais n'avait pas « voyagé », dernière phrase de la remontrance paternelle.

La formule m'est restée jusqu'à présent pour son actualité et sa force de frappe, si je puis dire. Elle fut aussi adoptée pour résumer le cas, après le conciliabule tenu par les chefs visités. On pouvait donc partir sans voyager. Si j'ai encore mémoire distinctement de tout, cependant, malgré tous mes efforts, je n'arrive pas à me souvenir du nom du fils de Ménès, car la semaine suivante, il fut transféré ailleurs, à la demande des autorités de Quina, soutinrent sa famille et ses amis, et je ne le revis plus jamais. La ville entière prit parti, pour ou contre ce transfert et se scinda, une fois de plus, durablement. Les lumières de Paris disparurent définitivement des examens du Certificat. On n'eut pas d'officier sanitaire pendant très longtemps (si je ne m'abuse, il n'y eut jamais plus d'officier sanitaire à Quina). Les moustiques redoublèrent d'activité — je n'ose penser au nouveau ratio de moustiques par habitant — et je revins à ma première manière de boire.

forth about red, white and rosé wines, like the appendix in the guidebook. He merely remarked that the popular practice of adding two spoonfuls of sugar to wine was not done. But if the guide to Paris had never expressed itself on this subject, the etiquette book was definite: this act, in extremely bad taste, was to be avoided. This had been known for a long time. Then it became obvious that he was hearing of the Trocadero for the very first time, and that he had not gone to Versailles to see the gardens and the Hall of Mirrors, and that he had nothing to say about the Pantheon... And he hadn't even lived in one of the *arrondissements* of Paris, but in Montrouge, which was not mentioned in the guidebook. Como would have gloated if he had been there.

What stands out in my memory is something else: he drank by first sticking out his tongue, then delicately setting the rim of his glass on it and finally sucking up the wine with a lapping sound. It was certainly affected, but wasn't that the way it was done abroad? The next morning at breakfast, I adopted his way of drinking with my glass of milk, but I didn't even have time to take in the first swallow. I received a good clout, and was forbidden to imitate Ménès' son in any way whatsoever. He had "left" but he had not "traveled," was the last sentence of the parental reprimand.

That phrase has remained with me to this day because of its pertinence and striking force. It was also adopted to sum up the case, after a meeting held by the leaders to whom Ménès' son had paid a visit. It was possible to leave without traveling. Though I still remember everything distinctly, I cannot, however, despite all my efforts, remember the name of Ménès' son, since the following week he was transferred—at the request of Quina's authorities, according to his family and friends—and I never saw him again. The entire town took sides for or against this transfer, which caused yet another long-lasting rift. The lights of Paris disappeared for good from the Primary Certificate exams. We had no sanitary officer for a long time (if I'm not mistaken, there never was another sanitary officer in Quina). The mosquitoes stepped up their activity—I don't dare consider the new ratio of mosquitoes per capita—and I went back to my normal way of drinking.

Les pyrex de Madame Martineau

Alors qu'il n'était à Quina de voyages dignes de mention qu'à Paris, il se trouvait une famille commerçante dans le village dont l'horizon était New York, l'autre ville, puisqu'il ne semblait y avoir en ce temps que deux villes au monde dans le quotidien de notre province. Des déplacements subalternes que ceux vers New York et dont on n'attendait rien de bien culturel, une fois déchargées les caisses de marchandises achetées en gros lors des soldes de fin de saison pour le magasin général que les Martineau tenaient sur la Place du marché à l'enseigne Mary's, *newyorkisation* du nom de Madame Martineau qui s'appelait en fait Maryse. On y trouvait de tout au gré des liquidations et braderies des fournisseurs, mais c'est surtout l'aile de la lingerie pour dames qui assurait au commerce un certain standing et une clientèle quotidienne venue s'approvisionner dans des rayons chargés de vêtements de série, même tissu, même modèle et même couleur. Pour les grandes circonstances, comme un mariage, le chic était toujours de monter à la capitale se faire confectionner une robe d'un modèle unique. Le recours au prêt-à-porter de Mary's passait pour n'être que le second

Madame Martineau's Pyrex

Although in Quina the only travels worth mentioning had Paris as their destination, there was one merchant family in the village whose horizon was New York, the other city, since it seemed that there were only two cities in the world at that time, in the everyday life of our province. Trips to New York were seen as lesser moves, and nothing much in the way of culture was expected of them, once the crates of merchandise were unloaded. These goods were bought wholesale in New York during end-of-season sales for the general store that the Martineaus owned on the Market Plaza, a store whose sign read "Mary's," a Newyorkization of Madame Martineau's name, which was really Maryse. There was a bit of everything there, thanks to the the suppliers' liquidation and clearance sales, but it was especially the women's clothing section that gave the business a certain class and a daily clientele that came to increase their wardrobes from displays filled with mass-produced clothing: the same fabric, the same model, and even the same color. For special occasions, such as a wedding, the chic thing to do was to go to the capital to have a one-of-a-kind dress made.

choix des bourgeoises, dont la crainte suprême était, à l'une ou l'autre des grandes occasions de s'endimancher, de retrouver sur quelqu'un d'autre une robe identique à la leur. L'horreur !

Mais la réalité est que toute la clientèle des environs trouvait là à s'habiller à très bon prix, quitte à se découvrir parfois en uniforme à la messe du dimanche. Les affaires de Mary's étaient donc prospères, trop peut-être, car un jour le bruit courut que l'on aurait trouvé des preuves irréfutables chez ces gens-là d'un commerce douteux avec des forces occultes. Ils furent nombreux dans le village à dire qu'ils le savaient depuis toujours. Tout cet achalandage, toute cette magnificence ne pouvaient être simples. Il y avait forcément anguille sous roche. Mais quoi exactement ?

Toutes les enquêtrices de la ville se mirent en chasse d'indices pour rapporter deux jours après que la dénonciation semblait venir du personnel de service de la maison qui aurait surpris les manifestations de ce pacte avec le Diable, mais les faits avancés ne tenaient pas la route. Il parait que dans cette maison, la porcelaine allait au feu et en revenait. Même les plus friandes de rumeurs opposèrent le siècle et demi d'indépendance et la tradition d'un port anciennement ouvert au commerce extérieur de vaisselles en porcelaine de Limoges et de verreries de cristal de Baccarat pour réfuter pareilles aberrations. Vodou ou pas, il y avait des limites à croire ce que disaient des bonnes ; on ne le leur ferait pas à elles, ce canular !

Moins de quinze jours après, alors que tout cet épisode était classé aux archives des rumeurs de Quina, Madame Martineau de retour de New York, invitait une trentaine de dames, triées comme cela se devait parmi ses meilleures clientes qui se trouvaient être le gratin du cru, à un après-midi de présentation des nouveautés du dernier voyage, à seize heures, comme de coutume, sans même l'obligation de rajouter à l'heure *en punto*, car les réunions de dames commençaient effectivement toujours à l'heure pile. Elle avait bien préparé son coup, Madame Martineau, avec la grande table sous la véranda qui collait à la maison, en donnant sur son jardin. Il y avait des assiettes, des verres, de l'argenterie et des serviettes... en nombre suffisant, mais au centre de table que de grands sous-plats, quatre exactement, qui

Recourse to the ready-to-wear clothes at Mary's was considered a second choice for women of the bourgeoisie, whose greatest fear was—at one or the other special occasions for wearing one's Sunday best—discovering that someone else was wearing a dress identical to their own. How awful!

But in reality, all the customers in the area could find clothing there at a very good price, even if it meant sometimes finding oneself in uniform at Sunday mass. So business was prospering at Mary's, perhaps even a little too much, because one day rumor had it that irrefutable proof had been found that the family was in dubious contact with occult forces. Many townspeople said they had known of this for a long time. All that abundance, all that magnificence could not be simple. There must be something fishy going on. But what, exactly?

All the town gossips began to investigate leads, and reported two days later that the tale seemed to have come from the Martineaus' domestic help, who were supposed to have seen evidence of this pact with the Devil; but the facts presented didn't hold water. It seems that in their house, the china could go into the fire, and that it came away intact. Even the most avid lovers of rumor disproved this idea with the century and a half of independance and the tradition of a port once open to a foreign trade in Limoges porcelain dishes and crystal glassware, refuting the possibility of such aberrations. Vodou or not, there were limits to what could be believed of a housemaid's testimony. They weren't going to be taken in by a hoax, not them!

Less than two weeks later, when the whole episode had been filed away among the archives of Quina's rumors, Madame Martineau, just back from a trip to New York, invited some thirty women, selected as was proper from among her best customers, the cream of the crop, to an afternoon gathering at which she would present the latest merchandise from her last trip, at the customary hour of four o'clock (with no need to add "precisely," since these women's gatherings always started on the dot). She had planned her surprise well, had Madame Martineau, using the big table on the veranda attached to the house and looking out over the garden. There were plates, glasses, silverware and napkins... a

attendaient que l'on veuille bien y déposer la lasagne ou toute autre spécialité italienne de la famille.

Une heure durant les dames allèrent d'échantillons de tissus en nouveaux catalogues de modèles de robes, de patrons de coupe aux dernières nouveautés en matière de bouton... quand Madame Martineau tapa des mains, avec discrétion, en direction de la cuisine dont la porte s'ouvrit sur quatre jeunes filles en uniforme de service, le tablier blanc immaculé, gants de cuisine matelassés, chacune un plat en verre, visiblement sorti du four à bois, fumant encore mais intact. Il y avait effectivement la lasagne attendue dans deux grands plats rectangulaires en verre, des macaronis gratinés au fromage Tête-de-Maure dans un plat circulaire également en verre et un entassement de brochettes de toutes petites boulettes de viandes enveloppées de lard frit qui venaient visiblement de suer à grosses gouttes dans le grand carré de verre épais.

Mais au fait, cette fois-là, personne n'en était encore au contenu des récipients qui venaient de sortir directement du four, elles en étaient toutes à encore et encore regarder, médusées, incrédules, les quatre contenants en verre, comme s'il s'agissait d'un tour de magicienne.

Voilà pourquoi, depuis plus de cinquante ans, dans tous les marchés de la province, on achète et vend en parlure quinoise, d'un seul souffle, des « pyrexmadanmatino ».

sufficient number of them; but in the center of the table there were only large plate stands, precisely four of them, which sat in expectation that a dish of lasagna or some other Italian family specialty would be placed on them.

For an entire hour the women had been going from fabric samples to new dress catalogues to new sewing patterns to the last word in new buttons... when Madame Martineau clapped her hands, discreetly, toward the kitchen, whose door opened to reveal four girls in maid's uniforms with immaculate aprons and padded kitchen gloves, each with a glass dish which had visibly just come out of the wood-burning oven, still steaming but intact. There was in fact the expected lasagna in two large rectangular glass dishes, a macaroni casserole with Tête-de-Maure cheese in a circular dish of glass as well, and a pile of skewered tiny meatballs wrapped in bacon which had obviously been frying vigorously in the large square pan made of thick glass.

But on this occasion, no one had yet cast an eye on the contents of the containers which had just come directly from the oven; everyone was still staring, dumbfounded, incredulous, at the four glass dishes, as if they were watching some magician's trick.

And that is why, for more than fifty years, in all the markets of the province, people buy and sell, in Quinois parlance and in a single breath, "pyrexmadanmatino."

Messe-quatre-heures

Le curé n'avait jamais vu cela en vingt ans de Quina. Pas une seule personne à sa messe. Même pas la femme du sacristain qui avait promis de venir sans faute l'aider en l'absence de son mari en voyage. Ni les enfants de chœur d'habitude tellement ponctuels. Personne. Pourtant cette messe de quatre heures du matin le dimanche, messe très fréquentée notamment par les veuves au deuil noir éternel de leurs chers disparus, dévotes entrepreneuses des innombrables activités mariales — cette année-là était dédiée à Marie, et nous, qui y faisions notre confirmation, y goûtions plus que les autres années —, cette messe, donc, avait été annoncée comme d'habitude et jamais il n'y avait eu de méprise dans le passé.

L'Église avait, en principe, institué la messe de quatre heures du matin sur le modèle saint-dominguois des messes séparées pour esclaves et colons, afin que les domestiques, les petites gens, les démunis puissent dissimuler, à la faveur de l'obscurité, leur humble condition, mais en fait, cela permettait de ne pas contrarier la disponibilité des bonnes de maison et des garçons de cour dès cinq heures du matin pour leur journée normale

Four o'Clock Mass

The priest hadn't seen anything like it in all his twenty years in Quina. Not a single person at mass. Not even the sexton's wife, who had promised without fail to come help him while her husband was away on a trip. Nor the altar boys, usually so punctual. No one. Even though this was the four o'clock a.m. Sunday mass. A well-attended mass, especially by the widows in their black eternal mourning for their dear departed, pious organizers of the innumerable Marian activities—that year was dedicated to Mary, and we who were being confirmed were more involved in it than the boys from other years. This mass, then, had been announced as usual and there had never been any misunderstanding about it before.

The Church had at first instituted a mass at four o'clock in the morning following the old colonial model of separate masses for slaves and colonists, so that servants, ordinary people, the destitute could make use of the pre-dawn darkness to conceal their humble state. Now it was a question of not hindering the availability of household maids and yard boys, who were to begin their normal work day at five o'clock in the morning—

de service, les quatorze heures réglementaires du Code du Travail, qui n'a jamais changé sur ce point. Les maîtresses de maison appréciaient. La valorisation de cette messe d'avant jour avait fait l'objet de lettres pastorales pressantes et d'homélies racoleuses. C'est tout ce qui avait été trouvé de social pour dédouaner l'Église depuis sa récente et décriée campagne de destruction de tous les objets sacrés, plus que centenaires, du culte vodou, dont les inestimables reliques taïnos, de plus de mille ans. Les provinces n'avaient pas du tout apprécié la campagne dite antisuperstitieuse.

Et l'on y chantait en latin, sans rien comprendre, à cette messe de quatre heures, à l'oreille, avec ferveur, à gorge déployée. *Kyrie, Sanctus, Ite missa est.* Et puis les jeunes aimaient bien l'après-messe d'avant-jour avec les marchandes de pâtés et de café chauds sur le parvis de l'église, et la truculence des *lodyans* tirées à attendre ensemble le spectacle du lever du soleil, dans une atmosphère de fête nocturne que n'avait aucune des autres messes, surtout pas la guindée messe de dix heures pour la haute. Comme l'orient était barré de hauts sommets, les lueurs teintaient l'horizon de dorures bien avant l'apparition de l'astre, ce qui donnait au ciel de Quina autant de coloris aux levers du soleil qu'à ses couchers dans la mer.

L'idée était venue de Vulneck, et dire qu'il a été le seul à devenir prêtre plus tard, et évêque dès le début de la quarantaine ! Il paraît même qu'on parle de lui en Saints Lieux comme premier cardinal haïtien. Je ne sais d'ailleurs pas comment il va recevoir cette histoire exhumée de notre enfance. Mais c'est bien de lui que venait l'idée, et je connais cinq autres capables encore d'en témoigner. Il avait proposé au petit groupe de sept que nous étions à avoir réussi le Certificat dès la première épreuve de juillet, de faire un grand coup, quelque chose qui marquerait la mémoire de Quina en souvenir de notre promotion. Il avait imaginé de faire une grande peur à la ville. Mais son dessein de débouler sur la place en une bande de fantômes recouverts de draps blancs n'était pas convaincant. Personne ne marcherait pour si peu à Quina, et les plaisantins risquaient de recevoir quelques jets de pierres et même des projectiles plus humiliants, comme des pots de chambre. Il fallait trouver autre chose. Des propositions, toutes plus farfelues

fourteen statutory hours prescribed by the Labor Code, which still has not changed to this day. The woman of each house appreciated it. This practice was promoted through urgent pastoral letters and seductive homilies. It was the only social project the Church could find to bring it back into good repute after its recent, discredited anti-superstition campaign to destroy all the sacred objects—more than a hundred years old—of the vodou religion, including priceless Taino relics more than a thousand years old. The provinces had not appreciated this at all.

They would sing in Latin, not understanding a word, at this four o'clock mass, by ear, lustily. *Kyrie, Sanctus, Ite misa est.* The young people liked the post-mass predawn moment, with its vendors of meat pies and hot coffee in the church square, and the earthiness of *lodyans* told to while away the time until the spectacle of sunrise began, in an atmosphere of nocturnal celebration that no other mass could match, especially the stuffy ten o'clock mass for the upper classes. Since the east was blocked by tall summits, rays of light tinged the horizon with gold well before the sun's appearance, which gave Quina as much color at daybreak as at sunset over the sea.

It had been Vulneck's idea—what a wonder that he was the only one to become a priest, and a bishop in his early forties! It is even said that he is being mentioned in Holy Places as the first Haitian cardinal. I really don't know how he will take this exhumation of our childhood story. But he is the one who had the idea, and I know five others who can still confirm it. He proposed to our little group of seven boys who had passed the Primary Certificate exam on the first try in July, that we carry out a great feat, something that would make its mark on the memory of Quina and commemorate our success. He dreamed of terrifying the whole town. But his plan to have us burst onto the town square as a gang of ghosts wearing white sheets was not convincing. No one in Quina would swallow such a paltry trick, and the jokers would risk being hit by a few well-aimed stones, or by more humiliating projectiles such as chamber pots. Something else was needed. Idea after idea was proposed, each one more hare-brained than the last, fueling our laughter for a half-hour, when Philippe, the

les unes que les autres, alimentaient nos rires depuis une demi-heure quand Philippe, le petit dernier de la bande, étonnant de talents marins dès son plus jeune âge, et qui devait finir vice-amiral de la Navy américaine, tira une proposition de la mer avec laquelle il vivait en symbiose comme un amphibien. Il fallait commencer par y pêcher toutes les tortues que le plan réclamait, en protégeant le secret qu'à sept nous avions encore quelques chances de garder jusqu'au prochain dimanche. Nous avions tous juré, puis craché par terre dans le même cercle, pour que jamais nos bouches ne trahissent. Ce que je dois être le premier à faire.

La grande pêche à la tortue verte de mer n'est pas banale. Une fois par année, toujours à la même date, ces tortues pondent dans le sable des œufs en abondance. C'était la bonne semaine. Il fallait disséminer de nuit de petits morceaux de viande en décomposition, flambés pour en attiser les odeurs, avant de les attacher avec de la cordelette solide appelée « Fil de France » aux mailles d'une nasse d'osier placée près de l'embouchure d'une rivière, sur la pierraille riveraine. Il ne restait plus qu'à souhaiter que les tortues veuillent bien sortir en nombre de la mer pour pondre et manger sur la grève, et se retrouver prisonnières. Il y avait toujours le risque de voir un caïman pulvériser les nasses ou des crabes s'y introduire en lieu et place des tortues. En trois nuits de chasse, après lesquelles nous allions relever de grand matin notre piège avant les braconniers, nous avions capturé une vingtaine de tortues de la taille suffisante pour notre projet. Nous les avions entravées dans deux paniers à couvert que nous transférâmes le samedi soir dans un lot vacant, non loin de la Place.

Il devait être trois heures du matin quand les conspirateurs, sous prétexte d'aller aider pour la messe de quatre heures, se retrouvèrent autour des paniers. Il fallait fixer une bougie sur chaque tortue et les lâcher par vague de cinq à partir de trois heures trente en plein milieu de la Place. La première vague tint cinq bonnes minutes avant que ne s'éteignent les bougies qui promenaient dans le noir des lueurs venues de nulle part. Nous nous étions dispersés pour suivre les réactions des premières personnes à se rendre à l'église, et pour, au besoin, créer la panique recherchée en détalant les premiers. Tous ceux qui avaient rebroussé chemin devaient

runt of the gang, who had shown an astonishing talent for sailing from a very young age, and who would end up as a Vice-Admiral in the American Navy, fished up an idea from the sea with which he lived in symbiosis like an amphibian. We would begin by catching all the turtles his plan required, while protecting this secret that we seven had some chance of keeping until the following Sunday. We all swore, then spit into the same circle so that our mouths would never betray us. I must have been the first one to do so.

The great hunt for the green sea turtle is not at all ordinary. These turtles leave the sea once a year, always on the same date, to lay an abundance of eggs in the sand. This was the right week. You had to conceal, by night, small pieces of rotting meat, seared to enhance the odor, before tying them with a solid string (called a "French string") to a conical wicker basket placed near the mouth of a river on the gravel bank. Then all you had to do was to hope the turtles would decide to leave the sea in great numbers to lay their eggs and eat on the shore, and to find themselves imprisoned. There was always the risk of seeing a caiman pulverize the baskets or a crab go into the trap instead of a turtle. In three nights of hunting, after which we went in the early morning to check our traps before the poachers did, we captured about twenty turtles big enough for our project. We hobbled them and kept them in two covered baskets which we transferred Saturday night to a vacant lot not far from the Square.

In must have been about three o'clock in the morning when the conspirators, on the pretext that we needed to go help at the four o'clock mass, gathered around the baskets. We had to attach a candle to each turtle and let them go, five at a time, from three-thirty on, right in the middle of the Square. The first wave of turtles held out for a good five minutes before the candles—walking about in the darkness, glimmers of light from nowhere—went out. We had separated in order to check the reactions of the first ones to arrive at church, and, if need be, to create the panic we wanted by being the first ones to run away. Everyone who turned back was to say the next day that they hadn't exactly been afraid, but since "what you don't know is always larger than yourself," it was better to let "them" alone and go to a

cependant dire le lendemain qu'ils n'avaient pas précisément eu peur, mais, « ce que l'on ne connaît pas étant toujours plus grand que soi », mieux valait « leur » laisser le terrain et aller plus tard à une messe en plein jour. Qui « leur » ? Les forces du noir, les maîtres de la nuit, évidemment.

L'histoire des bougies se promenant seules sur la place de Quina fit grand bruit dès les premières pâleurs. Les versions différentes se succédaient à bonne cadence. Petit Innocent, qui revenait d'une visite privée nocturne quelque part qu'il ne saurait identifier, laissa-t-il entendre d'un air avantageux, aurait clairement vu que les bougies étaient plantées dans les cornes de deux bœufs qui broutaient tranquillement l'herbe de la place en se parlant en espagnol. Il était sûr que c'était l'espagnol puisqu'il était familier de cette langue pour avoir séjourné dans sa jeunesse quatre mois à Cuba afin de soigner une tuberculose persistante. Et si ce n'était pas de l'espagnol ? lui fut-il rétorqué. Puisqu'il avait bu, cela pouvait bien être une autre langue ! La discussion glissa sur un tour d'horizon de toutes les langues capables de laisser l'impression de l'espagnol à un soûlard qui, à quatre heures du matin, revenait de chez une maîtresse anonyme. Le portugais pourrait faire l'affaire, l'italien aussi, et puis le catalan et même le roumain... Et si c'était l'espagnol, que se disaient-ils, ces bœufs ? Petit Innocent bégayait de ne pas se souvenir. Vous voyez, ce n'était pas de l'espagnol !

À la messe de dix heures, à laquelle le curé avait fait convoquer toute la ville par messager allant d'une maison à l'autre, il y eut un sermon sur les étranges pratiques vodou auxquelles se livraient certaines personnes de certains quartiers, et qui pouvaient attirer sur tout le monde, les honnêtes gens compris, la fureur céleste, ici-bas et dans l'au-delà. Il fit sortir le dais des grandes processions et s'en fut, suivi de tous les paroissiens présents, goupillon à la main, précédé d'enfants de chœur sonnant clochettes, bénir les quatre coins de la Place.

Bien recueillis dans les rangs, nous n'osions pas croiser nos regards. Cela avait été trop loin. La réussite était totale. Trois gendarmes passaient les lieux au peigne fin. Ils trouvèrent des bougies, virent des tortues, mais ne firent jamais le lien. Et il fallait craindre que l'un de nous ne craque trop tôt. Et il fallait par dessus tout laisser

later mass in full daylight. "Them" being the forces of darkness, the masters of the night, of course.

Rumors about the candles that wandered around by themselves on Quina's Square were rife as soon as the sky began to pale. Version upon version popped up at a rapid pace. It seems that Petit Innocent, who was returning from a private, nocturnal visit to a place he would not identify he explained smugly, had clearly seen that the candles were attached to the horns of two oxen that had been calmly munching the grass on the Square while speaking Spanish to each other. He was sure that it was Spanish, because it was familiar to him, since he had spent four months in Cuba recovering from a persistent case of tuberculosis. And if it wasn't Spanish? retorted some skeptics. Since he'd been drinking, it very well could have been another language! The discussion slipped into a survey of all the languages which could have given the impression of Spanish to a drunkard who, at four o'clock in the morning, was returning from the home of an anonymous mistress. Portuguese might have filled the bill, Italian, too, and Catalan, and even Romanian... And if it was Spanish, what were those oxen saying to each other? Petit Innocent stammered that he didn't remember. You see, it wasn't Spanish!

At the ten o'clock mass, to which the priest had summoned the whole town by sending a messenger from house to house, there was a sermon on the strange practices of vodou indulged in by certain people from certain neighborhoods, practices which could bring the fury of heaven down upon everyone, the innocent included, here and in the afterlife. The canopy used for great processions was brought forward and he went out, followed by all the attendant parishioners, his holy water sprinkler in his hand, preceded by the altar boys ringing bells, to bless the four corners of the Square.

Mingled in the ranks of the parishioners, we dared not look at each other. It had gone too far. A total success. Three policemen went over the Square with a finetooth comb. They found some candles, saw some turtles, but never connected the two. We had to be careful so that no one would crack too soon. And above all we had to let enough time pass so that the whole thing would become an ordinary story. Vulneck, unflappable in his bright red alb covered in white lace, led the procession

passer du temps pour que l'événement soit banalisé. Vulneck, imperturbable dans son aube rouge vif recouverte de dentelles blanches, ouvrait la marche des enfants de chœur dont il était le plus gradé, en agitant avec détermination dans toutes les directions un encensoir doré d'où montaient vers le ciel les fumées odorantes capables d'exorciser les maléfices de la nuit précédente. De la graine de cardinal, ce Vulneck!

of altar boys of whom he was the highest in rank, determinedly waving in all directions the gilded censer from which rose toward the sky odorous streams of smoke capable of exorcising the evil spells of the night before. He had the makings of a Cardinal, that Vulneck!

Le lieutenant, la bourrique et le marron

Je baignais dans mon village dans un environnement de croyances plus bon enfant que méchantes et l'on blaguait souvent par exemple sur le cimetière de Quina dans lequel aucun mort n'était mort de mort naturelle. Il y avait toujours une suspicion quelconque à planer sur le mauvais sort jeté par un ennemi, ou simplement un jaloux, même quand le disparu comptait plus de quatre-vingt-dix ans, comme ce fut le cas pour ma grand-mère. Il s'était trouvé plein de voisines pour chuchoter à ma mère que ce départ était prématuré et qu'elles y voyaient anguille sous roche. « Le mal existe » disaient-elles en se signant, il serait bon d'aller consulter derrière la butte de l'ancien fort de la ville, chez qui vous savez. Ce à quoi mon père s'était opposé avec véhémence, en disant qu'un mauvais esprit qui s'en serait pris à belle-maman devait manquer particulièrement de goût, tant il avait à disposition de chairs plus fraîches et moins vénéneuses (maman ne l'avait pas trouvé drôle).

Tout le monde s'accordait donc au village pour dire que le mal existe et que beaucoup de personnes connues s'y adonnaient... même si l'interlocuteur lui n'était

The Lieutenant, the Donkey and the Fugitive

In my village, I swam in an environment of beliefs that were more childlike than malicious, and we often joked, for example, about Quina's cemetery in which no one had died a natural death. There was always a suspicion of some sort hovering about—an evil spell cast by an enemy or simply a jealous person—even when the departed one was more than eighty years old, as in my grandmother's case. There were all sorts of neighbor women who whispered to my mother that this departure was premature and that there was something fishy going on. "Evil exists," they said, crossing themselves, it would be a good thing to go consult our you-know-who, who lived unobtrusively behind the mounded earth of the former town fort. My father was violently opposed to the idea, saying that any evil spirit that tried to take over his mother-in-law would be particularly lacking in taste, since there was fresher and less venomous flesh to be had (Mother did not think this was funny).

And so everyone in the village agreed that evil exists and that many familiar people engaged in it... even though the speaker was never one of them. The stories

jamais de celles-là. Rien que des histoires arrivées à d'autres, dont on ne pouvait cependant douter de la bonne foi, mais jamais encore une histoire crédible immédiatement vérifiable. Il se racontait ainsi plein de cas de métamorphoses de personnes en bêtes à plumes et bêtes cavales... sans compter le riche répertoire des zombies, ces morts-vivants, faussement endormis dans une mort apparente, que l'on ramenait ensuite à l'état d'esclaves sans volonté aucune en les privant de sel. Grand-mère par prudence avait exigé, comme tout le monde au village, que son cadavre le moment venu soit dûment empoisonné par le médecin qui devait délivrer le certificat de décès. L'on avait d'ailleurs procédé selon cette dernière volonté, car on ne sait jamais. Encore maintenant au pays, je crois que rares sont les cadavres que l'on ne tue pas pour de bon d'une injection fatale. Il n'y avait donc vraiment pas moyen de se faire une idée nette par un oui ou par un non tranché. Ce n'est que beaucoup plus tard que je finirai par comprendre que cet entre-deux évasif était de la nature même de la chose, oui et non à la fois. Toujours est-il qu'à douze ans je n'avais encore jamais vu une personne de ma connaissance transformée en bourrique même si tout le monde en parlait le plus naturellement du monde. Mais j'allais bientôt être servi à souhait de l'inverse, la transformation d'une bourrique en personne.

Pour une histoire de sœur vis-à-vis de laquelle un jeune sous-lieutenant se serait mal conduit après un bal, en conviant sa cavalière à une promenade au clair de lune sur la plage déserte des mangliers, Raymond Voisin avait adressé le lendemain sur la Place une bordée virulente de mots au fautif, en lui promettant le sort habituellement réservé aux outrages d'honneur. Le sous-lieutenant ne semblait pas savoir que parcourir certains lieux en galante compagnie requerrait que la jeune fille portât bague de fiançailles au doigt. S'étant renseigné après le fait, il prit la démesure de la situation dans laquelle il s'était mis sans doute involontairement. La plage des fiancés avait été profanée, comme espace réservé aux couples en promesses, mais son grade et son uniforme semblaient lui interdire de résoudre à l'amiable le différent avec quelques excuses et des explications à la famille, d'autant qu'il n'avait pas été avec la jeune fille « jusqu'au bout », comme il disait. L'honneur

told had always happened to someone else, and even though their sincerity was not to be questioned, there had never been a credible story that was immediately verifiable. There were all sorts of cases of metamorphoses of persons into feathered and hoofed beasts... without mentioning the rich repertoire of zombies—those living dead, falsely put to sleep in an apparent death, who were subsequently brought back to a state of slavery with not a vestige of will power remaining, by depriving them of salt. As a precaution, Grandmother had demanded, as did everyone in the village, that when the time came her cadaver would be duly poisoned by the doctor responsible for signing the death certificate. Her wishes had been carried out, since one never knows. Even now, I believe that cadavers that are not killed for good by a fatal injection are rare in that part of the country. So there was really no way to have a clear idea, a final yes or no. It was only much later that I finally understood that this evasive in-between was the essential nature of the thing, yes and no at the same time. And so at the age of twelve, I had never yet seen anyone I knew transformed into a donkey, even though everyone talked about it as if it were the most natural thing in the world. But I was soon to enjoy witnessing the opposite: the transformation of a donkey into a person.

Because of a sister toward whom a young second lieutenant was supposed to have behaved badly after a dance by inviting his dancing partner for a walk in the moonlight on the deserted beach by the mangrove, Raymond Voisin had fired a broadside of virulent words at the culprit on the Square the next day, promising him the fate normally reserved for affronts to one's honor. The second lieutenant did not seem aware that walking in certain places in the company of a young woman required that she be wearing an engagement ring on her finger. Learning this after the fact, he assessed the enormity of the situation into which he had fallen, certainly involuntarily. The beach for engaged couples had been profaned as a space reserved for couples promised to each other, but his rank and his uniform seemed to prevent him from resolving the disagreement amicably, with a few excuses and explanations to the family, especially since he hadn't gone "all the way" with the

aurait pu être sauf, sauf qu'il s'était mis à dos toute une petite ville qui savait se donner des airs menaçants d'experte en choses pas catholiques.

Ostensiblement boudé à partir de ce jour, car une nouvelle de ce genre va vite, le sous-lieutenant apprit que des tractations occultes étaient en cours et que Raymond Voisin avait été consulter à son sujet derrière la butte de l'ancien fort. Sa peur devint évidente quand on ne le vit plus qu'accompagné d'un caporal le fusil Springfield en bandoulière, même s'ils devaient savoir l'un et l'autre que les *lwa* du vodou ne prennent pas de balle. Une guerre des nerfs s'ensuivit à coup de rumeurs, de colportages, de menaces... et même si l'offensé était dans son bon droit, l'autre n'en était pas moins un gendarme ayant pratiquement droit de bévue et de mort sur les vivants. Ainsi l'affaire allait son cours en grossissant, la tension montant un peu plus chaque jour. L'un était de plus en plus parano et l'autre de plus en plus marron. Raymond Voisin se terrait de son mieux, changeant souvent de cache tout en agitant sa cause de sœur outragée et le sous-lieutenent, ne sachant trop quelle forme revêtirait le justicier annoncé, se tenait circonspect sur ses gardes, littéralement, en les faisant dormir au rez-de-chaussée dessous sa chambre, disait-on.

L'histoire creva un après-midi de sieste exactement comme un orage sous le poids de nuages accumulés depuis plusieurs jours. Le sous-lieutenant craquait le premier. Ayant constaté depuis un certain temps qu'une bourrique hennissait sous sa fenêtre chaque après-midi dès qu'il s'allongeait, la vérité lui fut révélée d'un coup en songe. Seulement vêtu d'un caleçon boxer, à barres rouges, taillé dans la cotonnade réservée aux accoutrements des prisonniers de droit commun, l'on vit jaillir le militaire torse nu et l'arme au poing, un énorme colt 45, à la recherche dans la rue d'une bourrique ennemie servant de forme dissimulée à Raymond Voisin. Il y en avait tant dans le village que ce ne lui fut pas difficile d'en trouver une quelques mètres plus loin sur la Place. Il se précipita dessus l'impassible animal qui broutait sans inquiétude, lui colla son colt à l'oreille et l'apostropha par son vrai nom de Raymond Voisin. Pendant que l'animal cherchait à se dégager de cette intrusion, le sous-lieutenant lui fit savoir, en vociférant à l'entendement de tous, qu'il n'était pas dupe du manège de sa

young woman, as he put it. Honor would have been intact, but instead he had gotten on the wrong side of an entire small town which knew how to seem threatening and expert in things that were not exactly Catholic.

Overtly ostracized from that day on (for that type of news travels fast), the second lieutenant learned that secret transactions were going on and that Raymond Voisin had gone behind the hill of the old fort to consult certain people concerning him. His fear became evident when he began to appear only when accompanied by a corporal armed with a Springfield rifle, even though both of them must have known that vodou *lwas* cannot be touched by bullets. A war of nerves followed, with its rumors, its gossip-spreading, its threats… and even if the injured party was within his rights, the other was nothing less than an officer of the law enjoying the virtual right of blunder and death over the living. And so the affair followed its course, growing along the way, with tension mounting a little more each day. One became increasingly paranoid and the other increasingly apt to hide. Raymond Voisin went to earth as best he could, changing hiding places often, all the while agitating on behalf of an offended sister; and the second lieutenant, not knowing what form the avenger would take, remained circumspect with his guard up, literally, since it was said that he now made his men sleep on the ground floor right beneath his bedroom.

The whole thing blew up one afternoon at siesta time, exactly like a storm under the pressure of clouds that had been accumulating for several days. The second lieutenant was the first to crack. Having noticed that a donkey had begun to bray beneath his window every afternoon as soon as he lay down for his nap, the truth was suddenly revealed to him in a dream. Wearing nothing but red-striped boxer shorts made of cotton fabric intended for prisoners' uniforms, the military man was seen bursting from his quarters bare-chested and armed with an enormous Colt 45, searching the street for an enemy donkey that was the form Raymond Voisin had taken in order to hide. There were so many donkeys in the village that it was not difficult to find one a few yards farther on the town square. He rushed at the impassible animal that was grazing unconcernedly, thrust his Colt into its ear and addressed it by its true name,

transmutation et qu'il lui donnait l'après-midi pour quitter la ville, sans quoi il l'abattrait sans sommation dès le lendemain.

Raymond Voisin quittait évidemment la ville le soir même, ce qui ne manqua pas de confirmer le sous-lieutenant ravi dans sa juste appréciation des métamorphoses quinoises. Mais il ne s'attendait pas au choc en retour dont il ne se remit jamais : le surnom ravageur de *Ti-bourrique,* par lequel tout le monde le désignera à partir de ce jour, même après sa retraite de colonel. Les *wanga* de Quina sont en effet réputés forts.

Raymond Voisin. While the animal was trying to extricate itself from this intrusion, the second lieutenant let him know, shouting loud enough for all to hear, that he was not fooled by this trick of transmutation and that he gave him the afternoon to leave town. If he did not, he would shoot him down without warning by the next day.

Of course, Raymond Voisin left town that very night, which only served to confirm the beliefs of the second lieutenant, delighted by his correct assessment of Quinois metamorphoses. But he did not expect the shocking development it caused, from which he never recovered: the nickname Ti-Bourrique (Little Donkey), used to refer to him from that day on, even after his retirement at the rank of colonel. The *wanga* of Quina are indeed renowned for their power.

Au nom du père et des fils

Quand naquirent les premiers triplés de Quina, la question immédiate fut, bien avant leur état de santé ou celui de la mère, les trois noms qui serviraient à prouver l'originalité et la culture de leur père, le professeur de latin. C'était une situation jalousée que d'avoir trois fils d'une même portée à nommer. L'on connaissait le cas des jumeaux qui, sans être très répandu, comptait quand même trois paires dans la petite ville, Alphonse et Lamartine M., Victor et Hugo P., et Histoire et Géographie D'h. que leur père, Monsieur D'haïti, professeur de sciences sociales au lycée, avait voulu nommer du nom des matières qu'il enseignait.

Bizarrement, les filles naissaient toujours seules à Quina. La tradition voulant que le choix du nom des filles revienne aux mères et celui des garçons aux pères, la communauté se retrouvait avec une suite de noms, disons normaux, pour la gent féminine et absolument hors norme, sinon anormaux, pour l'autre sexe. Tout le monde était suspendu à la rumeur qui bientôt devait déferler pour dire, et commenter, le choix de maître Ti-Laurent. Comme il tardait inconsidérément — c'était une subtile marque d'importance, *il se croit*, disait-on de

In the Name of the Father and of the Sons

When the first triplets in Quina were born, the immediate question was, long before inquiring after their state of health or that of their mother, what three names would serve to demonstrate the originality and learning of their father, the Latin teacher. It was an enviable position, having three sons from one litter to name.

We were familiar with the case of twins, of which, without being extremely widespread, there were still three pairs in the little town—Alphonse and Lamartine M., Victor and Hugo P., and History and Geography D'h, whose father, Mr. D'haïti, a social sciences teacher at the secondary school, had wanted to bestow upon them the name of the subjects he taught.

Strangely enough, girls were always born singly in Quina. Since tradition demanded that the daughter's names be chosen by the mothers and the sons' by the fathers, the community found itself with a series of names we might call normal for women and absolutely outside the norms or even abnormal for the other sex. Everyone was on the alert for the rumors that would soon be in full spate, in anticipation of Mr. Ti-Laurent's

lui, derrière son dos — au bout de deux jours le bruit courut que le trio se prénommerait *Lepère, Lefils et Lesaintesprit.* Il était pris à son propre piège et devait immédiatement abattre ses cartes ou entériner le choix des plaisantins, car, il savait déjà que cette triade sacrée risquait de rester collée à ses fils, à moins de considérablement hausser la mise pour la faire oublier.

C'est que pire qu'un surnom, le *tinonjouèt*, littéralement le « petit nom pour jouer », le *nickname* anglais ou l'*apodo* espagnol, il y a le brocard dont on affuble méchamment quelqu'un. Le sobriquet. Quina était passée maître à ce jeu courant ailleurs, mais que nulle part je n'ai vu poussé à un tel degré de raffinement. Au point que tout formulaire officiel de la mairie déclinait la série, Nom, Prénom, Surnom, Sobriquet, et toute autre désignation sous la rubrique *Ainsi connu.* Les triplés avaient de bonnes chances de n'être désignés dans le patelin que comme *Lepère, Lefils et Lesaintesprit*! À moins que.

Nous savions, encore tout petits, nommer entre nous toute la ville du nom de code de chacun: *Ti-Piqué du Séminaire* pour son derrière pointu, *Frère Bobotte de Saint-Louis* à la bouche étonnamment tracée comme un sexe de femme — que nous n'avions encore jamais vu de près d'ailleurs —, *N'a-qu'une-dent, Chinois, Saxophone, Plateau central, Today et Tomorrow, Gros Gras,* etc., liste que chaque lecteur peut s'amuser à prolonger à l'infini en puisant dans son entourage, depuis l'enfance.

La maîtresse du Certificat d'études primaires, à trop vouloir faire aimer les contes des frères Grimm, s'était vu épingler pour la vie durant. Ainsi *Blanche Neige* était toute noire; mais noire de cette carnation d'ébène huilée qui sert à désigner les *Noirs-Bleus* de l'Afrique. C'était l'un des plus grands risques du métier que ce tatouage indélébile.

Il y en eut ainsi de toutes les sortes, de coquins comme pour cette dame, professeur de science, qui chaque année revenait enceinte des vacances et que l'on ne nommait plus que *La joie de vivre,* du titre fort en vogue d'une musique carnavalesque. Et même de respectueux, comme pour *Monsieur Ras-poteau,* à la démarche coincée par des jambes bancales et des fesses serrées, et que notre crainte du directeur d'école nous portait quand même à faire précéder le sobriquet de

choice. Since he rashly delayed his decision—it was a subtle indication of self-importance, *He thinks he's really somebody,* people said of him behind his back—after two days the rumor spread that the trio would be named *Thefather, Theson,* and *Theholyspirit.* The father was caught in his own trap. He had to put his cards on the table immediately or confirm the choice of the jokers, since he already knew that this sacred triad threatened to stick to his sons, unless he raised the stakes considerably in order to make everyone forget it.

The thing is that, worse than a nickname, the *tinonjouèt,* literally the "play name," the Spanish *apodo,* there is the gibe with which someone can be spitefully saddled. The sobriquet. Quina was a past master at this game which although common elsewhere, I have never seen taken to such a level of refinement. To the point where any official form to fill out at the town hall asked for the whole series, Family Name, First Name, Nickname, Sobriquet, and any other designation under the heading *Also known as...* The triplets had a good chance of being known in the town only as *Thefather, Theson,* and *Theholyspirit.* Unless.

From the time we were quite young, we knew how to talk among ourselves about the whole village using each person's code name, *Ti-piqué du Séminaire* for his pointed derriere, *Frère bobotte de Saint-Louis* with his mouth shaped like a woman's sex—which we had not yet seen close up—*Only-has-one-tooth, Chinese, Saxophone, Central Plateau, Today and Tomorrow, Fatty Fat,* etc., a list that each reader can enjoy extending to infinity by drawing upon the people they have known from their childhood.

The teacher of the Primary Certificate class, who worked too hard to endear the stories of the brothers Grimm to her pupils, found herself stuck for life. And so *Snow White* was completely black. But black with that shiny complexion which gives rise to the term *Blue Blacks* of Africa. This indelible tattoo was one of the greatest risks of the profession.

There were sobriquets of all kinds—mischievous ones like the one bestowed on a science teacher who each year returned pregnant from her summer vacation, and who was known only by *La joie de vivre,* from the title of a bawdy song extremely popular at the time.

Monsieur. Mais sous cette marotte collective de la dénomination qui avait saisi tout un bourg depuis des générations, il y avait une leçon politique de base que n'avait jamais manqué de tirer le maître de latin : ne pas démériter comme père, au point de voir les fils changer de patronyme (et les filles se dérober derrière celui de leurs époux).

Il savait ainsi remonter toute notre Histoire de violences et de turpitudes pour illustrer ce fait car beaucoup de noms étaient devenus trop lourds à porter par suite d'exactions paternelles. Il citait nombre de cas et prenait maints exemples où la transmission du nom de famille avait été interrompue, transformée, camouflée, maquillée, éludée, permutée avec celui de la mère, etc. Chaque dictature charriait ainsi, dans son lot d'indignités, certains noms — souvent ceux liés à la répression — qui en étaient venus à symboliser l'opprobre.

Alors, les trois noms que lâcha maître Ti-Laurent en pâture à la ville, pour les trois fils de la première grossesse de sa femme, se devaient-ils d'être de *belle eau* — sans qu'à ce jour je sache d'où venait cette expression indépassable d'*intellectuel de belle eau* fort en usage alors. Tout le monde se précipita sur les *pages roses* du *Petit Larousse* pour accéder aux subtilités de toutes les facettes de ce choix. L'on savait bien qu'il croyait sa performance impériale, mais tout de même : *Veni, Vidi, Vici...*

Et cela fait cinquante ans que ce choix n'a pas fini de faire des vagues, au point que n'importe quels triplés, à cent lieues à la ronde de Quina, ne se sont plus jamais appelés autrement que *Veni, Vidi, Vici.*

And even respectful, as in the case of *Monsieur Raspoteau*, with his timid, sneaky way of walking, ill at ease on his shaky legs and his tight buttocks, and whom our fear of the principal had brought us at least to precede the sobriquet with the title *Monsieur.* But beneath this collective mania for naming which had taken hold of a whole town for generations, there was a basic political lesson which had never failed to impress itself upon the Latin teacher: as a father, one must never be unworthy of respect to the point of seeing one's sons change their family name (and one's daughters hide behind their husbands' names).

He could go back through all our History of violence and turpitude to illustrate this fact, for many names had become too heavy to bear as a result of paternal atrocities. He cited numerous cases, he used many examples where the transmission of a family name had been interrupted, transformed, camouflaged, disguised, evaded, exchanged for the mother's name, etc. Thus each dictatorship brought along with its indignities certain names often associated with repression—which had come to symbolize disgrace.

And so the three names let out to pasture in the town by Ti-Laurent, for the three sons of his wife's first pregnancy, must be *of the first water* (I do not know to this day the origin of that unbeatable expression *an intellectual of the first water* which was widely used at the time). Everyone ran to the pink pages of the *Petit Larousse* dictionary to acquire all the subtleties of all the facets of his choice, for they knew that he considered his performance worthy of an emperor. But still: *Veni, Vidi, Vici...*

And for fifty years this choice is still making waves, to the point that any triplets born within a hundred leagues of Quina are never given any names but *Veni, Vidi, Vici...*

Une histoire de bourrique et de jarre

Les paroles à voix basse qu'on échange à Quina sont pleines d'histoires de jarres bourrées de pièces d'or, de bijoux, de pierres précieuses enterrées par les colons à leur départ précipité du pays, dans l'attente du retour qui ne se fit jamais. Et c'est vrai que des centaines de fortunes sur deux siècles ont pour origine la trouvaille inattendue d'une de ces jarres. Il flotte une espérance magique dans n'importe quelle fouille en Haïti, qu'il s'agisse de fondations de maison, de canaux d'irrigations, de fosses d'aisances ou de puits artésiens. La découverte d'une jarre est toujours de l'ordre du possible, selon les mêmes probabilités que les gros lots de loterie, mais cela est largement suffisant pour que les rêves s'entretiennent de ce coup de la chance.

Pas toujours. Car, une fois, je vis amener dans deux grandes cuvettes à poissons, les restes déchiquetés menu de trois pêcheurs des îles de la baie de Quina, pour l'autorisation d'inhumation par la commune; une pièce indispensable aux partages successoraux. Ils avaient trouvé, plantée dans le sable d'une île déserte qui faisait face au grand large, la Grosse-Caye, une jarre en métal. La forme ovoïde et la dimension de l'objet ne

The Tale of the Donkey and the Jar

Whispered words exchanged in Quina abound with stories of earthenware jars stuffed with gold pieces, jewels, precious stones, buried by colonists before their hasty departure from the country, awaiting a return that never happened. It is true that hundreds of fortunes amassed over two centuries owe their beginnings to the unexpected discovery of one of these earthenware jars. A magical aura of hope floats over any excavation whatsoever in Haiti, whether it be the foundations of a house, irrigation canals, latrine pits or artesian wells. The discovery of a jar is always in the realm of possibility, with no more probability than winning the lottery's grand prize, but that is more than enough to keep dreams of such a stroke of fortune alive.

Not always. For I once saw the finely-shredded remains of three Quina Bay fisherman brought back in two fish buckets for burial authorization by the commune, a document essential to the distribution of their possessions to their heirs. They had found, planted in the sand of La Grosse-Caye—a desert island facing the open sea—a metal jar. Its ovoid shape and its dimensions left no doubt as to their good fortune, except for the fact

laissaient aucun doute sur leur chance, à ce détail près qu'il y avait, à un bout, une petite hélice dont personne n'avait jamais entendu parler. Ils tentèrent d'ouvrir leur trésor avec un marteau et un burin. Boum !

Et puis il y a la bourrique du père Alphonse, dont la fin de vie fut tellement agréable et inhabituelle. Jamais bâtée, jamais sellée, un petit domestique à son usage exclusif pour son bain quotidien, avec brossage, frottage et lustrage de son pelage gris et noir. Qu'est-ce qu'on n'a pas dit des relations du père Alphonse avec sa bourrique ! Tous les types de *coups de langues* de Quina y étaient passés. Vodou : c'est la bourrique qui portait *le point magique* qui faisait si richement marcher les affaires du père Alphonse. Sexuel : depuis la mort de mère Alphonse, il paraît qu'elle était la seule présence féminine de la maison. Politique : les soirs de pleine lune, la bourrique parlait de l'avenir des grands qui affluaient dans l'enclos fermé chez le père Alphonse. Zombie : la bourrique n'était pas une bourrique, puisque certaines personnes avaient vu, de leurs yeux vu, sa dent en or, énorme. Diable : le père Alphonse avait vendu son âme pour sa richesse sur terre et devait, avant d'aller en enfer, chérir sa bourrique comme gage du pacte. Magique : les jours de *borlette*, la bourrique indiquait les numéros gagnants en frappant du pied un certain nombre de fois, à minuit sonnant.

Les pieds du père Alphonse ne touchaient plus terre, comme on dit des bienheureux aux fortunes douteuses dans ce bas monde, *Pie-l pa touche tè*. La bourrique s'appelait *La chance qui passe*, mais c'était un nom de vieillesse, car, jeune, elle s'était appelée *Malchance*. Ainsi, cela n'avait pas toujours été rose pour la bête. Du vivant de la mère Alphonse et de la jeunesse du père Alphonse, l'animal était au régime du bâton et mangeait au marché dans les amas de détritus, comme toutes les autres bourriques. La bonne femme la traînait partout le jour pour vendre des brimborions et autres pacotilles, et le soir, le mari sortait avec la bourrique pour qu'elle puisse le ramener une fois ivre. Elle connaissait bien son chemin, la bourrique, et il suffisait de lui mettre son chargement en travers du bât pour que, beau temps mauvais temps, d'un pas sûr, elle le ramène à sa mégère.

Les affaires du père Alphonse jeune allaient mal, bien qu'il exerçât deux métiers : coiffeur et cordonnier à l'enseigne « De la Tête aux Pieds », placardée en grosses

that there was a little propeller at one end, and no one had ever heard of such a thing. They tried to open their treasure with a hammer and chisel. Boom!

And then there was Père Alphonse's donkey, who spent the last part of her life so agreeably and unusually. Never loaded down, never saddled, a little servant for her exclusive use to give her a daily bath with grooming, rubbing and buffing of her gray and black coat. Oh, what they said about the relationship between Père Alphonse and his donkey! All the gossips of Quina put their oar in. Vodou: it's the donkey who bore the *point magique* that so richly advanced Père Alphonse's business dealings. Sexual: since old lady Alphonse's death, it seems that the donkey was the only feminine presence in the house. Political: on evenings when the moon was full, the donkey spoke of the future with all the bigwigs, who flocked to Père Alphonse's donkey pen. Zombie: the donkey was not a donkey, since certain people had seen her enormous golden tooth with their own eyes. Devil: Père Alphonse had sold his soul to gain riches here on earth, and before he went to Hell, he had to cherish his donkey as a guarantee of this satanic pact. Magic: on *borlette* drawing days, the donkey indicated the winning combination by striking the ground a certain number of times, on the stroke of midnight.

Père Alphonse's feet no longer touched the ground, as it was said of those blessed with a doubtful fortune here below, *Pie-l pas touche tè*. The donkey was called Opportunity Knocks, but it was a name bestowed in her old age, for in her youth she had been called Misfortune. Life had not always been a bed of roses for this animal. While old lady Alphonse was alive and Père Alphonse was young, the donkey had been frequently beaten and found her sustenance in the rubbish left after the market, as did all the other donkeys. Alphonse's wife pulled her all about the town during the day to sell trinkets and other jewelry; and in the evening, the husband went out with the donkey so she could bring him home once he got drunk. She knew the way, and all they had to do was to put the sodden load across her pack-saddle for her to bring him back to his shrew, in fair weather or foul.

Things weren't going well for young Père Alphonse, even though he practiced two trades: barber and cobbler,

lettres bleues ombrées de rouge — nos deux couleurs nationales — au dessus de sa porte principale. C'était une trouvaille qui faisait souvent ralentir les véhicules de voyageurs de passage à Quina, mais cette curiosité touristique ne lui valait aucun client. Camions et camionnettes ne s'arrêtaient jamais. Son échoppe, qui était aussi son salon, ne désemplissait pas de chômeurs venus passer le temps à tirer des *lodyans*, leur vieille paire de chaussures usée à la corde sans espoir de réparation et leurs cheveux *papou*, ce qui est le stade le plus avancé de la tignasse crépue. Hirsute est encore trop faible. Le *raseurisme* du couple allait se creusant, à un point tel qu'ils durent louer de temps à autre la bourrique pour une pitance. Ainsi firent-ils un jour avec un paysan venu tout excité louer Malchance en payant comptant, pour trois jours, la somme de neuf gourdes. Deux fois le tarif. Ils ne pouvaient refuser pareille aubaine.

Au deuxième soir cependant, Malchance revint frapper du pied au portail de l'enclos. Elle était lourdement chargée de deux sacs d'or qui lui battaient les flancs. Alphonse se hâta de la décharger et d'enterrer les pièces. Puis il attendit. Il se passa une semaine avant que ne parvienne la nouvelle à Quina qu'un paysan de Macéan avait été retrouvé mort. Son cadavre gisait pas loin d'un grand trou qu'il fouillait à côté des ruines d'un ancien pavillon colonial de la saline, au pied d'un imposant raisin-de-mer bicentenaire. Il était, semble-t-il, à la recherche de sable pour une cahute qu'il levait pour une *femme-jardin* dans les hauteurs, quand il fut terrassé par une crise cardiaque, peut-être à la vue d'un amas de vieux ossements humains que l'on retrouva dans le trou. C'était du moins l'avis du jeune médecin résident. Mais les grandes personnes à Quina en avaient vu d'autres. Tout le monde savait que les Blancs tuaient tous les esclaves ayant servi à enfouir leurs jarres et que ces cadavres étaient jetés dans les fosses en sentinelles au-dessus des trésors. Ce trou n'était pas simple.

Le père Alphonse jeune devint plus circonspect. Ferma « De la Tête aux Pieds ». N'alla plus boire de clairin le soir avec sa bande de dévoyés. Rentra souvent à Port-au-Prince. Fit un héritage inattendu. Rebaptisa Malchance. Et ouvrit un magasin général florissant à Porte-Gaille.

beneath a sign that read *From Head to Toe* posted in blue letters shaded in red above the main entrance to his shop. The inventive name often slowed down travelers' vehicles passing through Quina, but this tourist curiosity brought him no customers. The trucks and vans never stopped. His cobbler's shop, which was also his barber shop, never emptied of unemployed men who came to pass the time telling *lodyans*, wearing old, threadbare shoes with no hope of repair, their hair in a *papou*, which is the most advanced stage of an uncut, frizzy mop. "Hirsute" is too weak a word. The couple was barely scraping by, to the point that they had to hire the donkey out from time to time for a mere pittance. This is how they once earned nine gourdes in cash, thanks to a peasant who came, all excited, to rent Misfortune for three days. Twice the going price. They could not refuse such a godsend.

But on the second night, Misfortune came knocking with her hoof at the gate of her pen. She was loaded down with two bags of gold which bounced against her flanks. Alphonse hurried to relieve her of her burden and to bury the gold pieces. Then he waited. A week passed before the news reached Quina that a peasant from Macéan had been found dead. His body lay not far from a large hole he was digging beside the ruins of a former colonial house near the salt marsh, at the foot of an imposing two-hundred-year-old sea grape. It seems he was looking for sand for a hut he was building for a *femme-jardin* in the hills when he was stricken by a heart attack, perhaps at the sight of a pile of old human bones that were found in the hole. At least that was the opinion of the young medical resident. But the grownups in Quina had seen other sights like this. Everyone knew the whites killed all the slaves who had worked to bury their jars and that their bodies were tossed into the pit like sentries on top of the treasure. This was not a simple hole.

Young Père Alphonse became more circumspect. Closed *From Head to Toe.* No longer went to drink *clairin* at night with his gang of delinquents. Traveled often to Port-au-Prince. Created an unexpected inheritance. Renamed Misfortune. And opened a flourishing general store in Porte-Gaille.

Pour son plaisir de nouveau riche, il avait fait aménager dans une pièce d'arrière-boutique une salle d'exposition pour des chaussures italiennes importées, que personne n'achetait, et pour toute une gamme de rasoirs électriques, qui ne pouvaient fonctionner à Quina toujours sans électricité. Qu'importe ; son importance ne s'en trouvait que plus rehaussée. Quelques rares privilégiés avaient accès à une visite guidée de cette pièce dérobée que l'on disait ornée d'une extravagante plaque de cuivre circulaire gravée à l'eau-forte de deux inscriptions identiques « De la Tête aux Pieds » formant une croix aux branches égales, dont les quatre triangles dégagés par les bras de la croix étaient remplis de *vèvè* inconnus des *lwa* invoqués dans la région. On n'eut jamais la certitude que c'était une preuve du pacte signé avec le Diable dans un quelconque rite sanguinaire, mais toujours est-il que l'on chuchotait que certaines nuits, à certaine date précise du mois, le père Alphonse devait aller fort loin, par-delà la Porte-Saint-Louis, prendre part à des cérémonies diaboliques et ne revenait qu'au petit jour, juste à temps pour ouvrir son magasin.

Il y avait aussi, en avant de sa maison de commerce, une station d'essence Shell à trois pompes jaune et orangé. L'une pour le gasoil des camions, l'autre pour l'essence des voitures et la troisième, sa fierté, puisque les stations n'en ont généralement que deux, pour l'huile à lampes-tempêtes, bobèches, lampes à mèche, lampes à manchons Coleman et Aladin, lampes d'autel et *tèt-gridap*. Le père Alphonse vieillissait mal en devenant gâteux et radoteur : il tenait beaucoup à ce que les acheteurs dans son magasin général ne confondent pas une *tèt-gridap* qui n'a pas de bobèche, avec une bobèche, qui en a une. À cette innocente confusion des clients, il entrait à chaque fois dans une grande colère et marmonnait des imprécations dans un langage incompréhensible d'initié, en faisant le geste de se laver les mains. Ce travers fit la joie des badauds, qui maintenant l'excitaient à longueur de journée en faisant semblant de se tromper. Tels furent les premiers signes que le père Alphonse sentait s'approcher la fin avec angoisse, car les gens avisés savaient que tous les participants aux défilés nocturnes des cérémonies occultes portaient à bout de bras une bobèche à large coupole et que se tromper de torche, et ainsi risquer de laisser par terre des

He had fitted out a room out in the back for his own pleasure as a nouveau riche—a showroom of imported Italian shoes which no one bought, and a whole range of electric razors, which couldn't be used in Quina since it still had no electricity. Only the privileged few had the right to a guided tour of this hidden room, which they said was graced with an extravagant round copper plaque etched with two identical inscriptions reading "From Head to Toe" forming a cross with equal branches. The four triangles formed by the branches were filled with *Vèvès* unknown to the regional *lwas.* No one was sure that it was proof of a pact with the Devil signed during some bloody rite, but the fact remains that it was whispered that there were nights, on a precise day of the month, when Père Alphonse went far beyond the Porte-Saint-Louis to take part in diabolical ceremonies, and that he would not return until dawn, just in time to open his store.

There was also a Shell service station in front of his place of business, with three yellow and orange pumps. The first was for diesel fuel for trucks, the second for automobile gasoline, and the third (his pride and joy, since most stations had only two pumps) for oil for storm lamps, *bobèches,* wick lamps, Coleman and Aladdin lamps, altar lamps and *tête-gridap.* Père Alphonse was not aging gracefully. However, as he became senile and driveling, he insisted that his customers know the difference between a *tête-gridap,* which had no drip guard (called a *bobèche*), and a *bobèche,* which had one. When he caught someone out in this innocent confusion, he would go into a rage and mumble in some incomprehensible secret language while making gestures that looked as if he were washing his hands. This quirk was the delight of the town's idlers, who would stir him up all day long by pretending to mix the two up. Those were the first signs that Père Alphonse was feeling anxious about his approaching end, for anyone with sense knew that participants in the nocturnal processions of occult ceremonies lit their way with broad-domed *bobèches,* and that choosing the wrong lamp—thus taking the risk of leaving traces of the ceremony dripped on the ground—was a grave error, severely punished. The time for drawing up

traces de la cérémonie, était une faute grave, sévèrement sanctionnée. Le temps des redditions de comptes approchait pour lui, disait-on partout à Quina.

Un matin, il n'ouvrit pas le magasin général, et plusieurs habitués, qui y achetaient tôt leur pain pour l'école des enfants, frappèrent en vain aux portes. La nouvelle submergea la ville comme un raz-de-marée, et l'on s'alarma d'autant de sa disparition que *La chance qui passe* avait également disparu. La journée se passa en conjectures que des « À-rien-à-faire » colportaient d'une galerie à l'autre. Les rumeurs les plus folles alimentaient cette double disparition. Vers midi, l'opinion publique commençait à pencher nettement pour un enlèvement par des forces venues d'ailleurs. Tout le monde comprenait bien ce que cela voulait dire. Lala, toujours elle, prit l'initiative d'organiser pour les femmes des prières aux quatorze stations de vierges noires du chemin de croix de la haute vallée. Les messieurs, campés par petits groupes aux principaux carrefours, échangeaient les secrets qu'ils avaient jusque-là gardés par prudence. Vers six heures, le cahier des charges contre le père Alphonse, rempli à ras, menaçait de déborder, quand un bruit sourd au loin, du côté de la Porte-Saint-Louis, prit de l'ampleur à mesure. C'était la rumeur de Quina. Toujours lourde de menaces. Puis, tout d'un coup, tout le monde se mit à courir pour faire comme tout le monde, sans que personne ne sache vraiment pourquoi tout le monde courait et qui avait commencé à courir. Les boutiques fermaient brusquement leurs portes et les marchandes des trottoirs s'empressaient de ramasser leurs paniers.

On vit arriver une foule en continuelle augmentation qui suivait depuis des kilomètres la bourrique revenant d'un long périple. À distance l'on sut que l'étrange cortège était funèbre en ce que tout le monde allait pieds à terre, avec autour du cou leurs sandales de peau non tannée, les *sapat*, qu'on ne chausserait que pour quitter le cimetière. Ainsi accompagnait-on toujours au royaume des morts ceux dont les pieds ne touchaient plus à la terre depuis leur pacte. En travers du bât de *La chance qui passe* ci-devant *Malchance*, le père Alphonse était couché sur le ventre les bras ballants comme au temps de sa jeunesse.

accounts was approaching for him, said everyone in Quina.

One morning he did not open the general store, and several regular customers, who always bought their bread early for the children's school, knocked in vain at the doors. The news inundated the town like a tidal wave, and the disappearance of Opportunity Knocks was as alarming as that of the old man. The day was spent in speculation, which the idlers carried from one gallery to the next. The wildest rumors fed on this double disappearance. Toward noon, public opinion began to lean decidedly toward an abduction by outside forces. Everyone understood what that meant. Lala, as usual, took the initiative of organizing the women to pray at the fourteen stations of black Virgins along the Way of the Cross in the high valley. The men, standing in little groups at the main intersections, exchanged secrets that they had heretofore kept silent out of caution. By six o'clock, the book of accusations against Père Alphonse was ready to burst its covers when a muffled sound, far off, from the direction of the Porte-Saint-Louis, grew gradually louder. It was the murmuring of Quina. Always heavy with menace. Then suddenly, everyone began to run because everyone else was running, without anyone really knowing why everyone was running or had begun to run. Shop doors were shut hastily and the sidewalk vending-women hurried to gather up their baskets.

Coming down the road was a continuously growing crowd which had been following the donkey for several kilometers, as it returned from a long journey. From a distance it was apparent that it was a funeral procession, by the fact that everyone was barefoot. From their necks hung untanned leather sandals, *sapats* that they would not put on until leaving the cemetery. This was the way someone whose feet no longer touched the ground because of a pact was always accompanied to the kingdom of the dead. Across the pack-saddle of Opportunity Knocks (formerly known as Misfortune) lay Père Alphonse, on his stomach, his arms dangling as they had in his youth.

Le cabri à la dent d'or

Sept heures du matin. Tous les emplacements du marché sont occupés par les divers étalages habituels. Sauf un. Celui du boucher. Et personne ne semble prêter plus d'attention qu'il ne faut à cette absence, d'autant qu'un deuxième boucher, de Jérémie paraît-il, vient tout juste de s'installer en lisière du marché. La pénurie ne menace donc pas en ce samedi matin, même si on ignore jusqu'au nom du nouvel immigrant. Mais il est vrai que, par principe, et plus encore que pour tout autre produit, on ne s'approvisionne pas ordinairement en viande chez n'importe qui. Boucher est dans chaque communauté label de droiture, loin devant notaire, avocat, arpenteur et *tutti quanti.* Un boucher fiable ne saurait vendre que de la viande d'animaux !

Huit heures du matin. La nouvelle, sortie on ne sait d'où, tombe comme un pavé dans le marché avant de se diffuser dans toute la ville, en ondes de choc. Le boucher local, Titanic, un costaud inoffensif comme une grosse épave échouée, avait été arrêté hier soir pour enquête le concernant. Il se dit qu'il aurait vendu une tête de cabri dont une dent était en or. C'est sur ce canevas de base que la rumeur de Quina va broder toute la journée,

The Kid with the Gold Tooth

Seven o'clock in the morning. All the spaces in the market are occupied by the usual variety of stands. Except for one. The butcher's. And no one seems to be paying more attention than necessary to this absence, especially since a second butcher, from Jérémie it seems, has just set up shop at the edge of the marketplace. So there is no threat of a shortage on this Saturday morning, even though no one knows the name of this new immigrant. But it is true that on principle, and more than for all other products, you do not obtain meat from just anybody. "Butcher" in each community is a label of uprightness, far beyond that of notary, attorney, surveyor, and all the rest. A reliable butcher would not think of selling anything but animal meat!

Eight o'clock a.m. The news, from no one knows where, falls like a cobblestone in the market before spreading through the entire village in shock waves. The local butcher, Titanic, a hefty man as harmless as a huge beached hulk, was arrested last night as part of an investigation concerning him. It is whispered that he is supposed to have sold a young goat's head that had one gold tooth. It is on this fabric that Quina's rumors will

jusqu'à la tombée du marché et de la nuit, vers les sept heures du soir, heure à laquelle le bruit implosera de manière dramatique, s'effondrant sur lui-même au terme d'une vie de douze heures, dans un dernier fracas de jour de marché.

Neuf heures du matin. Le soleil est déjà assez haut dans sa course. Les dernières fraîcheurs de la nuit commencent à céder à la chaleur qui monte. On peut encore parcourir sans chapeau les rangées de produits exposés, mais plus pour très longtemps. Les nouveaux arrivants au marché ramènent de la ville plus de précisions sur l'affaire. C'est chez grand-mère Bérénice — *Grann Bé*, quoi ! — qu'on aurait trouvé la dent d'or. Faut dire que le commerce de Grann Bé, aidée de sa fille Tòtòt — ainsi nommée depuis la puberté, quand ses seins prirent des proportions de soutien-gorge de taille 48 EE — est un bouillon de tête de cabri servi tous les vendredis soirs à des centaines de convives, toutes classes sociales concernées, mais non confondues.

Cinq immenses bombes en batterie mijotaient le bouillon velouté des gélatines de tête, rempli d'herbages de tiges oléagineuses grimpantes de divers haricots et surtout de bottes de cresson recouvrant des vivres en abondance, dont les bananes plantains et les malangas. Ce bouillon de minuit, nommé *Wifout!* de l'exclamation admirative obligée que devrait pousser toute personne y goûtant, était relevé d'un bouquet secret bien gardé de piment fort, thym, laurier à vous exciter toutes les papilles en bouche. Il était servi à trois prix différents dans deux types de vaisselles. Pour un gourdin, les marchandes et assimilées campant sur la place pour la nuit pouvaient consommer dans une demi-calebasse une grande louche de liquides et d'herbes, et pour deux gourdins, manger en plus des vivres rajoutés dans la calebasse. Pour quatre gourdins, qui font une gourde, on passait au bol émaillé d'honorable dimension rempli de deux louches de tout, y compris de la viande de tête et des os à sucer, en plus de disposer d'une cuillère à soupe en fer-blanc, avec en prime une petite place de banc pour s'asseoir sous la tonnelle, si l'on mangeait sur place.

De petits domestiques faisaient aussi la queue, avec de conséquentes cantines à remplir de plusieurs portions d'une gourde, pour ceux qui soupaient à la maison du

embroider all day long, until night falls and the market ends around seven o'clock in the evening, at which time the gossip will implode dramatically, collapsing upon itself at the end of its twelve-hour life in a final market-day din.

Nine o'clock a.m. The sun is already fairly high in its path. The last persistent coolness of the night has not completely yielded to the rising heat. It is still possible to walk hatless along the rows of displayed products, but not for much longer. The latest arrivals at the market bring more details from town about the affair. They say that it was at Grandmother Bérénice's—*Grann Bé*, for short—that the gold tooth was supposedly found. You need to know that what Grann Bé sold, with the help of her daughter Tototte—who bore this name from the time of her puberty, when her breasts took on the proportions of a size 46EE brassiere—was a kid's-head soup served every Friday evening to hundreds of guests, all social classes included but not mixed.

Five immense kettles held the simmering, mellow broth of gelatinous juices from the kid's head, filled with herbs, with oleaginous climbing stems, with various beans. And especially with bunches of watercress—all covering an abundance of food, including plantains and *malangas*. This midnight soup, named *Wifout!* for the obligatory admiring exclamation that everyone must make upon tasting it, was flavored with an herb bouquet whose precise ingredients were a well-kept secret combination of hot pepper, thyme and bay leaves that stimulated all the taste buds in your mouth. It was served at three different prices in two types of containers. For a gourdin (a quarter of a gourde), the market-women and others of their ilk camping in the marketplace for the night could drink a big ladleful of liquid and herbs from a bowl made of half a dried gourd; and for two gourdins they could also eat some vegetables added to the gourd-bowl. For four gourdins, which make a gourde, you moved up to an enameled bowl of honorable dimensions filled with two ladlefuls of everything, including some head meat and bones to suck on, with the bonus of a tin soup spoon and a small space on a bench under the *tonnelle* if you were staying there to eat.

Little servants also stood in line carrying substantial containers to be filled with several one-gourde servings,

bouillon de Grann Bé le vendredi soir. L'on venait d'aussi loin que les Cayes manger ce bouillon, après avoir copieusement bu toute la soirée, rhum-soda sur rhum-soda, dont la mesure de référence — une demi-bouteille de rhum trois étoiles, et trois sodas — était appelée *Un Général* en hommage au président d'alors, amateur reconnu classé *Frère preneur,* mais qui en fait ne buvait, lui, que du whisky-soda, en laissant courir ce bruit démocratique sur ses habitudes. Sa popularité avait battu tous les records dans la région, quand il vint un vendredi soir manger du bouillon *Wifout!* en grandes pompes chez le préfet, après une virée titubante et acclamée sous la tonnelle de Grann Bé. Que ce soit Tòtòt qui ait trouvé la dent d'or, en nettoyant au petit jour du vendredi toutes les têtes de cabris réservées au long de la semaine pour sa maman, était un argument d'autorité pour la rumeur.

Dix heures du matin. Une première faille se creuse dans la nouvelle jusque-là monolithique. La dent n'était pas en or. C'était plutôt un plombage ordinaire. La victime transformée en cabri pouvait donc venir du peuple, car la dent d'or supposait un bourgeois et la disparition de l'un d'eux aurait fait grand bruit préalable. Cela ne démonta point les partisans de la dent d'or, puisqu'il y avait plein de *viejos* revenus des saisons de coupe de canne de Cuba avec des dents d'or. C'était tellement la mode, juste avant la dernière guerre, que plus d'un se faisaient extraire une canine saine pour la remplacer par une nouvelle en or. Un rire, avec une latérale d'or au coin que découvrent les lèvres, et une éclisse d'or discrète glissée entre deux incisives centrales, était du plus bel effet. Ce pouvait donc être un *viejo à la dent d'or* que ce cabri.

Le marché se divisa en deux groupes à peu près d'égale importance. Une moitié approfondissait les arguments en faveur de l'amalgame, en accumulant d'étonnantes connaissances sur ce mélange utilisé par les dentistes depuis un siècle, et dont la plus remarquable propriété était son coût abordable et accessible à tous, et les faibles exigences techniques de sa mise en place à la portée de n'importe quel arracheur de dents. L'autre moitié, loin de céder le moindre pouce de terrain, s'entendait pour dire combien les qualités de l'or en bouche, sa durabilité, son prestige, et le recours obligé à un dentiste de talent capable de la précise technique requise,

for those who dined on Grann Bé's soup at home on Friday evenings. People came from as far away as Les Cayes to eat this soup, after having lots to drink all evening, rum-and-soda upon rum-and-soda whose proportions—a half-bottle of three-star rum and three sodas—were dubbed *Un Général,* in homage to the president at the time, a well-known connoisseur of this drink, but who in fact only drank whiskey and soda himself while allowing the more democratic rumor about his habits to circulate. His popularity broke all records in the region when he came one Friday evening to eat some *Wifout!* soup with great ceremony at the prefect's home, after an unsteady tour beneath Grann Bé's *tonnelle* accompanied by cheers. The fact that it was Tototte who found the gold tooth, while working at dawn to clean all the kid's heads set aside during the week for her mother, was an authoritative argument in favor of the rumor.

Ten o'clock a.m. A first breach forms in the heretofore monolithic piece of news. The tooth was not made of gold. It was just an ordinary filling. The victim who had been transformed into a kid could have come from the common people, for the gold tooth indicated someone from the upper classes, and the disappearance of one of them would have already caused a great commotion. That didn't bother the partisans of the gold tooth theory, since there were all sorts of *viejos* who had returned from their seasons of cutting cane in Cuba with gold teeth. It was so much the fashion just before the last war that more than one person had had a healthy eyetooth extracted in order to replace it with a new gold one. A laugh with a bit of gold at the side revealed by the open lips, and a discreet gold plate slipped between two central incisors, created a most impressive effect. And so this kid could have been a *viejo* with a gold tooth.

The market divided into two groups of approximately equal size. One half developed the arguments in favor of amalgam, accumulating astonishing knowledge about this mixture which had been used by dentists for a century, a blend whose most remarkable qualities were its affordable cost, accessible to everyone, and the limited technical requirements for using it that were within the abilities of any tooth puller. The other half, far from yielding an inch of ground, were in agreement that the qualities of gold in the mouth, its durability, its prestige,

faisait d'une dent d'or un bijou qui informait sur les origines du transformé en cabri.

Onze heures du matin. Le deuxième boucher n'a pas ouvert sa paillote et serait lui aussi en prison pour affaire le concernant. Le manque de viande est total, mais personne en ce samedi matin n'a le cœur à acheter de la viande. Le prix du poisson séché localement grimpe en flèche. Morue salée et hareng saur sont dévalisés partout où on en trouve. La rumeur fait des heureux. Des profiteurs s'en font les propagateurs complaisants !

Midi. La victime, le cabri, a autant de partisans farouches de sa provenance bourgeoise, à tout le moins aisée, et autant de partisans de son extraction populaire, voire paysanne ; mais nulle part dans le marché, le moindre signe de doute, la plus petite posture critique, le plus minuscule scepticisme quant au fait qu'une personne avait bel et bien été transformée en cabri, débitée par le boucher et vendue à Grann Bé pour son bouillon du vendredi soir. Papa Loulou, le pharmacien du coin, fait des affaires d'or bien réelles, lui, en vendant des prises de bicarbonate de soude digestives et purificatrices, à tous ceux qui la veille s'étaient payé le solide bol de bouillon. On se précipite chez lui pour le précipité.

Une heure de l'après-midi. La Justice se met en branle. Le juge de Paix fait ouvrir, balayer et arroser le tribunal qui occupe le rez-de-chaussée de la demeure qu'il habite, à l'étage, avec sa femme et ses enfants. Il y aura jugement à seize heures précises. L'homme est ponctuel et acariâtre, truculent et déjanté... aussi, le prononcé de ses jugements fait courir la ville qui raffole de son verbe acrobatique à la Cyrano, son livre de chevet, et de ses décisions juridiques bourrues, pleines du bon sens de l'ancien temps, mais souvent nulle part prévues dans le code civil, le code criminel ou le code du travail.

Deux heures de l'après-midi. De petits attroupements commencent déjà autour du tribunal en attendant le déroulement des procédures. C'est alors que parvient l'information que la paillote du boucher de Jérémie a été démolie par un commando de jeunes, de l'âge de Tòtòt. Il ne reste plus rien du modeste refuge. Les commentaires vont bon train entre quatre ou cinq avocats, toge sous le bras, venus offrir leurs services au cas où un accusé y requerrait. Il paraît qu'il y a eu malveillance et que l'étranger aurait jeté volontairement

and the obligatory recourse to a talented dentist capable of carrying out the precise technique required, made a gold tooth a jewel that provided information on the origins of the person transformed into a young goat.

Eleven o'clock a.m. The second butcher hasn't opened his stand and is said to be in jail, too, for an affair concerning him. The lack of meat is total, but no one on this Saturday morning has the courage to buy meat. The price of locally-dried fish shoots up. Salt cod and kippered herring are snatched up wherever they are found. Rumor is making some merchants happy. Profiteers become their obliging agents!

Noon. The victim, the kid, has as many fierce partisans of his upper-class or at least well-off origins as he has for his common or even peasant birth; but nowhere in the market is there the slightest sign of doubt, the smallest critical position, the most minuscule skepticism concerning the fact that a person had been well and truly transformed into a kid, cut up by a butcher, and sold to Grann Bé for her Friday-night soup. Papa Loulou, the pharmacist on the corner, earns real gold with a booming business in digestive and purifying doses of bicarbonate of soda with sales to everyone who had paid for a hearty bowl of soup the night before. They hurry to his shop for the compound.

One o'clock p.m. The wheels of Justice are set in motion. The Justice of the Peace has the courtroom opened, swept and mopped. It occupies the ground floor of the house he lives in on the second floor with his wife and children. Court will convene at precisely 4:00. The man is punctual, cantankerous, truculent, and crazy... and so the judgments he pronounces make the rounds of town, and everyone delights in his acrobatic verbiage *à la* Cyrano de Bergerac, his favorite book, and in his gruff judicial decisions, often full of old-fashioned good sense, but nowhere provided for in the civil code, the criminal code or the labor code.

Two o'clock p.m. Small groups are already beginning to gather near the courtroom to await the opening of proceedings. That is when the news arrives that the Jérémie butcher's stand has been demolished by a commando of young men about Tototte's age. Nothing is left of this modest refuge. Commentaries are moving smoothly among four or five lawyers, with their robes under their

une dent en or dans l'étalage de Titanic pour le déconsidérer et lui prendre sa clientèle. « Que non ! réplique déjà un confrère, c'est une grande mise en scène de Titanic pour empêcher à son jeune rival de prendre pied dans la ville. » Le débat, commencé entre ces Messieurs faisant les cent pas sur la galerie du tribunal, promet.

Trois heures de l'après-midi. Mouvement de foule sur fond de murmures. Venant de la prison près du cimetière, les deux bouchers, l'air aussi penaud l'un que l'autre, sont conduits menottés sous légère escorte devant le juge. Grann Bé, ferme et furieuse, fend la foule, en tirant par la main Tòtòt en larmes, le visage tuméfié et les yeux déjà bridés par le gonflement des pommettes sévèrement giflées. Elles se rendent jusqu'au banc des témoins où elles ont été convoquées par l'huissier.

Quatre heures de l'après-midi. L'audition de la cause commence. Elle va durer deux longues heures d'interrogatoires vifs et serrés, avant que le juge de Paix, s'estimant suffisamment informé, s'octroie une heure de délibéré pour organiser son jugement et le prononcer. Tòtòt avait manigancé toute l'affaire. Quand elle allait chaque semaine prendre livraison des têtes de cabris, Titanic s'autorisait quelques privautés, que la jeune fille ne repoussait point. Dans l'arrière-boutique, le boucher en émoi lui tâtait les seins d'une main experte et, quelquefois, elle ne fut pas trop regardante sur les autres penchants sexuels qui ne menaçaient point sa virginité. Il était d'ailleurs admis comme une exception, dans ce monde d'intolérance, que boucher était la seule confrérie des marchés à pouvoir être tenue par des garçons, dits souvent *garçon-ma-commère.* Il n'y avait au pays, que l'unique prétexte des bouchers pour évoquer sans risque l'homosexualité à la radio. Mais, quand Tòtòt vit Titanic ramener ce jeune garçon, de la même confrérie, elle fut rapide à manœuvrer pour s'en débarrasser. Sa jalouse vengeance aurait été une réussite, et son crime parfait, si le vendredi soir, la patrouille du marché n'avait pas surpris les deux bouchers « en flagrant délit de vice contre-nature dans un lieu public », comme dira le procès-verbal.

Sept heures du soir. L'affaire dite au départ du *Cabri à la dent d'or* connaît son épilogue sous le titre nouveau, plus classique, de *Tòtòt & Titanic.* Le magistrat marque une pause pour laisser au titre son effet. Il introduit ensuite son jugement par *Titus et Bérénice, invitus*

arms, who have come to offer their services in case a defendant might require them. It seems that there was malicious intent, and that the outsider may have thrown a gold tooth into Titanic's goods on purpose, to discredit him and take over his customers. "Of course not!" replies a colleague immediately. "It's a big hoax invented by Titanic to prevent his young competitor from getting a toe-hold in town." The debate begun among these *Messieurs* pacing the courthouse porch is promising.

Three o'clock p.m. Movement of the crowd. A backdrop of muttering. Coming from the jail near the cemetery are the two butchers, one looking as sheepish as the other, led in handcuffs before the judge by a small escort. Grann Bé, firm and furious, makes her way through the crowd, pulling along a tearful Tototte with a puffy face, her eyes already half shut by the swelling of her severely-slapped cheeks. They go to the witnesses' bench where the bailiff has ordered them to sit.

Four o'clock p.m. The hearing begins. It will last two long hours filled with sharp, hard questioning, before the Justice of the Peace, deeming that he is sufficiently informed, grants himself an hour of deliberation to organize his decision and pronounce it. Tototte had hatched the whole scheme. When she went each week to take delivery of the kids' heads, Titanic would allow himself a few liberties which the young girl did not reject. In the back of his shop, the agitated butcher would feel her breasts with an expert hand, and sometimes she was not too fussy about his other sexual penchants which did not threaten her virginity. Besides, it was accepted as an exception, in this world of intolerance, that the brotherhood of butchery was the only one in the markets that could be held by boys who were often referred to as *garçon-ma-commère.* In Haiti, all that was needed was the simple pretext of referring to butchers in order to mention homosexuality with impunity on the radio. But when Tototte saw Titanic bring in that young boy from the same brotherhood, she moved swiftly to get rid of him. Her jealous revenge would have succeeded, and her crime would have been perfect, if on Friday night the market patrol had not caught the two butchers "in *flagrante delicto* of the crime against nature in a public place," as stated in the police report.

invitam, malgré l'un malgré l'autre... ressortant ainsi des réminiscences de sa classe de rhétorique le seul amour impossible traité à la fois par Corneille et Racine, et maintenant par lui ! L'ouverture est solennelle et le public tout ouïe. Suivent les considérants. Puis les sentences tombent l'une après l'autre.

D'un, il est statué que Tòtòt avait été assez punie par ce qu'elle avait déjà reçu de gifles et recevrait encore probablement en rentrant à la maison. Grann Bé, lèvres pincées, mauvaise, humiliée de se trouver là, acquiesce de la tête. Tòtòt redouble de pleurs à cette perspective.

De deux, les chansons de bouchers — *Yoyo, Gabélus,* entre autres — qui tenaient l'antenne à Port-au-Prince à longueur de semaine, furent interdites à partir de ce jour dans tous les bals publics de la ville comme romances sodomites et tous les refrains libidineux du genre « Ala bali mwen ta bali » devaient éviter les heures de grande écoute par la jeunesse.

De trois, le bouillon *Wifout !* est, dans la foulée, reconnu d'utilité publique et déclaré plat régional d'appellation contrôlée. (Applaudissements). En conséquence : Titanic est condamné pendant une année à fournir gracieusement, et à livrer lui-même, chez Grann Bé, les têtes de cabris qui n'étaient plus *quérables mais portables,* selon les termes même de la loi des loyers. Le garçon-boucher, qui n'était d'ailleurs pas de Jérémie, est passible d'une peine grecque de bannissement de la cité — il allait être immédiatement placé, toujours vêtu de la lingerie fine qu'il portait au moment de l'arrestation, dans un camion quittant le marché pour Port-au-Prince.

Comme il n'y avait ni dent ni or, comme pièce à conviction, le non-lieu habituel fut une énième fois prononcé par le juge de paix quant à l'éventuelle recherche en filiation humaine d'un cabri.

(Coup de marteau final)

Seven o'clock p.m. The event entitled from the outset *The Affair of the Kid with the Gold Tooth* has its epilogue, with the new, more classic title of *Tototte and Titanic.* The magistrate pauses to give the title its full effect. He is introducing his decision in the context of *Titus et Bérénice, Invitus Invitam, in spite of one in spite of the other...* thus choosing among memories of his rhetoric class the only impossible love treated by both Corneille and Racine, and now by him! The opening is solemn and the spectators are all ears. The points of evidence follow. Then the sentences came down one after the other.

Firstly he rules that Tototte had been punished enough by the slaps she had already received and would probably receive again when she returned home. Grann Bé, tight-lipped, nodded her head. Tototte's tears intensified at the thought.

Secondly, songs about butchers—*Yoyo* and *Gabélus* among others—which had monopolized the air waves from Port-au-Prince for an entire week, were forbidden from that day on in all public dances in the town; sodomite ballads and libidinous refrains of the type "Ala bali mwen ta bali" should avoid the times of day when young people listened the most.

Thirdly, *Wifout!* soup is hereby recognized as a public benefit and declared a regional dish protected by an *appellation contrôlée.* (Applause). Accordingly, Titanic is sentenced to furnish free of charge for a year, and to deliver in person to Grann Bé, all the kids' heads according to the exact terms of the laws pertaining to whether the rent had to be brought by the tenant to the landlord or fetched by the landlord from the tenant. The butcher boy, who was not from Jérémie after all, was liable to a Greek punishment of banishment from the town; he was to be placed immediately, still clothed in the delicate lingerie he was wearing at the time of his arrest, in a truck leaving the market for Port-au-Prince.

Since there was neither a tooth nor any gold to use as evidence, the usual dismissal was pronounced for the nth time by the Justice of the Peace in the matter of any possible search into the human origins of a young goat.

(Final bang of the gavel.)

L'accident

Dans la cocoteraie du bord de mer, les Port-au-Princiens, qui affluaient le dimanche en voitures rutilantes et ronflantes, cherchaient tous à se garer à l'ombre des cocotiers, pour se mettre ensuite la bedaine au soleil. Exactement l'inverse de ce qu'aurait fait un provincial, s'il avait eu une voiture, évidemment. Il se garerait d'abord au soleil pour éviter toute surprise venant des arbres et se mettrait ensuite à l'ombre. En foule, les citadins se pressaient donc sous les bosquets de cocotiers aux feuilles entrelacées qui cachaient les cocos secs et durs de Quina, immenses comme jamais je n'en verrai d'aussi gros que de l'autre côté de la terre, les cocos-fesses des Seychelles. Ces dangereux fruits attendaient comme chaque jour pour tomber que se lèvent les vents du grand large qu'on nous disait être descendus tôt à l'aube de la *Côte montagneuse* du pays de Simon Bolivar pour atteindre à l'heure de la sieste la *Bande sud* d'Alexandre Pétion. Visite quotidienne du Libérateur reconnaissant au Républicain Internationaliste, nous avait-on tôt seriné. D'ailleurs, tous les présidents du Sud étaient indistinctement vénérés, et gare à celui qui colporterait l'une des moqueries en cours à

An Accident

In the seaside coconut grove, people from Port-au-Prince who flocked there on Sundays in shiny, roaring cars, all tried to park in the shade of the coconut trees and then go off to expose their paunches to the sun. Exactly the opposite of what an inhabitant of the provinces would have done if he had had a car, of course. He would park in the sun to avoid any surprise from the trees and go lie in the shade. Crowds of city folk hastened from the beach back to the grove of trees whose intertwined fronds hid Quina's dry, hard coconuts, as huge as I would ever see except for the *cocos-fesses* at other side of the world—the buttocks-shaped coconuts of the Seychelles. They waited to fall, as they did each day, for the wind to rise from the open sea, a wind that we were told came down from the *Mountainous Coast* of the land of Simón Bolívar, reaching the Southern Peninsula of the land of Bolívar's comrade Alexandre Pétion at the hour of the afternoon siesta. A daily visit from a Liberator grateful to an internationalist Republican, they drummed into us from an early age. Besides, all the Presidents who had come from the South were venerated indistinguishably, and woe

Port-au-Prince, notamment sur le Général Antoine Simon.

À partir de deux heures, au moment où les pique-niqueurs imbibés de punch et dardés de soleil, mélange assommant s'il en est, entamaient leur sieste, nous commencions le guet. C'est qu'il n'y avait que des cocotiers à perte de vue pour offrir au soleil de midi une ombre assassine. Avec le vent qui se levait, chaque vague exécutait un rouleau avant de mourir sur la grève. Nous savions dire quelle force de vent et quelle taille de vague étaient annonciatrices de la chute des cocos. Le coup de vent nettement plus fort que les autres, que nous surnommions le *gate-piknik,* roulait une crèche écumante de plus de deux mètres de haut qui prenait la forme et les couleurs de la crèche bleue aux franges blanches de l'église de Quina.

La cocoteraie geignait en pliant la tête sous cette bourrasque, tandis que la lame de fond portait la vague jusque dessous les premières rangées d'arbres où les pique-niqueurs avaient dressé imprudemment leurs nappes bariolées et leurs paniers d'osier. Et c'est en se redressant brusquement, une fois passé le vent, que les cocotiers rompaient les lanières des cocos secs et durs qui dégringolaient sur les toits des voitures dans un bruit métallique que la forêt de cocotiers amplifiait.

Toits enfoncés, vitres en éclats, capots cabossés, on voyait les Port-au-Princiens courir dans tous les sens vers les voitures, ramasser en toute hâte nappes et paniers, enfants, femmes et belles-mères, car souvent les belles-mères étaient de la partie comme pour ajouter au nombre de femmes à observer dans la course finale. Ils quittaient la cocoteraie tous ensemble et en catastrophe, ce qui faisait patiner leurs roues dans le sable, et parfois, à notre grande satisfaction, cette précipitation générale provoquait des enlisements et même, certains dimanches de suprême chance, quelques accrochages.

Puis la plage était de nouveau à nous et nous avions de quoi rire jusqu'au dimanche prochain. Chacun y allait de son histoire, qui s'épiçait et s'amplifiait à chaque reprise, car le but du jeu était de bien observer, pour imiter plus tard, la manière peu digne qu'avaient d'élégantes jeunes filles, de respectables mères, de vénérables grands-mères de courir en se protégeant la tête des deux

betide anyone who might bring back one of the current jokes from Port-au-Prince, especially concerning General Antoine Simon.

At about two o'clock, just when the picnickers, soaked in punch and pierced by sunshine—as deadly a combination as there is—began to nap, we would begin our watch. There was nothing but coconut trees as far as the eye could see, offering shade from the vicious midday sun. With the rising wind, each wave formed a curl before dying on the shore. We could tell what wind force and what wave size were harbingers of the coconuts' fall. The gust, clearly stronger than the others, which we named the *gate-piknik,* the "picnic spoiler," would curl a wave into a two-meter-high cradle of foam, taking on the form and the colors of the blue crèche with white fringes in Quina's church.

The coconut grove would groan, bending its head beneath this gust of wind, while the swell carried the wave right up beneath the first rows of trees where the picnickers had unwisely arranged their gaudy tablecloths and wicker baskets. Then, just when they raised their heads again after the wind had gone by, the trees broke the stems of their dry, hard coconuts which tumbled down onto the cars with a metallic noise amplified by the echoing grove.

Caved-in roofs, shattered windows, dented hoods, we watched the city folk run in every direction toward the cars, hastily grabbing up tablecloths and baskets, children, wives and mothers-in-law—because mothers-in-law were often included, as if to add to the number of women to be observed during the final race. They would leave the coconut grove together in a mad panic, which made their tires skid on the sand; and sometimes, to our great satisfaction, this general haste would cause a few to get stuck in the sand, and on especially fortunate Sundays there would even be a few minor collisions.

Then the beach would again be ours, and we would have enough to laugh about until the following Sunday. Everyone developed his own story, which gained in spice and importance with each telling, for the goal of the game was to be the most observant, in order later to imitate the scarcely dignified way that elegant girls, respectable mothers, venerable grandmothers would run, protecting their heads with both hands from any

mains d'éventuels cocos que de soutenir leurs seins sautillants à se détacher.

Mais, pour les plus grands, la discussion reprenait le soir sous le kiosque au centre de la Place. On faisait partie des Grands après le Brevet ou quand on était déjà en pension à Port-au-Prince et que l'on fumait ou qu'on avait fait la chose pour vrai, avec attestation des copains s'il vous plaît. Jusqu'à ces expériences et épreuves initiatiques, on faisait partie des Petits qui s'amusaient encore aux sautillements des seins à la plage. L'interminable discussion des Grands renvoyait à la distribution des torts dans les accidents du dimanche. Wilfrid et Oscar, les deux seuls à conduire régulièrement les deux seules voitures privées de Quina, s'opposaient irréductiblement sur les avantages de la priorité à gauche et les vertus de la priorité à droite. Je ne saurais plus dire qui défendait quoi dans ce débat, mais dans ce bled perdu que traversaient le matin les camions en route vers la capitale et l'après-midi les camions venant de la capitale, un poignant conflit sur les règles de la circulation divisait sous le kiosque le soir tous les Grands des environs réunis.

Inutile de dire qu'il allait de la fierté de chacun des deux conducteurs d'appliquer le plus strictement ses convictions, et celui des deux qui céderait le passage à l'autre perdrait la face pour longtemps. Voilà comment l'accident était devenu inévitable si jamais les deux voitures venaient à se rencontrer à un carrefour. Les chances étaient quand même faibles que la jeep et la camionnette se rencontrassent. Elles se rencontrèrent pourtant à toute vitesse un dimanche après-midi à 3 h 30, dans l'excitation d'après le départ précipité des Port-au-Princiens, au coin nord-ouest de la Place, à l'angle occupé par les maisons des familles Saint-Julien et Solide.

Quina enregistrait son premier accident de voitures locales avec deux grands blessés. Madame Saint-Julien et monsieur Solide furent les deux premiers sur les lieux. Wilfrid saignait abondamment d'un œil et avait perdu toutes ses dents de devant. Madame Willy, l'infirmière, sectionna tranquillement l'œil qui pendait avec des ciseaux avant de recoudre la paupière à vif et d'y faire un pansement. Wilfrid avait perdu connaissance rien qu'à la vue des ciseaux de madame Willy, ce qui facilita la suite de l'opération publique réalisée en présence des

coconuts that might fall instead of holding onto their breasts, which bounced so much they nearly fell off.

But for the older ones, the discussion would be taken up again in the evening, in the bandstand in the center of the Square. You became one of the Big Boys when you had the Secondary Studies Certificate or when you were already in boarding school in Port-au-Prince, and you smoked or had really "done it," as attested to by your comrades, of course. Until you had undergone those experiences and passed those unique tests, you were one of the Little Boys who still giggled about the bouncing breasts at the beach. The endless discussions of the Big Boys centered around the assessing of blame for Sunday's auto accidents. Wilfrid and Oscar, the two who regularly drove the only two private cars in Quina, were irreconcilably opposed on the subject of the advantages of the driver on the left having the right of way versus the virtues of the driver on the right having the right of way. I can no longer remember who defended which position in the debate, but in this forsaken village, crossed in the morning by trucks on their way to the capital and in the afternoon by trucks coming back from there, an agonizing conflict over traffic rules evenings in the bandstand divided all the Big Boys gathered there into two camps.

Needless to say, the pride of each of the two drivers caused them to apply their convictions most strictly, and the one who yielded the way to the other would lose face for a long time to come. And so an accident was inevitable if ever the two cars happened to meet at an intersection. The chances of the jeep and the van meeting were still quite slim. They met, however, at full speed, on a Sunday afternoon at three-thirty, after the excitement of the hasty departure of the visitors from Port-au-Prince, at the northwest corner of the Square, occupied by the Saint-Julien and Tolide homes.

Quina recorded its first auto accident involving local cars, with two seriously injured. Madame Saint-Julien and Monsieur Tolide were the first to arrive at the scene. Wilfrid was bleeding profusely from an eye and had lost all his front teeth. Madame Willy, the nurse, calmly severed the hanging eye with scissors, then sewed up the injured eyelid and applied a dressing.

autorités de la ville qui avaient accouru au bruit de l'accident. Oscar, pas plus chanceux, allait y laisser aux Cayes une jambe entière dont on avait d'abord coupé le pied, puis le mollet, ensuite le genou et finalement la cuisse, avant qu'un orthopédiste de passage conseillât de laisser guérir la cuisse simplement à l'air libre pour éviter la gangrène.

Le conseil communal délibéra longuement, deux jours, sur les causes proches et lointaines de cet accident, et, après consultation de la magistrature assise et debout de Quina, décida à l'unanimité une mesure préventive d'accident, jamais rapportée depuis cinquante ans : tout stationnement à l'ombre de cocotiers était dorénavant interdit à Quina le dimanche. Et comme la période électorale était proche, la délicate question de la priorité à gauche ou à droite qui semblait diviser le patelin fut habilement laissée en suspens, pour après le renouvellement du conseil.

Wilfrid had lost consciousness at the mere sight of Madame Willy's scissors, which facilitated the public operation carried out in the presence of the town authorities, who had come running at the news of the accident. Oscar, no more fortunate than Wilfrid, would leave an entire leg in Les Cayes. They had first removed the foot, then the ankle, then the knee, and finally the thigh, before an orthopedist passing through advised them simply to let the thigh heal in the open air to help prevent gangrene.

The Commune Council deliberated at length on the proximate and indirect causes of the accident, and after consulting the sitting and standing magistrates of Quina, unanimously adopted a preventive measure which is still in effect after fifty years: from then on, all parking in the shade of the coconut trees was forbidden in Quina on Sundays. And since elections were near, the delicate question of the right of way, which seemed quite divisive, was deftly tabled until a new council was elected.

La dégustation de feta grec

L'on ne s'étonnait nullement à Quina que des présents en provenance du grand large soient continuellement offerts aux habitants. Juste retour des choses disait-on, car la terre, elle aussi, payait régulièrement à la mer un tribut en pêcheurs qui ne revenaient point. C'est même pourquoi, l'*Oceano nox* du père Hugo était le poème le plus récité dans toutes les écoles de la côte quinoise : « Oh ! combien de marins combien de capitaines / qui sont partis joyeux pour des courses lointaines / dans ce morne horizon se sont évanouis. » Mais tout n'était pas triste dans cette longue complainte puisque le diptyque « On demande : Où sont-ils ? sont-ils rois dans quelque île ? / Nous ont-ils délaissés pour un bord plus fertile ? » faisait rêvasser nos jeunes imaginations sur les trésors de l'océan que cyclones et ouragans, simples coups de vents parfois et même grains de mauvais temps, avaient le chic de déposer sur les rives du village en les arrachant aux navires croisant dans cette Méditerranée caraïbe, entre les côtes vénézuéliennes et les nôtres qui se faisaient face. Aussi le territoire de notre village s'étendait-il aussi bien sur terre que sur mer dans les cours de géographie que nous faisait Monsieur

A Taste of Greek Feta

In Quina, no one was ever surprised that presents from the open sea were continually offered to the inhabitants. A fair exchange, they said, since the land, too, paid the sea a regular tribute of fishers who never returned. It was even for this reason that the venerable Hugo's work "Oceano nox" was the most-recited poem in all the schools of the Quinois coast: "Oh, how many sailors, how many captains / Who departed joyfully for far-away lands / Have vanished in that bleak horizon." But not everything was sad in this long lament, since the couplet "We ask: Where are they? are they kings of some isle? / Have they left us for a more fertile shore?" made our young imaginations dream of the ocean treasures that cyclones and hurricanes, sometimes simple gusts of wind and even bits of bad weather had the knack of depositing on the village shores, having snatched them from ships cruising in this Caribbean Mediterranean, between the coast of Venezuela and ours which faced it. And so the territory of our village covered land and sea in the geography class taught by Monsieur D'haïti. Quina came close to being the most immense commune in the country with this offshore annex.

D'haïti. Quina, avec cette adjonction marine, devenait deux fois par semaine, le temps d'une leçon, la plus immense commune du pays !

C'est à la mairie que revenait toujours la charge de recueillir les offrandes de la mer et d'en disposer pour le plus grand bien de tous. Le maire, assisté du juge de paix, vendait dès le lendemain matin à la criée tout ce qui était venu s'échouer la veille. Ainsi un très beau bateau de sauvetage jaune et or, de vingt pieds, qui s'était sans doute détaché de son bastingage, poursuivit pour quelques dizaines de dollars une carrière locale d'homardier sous le nom de *Shell.* Un autre, à fond plat de carrés de verre, qui avait dû glisser d'un toit de yacht de luxe, devint un observatoire baptisé *Navita,* vite indispensable à la pêche sportive sous-marine dans les coraux frangeants de Grosse-Caye. Mais l'essentiel était autre : chaque prise rompait la monotonie villageoise en devenant prétexte à de longues et de savantes considérations les jours suivants. On n'en finissait pas de commenter, des objets recueillis, les moindres particularités, dans des joutes d'érudition qui faisaient le délice des tonnelles et galeries.

Et puis cette fois où ce fut un tonneau haut de gamme, reconnaissable à la qualité de l'assemblage des douves de bois aromatiques, cerclées de fer blanc inoxydable, sous leurs couches d'étain. Sur l'un des deux fonds, il y avait un nom d'écrit à la peinture hydrofuge bleue, SS HOMERIC, que les lettrés de la ville firent vite d'identifier à Homère, avant de laisser libre cours à leur imagination, exacerbée sans doute par les mystères et légendes de l'immensité voisine, quelques ti-punchs de trop avant repas et le plein soleil du *bord-de-mer* qui tapait dru sur leurs têtes nues. Ce tonneau devait probablement provenir d'un yacht de riche armateur grec, Onassis peut-être, et cette offrande hellénique d'un demi-dieu devait être particulièrement relevée. Tout le monde voulait sa part de la chose encore inconnue, mais pour sûr de qualité.

Les plus vieux artisans du village, retraités du fer et du bois, déclarèrent n'avoir encore jamais vu de tonneau aussi luxueux, même si autrefois tout arrivait et partait du port en tonneaux, des salaisons venus d'Europe, au tafia envoyé aux îles voisines. De plus, fait étrange, car on avait chaque année quelques tonneaux de vins à venir s'échouer dans la baie, celui-ci pesait diablement lourd

The town officers had the responsibility for gathering up gifts from the sea and disposing of them for the common good. The mayor, assisted by the justice of the peace, auctioned off anything that had come ashore the day before. And so a very nice yellow and gold rescue boat twenty feet long, which had no doubt detached itself from a ship's railing, for a few dozen dollars took up the local career of a lobsterman christened *Shell.* Another, with a flat bottom made of squares of glass, which must have slid off the roof of a luxury yacht, became a look-out boat baptized *Navita,* becoming indispensable for underwater sport fishing in the ruffled coral reefs of Grosse Caye. But the heart of the matter lay elsewhere: each prize broke the monotony of the village as it became an excuse for long and learned reflections during the days that followed. Endless comments were made about the slightest peculiarities of the objects received, in jousts of erudition that delighted the *tonnelles* and galleries.

And this time it was an upscale barrel, recognizable by the quality of its combination of staves made of aromatic woods, girded by hoops of galvanized iron covered with tin. On one of the two ends, there was a name written in blue waterproof paint—SS HOMERIC—which educated citizens of the town quickly identified with Homer before giving free rein to their imagination, probably exacerbated by the mysteries and legends of the vastness nearby, a few too many glasses of preprandial punch, and the full seaside sunshine which beat down on their bare heads. This barrel must have come from a yacht belonging to a rich Greek shipbuilder, perhaps even Onassis, and this gift from a Hellenic demigod was certain to be a particularly refined one. Everyone wanted a share of the object—still unknown, but certainly high quality.

The oldest craftsmen of the village, retired from the iron and wood business, declared they had never before seen such a luxurious barrel, even though in the old days everything arrived and left the port in barrels, from European salt meat to *tafia* shipped to neighboring islands. What's more, and strangely, since each year a few wine barrels ended up beached in the bay, this one was fiendishly heavy and made a viscous lapping noise that sounded more like olive oil than wine. After the

en résonnant d'un clapotis visqueux qui faisait plus penser à de l'huile d'olive qu'à du vin. Après l'inévitable tirade du *Timeo Danaos et dona ferentes*... sentencieusement déclamée par le professeur de latin, Maître Ti-Laurent, évocation qui se prêtait quand même bien aux circonstances, l'hypothèse la plus alléchante à laquelle se rallièrent les connaisseurs fut qu'il devait s'agir d'un tonneau de fromage grec feta, que le recours immédiat au dictionnaire permit de décrire comme fabriqué à partir de lait de chèvre et de brebis en pâte molle baignant dans une saumure protectrice. De tout le village, cependant, seul Dieudonné, qui avait fait une traversée sur un cargo grec entre Miami et New York, en avait mangé à tous les repas à bord, trois jours durant. Il annonçait que cela allait être un régal puisqu'on ne pouvait douter qu'un fromage, dans un tel tonneau, ne fût de la meilleure qualité qui soit. Il recommanda fortement un accompagnement de tomates en tranches arrosées d'huile locale de coprah, à défaut de l'olive étrangère à Quina. La recette de Dieudonné faisait déjà le tour du village et plus d'un regrettait que le boulanger ait déjà fermé boutique à l'épuisement de son stock du jour, car la trempette de pain dans la sauce aux trois arômes laitage-coco-tomate ne devait pas être dégueulasse.

Il y eut conciliabule des autorités pour ouvrir le tonneau avant sa mise aux enchères par portion familiale. Le fond enlevé avec un pied de biche, l'on découvrit un alcool inconnu à l'odeur dure et de couleur sombre dans lequel reposait une forme massive et entière. On fit sauter les cercles. L'homme était entravé, nu, dans une posture fort connue depuis le temps des esclaves saint-dominguois, le *djak*: mains attachées passées par-dessus les jambes recroquevillées, un bâton glissé au travers des coudes et des genoux repliés; aucun mouvement possible une fois ainsi mis en boule. La soumission totale. Il avait dû être glissé vivant dans le tonneau car il ne portait aucune marque externe de violence. Il s'était probablement noyé très vite dans le formol qui l'empêchait d'empester et l'on s'était débarrassé de lui en haute mer, au large de chez nous. Si l'expéditif procès-verbal du juge de paix retint l'essentiel, la palabre de Quina, elle, allait s'étirer, plus longue que queue de comète!

inevitable speech about Greeks bearing gifts, sententiously declaimed by the Latin teacher Mister Ti-Laurent, a quotation that lent itself fairly well to the circumstances, the most tempting hypothesis supported by those who were in the know was that it must be a barrel of Greek feta cheese. A quick search in the dictionary informed us that it was made from goat's and sheep's milk, forming a soft-textured cheese preserved by soaking it in brine. In the entire village, however, only Dieudonné—who had made a trip on a Greek cargo ship between Miami and New York—had eaten it at every meal on board for three days. He declared that it would taste delicious since there was no doubt that a cheese contained in such a barrel would be of the best quality possible. He strongly recommended that it be accompanied by sliced tomatoes sprinkled with copra oil, since olive oil was unknown in Quina. Dieudonné's recipe was already making the rounds of the village, and more than one was sorry that the baker had already closed his shop when his daily stock had run out, since dipping bread in a three-flavored sauce of milk product-coconut-tomato would have been extremely tasty.

There was a consultation among the village authorities, who decided to open the barrel before it was auctioned off in family-sized portions. When the top was pried off with a crowbar, an unknown alcohol was revealed, with a strong odor and dark color, in which lay a massive shape. The hoops were cut. The man was tied up, naked, in a posture well known from the time of the slaves of Saint-Domingue, the *djak*: hands tied and passed over the bent legs, a stick slid through the elbows and bent knees; no movement possible once one was in this balled-up position. Total submission. He must have been alive when he was put in the barrel, since he bore no external mark of violence. He had probably drowned quickly in the formalin which had prevented him from stinking, and they had gotten rid of him on the high seas, off our shores. If the report of the justice of the peace was limited to the bare essentials, the gossip of Quina, on the other hand, was to draw the story out until it became longer than a comet's tail.

All the following days were like Sunday evenings beneath the *tonelle* in the Plaza. Even the old professor retired from teaching literature in the capital, Dieusifort,

Tous les jours suivants furent comme des dimanches soirs sous la tonnelle de la Place. Même le vieux professeur, retraité des belles-lettres à la capitale, Dieusifort, nègre gréco-latin comme il disait de lui-même, retiré du monde au bord de la rivière voisine de Morisseau où il avait vu le jour, fit un retour remarqué en ville pour parler du Poséidon grec qui allait devenir le Neptune romain, dieu de la *Mare nostrum,* dont les îles et les côtes cultivaient une vengeance rituelle, peinte d'ailleurs par Prosper Mérimée, son dada depuis sa thèse en Sorbonne dans l'entre-deux-guerres. Ce n'était pas inintéressant comme digressions, mais le débat était autre, car ce cadeau d'une momie, victime sans doute d'une vendetta méditerranéenne quelconque, dont tout le monde se foutait, faisait plutôt la déception de la petite communauté, obligée de reporter sa dégustation de feta à une très improbable faveur future d'un autre dieu grec de la mer de passage dans nos eaux.

Je goûtai finalement au feta, pour la première fois de ma vie quinze ans plus tard, dans un restaurant de la rue Saint-Laurent à Montréal, d'un air tellement lointain... qu'elle me fit la remarque, toute prête à s'offusquer de me voir si absorbé à déguster un banal feta grec. Je promis de lui raconter un jour.

a Greco-Latin Negro as he called himself, retired from the world and living beside the neighboring Morisseau river where he had begun his life, made a notable return to town in order to talk of Greek Poseidon who would become Roman Neptune, god of the *Mare nostrum,* whose isles and shores cultivated a ritual violence depicted by Prosper Mérimée (his hobby-horse since the time when he wrote his thesis at the Sorbonne between the two Great Wars). His digressions were not uninteresting, but the debate was on another subject, for this gift of a mummy who was doubtless the victim of some Mediterranean vendetta meant nothing to anybody. The question was instead the disappointment felt by the small community, obliged to put off its tasting of feta until an improbable future favor bestowed by another Greek sea god passing through our waters.

I finally tasted feta for the first time in my life fifteen years later, in a restaurant on rue Saint-Laurent in Montreal, with such an air of concentration… that she pointed it out, ready to take offense at seeing me so carried away by tasting an ordinary Greek feta. I promised to tell her about it someday.

Trois lettres que vous ne lirez jamais

De mémoire de Quinois il n'y eut que deux seules exécutions judiciaires dans toute l'histoire des assises de la ville. Et comme elles eurent lieu toutes les deux au même mois d'août 1956, elles sont devenues aussi inoubliables qu'un cyclone. Je ne parle évidemment pas ici des exécutions extrajudiciaires courantes depuis la nuit des temps dans les geôles abjectes des polices de provinces, non ! Je parle de la condamnation à mort sur papier, en bonne et due forme, prononcée par un juge sur recommandation d'un jury. Elles n'étaient pas rares ces sentences extrêmes à Quina, mais de recours en pourvois, de grâces en commutations de peine, tout le monde savait, comme dans un jeu de la basoche locale, que personne n'aurait jamais à affronter un peloton légal d'exécution. Pour en arriver là, il avait bien fallu non seulement que la déveine s'en mêlât, mais plus encore que cela tombât sur Petit Innocent qui, cabotin comme lui seul, devait tellement y mettre du sien que l'impossible advint.

Il s'appelait vraiment Petit Innocent le premier exécuté de ce mois d'août. Fils de Madame Innocent de Porte-Saint-Louis, à ne pas confondre avec Madame

Three Letters You Will Never Read

In the collective memory of Quina there had only been two judicial executions in all the history of the town court. And since both of them took place during the same month of August in 1956, they became as unforgettable as a cyclone. I am not, of course, referring to the frequent extra-judicial executions, dating back to the mists of time, in the abject jails of the provincial police. No! I mean a sentence of death on paper, in due form, pronounced by a judge on the recommendation of a jury. Such extreme sentences were not rare in Quina, but from appeals to commutations of sentences, everyone knew that these games among the local members of the bar guaranteed that no one would ever have to face a legal firing squad. To get to that point, not only did bad luck have to have been involved, what's more this had to happen to Little Innocent who in his grandstanding threw himself into the thing so energetically that the impossible occurred.

He was really named Little Innocent, this the first man to be executed that August. The son of Madame Innocent of Porte-Saint-Louis, not to be confused with Madame Innocent of Porte-Gaille, the mother of Yvette

Innocent de Porte-Gaille, la maman d'Yvette et de Fernande. Petit Innocent était quand même assez mal nommé vu qu'il n'était ni petit ni innocent, mais personne ne pouvait rien pour ce cadet dont l'aîné avait été nommé Grand Innocent avant lui. Il était comme marqué par le destin à toujours se trouver, depuis sa naissance, au mauvais moment et au mauvais endroit. Quina était la seule province à inventer de ces prénoms à vous faire des associations hilarantes en pleine tragédie. Imaginez donc, un Petit Innocent inextricablement compromis dans une affaire d'adultères croisés suivis de meurtre, d'exécutions à répétition, de vengeances sordides, tout cela sur fond politique d'une année préparatoire à une campagne présidentielle. L'été 1956 ne le cédera à aucun autre été à Quina !

L'affaire, pas banale ni courante, relevait cependant des choses possibles dans n'importe quelle province. Un nouveau et tout jeune sous-officier, frais sorti de l'académie militaire, prenait charge quelque part et se découvrait ravi, l'uniforme aidant, comme un petit coq de village que des dames, aux passions maritales refroidies, poursuivaient de leurs clins d'yeux prometteurs. Quelques-uns succombaient à cette mélancolie provinciale sur fond d'ennui, surtout ceux originaires de la capitale. Le dernier arrivé à Quina avait tout pour se laisser prendre aux chants de ces sirènes : il venait de Port-au-Prince, portait altier son kaki et penché sur l'oreille son képi, alors qu'un sourire satisfait en permanence disait en quelle haute estime il se tenait lui-même. De la graine de colonel certainement, général même qui sait. Mais pour certaines dames de Quina, ce n'était qu'un étalon de plus, à ses risques et périls. La rumeur sous les galeries ne donnait pas cher pour ce dernier arrivé que l'on voyait passer matin et soir sur la grande place, la démarche *brodè* comme pas possible. Les compétitrices n'allaient en faire qu'une bouchée. Et ce fut la très belle madame Petit Innocent qui gagna, au finish, cette course d'obstacles aux finalistes de choix.

Faut dire, comme un baume sur la déception des unes et des autres perdantes, que Madame Innocent était une femme de Fond-des-Blancs, yeux bleus, crinière de cheval de jais, traits aquilins noirs, dont les ingrédients de la beauté remontaient aux brigades polonaises de l'indépendance qui avaient déserté l'armée

and Fernande. Little Innocent was fairly badly named, given that he was neither little nor innocent, but no one could do anything for this younger brother whose elder brother had been named Big Innocent before him. It was if he had been branded by fate from birth always to end up in the wrong place at the wrong time. Quina was the only province that invented names that brought about hilarious associations in the midst of tragedy. And so let us imagine a Little Innocent inextricably compromised in an affair of double adultery followed by murder, rapid-fire executions, sordid revenge, all against the political background of a year when a presidential campaign was being prepared. The summer of 1956 will not be outdone by any other summer in Quina!

The affair, which was neither commonplace nor ordinary, grew nevertheless out of events which were conceivable in any province. A new and quite young junior officer fresh from the military academy would be stationed somewhere and would find himself delighted, with the help of his uniform, to be a little village Casanova, pursued by promising winks from ladies whose marital passions had grown cold. Some of these officers would succumb to a provincial melancholy against a background of boredom, especially the ones who came from the capital. The most recent to arrive in Quina had everything required to let himself be tempted by the calls of its Sirens: he came from Port-au-Prince, wore his khakis with a haughty air and his *képi* at a jaunty angle, while an attractive, perpetual smile indicated how highly he thought of himself. A future colonel, undoubtedly, or even a general, who knew? But for Quina he was just another stud, with all the risks implied by the term. The observers from the galleries did not give this latest arrival much of a chance as he passed by them morning and evening on the plaza, strutting to beat the band. The competing women would swallow him whole. And it was the very beautiful Madame Little Innocent who won this obstacle course among the chosen finalists.

It must be said, as a balm to the disappointment of the losers, that Madame Innocent was a woman from Fond-des-Blancs, blue-eyed, with a lovely mane of hair and black aquiline features. The ingredients of this

française de Leclerc pour joindre les rangs de l'armée indigène dans le Sud. Le mélange qui devait en sortir a fixé un métissage de type éthiopien, le *marabout,* que la langue locale a sacralisé dans le diminutif de *boubout,* générique de compagne comme on dit ailleurs ma blonde, ma girl friend, mon amoureuse. Ma boubout. La dame était une *boubout* stricto sensu, à valoir le coup d'œil. Le petit sous-officier n'avait aucune chance.

Il reçut la décharge du douze de face, à bout touchant, en tentant de sauter une clôture à deux heures du matin le mardi 3 août, son pantalon encore à mi-mât. Surpris, il tentait de fuir. Mais c'était de la chevrotine pour quadrupèdes de gros calibres égarés dans les champs d'autrui. C'est qu'à Quina, une certaine coutume voulait que tout animal hors de l'enclos de son maître, en vadrouille, à se repaître de biens défendus, était réputé gibier de chasse, susceptible de ce fait d'être abattu en toute légitimité. L'avocat de la défense commis d'office n'allait pas manquer de faire ce rapprochement. Le jeune officier avait été retrouvé vidé de son sang et plié en deux sur les barbelés qu'il enjambait, *son forfait perpétré* insistera la défense, sans qu'aucune forme de secours ne puisse lui être d'une quelconque utilité avec son poitrail grand ouvert sous l'impact de la chevrotine qui ne pardonne jamais.

Petit Innocent n'était pas chez lui ce soir-là, évidemment, et il ne fut arrêté que vers les quatre heures trente du matin, l'aube proche, alors qu'il regagnait le plus simplement du monde le domicile conjugal comme si de rien n'était. L'attroupement devant chez lui et la promptitude des gens d'armes à s'assurer de sa personne semblaient réellement le surprendre. À la lecture de ses droits et l'exposé de l'objet de l'arrestation (en ces temps, cela se faisait encore, vraiment; j'étais dans la troupe des badauds), il clama indigné son innocence de bourgeois de la ville, mais il refusa tout net de dire où il se trouvait au moment de l'assassinat — *de l'exécution* nuancera l'avocat qui plaidera la légitime défense. Au grand jamais, laissa-t-il tomber, il ne saurait comme gentleman dire quoi que ce soit qui puisse compromettre une dame chez laquelle il avait passé la nuit. Petit Innocent n'avait donc pas d'alibi, en plus de cumuler tous les mobiles. La cause avait toutes les apparences d'une vengeance: le mari fait le guet, pousse l'amant à

beauty could be traced back to the Polish brigades of the War of Independence, who had deserted Leclerc's French army to join the ranks of the indigenous army in the south. The racial mixture that was to result from this became a sort of Ethiopian type, the *marabout* that the local language had transformed into the diminutive *boubout,* a title for a woman who might elsewhere be called a lady friend, a girlfriend, a lover. My *boubout.* This lady was a *boubout* worth looking at twice. The little junior officer hadn't a chance.

He took the shotgun blast from the front, point blank, while trying to jump over a fence at two o'clock in the morning on Tuesday, August 3, his trousers still at half-mast. Caught in the act, he had tried to flee. But it was buckshot meant for large quadrupeds which had wandered into other people's fields. In Quina, a sort of common law said that any animal that had wandered out of its master's enclosure to feed on forbidden fruits was considered wild game, and because of this was subject to being legitimately shot. The court-appointed defense attorney would later point out this analogy. The young officer had been found bloodless and bent in two over the barbed wire he was straddling, his crime perpetuated, as the defense will insist, and no form of help would be of any use to him with his chest wide open from the impact of the unforgiving buckshot.

Naturally, Little Innocent was not home that evening, and he was not arrested until around four o'clock in the morning, with dawn approaching, when he was quite simply returning to the conjugal home as if nothing was wrong. The crowd in front of his house and the swiftness of the police who took him into custody really seemed to surprise him. When his rights were read and he was shown the reason for his arrest (that was still done then, really; I was in the crowd of onlookers), he indignantly proclaimed his innocence as a town *bourgeois,* but refused categorically to say where he was at the time of the murder—*of the execution,* according to the defense lawyer, who will later plead justifiable homicide. The most he would say was that as a gentleman, it would be impossible for him to compromise a lady with whom he had spent the night. And so Little Innocent had no alibi; and what is more, he had all the motives. The case had the earmarks of revenge: the husband

se sauver et l'abat. Bon chasseur de surcroît ce Petit Innocent, il sait, comme tout le monde, qu'aucune expertise balistique ne peut identifier le fusil douze qui avait tiré la chevrotine sur l'imprudent garçon et qu'en plus chaque famille à Quina avait au moins un douze et quelques cartouches de chevrotine en réserve. L'enquête s'avérerait ardue, mais tout Quina savait aussi que cela ne ressemblait absolument pas à Petit Innocent de tuer qui que ce soit, encore moins un amant de sa femme avec laquelle il vivait depuis longtemps sous le régime du pacte de non-agression des vieux amants aux feux éteints.

L'affaire fut promptement menée sur ordre d'*en-haut* téléphoné au préfet, par le général-président lui-même en personne. Tout cela sentait les élections proches. La victime était un militaire et le chef qui lorgnait une réélection interdite par la constitution ne pouvait laisser la mort d'un jeune sous-lieutenant impunie — fût-il coupable d'adultère — à six mois du coup de force que supposait un second mandat. C'est ainsi qu'une session extraordinaire d'assises fut immédiatement proclamée du lundi 9 au vendredi 13 août par les autorités de la ville et Petit Innocent immédiatement traîné devant le juge assisté d'un jury mixte civilo-martial où siégeaient trois militaires et trois civils. C'était inusité, mais Quina en prenait toujours large avec les codes civil et militaire en usage à Port-au-Prince.

Pendant cinq jours, Petit Innocent allait profiter de cette tribune inespérée pour livrer au public une prestation dont parlent encore cinquante ans après ceux qui y étaient. Il s'assura tout d'abord de se défendre lui-même pour pleinement profiter du plus de temps de parole possible. Il prétendit n'avoir pris connaissance des faits qu'à son arrestation et que du reste son épouse, sa *femme-chance,* n'avait rien à se reprocher et rien à justifier, assurée qu'elle était d'être toujours honorée de sa plus haute estime. Cela ne l'empêchait point d'avoir une maîtresse, comme tout le monde, sa *femme-douce,* qu'en aucun cas il ne saurait compromettre même pour un alibi qui lui éviterait la mort. *C'est ainsi que les hommes vivent* conclura-t-il chacune de ses envolées à l'adresse des nombreux jeunes gens qui applaudissaient à tout rompre, Aragon et lui, et reprenaient en chantant le refrain de l'année, en imitant la voix de Léo Ferré,

keeps watch, forces the lover to flee and brings him down. What is more, Little Innocent was a good hunter and he knew (as did everyone else) that no ballistic tests could identify the twelve-gauge shotgun that had fired buckshot at the imprudent boy. He also knew that every family in Quina had at least one twelve-gauge and a few buckshot cartridges on hand. The investigation was turning out to be difficult, but everyone in Quina also knew that it was completely unlike Little Innocent to kill anyone, least of all his wife's lover. He had lived with her for a long time under a nonaggression pact formed by old lovers whose fire has died out.

The case was handled quickly, under orders from above telephoned to the prefect by the General-President in person. This hinted at the approaching elections. The victim was a military officer and the leader, who had his eye on a reelection prohibited by the constitution, could not let the death of a young first lieutenant—guilty of adultery or not—go unpunished six months before the coup which he believed would bring about a second term. And so an extraordinary court session was decreed from Monday, August 9, to Friday, August 13, by the town authorities; and Little Innocent was immediately dragged before the judge who was assisted by a mixed civil and military jury composed of three soldiers and three civilians. It was unusual, but Quina had always made broad interpretations of the civil and military codes in effect in Port-au-Prince.

For five days, Little Innocent would take advantage of this unhoped-for platform to deliver a performance which those who were there fifty years ago still talk about. First, he made sure he would represent himself, in order to take the fullest advantage possible of his opportunities to speak. He claimed to have no knowledge of the facts before the time of his arrest, and that besides, his wife, his *femme-chance* (woman-through-luck), had no reason for self-reproach and nothing to justify, since she was assured of the honor of his highest esteem. That did not prevent him from having a mistress, like everyone else, his *femme-douce* (sweet-woman), whom he would not compromise for any reason, even to gain an alibi which would save him from death. He concluded each of his flights of oratory with *C'est ainsi que les hommes vivent*—That's the way men

malgré les menaces d'expulsion de la salle et les coups de marteaux du juge. *C'est ainsi que les hommes vivent... au loin leurs péchés les suivent.* Tout cela sentait fort la fin de régime.

Puis vint vers le milieu de la semaine l'affaire des lettres en réponse à une question du juge : s'il ne pouvait fournir un alibi direct en la personne auprès de laquelle il se trouvait à deux heures du matin le mardi 3 août, existait-il en preuve de cette liaison un alibi indirect qui était seul à pouvoir l'innocenter ? Oui, il y avait trois lettres, trois merveilleuses lettres écrites voilà déjà dix ans par son amante d'une plume tellement sensuelle qu'il les avait relues chaque jour que le Bondieu avait fait depuis lors. Depuis dix ans ! Devant son refus de les déposer comme pièces à conviction, même pour échapper à un peloton d'exécution, il ne restait plus au juge qu'a lui demander un aperçu de leur contenu pour juger de leur existence. Ce fut le point tournant du procès. Le témoignage de Petit Innocent allait atteindre un niveau d'érotisme rare dans un prétoire. Il connaissait par cœur les trois lettres aux complaintes amoureuses qu'il rendit en jouant comme dans un doublage d'une scène d'amour de films pornos. Il y avait en alternance des soupirs coquins dans la salle, ce qui agaçait souverainement le juge dont les yeux allaient d'un banc à l'autre à la recherche des loustics. Mais, quand Petit Innocent en vint à la formule d'adieu des lettres *Je t'embrasse partout où tu aimes*, en osant évoquer ce grand art de la dame, c'en fut trop. Le juge fit sortir d'autorité les moins de douze ans, pour que se poursuive l'audition de ce témoignage à classer triple X, ordonna-t-il au greffier qui n'en perdait pas une.

Le lendemain matin, le jeudi, le juge imposa un avocat d'office et le bâillon au prévenu pour qu'il fasse silence afin que le procès ne s'éternisât point. Sous l'insistance des *hauts lieux*, il fallait bien qu'un jugement soit prononcé le vendredi 13 au plus tard ; ce qui était pour tout le monde un mauvais présage. Petit Innocent fut donc déclaré coupable ce jour-là d'homicide volontaire au premier degré et condamné à mort non sans un dernier esclandre, cette fois contre son avocat qui, voulant lui sauver la mise, invoquait l'indulgence due au crime d'honneur d'un cocu. À ce mot, Petit Innocent lui avait sauté dessus tout en l'invectivant pour insulte

live—addressing himself to the numerous youths present who would applaud and take up the refrain, singing it with him and imitating the voice of the great singer Léo Ferré, in spite of the judge's threats of removal from the courtroom and the hammering of his gavel. *That's the way men live... and their sins follow them from afar.* All that smacked of the end of a regime.

Toward the middle of the week, the matter of the letters arose in response to a question from the judge: if he could not provide a direct alibi through the testimony of the person he was with at two o'clock in the morning on Tuesday, August 3, was there some indirect alibi that would prove the existence of this liaison which was the only thing that could demonstrate his innocence? Yes, there were three letters, three marvelous letters written some ten years ago by his lover in such a sensuous style that he had reread them every day that God had granted him since receiving them. For ten years! In the face of his refusal to submit them as evidence, even if it might mean escaping a firing squad, the judge was reduced to asking him to outline their contents in order that their existence could be decided upon. That was the turning point of the trial. The testimony of Little Innocent was to reach a level of eroticism rarely heard in a courtroom. He knew by heart the three letters and their amorous laments, which he recited while acting them out, like the dubbing of a love scene in a porno film. At times, naughty sighs arose from the spectators' section, which irritated the judge intensely, his eyes going from one row to another searching for the culprits. But when Little Innocent came to the salutation at the end of each letter, *I kiss you everywhere you like to be kissed*, daring to bring up that great feminine art, things had gone too far. The judge ordered that everyone under the age of twelve leave the courtroom so that the testimony could continue, rated "triple X," he ordered the court reporter, who did not miss a word.

The next morning, Thursday, the judge imposed a court-appointed attorney and a gag on the defendant so that he would remain silent and the trial would not be drawn out interminably. On the insistence of the powers-that-be, it was necessary to bring in a verdict by Friday the thirteenth at the latest; which was a bad omen for everyone. That day, Little Innocent was found

à sa *femme-mariée*. Restait au juge la tâche de déterminer les conditions d'exécution de la peine dans un prononcé qu'il fixa pour le lundi suivant, 16 août.

Il y eut foule dès avant l'ouverture du tribunal, car, si l'on s'attendait à des dilatoires pour rendre finalement caduque l'application de la peine, il restait quand même que l'on avait affaire à l'Armée pour un cas de meurtre d'un officier. C'est qu'il est bien connu dans ce pays que les lois sont de papier mais les baïonnettes de fer. Le juge s'était visiblement forcé pendant la fin de semaine, car il statua d'un ton sévère et sans réplique que Petit Innocent avait assez abusé du tribunal pour être maintenant tenu de payer à l'État, avant son exécution, le coût des balles des fusils Springfield du peloton, en plus d'acquitter par travaux forcés le loyer de son emprisonnement et les frais de justice encourus, le tout au taux d'intérêt usuraire courant de 1,5 % par mois que pratiquaient les banques avec un naturel confondant. Comme Petit Innocent était un impécunieux qui tirait le diable par la queue chaque fin de mois, il était insolvable et n'avait aucune possibilité de mobiliser la rondelette somme de six mille trois cent douze gourdes trente-cinq centimes qu'il devait payer à la fin du mois d'août, avant que ne se rajoute le service de sa dette qui alourdirait encore plus chaque mois les redevances préalables à l'application de la sanction. Ces trouvailles du juge furent longuement commentées avec admiration, car il avait dû fouiller pour sortir d'une pratique chinoise l'obligation pour le condamné de payer les balles à utiliser pour le tuer et d'une pratique australienne contre l'émigration sauvage d'exiger des clandestins, refusant de repartir de leur plein gré, le remboursement des frais de prison et de jugement par une vie de travaux forcés. Il avait dû veiller tard le juge pour ces curiosités pénales, et le tout Quina lui témoignait discrètement, d'un sourire plus avenant ou d'un coup de chapeau plus appuyé, l'estime dans laquelle on le tenait pour son habileté. Petit Innocent ne serait donc pas fusillé.

Mais deux jours après, à l'aube blafarde du mercredi 18 août, car ces aubes-là sont toujours blafardes, la deuxième détonation du mois retentit. Le bruit couru que Petit Innocent avait été exécuté par le capitaine d'expérience à qui l'on avait momentanément confié le poste dans la crise. Il avait fait diligence dès réception

guilty of first-degree murder and condemned to death, not without a final scene created by the defendant, railing this time against his lawyer who, wishing to save him, requested the court's leniency since this was a crime of honor committed by a cuckold. Hearing that word, Little Innocent had thrown himself on the lawyer, pouring out abuse on him for insulting his wife. Nothing remained but the task of setting the conditions of the execution in a ruling that would be given on the following Monday, August 16.

A crowd formed even before the trial reconvened, for if they expected the normal delays that would finally make the sentence null and void, there was also the fact that they were dealing with the Army in a case of the murder of an officer. You see, it is well known in this country that laws are made of paper but bayonets are made of iron. The judge had obviously worked hard during the weekend, for he gave his ruling in a severe tone that brooked no protest. He ruled that Little Innocent had abused the court to such an extent that before he could be executed he was required to reimburse the State for the cost of the bullets in the Springfield rifles to be used by the firing squad; and what was more, he must pay off, through forced labor, the rental of his prison cell and the court costs incurred. All this was at the usual exorbitant interest rate of 1.5% per month commonly used by banks with embarrassing aplomb. Since Little Innocent was a pauper who ended up living from hand to mouth by the end of each month, he was insolvent and had no means of raising the round sum of six thousand three hundred twelve gourdes and thirty-five centimes, which he was to pay by the end of August before the interest began to accrue, making the debt he was required to pay before he could be executed heavier each month. This ingenious idea on the part of the judge was commented on at length and with admiration—he must have dug deeply to come up with the Chinese tradition of making the condemned man pay for the bullets used to kill him and with the Australian practice, used against illegal immigration, which required that stowaways refusing to leave of their own accord must reimburse the costs of their imprisonment through a life of forced labor. The judge must have kept late hours to come up with these penal curiosities,

d'une enveloppe anonyme contenant exactement la somme à payer par le condamné avant application de la sentence. Son geste posé, l'officier s'en fut remettre au juge les six mille trois cent douze gourdes trente-cinq centimes dans l'enveloppe originale qu'il avait reçue. La ville était sous le choc. Tous les ingrédients d'une émeute étaient en place et les autorités firent rapport immédiat à Port-au-Prince que quelque chose grondait qu'il fallait vite désamorcer. Qui avait bien pu payer cette rançon qui ne devait pas l'être? L'Armée suspectée *a priori* jura que ce n'était pas elle et qui-vous-savez fit même vers les onze heures du matin son second téléphone du mois au préfet pour disculper l'institution militaire et promettre enquête célère afin de retracer ce donateur anonyme. Ce ne fut pas nécessaire.

À midi sonnant, une femme, tout de noir vêtue et lourdement voilée de crêpe noire tombant d'une capeline également noire, traversa en diagonale la place de l'Église, où elle venait de se confesser, vers le Tribunal où elle allait accuser et porter preuves que son mari jaloux, l'affreux dont elle était séparée depuis longtemps, avait tout manigancé pour perdre son amant à elle, de la chevrotine à la caution.

La troisième détonation du mois eut lieu à l'angélus du samedi 28 août, jour de marché, contre le mur d'enceinte du cimetière jouxtant le terrain d'aviation. Personne ne sursauta cette fois, le tout Quina, muet des stupeurs de ce mois, était présent.

and all Quina showed him discreetly, with a more pleasant smile or a more marked doffing of a hat, the esteem in which they held him for his skillfulness. Little Innocent would not face the firing squad.

But two days later, in the sickly-pale dawn of Wednesday, August 18 (for all such dawns are sickly-pale), the second detonation of the month rang out. It was rumored that Little Innocent had been executed by the captain who had been assigned temporarily to the post during the crisis. He had carried out his orders immediately upon receiving an anonymous envelope containing exactly the sum the condemned man was required to pay before he could be executed. His task done, the officer went to the judge to give him the six thousand three hundred twelve gourdes and thirty-five centimes in their original envelope. The town was in shock. All the ingredients for a riot were in place, and the authorities reported immediately to Port-au-Prince that something was brewing and the situation had to be defused. Who could have paid the ransom that wasn't meant to be paid? The Army, immediately suspect, swore that they had not done it, and you-know-who, at around eleven o'clock in the morning, telephoned the prefect for the second time to vindicate that institution and to promise an immediate investigation to find the anonymous donor. This was not necessary.

At noon precisely, a woman dressed all in black and heavily veiled in black crepe falling from an equally black wide-brimmed hat, crossed the plaza in front of the church where she had just gone to confession, and went to the courthouse where she brought proof that her jealous husband, the awful man from whom she had been separated for a long time, had arranged the whole thing—from the buckshot to the fine—to bring down her lover.

The third detonation of the month took place at the Angelus on Saturday, August 28, market day, against the wall of the cemetery adjoining the landing strip. No one jumped this time—all Quina, speechless with astonishment at the month's events, was present.

La première fois la poudre

Et puis la première fois la poudre qui fera perdre à la mer son innocence d'antan de pourvoyeuse de cadeaux, sinon anodins du moins prévisibles. Le paquet échoué sur la plage de Quina avait une forme carrée d'environ quinze pouces d'arête et l'enveloppe de papier goudronnée avait été ficelée aussi minutieusement qu'une toupie. Personne n'avait encore jamais vu flotter un tel emballage jusqu'à la grève. À l'ouvrir, en présence des magistrats, il contenait seize sacs d'une poudre blanche, inconnue, disposée en quatre rangées de quatre sacs d'un kilo chacun, pour un total de 16 kilos, comme le dira le juge de paix à l'adresse du greffier. Il fut fait appel au plus proche spécialiste de poudre blanche du village, le boulanger. Puisque ce n'était pas de la farine, pas plus que du sucre, et encore moins de l'amidon ou de la chaux, il obtint de s'en aller avec un sachet faire des tests à sa boulangerie entre deux fournées. Rendez-vous fut pris pour le lendemain après-midi. L'on saura plus tard que c'est l'apprenti boulanger, le marmiton, qui crut avoir affaire à du levain.

L'épidémie de fou rire qui allait s'emparer de Quina débuta dans la matinée à l'école des religieuses. Comme

White Powder for the First Time

And then there was the first arrival of the powder that would make the sea lose its former innocence as a provider of gifts that if not always harmless were at least predictable. The package washed up on Quina's beach had a square shape measuring about fifteen inches, and the tar-paper wrapping had been as carefully bound with string as a top. No one had ever before seen such a package float to shore. When it was opened in the presence of the magistrates, it contained sixteen bags of an unknown white powder arranged in four rows of four one-kilo bags each for a total of 16 kilos, as the justice of the peace dictated it to the town recorder. The nearest specialist in white powder in the village, the baker, was called. Since it was not flour, no more was it sugar, and even less starch or chalk, he was permitted to take a sample to his bakery to do tests in between batches of bread. He was to report the next afternoon. It was later learned that the apprentice baker, the *marmiton*, thought it must be a leavening agent.

The epidemic of hysterical laughter which was to take hold of Quina began in the morning at the school run by the nuns. As usual, at exactly 6:30 the three hun-

à l'ordinaire, les trois cents filles avaient petit-déjeuné à six heures trente précises à la cafétéria, du traditionnel café au lait avec pain au beurre d'arachide, avant d'entrer en classe. À la fin de la récréation de neuf heures trente du matin, il fut impossible d'obtenir qu'elles se remettent en rang tant elles étaient agitées d'un fou rire absolument contagieux et désinhibiteur. Il paraît qu'elles se racontaient par petits groupes leurs histoires les plus secrètes et phantasmaient à qui mieux mieux, sans retenue, entre des éclats de rire collectifs. Les religieuses et les institutrices riaient aussi, quoiqu'avec moins d'extravagances. Les deux hommes à tout faire de la cour, généralement en charge de la barrière de l'école, saisirent immédiatement l'insolite de l'affaire et s'en furent rapidement chercher l'homme de confiance des religieuses. Ce dernier, Iméus, un colosse à la mine patibulaire qui ne riait jamais, comme il seyait à un homme au service d'une congrégation de sœurs, également octon de la préfecture aux heures de bureau, alerta avec sérieux et gravité les autorités de ce qui pour lui devait être la plus pernicieuse des subversions du grand Satan, un complot de rires de femmes à vous en faire des sorcières. Oui, un sabbat de sorcières, induit par des démons, s'était subrepticement emparé de l'école des filles.

Le jeune médecin résident, convoqué d'urgence par les chefs, parla doctement du rapprochement à faire avec les effets du gaz hilarant, le protoxyde d'azote (N_2O), dont on lui avait parlé en Faculté dans son cours d'anesthésie et dont se servaient les dentistes. Une nappe de gaz peut-être ? Cependant seul le sexe féminin avait succombé à la vague de rire et le gaz hilarant s'en prenait habituellement aux deux sexes indifféremment. Il en perdait sa chimie le pauvre ! Quelques crises de possession typiquement vodou suivirent les quintes de rire, mais le hic était que de bonnes chrétiennes, insoupçonnables de pratiques occultes, furent chevauchées par des *lwa* lubriques. L'épouse du sacristain offrit même un spectacle assez gratiné de roulement de hanches, (des *gouyades*, quoi !), dans la cour du presbytère ; on ne la soupçonnait pas d'un tel talent de professionnelle. Telle autre dévote, fraîchement convertie au pentecôtisme d'implantation récente dans la région, déborda la pratique des gesticulations et vociférations du nouveau

dred girls had breakfasted in the cafeteria on their traditional café au lait with bread and peanut butter, before going to class. By the end of the 9:30 a.m. recess, it was impossible to make them form a line because they were so overcome by a contagious laughter that removed all inhibitions. It seems that they were forming small groups telling each other their most secret stories, and fantasizing loudly without restraint between collective bursts of laughter. The nuns and teachers were laughing too, although less extravagantly. The two court employees generally in charge of the school entrance immediately grasped how unusual this was and went off quickly to find the nun's confidential advisor. This man, Iméus, a sinister-looking colossus who never laughed (as was proper for someone in the service of a congregation of sisters), who was also the prefecture's man-of-all-work during office hours, alerted the authorities with seriousness and gravity about what for him must have been the most pernicious of the subversions of Satan, a plot of women's laughter that could turn them into witches. Yes, a witches' Sabbath, brought about by demons, had surreptitiously taken over the girls' school.

The young resident doctor, called in urgently by the village leaders, spoke learnedly of the comparison that could be made with the effects of laughing gas, nitrous oxide (N_2O), spoken of in his anesthesia course at university and used by dentists. A pool of gas, perhaps? However, only the females had succumbed to the wave of laughter, and laughing gas usually affected both sexes equally. The poor man was losing his chemistry! A few typical vodou possessions followed the gales of laughter, but the problem was that good Christian women, impossible to suspect of occult practices, had been possessed by lewd *lwas*. The sexton's wife had even presented a fairly bizarre spectacle, rolling her hips—a real bump and grind—in the presbytery yard; no one had suspected she had such a professional talent. Another pious woman, newly converted to Pentecostalism (recently implanted in the region) went far beyond the gesticulations and shouting of the new sect with an authentic vodou possession. The laughter seemed to respect no one.

The men were all threatened in their harems by this violent subversion that thumbed its nose at paternal or

culte par une prise de possession vodou en bonne et due forme. Le rire ne semblait rien respecter.

Les hommes étaient tous menacés dans leur gynécée par cette violente subversion qui faisait fi des menaces paternelles ou maritales autrefois suffisantes à ramener l'ordre au foyer. Ils étaient soucieux et affairés à se consulter en quête d'une parade pour mater ce rire scandaleux et intempestif. « Y en aurait-il un à avoir réussi quelque chose qui marche » ? Hélas non. La gent féminine, confinée à la maison, avait même pris les rues en se tordant de rire et l'effet d'entraînement saisissait toutes les couches sociales sans discrimination et sans vergogne. Dans un monde où seul le sourire était la norme valorisée chez les jeunes filles et les dames, — et ou l'honneur des hommes a pour résidence secondaire le corps des femmes de leur maison —, ce rire gras qui les pliait en deux en public était émasculant, plus encore que vulgaire. Quina vivait des heures sombres et enchantées, une moitié riait, l'autre moitié ne riait pas du tout, consternés qu'ils étaient tous, des vieillards aux imberbes.

L'épisode alla s'atténuant au point de disparaître en trois jours, mais il laissa des traces durables qui entraînèrent beaucoup de réajustements entre les genres, en plus d'un chambardement religieux chez les dames de toutes les confessions, que le rire fou avait confronté à la commune possession vodou. Vingt ans après, une splendide thèse de doctorat en psychologie comportementale sur « L'épidémie de rire de Quina », par l'une de ces petites écolières de chez les Sœurs, devenue grande, savante, et heureusement pleine d'humour, fit de moi un membre de jury invité en Suisse. L'on y apprendra beaucoup de choses sur les autres épidémies de rire de ce type, comme celle célèbre qui dura une année à paralyser un pays entier en s'en prenant uniquement au sexe féminin du Tanganyika en 1962. Et sur les Pygmées d'Afrique centrale qui seraient les rieurs les plus exubérants de la planète, à vous pratiquer en commun la chose jusqu'à tomber à genoux avant de s'écrouler par terre. Et une foule d'autres savanteries sur le rire et les femmes, sans oublier les inévitables regrets que l'on retrouve partout, dès qu'on touche au rire : la perte du livre sur le rire d'Aristote, et dont le plus célèbre contemporain de cette secte d'orphelins du rire aristotélicien, Umberto Eco, en a fait son intrigue dans *Le nom de la rose.*

marital threats which had once sufficed to bring order back into their homes. They were concerned and went about consulting each other in search of a countermeasure to put down this scandalous and misplaced laughter. "Has anyone been able to find something that works?" Alas, no. The females confined to their homes had even taken to the streets, twisting with laughter, and a snowball effect took hold of all social levels without discrimination and shamelessly. In a world where a smile alone was the accepted norm for girls and ladies—and where the honor of men takes its secondary residence in the bodies of the women of their household—this coarse laughter which made them bend over in public was emasculating as well as vulgar. Quina went through a somber and enchanted time, one half laughing, the other half not laughing at all, dismayed, as they all were, from the old men to the young beardless ones.

The scandalous behavior weakened and then disappeared in three days, but it left lasting marks that brought about many readjustments between the sexes, and, what is more, a religious shake-up among ladies of all faiths, whom the hysterical laughter had brought face to face with vodou possession. Twenty years later, a splendid doctoral thesis in behavioral psychology on "The Epidemic of Laughter in Quina," by one of those little schoolgirls now grown up, scholarly, and fortunately full of humor, brought me to Switzerland as an invited member of the committee for her thesis defense. There we learned quite a lot concerning other epidemics of this type, like the famous one that lasted a year and paralyzed an entire country, affecting only the female sex of Tanganyika in 1962, etc. And the Pygmy women in central Africa who were supposed to be the most exuberant laughers on the planet, practicing the activity as a group until they fell to their knees before dropping face-down on the ground. And all sorts of other scholarly information on laughter and women, without omitting the inevitable regret encountered everywhere, as soon as the topic of laughter arises: the loss of Aristotle's book on laughter from which the most famous modern member of the sect of orphans of Aristotelian laughter, Umberto Eco, constructed the plot of *The Name of the Rose.*

Le médecin, le premier, parla de drogue, le juge de paix le premier fit le rapport avec les sacs de poudre blanche et les autorités de Port-au-Prince furent les premières à saisir tout le parti à tirer de ces nouveaux colis marins. Dès la fin de l'après-midi, ce qui ne s'était jamais vu à Quina, une douzaine de grosses voitures de la capitale bourrées de dignitaires en civils et en uniformes, d'hommes d'affaires connus, d'intermédiaires et d'avocats de tous acabits, débarquèrent. Des filles qui riaient encore ils n'eurent cure, des sacs de poudre par contre ils firent grands cas jusqu'à poster une patrouille de sentinelles en permanence sur les parties de nos plages auxquelles aboutissaient tous les courants du grand large. « Aucune précaution n'est trop grande pour protéger notre jeunesse féminine », dira, sans rire cette fois, le plus haut gradé des visiteurs. On eut même l'impression que la poudre blanche transformait le modeste port de Quina en base navale stratégique quand toutes les réclamations accumulées, et toujours ignorées, comme l'installation de balises et de phares de navigation à Quina, furent immédiatement accordées par les autorités de la capitale. « Vous comprenez combien dangereux sont ces sacs de poudre qui font rire. » Dans le même mouvement, il fut offert une substantielle récompense à qui trouverait en haute mer des colis de ce genre. C'en était trop pour ces méfiants provinciaux, dont la haine secrète de la capitale était d'ailleurs partagée par toutes les autres provinces, de voir combien le rire interpellait encore plus les autorités de Port-au-Prince que le communisme lui-même, dont la propagation n'avait jamais valu un tel déploiement. La poudre qui fait rire devait donc valoir son pesant d'or, et la commission d'intermédiaire de ces messieurs de Port-au-Prince en conséquence.

Il devait donc exister de par le grand monde des gens qui pour rire devaient payer cher cette activité, chez nous répandue et gratuite de surcroît.

The doctor was the first to speak of drugs, the justice of the peace was the first to make the connection with the bags of white powder, and the authorities in Port-au-Prince were the first to take all the advantage possible of these new nautical packages. By the end of the afternoon—a phenomenon that had never before been seen in Quina—a dozen big cars from the capital, stuffed with dignitaries in civilian clothes and uniforms, well-known businessmen, intermediaries, and attorneys of all kinds, drove up. They paid no attention to the girls who were still laughing, but they made much over the bags of powder, to the point of posting an around-the-clock patrol of guards along the parts of our beach where the sea currents ended up. "No precaution is too great for the protection of our female youth," pronounced the highest-ranking visitors, this time without laughter. We even had the impression that the white powder was transforming the modest port of Quina into a strategic naval base, when all the accumulated (and always previously ignored) requests such as the installation of beacons and navigation lights in Quina were immediately granted by the authorities in the capital. "You must understand how dangerous these bags of laughing powder are." At the same time, a substantial reward was offered for all packages of this type found on the high seas. That was too much for the suspicious provincials, whose secret hatred for the capital was shared by all the other provinces. They noticed that laughter called out the Port-au-Prince authorities even more than Communism itself, whose virus, caught by young people studying in Europe, had never brought about such a deployment of forces. The laughing powder must then be worth its weight in gold, and consequently so was the mission of intermediary for those men of Port-au-Prince.

And so in the outside world there must be people who would pay dearly in order to laugh, an activity which was widespread in our village, and free, besides.

Le tribun et les trois mousquetaires

Communiqué du Bureau politique du Professeur Fignolé :

Le professeur Pierre Eustache Daniel Fignolé, démocrate par principe, démocrate conséquent, candidat du peuple à la présidence de la République, en était à sa deuxième couche de savon, sous sa douche, réfléchissant au devenir de ce pays aimé de furieuses amours et de passions viagères, quand il s'écria : « Carmen, eurêka ! La république est sauvée ! » Le professeur venait d'imaginer la solution à la crise politique actuelle : la formation d'un Gouvernement collégial provisoire.

De capter le clin d'œil à Archimède dans son bain me ravissait, plus en tout cas que la supposée solution de sauvetage de la République. En ces temps d'avant la télévision, la campagne présidentielle se faisait à longueur de journée à la radio, à coup de communiqués, interviews, éditoriaux et de discours publics retransmis en direct. Mes préférés. Je n'en manquais pas un. La politique n'est pas belle à voir, disait-on partout, mais à entendre, elle avait du panache, et surtout de la gueule. J'y avais engouffré allègrement, en partisan et presqu'en militant, les six derniers mois de ma jeune vie de douze

The Orator and the Three Musketeers

Communiqué from the Political Office of Professor Fignolé:

Professor Pierre Eustache Daniel Fignolé, a democrat by principle and a democrat of consequence, the candidate of the people for the presidency of the Republic, was lathering up a second layer of soap in his shower, reflecting upon the future of this country he loved with intense affection and a lifelong passion, when he cried out "Carmen, eureka, the Republic is saved!" The professor had just thought of the solution to the current crisis: the formation of a Provisional Collegial Government…

Picking up on the wink to Archimedes in his bath delighted me, more in fact than the supposed solution for saving the Republic. In those times before television, the presidential campaign was carried on all day long on the radio, with communiqués, interviews, editorials, and public speeches broadcast live. My favorites. I never missed one of them. Politics is not a pretty sight, everyone said, but to the ear it had a certain panache and quite a style. I had plunged blithely into it as an activist and nearly a militant for six months of my young twelve-year-old life, from January to June 1957, six

ans, de janvier à juin 1957, quand toutes les espérances étaient encore possibles. Après, le sort en sera jeté pour longtemps. J'étais fignoliste.

Trois prétendants d'importance, parmi de nombreux figurants, s'affrontaient pour le fauteuil — *à un contre tous et tous contre un!* —, et chacun d'eux courtisait assidûment l'une des trois grandes factions de l'Armée d'alors, car sans elle, point de fauteuil. Il y avait ce libéral de la croissance allié aux gradés mulâtres, Déjoie. Un nationaliste culturel appuyé par les jeunes officiers noirs, Duvalier. Un populiste plébéien porté par la troupe des sans-grade, Fignolé. Ce dernier, un tribun aux foules galvanisées, maniait nos deux langues créole et française en une succession de petites explosions aux couleurs des feux d'artifices. C'était du moins l'image que j'allais utiliser pour en parler dans la rédaction que le professeur de littérature — française je précise, car l'haïtienne n'était pas encore enseignée — nous avait collée, tant nous nous chamaillions sur la cour de récréation, chacun pour son candidat. Nous étions invités, pour cette fin de semaine, car chaque fin de semaine il fallait se taper une rédaction, à défendre ce qui dans notre candidat nous paraissait tellement exceptionnel, pour que nous soyons tous autant fanatiques. La douce ironie du frère Ernest était tout entière dans ce libellé.

Chacun fonça pour rendre sa copie le lundi, dans l'attente des deux heures du corrigé de la rédaction, le vendredi suivant. L'atmosphère ce matin-là avait la tension d'une proclamation de résultats de votes. Il y avait trois piles sur la table et, contrairement au classement habituel en niveau de performance, c'est par affinités politiques qu'elles étaient regroupées cette fois-ci. Je levai immédiatement la main pour proposer de disposer des travaux par ordre d'importance des partisans. Je savais être dans le lot du tribun, qui de loin allait être le plus petit, trois seules copies sur cinquante, que nous avions d'ailleurs trafiquées ensemble à la maison, comme dans une cellule de comploteurs. Je voulais que nous passions en dernier, pour *la dernière* comme on dit au bésigue, et mieux frapper les imaginations par nos propos. Et peut-être en recruter quelques autres.

Nous n'avions pas fait dans la dentelle, avec cette rédaction, en mettant à profit nos autres cours, de latin, d'histoire et de théâtre notamment, pour prendre en

months when all hopes and dreams were still possible. Afterward, the die would be cast for a long time to come. I was a Fignolist.

Three candidates of importance, among numerous bit players, were vying for the seat—*One against all and all against one!*—and each of them paid diligent court to one of the three great factions of the Army of that time, for without the Army there would be no seat. There was a liberal in favor of growth allied with the mulatto noncommissioned officers, Déjoe. A cultural nationalist supported by the young black officers, Duvalier. A plebian populist upheld by the rank and file, Fignolé. The latter, an orator who galvanized the masses, skillfully wielded our two languages, Creole and French, in a succession of little explosions the color of fireworks. At least, that was the image I was going to use to describe it in the essay that the literature teacher—French, I must add, for Haitian literature was not yet taught—had stuck us with because we squabbled so much in the schoolyard during recess, each one touting his candidate. We were invited, on this weekend (each weekend we were lumbered with a composition to write), to defend what we saw as exceptional in our candidate, so that we could all be as fanatical as everyone else. All the soft irony of Brother Ernest lay in that wording.

Each of us rushed to turn in his homework on Monday, in the expectation of the usual two hours of correction to be spent on our compositions the following Friday. The atmosphere of that morning had all the tension that precedes the announcement of the election results. There were three piles on the table, and contrary to the usual classification by level of performance, they were grouped this time by political affinity. I immediately raised my hand to propose that we discuss the compositions in the order of importance of each candidate's supporters. I knew I was in the orator's batch, which was going to be the smallest by far—only three essays out of fifty, that we had moreover taken great pains over together at my house, as in a cell of conspirators. And I wanted us to go last, to have the last chance, as they say in gambling, the better to strike the imagination with our words. And perhaps to recruit a few others.

We had not bothered with little niceties in this composition, and we made use of our other courses in Latin,

introduction le parti de Catilina contre Cicéron le patricien, situer Molière à la traîne de la noblesse qu'il amusait en se moquant des bourgeois, la classe montante vers 1789. Sur cette lancée à contre-courant des bien-pensants, en arriver au Professeur Pierre Eustache Daniel Fignolé, la seule option valable à découler d'évidence de notre démonstration. (Ma mère, qui avait conservé à mon insu cette rédaction enflammée de quatre pages, commise sur la feuille double réglementaire des épreuves écrites du secondaire, me l'a récemment rendue jaunie d'une fouille dans ses vieux papiers, en pinçant encore plus ses yeux rieurs d'octogénaire, comme quand elle tire une bonne *lodyans.* Elle l'avait relue !)

Je me rappelle encore distinctement de la position de presque tout le monde dans la classe et de leurs arguments. Surtout de leur absence d'arguments. Mais je m'en foutais en fait, regardant passer le temps dans l'attente finale de la lecture d'une, de deux, et pourquoi pas de nos trois rédactions, privilège accordé chaque semaine à la meilleure copie de toutes, aux deux meilleures parfois, et plus exceptionnellement aux trois meilleures copies, quand elles se détachaient nettement du peloton. Nous espérions bien fort ne pas nous faire ravir cette chance par de quelconques loustics qui se seraient fait aider chez eux par un aîné ou un parent bonne plume — tout était à craindre d'eux, tant les passions étaient exacerbées. Quand les deux premiers gros lots furent présentés sans qu'aucune rédaction n'eût été retenue pour une complète lecture, notre tiercé était en vue ! Nous jubilions au fond de la salle, car les trois fignolistes avaient changé depuis des mois de place, pour occuper le même banc du fond.

Quelle ne fut pas notre déception quand le frère Ernest, sourire en coin, tenant nos trois copies enroulées en épée dans sa main, croisant le fer avec un adversaire imaginaire, déclara être en présence d'une œuvre visiblement collective et complémentaire, par les argumentaires déployés par nos trois mousquetaires — *un pour tous et tous pour un !* —, travail d'écriture certes, de belle eau qui coule de source même, mais que dans les circonstances politiques actuelles, il n'était pas question de lire publiquement quelque travail que ce soit. Suivaient les considérations habituelles des commentaires

history and theatre, in particular. In our introduction we sided with Catilina against Cicero the patrician, we situated Molière in the pockets of the nobility whom he amused by making fun of the bourgeoisie, the rising class at the time of 1789; and from this beginning thrust which went against the assumptions of the self-righteous, we moved on to Professor Pierre Eustache Daniel Fignolé, the only valid option, as shown by the evidence of our demonstration. (My mother, who unbeknownst to me had kept this impassioned four-page essay, perpetrated on the regulation double page for written assignments in secondary school, recently gave its yellowed pages back to me after going through some old papers, her laughing eighty-year-old eyes crinkling up even more, as when she fires off a good *lodyans.* She had reread it.)

I still remember clearly the position taken by almost everyone in the class and their arguments. Especially their absence of arguments. But I really didn't give a damn, watching the time go by awaiting the final reading of one, two, and why not all three of our compositions, a privilege granted each week to the best essay of all, sometimes to the two best, and exceptionally to the three best, when they were clearly ahead of the pack. We hoped fervently that this chance would not be taken from us by some jokers who had gotten help at home from an older sibling or a parent who wrote well. We had everything to fear from them, our passions were so exacerbated. When the first two big batches were presented without one having been selected for a complete reading, our trifecta was in sight! We were gloating at the back of the room, for the three Fignolists had changed places a few months before, in order to sit on the same bench at the back.

What a disappointment was ours when Brother Ernest, a smile at the corner of his mouth, holding our three papers rolled up like a sword in his hand, crossing blades with an imaginary adversary, declared that he was in the presence of a work that was clearly collective and complementary, given the arguments deployed by our three musketeers—*One for all and all for one!*—certainly a work of good writing, of the first water that comes directly from the spring, but that in the current political circumstances, it was out of the question to

de textes, de la pesance grammaticale à la légèreté stylistique, qu'il essayait de nous inculquer, mais rien sur les arguments des vibrants discours électoraux que nous avions voulu tenir aux petits camarades.

On ne nous appela plus que les trois mousquetaires, jusqu'en fin de l'année scolaire, en juin, au moment où la campagne électorale perdait tout intérêt, pour les fines lames mouchetées de notre camp — nous consolions-nous — car le nouveau règne commençait de façon lugubre. Notre tribun à peine exilé, on massacra à la mitraillette, une nuit d'apocalypse, celle du dimanche 16 juin, des milliers et des milliers de ses partisans au quartier populaire du Bel-Air. Toute la nuit, jusqu'à l'aube, on entendit de partout dans la ville hurler le peuple, dont le dernier baroud d'honneur fut de tomber une pierre à la main, en battant n'importe quoi de métallique ; c'était cela battre les *Ténèbres*, geste hautement symbolique pour empêcher aux diables d'envahir le pays.

Duvalier avait creusé là son premier charnier. Panaches et plumes de mousquetaires ne devaient jamais plus faire le poids.

read publicly any essay whatever. He followed with the usual remarks, commenting on the texts, from the weight of grammar to the lightness of style that he tried to instill in us, but there was nothing about the arguments of the vibrant electoral speeches that we had wanted to make to our young classmates.

From then on, we were always called the three musketeers, right up to the end of the school year in June, when the election campaign lost all its attraction for the blunted fencing blades of our camp—we consoled ourselves—for the new reign was beginning in a gloomy fashion. Our orator had barely gone into exile when, on the apocalyptic night of June 16, thousands and thousands of his partisans in Bel-Air, a district of Port-au-Prince, were massacred with machine guns. All night, until dawn, sounds of the people could be heard everywhere. Their last-ditch effort consisted of falling down, a rock in hand, striking anything made of metal. This was known as *beating the shadows*, a highly symbolic gesture that prevented demons from invading the country.

Duvalier had just dug his first mass grave. Musketeers' panache and plumes would never again be able to hold out against him.

Lochard clochard

Venu de nulle part peu avant 1950, il s'en retourna moins de dix ans après. Simplement on ne le revit plus ; un jour, deux jours... toujours. À défaut d'adresse il laissa des souvenirs. Il s'appelait Lochard et très vite on y avait décelé le quasi-anagramme de clochard ; la cause s'en trouva ainsi entendue. C'était un étrange personnage qui courait tous les quartiers aisés de la ville, notamment l'un d'eux haut de gamme des classes moyennes, le *Bah ! Peu-de-chose*, en quête de fêtes privées pour se servir copieusement aux tables garnies des premières communions, baptêmes, confirmations et autres occasions, avant de s'imbiber de kola. Il ne prenait donc pas d'alcool, point sur lequel tout un chacun du quartier maintenant émigré au grand complet à New York est catégorique cinquante ans après. Lochard ne prenait pas d'alcool, mais il pouvait siffler comme rien une caisse de douze bouteilles de kola d'un quart de litre chacune et compléter le tout pour arriver au gallon par l'ingestion de quatre bouteilles supplémentaires. Sa soif en imposait plus encore que son appétit pourtant gargantuesque. Un inconnu venu de nulle part qui ne prenait pas d'alcool était d'emblée suspect, voire s'il pre-

Hobo Lolo

Appearing from nowhere just before 1950, he returned there less than ten years later. He was simply never seen again—one day, two days… always. Lacking an address, he left memories behind. He was named Lochard, but his friends called him Lolo and soon the relationship between the sound of his nickname and the word "hobo" was detected. The reason was understandable. He was a strange character who frequented all the well-off neighborhoods in the town, one in particular at the high range of the middle class, the *Bah! Peu-de-chose,* in search of private celebrations in order to dine from the groaning tables of first communions, baptisms, confirmations and other occasions before drowning himself in cola. He did not take alcohol, a point on which everyone from the neighborhood (now emigrated in its entirety to New York) is categorically in agreement fifty years later. Lochard took no alcohol, but he could toss off a case of twelve 8-ounce bottles of cola and go up to a gallon by ingesting four more bottles. His thirst impressed even more than his appetite, which was nevertheless gargantuan. An unknown man from nowhere who did not take alcohol

nait du kola au gallon. Et comme il fallait s'y attendre, c'est d'ainsi boire que vint sa renommée de grenouille qui buvait comme un bœuf.

À la longue, ce convive inextinguible devint une sorte de caution et de label de reconnaissance de la qualité d'une fête quand il y faisait irruption car on le savait clochard à principes qui dédaignait la promiscuité des bamboches démocratiques plus bas que le Bel-Air et l'incertaine fraîcheur des agapes populaires, passé les portails de la ville. On le soupçonnait clochard de Paris, le *nec plus ultra* de l'itinérance et du sdf, le *sans domicile fixe*, d'autant que l'on chuchotait qu'il avait ses entrées aux fêtes du 14 juillet à l'Ambassade de France.

C'était un gros rougeaud à force de soleil, certainement pas un Blanc pour ces Haïtiens experts épidermistes de la Table saint-dominguoise des couleurs issues des mélanges entre Noirs et Blancs. Il était précisément un octavon, ce qui voulait dire qu'en remontant trois générations en un siècle, il se trouvait une négresse dans ses huit arrière-grands-parents. C'était cela un octavon, ⅛ de sang noir qui vous accouche d'un blond tropical que dans son cas le léger frisé de ce qui restait de cheveux sur son crâne chauve, des lèvres plus soulignées que charnues et un derrière avantageux, le fessier stéatopyge du canon nègre, rangeaient sans conteste chez les Noirs. Et plus finement encore, ce Blanc qui était un Noir, parce que désargenté n'était pas à ranger sous le générique de Mulâtre mais sous celui de Rouge au point que l'hospitalité dont il jouissait était normale en apparence et ne faisait pas de ses hôtes des *sousous* de blancs ou de mulâtres. Il y eut bien quelques esprits chagrins et peu doués du sens de la fête pour parler de bovarysme, mais cela n'alla pas plus loin car Lochard, en qualité de Rouge, fit assez vite partie du décor des réjouissances du *Bah ! Peu-de-chose.* Il était cependant le seul toléré de tous ceux qui s'essayaient à la prise d'assaut des fêtes sans invitation et sans payer de droit d'entrée.

C'est qu'on ne badinait généralement pas avec cette engeance que l'on désignait d'un néologisme local forgé à l'américaine par le rajout de « man » au travers dénoncé d'assauteurs de fêtes : un d'assaut-man, devenus le *dasomann* du créole. Une figure-type de la faune aux marges des classes moyennes de l'après-guerre. Ils étaient tra-

was automatically suspect, even though he drank cola by the gallon. And as expected, his drinking feats brought about his renown as the fabled La Fontaine frog who drank like an ox.

This inextinguishable guest eventually became a sort of guarantee and mark of the quality of a party when he crashed it, since he was known as a principled hobo who disdained the lack of privacy of the democratic bashes below the Bel-Air and the uncertain coolness of the low-class gatherings outside the town gates. He was thought to be a hobo from Paris, a *clochard*, the *nec plus ultra* of peripatetics and wfd's, those *without a fixed domicile*; and besides, it was whispered that he was allowed to enter the French Embassy for the celebrations of Bastille Day.

He was ruddy from the sun, certainly not a white to these Haitians who were epidermists expert in the Saint-Domingue Table of colors resulting from mixtures between blacks and whites. He was precisely an octoroon, which meant that three generations back there was a Negress among his eight great-grandparents. That is what an octoroon was, one-eighth black blood which gives birth to a tropical blond whom, in his case, the light nappiness of the remaining hair on his bald pate, the lips more emphasized than fleshy, and a flattering backside, the adipose buttocks of the Negro canon, categorized among the blacks. And even more precisely, this white who was a black, because he had no money, could not be classified under the label mulatto. He was to be classified instead in the category of red, to the point that the hospitality which he enjoyed appeared normal, and did not cause his hosts the underlings' discomfort engendered by whites or mulattoes. There were of course a few wet blankets with little talent for celebrating who spoke of Bovarism, but that went nowhere, since Lochard, as a red, quickly became part of the décor of the celebrations of the *Bah! Peu-de-chose.* He was, however, the only one tolerated from among all those who tried to take parties by storm without an invitation and without paying an entrance fee.

The thing was that usually no one would have anything to do with that gang designated by a local neologism put together American style by adding "man" to the end of a word to denounce those who tried to take

qués et virés sans ménagement au point de faire de Lochard une exception intrigante pour des petits vieux de treize ans comme Alix et moi qui, déjà fascinés par la politique, étions tout à nos découvertes des fines nuances des couleurs locales. Ce Noir qui était un Blanc ne pouvait non plus comme Rouge être classé *Grand Nègre*, catégorie n'ayant rien à voir avec la couleur et la race comme chacun savait car nous avions tout naturellement dans nos quartiers plusieurs familles chinoises de grands nègres et aussi des grands nègres français et surtout allemands dont on avait tout dit quand on disait que c'est un *grand nègre* allemand. Bref, avions-nous conclu pour classer ce cas haut en couleur, Lochard était un *petit grand nègre rouge* de la confrérie des pique-assiettes, une légende chez les buveurs de kola.

Nous connaissions tous des *dasomann* et tel ou tel d'entre eux avait acquis à la longue une enviable réputation de perce-muraille des kermesses payantes du dimanche ou des bals cotisés du samedi soir. Mais aucun d'eux ne s'était haussé à la classe de Lochard dont la conversation et les manières faisaient de sa présence non sollicitée un objet d'égayement des invités. Cela dura ainsi... jusqu'au jour où la politique s'en mêla à la fin de 1956.

Le gouvernement militaire d'alors, aux grands commis majoritairement du Cap, au Nord, ne pouvait espérer la réélection souhaitée du général Magloire pris en tenaille entre une bourgeoisie mulâtre velléitaire de présidence, un Sud protestataire en demande d'alternance, des classes moyennes noires trépidantes et trépignantes, et un peuple surchauffé dans les bidonvilles de la capitale. Cela se traduisit par trois candidatures majeures à la présidence, Déjoie, Duvalier, Fignolé... et un quartier emblématique de la lutte en cours des classes moyennes, le *Bah! Peu-de-chose* qu'écumait jusqu'ici Lochard sans partisanerie aucune. Les circonstances le sommaient de choisir son camp comme tout le monde.

Deviendrait-on clochard si l'on savait choisir entre trois bandes de cons? répondit-il au premier à s'enquérir de son allégeance. Mais très vite, et malgré la profondeur de sa sentence libertaire, il se rendit compte qu'il ne lui était plus possible de picorer indifféremment aux tables des uns et des autres. Finie la liberté clochardesque. Pour manger et boire il lui fallait devenir par-

parties over by storm: an *assaut-man*, or assault-man, the plural being *assaut-men*, or assault-men, which became *dasomann* in Creole. A stereotypical figure inhabiting the margins of the post-war middle classes. They were tracked down and thrown out so unceremoniously that Lolo became an intriguing exception for thirteen-year-old kids like Alix and me. Already attracted to politics, we were fascinated by the discoveries we made concerning the finer nuances of local colors. This black who was a white could not, like a red, be classified as a *Grand Nègre* or a Great Negro, a category which everyone knew had nothing to do with color and race, since in our neighborhoods there were quite naturally several Chinese Great Negro families and also French Great Negroes, and especially German ones about whom you had said everything when you said that one of them was a Great German Negro. In short, we had decided how to classify this highly-colored case—Lolo was a *Little Great Red Negro* from the brotherhood of freeloaders, a legend among cola drinkers.

We all knew some *dasomann*, and certain of them had eventually acquired an enviable reputation as the gate crashers of Sunday fairs with admission fees or Saturday subscription balls. But none of them had risen to the level of Lochard, whose conversation and good manners made this uninvited guest the life of the party. It went on like this... until the day when politics got involved at the end of 1956.

The military government of the time, with the majority of its bureaucracy from the Cape, in the North, could not hope to win the reelection of General Magloire, caught between a mulatto middle class wavering as to the presidency, a protesting South demanding a change of power, black middle classes stamping their feet excitedly, and an aroused populus from the slums of the capital. All that translated into three major presidential candidates: Déjoie, Duvalier, Fignolé... and a neighborhood which was emblematic of the struggle going on in the middle classes—the *Bah! Peu-de-chose* that Lochard had been skimming until now with no partisanship at all. Circumstances forced him to choose sides like everyone else.

Would anyone become a hobo if he knew how to choose among three gangs of assholes? he replied to the first one

tisan et cela lui était de plus en plus cauchemardesque à mesure qu'avançait l'année 1957 vers le dénouement du 22 septembre. C'est d'ailleurs en ce jour de l'élection de Duvalier à la présidence que l'on perd sa trace. Plus personne à se souvenir de quoi que ce soit de lui passé cette date précise. Par contre sa dernière cène de ce jour en a marqué plusieurs.

Fignolé avait été éliminé de lugubre manière trois mois plus tôt et ne restaient plus dans la course que Déjoie et Duvalier. Les chances de ce dernier étaient nettement évidentes en bout d'un parcours qui avait connu quelques règlements de compte à coup de canons le samedi 25 mai, un massacre à la mitraillette de milliers de partisans fignolistes au Bel-Air un soir de vêpres le dimanche 16 juin, quelques bombes semées ici et là, et en appoint une foule d'homicides qui faisaient l'actualité à tour de rôle. L'avance irrattrapable des duvaliéristes n'avait pas entamé la détermination du dernier carré déjoïste qui avait organisé un grand rassemblement pour célébrer l'improbable victoire du jour dans une vaste cour de mon voisinage. La propriété de cinq hectares fortifiés de hauts murs donnait à la fois sur l'avenue Christophe et l'avenue N. De la fenêtre de la chambre des garçons, mes frères, moi et mon ami Alix qui nous avait rejoints, étions en première loge.

C'était une belle fête qui s'annonçait pleine de victuailles pour la bombance que devait arroser un monticule de caisses de 24 bouteilles de kola. L'on ne pouvait accéder à ce lieu des réjouissances militantes que par deux petites portes aménagées dans les grandes barrières de fer forgé donnant sur l'une et l'autre avenue. Le service de sécurité imposant exigeait patte blanche et celle de Lochard ce jour-là n'y suffit pas. La cravate partisane distribuée le veille comme un carton d'invitation était de rigueur ; elle était bleue aux stries rouges du bicolore national avec en mortaise en plein centre la tête souriante du sénateur Louis Déjoie, candidat à la présidence. L'accessoire valait son pesant d'or ce matin-là. Les *dasomann*, peu concernés par les enjeux politiques et encore moins par le verdict des urnes, en prenaient pour leur grade de n'avoir pas prévu ce coup pour ce qui s'annonçait, hors de tout doute, comme la mieux garnie des tables du jour et la plus fournie des buvettes

to inquire as to his allegiance. But very soon, in spite of the profundity of his libertarian maxim, he realized that it was no longer possible for him to nibble indiscriminately at the tables of all parties concerned. His hobo's freedom was finished. In order to eat and drink, he had to take sides, and this became increasingly nightmarish as the year 1957 moved toward the climax of September 22. In fact, it is on that day, when Duvalier was elected, that the town lost track of Lochard. No one remembered anything at all about him after that exact date. On the other hand, his last supper on that day left its mark on several citizens.

Fignolé had been eliminated in a gloomy fashion three months earlier, and only Déjoie and Duvalier remained in the race. The possibilities of winning for the latter of the two became evident toward the end of a period which had experienced some score-settling with cannons on May 25, a machine-gun massacre of thousands of Fignolé's supporters at Bel-Air on a June vespers evening, a few bombs planted here and there, supplemented by masses of homicides each of which provided headlines in turn. The huge lead of the Duvalierists had not shaken the determination of the last camp of Déjoie's supporters, who had organized a big rally to celebrate an improbable victory on Election Day in a huge garden in my neighborhood. The property, consisting of five hectares fortified by high walls, was on the corner of *avenue* Christophe and *avenue* N. From the window of the boys' bedroom, my brothers and I and my friend Alix who had joined us enjoyed front-row balcony seats.

It looked as if it was going to be a nice celebration, full of provisions for the feast which was to be washed down by a pile of 24-bottle cases of cola. Guests could only enter the scene of this campaign party through two little gates built into the great barriers of wrought iron opening onto each avenue. An imposing security service required proof that each guest had been invited, and that day Lochard lacked such proof. The party necktie, distributed the day before in lieu of an invitation card, was required; it was blue with the red stripes of the two-colored national flag, bearing the smiling face of Senator Louis Déjoie, presidential candidate, right in the center. This accessory was worth its weight in

en ville. Bourgeoisie oblige. Mais sans la cravate requise point d'accès à ce banquet de la Haute.

Lochard commentait son exclusion sur le trottoir d'en face entouré de badauds résignés à leur mauvaise fortune quand soudain s'annonça à grands coups de klaxons le sénateur Louis Déjoie en personne. Le cortège de grosses cylindrées déboucha par la Rue Quatre en provenance de la maison du candidat à Pacôt. Le service d'accueil était sur les dents. Les voitures s'immobilisaient dans des crissements forcés de pneus. De toutes les portes des voitures surgissaient en même temps de jeunes mulâtres ostensiblement armés qui couraient main sur crosse faire de leurs corps un rempart au leader qui descendit alerte du volant de sa jeep. Il salua la foule du geste habituel de son panama blanc paille, ton sur ton avec le costume d'été blanc cassé sur chemise rose. Les caméras flashaient en continu. C'est alors qu'il vit Lochard. S'arrêta net. Lui fit signe d'approcher. Détacha sa propre cravate de circonstance et la lui mit au cou avec autant d'élégance que s'il s'agissait de l'écharpe présidentielle dont c'était le jour de changer d'épaule. Les badauds hurlaient. Les dames se pâmaient. Jusqu'au dernier jour de cette campagne, ils avaient eu leur plein de panache et de frissons avec Fignolé et Déjoie, au contraire de la grisaille du taciturne et morose François Duvalier qui s'apprêtait malgré cela à gagner ; à cause de cela peut-être.

Lochard entra et de ce qui va suivre — et que me cache le mur d'enceinte et la distance — je connais au moins trois versions qui toutes trois conduisent au même épilogue de la disparition de Lochard ce 22 septembre 1957. Certains tiennent mordicus à ce qu'on lui aurait fait payer cher cette trahison du *Bah ! Peu-de-chose* en allant se gaver chez l'ennemi (ce qui allait suivre n'enlève pas toutes vraisemblances à cette thèse) ; d'autres prétendent qu'il aurait tellement mangé et bu ce jour-là qu'il en serait mort d'indigestion après avoir été transporté à l'hôpital dans l'indifférence d'une journée de grandes agitations politiques (ce que la qualité et la quantité des munitions disponibles, comme dirait un *dasomann*, oblige à prendre en considération). Et enfin la troisième version qui pour être la plus répandue n'en est pas forcément la plus vraie, mais peu importe, puisqu'elle est de loin la plus merveilleuse !

gold that morning. The *dasomann*, uninterested in political issues and even less interested in the verdict of the ballot box, were berating themselves for not having anticipated this hitch in gaining entrance to what was going to be without a doubt the best-laid table of the day and the best-stocked refreshment bar in town. *Bourgeoisie oblige*. But without the required necktie, no access to this banquet of the Upper Crust.

Lochard was making comments on his exclusion on the sidewalk outside, surrounded by onlookers resigned to their bad luck, when suddenly the arrival of Senator Louis Déjoie in person was announced by a loud honking of car horns. The procession of powerful cars appeared from *rue* Quatre, coming from the home of the candidate for Pacôt. The welcoming delegation was on its toes. The cars came to a halt with a screeching of tires. Out of all the car doors appeared young mulattoes visibly armed, who came together with their hands on their rifle butts to use their bodies as a shield for the leader who alit briskly from the driver's seat of his Jeep. He greeted the crowd with a signature wave of his white straw Panama hat which matched his summer suit, whose whiteness was accentuated by a pink shirt. Cameras flashed continuously. It is at that moment that he saw Lochard. Stopped short. Gestured to him to approach. Took off his own campaign necktie and put it on Lolo's neck with as much elegance as if it were the presidential sash which was to grace a new shoulder that day. The onlookers shouted. The ladies swooned. Right up until the last day of the campaign, they had enjoyed panache and thrills with Fignolé and Déjoie, unlike the dullness of the taciturn and morose François Duvalier, who was preparing for a victory in spite of that; perhaps because of that.

Lochard entered, and as far as what followed—hidden from me by the surrounding wall and the distance—I know at least three versions which all lead to the same epilogue of the disappearance of Lochard on that September 22, 1957. Some maintain stubbornly that he was made to pay dearly for this betrayal of the *Bah! Peu-de-chose* group by going to stuff himself at the enemy's table (what was to follow does not take away all verisimilitude from this thesis); others claim that he had eaten and drunk so much that he died of indiges-

Une fois dans l'enceinte, Lochard est accueilli comme une bizarrerie à laquelle on présenta immédiatement, dans un concert de rires de l'assistance, un grand bol à punch de cristal rempli d'au moins dix bouteilles de kola. L'assistance scandait *cul sec, cul sec* en tapant des mains. C'était un impair au code d'honneur des *dasomann*: bête de fêtes oui, bête de foires non. Lochard détacha alors lentement tout en sourire sa cravate et déclara que l'honneur de boire revenait à cet accessoire vestimentaire. *C'est ma cravate l'invitée, pas moi, n'est-ce pas?* Il l'immergea ensuite complètement dans le bol à lui faire boire de tout son saoul. La cravate se gorgea et se mit à déteindre dans le kola qui tourna à mesure du bleu le plus clair au bleu le plus foncé, du bleu ciel au bleu d'azur puis au bleu mer vers le bleu nuit profond tirant sur le noir... Plus personne ne riait, rivés qu'ils étaient tous au bol noir de kola rouge dans lequel trempait le sésame de la fête.

Deux saoulards impénitents, qui roulaient déjà sous la table voisine, jurent encore à qui veut bien les écouter au bar de Brooklyn, coin Eastern Parkway, où je suis allé les rencontrer à New York, qu'ils virent de leurs yeux vus — ou crurent voir tellement beurrés ils étaient — à la place de Lochard sur sa chaise une petite grenouille rouge, chauve et ventrue, ressemblant à s'y méprendre à une miniature de la personne, sauter dans le bol opaque et y disparaître. Peut-être que l'intéressé était-il retourné là d'où il était venu, et sous sa forme originale sans doute, mais ils n'affirmaient rien, insistaient-ils, se méfiant eux-mêmes des serments d'ivrognes.

Le troublant de l'affaire, depuis cinquante ans, est que tout le monde s'accorde pour dire qu'ils sont effectivement les deux derniers à avoir vu Lochard clochard vivant!

tion after being transported to the hospital in the midst of the indifference of a day of great political agitation (which the quality and quantity of ammunition at hand, as one of the *dasomann* would say, force us to consider). And finally there is the third version which, though it is the most widespread is not necessarily the truest, but it does not matter since this one is by far the most fantastic!

Once inside the walls, Lolo was received as an oddity to whom they immediately presented, in a concert of laughter, a large crystal punch bowl filled with the contents of at least ten bottles of cola. The guests chanted *bottoms up, bottoms up*, clapping their hands. This was an insult to the honor of all *dasomann*: party animals, yes, but carnival animals, no. Lolo slowly and smilingly took off his tie and declared that the honor of drinking belonged to this fashion accessory. *My necktie is the invited guest, isn't it?—not I.* He then immersed it completely in the bowl so it could drink to its heart's content. The necktie soaked up the liquid and the colors began to run in the cola, which gradually went from the lightest blue to the darkest blue, from sky blue to azure to sea blue to a deep midnight blue that was nearly black... No one was laughing now, riveted as they were to the black bowl of red cola in which swam the open sesame to the party.

Two impenitent drunkards who were already lying beneath the neighboring table still swear to whoever will listen in the bar in Brooklyn on the corner of Eastern Parkway where I went to meet them in New York that they had seen with their own eyes—or believed they had seen, in their drunken state—in the chair where Lolo had been seated, a little red frog, bald and potbellied, looking uncannily like a miniature Lolo. It jumped into the bowl and disappeared. Perhaps he had returned to the place he came from, probably in his original form, for in this detail they insisted that they could not confirm anything, wary themselves of drunkards' oaths.

What is troubling about the whole affair of fifty years ago is that everyone agrees about the fact that they were indeed the last two to see hobo Lolo alive!

Les assises d'amour

Chaque année, les assises criminelles correspondaient à la première semaine des grandes vacances d'été et le prétoire de Quina s'emplissait de curieux venus assister aux effets de manches et autres envolées des avocats de la défense et de l'accusation. À condition de porter une veste, des jeunes de presque quatorze ans comme moi pouvaient se glisser au fond de la salle, ou s'accouder à une fenêtre, pour suivre cette liturgie d'hommes en toges noires et jabots blancs, l'air grave et le front suant à grosses gouttes. (Il n'y avait pas encore de ventilateurs à Quina). (Y a-t-il des ventilateurs actuellement au prétoire de Quina ?). On y apprenait des choses incroyables qui ne se disaient ni à l'école, ni à la maison. Pas même entre copains à la chasse. Et puis il fallait commencer sérieusement à penser au choix d'un métier.

Les prévenus étaient souvent des inconnus des mornes, dépenaillés, en loque, créolophones, habitants, égarés... Ils n'étaient visiblement qu'un prétexte au rituel de ces joutes oratoires. Hormis la sentence dite en créole, tout le reste leur était étranger et en français. Les assises ne duraient qu'une semaine à Quina, car il n'y avait

The Court of Love

Each year the court session coincided with the first week of summer vacation, and Quina's courthouse filled with spectators who had come to watch grand gestures in flowing sleeves and admire the flights of oratory of the attorneys for the defense and the government prosecutors. If he wore a jacket, a youth of nearly fourteen years like me could slip into the back of the room or lean on a window sill to observe this liturgy of men in black robes and white jabots, looking quite serious and sweating profusely. (There were still no electric fans in Quina.) (Are there any fans today in Quina's courthouse?) You could learn incredible things that weren't mentioned at school or at home. Not even among hunting companions. And it was also time to begin thinking seriously about the choice of a profession.

The defendants were often strangers from the hills, messy, dressed in rags, Creole-speakers, farmers, strays... They were clearly nothing more than an excuse for the ritual of oratorical jousting. Apart from the sentence, pronounced in Creole, all the rest, in French, was foreign to them. The court session lasted only a week, for there were never more than five cases a year requiring this

quand même jamais plus de cinq cas par année à réclamer cette mise en scène et la pratique locale des procédures était de tout faire tenir en un seul jour pour chacun des cas. Le succès chaque année de ce festival d'été à Quina avait obligé à réserver les places assises aux autorités et personnages de la ville qui venaient tous assister à des verdicts que l'on commenterait ensuite longuement. Les condamnations à mort n'étaient pas rares et ce sont elles qui soulevaient le plus de murmures dans la salle. Les épouses des jurés de chaque cas avaient priorité pour le premier banc. Quina se sentait exemplaire et très libéral d'offrir au sexe faible — qui ne pouvait jusqu'alors ni être élue, ni voter, ni être jurée, ni toutes les autres choses — des places d'observatrices. Cela revenait dans tous les discours, quel que soit le thème ou l'occasion. Autant dire souvent, car c'est vrai qu'à Quina, pour un rien, on vous assénait un discours.

Cinq causes seraient encore entendues cette année, et j'appris à table la veille au soir en arrivant de Port-au-Prince pour les vacances, que les deux premières impliquaient des femmes coupables d'homicides sur des hommes qu'elles avaient aimés. Je ne pouvais manquer cela, car s'il n'était pas rare que des crimes passionnels fussent inscrits au rôle de Quina, on y traînait rarement des femmes. De crimes passionnels, je connaissais cependant tous ceux que dix années d'abonnement à la collection d'*Historia* depuis l'après-guerre avaient consignés sur les rayons de la bibliothèque au bureau de mon père, mais de grandes criminelles en chair et en voluptés, des amoureuses excessives en personne, jamais ! J'appris aussi qu'un jeune avocat stagiaire du barreau avait été commis d'office vu l'indigence de la première accusée et que l'autre avait pu constituer défense, sur gage de l'héritage qu'elle recevrait en cas d'acquittement. Quant aux trois hommes à juger, la banalité de leur sexe ne leur valut même pas un commentaire.

Cela promettait tellement qu'un correspondant du journal *La Garde des Cayes*, du chef-lieu de département, avait été envoyé par mon oncle Loulou à la maison pour les deux jours, avec mandat de faire vendre de la copie. Mon oncle disait de lui que c'était une plume d'avenir. Il s'appelait Jacquot et dormait en haut de mon lit à étage. Il me fut précieux pour m'infiltrer dans la

spectacle, and local practice was to take care of all the proceedings for each case in one day. The success of this summer festival in Quina had required that the courtroom's benches be reserved for the authorities and important persons of the town, who all came to hear verdicts that would be commented upon at length. Death sentences were not unusual, and they were the ones that aroused the most muttering among the spectators. For each case, the jurors' wives took priority for seats in the first row. Quina considered itself exemplary and extremely liberal because it offered to the weaker sex—which at the time could neither be elected, nor vote, nor serve on a jury, nor anything else at all—the role of observer. This generosity worked its way into every speech made in Quina, no matter what the theme or the occasion. And in Quina, a speech could be thrust upon you at the slightest provocation.

There were again only five cases to be heard that year, and I learned at dinner the night before, having just returned from Port-au-Prince for summer vacation, that the first two involved women guilty of killing men they had loved. I couldn't miss that: even though it was not rare to see crimes of passion entered on the court register, women were rarely brought before the court for such a reason. As for crimes of passion, I was familiar with all those that ten years of a subscription to the *Historia* collection since the end of the war had put on the bookshelves of my father's library. But great women criminals in all their flesh and sensual delight, women who loved extravagantly, in person, never! I also learned that a young apprentice lawyer had been appointed to represent the first defendant, while the other one had been able to pay for her defense by pledging the inheritance she would receive if she were acquitted. As for the three male judges, the banality of their gender deserved no comment.

All this was so promising that a correspondent from *La Garde des Cayes*, the newspaper published in the administrative town of our *département*, had been sent to our house by my Uncle Loulou, under orders to write something that would sell newspapers. My uncle said that this journalist was a "pen of the future." His name was Jacquot and he slept in my room on the top bunk. He was especially useful to me when it came time for me

salle comme aide photographe en charge du projecteur alimenté par une batterie d'auto. Il devait ensuite discuter le coup crûment avec moi, comme aucun adulte de la famille ne l'avait fait jusqu'à présent. Il est vrai que je faisais vieux pour mon âge et que je comptais deux années de pension à Port-au-Prince.

Le cas du lundi avait pour la défense toutes les certitudes d'un homicide involontaire, voire même d'un geste de compassion qui avait mal tourné. La cause du décès était claire, l'homme avait été retrouvé pendu; mais les circonstances de cette mort l'étaient moins. Il s'agissait en fait d'un homme âgé et à l'aise qui avait pris pour concubine officielle une très jeune fille, encore mineure dirait le code civil actuel, mais en ce temps, les femmes restaient mineures toute leur vie, en l'établissant avantageusement aux marges de la ville. Les vigueurs déclinantes du septuagénaire ne répondaient plus aux quelques recettes locales à base de lianes trempées dans du rhum, ni même aux flacons commandés de la capitale à la très courue pharmacie Sostène, qui devait laisser son nom à une brutale crise cardiaque consécutive à l'ingestion de ces décoctions: la *sosténite* aiguë. Il ne restait, semble-t-il, à l'intéressé d'autre moyen qu'un début de pendaison à interrompre dès l'afflux sanguin recherché. Il s'était vanté publiquement en plusieurs fois de l'infaillibilité de sa méthode au dire des témoins qui défilaient à la barre. Mais un jour, ce fut l'accident. Prévisible, soutint la défense. Ce fut l'assassinat, rétorqua l'accusation, pour une sombre histoire d'héritage. La démonstration de l'accusation fut implacable et documentée. Je ne donnais pas cher de la petite qui n'avait pas eu la sagesse d'attendre une fin plus naturelle de son protecteur. Je la croyais perdue. Mais la défense, la dernière à plaider, fit, en ténor du barreau, un mélodrame de l'extrémisme de la solution imaginée par le vieux en décortiquant la témérité des plus petits détails de la mise en œuvre. Tout cela joint à l'absence évidente de témoins sur la scène mortuaire, conduisirent à l'acquittement pour doute raisonnable.

J'avais passé une bonne partie de la soirée à trier et à classer dans ma tête tout ce que j'avais appris d'un coup en ce lundi, pendant que Jacquot s'escrimait sur sa chronique à ma table de travail. Il avait tenu à me lire sa dépêche, qu'il devait confier au petit jour au chauffeur

to slip into the courtroom as a photographer's assistant in charge of the floodlight fed by a car battery. Afterward, he would discuss the case frankly with me as no adult in the family had ever done. It is true that I looked older than my age, and I had already spent a year in boarding-school in Port-au-Prince.

In Monday's case, the defendant's case had all the earmarks of involuntary manslaughter, or even of a compassionate gesture gone wrong. The cause of death was clear, since the man had been found hanged, but the circumstances leading to the hanging were less clear. An elderly man, well off, had taken a very young girl as his official concubine—according to the current civil code she would be a minor, but at that time, women remained minors all their lives—setting her up comfortably on the outskirts of town. The declining capacities of this septuagenarian eventually failed to respond to the local potions formulated from lianas soaked in rum and even to the flasks he ordered in the capital from the very popular Sostène pharmacy, which was later to give its name to a brutal heart attack resulting from the ingestion of one of its brews: "acute Sostenity." There seemed to be nothing left for the old man but to try the method of starting a hanging which must be interrupted as soon as the desired engorgement occurred. He had boasted publicly and often of the infallibility of his method, according to the witnesses who appeared in the box. But one day, there was an accident. A predictable one, claimed the defense. It was murder, retorted the prosecution, a grim story of greed for an inheritance. The prosecution's case was implacable and solidly documented. I had little hope for the girl who had not been wise enough to wait until her protector met a more natural end. I thought her cause was lost. But the defense, the last to present its case, created a melodrama of the extremism of the solution concocted by the old man, dissecting its recklessness with minute details of its implementation, as befitted a leading light of the bar. All that, along with the obvious absence of witnesses to the death scene, led to her acquittal for reasonable doubt.

I had spent a good part of the evening sorting out in my mind all that I had learned so suddenly that Monday, while Jacquot struggled with his article at my

du camion qui passait, en route pour les Cayes. Son papier sortait dans l'édition du mardi soir de ce tri-hebdomadaire publié aussi les jeudis et samedis. Il m'avait dit l'importance d'un titre et souligné que tout, finalement, tenait souvent à un bon titre. Après hésitations, il s'était finalement arrêté à *La Ballade du pendu.* Je souris. Son texte donnait plein de détails piquants qui n'avaient jamais été évoqués. Ou que je n'avais pas entendus. Je le lui fis remarquer.

Nous parlâmes alors longuement du journalisme, qu'il étudiait à l'université et qu'il songeait cependant à abandonner pour faire médecine, compte tenu des risques de sa pratique. Le prix du panache y était trop élevé. Il me raconta que la première victime de l'entrée en guerre d'Haïti, après Pearl Harbor, le 7 décembre 1941, avait été un journaliste, commentateur de radio, position avancée de haut risque puisque la dernière victime haïtienne de la guerre, le jour de la Conférence de Yalta, le 4 février 1945, fut un autre journaliste commentateur de radio lui aussi. Le discours présidentiel de 1941, improvisé sur le coup de l'émotion par Lescot commençait par : « Le monde entier est averti, la nation entière est prévenue, je déclare la guerre à l'Empire nippon », précédant ainsi de deux bonnes heures le discours d'entrée en guerre des États-Unis par Roosevelt contre les forces de l'Axe, et se terminait par : « Bientôt le ciel de Berlin sera sillonné par l'aviation haïtienne. » La grammaire de ce morceau fut plus d'une fois chancelante, et le journaliste introduisit sa couverture de presse par le grand titre : *Le Président est contre l'Axe... et la Syntaxe,* et il consomma sa chute en rassurant le président sur le peu de danger qu'il courait dans cette guerre : « Le ridicule ne tue pas, Excellence. »

Mais l'humour, oui.

La dernière victime, elle, commit son mot de trop en 1945 à l'aéroport, dans le commentaire en direct du retour du même président de son voyage des États-Unis : « Le Président descend la passerelle habillé d'un costume gris, d'une cravate grise ; les souliers, la chemise et la pochette nous semblent à cette distance également gris, gris aussi le chapeau... En somme, nous pouvons dire qu'il ne lui a manqué dans ce voyage que la matière de cette même couleur. »

worktable. He had insisted on reading me his dispatch, which he was to have ready at dawn to send along with a truck driver who passed through on his way to Les Cayes. His article appeared in the Tuesday edition of the tri-weekly newspaper which came out on Thursday and Saturday as well. He had told me how important a title was, and had insisted on the point that in fact everything often boiled down to a good headline. After some hesitation, he had opted for "The Ballad of the Hanged Man," alluding to François Villon's famous poem. I smiled. His piece gave all sorts of spicy details which had never been mentioned. I pointed this out to him.

We then spoke at length about journalism, which he was studying at the university but he was thinking of giving up and going into medicine, considering the perils of practicing journalism. The price of boldness was too high. He told me that the first victim of Haiti's entry into the War after Pearl Harbor, the seventh of December, 1941, had been a radio commentator (an exposed and risky position, since the last victim of that same War, on the first day of the Yalta Conference, the fourth of February, 1945, was a radio commentator as well). The Presidential speech of 1941, improvised by Lescot under emotional stress, began by stating: "Let the entire world be warned, let the entire nation be informed: I hereby declare war on the Japanese Empire…" Thus he preceded by a good two hours Roosevelt's speech declaring war on the Axis. He ended by saying: "Soon the skies over Berlin will be criss-crossed by Haitian airplanes." The grammar of this discourse was shaky in more than one place, and the radio journalist began his coverage with the headline: "The President is Against the Axis… and Syntax," completing his downfall by reassuring the President that he had little danger to fear from this war: "Looking foolish never killed anyone, Your Excellency."

But humor has, yes.

The last victim committed his excess of words in 1945 at the airport, in the report he made of the same President's return from the United States: "The President is coming down the gangway dressed in a gray suit and a gray tie. His shoes, shirt, and pocket handkerchief seem gray as well from this distance, and his hat is also

Le président avait un *marasa*, un *cavalier polka*, un prolongement de lui-même comme souvent en ont les présidents, une *âme sœur*, traduirions-nous, souvent ministre de l'intérieur, vers qui se retourna, rageur, le rédacteur en chef du journal du matin de l'époque pour réclamer la libération immédiate du dernier arrêté. Sur six colonnes à la une, il titra : *Lame Sœur !* Ce fut la dernière parution du journal qu'un incendie opportun détruisit le soir même.

Je savais aussi que mon oncle, directeur de *La Garde* — c'était une ironique et dangereuse allusion à la Garde d'Haïti —, comptait déjà deux emprisonnements. Tout le monde lui prédisait qu'il ne survivrait pas au troisième. Je m'endormis pensif dans l'espérance d'une deuxième journée aussi porteuse de connaissances nouvelles.

La cause du mardi était celle de l'empoisonnement d'un tyran domestique à qui l'épouse, à bout, avait fini par préparer une soupe mortelle. L'affaire remontait à quelques années déjà et n'avait resurgi qu'à la faveur des aveux qu'avait faits sur son lit de mort, l'infirmière qui avait fourni la poudre nécessaire. Pour libérer sa conscience chargée, elle s'était confiée à tout ce qui passait à portée de son lit, et la nouvelle avait fait le tour de la ville avant même que son corps ne fût complètement froid. L'accusée était effondrée, et l'avocat stagiaire faisait de louables efforts pour montrer que le veuvage et la solitude et la misère et la promiscuité... lui avaient paru un havre de paix comparé à ce régime de l'*argumentum baculinum* (Encore les *pages roses* du *Petit Larousse* auxquelles devait tant la parole publique quinoise). Sa défense classique allait assez mal quand il eut le génie d'illustrer la souffrance physique et morale de cette femme par une injonction qui devait faire la une de *La Garde* : « Conservez la position ! » C'était le cri d'assaut que poussait le mari dès qu'une posture de sa conjointe lui paraissait inspirante, notamment lors des menues tâches ménagères d'époussetage sous les tables ou les lits. Jacquot riait à se déboîter la mâchoire. Tout le monde riait plus ou moins ouvertement, malgré les coups de marteau du juge Pivergé, un homme sérieux qui ne riait jamais, et ses menaces répétées de faire évacuer la salle. Maintenant, certain du succès de son filon, l'avocat se lança dans une telle suite d'illustrations de sa thèse de l'obsédé, à chaque fois ponctuée d'un

gray.... In fact, it could be said that he lacks only the *matter* of that same color."

The President had a *marasa*, an extension of himself as presidents often have, a soul mate and best friend, who often filled the role of Minister of the Interior, to whom the editor-in-chief of the morning newspaper went in a rage to demand that the most recently arrested journalist be freed. On page one, over six columns, he published the headline "Best Fiend!" That was the last issue of the paper, which was destroyed by a convenient fire that very evening.

I knew, too, that my uncle, publisher of *La Garde*—which was an ironic and dangerous allusion to the *Garde d'Haïti*—had already been imprisoned twice. Everyone warned him he would not survive a third imprisonment. Pensive, I fell asleep in the hope of a second day as full of new knowledge as the first.

Tuesday's case concerned the poisoning of a domestic tyrant whose wife, pushed to the limit, had ended up preparing a fatal soup. The affair dated back several years, and had reemerged due only to the admissions made on her deathbed by the nurse who had furnished the necessary powder. To clear her burdened conscience, she had confided to everyone who had come within hearing distance of her bed, and the news had made the rounds of town even before her body had cooled completely. The defendant was distraught, and the apprentice lawyer made laudable efforts to show that widowhood and solitude and misery and promiscuity had seemed to her a haven of peace compared to the regimen of *argumentum baculinum* under which she had suffered. (The pink pages of the *Petit Larousse* again!) His classic defense was not going well, when he had the ingenious idea of illustrating the physical and mental suffering of this woman by a command that was to make the first page of *La Garde*: "Maintain the position!" That was the battle cry uttered by the husband whenever he considered his spouse's position inspiring, especially when she was going about her little housekeeping tasks, dusting under chairs or beds. Jacquot laughed so hard he nearly dislocated his jaw. Everyone laughed more or less openly, in spite of Judge Pivergé's gavel (he was a man who never laughed) and his repeated threats to clear the courtroom. Now certain

« Conservez la position ! » auquel l'assistance réagissait en écho, que le juge dut lui rappeler plus d'une fois qu'il était au prétoire et non sur les planches d'un vaudeville, pour n'en pas dire plus, ajoutait-il, car la défense, elle, en rajoutait. Les jurés avaient autant de mal que n'importe qui à ne pas rire. Seul le juge restait impassible. L'acquittement suivit. Ti-Michel à sa première cause venait de tester la force d'un bon mot aux assises, en lieu et place de la légitime défense. Tel fut le maussade commentaire final du juge après lecture de la délibération du jury.

La ville s'animait d'attroupements au coin des rues. Moi, j'étais tiraillé, dans l'incapacité de départager quel outil, de la gueule de l'avocat aux assises ou de la plume du journaliste, était le plus passionnant, le plus efficace. À table ce soir-là, l'on s'éternisa sur ces verdicts avec l'entrain d'un nouveau jury en délibérations. L'aînée de mes sœurs, qui se destinait à la Faculté de médecine dès la rentrée d'octobre, avait voulu assister à toutes les séances, mais ce n'était pas vraiment une place pour jeunes-filles-non-mariées. Jacquot partageait ce dernier repas avant de reprendre le camion pour les Cayes. Quelque chose avait cependant changé dans son comportement, plus retenu, presque guindé même, et certainement moins bavard. Et qu'avait-il à regarder ma sœur furtivement, de temps à autre ? Elle aussi semblait toute chose !

C'est mon doc de beau-frère qui va sourire à lire ce texte. J'aurais aimé que l'oncle Loulou puisse aussi le lire, mais son journal et lui ne devaient pas survivre à la troisième prison.

he was onto a good thing, the lawyer embarked on such a succession of illustrations of his theory of the victim's obsession, each one punctuated by "Maintain the position!" echoed by the audience, that the judge was forced to remind him more than once that he was in a courtroom, not on a vaudeville stage or even worse, for the defense persisted in exaggerating. The jurors were as hard-pressed as anyone else to keep from laughing. Only the judge remained impassive. She was forthwith acquitted. Ti-Michel, in his first case as defense attorney, had just put to the test the strength of a witty remark at trial, using it in place of a legitimate defense. Such was the crusty final commentary of the judge, after reading the jury's verdict.

The town was enlivened by gatherings at the street corners. As for myself, I was torn by the inability to decide which tool, the trial lawyer's voice or the journalist's pen, was the most exciting. Talk at the dinner table that evening about the verdicts dragged on, with all the gusto of a new jury in its deliberations. My eldest sister, who would be leaving for medical school when the new term began in October, had wanted to attend all the sessions, but they were not considered an acceptable place for young-unmarried-women to go. Jacquot shared this last meal before hopping onto a truck to Les Cayes. But something in his behavior had changed; he seemed more restrained, almost stilted, and certainly less talkative. And why did he cast furtive glances at my sister from time to time? She, too, seemed out of sorts.

The one who's going to smile when he reads this story is my "doc" of a brother-in-law. I would have liked for Uncle Loulou to be able to read it, too, but his newspaper and he did not survive the third prison term.

La divine comédie

Je n'avais pas le talent. Mais à voir les Coby, Coilo, Alfred et Bibine mater le ballon de soccer du haut de leurs cinq ans d'âge en première année d'école chez le Frère Clair, ils l'avaient eux, assurément, ce talent des grands joueurs de football. L'on naît international, on ne le devient pas, et les autres mal lotis ne peuvent rien contre ce coup du sort à essayer de le devenir. Loin de s'attarder à ces criardes inégalités sportives de la naissance, tout le monde semblait au contraire les renforcer, comme s'il fallait tout faire pour que ce ne soit qu'une question de temps, pour voir ces petits bien nés revêtir le maillot national bleu et rouge de leur première sélection.

L'équipe de soccer de l'école, en plus de ces quatre flamboyants, devait combler les onze positions du jeu avec les bons joueurs disponibles, et de moins bons parfois. Je crois avoir traîné toute mon enfance de fasciné du soccer dans cette dernière et modeste catégorie. De tous les sports de compétition pratiqués à l'école, j'aimais ce jeu qui ne m'aimait pas, et pour lequel l'absence d'entraîneurs qualifiés laissait chacun se débrouiller avec son talent naturel sur le terrain. Le pire était que, quand on n'en avait pas, de talent naturel, toute la bonne

The Divine Comedy

I hadn't the talent for it. But when I watched Coby, Coilo, Alfred and Bibine taking control of the soccer ball at the advanced age of five, in their first year in school with Brother Clair, they most definitely had the talent shared by great soccer players. You are born an international-level player, you don't become one, and the others less blessed by nature can do nothing against this quirk of fate by trying to become one. Far from dwelling on the injustice of these blatant innate sports inequalities, everyone seemed on the contrary to reinforce them, as if everything must be done so that it would be only a question of time before they would see these well-born little boys become first-round selections and wear the blue and red national colors.

The school soccer team had to fill the eleven team positions with the available good players, besides those four stars, and even at times had to use the less-good ones. I think I spent all my childhood fascination with soccer in that last, modest category. Of all the competitive sports played at the school, I loved this game which did not love me, a sport for which the absence of qualified coaches left everyone to his own devices to get along as best he

volonté du monde ne pouvait y suppléer. Trop peu offensif pour faire partie des attaquants, et trop peu défensif pour faire partie de l'alignement des arrières, j'ai donc été réduit à une carrière de demi-gauche, à mi-chemin de tout, du terrain et des filets, de la renommée et d'une place de titulaire dans l'équipe.

L'enfance tirant à sa fin, une à une j'en larguais les amarres, et toute la chaude camaraderie des samedis, entre la trentaine de joueurs en uniforme vert aux écussons de l'école, n'était plus suffisante pour me retenir dans cette formation. Mes lectures, la scène politique, et surtout de vivre sous la bouche des grandes personnes, m'avaient convaincu que la manière de sortir d'un groupe était encore plus importante que celle d'y entrer. Je me cherchais donc une occasion qui laisserait le moins de prises possibles aux mauvaises langues sur mon ras-le-bol de jouer les bouche-trous dans les matchs d'importance. C'est alors que le calendrier de nos rencontres habituelles, bouleversé un jour par l'arrivée inattendue d'une équipe italienne formée de marins d'un tout nouveau porte-avions, le *Dante*, qui croisait dans la Caraïbe, offrit un bel hasard à cette nécessité de partir. La proposition d'un simple match amical, dont s'était emparée la presse, prit vite l'allure exagérée dans le milieu d'une première internationale et pour laquelle il nous fut fixé l'objectif de ne point trop nous laisser avilir.

Le jour dit, les gradins chauffaient dru comme s'il s'était agi de la *Squadra azzurra* en personne que nous allions affronter. Même Béatrice, la petite sœur un peu farouche de notre gardien de but et pour laquelle je pinçais sans espoir d'attirer son attention, s'y trouvait ! Notre plan de match était simple, à la défensive toute, en portant à cinq les arrières et à quatre la ligne des demis, pour ne laisser qu'une vedette en pointe et les trois autres en alignement le long de l'axe central du terrain. Un béton pyramidal 5-4-1, vertébré d'un *potomitan*, en tous points digne de la culture défensive italienne. Comme à l'ordinaire, mes chances de jouer dans une telle partie étaient nulles, et de mon côté, je préférais honnêtement rester sur le banc des remplaçants à profiter de cette place de choix pour suivre la partie. Cependant, une incroyable suite de malchances, les marins jouant dur, allait me monter sur le terrain en fin de deuxième mi-temps. Le score était toujours

could on the field with his natural talent. The worst thing was that when you didn't have any natural talent, all the good will in the world could not make up for it. Not aggressive enough to take part in the offense, not defensive enough to join the lineup of backs, I was reduced to a career of left half, halfway between everything: the field, the goals, and full membership in the team.

As my childhood approached its end, one by one I loosened the bonds of soccer; and all that warm Saturday camaraderie among the twenty or so players in green uniforms with the school shield on them was no longer enough to keep me on the team. Reading, the political scene, and especially the words of my parents, had convinced me that the way one left a group was even more important than the way one joined it. And so I was on the lookout for an opportunity which would incur the least risk of laying myself open to the gossips about my having had enough of playing the bench-warmer during important games. And that is when our usual game schedule, upset one day by the unexpected arrival of an Italian team made up of sailors from a brand-new aircraft carrier, the *Dante*, which was cruising in the Caribbean, offered a perfect chance for this necessary departure. The proposal of a simple friendly game, taken up by the regional press, soon took on the exaggerated appearance of an international premiere, for which we had set a goal of not letting ourselves look too bad.

On the day, the bleachers were in a high frenzy, as if it were the *Squadra azzurra*, the Italian national team, in person that we were going to meet. Even Béatrice, our goalkeeper's timid sister was there! I had a hopeless crush on her. Our game plan was simple: everything on the defense, with five backs and four halfs, leaving only one of our stars at the point with the three others aligned along the central axis of the field. A concrete pyramid 5-4-1, with a *potomitan* as its backbone, worthy on all points of the Italian defensive culture. As usual, my chances of playing in such a game were nonexistent, and I myself frankly preferred to sit on the substitutes' bench, enjoying watching the game from this choice seat. However, an incredible succession of misfortunes—the sailors played hard—was to put me on the field toward the end of the second half. The score was tied at zero, but our tiring defensive players fell one after

nul, mais les nôtres épuisés tombaient les uns après les autres en défense. Mon respectable gabarit me valut d'être envoyé boucher un trou sur la gauche. Je surpris mon entraîneur haussant les épaules après m'avoir désigné pour cette mission plus corporelle que tactique.

Je ne tenais pas trop à recevoir de passes, et les rares fois que le ballon m'échouait entre les pieds, c'était le cœur battant que je me dépêchais de m'en débarrasser — sans trop de fioritures, dribles, petits ponts, tacles et autres talonnades — en direction de notre avant de pointe en position d'attente. C'est ainsi que, moins de cinq minutes avant la fin de la partie, assez fort pour rudoyer deux Italiens des épaules et des coudes, à la limite de la faute, bon coureur par ailleurs, je me précipitai assez profondément dans le camp adverse le long de la ligne des touches, et, à hauteur du carré du gardien, en déséquilibre, je centrai, en tombant, de l'intérieur du pied gauche vers Bibine qui était en position de tir au milieu du terrain. Je ne sais toujours pas comment, le ballon, au lieu d'aller à angle droit vers mon avant de centre à une trentaine de mètres de moi, s'incurva à soixante degrés, en une trajectoire lobée d'obusier, pour gagner la lucarne des poteaux dans un mouvement tournant de boomerang. Imparable. C'était un but d'un bel effet. Le but de la victoire sur le *Dante*. À deux bonnes dizaines de mètres du point d'impact supposé du ballon.

La fête fut ponctuée par les éclats des bouchons d'Asti Spumente des Italiens qui ne furent pas les moins bruyants à me donner l'accolade due au buteur de la partie, et quelques souvenirs, dont le chandail — que j'ai encore — du gardien italien. Et c'est à moi, au nom de mon équipe, que fut remise la coupe de la victoire. Cela ne m'était jamais arrivé d'être au beau milieu d'une photo de soccer, les vedettes de l'équipe à ma gauche et à ma droite.

C'était maintenant ou jamais.

Le soir même, ma décision fut prise de signifier que mon départ du groupe prendrait effet immédiatement le lendemain matin. La chance passait de ne jamais plus toucher à un ballon, je n'allais pas la laisser s'échapper. L'agréable tollé de protestations de mes camarades et de l'entraîneur lui-même n'y fit évidemment rien. Et puis je n'en avais que pour Béatrice qui avait tout vu des gradins et que je pouvais enfin espérer inviter à une prolongation de la partie, pour le *but en or*...

the other. My respectable size caused me to be sent to fill in a gap on the left. I caught my coach shrugging his shoulders after selecting me for this mission that was more corporal than tactical.

I didn't count on receiving many passes, and the few times the ball ended up between my feet, it was with a pounding heart that I hastened to get rid of it—without too many embellishments, dribbles, tackles, and back heels—in the direction of our waiting forward. And so it was that, less than five minutes before the game ended, strong enough to push around two Italian players with my shoulders and elbows, just short of a foul, a good runner besides, I rushed fairly deeply into the opposing side along the sideline, and when I was even with the goalie's box, off-balance, as I fell I centered the ball with the inside of my left foot toward Bibine, who was in scoring position midfield. I still don't know how the ball—instead of going at a right angle toward my center forward who was only thirty meters away from me—bent inward at sixty degrees in the curved trajectory of a mortar shell, reaching the top corner of the net in a spinning, boomerang movement. Unstoppable. It was a beautifully-shot goal. The victory goal over the *Dante*. At a good two dozen meters away from the intended point of impact of the ball.

The victory was celebrated with the pops of Asti Spumante corks, and the opposing players were as noisy as anyone as they gave me the hugs owed to the game's scorer and a few souvenirs, including the Italian goalie's shirt, which I still have. And I was the one who accepted the victory trophy for my team. I had never before been right in the center of a soccer photo, with the team's stars at my left and right.

It was now or never.

That very evening, I made the decision to indicate that my departure from the group would take effect immediately the next morning. Opportunity was offering me the chance never again to touch a soccer ball, and I was not going to let it go by. The agreeable uproar of protests from my teammates—and even from my coach himself—had no effect, of course. And besides, I only had eyes for Béatrice, who had seen everything from the bleachers. I could finally hope to invite her to an after-game "overtime."

Comment se faire des ennemis

On n'avait pas encore inventé l'adolescence à Quina. Comme dans toutes les autres provinces d'ailleurs. Seule la capitale, port ouvert à tous vents et marées, démons et merveilles, semblait plier sous la mode d'une longue adolescence, entre l'enfance d'avant 13 ans et l'âge adulte d'après 19 ans. Cette transition des teen-agers avait bien filtré jusqu'à nous, mais sans plus, comme venant d'une autre planète, celle des blancs américains, dont le souvenir en province était encore trop atroce, vingt-cinq ans après la fin de leur occupation militaire. Chez nous, on sortait tout simplement de la haute enfance pour tomber un jour dans le bas monde adulte, sans chichis et sans ménagement, assez brusquement même, et souvent la tête la première, à se la fracasser d'ailleurs.

La métamorphose dans sa radicalité avait quelque chose du passage de la chenille au papillon. Et le cocon indispensable à cette transformation n'était autre que le kiosque au milieu de la Place de Quina : une tonnelle aux poteaux d'acier rongés par l'air marin sous la couche annuelle de peintures bleu marine comme il se devait, et un toit conique de tôles ondulées et galvanisées,

How to Make Enemies

Adolescence had not yet been invented in Quina. As in all the other provinces, I might add. And only the capital, a port open to every wind and tide, demon and marvel, seemed to accede to the fashion of a long adolescence between childhood (before the age of thirteen) and adulthood (after the age of nineteen). The existence of this teen-age transition had filtered down to us, but with no effect, as if it came from another planet belonging to white Americans, the memory of whom was still too horrible in the provinces twenty-five years after their military occupation. In our part of the country, one day you simply left upper childhood to fall into lower adulthood, without fuss or ceremony, even fairly abruptly, often in a head-first tumble that could smash your cranium.

There was something in the abruptness of this metamorphosis that resembled the passage from caterpillar to butterfly. And the cocoon essential to this transformation was none other than the *tonnelle* in the middle of Quina's town square: a shelter held up by steel poles etched by the sea air beneath their annual coat of paint—navy blue, of course—with a conical roof of

passées au même bleu chaque année pour le 7 mars de la fête patronale. Il s'y discutait les soirs d'été, à longueur des vacances scolaires — et très tard lorsque la pleine lune jouait de lampadaire — des meilleurs moyens d'éviter tous les pièges qui truffaient le terrain miné de Port-au-Prince. L'on se faisait des peurs en se riant de tout, car il fallait faire honneur à sa province en affichant une nonchalante envie d'en découdre.

À l'entrée dans la vie à Port-au-Prince, c'était l'amitié la grande affaire à ne pas rater, car tout le reste en découlait. Jusque-là, on devenait tout naturellement amis parce que voisins, parce que du même âge, parce que de la même école, parce qu'ami d'autres amis, et ainsi de suite. Pourquoi ? Parce que. Mais voilà que tout allait changer et que plus rien ne serait plus jamais naturel. Et que cela s'appelait choisir. Et que ne pas choisir était encore choisir. Ce n'est pas que l'amitié ait été absente de notre fabrication et que nous ayons été en quelque sorte exemptés par les parents des paraboles et sermons ponctués des *Dis-moi qui tu fréquentes je te dirai qui tu es; Qui se ressemble s'assemble,* etc., non, c'est que plus rien n'irait plus jamais de soi. On ne se sortait donc pas de l'unique choix d'avoir à choisir son cercle d'amis, mais, à défaut de savoir immédiatement avec qui faire route, on pouvait quand même commencer par tous ceux avec qui on ne voulait pas la faire. (Choisir ses ennemis était donc plus important encore que choisir ses amis). Nous écoutions ainsi, bouche bée, les aînés sous la tonnelle, en nous promettant que nous aussi bientôt en classe de philo, nous en mettrions plein la vue, les soirs de pleine lune, aux plus jeunes.

Ne restait donc plus qu'à se plonger dans le best-seller de l'amitié de Dale Carnegie, *Comment se faire des amis,* qui avait nourri année après année, depuis sa parution, vingt-cinq cohortes de tous les sizes des bourgeoisies et classes moyennes locales, du *small* au *XXL,* qui y cherchaient un prêt-à-porter en la matière. Il m'échut de ramener un extrait à discussion pour la prochaine fois, car notre province cultivait encore cette élégance fanée des rencontres thématiques, telles que nous les croyions inventées dans les cénacles de la Belle Époque parisienne. Je m'acquittai studieusement de ma tâche, passant et repassant le livre au crible pour y trouver le paragraphe qui me semblait le mieux résumer la dé-

undulating, galvanized sheet-metal, likewise painted the same blue each year for the March 7 feast-day of our patron saint. There, on summer evenings throughout the school vacation—and quite late when the full moon served as a street light—discussions were held on the best ways to avoid all the traps riddling the minefield that was Port-au-Prince. Fears were hidden by laughing at everything, for one was expected to uphold the honor of one's province by showing a nonchalant desire to get away from it.

When arriving in Port-au-Prince, friendship was the first important matter that must not be bungled, for everything else depended on that. Up until then, you became friends because you lived near each other, because you were the same age, from the same school, because you were friends with their friends, and so forth. Why? Because. But now everything would change, and nothing would ever again be as natural. And that was known as choice. And not choosing was a kind of choice. It's not that friendship had been absent from our makeup, or that we had been exempt from parables and sermons punctuated by *Tell me who your friends are and I will tell you who you are; Birds of a feather flock together,* etc. What was different was that nothing would ever again be automatic. We could not get out of this choice of having to choose our circle of friends, but since we would not know right away with whom to go down the road of life, we could at least start with all the ones we didn't want to do it with. (Choosing our enemies was therefore even more important than choosing our friends.) And so we listened in the bandstand to the older boys, gaping with astonishment and vowing to ourselves that we, too, as soon as we were old enough to be in the philosophy class, would dazzle the younger ones on evenings when the moon was full.

The only thing that remained to be done was to immerse ourselves in the best-seller on friendship by Dale Carnegie, *How to Win Friends and Influence People,* which from the day it was published had filled the needs, year after year, of twenty-five cohorts of all sizes from the local upper classes and middle classes, from small to XXL, who were searching for ready-made techniques on the subject. It fell to me one evening to prepare an excerpt of the book for the following day's discussion,

marche de l'auteur. Il était à la page 114 de l'édition « Le livre de poche », chez Hachette.

« Si vous voulez plaire, voici la règle n° 4:

« Rappelez-vous que la personne avec qui vous conversez s'intéresse cent fois plus à ses désirs et à ses problèmes qu'à vous et à vos préoccupations. Sa rage de dent la tourmente davantage qu'une famine qui a causé la mort d'un million de Chinois. Un furoncle dans son cou l'inquiète bien plus que quarante tremblements de terre en Afrique. Songez à cela, la prochaine fois que vous vous engagerez dans une conversation. »

Le prix à payer pour plaire était élevé, très élevé : un furoncle avant quarante tremblements de terre en Afrique et une rage de dent avant la mort par famine d'un million de Chinois ! Passe encore l'interlocuteur à l'intérêt versé cent fois plus à lui qu'à vous, mais pas le furoncle africain qui restait en travers de la gorge, sans compter la dent chinoise contre l'auteur.

La discussion violente qui suivit fut à la mesure de la proposition. Il y avait ceux qui approuvaient tout, de peur d'affronter un jour, tout seul, un tête-à-tête avec eux-mêmes. Le plus grand nombre. Et ceux qui montrèrent de sérieuses aptitudes pour une carrière basée sur le silence. Moins nombreux, mais déjà on sentait qu'ils iraient loin. Et puis ceux qui voulaient plaire à tous les camps. Et puis ceux qui attendaient que se décide une majorité pour la rallier. Et enfin ceux qui ne savaient pas se la fermer, malgré toutes les mises en garde reçues. Gibiers de potence que ceux-là, dans cette société-là. Ils n'iraient pas loin. Bref, tout y passa, jusqu'au rapprochement inattendu de deux événements à une même date, 1934, l'armée américaine d'occupation pliant bagage et le Dale Carnegie qui en prend subrepticement la place, comme un cheval de Troie narguant ceux, en petit nombre il est vrai, qui entendaient vivre, à cheval justement, sur les principes. Les complaisants enrageaient de ce rapprochement.

L'âpreté des paroles échangées — dont faisaient aussi partie les troublants silences des carriéristes en herbe — nous avait donc une fois de plus partagés, mais pour toute la vie cette fois, sentions-nous confusément. C'est que le débat avait débouché sur un procès en usurpation de titre, avec réquisitoire contre le banal et racoleur *Comment se faire des amis* d'une lecture au premier

for our province still cultivated the faded elegance of thematic discussions, as we imagined they must have taken place in literary circles of the *Belle Époque* in Paris. I carried out my task studiously, sifting through the book again and again to find the paragraph that seemed to sum up best the author's approach. It was on page 114 of the Hachette "pocket" edition [page 110 of the 1940 Pocket Book edition].

"To make people like you, here is rule #4:

"Remember that the man you are talking to is a hundred times more interested in himself and his wants and his problems than he is in you and your problems. His toothache means more to him than a famine in China that kills a million people. A boil on his neck interests him more than forty earthquakes in Africa. Think of that the next time you start a conversation."

The price to pay for pleasing others was high, very high: a boil more important than forty earthquakes in Africa and a toothache more important than the death by starvation of a million Chinese!!! The person with a hundred times more interest in himself than in you was one thing, but the African boil was really hard to swallow, without mentioning the Chinese tooth that I held against the author.

The violent discussion that followed was commensurate with the author's proposition. There were some who agreed with every point, for fear of someday facing a tête-à-tête with themselves. The largest group. And some exhibited a serious aptitude for a career based on silence. Less numerous, but you already felt they would go far. And some wanted to please everyone from every camp. And then there were some who were waiting for a majority to appear before joining it. And finally some couldn't keep quiet, in spite of all the training they had been given. They would come to a bad end in the society of those times. They would not go far. In short, the discussion covered a little of everything, even the unexpected connection between two events on the same date, 1934, when the army of occupation packed up and left and Dale Carnegie surreptitiously took its place, like a Trojan horse, taunting those (admittedly a small number) who wanted to live astride of their principles. The obliging ones were furious at this comparison.

degré, au profit d'un titre nettement plus adéquat au contenu profond du livre : *Pourquoi se faire des ennemis...* de tous ceux prêts à n'importe quoi pour tirer leur épingle du jeu et que le siècle allait épingler d'un surnom à chaque génération, *Kalbindeurs* de Justin Lhérisson, *Andouilles* de Fernand Hibbert, *Fantoches* de Jacques Roumain, *Comédiens* de Graham Green, *Complaisants...*

C'était donc cela l'intronisation chez les adultes. Et de tous les dépucelages de cette saison des dépucelages, ce n'était pas le moins jouissif que cette initiation aux positions entre lesquelles ne pouvait exister aucune solution de compromis.

The bitterness of the words exchanged—and the troubling silences of the budding careerists which were also a part of it—had once again divided us, but this time we had a vague feeling that it was for life. Our debate had led to a trial for usurpation of title, with an indictment against the banal yet catchy *How to Win Friends...*, based on a literal reading, in favor of a clearly more adequate title reflecting the deeper meaning of the book: *Why Make Enemies...* of all those who are willing to do anything in order to get out while the getting is good, and on whom the century was to pin a nickname for each generation: the *Kalbindeurs* of Justin Lhérisson, the *Andouilles* (fools) of Fernand Hibbert, the *Fantoches* (puppets) of Jacques Roumain, the *Comedians* of Graham Greene, the *Complacent Ones...*

So that was what it meant to be enthroned among the adults. And among all the losses of virginity in that season of losses of virginity, that initiation into positions between which there could be no compromise was not the least pleasurable.

L'organe du politique

J'étais enfin admis en compagnie des grands à écouter toutes les conversations des plus salées aux plus politiques, ce qui était le signe évident que ma mue d'homme s'achevait. Ces conciliabules se tenaient rarement à plus de trois personnes ; autrement il aurait fallu se censurer pour rester convenable en matière de sexe ou prudent en matière politique. Et, en de rares moments de grâce, ces deux sujets de prédilection des échanges à voix basse, le sexe et la politique, se trouvaient entremêlés.

Je ne saurais plus dire qui le premier des trois circonscrivit aussi précisément le sujet ce jour-là, mais je me souviens clairement qu'ils étaient sous l'amandier en parasol, au fond de la cour, à jouer au bésigue, et que je faisais office de quatrième joueur dont on attendait qu'il ne ralentisse point la partie et qu'il n'intervienne surtout pas dans la conversation, à moins d'y être convié avec une insistance nettement plus soutenue que celle de simple politesse, à laquelle la bonne éducation commandait de toujours décliner l'offre de parler. Le silence sur le moment et la discrétion les jours suivants sur ce qui s'était dit étaient donc les deux vertus cardinales de

The Political Organ

I had finally been admitted into the company of grown-ups and was able to listen to all their conversations, from the spiciest to the most political, which was the obvious sign that my transformation into a man was reaching its conclusion. These confabs were rarely made up of more than three people, otherwise it would have been necessary to censure oneself in order to remain proper in matters concerning sex or prudent in matters concerning politics. And in rare moments of good fortune, these two favorite subjects for low-voiced exchanges, sex and politics, were interwoven.

I could not say who was the first of the three to define the subject so precisely on that day, but I remember clearly that they were beneath the parasol-shaped almond tree at the back of the yard playing bezique, and that I was acting as the fourth player, expected not to slow down the game and not to intervene in the conversation unless I was called upon to do so with an insistence that was clearly beyond mere politeness, since a good upbringing taught us always to decline an offer to speak. And so silence at the time and discretion during the days that followed about what had been said

cet ultime examen d'entrée dans les petits ensembles fermés du monde adulte, souvent des trios datant de l'enfance et de l'école, des trios de beaux-frères, des trios de compères... Du solide ancien dans tous les cas. Et il n'était pas rare de les voir jouer, chaque jour à la même heure, aux cartes ou à autre chose, pendant cinq, dix ou quinze ans, en faisant aller en même temps la conversation, beau temps mauvais temps.

Tous trois faisaient encore de la politique provinciale depuis vingt ans et chacun d'eux serait à ranger comme homme-à-femmes pour s'être beaucoup appuyé sur un réseau de maîtresses à la dimension des territoires à couvrir. On a beaucoup dit en économie des *femmes-jardins,* ces concubines gardiennes et usufruitières de chaque parcelle en culture d'un propriétaire terrien, mais si peu encore en politique des *femmes-bourgs,* que cela semble une injustice pour les réseaux de *matelotes* (femmes se partageant le même homme). Je ne pus m'empêcher de sourire à la première évocation de ce que devrait être normalement, pour ces trois grandes braguettes, l'organe du politique. Eh bien non, il en fut tout autrement. Le rapport aux femmes en politique était tellement variable qu'il n'y avait aucune constante à vraiment dégager. Du Lénine monogame, à l'Hitler fidèle, au Mussolini plus que dispersé... tous les types de rapports aux femmes pouvaient s'accommoder du pouvoir conclurent-ils. Il fallait plutôt passer en revue les cinq sens et leurs organes... et une journée de plus sur terre serait ainsi retranchée.

La bouche fut la première à être disqualifiée. Certes, il faut beaucoup parler en politique, mais ne jamais rien dire ; performance hors de portée du premier venu. C'était même à leurs yeux l'organe le plus dangereux en politique, on lui devait rarement un grand destin, et toute une infinité de défaveurs lui étaient attribuables. *C'est par la bouche que commencent les chutes en politique,* convinrent-ils sentencieusement. Au classement, il semblait bien que cet organe tirait de l'arrière, bon dernier.

Les yeux, l'observation, le coup d'œil... certes, il en fallait. Ce fut leur deuxième ronde d'analyse. Il fallait surtout savoir voir quand on a gagné, ce qui est relativement facile, mais surtout voir quand on a perdu, ce qui est moins facile et de loin plus important. Se retirer à temps fait souvent toute la différence en politique, entre

were the two cardinal virtues of this ultimate entrance examination for the small, closed groups of the adult world. These trios often dated from childhood and school days, trios of brothers-in-law, trios of buddies... As solidly built as old furniture, in any case. And it was not unusual to see them at the same time every day, playing cards or some other game, for five, ten or fifteen years, keeping the conversation going come fair weather or foul.

All three had been involved in provincial politics and each one could be classified as a womanizer, having relied heavily on a network of mistresses with the dimensions of territories to cover. Much has been said about the economy of *femmes-jardins,* those concubines, caretakers and sharecroppers of each parcel under cultivation belonging to a large landowner; but so little has yet been said about the politics of *femmes-bourgs,* in-town mistresses, that it seems unjust toward the networks of *matelottes* (women sharing the same man). I could not help smiling at the first mention of what must normally be, for these three philanderers, the political organ. But no, it was completely otherwise. The relationship with women in politics was so variable that there was really no identifiable constant to it. From monogamous Lenin to faithful Hitler to fickle Mussolini... they concluded that every type of relationship with women could adjust itself to power. It was preferable to examine the five senses and their organs; and one more day on earth would be spent doing this...

The mouth was the first to be disqualified. Of course, one needs to talk a lot in politics, but without saying anything; a performance out of the reach of the inexperienced. In their eyes, this was even the most dangerous organ in politics: it was rarely the cause of a great career, and an entire infinity of unfavorable events could be attributed to it. *In politics, a downfall begins with the mouth,* they concluded sententiously. In their ranking, it seemed that this organ took up the rear, dead last.

Eyes, observation, glances... certainly necessary. This was their second round of analysis. Above all, one had to know how to see when one had prevailed, which is relatively easy, but especially important was seeing when one had lost, which is not as easy but far more important. A timely withdrawal often makes all the difference in

une mort accidentelle à trop vouloir s'accrocher et une vie pleine de souvenirs à ressasser loin des affaires, en jouant au bésigue sous un amandier ! Ils ne manquaient pas d'humour à rire ainsi d'eux-mêmes ; mais l'humour n'est ni un organe ni un sens, quoiqu'il était nécessaire d'en avoir en politique, car, à leurs yeux, ça aidait drôlement à garder un juste milieu qui évite les excès et abus de pouvoir, en ayant constamment à l'esprit que tout pouvoir est passager et que viendra forcément un « après-pouvoir ». *Ministre n'est rien, ex-ministre est tout,* leur formule ne manquait pas d'allant. Les grandes catastrophes personnelles ont souvent été le fait de politiciens sans humour et sans perspective de l'après-pouvoir.

Puis vint le nez, le pif, l'odorat, l'intuition... Pas mal du tout comme sens politique à avoir. Certains en sont complètement dénués, jouent mal leurs cartes d'allégeance et sont toujours en train de trahir leur ami perdant au profit du gagnant qu'ils n'avaient pas vu venir. C'est pourquoi il y a tellement de retournement de vestes, de pirouettes et de combattants tardifs au secours de la victoire en politique. Mes trois joueurs avaient en réserve un compendium de sentences qui avait toujours fait l'admiration de mon enfance, car j'avais grandi à l'ombre des trois : *La défaite est orpheline et la victoire a cent pères ; Je ne sais pas qui a gagné cette bataille, mais je sais qui l'aurait perdu...* Ils cultivaient les citations de circonstance comme d'autres collectionnent des timbres ou des papillons.

Le toucher, le doigté, l'habileté... nécessaires pour se maintenir le plus longtemps possible en poste, car durer est souvent l'unique projet en politique. Si les trois premiers organes, la bouche, les yeux et le nez semblaient utiles à la conquête d'une position, le quatrième était indiscutablement l'outil pour s'y agripper. À tous les niveaux, faire de la politique, c'est arbitrer entre des contraires, de préférence avec des principes, et à défaut au fil de l'eau, tant et aussi longtemps que la chance est avec vous, car, riaient-ils, viendra forcément un moment où elle vous abandonnera. L'intéressant par-dessus tout était qu'ils illustraient leurs théories par des exemples concrets et des situations précises qui faisaient de la partie de bésigue une randonnée de vingt ans, une visite guidée de leur saison aux affaires, comme ils aimaient

politics, between an accidental death for trying to hang on too long and a life full of memories to ruminate upon far from the center of activity, playing bezique beneath an almond tree! They did not lack humor, and could laugh at themselves; but humor is neither an organ nor a sense, and it was not even necessary in politics. But in their eyes, humor had a funny way of helping to keep an even keel, helping to avoid extremes and abuses of power, helping to keep in mind constantly that all power is fleeting and that there will someday come an afterwards. *Being a Minister is nothing, being an ex-minister is everything*—a fairly forceful formula. Great catastrophes have often happened to humorless politicians who had no perspective on what would come after power had fled.

Then came the nose, the schnozz, smell, intuition… A pretty useful political sense to posses. Some are completely lacking in it, play their loyalty cards badly, and are always betraying a friend on the losing side in favor of the winner they had not seen coming. That is why there are so many people changing sides, doing flip-flops, and joining in the fight for the winning side at the last minute. My three card players kept a compendium of maxims in reserve, and I had always admired them as a child, since I had grown up in the shadow of all three: *Defeat is an orphan and victory has a hundred fathers; I do not know who won that battle, but I know who would have lost it…* They cultivated fitting quotations as others collected stamps or butterflies.

Touch, tact, skill… essential for holding on to one's position as long as possible, for endurance is often the sole aim in politics. If the first three organs—the mouth, the eyes, and the nose—seemed useful for gaining a position, the fourth was undeniably the one for hanging on to it. At all levels, being in politics means mediating between opposites, preferably in a principled way; but if that is not possible, you go with the flow for as long as luck is with you; because, they explained with laughter, the time will inevitably come when the flow will wash you up. What was the most interesting was that they illustrated their theories with concrete examples and specific situations that made their bezique sessions treks through thirty years, a guided tour of their season in public service as they liked to say, the twenty glorious years of the fifth generation: 1936-1946-1956.

dire, les vingt glorieuses de la cinquième génération, 1936-1946-1956.

L'ouïe, l'écoute... unanimes et bruyants, ils concordaient les trois à dire que l'oreille était finalement l'alpha et l'oméga du métier de politicien, le maillon faible qui fait qu'une chaîne vaut ce que vaut son maillon faible. Prêter l'oreille à tout venant, avoir toujours l'air de solliciter un avis au creux de l'oreille, être tout oreille partout et en tout temps, aiguiser une fine oreille... sont à la politique ce que le péché originel est à l'homme : une déveine cordée irréversible. Ils en avaient contre l'oreille obligée de se prêter à n'importe quoi, du rêve prémonitoire de l'un à la trouvaille récente par l'autre de la solution à tous les problèmes du pays. Une poubelle que votre oreille en politique et dans laquelle chaque commettant croit devoir lancer ses idées jetables et ses élucubrations passées date. La première qualité du politicien serait d'avoir l'oreille, celle qui laisse à chaque interlocuteur l'impression flatteuse que la dernière révélation en songe de sa grand-mère morte va enfin sauver la république. Ce n'était finalement pas pour rien que la langue dit bien *avoir l'oreille du pouvoir,* et non un autre organe.

Nous étions rendus au sprint final de la partie, la course à la « dernière », ce plus prestigieux des abats qui emporte la main, en somme comme en politique, où seule compte « la dernière ». Et ce n'était pas plus un art qu'une science, qu'un organe ou un sens, que cette chose qui fait toute la différence.

« Vois-tu petit gars, rien que de la chance qui passe, et qu'on saisit ou qu'on ne saisit pas. »

Mais cela était une autre affaire dont j'allais me souvenir.

Hearing, listening... unanimous and noisy, they all three agreed that the ear was in the end the alpha and omega of the politician's craft, the weak link that is the reason why a chain is worth no more than its weakest link. Lending an ear to all comers, the curve of the ear always seeming to seek advice, being all ears everywhere and at all times, sharpening ones keen hearing... in politics, this is what original sin is to humankind: an irreversible misfortune. They resented the fact that the ear was obliged to lend itself to anything anyone said: from a premonitory dream to the recent discovery of the solution to all the country's problems. A veritable trash can, your ear in politics, into which each associate felt obliged to deposit his disposable ideas and his extravagant outdated theories. The most important quality of a politician is to be a good listener, leaving with each person who speaks with you the flattering impression that the latest revelation in a dream from his dead grandmother will finally save the Republic. And so it is not a coincidence that our language says *to have the ear of the powerful,* and not some other organ.

We had come to the final sprint of the game, the race for the "last one," that most prestigious of plays which wins the hand, just as in politics, where the only play that counts is the last one. And this was an art as well as a science, an organ or a sense, this thing that makes all the difference.

"You see, my boy, nothing less than opportunity knocking, an opportunity that is taken or not taken."

But that is another story I will remember.

La formule secrète du zombie

C'est le titre du mémoire qui a provoqué l'événement : *La formule secrète du zombie.* La faculté d'Ethnologie, qui avait décidé de faire les choses en grand, avait emprunté la *Salle des pas perdus* de la faculté de Droit voisine pour la circonstance. La soutenance annoncée quinze jours à l'avance n'allait pas manquer d'attirer, pour des raisons différentes allant de la simple et saine curiosité au sensationnalisme. Pour la première fois, il fallait retirer, au secrétariat de la faculté, une carte d'invitation pour assister à une soutenance. Pour tout le monde, Ethnologie venait de marquer des points.

On avait regroupé dans la *Salle des pas perdus* tous les fauteuils des salles de cours, pour y asseoir les deux cents personnes venues entendre les révélations que le sujet annoncé promettait forcément, au vu d'un libellé aussi accrocheur. Nous allions enfin en savoir un peu plus, probablement pas tout, mais au moins quelques ingrédients de la formule la plus secrète qui soit dans la culture haïtienne. Il y avait même les deux rédacteurs en chef du Nouvelliste et du Matin, les deux quotidiens de Port-au-Prince, flanqués chacun de leur photographe

The Secret Formula of the Zombie

That is the title of the thesis that triggered the event: *The Secret Formula of the Zombie.* The Ethnology Department, which had decided to do things in a grand manner, had borrowed the great entrance hall of the neighboring Law School for the occasion. The thesis defense advertised two weeks in advance was to attract quite a few spectators for different reasons, from simple and healthy curiosity to sensationalism. For the first time, those who wished to attend a thesis defense had to obtain an invitation card from the Departmental office. It was clear to everyone that Ethnology had scored some points.

They had brought all the chairs from the classrooms into the entrance hall to seat the two hundred people who came to hear the revelations that the announced topic held in store with its attention-getting title. We were finally going to learn a little more, probably not all, but at least a few ingredients of the most secret formula that exists in Haitian culture. Even the two editors-in-chief of the *Nouvelliste* and the *Matin*, the two daily papers in Port-au-Prince, were in attendance, each one accompanied by the photographer he used for the most

des grandes occasions. Cela sentait l'article sur cinq colonnes à la une pour le lendemain. Deux professeurs haïtiens, en avant sur l'estrade, encadraient un coopérant français, un blanc fraîchement débarqué, historien et géographe de son métier, qui servait de président du jury. Et la famille endimanchée du candidat au parchemin occupait la troisième rangée, car les deux premières étaient réservées au représentant officiel du président de la république, un jeune officier de sa garde, réputé l'intelligent du groupe, chamarré des clinquants de sa tenue d'apparat, et à messieurs les professeurs des Facultés. Non, il n'y avait pas en 1960 de fille professeur d'université en Droit ou en Ethnologie.

Jusqu'à présent, pour unique spectacle d'orateurs, je ne connaissais que le prétoire de Quina. Mais on nous avait bien fait comprendre qu'il était temps, en cours de la classe de seconde, de commencer à fréquenter les cérémonies savantes, comme conférences et soutenances, afin de mieux faire nos choix d'études supérieures. C'était la première fois que j'assistais à un tel rituel, et cette fois-là m'est restée sur l'estomac, plus que toutes les autres fois qui allaient suivre.

Le rapporteur et directeur de la recherche parla le premier, pour insister sur la nouveauté du projet, qui avait demandé au candidat de séjourner quelques semaines dans le honfor de son informateur. Pour lui, cette démarche valait par sa nouveauté et son audace l'obtention du grade. Mais il n'avait rien dit du contenu. Le second, le directeur de la faculté en cause, laissa aussi de côté le contenu de la quarantaine de pages soumises, pour ne s'attacher qu'au succès médiatique de cette soutenance, pour laquelle le titre si bien choisi avait attiré tant de monde, ce dont finalement il était reconnaissant à l'étudiant et à son directeur. De tout le reste, il s'en foutait visiblement. Puis vint le blanc, président du jury. Il s'était préparé, et aucune peur ne semblait l'habiter.

Froid et méthodique, certainement pas au courant des mœurs locales en matière de critiques qui toutes s'alignaient sur l'oraison funèbre par leurs encensements, il entreprit une déconstruction du travail qui ne pouvait conduire qu'au rejet du mémoire. Le texte fourni n'était que le compte rendu des démarches pour approcher l'informateur, mais rien n'était dit du sujet à traiter

important occasions. One could imagine a five-column first-page article for the next day's editions. Two Haitian professors seated toward the front of the platform flanked a white French colleague, newly arrived, a historian and geographer by trade, who would serve as the chair of the jury. The doctoral candidate's family, decked out in their Sunday best, occupied the third row, for the first two were reserved for the official representative of the Republic, a young officer of the Republican Guard thought to be the intelligent one of that group, flashing the brightly-colored medals of his dress uniform, and for *Messieurs* the professors of the different Departments. No, in 1960 there were no women university professors in Law or Ethnology.

Until that time, the only opportunity I had had to witness examples of public speaking had been in the courtroom in Quina. But we in our second-year class had been given to understand that it was time to begin frequenting academic ceremonies such as lectures and thesis defenses, so that we might better be able to choose the field we would take up in our advanced studies. It was the first time I had attended such a ritual, and the occasion has remained in my memory more than all the others that would follow.

The presenter and director of the candidate's research spoke first in order to insist on the originality of the project, which had required the candidate to spend several weeks in the *honfor* of his informant. In his opinion, this action alone, in its originality and boldness, should earn the candidate a degree. But he said nothing about the content. The second to speak, the chair of the Department concerned, also left aside the content of the forty or so pages submitted, concentrating instead on the media success of this defense, to which the well-chosen title had attracted so many people, and for which he was grateful to the student and his thesis director. It was obvious that he did not give a damn about the rest. Then came the white Chair of the jury. He was well prepared and seemed to feel no fear.

Cold and methodical, obviously not acquainted with local customs in the area of critiques, all of which followed the model of the funeral oration in their fulsome praises, he undertook a deconstruction of the thesis which could only lead to its rejection. The text submit-

et des connaissances recueillies. En somme, on était devant un vide tellement absolu que cela s'apparentait à de la supercherie. Il fallait être un Blanc pour dire cela, dans cette période de rodage de la dictature, dont la faculté d'Ethnologie était l'enfant chéri, le dépositaire de la doctrine duvaliériste en application. Le fond de la salle applaudissait à tout rompre, tandis qu'à l'avant, pas le moindre petit geste d'approbation de ces messieurs.

Le candidat avait une belle audace pour ne point se démonter et répondre en discussion qu'il avait effectivement toutes les réponses souhaitées par le président de jury, mais que la mort prématurée de son informateur ne lui permettait pas de les divulguer sans son approbation. Ce dernier n'avait pas eu le temps de donner son accord formel à la révélation des trois recettes pour fabriquer un zombie : la première qui permet d'imiter la mort, la seconde qui réveille la victime après son exhumation du cimetière et la troisième qui stabilise au quotidien l'état de zombie. Il ne pouvait en aucun cas aborder ces questions sans une expresse autorisation qu'il n'avait pas. D'ailleurs, laissa-t-il entendre, il se chuchotait par-ci par-là, dans la région de son terrain, que cette mort n'avait rien de naturel et aurait été le fait de confrères inquiets de la divulgation de ces secrets. Bref, l'étudiant lui-même se sentait en danger, s'estimait une victime potentielle de la science et s'attendait à juste récompense de son effort osé.

On était en présence ou d'un maître-chanteur qui n'avait pas froid aux yeux, doublé d'un mystificateur capable d'un énorme canular ; ou d'un honnête homme comme on n'en faisait plus, naïf sur les bords ; ou d'un éthicien de haut vol capable de s'interdire ainsi toute indélicatesse vis-à-vis du décédé. Venant de la province, j'étais moi persuadé qu'à Quina l'on n'aurait fait qu'une bouchée de ce garçon, qui, de plus, n'aurait pas pu séjourner innocemment six semaines dans un *honfor,* et quitter les lieux après la mort invérifiable, et fort à propos, du *hongan.* C'était plutôt sa mort à lui qui aurait paru de l'ordre du possible. Il fallait ne rien savoir de ce monde pour imaginer un tel scénario. Port-au-Prince était bien la ville des illusionnistes dont on nous avait appris à nous garder. L'idée de quitter illico la salle me passa par la tête, tellement mon opinion était faite, mais, quand on vient de débarquer, il fallait savoir se fondre

ted was nothing but an account of the candidate's procedures for approaching the informant, but nothing was said of the subject itself or of the information acquired. All in all, the thesis was a void so absolute that it was very close to being a hoax. You had to be a white man to say such things during that era when the dictatorship was hitting its stride, a dictatorship for which the Department of Ethnology was a cherished child, the agent of the Duvalierist doctrine at work. The audience in the back rows applauded wildly, while in front there was not the slightest gesture of approval.

The candidate had quite a bit of aplomb not to fall apart, and he replied during the discussion that he had in fact all the answers desired by the Chair of the jury, but that the premature death of his informant did not permit him to divulge them without his approval. The informant died before granting his formal agreement to the revelation of the double series of Zombie secrets: from the stages of the semblance of death of the victim, to his exhumation from the cemetery, then his awakening and transformation into a zombie; and the three formulas for the potions which give the appearance of death, revive the victim afterwards, and maintain him in his zombie state. He could in no way take up these questions without the express authorization that he did not have. Besides, he hinted, it was whispered about in the region of his informant's territory that there was nothing natural about his death, and that it was brought about by colleagues concerned about the disclosure of these secrets. In short, the student himself felt he was at risk, a potential victim of science, and he expected a fair reward for his daring effort.

We were in the presence either of a fearless blackmailer as well as a hoaxer capable of great deception, or of an honest man of the type which no longer existed, with a tendency toward the naïve, or of a high-minded ethicist capable of self-deprivation in order to avoid any indelicacy toward the deceased. Coming from the provinces, I myself was convinced that in Quina they would have made short shrift of this boy who furthermore would not have been able to stay innocently for six weeks in a *honfor,* leaving it after the unverifiable and convenient death of the *houngan*; his own death seemed much more in the realm of the possible. You needed no

dans le paysage pour passer inaperçu ; « À Rome comme les Romains ! » nous avait-on enseigné. Je restai donc.

Le jury délibéra très longuement et sa décision allait rester dans les annales des Facultés comme une modèle indépassable de prudence politique. Puisqu'il n'y avait pas de mémoire, ce sur quoi quand même s'entendaient les trois membres du jury, il fut statué qu'un délai de trois mois serait accordé au candidat pour qu'il entre en contact avec son informateur, par les moyens de son choix — rêve, prise de possession, table parlante, esprit frappeur, vision, médium, magie de la couleur de son choix, blanche ou noire, main gauche ou main droite, etc. —, pour savoir si le décédé acceptait que soient livrées les trois formules secrètes des potions qui tuent en apparence, ressuscitent ensuite et maintiennent en état de zombie la victime. Auquel cas, les formalités requises pourraient être complétées pour l'obtention du grade.

Un rire énorme secoua la salle entière, même les rangées de l'avant ne purent s'y soustraire cette fois ; l'officier compris. Je biffai Ethnologie de ma liste de Facultés.

knowledge of that world to imagine such a scenario. Port-au-Prince was truly the city of conjurors they had warned us about. The idea of leaving the room occurred to me, but when you have just arrived in the city, you need to be able to blend in with the crowd and to go unnoticed. "When in Rome, do as the Romans do," they had taught us. And so I remained.

The jury deliberated at great length, and its decision would go down in the annals of the University as an unsurpassable model of political prudence. Since there was no thesis, and the three jury members agreed on that at least, they ruled that a deadline of three months from that date would be granted to the candidate in order for him to contact his informant by a method of his choice—a dream, a possession, a talking table, a rapping spirit, a vision, a medium, magic of any color he desired, white or black, left-handed or right-handed, etc.—in order to learn whether the deceased would accept the revelation of the secret zombie formula. If this agreement was obtained, the required formalities could be completed and the candidate would receive his degree.

An enormous gale of laughter shook the entire room, and this time even the front rows could not resist, the officer included. I struck ethnology off my list of possible majors.

L'effet bambou

La teneur de la lettre avait fait rapidement le tour du village en ce début septembre, mais l'on s'y attendait un peu. Notre juge de paix était révoqué et son remplaçant devait prendre charge le 22 septembre 1960 pour souligner les trois ans du nouveau pouvoir duvaliériste. Il lui était enjoint d'expédier les affaires courantes encore une quinzaine de jours et de vider les litiges inscrits au rôle. Quinze années s'étaient écoulées depuis que le président Dumarsais Estimé, dont il était l'agent électoral dans l'arrondissement et de plus son compère, l'avait placé là, séduit par son intime connaissance des univers provinciaux et par son sens d'une justice réparatrice des torts. Bon, chez lui, le reste en matière des législations était comme il était, mais son tribunal était tout de même devenu le haut lieu du spectacle d'un monde à sa fin.

Pour sa dernière audition, sans s'être donné le mot, il y eut en pleine semaine une foule endimanchée, dont toute ma classe d'âge en cravate, comme à une remise de diplôme de fin d'études. Le silence était pour la première fois tellement total dans la salle que le juge n'eut pas à refrapper plusieurs fois son marteau pour ouvrir la

The Bamboo Effect

The contents of the letter had quickly made the rounds of the village on that early September day, but it had been somewhat expected. Our justice of the peace had been dismissed, and his replacement was to take over on September 22, 1960, to mark the third anniversary of the Duvalier regime. He was enjoined to deal with all the current business for another two weeks and to clear all the cases on the docket. Fifteen years had passed since President Dumarsais Estimé, for whom he had served as campaign manager in the region and who was also his friend, had appointed him to the bench, won over by his intimate knowledge of the provincial world and by his sense that justice was meant to right wrongs. In his eyes, all the rest of the law was what it was, but even so, his courtroom had become the best place to witness the spectacle of a world that was coming to an end.

For his last hearing, although no one had spread the word, there was a crowd in attendance at this midweek session, wearing their Sunday best, including all my school class decked out in neckties, as if we were attending a graduation ceremony. For the first time, the silence

séance. Il affectait même n'avoir rien trouvé d'anormal. La cause importait peu ce jour-là, sauf qu'elle aurait valu quand même le déplacement en temps normal. Deux héritiers d'une terre indivise, mais dont chacun était réputé s'occuper d'une moitié, s'affrontaient. Le premier mettait maigrement chaque année sa partie en valeur tandis que le second fit des enfouissements sur la sienne au tout début et passa trois années à survivre autrement. Ne voilà-t-il pas qu'une magnifique forêt de bambous avait brusquement jailli de terre sur la parcelle en jachère et que son exploitation était gage de bons rapports. Le premier prétendait avoir droit à la moitié de ce don de Dieu et le second n'y voyait que le fruit de son travail.

Quand on les met en terre, les bambous pendant trois ans ne bougent pas d'un iota, rien, et puis ensuite ils vous font trois mètres en trois mois, denses et forts, touffus et vigoureux. Il n'y a que les innocents, dira le juge, pour s'étonner de la terrible croissance des bambous et de l'inextricable sous-bois de tiges emmêlées qui jaillit le temps de le dire. Le bambou est lent, mais la terre est patiente. Il n'y a que les innocents pour dire un jour que le bambou va trop vite et que le diable ou le bondieu est en dessous de tout cela. Plus il étayait son jugement, plus on se rendait compte qu'il avait longuement préparé sa sortie, car, en temps ordinaire, il aurait effectivement expédié cette affaire en courant. L'effet bambou lui fut prétexte à récapitulation de tous les autres effets de nature qui lui avaient servi de fondements dans ses jugements.

La cérémonie des adieux s'étirait, mais la salle attendit impassible, pour lui faire l'ovation debout qu'elle était venue lui faire. Je n'étais pas déçu de ce qui s'avérera ma dernière présence dans cette salle d'audiences, comme à une cérémonie de graduation du curriculum de l'enfance; seize ans, la classe de première en octobre, les dernières grandes vacances de province, Port-aux-Morts pour nouveau terrain de vie et de survie.

Plus tard, beaucoup plus tard, la flore et la faune de Quina me seront d'irremplaçables professeurs de « stratégie de rameurs », qui est de toujours donner dos à l'objectif vers lequel on rame, pour ne pas éveiller les soupçons; ou encore d'« associés de bois fouillé », partenariat exigeant de confiance car, dans un « bois fouillé »,

in the courtroom was so complete that the judge did not have to rap his gavel several times to open the proceedings. He pretended that there was nothing unusual going on. The case for that day mattered little, except for the fact that even on a normal day it would have been worth coming to hear. Two adversaries were confronting each other, the heirs of a plot of land that had not been divided, even though it was known that they had been taking responsibility for one half each. The first heir cultivated his half each year with little profit, while the second one had stuck things into the ground on his half at the very beginning, and had then spent the ensuing three years surviving by other means. And wonder of wonders, a magnificent forest of bamboo had suddenly burst from the earth on the fallow parcel, a crop that promised to bring in good profits. The first claimed he had a right to half this gift from God, and the second declared that it was nothing more than the fruit of his labor.

When they are planted in the earth, bamboo shoots do not budge an iota for three years—nothing—and then they grow three meters in three months, dense and strong, thick and hardy. Only the very naïve, said the judge, could be surprised at the awesome growth of bamboo and of the tangled undergrowth of its intermingled stalks which sprout up in no time. Bamboo is slow, but the earth is patient. Only the naïve can say one day that the bamboo is growing too fast and that the devil or God is behind the whole thing. The more he expounded on this opinion, the more we realized that he had been preparing his swan song for a long time, since on an ordinary day he actually would have expedited the case very quickly. The bamboo effect was for him the opportunity to sum up all the other effects of nature that had served as the basis of his rulings.

The farewell ceremony stretched on, but the spectators waited impassively for the moment when they could rise for the standing ovation they had come to give him. I was not disappointed by what was to be my final presence in this hearing room, as if it were a graduation ceremony from the curriculum of childhood; sixteen years old, the first year of higher learning in October, the last summer vacation in the provinces, Port-aux-Morts as a new ground for living and surviving.

le premier à déconner renverse toute la barque... L'image du petit juge de province, qui puisait dans la nature son arsenal de bon sens, ne s'estompera jamais tout à fait de ma mémoire, dans un monde où tout allait dérailler, les vaches devenant folles, les moutons enragés, les grippes aviaires, les abeilles tueuses, les figuiers maudits, les fruitiers stériles et les poules s'étouffant d'orgueil.

Trois jours après, l'autre juge siégea. Lunettes noires et langue de bois. La salle était déserte et l'humour en déroute. Dès avant le soir, l'on sut que toute réunion publique de plus de trois personnes enfreignait la loi d'exception sous l'empire de laquelle le pays avait été placé. Et qu'ordre avait été passé de démolir le kiosque au centre de la Place comme lieu d'endoctrinement de la jeunesse aux idéologies moscoutaires et havanaises. Le port de la barbe fut interdit comme d'essence rebelle et un grand panneau d'annonce de la construction d'un immense marché en fer, bellement dessiné en perspective, fut planté en bordure de la saline pour vingt-cinq ans (sans jamais le moindre geste d'un début d'exécution). Ne restait plus qu'à prendre le camion pour monter à la capitale.

C'est alors que je me souvins du dernier effet du petit juge, « l'effet de nasse », tellement évident dans une bourgade de pêcheurs, et dont la radicalité du piège était pire que les labyrinthes antiques, dont on s'échappait parfois. On ne sort jamais d'une nasse en revenant sur ses pas ; comme de la vie d'adulte qui jamais ne revient sur ses pas vers l'enfance, une fois engagé dans son tunnel d'entrée. Et j'y entrais.

Later, much later, the flora and fauna of Quina were to become for me precious professors of the "oarsman's strategy"—which is always to show your back to the goal toward which you are rowing, so as not to awaken suspicions—, or the "dugout association," a partnership requiring confidence in the others, since the first to mess around in a dugout tips over the whole boat... The image of that little provincial judge who drew his arsenal of good sense from nature will never fade entirely from my memory, in a world in which everything was about to go off the rails, with cows becoming mad, sheep rabid, birds ill with flu, bees killers, fig trees cursed, fruit trees sterile and hens choking on pride.

Three days later, the other judge took office. Dark glasses and political cant. The courtroom was deserted and humor had taken flight. Before evening fell, everyone had learned that all public meetings of more than three persons were in violation of the emergency measures under which the country had been placed. And that the order had been given to demolish the *tonnelle* in the center of the Plaza, since it was a meeting place for the indoctrination of youth in the ideologies of Moscow and Havana. Wearing a beard was forbidden as essentially a sign of rebellion, and a large billboard announcing the construction of an immense market made of iron, drawn in perspective, was erected beside the salt flats. It would remain there for twenty-five years. There was nothing left but to catch a truck for the capital.

It is then that I remembered the last effect described by the little judge, the "trap net effect," so well known in a village of fishers. This trap was so radical as to be worse than the labyrinths of antiquity from which one could sometimes escape. Nothing ever escapes a trap net by trying to retrace its steps. As in the life of adults who can never retrace their steps back to childhood, once they have entered the tunnel leading to adulthood. And I entered it.

L'œil du cyclone

Les Quinois avaient depuis longtemps appris à n'avoir d'exigences que celles admises par la nature pour lui soutirer les poissons et le manioc, les crabes et l'aubergine, la banane et le porc. Ils affichaient un grand orgueil de leur soumission aux forces de la mer, de la terre et du ciel dont ils parlaient souvent avec la satisfaction de tirer leur épingle d'un jeu dangereux. C'était une sorte de qui perd gagne, un combat dans lequel ils cédaient continuellement du terrain pour gagner leur vie. J'apprendrai plus tard que ces considérations générales pouvaient se regrouper en de robustes chapitres de thèses doctorales, mais seules m'intéressaient pour le moment les anecdotes qui s'y incrustaient. Elles me semblaient taillées de cent facettes dont je m'émerveillais des mille éclats. Comme cette fois où j'appris, ravi, que les entrées de la mer dans la plate ville étaient désignées par un terme juste depuis la Grèce antique, *kataklusmos,* « inondations par vents violents », longue filiation jusqu'à nos cataclysmes dont on craignait quatre mois par an les ravages. Ou encore « ouragan » et « caïman » comme disaient déjà bien avant nous dans leur langue les Indiens de Yaquimo, village-

The Eye of the Cyclone

Quina's inhabitants had long ago learned to have no needs save those accepted by nature, in order to extract from her such things as fish and manioc, crabs and eggplants, bananas and pork They took great pride in their submission to the forces of the sea, the earth, and the sky, of which they spoke often with the satisfaction of someone who has gotten out of a dangerous situation while the getting was good. It was a sort of losing to win, a battle in which they continually yielded ground to win their daily bread. I would later learn that these general considerations could be gathered together to form sound chapters in doctoral theses, but at the moment, only the anecdotes imbedded in them interested me. They seemed carved into a hundred facets whose thousand reflections astonished me. Like the time I was delighted to learn that the invasions of the sea into the town flats were designated with a term that had been perfect since the time of ancient Greece, *kataklusmos,* "floods caused by violent winds," a long lineage that ended in our cataclysms, whose ravages were feared during four months of the year. Or another pair: "hurricane and caiman," as the Indians already said in their

ancêtre d'où venaient et le nom et l'emplacement de Quina. Du début d'août à fin novembre, les Quinois avaient ainsi une peur justifiée des cyclones, aux conséquences désastreuses, car à chaque fois Quina se mourait un peu plus. Le temps n'était pas loin où elle mourrait pour de bon.

Le marquage des grands événements de la vie à Quina se faisait donc à coup de cyclones au point que la fameuse Grande Dépression de 1930, dont j'entendrais tellement parler plus tard, ne s'était pas rendue jusqu'à Quina. Du moins comme repère. Ce statut était plutôt celui du cyclone destructeur de 1928, qui départageait un âge d'or de centaines de camions de campêche au port et la grande émigration de sans-travail vers les cannaies cubaines pour les *braceros* et vers Port-au-Prince pour les *cerebreros*. La mémoire de Quina pouvait ainsi décliner deux siècles de catastrophes, et leurs vagues subséquentes d'émigrations, sans le moindre blanc. Ma génération apprit donc à bonne école à se bâtir un calendrier aux repères de Hazel octobre 1954, Greta octobre 1956, Ella septembre 1958, Flora octobre 1963, Katy octobre 1965, Ines septembre 1966. Après, ce ne fut même plus nécessaire de continuer, Quina agonisait.

Ouragans et caïmans avaient donc partie liée, quand les déchaînements de la nature rompaient la trêve comme pour bien montrer qui des hommes ou d'elle menait la danse. Moi, j'avais tout simplement hâte à ces courses rares et uniques qui unissaient en ce pays de pêches et de chasses les deux activités en une chasse-pêche : celle des petits caïmans dans l'œil des cyclones. Après chaque cataclysme, les premiers Blancs à arriver à Quina venaient les acheter à prix fort pour la maroquinerie. Ensuite venaient les secours. Les cyclones n'étaient pas mauvais pour tout le monde et l'on montrait du doigt ceux qui en profitaient pour de bonnes affaires.

Deux jours avant, on sut qu'une nouvelle turbulence nous arrivait. Dix-neuvième ouragan de l'année, ce rang lui avait valu un nom de femme commençant par S, Sara, et la date tardive de sa venue, un 2 novembre, jour des Morts, était celle où tout le monde revenait au village d'origine de sa famille pour le culte. C'était, avec le 7 mars jour de la fête du saint patron, la seule occasion où Quina

language long before us, in Yaquimo, an ancestral village which was the source of the name and the location of Quina. From the beginning of August until the end of November, the people of Quina had a panicky fear of cyclones. There were disastrous consequences, for with each of them Quina died a bit more. The time was not far off when it would die for good.

Important events in the life of Quina were identified by cyclones, to the point that the famous Great Depression of 1930, about which I was to hear so much later, had not come as far as Quina. At least not as a point of reference. That status had been reserved for the destructive cyclone of 1928, which marked the division between a golden age of hundreds of trucks loaded with camwood at the port and a time of significant emigration of unemployed workers to the cane fields of Cuba as *braceros* and to Port-au-Prince for the *cerebreros.*

The memory of Quina could recount two centuries of catastrophes without missing any, along with their successive waves of emigration. Thus my generation learned first-hand to construct a calendar whose reference points were Hazel in October of 1954, Greta in October of 1956, Ella in September of 1958... Flora in October of 1963, Katy in October of 1965, Inez in September of 1966... After that, it was not even necessary to go on. Quina was on its deathbed.

Hurricanes and caimans were tied together when violent outbursts broke the truce, as if to show who, humankind or nature, was running the show. As for me, I was merely anxious to join in those rare and unique races that in this land of fishing and hunting unified the two activities into a fishing-hunt for little caimans in the cyclone's eye. After each cataclysm, the first whites to arrive in Quina would come to buy them at a high price for the leather trade. Rescue operations would come afterward. Cyclones weren't bad for everyone, and those who took advantage of them for a good profit were singled out.

Two days beforehand, the news would come that a new turbulence was on its way. Since this particular one was the nineteenth hurricane of the year, it was given a women's name starting with S: Sara. The late date of its arrival, a second of November, the Day of the Dead, was the day everyone went to their home towns to honor

était pleine à ras bord de tous les Quinois partout dispersés.

Il fallait commencer par consolider les abris. Planches et clous étaient en principe mis en réserve pour cette circonstance. Les bandes d'adolescents préparaient fiévreusement de longs piquets de bois durs des mangliers taillés en pointe, et dont l'extrémité était durcie à feu vif. C'était l'arme qui fit les beaux jours des armées paysannes du Sud au siècle dernier, les Piquets. On s'échangeait nos tours de main pour empaler les petits caïmans sur la grande Place, que de larges et profonds canaux délimitaient. Ces bois des mangliers au passé glorieux ne servent plus maintenant que de « bois-de-fer » aux coffrages des dalles de béton à Port-au-Prince.

Les vents violents soufflaient toujours de la mer en arrivant du sud-est. Toutes les fenêtres arrières, « au vent », avaient été condamnées avec des planches clouées. Les maisons de Quina sont construites et orientées pour faire gros dos aux cyclones. Du balcon opposé, le côté « sous le vent », ma première surprise fut de voir dans les grands canaux la mer entrer à gros bouillons d'écumes avec des bêtes de grande taille avant même l'arrivée des pluies. C'était un mauvais signe. Les vents étaient plus forts que d'habitude. Et ce n'étaient plus les petits vauriens d'un mètre de long de juillet et d'août qui ne mordaient pas encore (enfant, « Sauriens ! » me corrigeait-on en vain). Ceux de novembre étaient plus vieux et plus gros et mordaient déjà à tuer. C'étaient des spécimens de deux mètres qui avaient envahi la ville. Leurs mâchoires grandes ouvertes comme des adultes. Il y en avait par dizaines sur la Place et ils avaient quitté les canaux pour toutes les ruelles de Quina où l'eau montait plus haut que de coutume. La chasse-pêche allait être dangereuse.

Les vents ne tombaient pas. Le temps passait, et il semblait que ce cyclone n'avait pas d'œil pour laisser à la ville le temps de souffler un peu. Déjà que quelques toits passaient en sifflant par-dessus la Place. Les vagues cognaient contre les pontons du port en projetant les barques loin dans les terres. L'eau montait toujours. Plus personne ne pensait à la chasse-pêche décommandée par la force majeure des vents. Les gros caïmans, assez puissants pour résister aux premiers assauts des vents dans les mangliers, avaient cédé du terrain pour regagner

their dead. It was, along with March 7, the day of the feast of the holy Patron of the town, the only occasion when Quina was filled to the brim with Quinois who had been scattered everywhere.

First we had to reinforce the shelters. Planks and nails were usually kept stored in the event of a cyclone. Gangs of adolescents feverishly prepared long stakes of mangrove wood with carved points, hardening them in a hot fire. This is the weapon that was the pride of the glory days of the southern peasant army, the Piquets, in the last century. We showed each other our methods of impaling the little caimans on the great Square, which was bounded by large, deep canals. These mangrove limbs with their glorious past are now nothing more to Quina than shoring for pouring cement slabs in Port-au-Prince.

Violent winds always blew in from the sea, arriving from the southeast. All the back windows "in the wind" had been sealed with nailed planks. Quina's houses are built and oriented so that their backs are turned toward the cyclones. From the balcony on the other side, "under the wind," my first surprise was to see the sea enter the deep canals in great, frothy, gushes, with big animals to match, even before the rains came. That was a bad sign. The wind was stronger than usual. And these were not the little "gentiles" of July, only a meter long and who didn't bite yet (as a child, "Reptiles!"—they corrected me in vain). These November caimans had become bigger and older, and could already bite to kill. Specimens two meters long had invaded the town, their jaws gaping like adult caimans. There were dozens on the Square, and they had left the canals for Quina's alleys, where the water was rising higher than usual. The fishing-hunt was going to be dangerous.

The wind did not let up. Time passed, and it seemed as if the cyclone had no eye to give the town time to catch its breath. Several roofs had already flown by, whistling over the Square. Waves struck noisily against the landing-stage of the port, carrying boats far inland. The water was still rising. No one was thinking about the fishing-hunt anymore. It had been canceled by the wind's overwhelming strength. The big caimans, strong enough to resist the first assaults of the wind in the mangroves, had yielded ground and come back to the town.

la ville. C'était maintenant des adultes de cinq mètres qui arpentaient lourdement les rues et se croisaient sur la Place en se toisant, la gueule ouverte. Un ciel très bas, noir et fouetté d'éclairs lâchait sans désemparer ses trombes sur la ville. Les dames priaient déjà à genoux depuis un bon moment et les hommes anxieux collaient un œil inquiet aux fentes entre les planches pour deviner au-dehors la menace en cours.

Quina s'effondrait de partout sous le cyclone du siècle. Les bêtes flottaient maintenant noyées entre les caïmans. Tous les habitants aux maisons basses s'étaient réfugiés chez ceux des maisons à étage. Le presbytère, bâti en dur, était ouvert. L'église aussi. L'eau continuait à monter. Quelques blessés ajoutaient aux rumeurs que les caïmans s'attaquaient maintenant aux personnes qui se risquaient dans les rues. Peu de maisons allaient résister à cet assaut. Tout le monde était sinistré.

Deux jours après, Quina n'était que boue et désolation quand un soleil innocent revint remplacer dans le ciel le cyclone, comme si de rien n'était. Nous déménageâmes avec ma mère à Port-au-Prince. Le temps de rebâtir la grande maison familiale disait mon père resté sur place au milieu des ruines ; un simple aller-retour. Mais j'avais le cœur serré qui me disait le contraire, que c'était un aller simple plutôt, et que quelque part il y avait un non-retour, et que cela s'appelait l'exil, le premier, et que l'on ne s'en sortait qu'encore plus dévasté que le coin de pays laissé derrière. Quina forever.

Now there were five-meter-long adults lumbering heavily along the streets and meeting each other on the Square, looking each other up and down with gaping jaws. A lowering sky, black and whipped by lightning flashes, unleashed its masses of water on the town. The women had already been praying on their knees for quite a while, and the anxious men stood with their eyes glued to cracks between the planks to try to guess the gravity of the threat looming outside.

Quina was collapsing everywhere beneath the cyclone of the century. Drowned animals were now floating among the caimans. All the townspeople with one-story houses had taken refuge in two-story houses. The sturdily-built rectory had opened its doors. The church, as well. A few injuries added to rumors that the caimans were now attacking humans who ventured into the streets. Few houses would withstand this assault. Everyone was a disaster victim.

Quina was nothing but mud and devastation two days later, when an innocent sun came to replace the cyclone in the sky as if nothing had happened. We moved to Port-au-Prince with my mother, a mere round trip, just until the big family home had been rebuilt, said my father, who had stayed among the ruins. But my heavy heart told me the opposite, that somehow the journey was one-way, that there was no return trip, and that it was called exile, and that it left the exiled person more devastated than the patch of land left behind. Quina forever.

Port-aux-Morts | Port of the Dead

La bande dessinée

Le dernier cours de la semaine, celui de philosophie, était si mal placé dans la grille horaire que les trois heures prévues, le vendredi après-midi à partir de deux heures, se terminaient souvent à la noirceur, puisque nous débordions largement le temps alloué. Tout le monde décompressait des tensions hebdomadaires de la classe de Terminale, depuis le professeur en avant, qui socratisait sur le ton badin de la conversation avec des teenagers, à la bande du fond de la salle qui suivait mollement les enchaînements dialogués de cette maïeutique. La méthode avait cela de bon qu'elle ne réclamait qu'une demi-attention, laissant ainsi place aux joutes féroces entre les deux clans du dessin et de l'écriture. Car l'on devait, en cette dernière année d'école avant l'université, être obligatoirement de l'un ou l'autre mode d'expression, dans ce pays que les intellectuels fantasmaient en terre prodigue de peintres et d'écrivains.

Nous étions plus d'une quarantaine à partager douze bancs alignés en deux rangées que séparait un couloir central. Les deux bancs du fond étaient réservés aux deux équipes de quatre qui allaient s'affronter tout au long des trois heures. Lionel était le capitaine des dessi-

Hard Times

The last class of the week, Philosophy, was so ill-placed in the course schedule that the three hours provided, late Friday afternoon starting at five o'clock, ended after nightfall; besides, we often went well beyond the allotted time. Everyone was unwinding after the weekly tensions of our final year—from the professor before us (who would Socratize in a bantering, conversational tone with teenagers) to the gang at the back of the room, half-heartedly following the dialogued chain of ideas in this maieutical formulation. The method was good in that it required only half our attention, thus leaving room for fierce sparring between the two class factions: drawing and writing. For it was a requirement, in this our last year of school before college, to adhere to one or the other of these modes of expression, in this country that the intellectuals fantasized as a land rich in painters and writers.

More than forty of us shared twelve benches lined up in two sections divided by a central passage. The two back benches were reserved for the two teams of four who would joust with each other during the entire three hours. Lionel was the artists' captain. The jury was made

nateurs. Le jury se composait de toute la classe qui devait apprécier les productions respectives des deux équipes. Le manège de la circulation continue de dessins et de textes en provenance du fond de la salle n'échappait certainement pas au professeur, qui avait habilement choisi de le classer *subito presto* comme une retombée positive de sa méthode. Nous le surnommions justement Toto Relax.

Dès le coup d'envoi, signifié par l'arrivée du professeur et un réglementaire tirage au sort par pile ou face, l'une des équipes tirait la première. Lionel avait un talent fou pour le dessin et la caricature ; il n'avait pas son pareil pour tomber un lettrage comme jamais je n'ai vu faire depuis. Il était le seul dont nous sachions tous déjà qu'il avait le don pour déborder nos frontières. Il avait un coup de crayon unique et ce qu'il fallait d'autre pour le faire fructifier.

La férocité de son trait pouvait déformer un visage d'une grimace horrible à mériter un petit coin de mur d'un musée du rire. Et nous étions tous démunis dans l'équipe de l'écriture ; rien pour lui rendre ses coups, que de la rimaille de potaches. J'ai gravé dans ma mémoire nos échanges de la dernière joute du dernier vendredi :

Bien qu'il portât blue-jeans chemise et stepover
Il s'était de plein gré égaré chez les femmes
L'Éternel sur son sexe s'étant pris de travers
Il errait solitaire se perdant corps et âme...

Suivaient cinq ou six autres quatrains du même acabit. En réponse, Lionel me transformait en basset m'acharnant, contingence de taille, sur ses mollets de géant. Je répliquais alors à la galerie de son bord :

Riez, riez
c'est bien votre tour
mais viendra le jour
où les colliers de nos chiens
seront faits de vos dents

Cette diatribe, qui faisait trente lignes en six strophes, allait me valoir un autre rictus horrible auquel j'allais répondre par une douzaine de somptueux alexandrins scatologiques sous le titre « Le Constipé ». Jusqu'au terme de la lecture commentée du *Discours de la méthode* qui faisait ce jour-là l'ordinaire des heures de philo, nous

up of the entire class, who had to evaluate the respective productions of the two teams. The continuous movement of drawings and texts originating in the back of the room must certainly not have escaped the attention of our instructor, who had cleverly chosen to consider it *subito presto* as a positive effect of his teaching methods. We aptly nicknamed him "Toto Relax."

When play started, upon the teacher's arrival and after an obligatory toss of the coin, one of the teams would take the first shot. Lionel had an incredible talent for drawing and caricature; he had no equal when it came to scoring points, and I have never seen his like since then. He was the only one whom we could already identify as someone with a gift that would go beyond our borders. He had a unique pencil stroke and everything else necessary to make it bear fruit.

The savagery of his sketching could deform a face into a grimace deserving of a bit of space on the wall of a museum of laughter. And we on the writing team were all helpless; there was nothing we could use to score against him but schoolboy doggerel. Our last exchanges on the last scrimmage of the last Friday are engraved in my memory:

Though he wore blue jeans, shirt and cheap loafers
He had willingly lost himself among women
Since the Lord had gotten his sex all wrong
He wandered, solitary, losing body and soul

There followed five or six more verses of the same sort. In response, Lionel transformed me into a basset hound plodding doggedly along on thick legs. So I responded to the onlookers on his side:

Laugh, laugh
It's your turn
but the day will come
when our dogs' collars
will be made of your teeth

This diatribe, comprised of thirty lines in six verses, would win me nothing more than another horrible caricature, to which I replied with a dozen sumptuous scatological alexandrines entitled "Constipated." Right up to the end of the teachers' annotated reading of the *Discourse on Method*, which was that day's philosophi-

nous étripions joyeusement à l'arrière, entre le *cogito ergo sum* de Descartes et la découverte de l'ontologie.

Lionel avait dix-huit ans et le lundi suivant il n'est pas revenu en classe. Il n'est même jamais revenu du tout depuis, disparu la veille d'être allé accompagner une amie d'école qui partait d'une ambassade avec un sauf-conduit, car il gérait de front, avec nonchalance, ses nombreuses amours d'enfance qu'il ne savait pas rompre. Il a disparu, presque par hasard, de s'être trouvé un dimanche à l'aéroport de Port-au-Prince, un jour de rafle, pour une raison depuis longtemps oubliée.

Comme cela, un dimanche midi à l'aéroport, ils ont enlevé douze albums de la Mafalda de Quino, rayé la collection des Tintin d'Hergé, escamoté Astérix et Obélix, enlevé Achille Talon à son papa à lui… car, c'étaient bien ceux-là ses pairs et ses œuvres en puissance. J'en étais tellement certain que nous avions, presque sérieusement, déjà conclu un accord, lui pour les dessins, moi pour les textes.

Nous changions chaque semaine de titre pour notre collection et celui de la dernière semaine fut *La bande dessinée*. La richesse polysémique de ce titre fit rougir nos compagnes de classe après que Lionel eut dessiné pour la page de garde un logo porno qu'il osa qualifier de « réalisme merveilleux », tandis que la déroutante simplicité d'un titre qui disait son objet faisait d'autre part enrager nos compagnons qui s'initiaient avec ferveur au tarabiscotage local. Coup double. Je crois que nous aurions gardé ce titre pour notre collection de BD !

Ces imbéciles nous ont fauché ce talent, et je n'ai plus jamais jouté. Nous terminâmes l'année scolaire dans un silence opaque. Mon ami avait disparu, en me laissant la certitude cependant, qu'avant de sombrer, il avait dessiné de ses yeux, dans son cœur et dans sa tête, une collection de faces de bourreaux à faire frémir l'enfer.

Cette collection existe toujours. Avec un peu d'attention, et même sans trop d'effort, je la vois souvent se surimposer aux histoires d'horreurs dans tous les journaux du monde, et elle est unique pour être la seule bande dessinée, à ma connaissance, à n'avoir pour support qu'une rétine de supplicié.

cal fare, we joyously slaughtered each other at the back, between *cogito ergo sum* and the discovery of ontology.

Lionel was eighteen, and he did not come to class the following Friday. He never returned at all, disappearing the day before he was to accompany a school friend, a girl who was leaving from an embassy with a safe-conduct (he managed, quite openly and nonchalantly, several youthful romances that he did not know how to break off). He disappeared almost by chance, because he had found himself one Sunday at the Port-au-Prince airport on a day a raid was carried out for some long-ago forgotten reason.

Just like that, on a Sunday noon at the airport, they confiscated the equivalent of all Charles Schultz's *Peanuts* books, wiped out Larsen's *Far Side* collection, made *Calvin and Hobbes* disappear, kidnapped *Batman* and left Robin bereft—for Lionel's comic books were bound to have equaled those famous ones in power. I was so certain of this that, almost seriously, we had come to an agreement that he would do the drawings and I the text.

We changed the title of our comic book collection every week, and our last one was *Hard Times*. The rich double meaning of this title made our classmates blush after Lionel had made a porno logo for the cover that he dared to describe as "magic realism," while the puzzling simplicity of a title that said what it meant infuriated our comrades who were learning the convoluted local style. A double score. I think we would have kept this title for our collection of comic books.

Those imbeciles cut down this talent, and I never again sparred innocently. We ended the school year in an impenetrable silence. My friend had disappeared, leaving me in the certainty, however, that before going under, he had drawn with his eyes, in his heart and in his head, a collection of executioners' faces fit to make the Devil shudder.

This collection still exists. With a little attention and even without too much effort, I often see it superimposed on the horror stories in all the newspapers in the world, and it is unique, for it is the only comic book I know of with nothing to support it but the retina of a tortured boy.

Le fou, l'interne et le caporal

Cela faisait trente minutes que le résident n'arrivait pas à tirer la moindre parole du nouveau patient amené le matin même à Pont-Beudet, bourg perdu qui vivait au rythme de l'unique hôpital psychiatrique du pays, en plein milieu des cannaies du Cul-de-Sac. Le patient était plongé dans une profonde mélancolie qu'aucune des techniques du jeune médecin n'arrivait à vaincre.

J'assistais à la rencontre dans un petit groupe d'élèves de philosophie, envoyé par notre professeur de psychologie frais rentré de Paris, avec encore assez d'illusions pour prendre une telle initiative en 1961. Ce public inespéré, qui comprenait aussi trois filles, s'il laissa muet le patient, produisit l'effet inverse sur le jeune médecin qui nous gratifia d'un acrobatique exposé sur ce cas de mutisme, pesa et soupesa différentes hypothèses dans une virevolte sans filet et, s'assurant du coin de l'œil de l'attention des filles, retomba sur ses pieds dans une finale remarquable sur l'impossibilité de pénétrer, même par effraction, dans l'univers clos où le patient s'était barricadé. Son savoir n'avait peut-être pas

The Madman, the Intern, and the Corporal

The resident had tried in vain for thirty minutes to draw a single word out of the new patient brought that very morning to Pont-Beudet, an isolated market town which moved to the rhythm of the only psychiatric hospital in the country, right in the middle of the cane-fields of Cul-de-Sac. The patient was in the throes of a deep melancholia that failed to respond to any of the young doctor's techniques.

I was among a small group of philosophy students observing their encounter, sent by our psychology professor who had just returned from Paris and still had enough illusions to take such an initiative in 1961. This unexpected audience, which included three young women, might have left the patient mute but had the opposite effect on the young doctor, who favored us with an acrobatic exposé on this case of mutism, weighing and hefting different hypotheses, whirling in the air without a net, and—making sure the eyes of the girls were on him—landing on his feet in a remarkable finale on the impossibility of entering, even forcibly, the closed universe into which the patient had barricaded himself. His knowledge was perhaps not effective, but what a

d'efficacité, mais quel verbe pour le constater ! Les filles étaient visiblement sensibles à la prestation.

Assistait aussi à l'entrevue, comme prochain patient, un caporal que ses épisodes maniaques de plus en plus rapprochés avaient contraint à l'hospitalisation. Faut dire qu'il servait au Grand Quartier Général comme dactylographe et que ses variations d'humeur dérangeaient la routine des correspondances désuètes. Il posait trop de questions et se mêlait de changer des formules qui avaient fait leurs preuves depuis le temps des Américains. On le fit enfermer pour le bien du service. L'interne commençait à s'échauffer sur la présentation de ce cas de bipolarité quand, avec dédain, le caporal l'interrompit et s'offrit pour reprendre l'interrogatoire du premier patient et le faire parler. La consultation prenait un tour imprévu. Au lieu de se méfier d'une telle offre, nous vîmes l'apprenti psychiatre se cabrer, méprisant, et relever le défi de l'ignare qui comptait réussir là où lui, et la science, venaient d'échouer.

Je me reproche encore, trente-cinq ans après, d'avoir éclaté de rire de surprise quand le caporal, d'une claque double des deux mains appliquées aux deux oreilles en même temps comme des cymbales — ces *kalòt-marasa* qui provoquent le vertige des loopings, perforent les tympans, font remonter l'estomac et descendre les intestins, mais cela je ne l'apprendrai que plus tard en prison —, tira le pauvre homme de sa torpeur. Il déclina mécaniquement, mais toujours confus, nom, prénom, âge, lieu de naissance, état civil, nombre d'enfants. Il fallut le secouer pour l'arrêter sur sa lancée, car il n'en finissait plus de citer des noms d'épouses, de *femmes-jardins*, de concubines en plaçage, et autres maîtresses d'appoint. Je ne riais plus du tout de ce conditionnement séculaire, non pour le résident humilié plus qu'il n'en fallait — à cause des filles présentes — et devenu tout rouge, c'était un mulâtre, mais pour la culture de violence que cette *kalòt-marasa* révélait.

Le caporal, triomphal, se mit à son tour à parler doctement à notre intention de ce remède souverain contre les trous de mémoire, fou pas fou.

way he had of expressing it! The girls were visibly affected by this scientific performance.

Another observer of the interview was the next patient, a corporal whose manic episodes, which had become increasingly frequent, had forced him to be hospitalized. It must be noted that he worked as a typist at Army Headquarters, and that his varying moods disturbed the routine of traditional correspondence. He asked too many questions and took it upon himself to change formulas which had passed the test of time since the era of the Americans. They had him committed for the good of the Service. The intern's presentation of this case of bipolarity was becoming quite heated when, with disdain, the Corporal interrupted him, offering to resume the interrogation of the first patient and to make him talk. The consultation was taking an unexpected turn, and instead of mistrusting such an offer, the apprentice psychiatrist bristled contemptuously and took up the challenge of an ignoramus who thought he could succeed where the intern and science had just failed.

I still blame myself thirty-five years after the fact for bursting into laughter when the Corporal, with a double slap with both hands applied to both ears at the same time, like cymbals—those *calottes-marasa* or double slaps which bring on the vertigo of a passenger in a plane doing loop-the-loops, perforate the eardrums, make the gorge rise and the intestines fall, but I was not to learn that until later, in prison—drew the poor man from his torpor. He stated mechanically, but still confusedly, his last name, first name, age, place of birth, marital status, number of children. He had to be shaken to stop him from forging ahead, since he went on and on, citing the names of wives, *femmes-jardin*, concubines, and other additional mistresses. I was no longer laughing at this hundred-year-old conditioning. Not because of the red-faced resident (he was a mulatto), humiliated more than necessary in the presence of young women, but because of the culture of violence revealed by this *calotte-marasa.*

The triumphant Corporal began in his turn to speak learnedly to us of this sovereign remedy for memory lapses, whether one is mad or not.

La nature plaide non coupable

Les hautes branches en parasol du grand amandier étaient déjà sectionnées, ne laissant qu'un chicot pointé vers le ciel, et deux hommes s'affairaient avec méthode à couper le deuxième étage que formaient cinq grosses tiges partant en étoile à la même hauteur du tronc. C'était un arbre superbe, à cinq estrades régulières qui lui donnaient l'allure d'un jupon à crinoline pour géante. Il devait bien avoir cent ans et quinze mètres de haut, héritage d'un jardinier attentif qui avait veillé à l'émonder dans ses jeunes années pour que les larges feuilles adoucissent le soleil en un grand cercle d'ombre. Toute la cour en profitait, surtout les impatientes de toutes les couleurs, rangées en ordre dans des parterres de briques dont s'occupait la jeune femme des lieux.

Du balcon de la maison, à une dizaine de mètres du tronc de l'arbre, le propriétaire et mari, les deux mains derrière le dos, veillait en bougonnant à la mise à mort de la pièce maîtresse du jardin d'ombrage de sa femme. C'était un temps difficile pour les arbres. La dictature en ses débuts frileux avait pris la décision de déboiser le plus possible le pays, afin de limiter les possibilités de camouflage d'éventuelles guérillas. Les causes du succès

Nature Pleads Not Guilty

The high parasol-shaped branches of the tall almond tree had already been cut down, leaving nothing but a shaft pointing towards the sky, and two men were going about methodically cutting the second story formed by five thick shafts branching off in a star shape at the same level of the trunk. It was a superb tree, with five regularly-spaced levels which gave it the appearance of a giant's crinoline skirt. It must have been a hundred years old and fifteen meters high, the legacy of some attentive gardener who had been careful to prune it in its early years so that the wide leaves would soften the sun with a great circle of shade. The whole courtyard benefited from it, especially the *impatiens* of all colors, arranged in order in brick flower beds tended by the young woman who lived there.

From the balcony of the house, about ten meters from the tree trunk, the owner and husband, his hands behind his back, watched grumpily as the showpiece of his wife's shady garden was put to death. These were hard times for trees. The dictatorship, during its cautious beginnings, had made the decision to deforest as much of the country as possible, in order to limit the concealment offered

des rebelles cubains en 1959 avaient été ramenées à une misérable thèse de sous-bois propices. Le morne l'Hôpital, dominant Port-au-Prince de sa couverture végétale, avait ainsi été passé à la tronçonneuse. De partout en ville, on pouvait maintenant voir un moutonnement de buttes chauves que le ruissellement commençait à lacérer.

La brigade de déboisement, spécialement créée dans le corps du génie des Forces Armées et entraînée à la scie mécanique des bûcherons, parcourait le pays en quête de tous les boisés pouvant inciter à la prise d'armes. Le délire d'invasion de rebelles avait atteint sa limite aux marches d'Est du pays, où une bande de terre rasée de deux kilomètres de large colla aux trois cents kilomètres de frontière commune avec la république Dominicaine, détruisant une forêt primitive aux millions d'arbres majestueux. Si encore les arbres tombaient pour devenir papier à lettre d'amour, grande feuille de journal, billets de sortie de prison, chapitres de manuel scolaire, pages de livre de lecture, signets pour recueil de miniatures à déguster une par une, entre un verre de rhum et un cigare... Mais non, les arbres tombaient pour tomber de la courte vue d'un myope tout-puissant butant sur l'arbre qui cache la forêt.

Il était devenu courant de voir couper, tout autour des maisons des dignitaires du régime, pour des raisons de sécurité, les arbres des voisins qui n'osaient s'opposer par crainte de représailles, toujours mortelles, en ce temps-là ; même que toute la famille pouvait y passer, le bébé à la mamelle compris. Évidemment qu'un lucratif commerce de bois prit vite le relais de la raison d'État, pour alimenter de nouvelles boulangeries et de nouvelles machines de nettoyage à sec, qui réclamaient sans cesse du bois, toujours plus de bois. Bien sûr que cette haine de l'arbre pendant deux décennies allait permettre une reprise des exportations de bois, et l'on vit ce rocher dénudé accueillir trois compagnies forestières étrangères, toutes trois spécialisées dans la *coupe à blanc*. Certainement que le moment n'était pas à quelque politique de reboisement que ce fût, pour fournir le charbon de cuisson qu'un quart de siècle de cette ère de suspicion acheva de brûler.

L'amandier était aussi une victime expiatoire. Non coupable des méfaits qui avaient mis en émoi le quar-

to possible guerillas. They had reduced the causes of the rebel Cubans' success in 1959 to a pathetic theory of favorable undergrowth. L'Hôpital Mountain, looming over Port-au-Prince with its plant cover, had thus fallen victim to the chain-saw. From everywhere in the city, a horizon of bald mounds could now be seen, already showing the lacerations of erosion.

The deforestation brigade, specially created in the engineering section of the Armed Forces and trained to use the woodcutter's mechanical saw, spread throughout the country in search of all the wooded areas that could incite an armed rebellion. This delirium of rebel invasion had reached its height at the eastern boundaries of the country, where a strip of cleared land two kilometers wide ran along the three hundred kilometers of common border with the Dominican Republic, destroying an ancient forest of millions of majestic trees. If at least these trees were falling to become love-letter paper, newspaper pages, tickets out of prison, schoolbook chapters, pages for leisurely reading, bookmarks for collections of short stories to savor one by one (between a glass of rum and a cigar)! But no, these trees were falling just to fall, in the short-sighted view of an all-powerful myopic bumping into the tree that hides the forest.

It had become common to see, all around the homes of the regime's dignitaries, the neighbors' trees being cut down for reasons of security; neighbors who did not dare protest for fear of reprisals, which were always fatal in those days. And it could affect the whole family. Of course, a lucrative trade in wood quickly took over from the reasons of state, to feed new bakeries and new dry-cleaning machines, which demanded wood incessantly, always more wood. Of course this two-decade-long hatred for trees allowed a resumption of the exportation of lumber, and our denuded rock soon welcomed three foreign lumber companies, all of which specialized in clear-cutting. It was certainly not the moment to propose any reforestation policy whatsoever, even in order to replenish the supply of cooking charcoal that a quarter-century of this era of suspicion had succeeded in burning up.

The almond tree was an expiatory victim as well. Not guilty of the misdeed which had thrown the Pacôt quarter of Port-au-Prince into turmoil. A group of a

tier de Pacôt de Port-au-Prince. Un groupe d'une douzaine d'ados avaient pris l'habitude d'investir l'arbre aux heures de la sieste du jeune couple qui venait d'emménager. L'amandier offrait, aux deux derniers niveaux, une tribune qui dominait la chambre principale à l'étage. Le spectacle était abondamment commenté le reste de l'après-midi. Des notes journalières étaient distribuées. La jeune dame, dont les exclamations puisaient dans le répertoire sacré vodou, fut surnommée de celle qu'elle affectionnait le plus, en se frappant les lèvres plusieurs fois avec les doigts : « *Abobo !* »

Le manège n'aurait certainement pas duré longtemps, le secret étant difficile à garder avec un si grand groupe, qui allait grossissant de surcroît, au rythme de la diffusion de cette bonne fortune. Mais, dès le troisième ou quatrième jour, le meilleur grimpeur, Claudy, qui s'était installé tout en haut, prit trop activement part aux ébats et lâcha prise en criant « *Abobo !* ». Dans sa chute, il en fit tomber quatre autres, Jean-Claude, Fréro, Guy et Chaton qui allèrent se fracasser sur les rebords en brique des parterres. L'hécatombe fut de six bras et deux jambes fracturés, une dizaine de côtes enfoncées, sans compter les éraflures et blessures des autres, Boudou, Harold, Bob, Titan... qui avaient dévalé l'amandier en catastrophe.

Qu'on n'eût pas à déplorer de morts tient du miracle. L'affaire prit immédiatement des proportions, car nombre de familles du quartier se trouvaient mises en cause par l'un ou l'autre de leurs rejetons. De plus, aucune dissimulation n'était possible, puisque tous les grimpeurs-voyeurs étaient mal en point pour longtemps. Ce fut un temps de honte et de chuchotements des parents. Personne ne savait trop quoi faire. Cette jeune dame était si distinguée qu'on ne lui prêterait pas de telles exclamations vodou. Visiter les victimes pouvait déboucher sur une conversation scabreuse ; ne pas les visiter était un manquement grave. On trouva la solution de leur faire savoir par la rumeur, en guise d'excuses, que ces garçons avaient reçu leur dernière paire de gifles, tout amochés qu'ils étaient. Et l'on n'était pas loin de la vérité.

Seuls s'en sortirent honorablement les frustrés qui ne grimpaient jamais aux arbres et qui avaient été contraints à une information de deuxième main.

dozen or so teenagers had developed the habit of taking over the tree when the young couple who had just moved in took their siesta. The almond tree, at its two top levels, provided balcony seats which offered a perfect view of the master bedroom upstairs. The spectacle was commented on at considerable length during the rest of the afternoon, and daily notes were distributed. The young woman, whose exclamations drew heavily on the sacred vodou repertoire, was nicknamed for the exclamation she favored the most, striking her lips several times with her fingers: "*Abobo*!"

Their trick would certainly not have lasted long, since the secret was difficult to keep with such a large and steadily growing group, and considering the rhythm at which the tale of this good fortune spread. But, on the third or fourth day, the best climber, Claudy, who had stationed himself at the very top, took too active a part in the couple's frolics and let go, shouting "*Abobo!*" As he fell, he took four others with him—Jean-Claude, Fréro, Guy and Chaton, who crashed onto the brick borders of the flower beds. The disaster toll came to six fractured arms and two legs and a dozen crushed ribs, without including the scratches and wounds of the others, Boudou, Harold, Bob, Titan, who had hurtled down the almond tree in a mad panic.

It is a miracle that there were no dead to mourn. The whole affair became serious immediately, for a number of families in the neighborhood found themselves implicated by one or the other of their offspring. No concealment was possible, since all the climbing voyeurs were in a bad way for quite a while. It was a time of shame and whispering for the parents. No one knew quite what to do. The young lady was so refined that no one could imagine that she would utter such vodou exclamations. Visiting the victims could lead to a risqué conversation; not visiting them was a grave breach of courtesy. Their solution was to let the couple know through rumor, by way of apology, that these boys had received their last claps on the ears, as bashed up as they were. And that wasn't far from the truth.

The only boys to come out of the affair honorably were the frustrated ones who never climbed trees and had to be content with second-hand information, which

D'ailleurs très largement colorée et pimentée. C'était une douce revanche des capons.

L'amandier n'a pas repoussé depuis ce temps lointain, et la large souche est devenue un tabouret circulaire pétrifié de ciment au milieu d'un jardin de plein soleil. Certains soirs au crépuscule, à l'heure des rayons rasants qui s'enfoncent dans la baie de Port-au-Prince, le vieux couple de la maison s'y assied au cours de sa petite promenade régulière, et l'on entend parfois, sans raison, la douairière rire aux éclats en se frappant les lèvres plusieurs fois avec les doigts, pendant que bougonne, inaudible, son vieillard de mari.

was highly colored and spiced up, besides. It was the cowards' sweet revenge.

The almond tree has not grown back since that long-ago time, and the broad stump has become a circular seat petrified with cement in the center of a sunlit garden. Some evenings at twilight, when the sun's oblique rays sink in the bay of Port-au-Prince, the old couple of the house sits there in the course of their regular little walk, and sometimes, for no reason, you can hear the dowager roar with laughter, striking her lips several times with her fingers, while her elderly husband grumbles inaudibly.

La poule aux œufs rouges

L'on avait quitté la petite enfance avec sa belle histoire de la poule aux œufs d'or, et même la haute enfance avec son énigme sur qui de la poule ou de l'œuf avait précédé l'autre... et l'on croyait ferme en avoir fini avec les histoires de poule et d'œuf, en ces âges de métier. Mais c'était trop vite faire fi de la tenace longévité de certains *petits livres rouges*, ainsi appelait-on les petits manuels — aux couvertures immanquablement rouges — des parfaits petits militants de ma génération.

Le temps était aux clubs culturels de quartier. Avec une telle soudaineté, en ces débuts 1960, que l'on dirait un mot d'ordre des deux partis de gauche, le PEP (Parti d'entente populaire) et le PPLN (Parti populaire de libération nationale), enfin parvenus à un programme commun visionnaire : faire lire. Et pour peu que l'on traînât la fin de son adolescence dans deux ou trois coins de la ville, l'on se trouvait sollicité par deux ou trois groupes vous enjoignant de les rejoindre, pour choisir des livres ensemble... les lire ensemble... et discuter ensemble de ce qu'on avait lu. Que le nom de code de l'opération ait été « Ensemble-Ensemble-Ensemble » ne m'étonnerait point ; il servira plus tard à toutes les sauces ! Mais, pour

The Hen With the Red Eggs

We had left our young childhood behind, with its pretty story of the hen with the golden eggs, and even our older childhood, with its riddle about whether the chicken or the egg had preceded the other… and we firmly believed we were done with these stories of chicken and egg, at this age of experience. But we disdained too soon the tenacious longevity of certain little red books, as they called the little manuals—with their inevitably red covers—of the perfect little militants of my generation.

That was the era of neighborhood cultural clubs. Springing up with such suddenness, early in the sixties, that it seemed as if they had been called for by the two left-wing parties, the PEP (the Parti d'Entente Populaire) and the PPLN (the Parti Populaire de Libération Nationale), who must finally have agreed upon a common visionary program: reading. All you had to do was to spend some of your adolescent time hanging around three or four different parts of town, and you would be approached by two or three groups asking you to join them to choose books together… read them together… and discuss together what we had read. I would not be

le système policier qui se mettait en place au même moment, à coup de voyages de spécialisation de ses officiers aux États-Unis, Fort Benning, Fort Brague... puis retour à Fort Dimanche, toute cette vénération de l'imprimé n'était que l'étape première dont la cellule communiste cloisonnée, militante, terroriste, constituait l'ultime aboutissement. Comme nous étions au plus chaud de la guerre froide, « Lecteurs, vos papiers ! » était la semonce habituelle, avant l'ordre de tirer.

Du côté de chez moi, c'est un dimanche matin, après la grand-messe de dix heures, que se tint la réunion de fondation de notre club. Deux membres d'un autre club — ainsi s'étaient-ils présentés, compassés comme deux commissaires du peuple — étaient venus, invités par deux d'entre nous, ce qui devait leur valoir d'ailleurs d'être propulsés secrétaire général et président de notre nouvelle association. C'est ainsi que nous fûmes seize à voter pour des statuts à l'avance préparés, mais dont seul le nom du club avait été laissé en blanc. Que faire ? L'on se battit donc pour le nom à défaut d'autre chose. Ma proposition de nous nommer « Les Moutons » fut égorgée à quinze contre un, et « L'Espoir », en clin d'œil à Malraux, passa à quinze contre un. Dans la grande nébuleuse des clubs de quartier, le club Espoir c'était donc nous à Pacôt, le temps de deux réunions.

Au dimanche en quinze, toujours après la grand-messe de dix heures, les deux mêmes, qui cette fois jouaient à passer par hasard, et toujours constipés d'importance, nous avaient solennellement apporté un extrait que j'ai conservé — je conserve tout —, une feuille jaune régulière d'un peu moins de 500 mots, ressemblant à s'y méprendre à un tract, en cette période de tracts. Des années plus tard, en lisant Georges Politzer pour essayer de comprendre ce qui était arrivé à certains petits camarades restés bloqués à ce palier, pour les plus chanceux — d'autres y ayant laissé leur vie —, je devais attentivement vérifier que l'extrait était fidèle en tout au livre de référence. Mais sur le coup, j'avais cru à un canular, dont le duo en avant allait révéler à la fin la supercherie. Ne nous étions-nous pas laissé prendre dans un attrape-nigaud et mener comme des... moutons ? J'avais vraiment cru à une mauvaise blague car, depuis ce temps-là déjà, cela faisait très moderne pour un conférencier de

surprised if the code name of the operations was "Together, Together, Together"—which would later be adapted to many purposes! However, for the police system that was being put in place then, helped along by specialized officers' training trips to the United States, Fort Benning, Fort Bragg... with a return to Fort Dimanche, all this veneration of the printed word was nothing but the first stage in the formation of a compartmentalized communist cell—militant and terrorist, the ultimate outcome. *Readers, present your papers!* was the habitual reprimand before the order to fire.

In my neighborhood, it was on a Sunday morning after the ten o'clock high mass that the founding meeting of our club was held. Two members of another club—that is the way they presented themselves, as stuffy as two commissars of the people—had come, invited by two of our members who would of course be propelled into the posts of General Secretary and President of our new association. And that is how sixteen of us voted for by-laws prepared in advance, with only the club's name left blank. What to do? We fought over a name, lacking anything else to discuss. My proposal to call ourselves "The Sheep" had its throat cut fifteen to one, and "Man's Hope," with a wink toward Malraux, was passed fifteen to one. In the great nebula of neighborhood clubs, we in Pacôt were the Man's Hope club, after only two meetings.

Two weeks after that Sunday, as always after the ten o'clock mass, the same two, who pretended this time that they just happened to be passing by, still constipated with self-importance, brought us an excerpt that I kept—I keep everything—an official-looking yellow sheet containing just fewer that 500 words, looking for all the world like a tract, in that era of tracts. Years later, reading Georges Politzer to try to understand what had happened to some of my young friends who had never gone beyond this plateau (the luckiest—others lost their lives there), I had the chance to verify carefully that the excerpt was completely faithful to the book from which it was taken. But back then, I had thought it was some sort of joke, and that the two of them were going to reveal their hoax in the end. Hadn't we let ourselves be conned and led around like... sheep? I had really believed it was a bad joke—for it was already consid-

commencer par une blague, dont il riait le premier très fort, en essayant d'entraîner la salle après lui.

* * *

« La contradiction est la grande loi de la dialectique »

(Georges Politzer, *Principes élémentaires de philosophie*, Paris, Éditions Sociales, pages 178-183.)

« La bourgeoisie produit ses propres fossoyeurs »

(Karl Marx et Friedrich Engels, *Manifeste du Parti communiste*, Paris, Éditions Sociales, p. 20.)

Prenons l'exemple d'un œuf qui est pondu et couvé par une poule : nous constatons que, dans l'œuf, se trouve le germe qui, à une certaine température et dans certaines conditions, se développe. Ce germe, en se développant, donnera un poussin : ainsi ce germe, c'est déjà la négation de l'œuf. Nous voyons bien que dans l'œuf il y a deux forces : celle qui tend à ce qu'il reste un œuf et celle qui tend à ce qu'il devienne poussin. L'œuf est donc en désaccord avec lui-même et toutes les choses sont en désaccord avec elles-mêmes.

Cela peut sembler difficile à comprendre, parce que nous sommes habitués au mode de raisonnement métaphysique, et c'est pourquoi nous devons faire un effort pour nous habituer à nouveau à voir les choses dans leur réalité.

Une chose commence par être une affirmation qui sort de la négation. Le poussin est une affirmation issue de la négation de l'œuf. Cela est une phase du processus. Mais, la poule sera à son tour la transformation du poussin et, au cœur de cette transformation, il y aura une contradiction entre les forces qui luttent pour que le poussin devienne poule et les forces qui luttent pour que le poussin reste poussin. La poule sera donc la négation du poussin, qui venait, lui, de la négation de l'œuf.

La poule sera donc la négation de la négation. Et cela est la marche générale des phases de la dialectique : 1° Affirmation ou Thèse, 2° Négation ou Antithèse, 3° Négation de la négation ou Synthèse.

Ces trois mots résument le développement dialectique. On les emploie pour représenter l'enchaînement des phases pour indiquer que chaque phase est la destruction de la phase précédente.

ered very modern, even then, for a speaker to start with a joke, being the first to laugh at it loudly, trying to bring the audience along with him.

* * *

"Contradiction is the great law of dialectics."

(Georges Politzer. *Elementary Principles of Philosophy.* International Publishers, 1979, pp. 109-112.)

"What the bourgeoisie therefore produces, above all, is its own grave-diggers."

(Karl Marx and Friedrich Engels. *The Communist Manifesto.* Washington Square Press, 1964, p. 79.)

Let us take the example of an egg which is laid and sat on by a hen: we find that in the egg there is a seed which develops at a certain temperature and under certain conditions. This seed, while developing, will produce a chick; hence, the seed is already the negation of the egg. We see than that in the egg there are two forces: one which tends to make it remain an egg and one which tends to make it become a chick. Therefore, the egg is in disagreement with itself and all things are in disagreement with themselves.

This may seem difficult to understand, because we are used to the metaphysical way of reasoning, but this is why we should make an effort to become accustomed to seeing things in their reality.

A thing begins by being an affirmation *which comes from* negation. *The chick is an affirmation born from the negation of the egg. It is one stage of the process. But the chick, in turn, will be transformed into a hen. During this transformation, there will be a contradiction between the forces which fight to make the chick become a hen and those which fight to make the chick remain a chick. The hen will thus be the negation of the chick, the latter having derived from the negation of the egg.*

The hen will therefore be the negation of the negation. And this is the general course of the stages of dialectics: 1) Affirmation also called Thesis; 2) Negation or Antithesis; 3) Negation of the Negation or Synthesis.

"These words summarize dialectical development. They are used to represent the sequence of stages, to indicate that each stage is the destruction of the preceding one.

Destruction is a negation. The chick is the negatin of the egg, since by being born it destroys the egg. The egg

La destruction est une négation. Le poussin est la négation de l'œuf, puisqu'en naissant il détruit l'œuf. L'œuf couvé étant l'affirmation de ce que l'œuf est, il engendre sa négation : il devient poussin, et celui-ci symbolise la destruction, ou négation de l'œuf, en perçant, en détruisant la coquille.

Dans le poussin, nous voyons deux forces adverses : "poussin" et "poule"; au cours de ce développement du processus, la poule pondra des œufs, d'où nouvelle négation de la négation. De ces œufs alors partira un nouvel enchaînement du processus.

Nous voyons donc que la négation dont parle la dialectique est une façon résumée de parler de la destruction. Il y a négation de ce qui disparaît, de ce qui est détruit : 1° Le féodalisme a été la négation de l'esclavagisme, 2° Le capitalisme a été la négation du féodalisme, 3° Le socialisme est la négation du capitalisme.

RETENONS SURTOUT
QUE LA CONTRADICTION
EST LA GRANDE LOI
DE LA DIALECTIQUE.

* * *

Je les priai d'aller se faire cuire un œuf, justement, et les enjoignis à marcher sur des œufs la prochaine fois qu'il nous proposerait un texte à discussion. Le président du club voulut étouffer la révolte dans l'œuf. Mal lui en prit. Il se fit signifier, qu'ayant mis tous ses œufs dans le même panier, il allait une fois de plus constater que l'on ne faisait pas d'omelettes sans casser d'œufs. La galerie, hilare de la cascade de lieux communs sur les œufs, entra dans le jeu en constatant que le papier du tract était en effet d'un beau jaune d'œuf, et que ce texte n'avait rien de l'œuf de Colomb... C'était le délire et la bousculade pour en placer une, tellement les membres du club se sentaient pleins, comme des œufs à double jaune, d'avoir été traités en juste sortis de l'œuf... Premier trait d'humour (involontaire ?) de ces deux garçons dont on n'attendait pas tant, je fus traité de tête d'œuf (l'affirmation ou thèse), de poussin marchant derrière sa maman (la négation ou antithèse), et enfin de poule mouillée (la négation de la négation ou synthèse), le tout assorti

which is sat on, being the affirmation of what an egg is, engenders its own negation. It becomes a chick, and the latter symbolizes the destruction or the negation of the egg, by piercing and destroying the shell.

In the chick we observe two adverse forces: 'chick' and 'hen.' In the course of this development of the process, the hen will lay eggs, whence a new negation of the negation arises. From these eggs, then, a new sequence of the process will begin.

Hence, we see that the negation which dialectics speaks of is another way of speaking of destruction. There is a negation of what disappears, of what is destroyed: 1) Feudalism was the negation of the slave state; 2) Capitalism is the negation of feudalism; 3) Socialism is the negation of capitalism.

LET US REMEMBER ABOVE ALL
THAT CONTRADICTION
IS THE GREAT LAW
OF DIALECTICS.

* * *

I asked them kindly to go boil an egg—precisely, and I enjoined them to walk on eggs the next time they wanted to propose a text for discussion. The club's president wanted to stifle this revolt before it hatched. That was a mistake. He was told that, having put all his eggs in one basket, he was once again going to find out that you can't make omelets without breaking eggs. The onlookers, hilarious at this cascade of old saws about eggs, joined the fun in pointing out that the tracts' paper was a lovely egg-yolk yellow, and that this text had nothing to do with Columbus' egg... There was a frenzy of rushing to contribute an adage, they felt so bursting with them, like a two-yoke egg, in retaliation for being treated as if they had just been hatched... Those two, from whom we expected so little, actually made their first witticism (unintentional?), calling me an egghead (the affirmation or thesis), a chick hopping behind his mama (the negation or antithesis), and finally a wet hen (the negation of negation or synthesis), with an additional suggestion concerning radiation. Any more dialectical than that, and you're dead! But I survived.

d'une proposition de radiation. Plus dialectique que cela, tu meurs ; mais je survécus !

Une semaine plus tard, le quartier était bouclé. Nous savions déjà que c'était pour une opération d'intimidation des clubs, en rapport aux livres. On fouillait et saisissait méthodiquement dans chaque quartier à club les livres suspects. Le hic était que les officiers de ce service de police n'étaient pas réputés pour leur commerce avec les livres, et nous nous demandions comment allaient-ils s'y prendre pour identifier un livre subversif. L'on racontait tellement d'histoires à leur sujet, que la palme revenait à celui qui, de garde lors d'une escale d'un bateau européen, localisa sur la liste des passagers un certain Karl Marx. Ce nom lui disait quelque chose. Soudain, un éclair. Il ne voulut point partager sa bonne fortune et prit seul l'initiative de l'arrestation. Il monta au Palais présidentiel, le cœur battant et les mains moites, rêvant sans doute de récompenses et de promotion, faire part de son coup fumant au président. L'on rapporte que le président, impassible, fit immédiatement venir le dossier de l'officier en sa présence, releva l'école de droit privée dont il avait été diplômé en province, et fit illico fermer l'institution. Mais le panache n'était plus l'apanage de ce poste depuis belle lurette. On laissa fouiller, maison après maison, celles susceptibles d'avoir une bibliothèque dont on emporta tout simplement tous les livres à couverture rouge, tous genres confondus, les recettes de cuisine de ma mère, rangées dans une liseuse de cuir bourgogne, comprises.

Mon père, traumatisé par cet épisode, recouvrait encore, trente-cinq ans plus tard, le matin même de sa mort, de papier d'emballage brun, la couverture au magenta subversif trop fort de sa dernière acquisition, achetée la veille au dernier bouquiniste ambulant de Port-au-Prince, le très connu fournisseur des gens du Sud en livres de collection, Mircéa Eliade Beaumanoir S., fils d'un philosophe originaire des Cayes.

L'éternel retour n'étant pas qu'un mythe en Haïti, plus jamais l'édition haïtienne, prudente, n'utilisera cette couleur en couverture, jusqu'à nos jours d'ailleurs. À moins de provocation délibérée. J'allais oublier : un de mes frères et moi entretenions à cette époque un petit élevage de quelques centaines de pondeuses Leghorn.

A week later the neighborhood was cordoned off by the police. We already knew that it was for an intimidation campaign against the clubs because of the books. They methodically searched and seized all suspicious books in each neighborhood having a club. The catch was that the officers of this police department were not known for their familiarity with books, and we wondered how they were going to go about identifying a subversive one. There were so many stories told about them, but the prize went to the one who, on duty when a European passenger ship made a stopover, located a certain Karl Marx on the passenger list. The name rang a bell. Suddenly, an inspiration. Not wanting to share his good fortune, he took upon himself the initiative of arresting the passenger. And went right to the presidential palace, his heart beating and his palms sweating, doubtlessly dreaming of rewards and promotion, to inform the President of the coup he had pulled off. They say that the president, impassive, immediately sent for the officer's file in his presence, noted the name of the private law school he had attended in the provinces, and had the institution closed on the spot. But such panache was no longer the prerogative of the position, and had not been for quite some time. The police were allowed to search house after house, the ones likely to have a bookcase, from which they simply confiscated all the books with red covers, whatever the subject, including my mother's recipes, arranged in a burgundy leather cover.

My father, who would die thirty-five years later, was so traumatized by this episode that on the very morning of his death, he was putting a brown wrapping on the too-strongly-subversive magenta of his latest acquisition bought from the last itinerant second-hand bookseller in Port-au-Prince, the well-known supplier of collectors' books to the people of the South, Mircéa Eliade Beaumanoire S., originally from Les Cayes.

The eternal return of situations being more than a myth, never again did prudent Haitian publishers use this color on a cover, and that holds true to this day. Unless it was a question of deliberate provocation. I almost forgot: one of my brothers and I were raising a few hundred Leghorn layers. As far as chickens and eggs

Déjà débordé par les poules et les œufs, j'estimais en donner déjà assez pour ne plus rien rajouter à la corvée quotidienne des poulaillers.

were concerned, overwhelmed with work, I felt I had already done enough, and needn't add any more to the daily chores of the hen-house.

La Tour Eiffel au clou !

« Considérant le montant total du budget de la France pour cette année 1975, et en lui appliquant un intérêt annuel cumulé de 12 % pendant cent cinquante ans (1825-1975), on vous demande de calculer le montant total à recouvrer un jour par Haïti. » C'est par cet insolite problème aux sommes finales gigantesques, que chaque année depuis vingt ans, les élèves de Première du cours du samedi matin au collège Métropolitain, prenaient contact avec le programme d'Histoire d'Haïti. Ainsi donc introduisait son cours, ce professeur le plus couru de Port-au-Prince, devant un amphithéâtre bondé de candidats au baccalauréat, accrochés jusque sur les rebords des fenêtres. Il continuait par son chien, un lointain descendant de berger allemand fortement métissé de « chiens pays ». Ce n'est pas pour cela qu'il l'avait nommé Bismark, mais pour souligner l'immensité du contentieux qui n'avait pas encore été vidé avec la France.

C'est qu'on n'est pas impunément professeur d'Histoire du long XIXe siècle haïtien qui va du 1er janvier 1804, jour de l'Indépendance, au 28 juillet 1915, jour du débarquement des Marines étatsuniennes. Il

Pawning Off the Eiffel Tower

"Considering the total amount of the budget of France for this, the year 1975, and applying to it annual accumulated interest of 12% over 150 years (1825-1975), you are to calculate the total sum to be collected eventually by Haiti." It is this unusual problem, with its gigantic final sums, which each year for twenty years had invariably brought the pupils in the Saturday-morning course at the Metropolitan Middle School into contact with the Haitian History curriculum. The most popular teacher in Port-au-Prince always began his course this way, before a lecture hall overflowing with candidates for the Certificate of Secondary Studies, the *Baccalauréat*, who were even dangling from the window sills. He continued his introduction by referring to his dog, a distant descendant of some German shepherd highly mixed with the local breed of *chien pays*. It is not for this reason that he named the dog Bismarck, but rather to emphasize the immensity of the bone of contention with France which had not yet been resolved.

It is not without risk that one becomes a professor of History, especially the history of the long Haitian nine-

voulait bien accorder que treize ans de guerre d'Indépendance (1791-1804) avaient laissé nombre des blessures ouvertes de part et d'autre, et qu'il fallait ranger tout cela aux pertes et profits de la sortie de l'esclavage. Il allait même jusqu'à concéder que la traite de vingt millions d'Africains, dont plus de dix millions débarquèrent effectivement des fonds de cales des négriers de l'Europe et déversés dans les plantations des Amériques, était une dérive historique de trois siècles de cupidités aveugles et lucratives pour les bourgeoisies négrières, le grand Voltaire en tête. On ne pouvait rien y faire, si ce n'est rappeler de temps à autre à la médiatisée Shoah des Juifs que la Traite des Noirs et le Génocide de soixante-dix millions d'Indiens en un demi-siècle avaient aussi quelques sérieux titres à faire valoir au palmarès des catastrophes et holocaustes des Temps Modernes. Le professeur nous conviait même à prendre de front la balle d'avoir été entassés dans ce tiers d'île, à des densités inconnues jusqu'alors dans toutes les Amériques et de nous être retrouvés près d'un demi-million, avant la guerre d'Indépendance, sur ce bout de rocher déjà chauve, bâtards métissés de ces colons pour une petite part et majorité noire africaine et créole pour l'autre grande part. Haïtiens tous. Mais, la « Dette d'Indépendance », elle, ne passait pas ! Mais pas du tout ! Et il faisait serment de consacrer sa vie de professeur d'histoire en classe de première à dénoncer cette filouterie du XIXe siècle. Et cela impressionnait gros à chaque fois son auditoire, tant il était une force de la nature doté d'un charisme peu banal,

Il en voulait à l'ordonnance de 1825 par laquelle la France exigea d'Haïti l'équivalent du budget national français de l'année pour la dédommager de la sortie de ses nègres de l'esclavage et pour son engagement à ne plus essayer de les y replonger. C'était vulgaire, d'en arriver par chantage à monnayer, vingt ans après, une indépendance gagnée sur le terrain par d'anciens esclaves. Toujours est-il qu'elles étaient dix mille familles françaises à réclamer compensation à la France de la perte de leur demi-million d'esclaves, et qu'il ne fut rien trouvé d'autre que de faire payer cela très cher par ces derniers, grâce à des tours de magie financière dans lesquels ils n'y verraient goutte pendant cent ans.

teenth century, going from Independence Day, the 1st of January, 1804, to the 28th of July, 1915, when the United States Marines landed. He was quite willing to admit that thirteen years of a War of Independence (1791-1804) had left a number of open wounds on both sides, and that it all had to be classified under the profits and losses of the end of slavery. He even went so far as to concede that the slave trade of twenty million Africans, of whom more than ten million had actually emerged from the holds of Europe's slave ships and had been disgorged into the plantations of the Americas, was an historical deviation—three centuries of blind, lucrative greed on the part of a slave-trading middle class, with the great Voltaire leading the pack. There was nothing to be done about it, except from time to time to remind the highly publicized Shoah of the Jews that the African Slave Trade and the Genocide of seventy million Indians in a half-century had a few serious claims to make for inclusion in the record book of modern holocausts. Our teacher even invited us to face head-on the blow of having been piled up on this third of an island with a density heretofore unknown in all the Americas, and having grown to a half-million before the War of Independence on this bit of already-bald rock—a small number of half-breed bastards of the colonists on the one hand, and a majority of black Africans and Creoles on the other hand. Already Haitians. But the "Independence Debt"? That went too far! Too far! And he swore to devote his life as a history teacher in this penultimate year to denouncing that nineteenth-century swindle. And it made a strong impression on his students each time he said it, he was such a force of nature gifted with extraordinary charisma.

He resented the ruling of 1825 by which France demanded from Haiti the equivalent of the French national budget as compensation for freeing its Negroes from slavery and for promising to try never to plunge them back into that state. How vulgar to use blackmail, twenty years later, to exact a price for an independence won on the field of battle by former slaves. The fact remains that there were ten thousand French families demanding compensation from France for the loss of their half-million slaves, and the only solution hit upon was to make the former slaves themselves pay dearly,

Il leur en voulait pour les séries d'emprunts qu'il avait fallu immédiatement contracter pour payer, ne serait-ce que la première tranche de cette indemnité, en fermant écoles et hôpitaux, ateliers et manufactures, et en abandonnant tout rêve de développement, sans que cela ne semblât troubler le moindrement la France. Le pays haïtien se trouvait pris dans une spirale financière d'où il n'avait aucune chance de sortir. Tel était le siècle de la vengeance des Français, dans les Amériques perdues pour eux. Telle était la dernière extorsion de la guerre d'Indépendance. Et telles sont les racines tordues de la misère haïtienne actuelle. *Quand la marquise vous demandera « Pourquoi sont-ils si pauvres ? Pourquoi sont-ils si frustes ? » il ne vous faudra pas chercher plus loin.*

C'est le café qui paya en s'exportant au Havre. C'était le seul produit colonial à survivre au XIXe siècle et le seul importateur de café haïtien, anciennement saint-dominguois, était aussi le créancier français. La boucle était bien bouclée pour cent ans. Et les seuls producteurs de café étaient les paysans haïtiens, anciennement esclaves saint-dominguois, et les seules taxes à exister étaient celles qui grevaient le café du paysan. Bref, le paysan paya seul la dette d'indépendance et la dette pour payer la dette, et surtout les intérêts usuraires et composés qui s'ajoutaient vertigineusement aux deux dettes conjointes, pendant que les importations des « Articles de Paris » régalaient la minorité des nouveaux commandeurs de ces nouveaux esclaves. *Quand la marquise vous demandera, de sa voix de fausset et sa bouche en cul de poule, « Pourquoi ce pays est encore un pays de paysans pauvres ? », il ne faudra pas aller chercher plus loin le point de départ et la cause première,* reprenait-il en variant ses effets.

Une solide documentation venait étayer sa démonstration depuis que l'Institut Français d'Haïti lui avait octroyé une bourse de recherche aux Archives de France. Les mauvaises langues disaient que c'était pour le faire taire, mais les mauvaises langues disent n'importe quoi, de n'importe qui, dans ce pays. Il redoubla plutôt d'ardeur et de pertinence à son retour, en sachant maintenant combattre la thèse adverse qui voulait faire de la « double dette » un coup de génie qui aurait ainsi sauvé diplomatiquement Haïti. Faux. Complètement indé-

thanks to some financial hocus-pocus which kept them bamboozled for a hundred years.

He resented the French for the series of loans that had to be obtained immediately in order to pay even the first installment of this compensation, closing schools and hospitals, workshops and factories, and abandoning all hope of development, without France seeming the least bit troubled. Haiti was caught in a financial spiral from which there was no hope of escaping. This was the century of French vengeance, in those Americas now lost to her. This was the last extortion of the War of Independence. These were the twisted roots of today's Haitian misery. *When the Marquise asks you: "Why are they like this? Why are they so poor?" you need search no further.*

It was coffee that paid, by exporting to Le Havre. It was the only colonial product that had survived in the nineteenth century, and the only importer of Haitian (formerly called Saint-Domingois) coffee was also the creditor. The loop was tightly knotted for a hundred years. And the only coffee producers were Haitian peasants, formerly Saint-Domingois slaves, and the only taxes were those that burdened the peasants' coffee. In a word, the peasants alone paid the debt, and especially the usurious composite interest which attached itself to the two linked debts at a dizzying rate, while the minority of new commanders of these new slaves treated themselves to imported "goods from Paris" *When the Marquise asks you, in her falsetto voice with her mouth pursed: "Why is this country still a country of poor peasants?", you need search no further for the point of departure and the primary cause,* he continued, varying his style.

Solid documentation was brought forward to shore up his demonstration, dating from the time the *Institut français* of Haiti had granted him a fellowship for research in the *Archives de France.* Malicious people said that he had been given the fellowship to silence him, but malicious people will say anything about anybody, in this country. His passion was stronger when he returned, now that he knew how to refute the argument which claimed this "double debt" was a stroke of genius on the part of Boyer, who was supposed to have saved Haiti thanks to his diplomacy. False. A completely indefensible position. Now, as he went along, he could cite

fendable comme position. Maintenant, il savait citer tout au long les grandes œuvres et les grands penseurs du XIXe siècle qui s'étaient penchés sur cette conjoncture d'extorsion, Anténor Firmin, Louis Joseph Janvier, Jacques Nicolas Léger, Frédéric Marcellin, Edmond Paul, Semexant Rouzier... et il déplorait que cette ère des rapaces financiers à laquelle se destinait un historien moderne de sa promotion à la Normale Supérieure, allait devoir attendre un autre spécialiste, car cet historien venait hélas de mourir d'un accident de voiture, au tout début de son œuvre, et que personne ne semblait capable de reprendre le témoin tombé de ses mains.

Le maître mettait en garde contre toutes ces choses haïtiennes qui ne l'étaient que de nom, comme cette « Banque Nationale d'Haïti » de 1880, qui était une société anonyme exclusivement française, et il enjoignait d'être encore attentif à ces œuvres baptisées d'haïtiennes et pourtant franco-françaises. *Décidément une vieille manie !* tonnait-il. Il faisait comprendre que chaque époque donnait un nom à une réalité de domination et que la dite « Communauté internationale » actuelle était l'héritière du dit « Haut Commerce » d'alors. Mais l'invasion tant appréhendée par les hommes du XIXe siècle vint d'un autre horizon. Nous avions changé de maître en 1915 et la *National City Bank* racheta la dette des banques françaises... mais cela c'était le programme de la Terminale, le XXe siècle, dont tout le monde devait déjà savoir, d'expérience presque, que cela a encore été un siècle d'autres corsaires, d'autres pirates et d'autres flibustiers. Le maître affectionnait particulièrement ces trois figures emblématiques de la Caraïbe pour traiter de toutes les postures des Blancs de la mémoire haïtienne.

Il n'enseignait en Première que pour semer la graine de la « double restitution » de la « double dette ». Il pensait, en ces temps d'excuses dans lesquels toutes les vraies Grandes Nations actuelles reconnaissaient publiquement les torts causés par leurs ancêtres à d'autres peuples, que la France se devait de s'excuser au moins une fois, auprès des Haïtiens, ne serait-ce que pour les siècles d'arrachement à l'Afrique et d'esclavage isléen. Pour le déni d'humanité que furent la Traite et l'Esclavage, on était justifié de réclamer des excuses officielles, sans lesquelles aucun de nos morts ne serait apaisé pour

the great works and great thinkers of the nineteenth century who had looked into this case of extortion: Anténor Firmin, Louis-Joseph Janvier, Joseph Justin, Jacques Nicolas Léger, Frédéric Marcellin, Edmond Paul, Semexant Rouzier… and he deplored the fact that this era of financial vultures, destined to be studied by a modern historian who had graduated with him from the Ecole Normale Supérieur, was going to have to await another specialist, for that historian had just died in an auto accident with his work barely begun; and no one seemed capable of taking up the torch that fell from his hands.

Our teacher warned us against all those things which were Haitian in name only, like the "National Bank of Haiti" of 1880, a corporation that was exclusively French, and he enjoined us to pay close attention to all works called Haitian, even though French. *Decidedly, an old obsession!* he thundered. He made us understand that each era gave a different name to the reality of domination, and that the so-called modern "International Community" was the descendent of the former "World Trade." But the invasion so feared by nineteenth-century Haitians had come from another direction. We had changed masters in 1915, and the "National City Bank" bought the debt owned by the French banks… But all that was in the syllabus for the final year of study, the twentieth century, and everyone should know, almost by experience, that it had also been a century of new corsairs, new pirates, and new freebooters. Our teacher was particularly fond of using those three figures so emblematic of the Caribbean to describe all the actions of whites in the Haitian memory.

In that class, he taught with the exclusive goal of planting the seed of the "double restitution" of the "double debt." He thought, in that era when all the true modern Great Nations were publicly admitting the wrongs caused by their ancestors to other peoples, that France had a duty to apologize at least once to the Haitians, if only for the centuries of wresting them from Africa and enslaving them on the island. For the denial of humanity that was the Slave Trade and Slavery, we had the right to demand an official apology without which none of our dead would rest easily for all eternity. And at the same time we must be firm in our demands for restitu-

l'éternité. Et, dans le même mouvement, il fallait aussi réclamer fermement la restitution au trésor national, braqué tout au long du XIXe siècle par un État indigne, de l'équivalent d'une année du budget annuel actuel de la France, exactement comme ils le firent en 1825, plus cent cinquante ans d'intérêts courus au taux moyen usuraire qui fut exigé pour la « double dette ».

Quitte pour la France, compte tenu des sommes faramineuses en jeu, à mettre son joyau, la Tour Eiffel, au clou ! (cette chute, inchangée à chacune des cinquante leçons inaugurales qu'il prononça dans sa vie, provoquait, à tous les coups, une bruyante ovation de l'assistance qui se découvrait, l'espace de la chute du cours, copropriétaire, héritier légitime et ayant droit à la Tour Eiffel !). Ce n'était pas rien !

tion to the national treasury, extorted throughout the Nineteenth Century by an unworthy State, of the equivalent of one year of the current annual budget of France, exactly as France did in 1825, with a hundred fifty years of interest accumulated at the average usurious rate which had been required for the "double debt."

Even if it meant that France, considering the colossal sums involved, had to put up its jewel, the Eiffel Tower, for auction! (This punch line, unchanged in every one of the fifty opening lessons he had given in his life, brought on a noisy standing ovation from the students every time. They found themselves, within the space of a class period, to be part owners and legitimate heirs with rights to the Eiffel Tower!) That was no small thing!

De l'or pour mes amis et du plomb…

« De l'or pour mes amis et du plomb... pour mes ennemis ! » C'est avec de semblables citations, reflets d'une histoire nationale de favoritisme et de représailles, que l'on était convié à faire son entrée dans le monde des adultes. Et pourtant, Dumarsais Estimé, l'auteur de cet aphorisme cannibale était, de toute la bande des chefs d'État haïtiens, un des plus démocrates et des plus modérés ! Quant aux autres... Pour chaque situation, il y avait ainsi une citation célèbre d'un de nos présidents, et elles avaient en commun d'être toutes hautement cyniques : « Plumez la poule... mais prenez garde à ce qu'elle ne crie ! » disait l'un d'eux, aux pilleurs de la caisse publique, sur les apparences à sauver ; « Que chaque bourrique braie dans son pâturage ! » ajoutait celui-là, à propos des zones d'influence de ses barons, après dépeçage du pays... Et le reste à l'avenant.

Le problème était que personne, dans Port-aux-Morts, ne semblait savoir compter jusqu'à trois : l'on était ami ou l'on était ennemi, un point c'est tout, et toutes les fines postures intermédiaires se faisaient toujours ramener à ces deux seules options, pour de l'or ou pour du

Gold for my Friends and Lead…

Gold for my friends and lead… for my enemies! It was with quotations such as these, reflections of our national history of favoritisms and reprisals, that youths were invited to enter the world of adults. And yet Dumarsais Estimé, the author of this cannibalistic aphorism, was, among the whole gang of presidents, one of the most democratic and moderate! As for the others… For every situation there was a famous quotation from one of our presidents, and what they had in common was that they were all extremely cynical: "Pluck the chicken… but be careful not to let it squawk!" said one of them to the pillagers of public funds, referring to keeping up appearances… "Every donkey should bray in its own pasture!" added another, referring to the zones of influence of his barons, after they had divided up the country… And the rest were in the same vein.

The problem was that at the time, no one in Port-aux-Morts seemed to be able to count to three: a person was a friend or an enemy, and that was that; and all the subtle intermediate positions were reduced to those two sole options: gold or lead. The choice was up to you:

plomb. Au choix donc, ami ou ennemi ? Cette violence binaire avait bien vite gagné toutes les activités, même celles réputées au-dessus de tout soupçon, comme les examens de l'entrée en Faculté de médecine. Cette dernière s'apprêtait ainsi à perdre la réputation internationale de valeur académique qu'on lui reconnaissait encore, déclin qui lui vaudra d'être traitée d'école de médecins aux pieds nus, selon l'expression maoïste en vogue à l'époque, quand ce n'était pas d'école d'infirmiers de luxe, selon l'un des féroces coups de dents de cette ère d'anthropophagie.

Le tournant a été probablement pris en 1962, au sortir de la longue grève étudiante. Un petit groupe d'une vingtaine de naïfs et de naïves — car après il n'y en aura plus, vaccinés qu'ils furent tous, ou mangés —, s'était imaginé capable de contrer le manichéisme triomphant, en organisant une classe préparatoire au concours. Ils furent honnêtement encouragés en ceci par tous ceux qui résistaient à la macoutisation de ce fleuron universitaire, mais aussi manœuvrés en sous-main par quelques politiciens les yeux tournés — sans état d'âme sur les risques encourus par ces jeunes —, vers l'affrontement politique qui n'allait pas manquer de suivre avec le pouvoir.

Chaque membre du groupe, avec un niveau différent de conscience des enjeux dont il devenait l'emblème, se proposait donc d'étudier, pour se classer manifestement en tête du concours d'entrée, à un point tel que l'on ne pourrait lui refuser l'accès à la Faculté, sans se déjuger. C'est du moins ce qu'ils croyaient tous, à voix suffisamment haute, pour que la chose soit discutée ouvertement d'une galerie à l'autre, comme la prochaine crise politique. Les gens parièrent, en bons Haïtiens qui ne ratent pas une occasion de parier, pour ou contre l'entrée en fac de médecine de ce groupe, dont l'ultime bravade consista à commander à l'avance ses blouses blanches. D'où, par jeu, le petit nom qui leur fut accolé : les Blouses Blanches, les BBB, car ceux d'en face avaient rajouté un *B* pour Bolcheviques !

De la mi-juin, fin des examens de Terminale, au début octobre de la semaine des épreuves de sélection pour la Faculté, il y avait bien cent jours à remplir à ras bord d'une masse impressionnante de connaissances de détails en physique, chimie, biologie, botanique et

friend or enemy? This binary violence soon infiltrated all activities, even the entrance exams for the School of Medicine, which as a result expected to lose whatever reputation of academic merit that still clung to it. This decline, which was to bring it to the point of being viewed as a school for barefooted doctors, according to the Maoist expression in style at that time, when it was not being called a deluxe nursing school for nurses, according to one of the most savage bits of gossip circulated in that cannibalistic era.

The turning point was probably in 1962, at the end of a long student strike. A small group of twenty or so naive students—afterwards there were to be no more of them; they were all vaccinated, or eaten—had imagined they were capable of opposing this triumphant Manichaeism by organizing a study group for the entrance exams. They were honestly encouraged in this by everyone who resisted the *macoutization* of this academic jewel, but secretly manipulated as well, by a few politicians who closed their eyes—without any qualms about the risks to those young people—to the confrontation with power that was sure to follow.

Each member of the group—with varying levels of awareness of the issues of which they were becoming the symbol—proposed, in order to be ranked obviously at the top of the test scores, to study so hard that he or she could not be refused entry to the Medical School without causing embarrassment to the admissions board. At least, that is what they all believed, sufficiently aloud for the issue to be discussed openly from one gallery to the next, like the next political crisis. People put money down—since good Haitians never miss a chance to bet—for or against the acceptance of this group whose final act of bravado was to order their white coats in advance. That is the origin of the nickname bestowed jokingly on them: the White Coats, the BWCs, because the opposition had added a B for Bolshevik!

From mid-June, when the secondary studies exams took place, until the beginning of October and the week of the entrance examinations for the Medical School, there were a good 100 days to fill to the brim with an impressive mass of detailed knowledge of physics, chemistry, biology, botany, and anatomy. It was all

anatomie. C'était du par cœur, sans aucun complexe. Des cruches à remplir, en vue des cinq jours aux cinq cents questions à choix multiples. Il y avait donc deux stratégies possibles, la première de s'enfermer cent jours et cent nuits à étudier en équipe, sous la supervision de moniteurs, avec la rage d'une cause à défendre et d'un abcès à crever ; et la seconde, plus réaliste, de se chercher pendant le même temps un parrain ou une marraine — car il y avait de redoutables marraines chefs de milices — autorité civile ou militaire, en tout cas autorité politique assez lourde, pour vous inscrire de force sur la liste des admis. L'enjeu était devenu une telle affaire d'État, un tel bras-de-fer avec l'opposition sourde et larvée, que la liste finale des admis en médecine s'établira, à partir de cette année, au palais présidentiel, la maison des derniers recours, là où l'on disait que le Diable en personne venait dormir chaque soir, comme en sa résidence secondaire préférée.

Il y avait habituellement de trois à quatre cents candidats pour quarante places, strictement définies par le nombre de stéthoscopes, microscopes et autres « scopes » disponibles. Et les résultats se donnaient le premier jour de novembre. Mais cette fois-ci, c'est tout le mois de novembre qui y passa. Il y eut finalement quatre listes à être publiées tout au long du mois, à mesure des représentations et pressions de partisans au palais. Le nombre d'admis, trafiqué à quarante au début, atteignit à la fin du mois l'imposant chiffre de cent quatre-vingts et quelques — imprécision en rapport avec les surajoutés au gré des variations de fortunes politiques en cours d'année. Les salles de cours, qui généralement faisaient le plein à quarante assis, se transformèrent pour recevoir entre quatre à cinq fois plus d'étudiants debout, compactés comme un bataillon serré de miliciens en parade ; l'image n'étant pas que métaphore, car le contingent des admis fut astreint aux exercices paramilitaires sur la place publique et à des défilés au pas de l'oie — allemand — dans les rues de la ville, non pour les avilir comme aimaient à penser certains, mais au nom de la logique simple et redoutable de cette mécanique à deux temps, ami ou ennemi, or ou plomb. Les fins finauds qui crurent se faire admettre, pour ensuite refuser la marche au pas, en eurent pour

memorization with no complexity; they were nothing but pitchers to fill, in view of the five testing days, each day consisting of five hundred multiple-choice questions. And so there were two possible strategies. The first one was to shut themselves up for a hundred days and a hundred nights to study as a group, supervised by tutors, with the passion of a cause to defend and an abscess to lance. The second, more realistic, was to spend the time searching out a patron: a "godfather" or a "godmother" (for there were formidable "godmothers" who led militias): someone fairly influential in military or civil authority—which boiled down to political authority—who could use force to put you on the admissions list. The issue had become such an affair of State, such a trial of strength against a secret, hidden opposition, that the final list of those admitted to the Medical School would be drawn up from that year on in the Presidential Palace, the house of last resort, the place where they said the Devil himself came to sleep every night, as if it were his favorite vacation home.

There were generally three to four hundred candidates for forty places, strictly limited by the number of stethoscopes, microscopes, and other "scopes" available. And the results were announced on the first day of November. But this time, the decision-making would take up the entire month of November. There would finally be four lists published throughout the month, reflecting the representations and pressure of different partisans in the Palace. The number of admissions, forty to begin with, had, by the end of the month, reached the imposing number of a hundred eighty-something—the vagueness being tied to the numbers added on according to the fluctuations in political fortunes during the year. The classrooms, which were generally filled by forty seated students, were transformed to accommodate four or five times as many standing students, squeezed together like a battalion of militia on parade; the image is not just a metaphor, since the contingent of admitted students was compelled to perform military exercises in public and to do the (German) goose-step in parades through the city streets—not in order to demean them, as some liked to think, but to serve the simple and formidable logic of a mechanism with two speeds: friend or enemy, gold or lead. The crafty group

leurs manœuvres. Il n'y avait, hors le viril lancer de jambe de la troupe, aucun entrechat de permis.

Les BBB furent évidemment les grands absents des listes. On leur fit l'ultime pied de nez de couler l'information qu'ils étaient effectivement les seuls à avoir réussi les examens, en tête de la liste de surcroît, mais qu'il n'y avait pas de place pour les ennemis de la révolution en cours. Beaucoup des admis, dans de telles conditions, allaient vivre leur succès dans l'inconfort, au point d'abandonner médecine en cours de route, pour retraverser du bon côté de l'Histoire. Une brigade spéciale, surnommée les *Resquilleurs* — depuis qu'ils avaient joué le rôle de briseurs de la grève de la fac de médecine en s'y laissant coopter sans examen — avait reçu mandat de veiller sur la non-admission des BBB. Ils furent d'un grand zèle et furent crédités chacun des trente deniers d'or de ce pari qu'ils avaient tenu et gagné.

La chape de plomb se fit un peu plus ample et un peu plus lourde sur la vie, comme après chacune des petites défaites de ce temps.

who thought they could be admitted and then refuse to march paid for their side-stepping. With the exception of the virile leg-lift of the troops, no fancy footwork was permitted.

The BWCs were of course completely absent from the lists. They were given the ultimate slap in the face by a leak of the information that they were in fact the only ones who had passed the exams, moreover at the top of the list, but that there was no room for the enemies of the current revolution. Under these conditions, many who were admitted were to find their success difficult to handle, to the point that they gave up their studies and crossed over to the right side of History. A special squad, nicknamed the *Freeloaders*—from the time when they had played the part of strike-breakers in the Medical School strike by letting themselves be co-opted without taking the exams—had been given the mandate to assure the non-admission of the BWCs. The squad had shown great zeal, and each was credited with thirty pieces of gold for this bet they had made and won.

And the blanket of lead became broader, and weighed a little heavier on life, as it did in those times after each small defeat.

La despedida

« Socrate est mort, Platon est mort, Kant est mort, Nietzsche est mort… et moi, votre humble serviteur, je ne me sens pas bien. » Ils étaient plusieurs à jurer tenir de sources sûres, que le professeur, amateur de philosophie, qui faisait de son mieux avec nous, Monsieur Rond, avait bel et bien dit cela un jour de forte fièvre. Il aurait même rajouté, colportaient ces maldisants, « Et sur ma tombe, l'on écrira : Ci-gît Maître Rond, mort à 49 ans », pastiche de la célèbre pierre tombale de Dessalines, celui-là même qui conduisit nos armées d'esclaves à l'Indépendance en 1804.

Son cours étant obligatoire à l'École normale supérieure, on y assistait avec une affection un peu gouailleuse pour cet homme d'une autre époque, qui savait pourtant nous surprendre, ses jours d'inspiration. C'était un brave type qui avait été le seul à nous parler du *Deuxième sexe* de Simone de Beauvoir en ce monde machiste et le seul à encore tenir à l'individu contre le rouleau collectiviste fortement célébré. Il avait du panache à vouloir se retirer de cet enseignement avant 50 ans, car Nietzsche, la passion de sa vie, avait écrit son œuvre avant l'âge de 40 ans, et s'était retiré de l'enseignement

La Despedida

"Socrates is dead, Plato is dead, Kant is dead, Nietzsche is dead… and I, your humble servant, do not feel well." There were several students who swore that they knew from an unimpeachable source that the teacher—a lover of philosophy who did his best with us, Monsieur Rond—had actually said that one day when he had a high fever. According to those gossips, he had even added: "And on my tomb will be written: 'Here lies Professor Rond, dead at 49 years of age,'" a pastiche of the famous epitaph of Dessalines, the very man who led our slave armies to Independence in 1804.

Since his course was required at the *Ecole normale supérieure*, we attended it with a slightly cheeky affection for this man from another age, who could surprise us nonetheless on days when he was inspired. He was a good man who had been the only one to speak to us of *The Second Sex* by Simone de Beauvoir in this male-chauvinist world, the only one to cling to the idea of the individual in the face of the wave of collectivism highly touted at the time. He had enough panache to want to retire from teaching before he was fifty, since Nietzsche, the passion of his life, had written his works

encore plus tôt. Et puis, la mode était aux jeunes professeurs frais débarqués de la Sorbonne, prêt-à-penser sous le bras.

Il n'était pas dans la tradition de la « Boîte » de faire prononcer des discours inauguraux par les professeurs qui prenaient une charge risquée devant le groupe estudiantin le plus réputé, et le plus agité, de l'époque. Mais, quand ils avaient longuement fait leurs preuves, il était permis à certains d'entre eux de prononcer un discours d'adieu. *La despedida* comme nous disions, pour en souligner la festivité intellectuelle. Monsieur Rond avait droit à une *despedida,* qu'il avait par dérision fixée au 22 novembre 1963, un 22, chiffre fétiche de la dictature en place, un jour sans histoire, pour boire en philosophe sa ciguë socratique, plaisantait-il. Il n'avait pas prévu que l'assassinat de Kennedy, justement ce jour-là, viendrait lui disputer sa sortie.

Nous étions tous réunis dans la cour de la Normale, un peu avant la célébration, à essayer de deviner ce que ce métaphysicien tropical allait nous concocter, quand la nouvelle tomba. D'un petit groupe à l'autre, les discussions allaient vivement. Le conférencier du jour, le large visage ravagé et absorbé, nous précéda dans l'amphithéâtre. La salle était pleine quand il releva lentement la tête du lutrin et de ses feuillets, enleva ses grosses lunettes d'écaille pour jeter un coup d'œil semi-circulaire sur l'assistance, et déchira méthodiquement, l'une après l'autre, chacune des pages de sa conférence, en nous disant lentement qu'en un tel jour marqué par le destin et face à un tel auditoire mêmement marqué par le destin, et dont il savait avec certitude que parmi nous se trouvaient ceux et celles qui allaient penser cette fin de XXe siècle, mieux encore peut-être que ceux qui pensèrent la fin de notre dernier siècle, le XIXe, il convenait que sa *despedida* soit pour chacun et chacune un viatique.

Le silence était total quand il reprit souffle : *Vous mourrez tous à votre heure, encore jeune ou très vieux, et cela n'est pas l'important. L'important est qu'il faut savoir pourquoi l'on a vécu : D'où venons-nous? Qui sommes-nous? Où allons-nous?*

Nous aurions dû avoir presque tous des cauchemars quotidiens, des visions de cales de négriers, des angoisses sourdes et des souvenirs d'esclavage si proche, de moins de deux siècles. Et pourtant, le plus loin que peut remonter

before the age of forty, and had retired from teaching even earlier. And besides, the current preference was for young professors newly arrived from the Sorbonne, with collections of assembly-line thoughts under their arms.

It was not in the tradition of the place to organize an inaugural lecture by new professors who were taking a risky job with the most respected and disruptive student body in the country. But when they had proved their mettle for a long time, certain among them were permitted to make a farewell lecture. *La despedida,* we called it, to emphasize its intellectual festivity. Monsieur Rond had the right to a *despedida,* which he had set, out of derision, for November 22, 1963—a 22, the number that was a fetish for the dictatorship in power—a day without history for drinking his Socratic hemlock, he joked. He had not foreseen that Kennedy's assassination on that very day would compete with his planned exit.

We were all assembled in the courtyard of the *Ecole normale,* shortly before the celebration, trying to guess what this tropical metaphysician had concocted for us, when the news came. Animated discussion spread from one small group to the next. The lecturer of the day, his broad face devastated and preoccupied, preceded us into the lecture hall. The room was full when he slowly lifted his gaze from the lectern and his notes, took off his thick horn-rimmed glasses to cast a semicircular glance over the assembly, and methodically tore up, one after the other, the pages of his lecture, saying that on such a day marked by destiny and before such an audience marked by destiny, and among whom he knew with certainty that there were scholars who would conceptualize the end of the last century, the Twentieth, it was only fitting that his *despedida* provide sustenance for us on our voyage through life.

There was total silence as he caught his breath: *You will all die at your allotted time, still young or very old, and that is not what is important. What is important is that you have to know why you have lived: Where did we come from? Who are we? Where are we going?*

Almost all of us should have had daily nightmares, visions of slave-ship holds, of silent sufferings, and of memories of the so-recent slavery of only two centuries ago. And yet the farthest our collective memory can go is to the "War of Independence," which bars the way to the past. As

notre mémoire collective, c'est à la guerre de l'indépendance qui fait barrage au passé. Comme si cette crise extrême, pendant laquelle se sont forgés les Haïtiens et leur État, avait effacé l'épisode précédent, quelque cruel qu'il fût, et que le sang des Blancs, abondamment versé pour la réussite de l'entreprise, permettait cet oubli long et profond.

Alors que d'autres se battent dans le monde pour des souvenirs plusieurs fois centenaires, la « Guerre d'Indépendance » nous a tous refondus dans un creuset unique, pour une coulée nouvelle et amnésique. La geste fondatrice, radicale, a gommé le passé douloureux : les temps coloniaux ne nous sont que références exorcisées.

En 1804 nous étions de nouveau neufs et libérés, au point que nous savons dire ce qu'est exactement une libération : une saignée à blanc pour un blanc de mémoire. Il faut leur en avoir fait suffisamment pour qu'il n'existe plus de ressentiments, plus de rancunes et pour que réussissent la rupture d'avec l'ancien et le passage au nouveau.

L'Haïtien est donc cet être bicentenaire, que la naissance en 1804, au terme de marronnages et de guerres, a préparé pour une histoire de vie, jalonnée de mouvements populaires, vers une terre promise qui se dérobe à chaque fois, à la toute fin, mais qu'il sait pouvoir atteindre un jour. Le bon jour.

Et il sait de mémoire, ce qu'il lui faut refaire pour cela.

Nous étions tous debout, toutes sections confondues. Nous étions tous en larmes, filles et garçons. Dédaignant nos applaudissements, il cita, sans se presser, chacun de nos noms avec un dernier et long regard globuleux pour chacun de nous. Puis il sortit, le dos plus voûté qu'à l'ordinaire, le pas plus lourd qu'à l'ordinaire, pour aller mourir quelques semaines plus tard.

À son enterrement, toute la Normale se pressait autour de sa tombe pour la pose de la pierre que nous avions tenu à lui offrir :

Ci-Gît, Maître Rond, mort à 49 ans.

if this extreme crisis, during which Haitians and their State were forged, had erased the preceding episode, as cruel as it was; and as if the blood of whites, spilled copiously for the success of the undertaking, allowed this long, deep forgetfulness.

While others in the world fight for memories several hundred years old, the "War of Independence" has melted us all down in a single crucible, recasting us in a new, amnesic form. Our founding gesture, by its radical nature, has wiped out the painful past: colonial times are nothing more to us than exorcized reference points.

In 1804, we were new and liberated, to the point that we can say exactly what a liberation is: a blood-letting that brings about a memory lapse. This must have to have been done enough so that no more resentments exist, no more rancor, and so that a rupture with the old and a passage to the new might succeed.

A Haitian is thus this two-hundred-year-old whose birth in 1804, after escapes and wars, prepared him for a history of life punctuated by popular movements, striving toward a promised land which eludes him each time at the last moment, but which he knows he will reach someday. The right day.

And he knows by heart what he must do again in order to get there.

We were all standing, all the classes mixed together. We were all in tears, girls and boys. Disdaining our applause, he pronounced, unhurriedly, each one of our names with a last, long look from his protruding eyes for each of us. Then he left, his back more bent than usual, his step heavier than usual, to go off and die a few weeks later.

At his funeral the whole student body crowded around his grave when the stone we had all wanted to offer him was erected:

Here lies Professor Rond, dead at 49 years of age.

La leçon magistrale

Le professeur dictait son cours, détachant les syllabes, scandant avec lenteur, pour que l'assistance qui remplissait son amphithéâtre, en ce mardi matin, puisse prendre le mot à mot de sa leçon magistrale prévue à l'horaire : Introduction critique à *L'Introduction à la critique de l'économie politique.*

« La fin dernière de toute production, la fin dernière de toute production, est la reproduction, re-pro-duction, des rapports de production et des moyens de production, des rapports de production et des moyens de production. Point. Toute analyse de production, virgule. Toute analyse de production, virgule, doit donc se mener dans la perspective, pers-pec-ti-ve, de la reproduction de ce qui permet cette production. Point. Ainsi... »

Il ne badinait jamais avec les mots, celui-là ! Comme tous les autres, d'ailleurs ! Dans l'enceinte déjà passablement sombre, tous les auditeurs, ostensiblement studieux, portaient des lunettes noires et des pantalons identiques de bleu denim dit gros bleu, et le même modèle de bottes noires lacées haut. Seules leurs chemises, aux coloris vifs et variés, venaient égayer cette

The Lecture

The professor declaimed his lecture, chanting its syllables slowly, so that the whole audience that overflowed his lecture-room on that Tuesday morning could take down word for word the lecture announced in the schedule: Critical Introduction to the *Introduction to the Analysis of Political Economy.*

"The final aim of any production, the final aim of any production, is reproduction, re-pro-duc-tion, of the yield of production and the means of production, the yield of production and the means of production. Period. Any analysis of production, comma. Any analysis of production, comma, must thus be carried out in the perspective, per-spec-tive, of the reproduction of what allows this production. Period. In this way..."

That one never bandied words! Nor any of the others! In this already fairly somber enclosure, all the attendees—ostensibly studious—wore dark glasses, identical denim pants of a blue called *gros bleu*, and the same high-laced black boots. Only their shirts, with their bright, varied colors, enlivened this lugubrious uniformity, each one covering a disturbing bulge at the waist, which everyone knew was caused by a big Colt.38-long

lugubre uniformité, en tombant droit sur d'inquiétants renflements à la taille que l'on savait causés par le gros Colt.38-long quand il loge dans un étui. C'était au tour de Maître Everson d'enseigner à ces étudiants peu amènes, venus remplacer, depuis le lundi matin, les grévistes pour que l'École normale supérieure ne soit pas en grève. Il ne saurait plus y avoir de grève dans ce pays ! Il y allait du prestige du gouvernement, dont le chef avait interdit, à tout jamais, que ce mot de grève vienne insinuer qu'une quelconque faction de son peuple puisse n'être pas très satisfaite de son sort.

Il ne saurait plus y avoir de grèves, depuis deux ans que les toutes dernières avaient connu une solution finale, mettant ainsi un terme à trois années d'agitations qui avaient vu tous les groupes récalcitrants à la dictature se faire décimer : l'Église et les Scouts, le Commerce et les Jeannettes, l'Armée et les Footballeurs, les filles de joies et les Déjoïstes, les chauffeurs de taxis et les taxidermistes ; enfin tous. Et les universitaires. Mais ne voilà-t-il pas qu'une petite centaine d'étudiants et d'étudiantes, répartis en six sections et trois années d'études, dont les cinq doigts d'une main suffisaient donc largement à compter chaque promotion, s'avisait de lui dire non, à LUI. Ce dernier îlot de résistance agaçait souverainement le souverain qui, à sa septième année de pouvoir, avait vu sa *présidence-à-vie* inscrite depuis peu dans la Constitution par une Chambre d'une autre petite centaine de représentants, ceux-là comme il les aimait.

Les questions en litige, des plus dérisoires aux plus fondamentales, importaient peu en la circonstance ; c'était le non à lui opposé qui valait offense. L'officier du palais surnommé « l'intelligent » — un ancien transfuge de la section des sciences naturelles de la Normale, passé à l'Académie militaire —, était venu rencontrer les étudiants avant le vote de grève. En sa qualité de chargé du Bureau des symboles au Département de la propagande, il n'avait laissé aucun doute sur les intentions du pouvoir de ne jamais reconnaître un état de grève. Tout simplement, la grève ne devait plus exister dans les langues parlées au pays, comme mot et comme chose. Toute une liste d'autres termes subversifs avaient aussi été rayés de l'usage courant et remplacés par de nouveaux plus conformes. Il ne devait plus avoir de syndicats, associations, unions, attroupements, regroupements de plus

when it is carried in a holster. It was Professor Everson's turn to teach these discourteous students who since Monday morning had come to replace the striking students of the *École Normale Supérieure*, so that the *École Normale Supérieure* would not be on strike. There was no longer any such thing as a strike in this country! The prestige of the government was at stake, and its leader had forbidden, forever, that the word "strike" be used to insinuate that some faction or other of his people might not be completely satisfied with their lot.

There were to be no more strikes, two years after the very last ones had met a final solution, thus putting an end to three years of unrest during which all groups resistant to the dictatorship had been decimated: the Church and the Scouts, the Chamber of Commerce and the Brownies, the Army and the Soccer Players, the Call Girls and the Déjoie supporters, the Taxi Drivers and the Taxidermists; in other words, everyone. And the Academics. But all of a sudden a scant few students—a hundred or so—from six sections and three different years of study, whom five fingers on one hand would be sufficient to count in each class, decided to say no to HIM. This last patch of resistance irritated the high leader who, in his seventh year of power, had recently seen his *Presidency-for-life* inscribed in the Constitution by a House of another scant hundred or so Representatives, who unlike the students did as he wished.

The issues being disputed, whether they were trivial or fundamental, were of little importance in these circumstances; it was the act of saying no to him that gave offense. The Palace official dubbed "*l'intelligent*"—a former defector from the natural sciences section of the *École Normale* who had transferred to the Military Academy—had gone to meet the students before the strike vote was held. In his capacity as head of the Bureau of Symbols in the Department of Propaganda, he had left no doubt as to the intentions of the man in power never to recognize a strike. Quite simply, "strike" would no longer exist in the languages spoken in the country, as a word and as a situation. A whole list of other subversive terms had also been stricken from current usage and replaced by new, more acceptable ones. There were to be no more trade unions, associations, organizations, meetings, gatherings of more than three persons.

de trois personnes. Tout devait continuer à marcher au pas, l'enseignant enseignant, l'étudiant étudiant, le commerçant commerçant, le fonctionnaire fonctionnant... et le Bureau des symboles était prêt à envoyer un bataillon de tontons macoutes du Palais suivre les cours s'il le fallait, pour garder ouverte la Normale qui ne saurait être en grève.

Deux années de déprime depuis la grande grève étudiante de 1961-1962, et une récente rentrée scolaire houleuse, avaient abouti à ces événements du début novembre 1964. Ce n'est pas qu'il lui fût impossible, au chef, d'envoyer un de ses bouchers faire de petites bouchées de ces cent étudiants, mais comme il ne pouvait plus y avoir de grèves, de contestations ou d'oppositions, ce serait perdre la face que de réagir par la force. L'opinion publique, dans son évanescence, était devenue l'obsession de la dictature, puisqu'elle n'offrait aucune prise aux mains que l'on rêvait de lui mettre dessus. Les rumeurs étaient devenues l'arme des vaincus et l'appareil policier, traquant toutes paroles dites subversives, était impuissant à les empêcher de se transformer en opinions publiques, ce qu'en termes précieux à la Normale nous déclinions du *phémè* devenant *doxa*...

Toutes les salles de cours furent donc bondées pour cette dernière semaine d'avant les examens de mi-session. La direction ayant reçu l'ordre de ne rien changer de sa programmation, Mesdames Messieurs les professeurs firent tenir au secrétariat, comme d'habitude à l'avance, leurs sujets d'examens et les babillards furent couverts de convocations des étudiants et des étudiantes aux différentes salles où se dérouleraient les épreuves écrites. Pour chacune d'entre elles, le temps accordé était de six heures d'horloge, et la tradition de la Normale en mi-session était d'afficher, une semaine à l'avance pour chaque matière, cinq sujets dont un seul serait retenu le jour de l'examen.

L'Union des enseignants et enseignantes avait été l'une des toutes premières à avoir été démantelées, en même temps que les syndicats ouvriers, et tous les membres de cette profession se devaient de donner normalement leurs cours, fût-ce devant une salle vide. Les questions d'examens de cette semaine-là furent donc leur douce vengeance. En thème latin pour les forts, le sujet proposé fut que l'un quelconque des éditoriaux

Everything was to continue to march in lock step, the teacher teaching, the student studying, the shopkeeper shopkeeping, the civil servant serving... and the Bureau of Symbols was ready to send a battalion of *tonton macoutes* from the Palace to attend courses, if necessary, to keep the lecture rooms of the *École Normale* open, since it was impossible for it to be on strike.

Two years of depression since the great student strike of 1961-1962, and a recent stormy beginning of the school year had led up to these events of early November, 1964. Not that it wasn't impossible for the leader to send one of his butchers to make mincemeat of those hundred students, but since there were not supposed to be such things as strikes, protests or opposition, using force would be a loss of face. Public opinion in its evanescence had become the obsession of the dictatorship, since it had no handholds by which to take control of it. Rumor had become the arm of the vanquished, and the police system, though tracking down all so-called subversive speech, was powerless to prevent it from becoming public opinion, which in terms highly valued at the *École Normale*, we declined from *phémè* becoming *doxa*...

All the lecture rooms were thus overflowing for this last week before the mid-term exams. Since the administration had received the order to change nothing in its scheduling, *Mesdames et Messieurs* the professors turned in their exam subjects to the secretariat, in advance as usual, and the bulletin boards were covered with notifications for students to appear in the different classrooms where the written exams would take place. For each exam, the time limit was six hours by the clock, and the tradition at the *École Normale* in mid-term was to post, one week in advance for each course, five subjects from which only one would be chosen on the day of the exam.

The Union of Instructors had been one of the very first to be dismantled, at the same time as the labor unions, and it was the duty of all the members of the profession to give their courses normally, even to an empty room. And so that week's exams were their sweet vengeance. In advanced Latin translation, the proposed subject would come from one or the other of several written or spoken editorials, notably the daily flight of fancy on the government radio station whose announcer

écrits ou parlés serait retenu, notamment l'envolée quotidienne à la radio gouvernementale qu'animait un surnommé « Ti-bourrique » tellement il hennissait. Le risque était grand de leur faire cadencer à la Cicéron pendant six heures ce jour-là, l'exégèse d'un aphorisme du chef dans ses *Mémoires d'un leader du Tiers-Monde*. En géographie, il y avait fort à parier que *Sparte au* V[e] *siècle avant Jésus-Christ* ou *Florence au début du* XVIe *siècle*, serait retenu pour dégager les lignes d'horizon fin de siècle d'une centralisation port-au-princienne qui poussait vite vers un retour aux Cités-États. La littérature haïtienne, entre autres pièges, proposa un essai sur la subversion politique et sociale dans les *lodyans haïtiennes,* en se tenant faussement loin de la conjoncture, sous le titre *Les lodyanseurs du Soir*, le journal de Justin Lhérisson qui accueillait ce genre en pleine effervescence au début du siècle, 1899-1908. Enfin, en littérature française, c'est sur la *Ballade des pendus,* placée dans la liste des textes retenus, que probablement une foule de considérations allait se proposer d'actualiser la question de la peine de mort, si légèrement appliquée à tous propos, envers et contre tous.

Pas un seul de ces nouveaux étudiants à la mine patibulaire ne se présenta aux examens. Évidemment, a-t-on envie de dire. La Normale vide fut enfin proclamée en grève, par l'insaisissable bouche à oreille qui suivait la passe d'armes. Le Gouvernement perdait la face, certes, mais le Gouvernement perdit surtout patience. On attendait les bouchers, vinrent les charpentiers. L'École, immédiatement fermée pour réparations, vit sa façade se hérisser d'échafaudages évocateurs du gibet de Montfaucon. Le Bureau des symboles semblait filer la métaphore ; il ne manquait plus que les cordes et les cous. Les cent prirent leurs jambes à leur cou pour de lointaines balades, exception faite de trois d'entre eux — plus braves ou moins prudents ? certainement moins chanceux. Ils furent attrapés le soir même à installer aux poutres des cordes aux nœuds coulants.

L'association des anciens de la Normale a célébré, en guise de bicentenaire de l'indépendance nationale en 2004, le quarantième anniversaire de leur pendaison haut et court en ce beffroi où ils furent retrouvés le lendemain matin.

was nicknamed "Little Donkey" because he whinnied so much. There was a great risk of having the students put into Ciceronian rhythms, for six hours on exam day, the exegesis of an aphorism uttered by the leader in his *Memoirs of a Leader of the Third World.* As for geography, it was a safe bet that *Sparta in the Fifth century B.C.* or *Florence at the beginning of the Sixteenth century* would be the chosen topic, in order to elicit a *fin-de-siècle* outline of a Port-au-Prince-style of centralization which led quickly to a return to city-states. Haitian literature, among other traps, proposed an essay on political and social subversion in the *Haitian lodyans*, keeping themselves deceptively away from the situation, thanks to the title *Les lodyanseurs du Soir,* Justin Lhérisson's newspaper which welcomed this genre richly fermenting at the beginning of the century, from 1899 to 1908. Finally, for French literature, Villon's "Ballad of the Hanged Men" would probably be the one chosen from the list of subjects, since all sorts of considerations could be proposed to bring up to date the question of the death penalty, so nonchalantly applied on the slightest whim, toward and against everyone.

Not one of these sinister-looking new students showed up for the examinations. Naturally, it might be said. The empty *École Normale* was finally declared to be on strike, by the elusive word of mouth that followed the skirmish. The Government lost face, of course, but above all the Government lost patience. The butchers were expected, the carpenters showed up. The façade of the *École*, closed immediately for repairs, soon bristled with scaffolding reminiscent of the scaffold of Montfaucon, in France. The Bureau of Symbols seemed to be playing out the metaphor; all that was needed were the ropes and the necks. The hundred students took to their heels for far-away trips, except for three of them—braver or less careful? certainly less fortunate—who were caught that very evening installing ropes with nooses on the scaffolding's beams.

The new alumni association of the *École Normale* (which was founded in Montreal in 2001) celebrated as part of the Bicentennial of Independence in 2004, the fortieth anniversary of their hanging, high and fast in the belfry where they were found the next morning.

Cavaliers polka

L'on raconte encore à Quina que la polka est une musique polonaise qui avait toutes les raisons d'aboutir à Fond-des-Blancs, dans les bagages des légionnaires, et qu'elle se serait d'autant mieux acclimatée qu'elle a disparu en se mixant aux musiques locales grâce à son allure vive, son rythme endiablé, et ses figures de danse sautillantes. Les ethnomusicologues ont du pain sur la planche, mais pour le commun des mortels, ne nous est restée vivace de la polka qu'une expression créole très forte de partenariat entre deux personnes, les « cavaliers polka », qui va être un marqueur de génération, comme le vécu en « réseau », et le réseautage, en sera un pour nos descendances.

En ce temps-là, en ce lieu-là, que les avides de précisions placeront dans la première moitié des années 1960, et en plein ce Port-au-Prince qui résistait encore au *tonton-macoutisme* naissant, il y avait deux grands maîtres à penser — qui vont d'ailleurs traverser tous les âges de la vie de cette génération en *cavaliers polka* — Marx et Jésus ; et quatre combinaisons possibles pour leur faire allégeance. Presque tout le monde s'était dédié aux deux premières manières qui impliquaient tous les

Polka Partners

They still say in Quina that the polka is Polish music that ended up, quite reasonably, in Fond-des-Blancs in the legionnaires' baggage, and that it has acclimated itself so well that it has disappeared, blending with local tunes thanks to its lively pace, its boisterous rhythm, and its bouncing dance. This gives ethnomusicologists grist for their mills, but for ordinary mortals, nothing of the polka is left alive except for a very strong Creole expression of partnership between two persons, polka partners, which will be a marker of my generation, as living in a network will be for our descendants.

In that time, in that place, which those eager for preciseness will situate in the first half of the 1960's, and right in the middle of a Port-au-Prince which was still resisting a growing *tonton-macoutisme*, there were two great teachers who were to remain polka partners throughout the life of this generation: Marx and Jesus. And four possible combinations of allegiance to them. Almost everyone had devoted themselves to the first two methods which implied all the mixtures imaginable of these two terms, Marx *and* Jesus, Jesus *and* Marx (the

panachages imaginables de ces deux termes, Marx et Jésus, Jésus et Marx (car celui des deux nommé le premier faisait déjà option, puisque l'on ne pouvait pas les nommer ensemble). C'était un large éventail de positions nuancées, aux extrêmes duquel on trouvait le prêtre marxiste militant à un bout et le marxiste chrétien pratiquant à l'autre bout. Puisqu'ils devaient beaucoup tourner en rond, ils se retrouvèrent finalement à la queue leu leu, fermant le cercle au même point. On ne put bientôt les distinguer.

Mais c'était tout autre chose que ceux de Quina qui n'avaient pas été entraînés à ces subtiles combinatoires. Comme mes trois amis Pierrot, les derniers des justes, qui n'ont jamais dévié d'un iota de la foi exclusive embrassée dès l'enfance, une fois pour toutes, pour traverser la vie en ligne droite, sans détours. Ils étaient tout l'un ou tout l'autre; Marx *ou* Jésus. Et puis, il y avait la dernière catégorie, résiduelle, de ceux qui avaient la peau assez dure, la tête assez dure et la dent assez dure pour oser *ni* Marx *ni* Jésus, et faire face à la musique. Peut-être n'étaient-ils tout simplement pas doués pour la marche au pas, à moins que ce ne soit pour les meutes à la curée, ou encore pour la vie grégaire. Ceux-là, c'étaient les morts vivants en sursis de n'être d'aucune bande.

J'ai un ami Pierrot dans chacune de mes villes, et ma vie a trois villes. Ils sont quelque peu lunaires mes amis Pierrot, c'est vrai, mais je confesse, moi qui ai fait du doute métier, une secrète fascination à chacune de mes rencontres avec l'un quelconque de ces amis aux convictions tranchées et invariables. Surtout en ces jours où tout est devenu jetable.

Hier encore, j'avais rendez-vous avec mon ami Pierrot de Montréal, à *La Brioche Dorée*, sur le chemin de la Côte-des-Neiges. Il venait de retirer religieusement de la maison de la Presse Internationale *l'Humanité*, qu'il lit depuis qu'en 1954 le marxisme lui fut révélé. Quarante ans d'une fidélité organique au quotidien du communisme français, sans que les turpitudes nombreuses de quatre décennies, l'ajout de quarante ans à son âge et les débâcles récentes, n'aient pu le faire dévier de son rituel. Évitant cependant toute ostentation, ce qui est dans sa manière de compagnon de route solitaire, il avait gardé le réflexe clandestin de mettre son journal dans un sac d'emballage pour le lire à la maison,

first one named already indicated choice, since they could not be named at the same time). It was a broad range of nuanced positions at the extremes of which could be found the militant Marxist priest at one end and the practicing Christian Marxist on the other. Since of course they often circled around, they ended up meeting each other, closing the circle at the same point. They were soon indistinguishable.

But people from Quina were quite a different thing, since they had not been trained to recognize those subtle combinations. Like my three friends named Pierrot, the last of the righteous, who had never deviated by an iota from the exclusive faith they had embraced in infancy, once and for all, crossing life in a straight line, with no turns. They were completely one or the other. Marx *or* Jesus. And then there was the last category, a residual one, of those who had thick enough skin and enough teeth to dare to choose *neither* Marx *nor* Jesus, and to face the music. Perhaps they were simply not gifted with a talent for marching in lock step, unless it was that they had no taste for the pack scrambling for spoils or no herding instinct. They were dead, living under a suspended sentence because they belonged to no gang.

I have a friend Pierrot in each of my home towns, and my life has three cities. They are dreamers, my friends Pierrot, off on the moon, which is why I gave them this nickname in secondary school, but I confess, I who have made a profession of doubt, that there is for me a secret fascination in each of my encounters with any one of these friends with his entrenched and unwavering convictions. Especially in these days when everything has become disposable.

One day I had a date to meet my friend Pierrot of Montreal, at *La Brioche dorée*, in the Côte-des-Neiges quarter. He had just gone to the International News Shop to buy a copy of *L'Humanité*, which he has read religiously since 1954 when Marxism was revealed to him. Forty years of fundamental loyalty to the daily newspaper of French Communism, despite the numerous turpitudes of the last four decades, the addition of forty years to his age, and the recent break-ups, which had had no effect on his ritual. To avoid all ostentation, however, in accordance with his demeanor of a solitary

secrètement, et à la terrasse du café, il avait déployé tout grand *Le Devoir* au-dessus de sa tasse de café, comme pour une manœuvre de diversion. Je ne me serais même aperçu de rien s'il ne s'était pas déplacé un moment, et que je n'avais machinalement cherché une autre lecture dans son sac de plastique qui traînait sur la table. À la vue de *l'Huma* je n'allai pas plus avant, comme on détourne le regard d'une nudité qu'on ne saurait voir. Mon ami Pierrot avait droit à son secret enfoui dans son enfance émerveillée.

Mon ami Pierrot de Port-au-Prince, lui, est prêtre, dans le fond et dans la forme, même s'il n'a jamais fréquenté un grand séminaire, pas plus qu'il n'a été un jour sacré fonctionnaire de Dieu. Une longue histoire, mais il n'y a pas plus prêtre que lui, au point que je ne me le suis jamais représenté autrement qu'en soutane depuis notre jeune adolescence, et que sa femme un jour m'avoua être jalouse du Bon Dieu, tellement il priait longuement le soir. Quand passa la chance de faire autrement en 1990 et qu'il s'y précipita dans la mouvance des cadres moyens de l'Église catholique, et, croyant comme les autres avoir tout fait tout seul, il alla partout le proclamer en évangile. Puis le réveil brutal et l'impossibilité finalement de se remettre des résultats. Il fallut l'interner un jour dans le même pavillon que d'autres grands faiseurs d'histoires trop portés sur les miracles. Il a gardé une telle assurance et un tel refus d'en discuter — à chaque fois au bord de la colère — qu'il n'offre plus aucune prise au doute... et aux soins.

Mon ami Pierrot de Paris, quant à lui, est le dernier à encore professer magistralement le marxisme scientifique aux trois cycles universitaires en Sorbonne, avec l'assurance que l'on pouvait encore avoir à le faire jusqu'en mai 1968. Il est un jour tombé dans le dogme, comme dans une potion magique, mais jamais il n'a milité dans la moindre cellule, ni voté pour le moindre programme ; d'ailleurs, il n'a jamais voté du tout. Je me suis souvent demandé s'il était jamais descendu de la barricade où je l'avais laissé, rue Monsieur-le-Prince, un soir d'orages de mai 1968, car ses gestes sur l'estrade face à son auditoire vingt-cinq ans plus tard, font les mêmes moulinets et son verbe haut continue à haranguer plus qu'il n'expose. J'étais au fond de l'amphithéâtre à l'écouter tordre la situation d'Haïti, après trente mois de coup

fellow-traveler, he had kept up the clandestine reflex of putting his newspaper in a shopping bag to take home to read in secret, and when he was sitting at the terrace of a café, he spread Montreal's *Le Devoir* out over his cup of coffee, as if it were a diversion tactic. I would not have noticed anything if he had not gone off for a moment, and if I had not absent-mindedly looked for something else to read in the plastic bag which lay on the table. When I saw *L'Humanité*, I went no farther, the way you might turn away from some nudity that you could not look upon. My friend Pierrot had a right to this secret buried in his awe-struck childhood.

My friend Pierrot in Port-au-Prince is a priest, both in form and in content, even if he has never attended a great seminary, nor has he spent a day as a sacred functionary of God. A long story. But there is no one more priestly than he, to the point that I have never imagined him dressed in anything but a cassock since our early adolescence; and his wife admitted to me one day that she was jealous of God, since her husband prayed so much each evening. When political opportunity to do otherwise knocked in 1990, he threw himself into the domain of the middle management of the Catholic Church. Believing like the others that he had done everything alone, he went everywhere proclaiming it as gospel. Then came the rude awakening and the impossibility of recovering from the results. He had to be committed to the same wing as other great tellers of stories too inclined to see miracles. He maintained such assurance and refused so categorically to discuss it—each time on the verge of fury—that he is no longer open to doubt, nor to treatment.

My friend Pierrot in Paris is the last who still professes scientific Marxism brilliantly to the three academic cycles of the Sorbonne, with the same assurance in doing so that was widespread leading up to May of 1968. One day he fell into dogma, the way one might fall into a magical potion, but he has never been active in a single cell, nor voted for a single program; in fact, he has never voted at all. I have often wondered if he has ever come down from the barricade where I had left him, on *rue* Monsieur-le-Prince on a stormy evening; for as he stands on the lecture-hall platform, facing his audience thirty years later, his arms still wave

d'État, pour la fourguer dans une énième théorie de lendemains qui chantent. Un tour de force. Ce ne serait qu'un grinçant exercice scolaire, à la rigueur sans suite, si je ne savais que sur le terrain, les siens comptaient beaucoup sur lui pour le bagage de convictions à brandir pour la lutte finale.

* * *

Cinquante ans ont passé, et toutes les chances aussi, passées. Que des grands-pères au bicentenaire de 2004. Et cette nouveauté qui se répand au pays de précéder les cortèges funéraires d'une fanfare aux musiques vives, rythmées et sautillantes.

about and his loud language continues to harangue more than it expounds. I was at the back of the hall listening to him twist the situation in Haiti, after thirty months of the *coup d'état*, in order to sell it as his nth theory of tomorrows that sing. A tour de force. It would have been nothing more than a nasty scholarly exercise without consequences if I had not known that in the field, his people counted on him heavily for their baggage of convictions to brandish in the final struggle.

* * *

They were nothing but grandfathers at the time of the Bicentennial in 2004; fifty years have gone by, and all the opportunities as well. And now there is a novelty spreading about the country: funeral processions are being led by a band playing music that is lively, rhythmic and bouncing.

Nous sommes tous des assassins

C'est le titre d'un film. Heureusement. Produit en 1952 par André Cayatte comme une plaidoirie pour l'abolition de la peine de mort dont étaient saisies les sociétés occidentales, et plus particulièrement la France, dans l'immédiat après-guerre. *Nous sommes tous des assassins*, qui avait bien mis dix ans à parvenir à Port-au-Prince, faisait salle comble en semaine, et jouait à guichet fermé aux deux séances des dimanches soirs, quand les dignitaires du régime sortaient leur légitime, ou parfois l'autre, fardée et pouponnée dans des robes seyantes à ne pouvoir passer inaperçues. Le film tenait l'affiche au Ciné Capitole, j'en suis certain, mais je ne sais pourquoi, il est aussi associé dans ma mémoire aux salles du Champ-de-Mars : le Rex Théâtre et la Paramount. Je me demande si ce n'est pas la première copie de film à avoir été jouée dans tous les cinémas de la capitale à tour de rôle. C'est dire l'événement.

En 1962, plus aucun doute n'était permis : les cinq premières années de la dictature auguraient mal pour le quart de siècle qui allait suivre. Duvalier achevait de transformer son mandat en présidence à vie, bousculant tout sur son passage, notamment l'échéance consti-

We Are All Murderers

It's the title of a film. Fortunately. Made in 1952 by André Cayatte as a plea to abolish capital punishment, a film which held Western societies in its grip, France in particular, during the period immediately following the War. *We Are All Murderers*, which had taken a good ten years to come to Port-au-Prince, played to full houses during the week, and was sold out for the two Sunday evening performances when the dignitaries of the regime took out their legitimate wives, wearing heavy make-up and all dolled up in fetching dresses that could not possibly go unnoticed. I'm sure the film was being shown at the Ciné Capitole; but I don't know why, it seems to be associated in my memory with the Champ de Mars, the Rex Théâtre, and the Paramount. I wonder if it might have been the first copy of a film to be shown in all the movie theatres of the capital, one after the other. It goes to show what an event it was.

In 1962, there was no longer the slightest doubt: the first five years of the dictatorship boded ill for the quarter-century that was to follow. Duvalier had just succeeded in transforming his term of office into a presidency for life, knocking aside everything in his

tutionnelle du 15 mai 1963, tandis que Graham Greene engrangeait, médusé, dans un vieil hôtel tout en dentelles du *Bah ! Peu-de-chose*, le matériau de son mordant roman sur *Les Comédiens* qui s'agitaient de pères en fils, en tempête dans le même verre d'eau, depuis l'indépendance. Sauf qu'à trop servir, le goulot du verre était devenu ébréché et tranchant !

Toutes les formes de regroupements étaient scrutées au collimateur, et ne survivaient çà et là, que d'inoffensifs cénacles culturels. La modestie de leur influence populaire garantissait la tolérance dont ils étaient l'objet. C'est ainsi qu'un petit ciné-club, tout petit par les deux à trois douzaines de personnes à le fréquenter habituellement une fois par mois, au soir de chaque premier vendredi du mois, allait subitement, grâce à ce film, se retrouver avec une centaine de personnes venues assister aux discussions d'après projection. Elles étaient aussi animées qu'irréelles, et portaient sur l'abolition de la peine de mort, en plein cette dictature qui vous escamotait quelqu'un sans jugement, comme un prestidigitateur pressé le ferait d'un lapin. Sans même de chapeau. *Au pays sans chapeau,* tiens !

L'animateur de ce ciné-club, toujours de profil à force d'être sec, pipe au bec, nez et yeux d'aigle, dépeçait le film de Cayatte à grands coups de griffes, pour souligner à son public les risques d'un film à thèse devenu un documentaire didactique et emphatique, loin du langage et de l'écriture cinématographiques. La critique « nouvelle vague » avait beau prendre Cayatte pour son bouc émissaire de service — Truffaut jouait aussi à l'assassin en écrivant *Si les gens de cinéma voient dans Cayatte un avocat, les gens de robe le prennent pour un cinéaste* — que la ferveur du public ne se démentait pas au box-office. Au grand déplaisir des cinéphiles, puristes et esthètes. Dans *Nous sommes tous des assassins,* c'est la solide et bonne histoire racontée qui mettait plein la vue aux foules restées aveugles aux travellings hésitants et autres plans américains contestables.

Un dévoyé, joué par Marcel Mouloudji, avait trouvé à satisfaire, dans la Résistance pendant la guerre, ses tendances homicides avec efficacité, et ne s'était pas démobilisé la paix revenue. Le voilà condamné à mort pour meurtres en cascade, commis sur cette lancée patriotique. En cellule, il rejoint trois autres condam-

path, in particular the constitutional election date of May 15, 1963, while a dumbfounded Graham Greene, in an old lace-curtained hotel in *Bah! Peu-de-chose*, garnered the material for his scathing novel about *The Comedians* who, from generation to generation, had been fidgeting and storming in the same teacup since Independence. But it had been used over and over for so long that its rim had become nicked and sharp.

Any type of grouping was examined through a gun sight, and the only ones that survived, here and there, were harmless cultural circles. The modesty of their influence on the people assured the tolerance with which they were treated. And so it was that a small movie club—very small with its two or three dozen people who regularly attended once a month, on the evening of the first Friday of the month—found itself suddenly, thanks to this film, faced with a hundred or so people who had come to attend the post-viewing discussions. They were as animated as they were unreal, concentrating on the abolition of the death penalty, right in the middle of a dictatorship that could make someone disappear without trial, as a magician makes a rabbit vanish. Without even using a hat. *In a country without a hat,* well, well!

The leader of the movie club, always seen in profile because he was so thin, with a pipe in his mouth and the eyes of an eagle, dissected the film as if tearing it apart with his talons, emphasizing to his listeners the risks of a film with a message becoming a didactic and grandiloquent documentary, straying far from cinematic language and writing. In spite of the fact that "new wave" criticism had used Cayatte as its favorite scapegoat—Truffaut also played the role of murderer when he wrote: *Though professionals of the cinema see Cayatte as a lawyer, lawyers take him for a filmmaker*—public fervor never flagged at the box office. To the great displeasure of the cinephiles, purists, and aesthetes. In *We Are All Murderers*, it is the good, solid, story told that impressed the crowds, who took no notice of the hesitant tracking shots and the questionable medium shots.

A depraved person, played by Marcel Mouloudji, had found an efficient way, in the Resistance during the War, to satisfy his homicidal tendencies; and he did not demobilize when peace returned. He finds himself

nés à mort pour des cas à vous illustrer des manuels de droit, au chapitre des circonstances sociétales atténuantes et des erreurs judiciaires. Le réquisitoire de Cayatte contre la peine capitale en était d'autant facilité, et son morceau de bravoure s'était adjugé le Prix spécial du Jury, au festival de Cannes 1952, pour sa description du côté encore médiéval du système pénal français d'alors. Le rituel de la mise à mort devait immédiatement changer en France après ce film, prélude à l'abolition de cette sanction plus tard.

Le tout Port-au-Prince allait se mobiliser pour ou contre chacune des quatre exécutions : l'ancien tueur du temps de la guerre, le Corse imprégné du code de la vendetta, rôle joué avec justesse par Raymond Pellegrin, le médecin qui clame son innocence du meurtre de sa femme, et le malade mental qui tue sa fille dont les pleurs l'importunaient. Entre ceux qui cautionnaient les quatre mises à mort et ceux qui les désapprouvaient en bloc à la suite de Amédéo Nazzari, en médecin jouant mélo à faire pleurer, comme à son habitude, il y avait ceux qui s'annonçaient avec nuances pour une, deux ou même trois des peines capitales sur quatre, en justifiant ces choix par des considérations culturelles, médicales, politiques ou pénales selon chacun des cas. Le débat avait gagné les journaux, qui laissèrent timidement d'abord passer des entrefilets de positions dans leurs pages commerciales, avant d'oser la polémique en éditorial. La Faculté de droit, sortie la dernière de sa prudence caponne, organisa des conférences sur le film que donnaient des plaideurs aux verbes grandiloquents. La *Salle des pas perdus* résonnait, très tôt et fort tard, de débats animés par des groupes d'étudiants qui s'entraînaient à leur prochain métier, en donnant de la voix et du geste à propos de notre système carcéral antédiluvien, que l'on serait trop heureux de voir atteindre un jour, en ce siècle ou même dans l'autre, le niveau dénoncé dans le film de Cayatte.

C'est que légiférer sur l'abolition de la peine de mort faisait partie du *package deal* et du *new deal* de la paix, et nos législateurs en avaient tenu compte à grand renfort de discours. La Constitution de 1946, en son article 20, allait fixer la lettre de la peine de mort en Haïti pour quarante ans et six Constitutions, sans égard à la pratique qui la violait allègrement et outrageusement, sans

condemned to death for a series of murders committed in the same patriotic fervor. In his cell he joins three others condemned to death in cases that could illustrate law textbooks in the chapters on attenuating social circumstances and judicial errors. They made Cayatte's indictment against capital punishment easy to understand, and his bravura composition was awarded the Jury's Special Prize at the Cannes Festival of 1952, for his description of the still-medieval aspect of the French penal system of that time. The manner of execution was to change in France immediately after this film came out, a prelude to the later abolition of this punishment.

Everyone in Port-au-Prince mobilized for or against each of the four executions: the former wartime killer, the Corsican imbued with the code of vendetta (a role well played by Raymond Pellegrin), the doctor who claims he is innocent of his wife's murder, and the mentally-ill man who killed his daughter whose crying bothered him. Between those who supported the four executions and those who disapproved of them *in toto*—following the lead of Amédéo Nazzari, who played the doctor with his usual pathos that brought them to tears—there were the more subtle, who declared themselves for one, two or even three of the four death penalties, justifying their choices by citing cultural, medical, political, or penal considerations according to each case. The controversy had reached the newspapers, which at first put brief opinion articles on the business page before daring to bring the debate to their editorial pages. The Law School, which was the last to emerge from its cowardly prudence, organized lectures on the film that presented litigators armed with grandiloquent phrases. Its great hall echoed, from early morning to late evening, with vigorous debates carried on by groups of students who were being trained for their future profession, giving voice and gestures to our antediluvian penal system, which we would have been overjoyed to see, one day, in that century or even the next, reach the level denounced in Cayatte's film.

Legislating on the abolition of the death penalty was part of the *package deal* and the *new deal* of peace, and our legislators had recognized this in a plethora of speeches. The Constitution of 1946, in its Article 20, was to establish policy on the death penalty in Haiti for

conséquence : *La peine de mort ne peut être établie en matière politique, exceptée pour cause de trahison*, et l'explicitation de suivre, *Le crime de trahison consiste à prendre les armes contre la République, à se joindre aux ennemis déclarés d'Haïti, à leur prêter appui et secours.* Il faudra attendre la Constitution de 1987, la septième de l'après-guerre, pour lire en ce même article 20 que *La peine de mort est abolie en toute matière.* Quel rapport, diriez-vous, avec l'histoire en cours, ou avec l'Histoire tout court ? Eh bien aucun, justement. En ce pays, où l'adage national dit d'expérience, que les *Constitutions sont de papier mais les baïonnettes de fer*, le pays légal va son chemin en écho au monde, à ses modes et à ses mouvements... et le pays profond le sien et le même depuis toujours. Sans rapport entre eux.

Pour ne pas être en reste avec l'Institut Français qui prêtait sa salle de projection au ciné-club, tous les vendredis soirs maintenant, pour le même film, l'Institut haïtiano-américain fit venir la version anglaise, *We are all Murderers*, en distribuant de surcroît à tous les étudiants de ses nombreuses classes d'anglais pour émigrants potentiels, la copieuse (et remarquable) recension que Bosley Crowther en avait faite dans le *New York Times* du 9 janvier 1957, au lendemain de la première à New York. Tous les commentaires anglais allaient dans le même sens, l'insoutenable barbarie du rituel de l'échafaud et de la guillotine à Paris, ce dont rêveront encore longtemps les damnés des autres terres. La critique et le cinéma étatsuniens, moins connus au pays que ceux de France en ce début des années 1960, faisaient une entrée remarquée à Port-au-Prince à cette occasion.

Ce petit manège durait bien depuis un mois, deux mois même, sans aucune réaction du pouvoir, et tout le monde attendait un dénouement à l'affaire. Mais personne ne le devina. Même les plus imaginatifs. Un soir, le bruit courut que la copie du film avait été arrêtée en plein milieu d'une séance au Rex, puis conduite sous bonne escorte aux Casernes Dessalines, à la salle de cinéma, pour un visionnement privé par le président qui ne sortait plus de son palais et de ses baraquements. Voulait-il se faire une idée personnelle du film, avant de décider de son sort, au lieu de se fier aux rapports que n'avaient pas manqué de lui faire ses sbires sur les remous de l'actualité ? Toujours est-il que personne n'osa

forty years and six Constitutions, without consideration of the practices which violated it blithely and outrageously with impunity: *The penalty of death cannot be used politically, except in the case of treason*, followed by the explanation: *The crime of treason consists in taking up arms against the Republic, joining with declared enemies of Haiti, giving them support and aid.* We would have to wait until the Constitution of 1987, the seventh of the post-war period, to read in that same Article 20 that *The death penalty is hereby abolished in all cases.* What connection is there, you might ask, between current history and History itself? In fact, there is none. Exactly. In this country where the national proverb says from experience that *Constitutions are made of paper but bayonets are made of steel*, the legal country goes about its business as an echo of the world, its fashions and its movements... and the other country, deeply hidden, goes about its business in the same way it always has. With no connection between the two.

Not to be outdone by the Institut Français, which loaned its screening room to the movie club, by this time every Friday evening for the same film, the Haitian-American Institute brought in the version dubbed in English, and moreover it distributed to all the students in its numerous English classes for potential emigrants the lengthy (and remarkable) review of the film written by Bosley Crowther in the *New York Times* of January 9, 1957, the day after it opened in New York. All the commentaries in English discussed the same things: the unbearable barbarity of the ritual of the scaffold and the guillotine in Paris, of which the damned of other lands would dream for a long time yet. United States criticism and cinema, less well-known in our country than those of France in the early 1960s, made a noteworthy entrance into Port-au-Prince on that occasion.

This little game had been going on for a month, or even two months, without any reaction from those in power, and everyone expected some outcome in the matter. But no one could have guessed what it would be. Even the most imaginative of them. One evening, there was a rumor that the copy of the film had been stopped right in the middle of a showing at the Rex, then taken under escort to the Dessalines Barracks screening room for a private viewing by the President,

plus s'enfermer deux heures dans une salle noire, pour voir un film de ciné-club susceptible d'être arrêté en même temps que les spectateurs, craignait-on, en ces temps de psychose collective où s'était vu pire que cela. Le box-office plongea.

Et dans la suite, le ciné-club fut fermé faute de tout : assistance, films, salles de projection et commanditaires en manque de bravoures. Et la *Salle des pas perdus* de la Faculté de droit fut désertée, faute des braves qui parlaient en pile. Et l'on cessa même de discuter publiquement de *Nous sommes tous des assassins*, et de tel ou tel autre film réquisitionné pour projection aux Casernes, faute de savoir l'opinion du président et risquer d'en avoir une qui lui soit contraire. Et l'on en restera là avec la peine de mort, tellement banale au quotidien des dictatures, sans que ce ne soit la faute de nos très démocratiques Constitutions de papier.

who no longer left his Palace and his military camp. Did he want to acquire a personal impression of the film before deciding on its fate, instead of relying on reports of the latest upheavals that his henchmen had not failed to bring him? Whatever his reason, after that no one dared to be shut up for two hours in a dark room to see a film that they feared was apt to be arrested and the spectators along with it, in those times of collective psychosis, when they had seen worse things than that. Box-office receipts took a dive.

As a result, the movie club was closed due to a lack of everything—audience, films, screening rooms, and sponsors (who lacked courage). And the great hall of the Law School was deserted, from a lack of brave people to debate heatedly. And even public discussion ceased on the subject of *We Are All Murderers* and on any other film requisitioned for screening at the Barracks, for lack of knowledge of the President's opinion and because of the risk of having one contrary to his, and nothing more would be said about the death penalty, so commonplace in the daily life of a dictatorship.

Une note parfaite

Il parlait fort, d'un timbre un rien vulgaire, riait grassement par saccades, était de tous les mauvais coups du Collège Saint-Pierre, mais ce qui m'agaçait le plus, c'est qu'il traînait les pieds dans les rangs en rentrant de récréation et jouait à marcher au pas. Jerdon était la bête noire de cette classe de troisième C, réputée la plus turbulente de l'école, et moi j'y débutais dans le métier de manière abrupte par les premières œuvres en langue française, dont la lecture de *La Chanson de Roland* était la pièce maîtresse.

Le premier mois d'enseignement fut une ronde d'observation pendant laquelle Jerdon marqua des points, en ce que les deux bancs de l'arrière faisaient maintenant chorus avec lui et jouaient les bruits de fond lors de ses initiatives de déstabilisation. Jeux de mots épais, jeunes filles réfugiées dans les bancs en avant, bons élèves brocardés, tout y passait dans son exploration des limites qu'il pouvait dépasser. Au cours des ruminations de mes nuits de plus en plus insomniaques, ce fut la seule fois que j'ai vraiment pensé à abandonner ce métier.

En cette rentrée de 1963, la terreur battait son plein. Certains élèves de ce niveau étaient manifestement des

A Perfect Grade

He spoke loudly, in an ever-so-slightly vulgar tone, had a jerky, coarse laugh, was in on all the mischief at the Saint-Pierre secondary school; but what irritated me the most was that he dragged his feet in line coming in from recess and played at marching like a soldier. Jerdon was the thorn in the side of class C, ninth grade, reputed to be the rowdiest class in the school; and I was a fledgling teacher having to begin by abruptly presenting the first works written in French, of which the *Song of Roland* was the showpiece.

The first month of teaching was a reconnaissance period, during which Jerdon scored some points, since the two last rows were now joining in with him and providing the background noise when he launched one of his destabilizing initiatives. Heavy-handed puns, girls taking refuge in the first rows, good students ridiculed, he tried everything in his exploration of how far he could go beyond the limits. My brooding nights which became more and more sleepless were the only time I truly considered leaving this profession.

As the fall term of 1963 began, terror held sway. Some pupils in this grade were obviously recruits who had

embrigadés détenant leur carte de miliciens et, pour la galerie, ils venaient de temps en temps avec des armes en classe. Un collègue m'avait aussi charitablement soufflé que deux filles de la classe, fort jolies, étaient les maîtresses respectives du redoutable chef de police d'alors, le major Gassy, et de son non moins redoutable second, le lieutenant Tuilleau et qu'il les avait tous les quatre surpris dans un *bal criminel*, expression désignant lors la cote la plus dépravée de la classification des bals de la capitale. D'ailleurs, l'imposante voiture noire à la grande antenne de radio, toutes vitres fumées, venait régulièrement chercher ces demoiselles de troisième C pour l'intermission de midi et les ramenait, pimpantes, avant le son de cloche de deux heures.

C'était cela, l'ambiance dans laquelle j'évoluais en quête d'une solution pour prendre le dessus sur Jerdon, car il ne me restait plus rien d'autorité professorale. Les autres élèves, qui attendaient que je m'impose pour que se donne le cours, commençaient à désespérer. Un événement fortuit et tragique servit de crève-crise au mitan de novembre. Un collègue de l'autre troisième, la B, le professeur Jean Jean de Saint-Marc, disparut une fin de semaine, euphémisme consacré pour dire une arrestation arbitraire d'où l'on ne revenait pratiquement jamais à l'époque. Il n'en est d'ailleurs jamais revenu, je crois. Nous ne savions pas si c'était relié à une dénonciation d'élève ou s'il fallait y voir une conséquence de sa pratique d'avocat au tribunal terrien de sa ville. Toujours est-il que discussions feutrées et hypothèses alarmistes donnaient la mesure de la peur qui régnait dans les écoles.

Jerdon était visiblement secoué. Y aurait-il une once de compassion bien enfouie chez lui ? Ne faisait-il donc pas partie des miliciens ? N'était-il pas plus directement relié au clan des militaires qu'à celui des macoutes ? N'était-il pas fils d'autorités lourdes ? Le fait est qu'il était visiblement secoué et que je pris avantage de son trouble pour l'apostropher et commenter ouvertement l'événement dont tout le monde parlait en cachette, avant de terminer par un morceau de bravoure qui disait précisément, j'ai eu plus tard l'occasion de beaucoup ressasser cette insulte finale : « Jerdon, vous parlez fort, vous êtes bruyant dans ce que vous faites et surtout vous traînez les pieds. Vous avez tout du militaire et vous fini-

obtained their membership cards in the militia, and they showed off by bringing firearms to class from time to time. A colleague had also kindly whispered in my ear that two very pretty girls in my class were the respective mistresses of the formidable chief of police, Major Gassy, and his no less formidable second in command, Lieutenant Tuilleau, and that he had seen the four of them together at a "disgraceful dance," an expression used at the time to describe the most depraved classification of all the dances held in the capital. What's more, an imposing black car with a big radio antenna and tinted windows came regularly to pick up these girls from ninth-grade C at lunchtime and brought them back, looking quite spruce, before the two-o'clock bell rang.

That was the atmosphere in which I moved, in search of a way to gain the upper hand over Jerdon, for there was now no vestige of professorial authority left to me. The other pupils, who were waiting for me to take control so that the course could be completed, were beginning to lose hope. An unexpected but tragic event broke the crisis in mid-November. A colleague from the other ninth grade class, B, Professor Jean Jean of Saint-Marc, "disappeared" one weekend—a euphemism used at the time to describe an arbitrary arrest from which practically no one returned. I believe, in fact, that he never returned. We did not know if some pupil had denounced him or if his arrest was a consequence of his practice as a lawyer in the landed-property court of his town. Whatever the cause, hushed discussions and alarmist theories revealed the fear that prevailed in the schools.

Jerdon was visibly shaken. Might there be an ounce of compassion buried somewhere within him? Wasn't he a militia member? Wasn't he more directly tied to the military clan than to the *macoutes*? Wasn't he the son of some important person in authority? The fact is that he was visibly shaken, and that I took advantage of his confusion to harass him a little, to comment openly on the event that everyone was talking about in secret, and to end with a bravura passage that said precisely (I later had occasion to regret this final insult): "Jerdon, you speak loudly, you are noisy in everything you do, and above all you drag your feet. You have all the attributes of a military man, and that's the way you will end up of you don't make an effort to change." The silence

rez ainsi si vous ne faites pas un effort pour changer. » Le silence qui suivit fut total. Et se prolongea pendant les deux heures du cours. C'était la toute première fois que j'avais une classe bien en main. L'ivresse. La dernière peut-être.

Au son de cloche, ils quittèrent tous la salle avec précipitation, et Jerdon ne traînait plus les pieds. Directeur et censeur inquiets vinrent le soir même à la maison s'enquérir de ma version des faits ; une jeune élève, jusque-là fort retenue, débarqua chez moi avec son père, grand dignitaire du Palais, qu'elle avait convaincu de m'offrir protection. Pendant toute la semaine, beaucoup d'élèves vinrent, en aparté, furtifs, qui m'offrir refuge, qui m'assurer de son intervention, au cas où... J'avais d'ailleurs changé de domicile en mettant aussi les miens à l'abri. Les paris étaient ouverts entre les élèves sur le temps qu'il me restait, et ma classe de littérature devint la plus calme du collège. Tout le monde retenait son souffle dans l'attente de quelque chose. Moi aussi.

Il ne se passa rien. Du moins dans l'immédiat, car une dizaine d'années plus tard, en prison, je fus un jour, comme tous les autres détenus, conduit devant la brute la plus réputée des geôliers des Casernes Dessalines. La répression aveugle du Père ayant cédé la place à la répression borgne du Fils, les chances de se sortir de prison étaient quand même plus grandes. Mais il se disait, d'une cellule à l'autre, avec plein de détails, que ce premier interrogatoire n'avait rien de drôle. Menotté, un mercredi à deux heures trente-trois de l'après-midi, le cœur battant comme jamais je n'ai encore trouvé de mots pour le dire, et que seuls entendraient d'ailleurs ceux passés par là, je fus poussé dans la salle où siégeait ce capitaine redouté. C'était Jerdon. Assis derrière un large bureau d'acajou, un long manche à balai en bois noueux clair, aux taches brunes de sang séché, posé devant lui, coincé entre ses dents un cigare gros et trapu, fraîchement allumé (redoutable instrument d'étampage, comme chacun savait), la casquette enfoncée sur des lunettes noires ; il faisait macoute, jusqu'à la caricature !

Je sais, d'intuition sûre, lequel de nous deux pensa le premier au Collège Saint-Pierre, à cette classe de troisième C, et à la tirade combien juste finalement, hélas !

which followed was total. And it extended through the two hours of class. That was the very first time I had complete control over a class. Exhilaration. For the last time, perhaps.

When the bell rang, they all left the classroom in haste, and Jerdon no longer dragged his feet. The principal and the assistant in charge of discipline came to my home that very evening in a disturbed state to inquire as to my version of the facts; a young student, up until then quite reserved, arrived with her father, a high dignitary from the Palace, whom she had convinced to offer me his protection. All week long, many students came up, taking me aside furtively, either to offer me a refuge or to assure me that they would intervene in case something happened. I had already changed residences and had sent my family into hiding. The students organized a pool, betting on how much time I had left, and my literature class became the calmest in the school. Everyone held their breath in expectation. I did, as well.

Nothing happened. At least right away, for some ten years later, in prison, I was brought one day, as all the other prisoners, before the most brutish jailer in the Dessalines Barracks. Since the blind repression of the Father had yielded to the one-eyed repression of the Son, the chances of leaving prison were slightly greater. But the word passed from one cell to the next, with all sorts of details, that this first interrogation was nothing to laugh about. Handcuffed, one Wednesday at 2:33 p.m., my heart thumping so hard that I have never found words to describe it (besides, only those who have gone through the same thing would understand), I was pushed into the room where this fearsome captain held court. It was Jerdon. Seated behind a broad mahogany desk with a long broom handle of light-colored, knotty wood stained with dried blood before him, a big, fat newly-lit cigar clenched between his teeth (a formidable branding tool, as everyone knew), his cap pulled down over his dark glasses; he was the image of a *macoute* to the point of caricature!

I know intuitively which of us thought first of school, of that ninth grade C class, and of my regrettably accurate tirade. And I also know that I said to myself simply, in the calmest way, as if I were making a banal observation: "*I am dead.*"

Et je sais encore que je me suis simplement dit, de la plus calme manière d'un banal constat : « Je suis mort. »

Il se leva d'un bond, fit le salut militaire, s'avança en traînant les pieds, me serra dans ses bras, m'appliqua deux baisers bruyants sur les joues, avant d'aboyer l'ordre de m'enlever les menottes, me fit asseoir sur la bonne chaise, car de la mauvaise à côté pendouillaient des fils électriques et des lanières, et se lança dans une interminable récitation, à l'intention de ses subordonnés au garde-à-vous — parmi lesquels ce jeune caporal qui devait bientôt passer son bac et qui ne le quittait pas des yeux —, détaillant tout ce que je lui avais appris sur la littérature. Et il termina même sa dissertation en paraphrasant Turold dans sa clausule ambiguë de *La Chanson de Roland* : « Ci falt la geste que Jerdonus declinet. » À cette chute, tous les sous-officiers eurent pour leur capitaine les yeux du caporal.

Il en avait finalement beaucoup plus retenu que je ne le croyais, et pour la première fois, j'eus envie de lui donner dix sur dix.

He bounded to his feet, gave a military salute, came toward me (dragging his feet), took me in his arms, planted two noisy kisses on my cheeks before barking out an order to unlock my handcuffs, had me sit on the good chair, since the bad one beside the desk had electric wires and straps dangling from it, and launched into an interminable recitation for the benefit of his subordinates standing at attention—among whom there was a young corporal who would soon be taking the *baccalauréat* exams and whose eyes never left Jerdon—describing in detail everything I had taught him about literature. And he even ended his presentation by paraphrasing Turold in his ambiguous closing words of the *Song of Roland*: *"Ci falt la geste que Jerdonus declinet"* ("So ends the tale which Jerdonus hath conceived"). As he concluded, all the subalterns were looking at him with the same admiration as the corporal.

He had ended up retaining much more than I had thought, and for the first time, I felt like giving him ten points out of ten.

Les couverts de trop

Il se dresse encore trente mille couverts de trop à chaque repas à Port-aux-Morts. Avec le grand verre rempli d'eau, que personne ne boira, et, parfois en fin de semaine et jour de fête aussi, un petit verre du trempé amer au rhum qui sied si bien le dimanche midi aux poulets macérés saumâtres de citron et de piments. Un rituel de familles de disparus que ces couverts vides et ces verres pleins !

Ce devoir de mémoire s'était d'autant plus vite répandu qu'il était l'ultime façon de parler d'eux. Par signes. Les gens tombaient comme mouches. D'abord les colporteurs de rumeurs politiques, papoteurs publics en mouvements continuels qui avaient connu leur moment de gloire au cours d'une longue et trépidante campagne présidentielle de 1956-1957. Leurs vagues d'informations, largement fausses, faisaient les délices des galeries et tonnelles. On se battait dans chaque camp à coup de ragots, surtout du dessous de la ceinture. Ceux d'entre eux qui ne saisirent pas, assez vite ensuite, une fois installé le nouveau pouvoir, que colporter avec autant d'agitations devenait un acte de haut risque, le payèrent de leur disparition. Un jour, comme ça, volatilisés. Et le

Too Many Place Settings

There are still thirty thousand too many places set for each meal in Port-aux-Morts. With a big glass filled with water no one will drink, and sometimes on weekends and holidays, a small glass of bitter rum which goes so well at Sunday dinner with the marinated chicken, sour and spicy with lemon and peppers. A ritual of the families of those who have disappeared, these empty places and these filled glasses!

This act of duty to their memory had spread all the more rapidly since it was the last way of speaking of them. By signs. People were falling like flies. First the peddlers of political gossip, public chatterers in perpetual motion who had experienced their moment of glory during a long and hectic presidential campaign. Their flood of information, mostly false, delighted the galleries and *tonnelles*. In every camp they battled with bits of gossip, especially ones that hit below the belt. Those among them who did not realize quickly enough afterward, once the new government was installed, that gossiping so openly was becoming a highly risky occupation, paid for it with their disappearance. One day, just like that, vanished into thin air. And the trade itself

métier lui-même disparut à son tour, faute de relève. Puis, les colporteurs, qui n'étaient que des amateurs, firent place aux rapporteurs professionnels, des infiltrés entraînés qui prêtaient partout oreille aux rumeurs et confidences, en les provoquant. Le pouvoir avait organisé par guets-apens une vaste chasse aux mots. La peur s'était abattue sur toute la ville quadrillée. Il fallait se méfier de ses paroles, jusque dans les rêves des autres, et ce n'était pas une manière de parler. Il se racontait, avec force détails, qu'un imprudent fit état d'avoir rêvé comploter avec quelques connaissances. Tout le groupe y passa. Et c'était vrai !

Les lieux communs reprirent du service. *Les murs ont des oreilles, Prudence est mère de sûreté, La nuit tous les chats sont gris, Précaution pas capon...* ne furent même plus des figures de style. On croyait voir pousser des appendices aux murs. Seul survécut le chuchotement. Les rapporteurs, qui avaient remplacé les colporteurs, firent alors place aux mouchards purs et durs. Les espions. La calomnie vint à bout des plus discrets mouvements de lèvres. Les accusations arbitraires de coups d'État et de complots étaient fabriquées de toutes pièces, à la douzaine. Même les chiens cessèrent d'aboyer la nuit. Et c'était presque vrai !

En ces temps maudits, tous les mots étant suspects, tous les dits étant traqués, c'est dans les calembours, comme d'habitude, que l'on se réfugiait entre soi pour exorciser la peur des bourreaux : *signe des temps que ce temps de signes* psalmodiait-on au plus dur de la touffeur, depuis qu'un poète inspiré avait eu la fortune d'un triptyque sur *si triste est la saison/qu'il est venu le temps/de se parler par signes.* Ne restait plus que le geste autour de la table, les dents serrées. Le couvert vide en bout de table pour le père, à la droite de la mère pour le fils, en face de l'épouse pour le mari. Couverts vides, encore aujourd'hui toujours là, visibles ou non pour l'étranger à la douleur, mais couverts dressés comme des stèles par ceux qui tuent le temps et que le temps tue.

Cela avait commencé chez l'une des familles. Laquelle importe peu, comme peu importe la première femme à s'être rendue à la Place de Mai argentine réclamer des nouvelles d'un père, d'un fils, d'un mari... ou la première à danser seule la complainte chilienne des disparus, une

disappeared, since there was no one left to carry it on. Then the gossip-mongers, who had been mere amateurs, gave way to the professional tattletales, trained infiltrators who prompted the revelation of rumors and secrets everywhere. The government lay in ambush, having organized a great word-hunt. Fear swooped down upon the square-shaped city. People had to be wary of what they said, even in other people's dreams, and that is not merely a way of speaking. The tale was told, in great detail, that a careless man mentioned that he had dreamed of hatching a plot with a few of his acquaintances. The whole group vanished. It's true!

Commonplace phrases went back into service. *The walls have ears, Discretion is the better part of valor, When the candles are out, all cats are gray, There's no cowardice in taking precautions*...were no longer figures of speech. People thought they saw ears growing on walls. Only whispering survived. The tattletales, who had replaced the rumor-mongers, gave way to hard-line informers. Spies. Calumny triumphed over even the slightest, most discreet lip movements. Arbitrary accusations of coups d'état and conspiracies were made up out of whole cloth, by the dozens. Even the dogs stopped barking at night. It's almost true!

During those cursed times, since every word was suspect and all speech monitored, as was usual, each of us took refuge in puns and word play in order to exorcise our fear of the executioners: *a sign of the times, this time of signs*, we would chant when the heat was on, from the moment when an inspired poet had been fortunate enough to create a triptych on *how sad is the season / when the time has come / to speak to each other with signs.* The only thing that remained was the gesture around the table, with teeth clenched. The empty place setting at the head of the table for the father, the one at the mother's right for the son, across from the wife for the husband. Empty places, still there today, visible or not to one who is a stranger to pain, but place settings arranged like stelae by those who are killing time and whom time kills.

It had begun with one family. Which family is of little importance, as the name of the first woman to come to the Plaza de Mayo in Argentina to demand news of a father, a son, a husband is not important... or the first

photo épinglée sur le cœur en guise de cavalier. À chacun sa première fois et, pour lui, cela avait commencé chez la grand-mère de son épouse, dont les petits-enfants, incapables d'articuler son nom comme il fallait, en avaient adorablement contracté les syllabes en Manmalice.

Il était de passage et, ne sachant trop pourquoi, s'était toujours imaginé que si un jour il devait lui aussi être pris, ce serait à la faveur de la nuit, à la dérobée. Par une engeance masquée. Il passait ainsi ses nuits en sueurs, ne trouvant le sommeil qu'au lever du petit jour. Rassuré. Sa surprise fut totale quand tout se fit à visage découvert, en plein midi et en pleine foule !

Son absence menaçait de durer. Tous les jours, à chaque repas, Manmalice fit mettre son couvert comme s'il devait se joindre à eux, d'ici la fin du repas. Ces moments étaient tellement lourds de sa présence, qu'on lui mettait aussi de la glace dans son verre d'eau, sans faire de distinction avec les autres commensaux.

Un dimanche midi, pour dire encore plus sa conviction et conforter l'attente déchirée, elle fit aussi servir sur la galerie, à l'heure habituelle, son apéritif préféré en demandant à ce que, dorénavant, il en soit ainsi.

Il se dresse encore trente mille couverts de trop à chaque repas à Port-aux-Morts. Avec le grand verre rempli d'eau, que personne ne boira.

Ainsi soit-il !

lone woman to dance the Chilean lament for the disappeared, a photo pinned near her heart taking the place of a dancing partner. Each has a first time, and for him, it had begun at the home of his wife's grandmother, whose grandchildren, unable to say her name correctly, had adorably constructed the syllables into "Manmalice."

He was just visiting, and without knowing why, he had always imagined that if one day he was also to be taken, it would be under cover of night, furtively. By masked thugs. And so he spent his nights in a sweat, sleep finding him only as the sun rose. Reassured. Imagine his surprise when it all happened with unmasked faces, at high noon, and in the middle of a crowd!

His absence threatened to last a long time. Every day, at every meal, Alice had his place set as if he were to join them before the meal ended. These moments were so heavy with his presence that they even put ice in his water glass, making no distinction between him and the other table companions.

One Sunday noon, to express her conviction even more and to comfort shattered expectations, she asked that his favorite aperitif be served on her gallery at the usual hour, and that this be done every day from then on.

For there are still thirty thousand too many places set at each meal in Port-aux-Morts. With the big glass filled with water which no one will drink.

So be it!

La petite malice des dimanches en prison

Je ne prends jamais de dessert le dimanche. J'ai mes raisons. Elles sont enfouies sous un quart de siècle, du temps de la *petite malice* des dimanches en prison. C'est le nom de la figue banane naine, de la grosseur d'un doigt de la main, du pouce ou du majeur si vous aviez de la chance ce dimanche-là, ou de l'auriculaire si vous n'en aviez pas. L'attente de ce dessert commençait dès le vendredi après-midi vers les cinq heures — après la fermeture de la salle des tortures jusqu'au lundi matin et le départ des bourreaux en week-end — dans toutes les cellules, comme l'unique signe d'humanité de la semaine, distribué à midi le dimanche.

La *petite malice* a un taux de sucre supérieur à toutes les figues de dimension normale et cette haute concentration dans un petit volume en fait une douceur. Certains aimaient la gober tout rond les yeux fermés pour en finir. D'autres prolongeaient le plaisir par de minuscules bouchées qu'ils laissaient fondre en bouche. Entre ces extrêmes, toutes les combinaisons possibles, d'un dimanche à l'autre. Et comme jamais personne ne fut privé de *petite malice* en représailles,

Sunday Dinner in Prison

I never eat dessert on Sundays. I have my reasons. They are buried beneath a quarter of a century, from the time of the *petite malice* on Sundays in prison. This is the name of a dwarf banana fig the thickness of a finger—the thumb or the middle finger if you were lucky that Sunday, or the little finger if you weren't. The expectation of this dessert would begin in all the cells on Friday afternoon at about five o'clock—after the torture chamber had closed until Monday morning and the torturers had departed for the weekend—as the only sign of humanity during the whole week, distributed at noon on Sundays.

The *petite malice*, or "little mischief," has a sugar content higher than normal-sized figs, and this high concentration in a small volume makes it like candy. Some liked to gulp it right down with their eyes closed to be done with it. Others prolonged the pleasure by taking minuscule bites that they allowed to melt in their mouths. Between these extremes lay all the possible combinations, from one Sunday to the next. And since no one was ever deprived of a *petite malice* as a retaliation, nothing disturbed this long wait for Sunday noon.

rien ne venait troubler cette longue attente des dimanches midi.

Sauf qu'après, on ne peut plus en manger. Dix ans, vingt ans, trente ans après, pas capable, pour avoir été réduit à trop attendre l'insignifiante *petite malice* comme un moment de grande joie. Me revient depuis, lancinant, le souvenir du seul qui refusa toujours de la manger pour ne rien leur devoir, surtout pas un bon souvenir, surtout pas. Il devait mourir un dimanche en fin de matinée, juste avant la distribution des *petites malices,* en me laissant une fourmi dans une boîte d'allumettes — la seule distraction que la perversion des geôliers autorisait — avec la recommandation de la laisser à un autre, quand je partirais, avais-je cru comprendre en lisant sur ses lèvres qui remuaient, sans qu'aucun son n'en sorte. Tel fut son héritage.

C'était la boîte ordinaire que je connaissais bien depuis les vingt ans de son monopole sur le marché, sans vraiment la regarder. Pour la première fois, je me mis à observer l'exactitude des contours de la carte d'Haïti qui se trouve sur le dessus, rectifiant l'incroyable somme d'erreurs que l'on y trouvait. Je fis projet d'écrire longuement, dès ma sortie, à la Régie du Tabac et des Allumettes qui ne s'était jamais départie de cet unique modèle. Car on fait beaucoup de projets en ces lieux pour quand on n'y sera plus. Et quand on n'y est plus, on n'y donne pas toujours suite, comme à cette lettre que j'ai mis des jours et des jours à composer, sans rien laisser passer qui ne soit juste et précis. L'épître avait tellement gagné en importance avec le temps que j'avais résolu d'en faire plutôt un mémoire.

Et puis il y avait la fourmi, insecte de compagnie dont il me fallait prendre soin en lui laissant quelques miettes de pain dans sa boîte le matin et en lui faisant faire sa marche quotidienne sans jamais la laisser s'échapper. Elle aussi en prison. Je comprenais mieux pourquoi sa vélocité, aux brusques changements de direction sans raison apparente, lui avait valu le nom vernaculaire de *foumi fou,* car, ne mordant même pas comme les autres fourmis, les *foumi pike,* c'était là sa manière de distinction. Deux fois par jour nous échafaudions ainsi de brillantes tactiques de fuite et de capture sur le terrain de manœuvre qu'étaient devenus les murs de notre commune cellule.

Except that afterward, you can't eat them any more. Ten years, twenty years, thirty years later, impossible, from having been reduced to waiting for the insignificant *petite malice* as a moment of great joy. Since then, a nagging memory returns to me of the only one who always refused to eat it, so that he would owe them nothing, especially not a good memory, especially not. He was to die one Sunday, toward morning's end, just before the distribution of the *petites malices,* leaving me an ant in a matchbox—the only entertainment the jailers' perversion allowed—recommending that I leave it to someone else when I left, or so I believed he said, reading it on his lips as they moved without making any sound. This was his legacy.

It was an ordinary box that had been familiar to me for the twenty years of its monopoly in the market, but which I had never really looked at. For the first time I began to observe the accuracy of the outline of the map of Haiti on its top, correcting the unbelievable number of errors in it. I resolved to write a long letter, as soon as I was freed, to the Bureau of Tobacco and Matches which had never abandoned this single model. In such a place, you plan many projects for when you will no longer be there. And when you are no longer there, you do not always carry them out, as in the case of the letter, which I spent days and days composing, eliminating everything but what was correct and precise. The epistle had grown so much in importance with time that I had resolved to turn it instead into a dissertation.

And then there was the ant, a companion insect I had to take care of by leaving him a few crumbs of bread in the morning and giving him his daily walk without ever letting him escape. It was in prison, too. I understood better why its speed, with sudden changes of direction without any apparent cause had earned it the vernacular name of *foumi fou,* "crazy ant," for it did not even bite like the other ants, the *foumi pike*—that was its way of distinguishing itself. Twice a day we built up brilliant tactics of escape and capture on the training ground that the walls of our common cell had become.

And then one day, from out of the blue, a second *foumi fou* wandered into the cell (I came more and more to believe they deserved their name). It immediately joined the other in the matchbox, opening up a new

Et puis un jour, venue d'on ne sait où, une deuxième *foumi fou* s'égara en ces lieux (Je trouvai ce jour-là leur appellation fondée!). Elle rejoignit *ipso facto* la première dans la boîte en m'ouvrant à un nouveau champ d'intérêt sur la compatibilité des fourmis en cellule. J'en guettais les effets les plus évidents sur leurs comportements. Et puis, étaient-elles de sexe différent ? D'ailleurs, comment se reproduisaient les fourmis ? Auraient-elles une stratégie commune d'évasion ? Somme de questions ruminées jusqu'au dimanche suivant où les fourmis eurent, elles aussi, droit à une pincée de *petite malice* que j'avais prélevée de mon fruit.

C'est ce dimanche-là, mon geste resté en suspens, que je n'ai pas goûté au reste du dessert et que j'ai laissé la boîte d'allumettes ouverte toute la nuit.

field of interest for me: the compatibility of ants in a cell. I watched for the most obvious effects on their behavior. And then, were they of different sexes? And how did ants reproduce, anyway? Would they develop a common escape strategy? I ruminated on all these questions until the following Sunday when the ants also had a right to a pinch of *petite malice* that I had removed from my fruit.

On that Sunday, my gesture incomplete, I did not taste the rest of my dessert; and I left the matchbox open all night.

L'amère patrie

Ils étaient deux. Jeunes. Adeptes des poids et haltères dont les musculatures rebondissaient d'autant que leurs menottes avaient été bouclées au dernier cran. Deux diasporins de New York cueillis à l'aéroport de Port-au-Prince à leur descente d'avion pour s'être trouvés dans l'une des listes de l'épais livre noir dans lequel des années de dictatures avaient sédimenté toutes les couches de dénoncés depuis les débuts du régime.

L'un avait un passeport haïtien et l'autre un passeport américain. Tout se passa très vite pour eux puisqu'on devait en relâcher un immédiatement. Cette procédure s'accompagna d'une mise en scène ubuesque. D'abord le public : on fit sortir les détenus des quatorze cellules des Casernes pour voir tous les soldats disponibles se mettre en cercle sur la grande cour. « L'Américain » fut désentravé et, libre de ses mouvements, allait pouvoir réagir aux taloches ébauchées, aux feintes de crachats, aux amorces de coups de pieds ; gestes inachevés qu'accompagnaient des manifestations véhémentes de nationalisme du grand cercle au centre duquel il se trouvait. Il dansait une drôle de danse, en se protégeant de coups

The Wicked Stepmotherland

There were two of them. Young. Weight-lifting enthusiasts whose muscles bulged so much that their handcuffs had been fastened in the last notch. Two men from the New York Diaspora, picked up at the Port-au-Prince airport as they came off the plane because their names were on one of the lists in the thick black book into which fifteen years of dictatorship (it was 1974) had precipitated all the sediment of informer's targets since the regime began.

One of them had a Haitian passport and the other an American passport. Everything happened very quickly, since they had to release one of them immediately. This procedure was accompanied by a grotesque theatrical production. First the audience: prisoners from fourteen cells in the barracks were brought out to view all the soldiers available forming a circle in the large prison yard. The "American" was unshackled and free to move: he would be able to react to feinted clouts, to feigned spitting, to incomplete kicks; unfinished gestures which went hand in hand with vehement expressions of nationalism by the great circle which surrounded him. He performed a strange dance, protecting himself from

et de crachats, de gifles et de taloches qui ne l'atteignaient jamais.

Le nouveau citoyen de la république étoilée, d'abord traité de tous les noms, fut ridiculisé ensuite pour ses illusions à se croire maintenant un vrai Blanc américain. Il fut copieusement invectivé, menacé, mais jamais touché dans ce ballet. La cérémonie dura bien une bonne heure (mais, l'écoulement du temps en ces lieux n'est pas fiable...), sous les regards des gradés, accoudés au parapet de la galerie des bureaux d'interrogatoire, jusqu'à l'arrivée d'un Blanc américain en civil qui se cachait de son mieux des prisonniers, lunettes noires, costume blanc cassé de drill millionnaire, panama Stetson assorti (j'eus grand peur qu'il ne se rendît compte que je l'avais reconnu à son affectation habituelle). Le détenteur du passeport haïtien, toujours menotté, tremblait à l'écart comme feuille au vent de la malchance de l'autre, qui s'en alla finalement avec l'étrange étranger de la galerie.

La scène d'atmosphère nationaliste était tellement irréelle que j'avais souhaité m'en sortir un jour rien que pour l'écrire, car je savais comme tout le monde que chaque officier rêvait d'un visa de résidence américaine, et que la troupe n'hésiterait pas une seconde à la première opportunité d'une migration sauvage et risquée en Floride.

Flash. Qu'ils étaient loin des va-nu-pieds de la Grande Armée, qui savaient monter à l'assaut d'une batterie pour la clouer en y enfonçant la main dans sa gueule et la mettre hors combat en sautant avec elle !

Flash. Qu'ils étaient proches des cannibales de la carte postale du bouillon-chercheur, dans laquelle l'explorateur au casque colonial, bien ligoté dans une énorme marmite, cuisait à grand feu de bois au rythme des tambours et des pas cadencés dans l'attente du souper !

Flash... Flash...

Puis vint le tour de l'autre au passeport haïtien. Toutes retenues évacuées, les gestes furent plus qu'ébauchés. Les grognements de la meute au dépeçage n'étaient couverts que par les hurlements à la mort du supplicié. (J'hésite à dire qu'il s'était vite sali de toutes les déjections possibles du corps, car à quoi bon dire aux autres que c'est là l'ordinaire de la Question, et qu'il s'y rajoute pour les femmes des règles instantanées !). Complète-

the blows and the spitting, the slaps and the clouts that never touched him.

The new citizen of the Star-Spangled Republic, at first called every name possible, was next ridiculed for imagining that he was now a real white American. He was well and truly insulted, threatened but never touched during this ballet. The ceremony lasted a good hour (but in places like this, the impression of time can never be trusted...), observed by the noncommissioned officers who were leaning on the gallery railing of the interrogation office, until an American in plain-clothes arrived, trying his best to hide from the prisoners, sunglasses, off-white drill millionaire's suit, matching panama hat (I was terrified that he would notice I recognized him by this customary affectation). The man with the Haitian passport, still handcuffed, stood to the side trembling like a leaf in the wind at the misfortune of his companion, who finally left with the strange foreigner from the gallery.

This scene and its nationalist atmosphere were so unreal that I hoped to get out one day if only to write about it, for everyone including myself knew that every officer held an American resident visa or was in the process of obtaining one, and that the rank and file would not hesitate for a second to grab the first chance that came along to plan an illegal and risky migration to Florida.

Flash. How far they were from the barefoot soldiers of the Great Army, who knew how to assault a battery, pinning it down by smashing a hand down its throat and disabling it by blowing themselves up along with it!

Flash. How close they were to the post-card cannibals of explorer-soup fame in quest of ingredients, with the explorer in the colonial helmet all trussed up in an enormous pot, cooking over a huge wood fire to the rhythm of drums and dancing feet waiting for supper!

Flash... Flash...

Now it was the other man's turn, the one with the Haitian passport. Shaking off all restraint, the soldiers' gestures were more than mere feints. The growls of the wolf pack gnawing at their prey were punctuated by the wailing of the torture victim. (I hesitate to say that he had soon soiled himself with all the bodily secretions possible, for what use is it to say to others that this is

ment déshydraté, il avait probablement atteint le seuil où la soif lui faisait plus mal que les coups. C'est alors qu'un officier, qui portait une tache noire velue à la joue, descendit, très lentement, l'escalier de la galerie et, prenant bien son temps, tira à bout portant, d'un magnifique pistolet nickelé, à la crosse ouvrée de nacre et de fils d'or, le coup de grâce, au cervelet.

La mère patrie.

normal when someone is put to the Question, and that for women, there is the added humiliation of the instantaneous onset of menstruation!) Completely dehydrated, he had probably reached the threshold where thirst was more painful than the blows he was suffering. At that moment, an officer with a black, hairy spot on his cheek came slowly down the steps from the porch, and taking his time, with a magnificent nickel-plated gun whose butt was worked with mother-of-pearl and gold filigree, fired the coup de grâce into the prisoner's brain.

The motherland.

La sonnerie aux morts

J'ai un rapport particulier avec la fanfare de l'armée haïtienne parce que sous la salle de répétition de cet ensemble aux cuivres dominants se trouvaient enfouies, face à face, deux rangées de sept cellules de prisonniers politiques aux Casernes Dessalines. Je n'ai jamais tenu pour vraie la méchanceté que l'on aurait volontairement placé dans ces cellules tous les détenus tant soit peu mélomanes. Mais il s'en trouvait pour juger ce raffinement d'être placé là, aux premières loges, pour les gammes quotidiennes de ces musiciens, d'une violence insupportable. Car se boucher les oreilles ne servait à rien, tant les répétitions étaient cacophoniques et longues. Pire, ma seule expérience haïtienne d'une activité qui commençait toujours à l'heure juste, tous les jours sous les coups des six heures du matin, ce fut justement celle-là !

Il se trouvait dans cette formation, pour notre malheur, deux instrumentistes zélés aux horaires opposés. Un trompette couche-tard qui régulièrement s'installait vers les onze heures du soir devant son pupitre pour une répétition pouvant aller jusqu'à deux heures du matin. D'en bas, je le soupçonnais de profiter de ce

Taps

I have a special relationship with the Haitian Army Band, because beneath the rehearsal room of this wind ensemble dominated by brass instruments lay, facing each other, two rows of seven cells for political prisoners in the Dessalines Barracks. I have never given much credit to the malicious theory that the authorities knowingly put all the music-loving prisoners in these cells. But enough of them knew the subtle refinement of being put in the first balcony for these musicians' daily scales and their intolerable violence. Covering our ears was of no help—the rehearsals were too long and cacophonous. What is worse, my only Haitian experience of an activity that actually began right on time, every day as the clock struck six o'clock a.m., was precisely that one!

In this group there were, unfortunately for us, two zealous instrumentalists with conflicting schedules. The first was a night-owl trumpet player who settled in front of his music stand at about eleven o'clock at night, and who could keep practicing until two o'clock in the morning. From below, I suspected that he took advantage of this time to make free use of the entire panoply

moment pour disposer sans concurrence de toute la panoplie des instruments à embouchure. Puisqu'il ne nous laissait que peu de chance de nous assoupir, nous le suivions du petit bugle trappu et guttural des cavaleries rustiques jusqu'à la trompette d'harmonie sonnant limpide la montée des couleurs sur les hampes, sans oublier le cor avec lequel il affectionnait attaquer l'*Hymne présidentiel*, avec cette précipitation devenue depuis la marque baroque de la fanfare du Palais. C'était un assez bon technicien, dont le morceau de choix, et sans doute la spécialité, était cependant la *Sonnerie aux morts*, cent fois travaillée et retravaillée au clairon, à minuit, sur des têtes qui ne tenaient qu'à un fil, en bas.

Je me l'imaginais après la dernière note de sa complainte, rangeant les embouchures, vidant les cuivres, graissant les coulisses, lustrant les pavillons... avant de m'endormir jusqu'à l'arrivée du clarinettiste lève-tôt. Nous n'avions qu'un répit de deux heures à peine, car dès quatre heures du matin, ou avant parfois, le même manège recommençait, mais cette fois avec les instruments à anche auxquels s'essayait ce musicien matinal. Je crois qu'il était clarinettiste, puisqu'il y performait beaucoup mieux qu'avec les différents saxophones, dont la basse grave et grondante qu'il s'essoufflait à maîtriser en nous tenant éveillés. Au cœur de la nuit, et toujours tout seul, jamais ni l'un ni l'autre n'avaient osé sortir, ne serait-ce qu'une fois, du répertoire figé des seize marches nationales dans lequel puisait la fanfare selon les circonstances. Et un jour, il leur arriva ce qui devait nous arriver : le trompettiste couche-tard termina très tard le jour même où le clarinettiste lève-tôt s'amena très tôt. Ils se rencontrèrent.

Ils se rencontrèrent vers les trois heures du matin, l'un à sa dernière sonnerie aux morts en sursis que nous étions, pendant que l'autre commençait à feuler pour ajuster son anche. Quelque chose se passa. Car nous entendîmes ensuite le dialogue chaloupé des *Petites fleurs* de Sidney Bechet joué par une trompette avec sourdine et une clarinette à voix basse. Ils venaient de transgresser une règle et nous retenions notre souffle sur ce qui pouvait leur arriver s'ils étaient pris à nous charmer ainsi. Le grand sujet du matin suivant fut pour nous, d'une cellule à l'autre, ce qu'ils allaient nous jouer la nuit suivante.

of brass instruments at his disposal. Since he left us little opportunity to doze off, we followed him from the short, stout, guttural bugle of country cavalries all the way to the brass-band trumpet whose clear sound accompanied the raising of the colors on the flagpole, not forgetting the French horn with which he especially enjoyed attacking the *Presidential Anthem* with a haste that has since become the eccentric hallmark of the Palace band. He was a fairly good technician whose favorite piece, however, and no doubt his specialty was "Taps," worked and reworked a hundred times on the bugle, at midnight, over the heads of those below whose lives were hanging by a thread.

I imagined him, after the last note of his lament for the dead, putting away his mouthpieces, emptying the valves, greasing the slides, shining the bells, as I fell asleep only to waken at the arrival of the clarinetist, an early riser. We had barely two hours' respite, for beginning at four o'clock in the morning or sometimes even earlier, the same routine started again, but this time with the reed instruments tried out by this early-morning musician. I think he was a clarinetist, since he had much more success with the clarinet than with all the different saxophones, including the deep, growling bass that he lost his breath trying to master while keeping us awake. In the depths of night, and always alone, neither one of them had ever dared even once to break out of the set repertoire of twelve national marches which the band drew upon to fit the circumstances. And one day, something happened to them that was bound to happen to us: the night-owl trumpeter finished extremely late on the day when the early-rising clarinetist arrived extremely early. They met.

They met at about three o'clock in the morning, one of them in the midst of his last repetition of "Taps" for us, the dead under suspended sentences, while the other one's clarinet was beginning to make growling noises as he adjusted his reed. Something happened. For we heard the swaying dialogue of Sidney Bechet's "Little Flowers" played by a muted trumpet and a soft-voiced clarinet. They had just broken a rule, and we held our breath wondering what would happen if they were caught in the act of charming us. The main subject of

Je ne saurais le dire, puisque le lendemain ils sont venus me chercher, avec un coiffeur pour me rendre présentable, avant de me libérer rasé de près et coupé court. Je n'ai raconté cette histoire qu'une seule fois depuis, au mitan de ma première nuit libre durant laquelle j'ai été incapable de dormir, communiant encore intensément avec les autres laissés-sous-terre, et dans ma tête, la danse d'une clarinette au bras d'une trompette.

Je n'ai pas touché à une trompette toutes les années suivantes et j'ai arrêté de courir tous les solos de saxhorns, pour me retrouver le jour du 7 février 1991, face à face avec la fanfare du Palais en pleine exécution des marches bruyantes d'intronisation du nouveau gouvernement. La longue marche de démocrates de la sixième génération venait enfin d'aboutir au Palais et j'entrais pour la toute première fois dans cet édifice en ayant droit. Je me suis rapproché de la galerie où se tenaient les musiciens en habit de grand apparat, et j'ai longuement regardé sur l'aile gauche chacun des clarinettistes assis, et derrière, à droite, la rangée debout des trompettistes, à la recherche complètement irréelle du visage d'un couche-tard et d'un lève-tôt qui auraient pu, vingt ans après, avoir été les héritiers des musiciens des mes nuits de geôle.

Malgré le brouhaha de cette réception, le jeune capitaine chef de fanfare remarqua certainement mon intérêt, puisqu'il vint à moi, se présenta au garde-à-vous, et me laissa deviner sa joie de me voir ainsi attentif à la formation musicale du Palais qui, démunie, allait avoir grand besoin de protecteurs avertis dans le nouveau gouvernement. J'entrai d'autant plus dans son jeu que je savais déjà, mais incrédule encore, qu'il n'y aurait pas, au sortir des trente années de cette carcérale dictature duvaliériste, un seul ancien prisonnier politique à survivre dans le cercle du nouveau pouvoir. Les *musiciens palais* allaient pouvoir jouer sans crainte. Personne pour se souvenir et de la fosse sous l'orchestre et de la faux des sonneries aux morts et des fausses notes. Personne. Pour faire face à la musique.

Il resta interloqué par ma question sur le lieu et les heures des répétitions, et médusé par mon commentaire sur l'urgence de changer tout cela immédiatement.

conversation from one cell to the next that morning was what they would play the following night.

I am unable to say what that was, because the next day they came to get me, along with a barber to make me presentable before I was let go, closely shaved and short-haired. I have told this story only once since then, in the middle of my first night of freedom during which I was unable to sleep, sharing it intensely with the others left underground, a clarinet dancing in my head on the arm of a trumpet.

I did not touch a trumpet during all the following years, and I stopped doing the rounds of saxhorn solos until I found myself, on February 7, 1991, facing the Presidential band performing noisy marches for the inauguration of the new government. The long march of the country's democrats had finally brought them to the Presidential Palace, and I had the right to enter this building for the very first time. I approached the balcony where the musicians were standing in full ceremonial regalia, and my gaze traveled slowly over each one of the clarinetists seated at the left, and behind and on the right, the standing row of trumpeters, looking for the face of a night-owl and an early riser who, twenty years later, might be the heirs of those musicians of my prison nights.

In spite of the reception's hubbub, the young captain who led the band must certainly have noticed my interest, since he came over to me, introduced himself at attention, and indicated his joy at seeing me so attentive to the Palace's musical group which in its present impoverishment was in great need of enlightened protectors in the new government. I felt free to go along with him, since I already knew, though I still did not believe it, that after thirty years of the imprisoning Duvialerist dictatorship, the new circle of power would not include a single surviving former political prisoner. The "Palace Musicians," the *musiciens palais*, could play without fear. There was no one to remember the pit beneath the orchestra, the wrong notes of "Taps," and the jarring notes. No one to face the music.

He was taken aback by my question about the time and place of rehearsals, and dumbfounded by my comment on the urgency of changing all that immediately.

On a touché le fond

Ce pays est pays de courtages, de divisions et de subdivisions des marges bénéficiaires en une chaîne d'intermédiaires, pour laisser à tous les maillons une pitance à chaque personne, pour chaque journée de plus sur cette terre. Le *courtage* s'est ainsi élevé au rang de système de protection sociale, capable d'une vaste redistribution égalitariste de la pénurie. L'esprit du *courtage* imprègne toutes les activités de survie, à telle enseigne que de doctes thèses ont documenté les modes de partage de la fine monnaie dans les bidonvilles et que des rapports se sont empilés sur d'autres rapports pour suivre, dans les dédales des corridors, la répartition des centimes de microscopiques bénéfices ; la palme revenant à cette dissertation de trois cents pages à suivre le trajet d'un billet d'un dollar à Cité Soleil, le plus cossu et le plus grand bidonville du pays, là où se tient la bourse quotidienne des opérations sur penny. *Penny Haitian Capitalism*, dira un jour un connaisseur de cette économie des marges, pas du tout souterraine, et encore moins informelle.

Plus se creusent les situations de rareté, et la situation n'a jamais fait qu'empirer dans ce pays, plus la créativité

Hitting Bottom

This country is a country of commissions, of divisions and subdivisions of profit margins along a chain of intermediaries, leaving every link in the chain with a pittance for each person for each new day they must spend on this earth. The agent's commission has thus raised itself to the level of a system of social protection, capable of a vast egalitarian redistribution of poverty. The commission mentality permeates all survival activities, so much so that learned theses have documented the methods of sharing out of small change in shantytowns, and reports have been piled upon other reports in order to follow, in the mazes of corridors, the distribution of the centimes of microscopic profits. The prize goes to a three hundred-page dissertation which followed the path of a one-dollar bill in Cité Soleil, the poshest and largest shantytown in the country, where there is a daily stock exchange based on the penny. It was one day to be dubbed *Penny Haitian Capitalism* by a connoisseur of this economy, which is marginal but not at all underground, and even less informal.

The deeper the shortages, and that situation has only worsened in this country, the more the creativity of sur-

de survie doit être stimulée en démultipliant les occasions de *courtage.*

L'on croyait beaucoup savoir sur ce système, tant il a été étudié, mais l'on ne s'attendait pas à ce que le mécanisme puisse un jour être autant dévoyé. Que les Escadrons de la mort, les *zenglendos, zymbaboués, chimères, brassards rouges, cannibales, macoutes* et autres *Fillettes Laleau* d'un demi-siècle de turpitudes, pillent, volent, violent et tuent, et que les bandes se partagent le butin... cela va de soi chez ces gens-là. Qu'il existe à l'intérieur de chaque bande de voyous une hiérarchie et que les parts soient proportionnelles au grade de chacun, cela se conçoit aussi pour ces gens-là. Que les lointains protecteurs connus et inconnus de ces engeances prélèvent une part substantielle du butin, cela se comprend encore de ces gens-là. Mais, que le moins gradé de chaque bande, le dernier apprenti-tueur recruté, le stagiaire-assassin à l'essai... ne reçoive pour gages que la ristourne des pompes funèbres sur chaque cadavre référé menant à un contrat d'enterrement... fut la plus stupéfiante contribution de ce temps.

vival seems to be stimulated by multiplying the opportunities for commissions.

It was thought that much was known about this system since it had been studied so intently, but no one expected that this mechanism could one day become so corrupt. It goes without saying that the Death Squads, the *zenglendos*, the *zymbaboués*, the Chimera, the red armbands, the cannibals, the *macoutes* and she-devils engendered by a half-century of depravity will pillage, steal, rape, and kill, and that their gangs will share the loot... it goes without saying among these people. That each gang of hoodlums has a hierarchy and that the shares are proportionate to the rank of each is conceivable for these people; that far-off protectors of these gangs, known and unknown, skim off a substantial share of the loot is also understandable to these people. But the fact that the lowest in rank of each gang, the last apprentice murderer recruited, the intern assassin being tested... receives as wages nothing but the kickback from the funeral home on each cadaver referral that leads to a burial contract... was the most stupefying contribution of that era.

T'A-T-ON PARLÉ DE MOI ?

Men djèt-la, papa, men djèt-la, papa...* chante en créole la foule entraînée par la batterie des sonos de carnaval sortis pour l'inauguration de l'aéroport François-Duvalier. L'avion redécollera, une heure après, avec douze prisonniers, tout juste sortis de ces lieux d'où l'on ne revenait pas. C'était le *deal* imposé au dictateur : un jet pour la circonstance contre une liste de prisonniers. Une chance que la bête était repue après cinq ans de terre brûlée et de décimation. Plus rien ne poussait, plus rien debout, tout était consommé. Un long sommeil digestif de reptilien commençait. Elle ne dormait que d'un œil cependant, la bête au ventre toujours fécond. Heureux ces douze...

La sortie de prison est comme le choc d'un crash. On revient de l'autre côté de la vie, de l'autre côté du miroir, dans un immense fracas. Chaque cicatrice racontera plus tard l'histoire de la suture de ses lèvres, beaucoup plus tard, car il faut du temps à la croûte avant qu'elle ne s'écaille. C'est qu'on ne sort jamais de prison dans sa tête, on y revient tous les soirs au début, puis les week-ends, et cela s'espace d'année en année, pour faire dix ans, vingt ans, trente ans... Sur le coup, les premiers jours,

DID ANYONE MENTION ME?

Men dgèt-la, papa, men djèt-la, papa... sings the crowd in Creole, carried along by the array of Carnival loudspeakers brought out for the formal opening of François Duvalier Airport. The plane was to take off an hour later carrying twelve prisoners who had just returned from that place from which there was no return. That was the deal. It was lucky that the beast had eaten his fill after five years of scorched earth and decimation. Nothing grew any more, nothing was left standing, everything had been consumed. The long, digestive, sleep of the reptile was beginning. But he kept one eye open, that beast. How fortunate were those twelve...

Leaving prison is like the shock of a crash. You come out on the other side of life, on the other side of the mirror with a huge crash. Every scar will later tell the story of the stitches along its lips, but much later, since time must pass before the scab flakes off. The thing is that in your head you never leave prison—you keep going back every evening at first, then on weekends; and it spaces out from year to year, for ten years, twenty years, thirty years... At first, during the early days, you still must cope

il faut quand même faire face à tous ceux qui veulent savoir. Parler de ce qu'ils veulent entendre. Dire et redire. Faire bonne figure. Et remercier. Et parler quand on n'a qu'une envie de silence. De solitude. On n'avait pas encore inventé le *politically correct* comme terme, quoique ce soit tout à fait de cela qu'il s'agissait déjà : bien jouer au personnage dont les honnêtes gens attendent matière à indignation et leur dire que non, il n'y a pas de barreaux aux cellules, comme dans l'imagerie populaire, et qu'au chapitre des lieux-communs, être au trou colle ainsi mieux qu'être derrière les barreaux... Mais, dans ce retour à la vie, qui pousse à ne plus pouvoir tolérer en toute chose que l'essentiel, pour avoir été trop proche de la mort, il y a un fond de commerce du revenant fait de babioles pas toujours tristes, redoutables même parfois, comme ces réponses par oui ou par non qui tombent comme un couperet de guillotine.

T'a-t-on parlé de moi ? Ils baissent toujours la voix quand il leur vient de poser cette question. Même quand personne n'est à portée. C'est au-dedans d'eux qu'il leur faut ne pas faire trop de bruits avec cette supplique. Tous ceux qui s'en sont sortis vous le diront, vient un moment où, de vos interrogatoires en prison, votre vis-à-vis chuchotera, en détournant quand même les yeux de n'avoir pas su se retenir, *T'a-t-on parlé de moi ?* Une forme impersonnelle, presque neutre, qui n'ose même pas le *T'ont-ils parlé de moi ?* Comme si ce *Ils* était une sorte de risque à ne pas prendre, un pronom compromis en grammaire de dictature, ce dont le pronom indéfini ne se rendrait pas coupable. Et la voix qui tremble imperceptiblement, toujours, car s'ils étaient vraiment certains de la réponse, ils n'auraient pas posé cette question, qui peut faire si mal.

Il y a ceux, à l'intérieur, au pays, pour qui c'est une question de vie ou de mort. Ils ont tout simplement peur que ce ne soit un jour leur tour, malgré de louables efforts pour courir loin devant la politique. Mais, ils la savent rapide assez pour rattraper n'importe qui, un jour au l'autre. Ils ont simplement peur, et ne savent pas qu'il est très honorable d'avoir peur de ce qui mérite de l'être. À ceux-là, un « NON, ON n'a pas parlé de toi » suffit pour calmer leurs angoisses du lendemain. ON avait d'autres chats à fouetter, pour le moment.

with all the people who want to know. Say what they want to hear. Say it again and again. Put up a good front. And say thank you. And talk when you yearn for solitary silence. The term "politically correct" had not yet been invented, although that was what it was already about: do a good job at playing the character from whom good people expect fuel for their indignation; and tell them no, there are no bars on the cells, contrary to popular imagery, and that as far as platitudes are concerned, being in the clink is better than being behind bars... But, in this return to life which pushes you to be unable to tolerate anything but the essentials, due to having been too close to death, there is a basic transaction of the returnee made up of trifles that are not always sad, but sometimes even dreadful, like those yes or no answers that fall like a guillotine blade.

Did anyone mention me? They always lower their voices when they happen to ask this question. Even when no one else is within earshot. It is inside themselves that they must not make too much noise. Everyone who has gotten out will tell you that a moment comes during your prison interrogations when the person across from you will whisper, although turning his eyes away, ashamed at not being able to restrain himself: *Did anyone mention me?* An impersonal turn of phrase, almost neutral, which does not even venture a *Did they mention me?* As if "they" were an endangered pronoun in the grammar book of dictatorship, a type of high-risk designation of which the indefinite pronoun "anyone" was not guilty. And the voice which trembles, imperceptibly, always, for if they were sure of the answer, they would not have asked the question. Which can cause much hurt.

There are those on the inside, in the country, for whom it is a question of life or death. They are simply afraid that it will be their turn one day, in spite of admirable efforts to flee far from politics. But they know that politics are swift enough to catch anyone, eventually. They are simply afraid and do not know that it is quite honorable to be afraid of what actually deserves to be feared. For them, a "no, *NO ONE* mentioned you" suffices to calm their anguish about the future. ONE had other irons in the fire, for heaven's sake! For the moment.

Et puis il y a ceux, à l'extérieur, pour qui c'est une question d'image de soi, d'importance stratégique, de futurs immédiats — car la survie était déjà assurée à bonne distance, hors de portée des tentacules de la bête, ailleurs. Répondre par oui est faire un heureux qui ira partout clamer qu'il compte encore, dont preuve par neuf. Comme à ces deux qui se dépensaient tellement, et qui en avaient grand besoin, je fis cadeau d'un oui, sur lequel ils vivront dix ans avant que ne s'effondre la dictature. Mais répondre par non est toujours une sérieuse douche froide.

Ils étaient trois à m'attendre, autour d'une table ronde, bellement éclairée d'une immense verrière, dominant le bord de fleuve de Montréal, une table d'état-major, pour verbe haut de comploteurs, jamais touchés par le doute du rendez-vous prochain avec l'Histoire, et s'y préparant par l'apostrophe et le postillon.

[Le premier, celui à qui les autres donnaient du Monsieur le président.] « *On vous a parlé de nous, n'est-ce pas ?* »

[Le second, assuré en apparence, comme il sied à un futur chancelier.] « *Aucun doute !* »

[Le troisième, sous-fifre à tout faire, zélote zélé.] « *Comment aurait-il pu en être autrement !* »

Eh bien non, messieurs. Rien. Pas un mot de vous, messieurs. Fallait voir les têtes qu'ils faisaient. Livides. Rires jaunes. C'est dans de tels moments que l'on sent que l'on ne sera plus jamais invité.

Et puis, plus tard, beaucoup plus tard, au dessert d'un dîner dont l'hôtesse eut tout le mal du monde à paraître enjouée — le *painpatate* était bon assez pour rendre généreux — à bien y penser, oui. Une allusion oubliée oui, pour dire qu'on ne parlerait pas de vous non, que cela pour le moment ne valait pas la peine non, mais qu'on y reviendrait plus tard oui. Mais, par suite de cette sortie imprévue oui, on n'en a pas reparlé non.

Ouf! Ils reprirent des couleurs et du *painpatate* et se gonflèrent d'importance, sans même capter le regard de reconnaissance que me jeta la maîtresse de maison.

And then there are those on the outside for whom it is a question of self-image, of strategic importance, of the immediate future—for survival is already guaranteed from a good distance, out of reach of the beast's tentacles, elsewhere. Answering yes can make someone so happy that he will go everywhere proclaiming that he still counts, and that he has just been given proof of it. Like those two who were making such an effort and who needed it so badly, to whom I gave the gift of a yes. And they were to live off of it for ten years before the dictatorship crumbled. Answering no is always a serious letdown.

There were three of them waiting for me—seated at a round table beautifully lit by a huge glass wall overlooking Montreal's river. A general-staff table made for high-flown speeches by conspirators never touched by doubt as to their impending rendezvous with History, preparing themselves with apostrophes punctuated by droplets of spit.

(The first one—the one the others treated with a hint of "Mister President") *You have heard us mentioned, haven't you?*

(The second—already appearing more confident, as becomes a future Chancellor) *Of course!*

(And the third, a second-fiddle-of-all-work, a zealous zealot) *How could it be otherwise!*

And no, Sirs! Nothing. Not a word about you, *Messieurs.* You should have seen their faces. Livid. Forced laughter. It is at such moments that you realize that you will never be invited there again.

And then later, much later, out of pity, at dessert after a dinner during which the hostess has struggled to appear lighthearted—the *painpatate,* Creole sweet-potato pie, was good enough to encourage generosity—now that I think about it, yes. A forgotten mention, yes, to say they would not speak of you, yes, that for the moment it wasn't worth it, no; but they would come back to the subject later, yes. But after that unexpected remark, yes, no one spoke of you again, no.

Whew! Their color returned and they had more *painpatate,* and puffed themselves up with importance, without even noticing the look of gratitude the woman of the house gave me.

Nédgé | Nédgé

Deux mendiants au Paradis

Déjà habillés comme deux Haïtiens en hiver, deux mendiants que la fin de l'automne menaçait de chasser des trottoirs rentables de la rue Sainte-Catherine, au centre-ville de Montréal, firent pari sur celui des deux qui saurait le mieux se tirer d'affaire dans la mauvaise saison qui s'annonçait. Pour rendre les conditions équitables, et que seul leur art de la quête soit en cause, ils convinrent d'un lieu, d'un jour et d'une heure pour se mesurer en piégeage d'aumônes.

Les deux Haïtiens, puisque c'étaient deux Haïtiens, parieurs comme eux seuls savent parier pour unique espérance, s'habillèrent donc de leur quasi-scaphandre le samedi suivant pour aller célébrer, en ce 1er octobre à la station Berri-UQAM, la Journée internationale de la musique dans le métro, journée de grande tolérance policière depuis qu'en 1975 le violoniste Yehudi Menuhin eut inauguré cette célébration baroque à Montréal. Dans le monde de la manche c'est l'ouverture officielle de la chasse aux huards, le volatile posé sur la pièce d'un dollar.

Ils se partagèrent de midi à cinq heures le même quai menant vers la station Henri-Bourassa au nord, quatre

Two Beggars in Paradise

Already dressed like two Haitians in winter, two beggars, whom autumn's end threatened to drive from the profitable sidewalks of *rue* Sainte-Catherine in downtown Montreal, made a bet on which of the two would fare the best during the approaching harsh season. To make conditions equal, and so that only the art of begging would be judged, they agreed on a place, a day, and a time to pit themselves against each other in the art of cadging hand-outs.

The two Haitians, since they were in fact two Haitians—gamblers as only they know how to gamble since it was their only hope—dressed in their diving-suit-like layers of clothing the following Saturday to go to the Berri-UQAM metro station on this the first of October to celebrate *International Metro Music Day*, a day of great police tolerance since 1975, when the violinist Yehudi Menuhin inaugurated this eccentric festival in Montreal. In beggardom, this is the official opening of loon-hunting season, the loon being the bird that graces the Canadian one-dollar coin.

At noon, they shared the same platform for the northern line going toward Henri-Bourassa, having

wagons chacun, sans tricherie, le neuvième wagon au centre devant leur servir d'espace-tampon, pour n'avoir pas à solliciter deux fois une même personne. Et, poussant encore plus loin les conditions d'équité du pari, ils s'entendirent pour quatre périodes d'une heure, avec changements de côté, entrecoupées de trois arrêts de vingt minutes pour une petite gorgée. Des professionnels, quoi!

On les vit, à chaque passage des rames, parcourir une moitié de la plate-forme en sollicitant les vagues successives de voyageurs de retour des magasins du centre-ville et prêtes à s'engouffrer dans l'une des seize portes de chaque territoire.

Le problème, c'est que l'un amassa trois cents dollars en quatre heures de travail, tandis que l'autre ne se fit que trois misérables dollars. Le champion s'imposait, mais l'écart démesuré intriguait. Ils avaient beau être, l'un frais déposé par la dernière écume du paradis perdu et l'autre vieux sage ayant depuis longtemps accepté le destin de l'eldorado introuvable, que l'écart restait troublant.

Le malchanceux avait fait appel à la compassion des gens en se déclarant nouvel arrivé, exilé, réfugié politique même, sans que cette gradation ne déliât quelque bourse que ce soit. L'exercice fut si peu concluant qu'il se souvenait distinctement des quatre donateurs : une jeune mère achetant visiblement le calme de ses jumeaux en leur confiant à chacun une pièce de vingt-cinq cents à donner au monsieur noir ; un guitariste échevelé et pompette que sa bonne fortune du jour avait poussé à lui lancer une pièce d'un dollar, qu'il eut d'ailleurs grand mal à attraper au vol ; cette jeune fille qui venait de faire le ménage de son porte-monnaie pour se débarrasser d'une cinquantaine de pièces cuivrées d'un cent ; et finalement ce couple mixte, visiblement au bord de la scène de ménage. La femme l'utilisa outrageusement dans le conflit du jour avec un malheureux dollar ostensiblement donné pour faire éclater son Haïtien de *chum*. Autant dire qu'il était encore chanceux d'avoir récolté trois dollars, toute dignité bue.

Le gagnant avait la victoire sereine et agaçante d'une tête de série indélogeable. Il se fit donc prier avant de confier qu'il avait passé l'après-midi à répéter rapidement aux gens qu'il s'en retournait **dé-fi-ni-ti-v'ment**

decided to take four cars each, with no cheating, the ninth car serving as a buffer zone so that they would not both approach the same person. Pushing the conditions of equality even further, they agreed upon four periods of one hour each, changing sides each time, with three twenty-minute stops for a little drink. Real professionals!

With each passing train they could be seen covering half the platform, approaching the successive waves of passengers returning from downtown department stores ready to rush through one of the sixteen doors in each of the two territories.

The problem was that one of them collected three hundred dollars in four hours of work, while the other made only three miserable dollars. The champion was obvious, but the excessive gap between them was astonishing. Even though one of them had been recently washed ashore by the last wave from paradise lost and the other was a wise old man who had long ago accepted the fate of an unreachable Eldorado, the gap remained troubling.

The loser had called upon the compassion of passers-by, declaring himself a newly arrived exile, even a political refugee, but this title loosened no purse-strings whatsoever. The strategy had been so unsuccessful that he had a distinct memory of his four donors: a young mother obviously bribing her twins to be quiet by entrusting each of them with twenty-five cents to give to the black man; a disheveled and drunken guitar player whose good fortune for the day had prompted him to toss a dollar to the beggar, who had had a hard time catching it; a girl who had just cleaned out her wallet and wanted to get rid of about fifty copper pennies; finally a mixed couple, obviously on the verge of a quarrel. The woman used him outrageously in the conflict of the day with an ostentatiously-offered pathetic dollar to push her Haitian boyfriend over the edge. It seemed that even though he had swallowed all his dignity, he had been lucky to have picked up even three dollars.

The winner's victory was clear and irritating, befitting an irremovable top-seeded athlete. And so he had to be coaxed before he confided that he had spent the afternoon rapidly repeating to everyone that he was returning to Haiti **for good,** emphasizing the adverbial

chez lui, en appuyant sur l'adverbe, et qu'il devait, pour ce faire, compléter le prix de son ticket aller-simple, **sans-retour-possible**, insistait-il.

Moins d'une douzaine de mots, bien rythmés, dont quatre en gras.

phrase, and that in order to get there he needed enough money to pay for his one-way ticket, insisting that there was **no round trip possible**.

Less than a dozen words, well cadenced, with five in bold characters.

Vies de chiens

La grosse camionnette jaune d'Urgence-Santé, le gyrophare en action, s'était engagée profondément sur l'herbe du parc de Notre-Dame-de-Grâce, jusqu'au terrain de jeu. Un attroupement immédiat s'était formé sans que je puisse dire d'où étaient sorties autant de personnes en si peu de temps. Je pris place à l'arrière de l'ambulance avec la victime en état de choc. Elle était transformée en statue au regard fixe. Raide. Immobile. Tétanisée. Pétrifiée. C'est à l'urgence que je dus raconter ce que je savais du cas. Pour faciliter les choses, je demandai à écrire moi-même ma version des faits ; ainsi étais-je certain de ne pas voir déformer ces données, déjà passablement minces et délicates.

Quand on habite tous ensemble l'est profond ou le nord lointain de l'île de Montréal, on ne va pas à l'extrême ouest, là où se situe vaguement Nédgé ; car c'est bien ce qu'entend le créole quand on prononce les trois lettres N-D-G qui tiennent lieu de nom à cette ville, Nédgé, réputée pour être le bastion des bourgeoisies métèques, dernière étape de l'ascension sociale et lieu mythique que tout immigrant prétend habiter dès qu'il se raconte là-bas. Ainsi n'y aurait-il à Montréal que Nédgé

Dogs' Lives

The big yellow Emergency Medicine unit, its lights flashing, had gone far into Notre-Dame-de-Grâce (N.-D.-G.) Park, right to the playing field. An instant crowd had formed, and I had no idea where so many had come from in such a short time. I climbed into the back of the ambulance with the victim, who was in a state of shock. He had turned into a statue with a fixed stare. Rigid. Immobile. Paralyzed. Petrified. At the emergency room, I had to tell what I knew of the case. To make things easier, I asked if I could write down my version of the events, in order to be certain not to twist the facts, which were already fairly tenuous and delicate.

When you live all together in the far eastern or the distant northern part of the island of Montreal, you never visit the extreme western quarter where "Nédgé" is roughly situated; that is what a Creole hears when someone utters the three letters that serve as a name for this part of the city, reputed to be the bastion of middle-class foreigners, the last step on the social ladder and a mythical place where every immigrant claims to live as soon as he talks about himself back home. Thus it would seem that Montreal consists solely of Nédgé, whose

qui évoque si bien les bordées de neige bien connues à Port-au-Prince, depuis que Radio-Canada dit et montre chaque jour, en direct aux nouvelles, le mauvais temps qu'il fait en hiver. Westmount ? Outremont ? Connais pas !

C'est dans la terre promise et polaire du père Noël québécois qu'il s'attendait donc à entrer sur la pointe des pieds pour son premier rendez-vous, avec mission de tout observer attentivement pour en rendre compte aux cousins de Montréal-Nord, qui étaient venus le déposer en voiture à l'angle des rues Girouard et Sherbrooke.

Sa première scène fut celle d'une femme noire qui promenait un chien blanc au parc de Nédgé. Rien ne le préparait à cette inversion des couleurs. Il se serait attendu à une femme blanche promenant un chien noir. Son trouble augmentait de ce que les habitués du lieu ne semblaient pas remarquer l'étrangeté de la chose. Mais voilà, il n'était pas un habitué du parc, puisqu'il était arrivé la veille de Quina, après un transit par Port-au-Prince. Jules César III de Porte-Gaille (car dans sa ville d'origine, qui est aussi la mienne, les différentes branches de la famille César ont chacune et pour chaque génération leur Jules, au point qu'il faut pour les distinguer les numéroter par générations de vivants, et rajouter leur adresse respective à leur patronyme), Jules César III de Porte-Gaille, donc, la regardait en m'attendant. Et à mesure que le temps passait, l'ordre des couleurs prenait pour lui plus d'importance, car c'était une femme noire qui promenait un chien blanc au parc de Nédgé. Il n'en revenait tout simplement pas.

J'avais connu son père, Jules III comme lui à l'époque, devenu Jules II à la mort de son grand-père, et Jules tout court quand son père décéda, de même qu'un cousin germain de son père déjà Jules II, lors de vacances estivales il y a quarante ans à Quina. J'avais à cœur de répondre à l'appel de ce nouvel immigrant haïtien qui m'avait été recommandé par ces amis d'enfance, dans une lettre en bonne et due forme sur du papier timbré. C'était la première fois que je recevais une lettre personnelle sur du papier timbré, mais les gens de cette ville avaient depuis longtemps fini de m'étonner, sans que je puisse pour autant me dérober à la solennité d'une telle injonction.

sound, so close to *neige*, evokes the banks of snow so well-known in Port-au-Prince since Radio-Canada has begun announcing and showing winter's bad weather each day, live on the news. Westmount? Outremont? Never heard of them!

And so it is that he expected to enter this Québécois polar promised land of Father Christmas on tiptoe for his first meeting with me, with the additional mission of careful observation, so that he could describe it all to his cousins from North Montreal who had driven him there, leaving him off at the corner of *rue* Girouard and *rue* Sherbrooke.

The first thing he saw was a black woman walking a white dog in Nédgé Park. Nothing had prepared him for this reversal of colors. He would have expected to see a white woman walking a black dog, and his confusion arose from the fact that the regular visitors to the park did not seem to notice the strangeness of the whole thing. But then, he was not a regular visitor to the park, since he had arrived the day before from Quina, after a layover in Port-au-Prince. Jules César III of Porte-Gaille (for the different branches of the César family each have a Jules in each generation, to the point where they had to be numbered by living generations, with their respective address added to their name, in order to distinguish among them), Jules César III of Porte-Gaille watched her while he waited for me. And as time passed, the order of colors took on more importance for him, for she was a black woman walking a white dog in Nédgé Park. He simply could not get over it.

I had known his father, Jules III, as well at the time (who had become Jules II when his grandfather died, and plain old Jules when his father passed away, just like a first cousin of his father's who was already a Jules II) during my summer vacation forty years ago in Quina. I was determined to respond to the call of this new Haitian immigrant who had been referred to me by childhood friends, in a formal letter on paper bearing an official stamp. This was the first time I had received a personal letter on stamped paper, but the people of that town had long ago ceased to surprise me; I could not avoid the solemnity of such a demand.

I had no trouble recognizing this latest Jules by the way he carried himself in the park. There was some-

Je n'eus aucun mal à reconnaître le dernier des Jules par sa posture dans le parc. Il avait ce quelque chose d'indéfinissable, mais combien reconnaissable, de l'arrivé de fraîche date : une démarche hésitante et les bras battant l'air comme les moignons déplumés d'un oiseau tombé trop jeune du nid. Il n'arrivait pas à détacher son regard du chien que la femme avait emmailloté d'un fuseau tricoté, à la laine assortie aux poils blancs, pour le protéger des fraîcheurs hivernales persistantes d'un après-midi d'avril. C'était un chien entretenu, comme on le dirait chez lui d'une maîtresse chanceuse.

Sa fascination pour le chien me fit revoir d'un coup le quartier de Porte-Gaille : morte-saison, terres ingrates et raretés en tous genres. Quelques quadrupèdes faméliques et efflanqués, écrasés à l'ombre d'un amandier, gardaient cette porte de la ville. Ils étaient incapables d'ailleurs de menacer ou de faire peur à qui que ce soit car, trop faibles pour aboyer, ces chiens devaient de toutes les façons prendre un solide appui sur le tronc de l'arbre pour émettre le moindre filet de jappement (mais cette image était une méchanceté des gens des autres quartiers). Bref, l'entrée de la ville n'était pas gardée, jusqu'au jour où la garnison de chiens fut remplacée sous l'amandier par une meute de tontons macoutes. Dans le créole de tous les jours, là-bas, le destin du chien est devenu le degré zéro de l'espoir, l'abandonné de tous, même du bon Dieu : *Ki mele Bondie nan grangou chen* est aphorisme.

Il mit du temps à comprendre à quoi servait la petite pelle qui balançait nonchalamment au bout de la main gantée de la dame, et quand elle s'en servit, l'incrédulité de Jules César III de Porte-Gaille atteignit un palier qui lui figea le regard en silence, le dernier mot qu'il allait prononcer lui laissant la bouche entrouverte, comme dans un vrai recueil de clichés et de lieux communs sur le choc culturel. Au *Tout moun pa moun* auquel il était habitué à son point de départ, il ajoutait le *Se pa tout chen* de son point d'arrivée.

Je me disais en le voyant ainsi réagir que, dès qu'il se retournerait vers moi, il me faudrait trouver moyen de l'introduire aux différences de son nouveau monde et aussi le mettre en garde contre nos propres chienneries. Je n'avais aucune histoire de chiens en tête mais j'étais encore sur le coup d'une histoire de chats. Un grand

thing about him, indefinable but completely recognizable, of the recent arrival: a hesitating walk with his arms beating the air like the plucked stumps of a young bird fallen too soon from the nest. He could not tear his eyes away from a dog whose mistress had swaddled it in a woolen cocoon which matched its white fur, to protect it from the persistent winter chill of an April afternoon. It was a "kept" dog, as they would say back home about a lucky mistress.

His fascination with the dog suddenly brought back a vision of the Porte-Gaille neighborhood: always the off season, with unrewarding soil and every shortage imaginable. A few half-starved and emaciated quadrupeds in the shade of an almond tree guarded this entrance to the city. They were incapable of threatening or frightening anyone. Too weak to bark, these dogs would have had to lean heavily on the tree trunk for support to be able to utter the faintest yapping sound (but the source of this image was the ill-will of the inhabitants of other neighborhoods). In short, the town entrance was not guarded, until the day when the garrison of dogs was replaced beneath the almond tree by a pack of *tontons macoutes.* In the everyday Creole spoken there, the fate of the dog has become the end of hope, the symbol of one abandoned by all, even by God: *Ki mele Bondie nan grangou chen* has become an aphorism.

It took him some time to comprehend the purpose of the little shovel which dangled nonchalantly from the lady's gloved hand, and when she used it, the disbelief of Jules César III of Porte-Gaille reached a level which froze his gaze in silence, the last word he had meant to say leaving his mouth half open, as if he were an illustration of all the clichés and sayings about culture shock. To the *Tout moun pa moun* to which he was accustomed at his point of departure, he added the *Se pa tout chen* of his point of arrival.

Seeing him react so strongly, I said to myself that as soon as he turned toward me I would have to find a way to reveal the differences in his new world and also to warn him against our own dog-eat-dog ways, but I was still preoccupied by a cat story. A very good friend, committed and combative, and as a result surrounded by intimate enemies during his life and praised everywhere since his death, lived among ten or so pedigreed cats.

ami, engagé et combatif, donc entouré d'ennemis intimes de son vivant et partout louangé depuis sa mort, vivait parmi une dizaine de chats de belle race. Au beau milieu d'une période de divergences entre des radios communautaires et de vigoureuses polémiques hebdomadaires, l'on rapporte que la Société protectrice des animaux fut anonymement alertée : il entretenait un harem d'un nouveau genre sur le Plateau, où il habitait. Il y aurait eu perquisition et évaluation anatomique du cul des chats qui lui auraient été rendus, en quarante-huit heures, avec quelques bredouillements. J'en connaissais de pires, comme cette fois où... Et je me demandais laquelle choisir pour commencer.

Mais il resta figé.

À l'hôpital, je cherchai à voir l'un des nôtres, psychiatre, que je savais versé dans ces déraillements à l'arrivée. Jules III de Porte-Gaille, qui avait vu une femme noire gantée, d'un grand chic, ramasser à la pelle, avec des manières, du *caca-chien* de Quina, s'en est très vite remis. La semaine d'après, sur recommandation médicale, nous nous retrouvions de nouveau au parc de Nédgé pour une longue analyse comparative, à bâtons rompus, de quelques « vies de chiens ». Il fallait continuer à filer la métaphore pour lui permettre d'atterrir.

C'est de lui que je tiens que depuis l'embargo on a commencé à les manger là-bas.

In the midst of a period of divergences among community radio stations and vigorous weekly polemics, it is said that the Humane Society received an anonymous tip: he was keeping a new kind of harem in the house on the Plateau where he lived. It seems that a search was carried out, and that an anatomical evaluation was made of the cats' asses before they were returned to him forty-eight hours later with a few mumbled excuses. I've known worse, like the time when... And I was wondering which story to start with.

But he stood frozen to the spot.

At the hospital, I tried to see one of our compatriots, a psychiatrist, who I knew was well-versed in these derailments of the newly-arrived. Jules César III of Porte-Gaille, who had seen a gloved black woman, elegantly dressed, use a shovel and her best manners to pick up Quinois *dog poop*, recovered very quickly. The following week, on the recommendation of his doctor, we met again in Nédgé Park for a long, meandering comparative analysis of several "dogs' lives." We had to continue to spin out the metaphor so that he could come back to earth.

It is from him that I learned that since the embargo, they had begun to eat them back home.

Par la bouche des enfants

Le déluge avait eu lieu chez la grand-mère de Lucien, au Saguenay. Bon, le gros bateau avec tous les animaux, ce n'était pas cette fois-là, mais il y avait une petite maison blanche qui avait résisté toute seule, comme le gros bateau. D'ailleurs, la télévision l'avait montrée. De grosses vagues voulaient jeter par terre la petite maison. Même que son papa était très inquiet et avait téléphoné à sa grand-mère pour lui dire de venir tout de suite à Montréal passer quelques jours. Non, ce n'était pas cette maison-là, la maison de la grand-mère de Lucien. Oui, c'était le déluge, avec la pluie qui tombait sans arrêt, tout le temps. Lucien était haletant, la voix tremblante et les joues rouges de ce grand effort pour dire le cataclysme. Épuisé, le souffle court, il n'en raconta pas plus.

Les monitrices de la garderie *Les Petits Nuages* de Nédgé étaient visiblement contentes de cette première prestation. Le thème de la semaine avait été soigneusement choisi, à leur dernière réunion hebdomadaire, pour pousser chacun chacune des cinquante-six petits bouts le plus loin possible dans l'art de dire.

Out of the Mouths of Babes

The deluge had come to Lucien's grandmother's house in Saguenay. Well, it wasn't the one with the big boat and all the animals, but there was a little white house that had stood up to it, all alone, like the big boat. Besides, it had been on television. Big waves were trying to fling the house to earth. Even his papa had been very worried and had telephoned his grandmother to tell her to come to Montreal right away to spend a few days. No, Lucien's grandmother's house wasn't that house. Yes, it was a deluge, with rain falling constantly, all the time. Lucien was breathless, his voice trembling and his cheeks reddening with the great effort of trying to describe the cataclysm. Exhausted, short of breath, he could not go on.

The teachers at *Little Clouds* day-care center in Nédgé were obviously pleased with this first performance. The theme of the week had been carefully chosen at their last regular meeting, in order to push each of the fifty-six little ones as far as possible in the art of speaking.

The second child to respond to the invitation to tell something out of the ordinary was a little girl who also spoke Creole. She started to tell prison stories to the

La deuxième à répondre à l'invitation de raconter quelque chose qui sortait de l'ordinaire fut une petite qui parlait aussi créole. Elle s'était mise à dire aux autres des histoires de prison. Son papa avait été en prison, et aussi le parrain de sa petite sœur qui était dans le groupe des trois ans d'Isabelle. Sa monitrice à elle, Carole, soucieuse de vraisemblance, eut beau lui suggérer gentiment de ne pas trop en mettre, que cela ne faisait qu'aggraver la situation. Sa liste d'anciens prisonniers s'allongeait à chaque tentative de la raisonner. À croire que tous ceux qui fréquentaient sa maison étaient passés par là ! Pourtant les parents de ces deux petites semblaient tellement normaux le jour, en venant les amener le matin et les chercher l'après-midi, que tous ces amis de la nuit avaient l'air d'inventions. À preuve, la fillette n'était pas du tout troublée ou affectée par ces insolites fréquentations parentales, et elle dormait, comme tous les autres enfants à la sieste, d'un calme sommeil que rythmait son petit derrière qu'elle agitait d'un côté à l'autre pour se bercer. C'est que chacun avait sa manière de sieste, poupée fétiche enlacée, fichu soyeux contre la joue, pouce à sucer... pour que rien ne manquât au bonheur des dormeurs dans le gymnase changé en dortoir, de une heure à deux heures de l'après-midi, chaque jour sans faute.

Alors, la petite qui parlait aussi espagnol raconta que son papa à elle avait été dans un grand stade où les méchants avaient enfermé plein de personnes. Et qu'elle avait été chez sa grand-mère pendant longtemps, avant de voyager ici avec sa maman seulement. Et que son papa reviendrait un jour les chercher. C'est sa maman qui le lui avait promis.

Et la petite qui parlait aussi *da* s'était alors lancée dans une interminable histoire de rideaux et de murs qui n'avaient pourtant rien à voir avec un quelconque appartement ou autre habitation. Le comble fut même atteint quand elle affirma que les rideaux étaient de fer. Son histoire allait être difficile à battre !

C'est alors que les jumeaux qui parlaient aussi arabe dirent presque en même temps que leur ville n'était plus que ruines et que l'on entendait partout le boum boum des bombes et la stridence des sirènes d'ambulances et que les mitraillettes disaient des gros mots à longueur de journée, caca-caca-caca-caca-caca-caca. Tout le

others. Her papa had been in prison, and also the godfather of her little sister who was in the three-year-old group led by Isabelle. Carole, anxious that the stories should be plausible, gently suggested that the child not exaggerate too much, but in vain—it only aggravated the situation. Her list of former prisoners grew with each effort to reason with her. You would think that everyone who visited her house had been in prison! But the parents of these two little girls seemed so normal in the daytime, coming to bring them in the morning and pick them up in the afternoon, that all these friends of the night seemed to be inventions. And the proof was that the little girl was not at all disturbed or affected by the unusual company her parents kept, and like all the other children at nap time, she slept a calm sleep punctuated by her little behind which swayed from side to side, as if she were rocking herself to sleep. They all had their own way of napping, hugging a favorite doll, rubbing a silk scarf against a cheek, sucking a thumb… so that nothing would spoil the sleeper's happiness in the gymnasium turned into a dormitory, from 1:00 to 2:00 in the afternoon, every day without fail.

Then the little girl who also spoke Spanish said that her own papa had been in a big stadium where the bad guys had shut up lots of people. And that she had stayed with her grandmother for a long time before coming here with only her mother. And that her papa would come to find them someday. Her mama had promised her.

And the little girl who also spoke *da* launched into an interminable story of curtains and walls that had nothing to do with any apartment or other living space. The worst was when she declared that the curtains were made of iron. Her story was going to be hard to beat!

That is when the twins who also spoke Arabic said, almost exactly together, that their city was nothing more than ruins and that everywhere you could hear the boom boom of the bombs and the piercing sounds of ambulance sirens, and that machine guns said bad words all day long, caca-caca-caca-caca-caca-caca-.

Everyone had laughed at the way the machine guns talked.

Then Monique said that she knew about the ill-mannered noise of firearms. But in her country of a thousand hills, people also hurt each other badly with

monde avait bien ri de la manière dont parlaient les mitraillettes.

Monique dit ensuite qu'elle connaissait bien ce bruit mal élevé des armes à feu. Mais que dans son pays de mille collines, on se faisait aussi très mal avec des machettes et des couteaux. Et que l'on appelait cela des armes blanches, même si elles devenaient toutes rouges d'avoir servi. Et qu'il fallait fuir la nuit sur les routes en se cachant le jour dans la forêt, où son oncle avait été piqué par un serpent. Et en était mort !

On la pressa de toute part sur sa connaissance des lions, des tigres et des éléphants. Tout le monde avait vu des images d'animaux sauvages, mais seule Monique semblait en avoir vu de vrais. Mais ils restèrent tous sur leur faim, puisque c'était seulement depuis son arrivée ici que Monique les avait vus, pour la première fois, au zoo de Granby.

À la sieste de ce premier jour, quand on tira les rideaux de tissu pour jouer à la nuit, c'est pourtant sur la sereine chevauchée habituelle de petits nuages que veillèrent les monitrices.

Le deuxième jour, chacun ayant bien profité du retour à la maison pour faire provision d'histoires, ce fut à celui ou à celle qui raconterait en premier. Comme cette année il se parlait vingt et une autres langues que le français dans les sept classes, la petite Société des Nations de Nédgé fit un grand tour des bobos du monde. Tout y défila, à hauteur de trois pommes cependant, comme il se doit, quand le regard a des yeux d'enfants.

Ils étaient cinq dans le groupe à parler aussi anglais. Mais leur histoire n'était pas du tout la même. Peter le rouquin, qui était le seul de toute la bande à avoir choisi le vert comme couleur préférée, disait une histoire dans laquelle protestants et catholiques semblaient ne pas s'aimer beaucoup. L'autre Peter, dit Peter le blond pour les différencier, raconta pour sa part une histoire de deux langues qui parlaient mal l'une de l'autre, alors qu'à la maison sa maman lui parlait depuis toujours en français et son papa toujours en anglais Tous ses cousins et toutes ses cousines avaient déménagé, loin loin, jusqu'à Toronto.

Au réveil, à deux heures de l'après-midi, tous ceux qui n'avaient pas eu le temps de raconter leur histoire se mirent à raconter quelque chose de gros, dans la préci-

machetes and knives. And that they were called "white weapons"—bladed hand weapons—even though they got all red when they were used. And that you had to flee down the roads at night, hiding during the day in the forest, where her uncle had been bitten by a snake. And he had died!

Questions flew at her from all sides about her knowledge of lions, tigers, and elephants. Everyone had seen images of wild animals, but only Monique seemed to have seen real ones. But they had to remain unsatisfied, for it was only since she had arrived here that Monique had seen them, for the first time, in the Granby zoo.

In spite of all of this, at nap time on that first day, when they drew the curtains to pretend it was night, the teachers watched over the usual serene voyage of little clouds.

On the second day, since everyone had taken advantage of their return home to add to their supply of stories, each child wanted to be the first one to speak. Since twenty-one languages other than French were spoken in the seven classes that year, the little society of nations of Nédgé made a grand tour of the world's boo-boos. Everything passed in review, from a height of three feet, however, as it should be when seen through the eyes of children.

There were five in the group who also spoke English. But their stories were not at all the same. Peter the redhead, who was the only one in the bunch to have chosen green as his favorite color, told a story in which Protestants and Catholics didn't seem to like each other much. As for the other Peter, called Peter the blond, to tell them apart, he told a story of two languages each of which had nothing good to say about the other, while in his house his mama always spoke French to him and his papa always spoke English. All his cousins had moved far, far away, all the way to Toronto.

When they awoke from their nap at 2:00, everyone who had not had the time to tell their stories began to tell something big, hastily so they wouldn't lose their turn. That is when extra-terrestrial neighbors, giant aunts, and one-eyed astronauts filled all the streets and alleys of Nédgé, which no one had ever before suspected of harboring such a dense population of strange creatures behind the sedate alignment of similar facades.

pitation, pour ne point laisser passer leur tour. C'est là que les voisins extra-terrestres, les matantes géantes et les mononcles astronautes remplirent toutes les rues et ruelles de Nédgé qu'on n'avait jamais soupçonné, avant ce jour, de receler, derrière le sage alignement de façades semblables, si dense peuplement de telles créatures.

Personne ne voulait être en reste ce deuxième jour, sauf Judith qui, toujours un peu à part, semblait s'être réservée pour le troisième jour. Quand elle parla, tout de go dès son arrivée au petit matin du mercredi, l'on sut qu'elle s'était longuement préparée à foncer à son tour, en faisant provision d'histoires dans une longue histoire. Tout se bouscula sans trop d'ordre, sauf pour distinguer qu'elle venait d'un peuple qui célébrait Shabbat et que tout autre était un goy.

C'est alors que les monitrices firent, pour la première fois, une réunion d'urgence en milieu de semaine ! Le programme du jeudi fut chambardé pour plonger tout ce petit monde dans le parc voisin, à l'angle des rues Girouard et Sherbrooke, en quête d'une activité capable de changer les idées : corde à sauter et ballon de soccer pour ceux qui délaisseraient les balançoires et, l'appétit bien ouvert, au menu du pique-nique préparé par Bernadette, la tarte au sucre comme dessert qui avait fait ses preuves. Quand les sept cordées de huit revinrent à la base pour la sieste, il fallut prolonger le temps de récupération jusqu'à trois heures de l'après-midi.

Au réveil, Yasser donna le signal de la reprise des histoires de famille. L'intermède du parc n'avait donc pas été suffisant. Il avait beaucoup de lance-pierres et de frondes, cadeaux qu'il recevait régulièrement à n'importe quelle occasion, comme à chaque anniversaire, au point de s'étonner que les petits copains n'en aient point autant. Il expliqua que les lance-pierres ont des fourches en plastique, en fer, en bois... et des élastiques, tandis que les frondes ont des lanières de cuir diversement décorées. Quoique destinés tous les deux au même usage, ce n'était pas la même chose un lance-pierres et une fronde : gestes à l'appui, on bande le premier comme ça et l'on fait tournoyer la seconde comme ça, pour lancer la pierre. Sa collection était cependant sagement rangée dans sa chambre, avec interdiction de s'en servir.

Tout le monde aurait bien voulu lancer des pierres dans la cour de récréation, mais c'était strictement

No one wanted to be left out on that second day, except Judith who, always a little standoffish, seemed to have saved herself for the third day. When she spoke, as soon as she arrived early Wednesday morning, they knew that she had prepared for a long time to take her turn at rushing into speech by providing herself with many stories made into one long story. Everything jostled about in them without much rhyme or reason, except that it was evident that she came from a people who celebrated Shabbat and that everyone else was a Goy.

That is when the teachers called an emergency meeting in the middle of the week for the first time!

Thursday's plans were scuttled, and everyone was taken to the neighboring park at the corner of *rue* Girouard and *rue* Sherbrooke for activities aimed at diverting their minds: jump ropes, soccer balls for the ones who didn't want to get on the swings, and when their appetites were nicely whetted, a picnic prepared by Bernadette, with sugar pie for dessert, a proven favorite. When the seven lines of eight children came back to home base for their nap, their recovery time had to be extended to three o'clock in the afternoon.

When he awoke, Yasser gave the signal for a resumption of the family stories. The interlude in the park had not sufficed. He had a lot of catapults and sling-shots that he received on all sorts of occasions, such as his birthday, and he was surprised that his little classmates didn't have as many as he did. He explained that catapults have a forked shape made of plastic, iron, wood… and rubber bands, while sling-shots have leather straps with different decorations. Although they were made to do the same thing, a catapult and a sling-shot were not the same: supporting it just so, you pulled the former like this and made the latter turn like that, to launch the stone. His collection, however, was properly put away in his room and he was forbidden to use them.

Everyone would have liked to shoot stones on the playground, but it was strictly prohibited by the teachers. In spite of this, on Friday evening at a meeting with the parents, many of the latter reported on the strange demand they had received from their children the night before, wanting catapults and sling-shots as gifts for their next birthday, and Judith's parents seemed the most disturbed by this wish expressed by their daughter.

défendu par les monitrices. N'empêche que, le vendredi soir, à cette réunion avec les parents, beaucoup de ces derniers devaient faire état de l'étrange demande de lance-pierres et de frondes qu'ils avaient reçue la veille de leurs enfants, comme prochain cadeau d'anniversaire, et les parents de Judith paraissaient les plus troublés par ce souhait de leur fille.

Ils étaient donc tous là dans le gymnase, la centaine de papas et de mamans, à cette assemblée générale prévue depuis un mois, mais à l'ordre du jour de laquelle les monitrices jugèrent bon de rajouter un point, dans une circulaire envoyée par l'entremise de chaque enfant, à la fermeture du jeudi. C'est que des parents, de plus en plus nombreux, s'étaient mis à s'enquérir du déroulement du thème de la semaine, dont les échos, qui leur parvenaient chaque soir, avaient de quoi les intriguer. Les monitrices avaient fait rejaillir des secrets que chacun — exilé de toutes les dictatures, émigré de toutes les espérances, provincial de toutes les régions — semblait avoir enfouis dans le double fond de ses valises vers Montréal. Elles craignaient, avec raison, que cette situation, inventée de toutes pièces par leur initiative, ne fasse avorter une réunion où la survie même de la garderie allait dépendre de la cohésion massive de tous les parents ! Et quand on est parent Fédéraliste ou Souverainiste, Tutsi ou Hutu, comme d'ailleurs Serbe ou Croate, et même Tonton macoute ou Lavalassien, voire Palestinien ou Israélien... on peut superbement continuer à s'ignorer encore cent ans à Nédgé, en portant haut comme des médailles le trop plein de stigmates. Mais voilà, la garderie paroissiale, mise sur pied autrefois dans les années 1960 dans une annexe du presbytère par les dames patronnesses, devait fermer ses portes sans plus de délai. Pour continuer à exister, budget oblige disait-on, le presbytère ayant été vendu à des promoteurs immobiliers, les *Petits Nuages* devaient changer de local et de statut pour devenir immédiatement une coopérative gérée par des parents solidaires, en attendant l'ultime métamorphose en *organisme à but non lucratif* qui était plus conforme au nouvel air d'aller. À la fin des exposés, le silence dans le gymnase avait l'épaisseur des siestes.

Ce qui se passa ensuite figure en bonne place dans la légende des *Petits Nuages*. On raconte encore que la sociologue américaine, une juive de New York, se lança

And so they were all in the gymnasium, about a hundred papas and mamas, at this meeting that had been planned for a month, but the teachers had decided it would be best to add an item to the agenda, in an announcement sent home with each child on Thursday afternoon. Increasing numbers of parents had begun to inquire about the developments concerning the theme of the week, intrigued by the echoes of this theme which reached them each evening. The teachers had brought out secrets that each one of them—exiled from all dictatorships, emigrated from all hopes, provincial from all regions—seemed to have buried in the hidden compartment of their suitcases on the journey to Montreal. The teachers rightly feared that this situation, created through their initiative, might abort a meeting at which the very survival of the day-care center would depend on the complete cohesion of all the parents! And when you are a Federalist or Sovereignist parent, Tutsi or Hutu, as well as Serbian or Croatian, and even Tonton Macoute or Lavalas, not to mention Palestinian or Israeli... you can continue haughtily to remain ignorant of each other for a hundred years in Nédgé, bearing your excess of scars proudly, like medals. But now, the church day-care center, established back in the 1960's in an annex of the parish house by devout patronesses, would have to close its doors without delay. To continue to exist, and with its budget restraints, the parish house having been sold to real-estate promoters, *Little Clouds* would have to change its location and its status, becoming immediately a cooperative managed by a united group of parents, while awaiting its final metamorphosis into a *nonprofit organization* more in line with current practice. At the end of their presentation, the silence in the gymnasium was as deep as nap time.

What happened then has an important place in the legend of *Little Clouds*. They still tell how an American sociologist, a Jew from New York, spoke first saying that it is through their children that people become part of a new country, citing the prophetic words of Nietzsche, *We are all from the country of our children*; and how the Israeli political scientist emphasized immediately afterward that all things considered, the *Security Council of the United Nations* was made up of the children of former implacable enemies... It soon became necessary to

la première pour dire que c'est par les enfants que l'on prend pays en citant Nietzsche prophétique : « Nous sommes tous du pays de nos enfants » ; et que le politologue palestinien souligna immédiatement après elle, que somme toute, Le Conseil de Sécurité des Nations unies était bien composé d'enfants d'anciens ennemis irréductibles. Il fallut bientôt limiter le temps de parole à deux minutes pour abréger, et ensuite annoncer que l'on n'accorderait que cinq interventions supplémentaires, pour ne point passer la nuit en redites. Et surenchères. Sur tous les passages. Passage du pays perdu des parents au pays nouveau des enfants. Passage du Montréal métèque d'aujourd'hui au Montréal métisse de demain. Passage de ci à passage de ça, et d'autres encore.

Au terme des élections prévues pour ce soir-là, un conseil d'administration à faire pâlir d'envies l'œcuménisme le plus rassembleur sortit de l'assemblée générale, avec pour premier point à l'ordre du jour, la confirmation des sept monitrices à leur poste et l'acceptation de la plus ancienne de toutes comme directrice de l'équipe et de la plus jeune fraîchement diplômée d'un cégep comme responsable pédagogique.

Et les *Petits Nuages* vécurent longtemps et eurent beaucoup d'enfants, aux égratignures mises bout à bout à vous faire le tour du monde, et de la bouche desquels sortent toujours, de temps à autre, des histoires en coups de canon.

limit each speaker to two minutes, to shorten the discussion, and finally to announce that only five more comments could be accepted, so as not to spend the night in needless repetition. And in one-upmanship. On all the transitions. Transition from the parents' lost country to the children's new country. Transition from today's Montreal of foreigners to a future hybrid Montreal. Transition from here to transition from there, and more of the same.

At the end of the election planned for that evening, a board of directors that would make the most committed proponent of ecumenism green with envy left the meeting, with a first item on their agenda being the confirmation of the seven teachers' jobs and the acceptance of the most senior of them as director of the team.

And *Little Clouds* lived a long time and had many children, with cuts and scrapes that would span the world if you placed them end to end, and from whose mouths from time to time came stories like cannon shots that opened the way for you to pass through.

Le boucher McGill

J'avais travaillé à Montréal toute la session d'hiver à mettre au point ce terrain d'été en Haïti, pour lequel je m'étais fait assister par l'étudiant à la fois le plus imaginatif et le moins orthodoxe de sa promotion car le problème n'était pas banal. Je ne disposais de pratiquement aucun élément pour choisir une station de travail qui conviendrait à mon hypothèse, si ce n'étaient la couverture topographique et la liste des noms de lieux. D'acrobaties en pirouettes, nous finîmes par monter une honorable base de données alphabétiques des aires de peuplement rural, avant de choisir un point de chute représentatif: Abacou, dont les quatre premières lettres A-B-A-C lui valaient, en plus, d'être en tête de la liste de la myriade des sept mille cinq cents *bourgs-jardins* haïtiens du même genre.

L'endroit devait être à un bout du pays, espace le plus vierge possible, pour y mesurer les liaisons avec la diaspora, pour peu qu'il y en eût. Et Abacou était le hameau le plus au sud de la pointe sud de la presqu'île du Sud. Il n'était pas commode de s'y rendre, car cette avancée, difficile à doubler par mer, était réputée dans la littéra-

Butcher McGill

I had spent the entire winter term in Montreal working out the details of the preparation of my summer field work in Haiti. Assisting me was a student who was both the most imaginative and the least orthodox in his class. A good thing, since the problem was not ordinary. There was almost nothing in the way of data available to help me choose a base of operations suitable to my hypothesis except for topography and a list of place names. After acrobatics and pirouettes, we ended up creating a respectable data base on rural population areas before choosing a representative landing place: Abacou, whose first four letters A-B-A-C gave it the added advantage of being at the top of the list of the myriad of seven thousand five hundred Haitian market towns of the same type.

The place we chose needed to be at the back of beyond, in the most virgin area possible, in order to measure its ties with the diaspora, however few they may be. This was the southernmost hamlet of the southern point of the southern peninsula of Haiti. It was not easy to get there, for this rocky outcrop, difficult to reach

ture depuis trois siècles pour son inaccessibilité et ses innombrables naufrages.

En l'absence totale de routes voiturables, il allait me falloir rouler cinq kilomètres sur la plage, deux roues dans l'eau de mer, pour atteindre les seize cases regroupées qui formaient le noyau central du peuplement. L'impression, à notre arrivée un lundi soir de juillet, était d'avoir touché là un finistère d'une nature dantesque de côtes calcaires, creusées par en dessous d'une multitude de galeries par une mer toujours démontée qui resurgissait par des trous de cheminée partout sur le glacis, à bonne distance de la rive. La végétation était tourmentée d'arbres rampants sur un côté à force d'être battus par les vents dominants. C'était l'une des plus belles constructions de paysages qu'il m'avait été donné de voir dans mes pérégrinations de géographe, et c'était le bout de pays que je recherchais. Cet environnement de matin du monde ne pouvait abriter qu'un sanctuaire de survie, presque un isolat.

J'étais accompagné de mes filles, ce qui allait me fournir la perception de gamines au seuil de l'adolescence. Déjà, tout au long de la non-route et de la non-piste que la marée quotidienne empêchait de se former sur la grève, les filles s'étaient inquiétées de ne rencontrer que des bandes de garçons jouant au soccer. Un enlisement de la 4x4 devait leur offrir une occasion d'échanger avec les garçons appelés à la rescousse. À leurs questions, typiques de Montréalaises découvrant le monde, sur l'invisibilité des filles de la localité, il leur fut répondu qu'elles étaient toutes, naturellement, à leur ouvrage domestique, notamment aux corvées d'eau et que les regroupements de filles se faisaient autour des fontaines. Bref, les filles étaient à leur place de filles, et l'étonnant pour les personnes présentes était plutôt de les voir, elles, dans des postures de garçons. Pour mes jeunes, il n'y avait plus de doute que c'était le village du bout de pays qui était au bout du monde et auquel il manquait de grands bouts.

Le lendemain mardi était jour de marché. Je devrais plutôt dire demi-jour de marché, ou jour de demi-marché, car le rassemblement qui prit corps vers les neuf heures se dispersa vers midi. Je n'avais encore jamais vu un marché d'une telle brièveté et depuis je n'en ai jamais plus revu ailleurs. Le volume des transac-

by sea, had been known for three centuries for its inaccessibility and its countless shipwrecks.

In the complete absence of passable roads, I was going to be forced to drive five kilometers on the beach with two wheels in sea water to reach the sixteen huts that formed the core of the settlement. When we arrived on a Monday evening in July, we had the impression of having reached a Dantesque land's end of limestone hills carved out beneath a multitude of tunnels by an always-raging sea which surged up everywhere through chimney holes in the slopes quite a distance from the shore. The vegetation was contorted, with trees growing sideways from the constant battering of the prevailing winds. It was one of the loveliest landscape structures I had ever been blessed with seeing during my peregrinations as a geographer, and it was indeed the bit of country that I had been seeking. This beginning-of-the-world environment could shelter only a sanctuary of survival, almost an isolate.

I was accompanied by my daughters, who would furnish me with the point of view of kids at the threshold of adolescence. Already, along the non-road and the non-track that the daily tides prevented from forming on the shore, the girls had become concerned about the fact that we met only gangs of boys playing soccer. When the four-by-four got stuck, it offered a chance for them to meet the boys we asked for help. To the girls' questions, typical of Montrealers discovering the world, on the invisibility of girls in the area, the boys answered that they were of course going about their domestic work, such as fetching water, and that girls gathered together around the water fountains. In short, the girls had their girls' place, and what astonished these boys was to see my girls and their boys' attitudes. For my young daughters, there was no more doubt that this was the remotest village in the remotest part of the earth, and that it was missing a few large pieces.

The next day, Tuesday, was market day. I should say market half-day, or half-market day, because the assemblage that gathered at about nine o'clock dispersed at about noon. I had never before seen such a short-lived market, and have never seen one since. The volume of transactions, the origin and number of participants did not justify any more than three hours of activity, dur-

tions, la provenance et le nombre des participants ne justifiaient pas plus de trois heures pendant lesquelles le troc l'emportait très nettement sur les échanges monétaires. Nous venions de remonter le temps d'au moins un à deux siècles.

L'une des attractions du marché était un cheval savant sachant reconnaître sa gauche de sa droite et pouvant compter jusqu'à sept sur les injonctions de son maître armé d'un porte-voix. Ce dernier objet ajoutait la première touche de modernité au portrait.

Mais c'est à ma benjamine, lors vieille de onze ans, que je dois d'avoir trouvé le fil conducteur de ma recherche. Elle s'était mise à observer un personnage étrange, coiffé d'une casquette, habillé d'un coupe-vent et armé dans la main droite d'un couteau effilé d'au moins douze pouces de long, et portant dans la gauche, avec une élégance un peu forcée, un attaché-case noir des plus classiques. La casquette, le coupe-vent et l'attaché-case, étaient estampillés aux armoiries rouges de McGill, son briquet aussi. L'homme parlait haut et fort aux marchandes, refusait de poser son porte-documents par terre jusqu'au moment où on lui offrit une chaise basse pour ce faire. Il y avait dedans l'éventaire des viandes du cabri débité le matin même. On l'avait surnommé *Boucher McGill.*

Il avait reçu de son fils — je devais plus tard le retrouver comme chauffeur de taxi à Montréal qui s'était inventé une active vie mcgilloise à usage exclusif de son père —, quantité de cadeaux griffés que ce dernier utilisait pour le prestige de son commerce. C'était la boucherie moderne d'Abacou, à partir de laquelle j'allais reconstituer toutes les relations de la région avec la diaspora.

Abacou, ce pays perdu, était bien en prise sur le monde avec sa grande école — aux ouvertures sans portes et sans fenêtres, car celles-ci coûtent plus cher que le gros œuvre —, don de l'association de ses émigrés du quartier Saint-Léonard. À mon retour, je suis allé les rencontrer pour leur servir de passeur : j'ai ainsi convoyé pendant des années les salaires des deux institutrices qu'ils s'étaient engagé à fournir pour les quatre-vingts enfants d'âge scolaire de la région. J'ai dû aussi dédouaner et acheminer l'ambulance adaptée, qu'ils étaient fiers

ing which barter was much more common than cash transactions. We had just gone back in time by at least one or two centuries.

One of the attractions of the market was a performing horse, who knew its right from its left and could count to seven at the urgings of its master, who was equipped with a megaphone. This object added a first touch of modernity to the picture.

But I owe the fact that my hypothesis was confirmed to my youngest daughter, then eleven years old. She had begun to observe a strange character, wearing a cap, dressed in a windbreaker, carrying a finely-sharpened knife in his right hand, and in his left, with a slightly forced elegance, a classic black attaché case. The cap, the windbreaker, and the attaché case were stamped with the red seal of McGill University, as well as his cigarette lighter. The man, who spoke loudly to the merchants, refused to put his document case down until someone offered him a low chair to put it on. Inside was his tray of goat meat cut up that very morning. They had nicknamed him Butcher McGill.

He had received from his son—a taxi driver I met later in Montreal who had invented an active life at McGill for the exclusive use of his father—all sorts of inscribed gifts used by the butcher to bring prestige to his business. This was the modern butcher-shop of Abacou, from which I would eventually reconstruct all the relationships of this region with the diaspora.

Abacou, this lost land, had its finger on the pulse of the world with its big school—its openings devoid of windows and doors, since they cost more than the heavy construction—a gift from its association of émigrés in the Saint-Laurent quarter of Montreal. I met with them when I returned, to serve as a courier: it is thus that for years I transported the salaries of the two schoolteachers they had promised to provide for the eighty school-age children of the region. I also had to clear through customs and bring to the village the specially-made ambulance that they were proud to offer to the whole peninsula south of Jouthe junction, to transport those who were ill to Les Cayes.

Leaving the market, I met two beggars who were quarreling over a question of precedence and begging territory; and the most decisive insult, the one which

d'offrir à toute la péninsule au sud de Carrefour Joute, pour transporter leurs malades aux Cayes.

En quittant le marché, je croisai deux mendiants qui s'insultaient vertement pour une question de préséance et de territoire de quête, et l'insulte la plus décisive, celle qui fit la joie des badauds, ce fut la cinglante remarque de l'un d'eux à l'autre, traité de « sans dessein » — accent du Québec compris — puisqu'il n'était dans l'attente de rien, pour être le seul Haïtien à sa connaissance à n'avoir pas de famille en diaspora.

delighted the onlookers, was the scathing remark made by one to the other, calling him an *aimless man*—Québec accent and all—since he had no expectations, being the only Haitian his opponent knew who had no family in the diaspora.

Grann Nanna

L'aéroport de Mirabel à Montréal où atterrissait l'avion en provenance de Port-au-Prince était arrangé de façon telle que l'on devait, pour atteindre l'aire de stationnement, emprunter un de ces escaliers étroits dont les marches métalliques descendent toutes seules. Devant un tel prodige, Grann Nanna, qui voyageait pour la première fois de sa vie à soixante-deux ans, s'était jetée par terre à genoux, le crucifix de son rosaire de Lourdes levé bien haut, à bout de bras, pour conjurer cette menace du Malin.

Toute la ligne des voyageurs qui la suivaient formait maintenant un bouchon inattendu. Impatient. Grann Nanna, toujours à genoux, psalmodiait en se balançant d'avant en arrière le « Faites grâce, Seigneur. Faites grâce. Ne soyez pas toujours courroucé contre nous... », invocation réputée protéger la bonne croyante des écueils de ce bas monde. Les marches d'escalier, impassibles, continuaient à descendre d'elles-mêmes. Grann Nanna, agitée, redoublait ses suppliques. Les voyageurs excédés commençaient à élever la voix. De ligne disciplinée à l'origine, le bouchon était devenu une boule noire anarchique

Grann Nanna

Mirabel airport in Montreal, where the flight from Port-au-Prince arrived, was arranged so that in order to reach the parking area you had to use one of those narrow stairways whose metallic steps go down all by themselves. Faced with such a technical miracle, Grann Nanna, who was traveling for the first time in her life at seventy years of age, had fallen to her knees, raising the crucifix on her rosary from Lourdes as high as she could to ward off this threat from the Evil One.

The whole line of travelers behind her now formed an unexpected bottleneck. An impatient one. Grann Nanna, still on her knees, rocked back and forth as she chanted "Have mercy, O Lord. Have mercy. Do not let your wrath fall upon us...," an invocation that was uttered to protect the true believer from the pitfalls of this world below. The steps, impassive, continued to go down by themselves. Grann Nanna, disturbed, intensified her supplications. The infuriated travelers began to raise their voices. From its original orderly line, the bottleneck had now become an anarchic black knot of

d'Haïtiens en demi-cercle au haut de l'escalier mobile, dont Grann Nanna interdisait l'accès.

C'est que Grann Nanna avait un rapport douloureux avec les escaliers. Elle s'était mise en ménage très jeune avec boss Clément, dans une case basse au toit de chaume, à l'angle des rues David-Saint-Preux et Honoré-Ferry, deux augustes Quinois, dont les plaques portant les noms étaient clouées sur deux côtés du gros manguier qui avait été conservé au beau milieu de la rue comme une rotonde de circulation. La chance des manguiers leur venait des deux à trois mois de l'année pendant lesquels ils étaient les seuls arbres à donner à manger au pays. Un intouchable arbre-miracle, quelque inattendu que fût l'endroit de son jaillissement de terre.

Et qu'il était pratique, celui-ci, à l'ombre duquel jouait continuellement au domino un quatuor de flâneurs dont l'un, le dernier, devait rester debout, des épingles à linge en bois attachées aux oreilles pour signaler à tout venant son opprobre de dernier. Le cocu de la partie. Et chaque passant d'y aller d'une plaisanterie, et souvent d'une remarque moins innocente, à laquelle il lui était formellement interdit de répondre, ni même de rire. C'était une aubaine pour balancer à quelqu'un son fait que d'attendre qu'il soit le cocu au domino sous le manguier. Et puis, c'était aussi la référence facile pour indiquer la boutique de Grann Nanna : *Au manguier.* L'adresse est officielle. On peut la mettre sur une de ces petites boîtes à cassettes de New York à l'intention de n'importe qui à Quina, et la demi-heure d'enregistrement ainsi timbrée se rend sans faute en plein centre de la rue. C'était un moyen pratique pour court-circuiter l'écriture et la lecture.

Le petit commerce profitait déjà bien des attroupements que provoquait le jeu de domino à toute heure, quand Grann Nanna et boss Clément eurent l'idée géniale d'acheter un magnétophone à piles et d'offrir pour quelques gourdes de jouer toutes les cassettes venant de l'étranger et d'enregistrer celles que l'on voulait y envoyer. En un rien de temps, quelques années quand même en province, boss Clément avait pu changer la toiture de chaume pour de la tôle galvanisée. C'était une promotion sociale que vint bientôt renforcer l'ajout de deux pièces, dont une salle d'eau munie du confort moderne, périphrase qui là-bas veut dire W.-C., qu'il est

Haitians forming a half-circle at the top of the escalator to which Grann Nanna blocked access.

You see, Grann Nanna had a painful relationship with stairs. She had set up housekeeping at a young age with Boss Clément, in a low hut with a thatched roof at the corner of *rue* David-St.-Preux and *rue* Honoré-Ferry, named for two distinguished Quinois. The street signs bearing their names were nailed to two sides of the big mango tree which had been retained right in the middle of the street like a traffic circle. The good fortune of mango trees came from the fact that for two or three months of the year they were the only trees that fed the people. An untouchable miracle-tree, no matter how unexpected the place it chose to rise from the earth.

And this one was practical, for in its shade a quartet of idlers constantly played dominos. The loser had to remain standing with wooden clothespins attached to his ears, to exhibit his loser's disgrace to anyone who saw him. The dunce of the game. And all the passers-by made fun of him, sometimes making less than innocent remarks. He was strictly forbidden to reply, or even to laugh. What an opportunity, to have only to wait to fling an insult at someone until he was the dominos dunce beneath the mango tree. And the tree was also an easy point of reference for finding Grann Nanna's shop: At the Mango Tree. The address was official. It could be written on one of those little audio cassette cases from New York, intended for anyone at all in Quina, and the stamped half-hour of recording would arrive without fail at the middle of the street. This is a practical way to bypass the process of reading and writing.

The little business was already profiting from the gatherings attracted at all hours by the domino games, when Grann Nanna and Boss Clément had the brilliant idea of buying a battery-operated cassette player and offering, for a few gourdes, to play all the cassettes that came from overseas and to record the ones that they wanted to send. In no time (a few years even so, in the provinces), Boss Clément had been able to replace his thatched roof with galvanized sheet metal. This step up on the social ladder was soon strengthened by the addition of two rooms, including a bathroom equipped with "modern comforts," a euphemism that refers to a toilet, which it is rude to mention in polite society. It is in the

impoli de nommer en société. C'est dans le sillage de la bénédiction de ces agrandissements que le mariage « béni commerce » eut aussi lieu sous la pression du premier vicaire, Pèpépé. Le couple pouvait enfin se payer la bombance indispensable au mariage, avec toute leur marmaille dans les jambes.

Le couple avait donc réussi. Mais l'ultime ambition de la nouvelle madame mariée était de monter un étage au-dessus de la construction. Les dépenses pour les enfants, envoyés à Port-au-Prince après le Brevet d'études supérieures, ne laissaient aucune possibilité d'économie pour ce projet. Et leur foi rigoureuse rejetait le recours à la loterie et autres espérances de hasard. Alors boss Clément amassa de quoi construire l'escalier qui montait à l'étage qui n'existait pas encore, mais que les marches, ne menant nulle part pour le moment, annonçaient pour un jour prochain. C'est en ajustant la dernière de ces marches qu'il fit la chute mortelle. Ainsi, Grann Nanna devenue veuve, eut à côté de sa boutique un escalier qui s'élançait dans le vide. Comme l'échelle de Jacob, ruminait-elle, en puisant réconfort dans la lecture de l'Ancien Testament. Les bourgeoises à éventail, signe distinctif du standing de celles qui ne travaillent pas, firent des gorges chaudes de cette ascension qui avait tourné court. Grann Nanna fut secrètement assez humiliée de la méchanceté de cette ville pour nourrir vengeance.

Entre-temps, les enfants devenus grands firent leur chemin et deux des filles s'installèrent à Montréal. Maintenant mariées, mères de famille, elles avaient besoin d'une gardienne à domicile pour la demi-douzaine de cousins-cousines. Grann Nanna résista de son mieux à toutes les mielleuses invitations, car plusieurs amies de sa génération s'étaient fait prendre à ce travail forcé et les grands-mères s'étaient passé le mot. Elle prétexta devoir accomplir avant de partir le rêve de son mari de construire une *chanmòt*, la chambre haute du créole, et s'arc-bouta à son comptoir. L'âge peut-être, la solitude un peu, la fibre maternelle certainement et, à n'en point douter, la promesse de revenir avec de quoi construire l'étage eurent finalement raison de sa détermination.

Grann Nanna ne se remit jamais de l'escalier mécanique. Le choc la détraqua. Au bout de six mois, d'hospitalisations en maisons de repos, de rechutes en

wake of the blessings of such improvements that their union was finally blessed by a wedding, under pressure from the first curate, Pèpépé. They were finally able to pay for the feast which must accompany a wedding, with all their kids running underfoot.

They had "arrived." But the ultimate ambition of the newly-married woman was to build a second story onto what they had already constructed. The expenses for the children, sent to Port-au-Prince after receiving their secondary certificate, left no possibility for saving up for her project. And their strict faith rejected having recourse to the lottery or other such reliance on luck. So Boss Clément bought what he needed to build a staircase which climbed to the story that did not yet exist, but whose future existence was heralded by these steps leading nowhere. It was while he was adjusting the last step that he fell to his death. And so it was that Grann Nanna, now a widow, had a stairway next to her shop that rose up into empty space. Like Jacob's ladder, she ruminated, taking comfort in reading the Old Testament. The maliciousness of the town and of its middle-class women with their fans (a distinctive symbol of the standard of living of women who did not work), laughed scornfully at this effort at social advancement cut short. Grann Nanna was secretly humiliated enough to harbor ideas of vengeance.

In the meantime, her children had grown up and made their own way, and two of her daughters had settled in Montreal. Now married with families, they needed someone to take care of a half-dozen cousins, given the exorbitant costs of day-care centers. Grann Nanna resisted all the unctuous invitations as best she could, because several friends of her generation had been trapped into this forced labor, and the grandmothers had spread the word. She claimed that before leaving she had to fulfill her husband's dream of building a *chanmòt*, Creole's upper room, and she dug in her heels behind her counter. Age perhaps, solitude a little, maternal instincts certainly, and without a doubt the promise that she could come back with enough money to build the upper story finally overcame her resistance.

Grann Nanna never recovered from the moving stairs. The shock unhinged her mind. After six months of hospitalizations and rest homes, from relapses to

rémissions, elle fut rembarquée pour Quina, munie du petit pécule pour l'étage, fruit d'une cotisation familiale complétée par une levée de fonds de l'Association des Amants de la ville de Quina. À la vue du manguier, rapporta la parente qui l'accompagnait, Grann Nanna revint d'un coup à elle. À elle ? À ses *mystères* tant elle parut *enchantée* ! Le souffle court, une étrange fixité illuminait son visage. S'était-elle jamais perdue ? Allez savoir.

Elle entra dans sa boutique d'un pas décidé qu'on ne lui connaissait pas, ouvrit grand ses portes et fenêtres en les faisant claquer comme savait le faire boss Clément et grimpa prestement, pour la première fois, l'escalier jusqu'à la dernière marche suspendue. La partie de domino s'arrêta net et toute l'assistance s'en fut au pied de l'escalier voir Grann Nanna et lui demander les raisons de son retour et ce qu'elle faisait en haut de l'escalier.

À la première question, elle leur répondit cette phrase sibylline que là-bas les gens sont tellement pressés qu'ils ne montent pas les escaliers mais que ce sont les escaliers qui les montent. Même le cocu ne put s'empêcher de participer au fou rire déclenché par les exagérations de Grann Nanna. La réponse à la deuxième question était devenue inutile, tant elle contemplait de son perchoir branlant l'étage qui allait naître de la liasse de billets verts dont elle se servait comme d'un éventail.

remissions, she was sent straight back to Quina, bringing a small gift for her second story, the fruit of family contributions rounded out by a financing campaign made by the Association of the Friends of Quina. The moment she saw the mango tree, reported the relative who had accompanied her, Grann Nanna suddenly regained her senses. Her senses? Her mysteries, she appeared so delighted! Short of breath, a strange determination lit up her face. Had she ever been lost? Who can tell?

She went into her shop with a determined step that no one had seen before, opened her doors and windows wide and loudly the way Boss Clément used to do, and climbed the stairway nimbly, for the first time, up to the last step suspended in air. The domino players, surprised, ended their game abruptly, and the whole crowd went to the foot of the stairs to see Grann Nanna and to ask why she was back and what she was doing at the top of the stairs.

To the first question she replied with the Sibylline remark that back there, people are in such a hurry that they don't climb stairs, so the stairs climb for them. Even the dominoes dunce could not help joining in the hysterical laughter produced by Grann Nanna's exaggerations. The answer to the second question had become moot, since, perched on the rickety step, her gaze never wavered from the second story which would be built by the wad of green bills she was using as a fan.

Les pièges de l'Histoire

Le pas était le même, quoique plus lent, la taille large n'avait pas trop épaissi, la silhouette trapue et surtout la *guayabera* blanche immaculée ne pouvaient pas tromper, même de dos. Il s'agissait bien du Cher Docteur, l'idéologue inspiré de la question de couleur qui avait contribué aux changements de 1946 et avait participé de près à la prise du pouvoir par François Duvalier en 1957. Il se promenait sur un large trottoir du Canapé-Vert, à Port-au-Prince, en route vers le marchand de crème glacée du coin, entouré de quatre petits-enfants, dont les deux plus jeunes qu'il tenait par la main. Tout ce petit monde piaillait et jacassait avec des accents du Québec, dans une confusion joyeuse entrecoupée de « Grand-père ! Grand-père ! »

Je réduisis machinalement ma foulée pour jouir de la scène, avant d'aller le saluer, pour qu'il prenne acte que je l'avais vu en pareille équipée. La dernière fois, c'était il y a vingt-cinq ans, dans l'année terrible de 1965. Il était lors directeur des Archives et j'y sollicitais un relevé d'acte de naissance, démarche préalable à l'obtention d'un passeport pour un éventuel départ, si j'arrivais à passer au travers du filet aux mailles serrées

History's Booby-Traps

His walk was the same, though a little slower, his broad waist had not thickened too much, his stocky silhouette and especially his immaculate white *guayabera* identified him exactly, even from behind. It was the Beloved Doctor, the inspired ideologist of the color question who had contributed to the changes of 1946 and who had closely participated in François Duvalier's takeover in 1957. He was strolling along a wide sidewalk in the Canapé-Vert section of Port-au-Prince, toward the ice cream shop on the corner, surrounded by four grandchildren, holding the youngest by the hand. This little group chirped and chattered in Québec accents, in a joyous confusion punctuated by cries of "Grandfather! Grandfather!"

I shortened my stride automatically to enjoy the scene, before going to greet him, so that he would take note of the fact that I had seen him on such a jaunt. Our last encounter had been twenty-five years earlier, during the terrible year of 1965. At that time, he was the director of the Archives, and I had gone there to request a copy of my birth certificate, a preliminary step in obtaining a passport for an eventual departure, if I

tendu par la dictature contre l'émigration massive des jeunes professeurs vers l'Afrique. Il devait lors être en début de cinquantaine et sa feuille de route était impressionnante. Il m'avait longuement retenu dans son bureau, deux heures, ce qui était énorme, compte tenu de la moyenne journalière des trois heures de bureau de la fonction publique, pour nuancer sa caution à ce qui se passait et défendre son œuvre d'historien et son combat politique. C'était un théoricien de choc du « noirisme » et un polémiste redoutable. Vingt ans de traque pour démontrer que la dynamique nationale haïtienne sur deux siècles était essentiellement celle d'une lutte acharnée entre noirs et mulâtres tout au long d'une suite de couplages antagoniques du type Anciens libres / Nouveaux libres, National / Libéral, d'attitudes opposées de bovarysme et d'indigénisme, et de quelques slogans se ramenant tous aux intérêts contradictoires entre la majorité noire et la minorité mulâtre. Dans sa génération disait-il, la position révolutionnaire était d'être « noiriste ». Il ne jurait donc que par le noir, mais ne s'habillait que de blanc.

Il ne faisait aucun doute pour personne que les masses, uniformément noires, créolophones, vodouïsantes, avaient été frustrées de l'Indépendance durement acquise. La bataille faisait rage depuis entre dominants noirs et mulâtres, moins de deux pour cent de la population depuis deux siècles. Maintenant rendu à l'horizon 2004 du deuxième centenaire de l'Indépendance, il s'agit toujours dans ce pays d'arrangements politiques et économiques entre l'inamovible deux pour cent des bourgeoisies, grande et petite, dorée ou opprimée, et toutes les strates des classes moyennes confondues. Deux pour cent. Au-delà, le peuple, la masse, la misère. Même l'apartheid fit beaucoup mieux en son temps.

Les deux aînés étaient de plus en plus excités, et il devenait dangereux de les laisser courir seuls avec l'égout ouvert qui bâillait au pied du monticule de déchets domestiques du quartier. Le Cher Docteur avait réussi à former une chaîne dont il était le maillon central, et les petites mains se tenaient plus sagement deux à deux. La cordée grimpait maintenant à l'assaut des derniers mètres menant à la crème glacée du coin.

succeeded in passing through the fine-meshed net spread by the dictatorship in order to prevent the massive emigration of young professors to Africa. He must have been in his early fifties then, and the story of his climb was impressive. He had kept me there a long time, two hours (which was unheard of, when you take into account that the average work day for civil servants was three hours), in order to qualify his support for what was going on and to defend both his work as an historian and his political campaigning. He was a shock theoretician of *noirisme,* "black-ism," and a formidable polemicist. Twenty years of searching to prove that the national dynamic of Haiti for two centuries had been in essence a relentless struggle between blacks and mulattos throughout a succession of antagonistic couplings, such as *Anciens* (Former) *libres / Nouveaux* (New) *libres,* National / Liberal, the opposing attitudes of Bovarism and indigenism, and a few slogans all boiling down to the contradictory interests of the black majority and the mulatto minority. In his generation, he said, the revolutionary position was to be on the side of *noirisme.* Thus he swore by blackness, but wore only white.

There was no doubt in anyone's mind that the masses, uniformly black, Creole-speaking, vodou-practicing, had been frustrated with the hard-won Independence. Afterward, the battle raged between black and mulatto leaders. The mulattos had represented less than two percent of the population for two centuries. Now in 2004, at the horizon of the second century of Independence, it was still a question in Haiti of political and economic arrangements among the entrenched two percent of upper and lower *bourgeois,* golden or oppressed, and all the middle classes mixed together. Two percent. Beyond them, the people, the masses, misery. Even apartheid did better in its time.

The two oldest grandchildren were more and more excited, and it was becoming dangerous to let them run about alone near the open sewer which gaped at the foot of a mound of the neighborhood's domestic garbage. The Beloved Doctor had succeeded in forming a chain of which he was the central link, and the little hands, better behaved, held on to each other two by two. Thus linked together, they climbed the last few meters toward the summit, the corner ice-cream shop.

La question de couleur et ses hommes firent irruption en 1946 dans la politique et les affaires port-au-princiennes. L'investissement de loin le plus significatif qu'ils consentirent fut dans la formation de leurs héritiers. Les baby-boomers de toutes les factions dominantes se côtoyèrent dans les mêmes écoles, poursuivirent partout dans le monde les mêmes études universitaires et se mélangèrent un peu aux âges des épousailles et prirent aussi époux et conjointes aux différents lieux de leur vingtaine studieuse.

La crème glacée dégoulinait des petites mains qui avaient du mal à tenir droit les cornets. Le mouchoir du grand-père allait d'une frimousse à l'autre pour enlever ici un peu de chocolat, là un peu de vanille. Les boules de fraise de la plus petite des filles venaient de rouler sur le trottoir, et elle essayait en vain de les ramasser avec des cris aigus. Ses pleurs ne cessèrent que lorsqu'elle retrouva un nouveau cornet tout neuf, avec deux boules de fraise toutes neuves. Elle continuait quand même à lorgner, juchée sur l'épaule du grand-père, le tas rose de crème glacée qui fondait lentement sur le ciment tiède d'une fin d'après-midi. Les trois autres s'étaient déjà salis assez copieusement pour qu'aucune intervention ne puisse épargner les chemises mouchetées de taches et striées aux couleurs d'origine des doubles boules des cornets.

Les générations qui s'engouffrèrent dans la vie dans les années 1970 avaient rajouté, à la question de couleur des pères, la question sociale, la question des genres, la question des générations. La grille coloriste perdait de sa virulence. En cette dernière décennie du siècle, ses derniers coups de semonces de vieille garde et ses ultimes réticences à lâcher prise n'avaient plus dans *Le Nouvelliste* les échos d'autrefois.

Il avait pu regrouper son petit monde autour de lui pour le retour d'expédition. C'est ce moment que je choisis pour l'aborder. Il me reconnut aussitôt. Chaleureusement. Et dans un éclat de rire de bon cœur qui remplaçait mille mots, il me présenta d'abord les deux petits blonds comme étant ses petits-enfants, fils d'un premier mariage de son gendre du Saguenay, « Vous savez, le mari de Ginette, ma fille aînée qui enseigne à l'Université de Chicoutimi », disait-il avec un brin de fierté, et les deux petites mulâtresses comme les filles

The question of color and its men burst onto the political and business scene of Port-au-Prince in 1946. By far the most significant investment that they agreed to make was in the training of their heirs. Baby Boomers from all the ruling factions rubbed elbows in the same schools, followed the same course of study in universities all over the world, and blended back together somewhat at marrying age, choosing spouses from the various places they had studied in their twenties.

The ice cream dripped from little hands which were having trouble holding the cones. Grandfather's handkerchief went from one little face to the other to wipe off here a little chocolate, there a little vanilla. The smallest little girl's scoops of strawberry had just rolled onto the sidewalk, and she was trying in vain to pick them up uttering sharp little cries. Her tears ceased only when she was offered a brand-new cone, with two brand-new scoops of strawberry. But, perched on her grandfather's shoulder, she kept her eye on the pink mound of ice cream slowly melting on the warm cement of a late afternoon. The three others were by now so soiled that no adult intervention could save their shirts, dappled with spots and striped with the colors of double scoops of ice cream.

The generations which rushed to take advantage of life in the sixties had added, to their fathers' questions of color, the social question, the question of gender, the question of generations. The colorist model lost some of its virulence. By the last decade of the century, the parting shots of the old guard and its final reluctance to let go no longer echoed as they had before in the pages of *Le Nouvelliste.*

He had succeeded in gathering his little group around him again for the return expedition. That is the moment I chose to approach. He recognized me immediately. Warmly. And with a burst of laughter that was worth a thousand words, he introduced the two little blond boys as his grandchildren, the sons of the first marriage of his son-in-law from Saguenay ("You know, Ginette's husband—she's the one who teaches at the University of Chicoutimi," he said with a bit of pride), and the two little mulatto girls as the daughters of his youngest son ("You know, the well-known doctor in

de son fils cadet, « Vous savez, le grand médecin de Sherbrooke », ajouta-t-il satisfait, en vacances avec sa famille ces jours-ci au Canapé-Vert.

Pendant ces présentations, les enfants criaient « Grand-père ! Grand-père ! » pour lui montrer en riant sa *guayabera* blanche badigeonnée de rose fraise.

Sherbrooke," he added with satisfaction), vacationing with his family in Canapé-Vert.

During the introductions the children shouted "Grandfather! Grandfather!" laughingly calling his attention to his white *guayabera* dappled with strawberry pink.

Dans de beaux draps

Vendredi, quatre heures de l'après-midi, l'université s'était déjà vidée et le centre-ville fermait ses dossiers pour le week-end, quand je reçus l'appel d'une secrétaire m'annonçant que sa patronne, rédactrice en chef d'un grand magazine féminin, voulait me parler d'urgence.

La voix était d'affaire, managériale, mais une certaine anxiété perceptible faisait courir sa politesse sur la dernière lisière d'avant la brusquerie. J'ai fini par comprendre qu'à la toute dernière minute, puisqu'elle devait aller sous presse dans la nuit pour distribuer son dernier numéro aux petites heures du lundi, il lui fallait un ultime avis sur un texte de création. Je protestai n'être pas du métier, suggérant qu'elle avait été mal renseignée. Elle me précisa ne rechercher que les compétences d'un locuteur créole haïtien. Je n'avais aucune bonne raison de refuser de recevoir, par fax, cinq pages pour la lecture rapide d'une nouvelle, d'autant que ma compagne était abonnée à ce magazine que je lisais assez régulièrement.

Je reçus le fax et un choc. Dès le titre.

Il était une fois, un artiste haïtien qui avait rencontré une écrivaine torontoise. Ils s'aimèrent d'amour. Et

You Made Your Bed...

Friday, four o'clock in the afternoon, the university was already empty of people and downtown offices were closing their files for the weekend, when I received a call from a secretary announcing that her boss, the editor-in-chief of an important women's magazine, wished to speak with me urgently.

It was a businesslike voice, managerial, but a perceptible anxiety pushed her accustomed politeness to the verge of brusqueness. I eventually realized that at the very last minute, since she had to go to press during the night in order to distribute the new issue by the early hours of Monday morning, she needed a final opinion on a piece of fiction. I protested that it was not my specialty, suggesting that she had been misinformed. She explained that she was seeking only the skills of a Haitian Creole speaker. I had no good reason for refusing to let her fax me a five-page short story to read, especially since my spouse subscribed to the magazine which I read with some regularity.

I received the fax and a shock. Starting with the title.

There once was a Haitian artist who had met a writer from Toronto. They fell passionately in love. Since they

comme ils habitaient deux villes différentes, l'attente, à tour de rôle, de la venue de l'autre, dans les halls de gares et d'aéroports, devint un moment de promesses de belles amours, à chaque fois relancées. Ils aimaient s'attendre, se délectant même des retards qui bandaient d'autant les tensions de l'attente. Et ils s'inventèrent plein de petits mots d'eux seuls connus pour en parler. Notre Haïtien nomma tout, crûment, dans ce créole dépourvu de mots neutres pour parler de ces choses, en faisant croire à la belle qu'ils n'étaient que deux à user de ce torride glossaire anatomique.

Jusque-là, l'histoire était banale et certainement commune ; les couples mixtes à entretenir des codes secrets aux accents exotiques doivent exister partout, à beaucoup d'exemplaires. Mais voilà, elle était écrivaine, et elle fit récit de cet amour en usant du vocabulaire connu d'eux seuls. Croyait-elle.

Le comité de lecture avait approuvé le texte d'autant plus facilement que l'auteure n'en était pas à sa première publication dans la revue. Une ultime note enjoignait la rédactrice, me disait-elle, à s'assurer quand même du vocabulaire inventé par ce couple ; on ne sait jamais avec les amoureux ! C'est ainsi que je reçus un récit fou d'amour fou, intitulé « Coco aime Zozo » et qui débutait par cette évocation de *coco* qui, les jours de grands retards d'avion, mouillait *pantalette* à vous faire le bonheur d'un laveur de pare-brise au coin Saint-Denis / Sainte-Catherine. Les cinq pages étaient du même élan, avec quelques regrets appuyés devant ce nouvel âge de continence :

« Du jour au lendemain, la drague, déjà passablement malmenée par le féminisme, acheva de péricliter, au point de disparaître des cafétérias des collèges et des universités et du paysage printanier des rues et terrasses de Montréal. Le titre choc de Dany Laferrière, *Comment faire l'amour avec un nègre sans se fatiguer*, perdit toute pertinence contemporaine pour glisser vers le statut d'un classique d'autrefois, à ranger entre une *Grammaire Latine Petitmangin* et un *Catéchisme des Frères maristes.* Il y eut une recrudescence de fidélité en amour, une grande vague de monogamie conjugale, et il devenait de moins en moins drôle d'être Noir à Montréal. La dernière décennie du siècle s'annonçait fermement comme celle de la grande peur du sexe de l'autre, pendant que se

lived in two different cities, the feeling of anticipation, as each waited in his or her turn for the other's arrival in train stations and airports, became a moment full of promise, of amorous adventures revived with each encounter. They liked to wait for each other, taking delight even in the delays that heightened the tensions of expectation. And they invented all sorts of little words all their own to talk about it. Our Haitian called everything by its name, bluntly, in a Creole which had no neutral words to speak of such things, telling his lover that he and she were the only ones in the world who knew this torrid anatomical glossary.

Until then, the story was unremarkable and certainly common; mixed couples who develop secret codes with exotic accents must exist everywhere, in multiple copies. But she was a writer, and she recounted this passion using a vocabulary known only to her and her lover. Or so she thought.

The selection committee had approved the story unhesitatingly, especially since this was not the author's first publication in the magazine. A final note directed the editor to check the vocabulary invented by this couple; you never know, with lovers! And so it was that I received a wild story about a wild love affair, entitled "Coco Loves Zozo," which began with an image of *coco* who, on days when the plane was quite late, would wet her panties so much that it would make any windshield washer on the corner of *rue* Saint-Denis and *rue* Sainte-Catherine happy. The rest of the five pages went on in the same vein, with a few heavy regrets in the face of this new age of continence,

"From one day to the next, the art of the pickup, already mishandled by feminism, collapsed to the point where it disappeared from college and university cafeterias and from the spring landscape of Montreal's streets and sidewalk cafes. The sensational title of Dany Laferrière's novel *How to Make Love With a Negro Without Getting Tired* lost all contemporary pertinence and slipped toward the status of a classic from the past, to be put away on the shelf between a *Petitmangin's Latin Grammar* and a *Catechism of the Marist Brothers.* There was an upsurge of fidelity in love, a great wave of matrimonial monogamy, and it was becoming less and less fun to be Black in Montreal. The last decade of the

mettaient au point ici et là quelques parades d'exorcisme et de conjuration du mal, dans lesquelles le condom fut brandi comme la suprême amulette. L'amour au temps du sida dérivait vers le dérisoire et ne s'écrivait plus qu'avec des lettres de bas de casse. »

Puis l'on repartait pour une culbute d'images crues qui s'entrelaçaient au rythme des corps pour contraindre le lecteur à les surprendre en flagrants délices.

Vraiment dommage, que l'inadvertance de la rédactrice en chef ne fût allée jusqu'au bout et que lundi matin ce brûlot n'eût été du domaine public ! Dans cette revue-là ! La sonnerie du téléphone interrompit ce subversif regret ; c'était évidemment la rédactrice en chef qui venait aux nouvelles. Je n'eus aucun mal à lui dire les faits, les risques et les effets, mais je me tirai moins bien d'affaire quand elle voulut avoir l'équivalent exact des termes en langage local. Je devais à un collègue de mes tout débuts de l'UQAM, Bernard, de m'avoir initié, lors d'un camp d'automne au Saguenay en 1969, à ce vocabulaire à n'utiliser « en aucun cas et sous aucun prétexte », m'avait-il souligné, mort de rire de voir l'Haïtien qui prenait sagement note des gros mots du Québec. Ce fut mon dernier retranchement. Visiblement prise de court quelques secondes, elle mit abruptement fin à l'échange, oubliant même de remercier, pour s'en aller rattraper la catastrophe frôlée.

La semaine suivante, je reçus un mot aimable m'invitant à déjeuner et un tiré à part de la nouvelle. Le récit incriminé était le même, dans une version, je dirais, moins crue et plus cuite. Le nouveau titre, plus élusif, était devenu « C...aime Z... ». Et Zorro, personnage sans peur et sans reproche, avait opinément remplacé l'ancien terme incriminé ; mais avec autant de panache. Et, ultime clin d'œil salace, j'étais acculé à cette hypothèse, car je me méfiais maintenant de tout dans cette affaire, la nouvelle commençait de manière suggestive en page soixante-neuf. De quoi rendre perplexe s'il fallait que ce ne soit que le hasard de la mise en pages !

Quelque chose m'intriguait dans ce texte d'envoûtement plus que de vulgarité, de possession plus que de trivialité. L'auteure y décrivait, avec une grande minutie, le tableau d'un cœur zébré de bandes noires et blanches que l'effet de profondeur transformait en un emboîtement de cœurs de taille croissante. Cette image

century looked to be one of fear of the other's sexual organs, while here and there people devised great shows of exorcism and warding off of evil, in which the condom was brandished as the supreme amulet. Love in the age of AIDS was drifting toward the trivial, and was now written only in lower-case letters."

Then she launched unto a swirl of images entwining themselves to the body's rhythm, forcing the reader to catch them in flagrant delight.

What a pity that the editor-in-chief's inattention had not continued, and that Monday morning this powder-keg of a story would not be made public! In that magazine! The telephone interrupted this subversive regret; it was of course the editor-in-chief who was anxious to hear what I had found. I had no difficulty explaining the facts, the risks, and the effects, but I had a much harder time when she asked for the exact equivalent of the terms in local parlance. I had a colleague from my early days at UQAM to thank for initiating me—during an autumn camping trip to the Saguenay in 1969—into this vocabulary that must never be used "in any situation and under any pretext whatsoever," he emphasized, dying with laughter at the sight of a Haitian taking careful note of Québec's bad words. Driven into a corner, I made use of them. Obviously caught off-guard for a few seconds, she abruptly ended the conversation, forgetting even to thank me, in order to go pull the magazine back from the brink of catastrophe.

The following week, I received a friendly note inviting me to lunch accompanied by an offprint of the short story. The offending narrative was the same, but in a version I would call less raw, better cooked. The new title, more elusive, had become "C... Loves Z..." And Zorro, a dauntless character, had replaced the old, questionable term; with just as much panache. And, with a last salacious wink—I was driven to this hypothesis, for I now suspected everything in this affair—the short story began in a suggestive manner on page sixty-nine. Baffling, if it was only an accident of the page layout.

Something intrigued me in this bewitched rather than vulgar piece, which expressed possession rather than triviality. In the story, the author described in great detail a painting of a heart streaked with black and white stripes whose three-dimensional effect transformed it

centrale était transpercée d'une longue tige dont les bouts étaient ornés de figures en arabesques, tandis que deux *serpents* attentifs la contournaient en l'enveloppant. D'où venait cette représentation si précise au panthéon vodou de la jouissance d'Erzulie, traversée par Legba son époux, sous le regard complice de Dambhalah et d'Aïda Wèdo ?

Je suppose que c'est la fascination que la lampe exerce sur le papillon qui me fit accepter ce déjeuner plein de promesses, dont la plus piquante était d'en savoir un peu plus sur ce monde où l'on osait de tels écrits. L'étonnante maîtrise par l'éditrice des moindres inflexions de ce texte pulsionnel et des moindres justifications de toutes les célères corrections réalisées me mit en éveil. Il y avait fort à parier que l'auteure ne pouvait être autre que la rédactrice en chef, assise en face de moi.

Je pensais me délecter de la vérification de cette intuition dans la suite de la rencontre. J'allais donc jouer au chat et à la souris. Mais c'est la souris qui l'emporta parce qu'il ne me fallut pas moins que cinq déjeuners en trois mois pour documenter dans le détail le fait qu'elle menait effectivement dans ses propres colonnes une carrière secrète de nouvelliste, et que, dans sa vie passée, un artiste peintre lui avait tatoué sur le sein gauche, celui du cœur, le *vèvè* d'un *lwa* lubrique en l'assurant qu'il la « chevaucherait » par cette permanente convocation libidinale, aux moments les plus imprévisibles et dans les lieux les plus inattendus.

À vivre déjà dangereusement, ce risque supplémentaire ne lui avait pas déplu.

into interlocking hearts of increasing size. This central image was pierced through by a long shaft whose ends were decorated with arabesques, while two attentive *snakes* wrapped themselves around it. Where had she seen such a precise representation—from the vodou pantheon—of the pleasure of Erzulie, pierced by her husband Legba, beneath the complicit gaze of Dambhalah and Aïda Wèdo?

I suppose it is the fascination of the moth for the lamp that made me accept this lunch invitation full of promises, the spiciest of which meant I might learn a little more about a world in which one dared to write such things. The editor's astonishing mastery of the slightest inflections of this throbbing story and of the minute adjustments to all the hasty corrections she had been able to make put me on my guard. There was a strong possibility that the author was none other than the editor-in-chief, seated across from me.

I intended to come away from that meeting relishing the verification of this intuition. I was going to play cat and mouse with her. But the mouse had the upper hand, since it took me no fewer than five lunches in three months to document in detail that, in the columns of her own magazine, she led a secret life as a short-story writer, and that in her past, a painter had tattooed on her left breast, the one by her heart, the *vèvè* of a lewd *lwa*, assuring her that he would "straddle" her with this permanent libidinous summons, at the most unpredictable times and in the most unexpected places.

Since she was already living dangerously, this added risk had not displeased her.

Exercices de style

C'est sur Côte-des-Neiges, artère au cœur de Montréal, à la terrasse de la Brûlerie, que la bande des copains de Port-aux-Morts refont le monde chaque vendredi soir. Depuis plus de trente ans. Tout a changé dans ce bout de cent mètres de rues, côté ouest : le restaurant Paesano est devenu une épicerie, après un indigne intermède de *junk-food*, la librairie Renaud-Bray a traversé la rue en laissant sa place à Olivieri, ce qui vaut depuis un alléchant face à face de vitrines à lécher. La Brioche, et quelques autres bistros, ont tenté de survivre en se remplaçant d'une faillite à l'autre, jusqu'à l'arrivée de la Brûlerie qui tient maintenant le haut du trottoir et nos places sous parasol en été, et nos tables au coin du feu l'hiver. Mais nous, nous n'avons pas changé. Sauf peut-être les trente ans de plus qui font entamer aux plus jeunes la soixantaine et aux plus vieux la dernière dizaine. Sauf peut-être encore les tables — autrefois trop petites pour le nombre de bouteilles de vin et de bière — qui maintenant accommodent bien nos infusions. Je suis camomille, mais d'autres sont jasmin ou citronnelle quand il y en a. Personne

Exercises in Stylistics

It is on Côte-des-Neiges, an artery at the heart of Montreal, on the terrace of *La Brûlerie*, that the gang of comrades from Port-aux-Morts has been reshaping the world every Friday evening. For more than thirty years. Everything has changed on the west side of the hundred meters of street: the Paesano restaurant has become a grocery store, after an unworthy interval of junk food, the Renaud-Bray bookstore has crossed the street, leaving its old place to Olivieri, creating a tempting face-off for window-shopping. *La Brioche* and several other cafés tried to survive by replacing each other from bankruptcy to bankruptcy until the arrival of *La Brûlerie*, which now maintains its position at the top of the sidewalk and our seats beneath an umbrella in summer and our tables by the fire in winter. But we haven't changed a bit. Except perhaps for the thirty added years which mean that the youngest of us are entering their sixties and the oldest have passed the age of seventy. Except perhaps the tables—once too small for the number of bottles of wine and beer—which are now quite sufficient for our herbal teas. I am chamomile, but others are jasmine or lemon verbena when they are avail-

n'est menthe, c'est trop d'excitant pour le sommeil, en ces heures tardives ; à nos âges.

On ne sait jamais quand le rituel va s'emballer et que le tour de la table ronde va valoir le déplacement. La dernière fois que c'est arrivé, ils m'ont même dit d'en faire une *lodyans* et de revenir la leur lire. Le départ s'était pris sur une vieille histoire archiconnue de la tribulation des Haïtiens à New York que l'un d'entre nous venait de passer à l'écrit, avec une grande gourmandise de mots. *Il était une fois un Haïtien à bout de ressources qui accepte l'offre de se déguiser en lion pour faire la paire avec un autre lion dans un numéro de cirque. La peur au ventre malgré les assurances prodiguées. Tout se passe bien, si l'on peut dire, et au vestiaire à la toute fin, l'autre lion se déshabille aussi en l'abordant en créole.* Sur ce canevas génial d'une création collective — comme le sont une multitude d'histoires orales de ce type, emblématiques des misères qui n'arrivent cependant pas à étouffer ce *Rire haïtien* —, les tireurs de *lodyans* se font tisserands, chacun à la mode de sa province.

Cela avait pourtant commencé comme à l'ordinaire des vendredis, avec quelques regrets de ne pouvoir soumettre un tel sujet en épreuve de création littéraire au baccalauréat haïtien. Cette phase nostalgique, qui présidait comme un bénédicité à nos réunions, était de plus en plus écourtée, car, avec le temps, la nostalgie elle-même n'était plus ce qu'elle était. Surgit alors, d'on ne sait où, l'idée du sort que chacun de nos grands écrivains aurait fait à cette histoire, dans leur manière bien personnelle et entre toutes reconnaissable. Pastiche tout autant que charade, ce soir-là !

Le premier à se lancer mit quelques minuties à décrire le déguisement offert comme étant bien celui d'une femelle, que le mâle attendait sur la piste grillagée, l'œil lubrique, les babines frémissantes, sans plus d'intérêt pour le dompteur et le public, le fouet et le cerceau. Ce qui devait arriver arriva. Et ce fut un accouplement sidéral pointant vers un orgasme astral — sur fond des cris d'hystérie outragés des mères à un tel spectacle pour enfants, et des *hourra !* de la foule déchaînée, à chaque coup de fouet du dompteur frustré. Ils sont en effet quelques écrivains nôtres à prendre souvent n'importe quoi sous cet angle de toutes les jouissances... et ils ne furent pas bien difficiles à identifier.

able. No one is mint: at our age it is too much of a stimulant to sleep at those late hours.

No one ever knows when the ritual will turn into something exciting and the meeting of the round table will be worth the trip. The last time it happened, they even told me to make up a *lodyans* about it and to come back and read it to them. It all started with an old, well-known story about the tribulations of Haitians in New York that one of us had just written down, with a great gluttony for words. *Once upon a time, a penniless Haitian at his wit's end accepts the offer to dress up as a lion in order to pair up with another lion in a circus act. With fear and trembling, in spite of numerous reassurances. Everything goes well, so to speak, and afterward in the dressing room, the other lion gets undressed, too, greeting him in Creole.* On this brilliant framework of collective creation—as are a multitude of stories of the same type, emblematic of the hardships that cannot, however, stifle this Haitian laughter—*tireurs de lodyans* become weavers, each in the style of his part of the country.

It had all begun, though, the way it usually does on Fridays, with a few regrets at not being able to submit such and such a subject for the creative writing part of the Haitian *baccalauréat* exams. This nostalgic phase, which was like saying grace at our meetings, was becoming shorter and shorter, for with time, even nostalgia itself was no longer what it had been. Suddenly an idea popped up from somewhere about the way each of our great authors would have told the lion story, in their own personal style, immediately recognizable. Pastiche as well as charade, that evening!

The first imitator to venture a try at it spent several minutes explaining that the costume in question was that of a lioness, and that the male was waiting in the ring's large cage with a lecherous look in his eye and his jowls trembling, paying no heed to the lion tamer and the audience, the whip, and the hoop. And the inevitable happened. And it was a stellar coupling whose climax was an astral orgasm—against a background of hysterical cries from mothers outraged at such an exhibition in front of their children and hurrahs from the wild crowd at each blow from the whip of the frustrated lion tamer. There are in fact several of our writers who often

Le second à parler empila adjectifs sur épithètes, fila métaphores et enfila métonymies, aussi bien dans l'entrée en scène des deux animaux, que dans le dialogue d'éructations qu'ils entreprirent immédiatement. Faire de la langue sa résidence secondaire n'est pas un slogan facile à habiter. Force fut de reconnaître cependant, au bout de quelques minutes de jaillissements verbaux et d'éjaculations textuelles, qu'une langue nouvelle était née, le Lion 101. Langue de signes et de rugissements, de miaulements repus et de regards apaisés. Même si, mais ce n'est qu'un détail, il n'y avait que les créateurs de cette langue à en être les locuteurs, et que peut-être les lions eux-mêmes finalement ne la parlaient pas, cette langue-là.

Le troisième fut vite conspué. Cette affaire de lion prolétaire et de lionne paysanne dans laquelle il s'aventurait souleva un tollé; la littérature édifiante ne faisait plus recette avec ses thèses lénifiantes. On cria de plus belle au folklorisme, quand le quatrième vint à la rescousse du précédent avec une variante de lions sortis de la jungle des peintres primitifs haïtiens, bien montés d'un *pwen* de pouvoir magique vodou pour ne pas se faire dévorer tout cru... Car c'est un fait bien connu à Côte-des-Neiges qu'ils dégainent tous, au moindre relent de nationalisme culturel.

Le cinquième entreprit une description clinique de la psyché des lions, reconnaissant au dernier venu une paranoïa circonstancielle d'autant plus fondée que le premier lion, un bipolaire en captivité, entrait toujours en phase maniaque à l'approche du numéro. Une telle convergence accidentelle de syndromes, entre deux partenaires dans l'univers clos de la cage, pouvait évoluer vers une posture extrême sadomasochiste et amener l'un à être effectivement mangé par l'autre, C.Q.F.D. Mais l'Haïtien, sans tout ce bagage d'épuisantes scolarités, était parvenu d'instinct à la même conclusion : il risquait sa peau.

Ils en étaient maintenant à la *lodyans*, manière native de l'écrit d'origine orale, par l'évocation de différents styles de lodyanseurs. Justin Lhérisson en aurait fait une colonne humoristique dans le journal *Le Soir*, à l'exemple de toutes ces centaines d'autres histoires qui couraient les rues de Port-au-Prince au début du siècle et auxquelles il avait volontiers donné refuge dans son

view anything at all from this angle, seeing sexual excitement in everything.

The second one to speak piled adjectives upon epithets, spun metaphors and spouted metonymies, for the entrance of the two animals as well as in the exchange of belches that they made on the spot. "Make language your second home" is not an easy slogan to live by. We had to admit, however, after several minutes of verbal outpourings and textual ejaculations, that a new language had been born: Lion 101. A language of signs and roars, of satisfied meowing and soothed glances. Even though—but it's only a small detail—there was no one but the creators of this language who spoke it, and even the lions themselves did not in fact speak the language.

The third was soon booed off the stage. His offering of a proletarian lion and a peasant lioness caused an outcry; edifying literature, with its soothing character, was no longer in style. They protested more loudly that it was folklorism when the fourth came to the rescue of his predecessor with a variant about lions from the jungles of Haitian primitive paintings, well-equipped with a magic *pwen* to prevent being eaten alive; for it is a well-known fact in Côte des Neiges that *pwen* do not travel.

The fifth undertook a clinical description of the lions' psyche, identifying in the second lion a situational paranoia which was well founded, since the first lion, a bipolar in captivity, always went into the manic phase as their act approached. Such an accidental convergence of syndromes between two partners in the closed universe of a cage could evolve into an extreme sadomasochistic posture and could indeed cause one to be eaten by the other, QED. But the Haitian in the story, without all that baggage of tiresome pedantry, had instinctively come to the same conclusion: he was risking his life.

Now they came to the *lodyans*, the native style of writing stemming from the oral tradition, evoking the different styles of *lodyanseurs*. Justin Lhérisson would have written a brief, humorous article in the daily newspaper *Le Soir*, as with all those other stories which made the rounds of Port-au-Prince at the beginning of the century and to which he willingly gave refuge in his publication. But it is probably Fernand Hibbert, his con-

quotidien. Mais c'est probablement Fernand Hibbert, son contemporain, le maître du genre, qui en aurait pris le plus grand soin, en joaillier, pour incruster cette miniature dans une mosaïque quelconque, nouvelle ou un roman, théâtre ou essai.

Ils parlaient maintenant tous en même temps, et les rires avaient pris complètement le dessus à ne plus laisser de place à la joute. Le temps passait. Il fallait partir, mais personne ne voulait être celui qui se lèverait le premier. Le temps continuant de plus en plus à passer, l'un d'entre nous se décida enfin à jouer au briseur de fête, et ce fut, comme chaque vendredi, le signal pour tous les autres de se lever aussi, mettant ainsi fin à la petite soirée innocente, de coups de cœur et de coups de langues, entre amis, en fin des trente-cinq heures alimentaires de la semaine.

« À vendredi prochain ?

— À vendredi prochain ! »

temporary and the master of the genre, who would have taken the greatest care, like a jeweler, to inlay this miniature into some kind of mosaic, a short story or novel, a play or an essay.

Now they were all talking at the same time, and laughter had taken over so completely that there was no more room left for verbal jousting. Time passed. We had to go home, but no one wanted to be the first to leave the table. Time continued to pass more and more; one of us resolved to be the wet blanket, and that was the signal, as it was every Friday, for all the others to rise, thus ending this innocent little evening of pleasures of the heart and the tongue, among friends, at the end of the thirty-five hours spent making a living that week.

"Are we on for next Friday?"

"See you next Friday!"

Les demandes impromptues

Je terminais le premier cours de ma dernière session régulière, la soixante-sixième, et j'étais tout ému de me dire que, plus jamais, je ne présenterai un *syllabus*. Ma vague tristesse fut interrompue par une jeune fille qui s'approcha de mon bureau avec une certaine hésitation pendant que j'enfouissais notes et documents dans ma valise. Elle me dit que sa mère m'envoyait un grand bonjour. Je souris, moins des salutations envoyées par une mère — depuis quelques années cela m'arrivait fréquemment — que de la crainte de voir bientôt les grands-mères se mettre à m'envoyer leur bonjour ! Elle m'apportait le précieux argument dont j'avais besoin aujourd'hui même pour renforcer ma décision de partir.

« Et c'est qui votre mère, Mademoiselle ?

— A, m'a-t-elle dit de vous dire. »

Cette simple lettre me suffisait largement à la replacer, je ne pouvais en effet oublier A.

Cela avait commencé par un article de journal. Je n'en croyais pas mes yeux — la phrase fait lieu commun — mais il n'y avait rien de commun à voir une étudiante traîner l'auguste université centenaire Laval en

Unexpected Requests

I was ending the first course of my last regular session, the sixtieth, and I was overcome at the thought that never again would I hand out a syllabus. My vague sadness was interrupted by a young woman who approached my desk with some hesitation while I stuffed notes and documents into my briefcase. She told me that her mother had asked her to give me a big hello. I smiled, less at these greetings sent by a mother, which had been happening frequently in recent years, than at the precious evidence I needed that very day to strengthen my decision to leave before it was the students' grandmothers who began to send me their greetings.

"And who is your mother, Mademoiselle?"

"She told me to say 'A.'"

That simple letter was more than enough for me to place her. Indeed, I could not forget A.

It had begun with a newspaper article. I couldn't believe my eyes—it sounds like a common cliché—but there was nothing common about seeing a student drag that august hundred-year-old university into such a position. Petitions before the court on the subject of grades were not new, though rare; and at any rate they

ce lieu. Les requêtes aux tribunaux pour une question de notes n'étaient pas nouvelles, quoique rares, et de toute façon ne concernaient souvent que les études avancées de maîtrise et de doctorat et, plus spécifiquement encore dans ces programmes, que l'évaluation du mémoire ou de la thèse. Très localisé et très circonscrit donc comme phénomène. Le chroniqueur le plus mordant des éditions de fin de semaine à *La Presse* ne se souvenait pas d'avoir vu pareille démarche pour un simple cours de premier cycle comme c'était le cas ici, et il concédait volontiers que cela aurait pu arriver une fois et lui échapper, mais il tenait que jamais encore on n'avait vu une demande de réduction de note. Jamais. Il avait attrapé au vol son scoop comme un os à ronger et n'allait pas le lâcher. (Il est encore comme cela et fait toujours vendre du papier). La plaignante voulait avoir un « C » au lieu du « A » accordé. J'avais bien lu et relu, et c'était bien un « C » au lieu d'un « A ».

Dans ces années de belles espérances au Québec, le ton avait été donné par la toute jeune université, l'UQAM, qui faisait paraître bien sages ses aînées qu'aucune grève ne menaçait, qu'aucune agitation ne troublait et qu'aucun doute ne semblait traverser. Mais voilà que la plus vieille venait de bondir dans l'actualité comme pour dire qu'elle aussi pouvait faire les manchettes.

Elles étaient trois à s'être prévalues de l'offre de l'étudiant en doctorat, à qui on avait confié la charge de cours : faire porter toute son évaluation sur un seul travail d'équipe à rendre à la fin de la session d'automne, l'assistance obligatoire aux cours n'étant nulle part exigée. C'était prendre un grand risque. À sa décharge, ce cours *Explorations & Chroniques* nouvellement introduit, s'il était dans l'air du temps, ne se réclamait d'aucun précédent sur lequel s'appuyer. Son enseignement avait été déserté dès l'annonce de ce mode de contrôle et chaque équipe de trois disait s'organiser à sa façon pour l'échéance finale. Il n'y eut bientôt plus de cours faute d'assistance et les rencontres de travail que l'enseignant fixait étaient souvent décommandées pour quelques urgences estudiantines difficiles à vérifier.

Il était le plus malheureux des chargés de cours. À vouloir bien faire, il s'était mis dans une situation qu'il lui fallut laborieusement expliquer à sa direction. L'expérience avait tourné court. Il prit enfin conseil et

usually involved only graduate studies for the master's and doctoral degrees, and even more specifically only the evaluation of a dissertation or thesis. Thus a very localized and limited phenomenon. The most caustic columnist in the weekend editions of *La Presse* did not remember having seen such a procedure for a simple undergraduate course, as was the case here; and he willingly conceded that it could have happened once without his noticing it, but he insisted that never had anyone heard of a request that a grade be lowered. Never. He had seized his scoop like a bone to gnaw on, and was not about to let go. (He is still like that, and always sells newspapers.) The plaintiff wanted to have a "C" instead of the "A" she had been given. I read it over several times, but it still said a "C" instead of an "A."

In those years of high hopes in Québec, the tone had been set by the youngest and latest university, which made its elders seem quite staid and sober, elders unthreatened by strikes, untroubled by agitation, and seemingly untouched by any doubt. But now the oldest had just burst into the news as if to say that it too could make the headlines.

There were three women students who had accepted the offer of the doctoral student responsible for teaching their course: to let their entire grade be based on one team-written paper that would be turned in at the end of the fall session, required attendance at class being nowhere demanded. He was taking a great risk. In his defense, this new course—*Explorations and Chronicles*—though on a subject in vogue at the time, could claim no precedent on which to base itself. His lectures were deserted as soon as he announced this method of assessment, and each team of three claimed to be organizing itself in its own way for the final deadline. There was soon no course due to a lack of attendance, and the work sessions established by the instructor were often cancelled for various student emergencies which were difficult to verify.

He was the most unfortunate of instructors. Wishing to do well, he had put himself into a situation that he had to explain laboriously to his superiors. The experiment had come to a sudden halt. He asked for advice, and it was strongly suggested to him, in order to salvage something from it, that he at least require that the

on lui suggéra fortement, pour sauver sa mise, d'exiger au moins que les équipes identifiassent clairement la participation de chacun de leurs membres. Et il avait l'intuition fondée que ses chances d'enseigner, dans ce département du moins, n'iraient pas plus loin. Soit. Mais il se promit, moins en manière de vengeance qu'en dernier baroud d'honneur, que la correction serait l'œuvre d'un juste. Ainsi fut fait.

Chacune des trois filles de ce travail — puisque c'est ce travail qui s'est rendu jusqu'au tribunal sans qu'il ne nous soit dit comment s'étaient réglés tous les autres cas — reçut une note différente minutieusement justifiée par le niveau de contribution de chacune d'elles à l'œuvre commune. Mais ces trois notes s'étendaient d'une extrémité à l'autre de la grille : un E pour échec, un C mitoyen sans plus de qualité, et un A maximal pour excellent.

Toutes les procédures de révision furent entreprises pour essayer d'abord de ramener toutes les notes à « A ». Le comité départemental refusa ce réalignement sur la note la plus élevée. C'était l'unique point sur lequel on lui demandait de statuer. Il avait son standing à tenir. Il semblerait que l'une des étudiantes ne s'était jamais présentée pour les séances de travail pas plus que pour les cours. Ses compagnes obligées de mettre son nom sur la copie avaient clairement laissé entendre que le travail n'avait que deux auteures. Et c'est là que je m'introduisais dans l'affaire. J'avais en effet reçu en deux fois deux étudiantes de passage à Montréal. Elles travaillaient sur la relation d'une redécouverte d'Haïti à la manière bien américaine des trois siècles de chroniqueurs, de Las Casas à Moreau de Saint-Méry. Elles n'étaient jamais trois, ce que j'avais confirmé par téléphone à un collègue de l'autre université, et ensuite par écrit au comité de révision. « E » ne fit pas plus de vagues. Entre-temps, six mois s'étaient écoulés et beaucoup d'animosité s'était accumulée dans ce dossier, chez toutes les parties en cause.

Et puis l'affaire changea brusquement de terrain et d'orientation, et la fille avec le « A » demanda aux tribunaux, par solidarité avec sa compagne, d'avoir elle aussi un « C ». Dans l'exposé des motifs de sa requête, elle argua que son A ne se justifiait que par ses relations amoureuses avec le doctorant chargé de cours, à partir du milieu de la session. Ils avaient d'ailleurs rompu à

teams clearly identify the work done by each of their members. And he had the distinct feeling that his chance of teaching, at least in that department, would go no further. So be it. But he vowed, less out of a desire for vengeance than as a last-ditch stand, that the grading would be the work of a just man. And so it was done.

Each of the three young women involved in this paper, since it is this one that reached the court without our being told how all the other cases had been settled, received a grade that was carefully justified by the level of contribution of each of them to the common work. But these three grades went from one end of the scale to the other: an F for a failure, a middling unqualified C, and a maximum A for excellent.

At first, every review procedure possible was taken to try to bring all the grades up to an "A". The departmental committee refused to accept this realignment with the highest grade. It was the only point on which they were asked to rule. They had their standards to uphold. It seemed that one of the students had never attended any work sessions, nor any classes. Her classmates, obliged to put her name on the paper, had made it clear that it had only two authors. And it is at that point that I became involved in the affair. I had indeed met twice with two students passing through Montreal who were working on an account of the rediscovery of Haiti, in the distinctly American style of three centuries of chroniclers, from Las Casas to Moreau de Saint-Méry. There were never three, which I had confirmed by telephone to a colleague at the other university and then in writing to the review committee. "F" caused no more trouble. In the meantime, six months had passed, and a goodly amount of animosity had accumulated on the part of everyone involved.

And then the affair suddenly shifted ground and orientation, and the student with the "A" asked the court, in solidarity with her classmate, to give her a "C" as well. In presenting the reasons for her petition, she argued that her "A" was justified only by her love affair with the graduate assistant, which had begun midway through the session. They had in fact broken up over this disagreement about the method of evaluating the group.

Unflustered, the graduate assistant defended his point of view that, thanks to this love affair, the student had

cause de ce différend sur la modalité d'évaluation du groupe.

Sans se démonter, le chargé de cours vint défendre son point de vue que grâce à cette relation amoureuse, l'étudiante avait été finalement la seule à avoir effectivement maîtrisé le cours dont il avait été souvent question entre eux, quand ils se retrouvaient. Et ils s'étaient souvent retrouvés ! Il estimait, en toute objectivité, la note « A » justifiée par cette démarche pédagogique inusitée mais combien effective. *Combien affective ?* le juge avait mal entendu. Et le flamboyant d'ajouter alors, que oui, il était toujours amoureux, et que son seul regret était cette rupture.

Le litige prenait un nouveau tour. Les deux protagonistes se mirent à s'échanger des regards qui n'étaient point muets. Les deux procureurs n'avaient plus le même entrain. Le journaliste avait aussi remarqué le manège dont il fit état en long et en large le samedi suivant. Le cas fut pris en délibéré pour jugement sous quinzaine par un juge dubitatif.

Là s'arrêtait la dernière chronique de *La Presse* sur cette affaire : A comme Anne, A comme Amour.

Je fus à l'été invité à mon premier mariage au Québec : convolaient une étudiante au bras un chargé de cours...

in fact been the only one to have mastered the course which they had often discussed when they met. And they had met often! Being completely objective, he considered the grade of "A" justified by this unusual but highly effective pedagogical method. *Highly affective?*—the judge had misheard. And this flamboyant teacher added that yes, he was still in love, and that his only regret was that they had broken up.

The litigation took a new turn. The two protagonists began to exchange looks that spoke volumes. The two attorneys lost some of their energy. The journalist had also noticed what was going on, and reported on it at length on the following Saturday. The case was taken under advisement, with a decision to be announced in two weeks by a skeptical judge.

With that, the last column in *La Presse* on the affair ended: A as in Anne, A as in Amorous.

That summer, I was invited to my first student wedding.

La grande clameur

Dans ce pays d'oralités, de datations incertaines, d'heures approximatives et de ponctualités désespérantes, il faut faire appel à des événements marquants quand on veut se situer dans le temps. Ainsi naît-on sous tel ou tel Président et que l'on était jeune bougresse en fin de l'Occupation américaine ; après le cyclone Hazel la famille émigra à Port-au-Prince, et à la chute des Duvaliers l'on s'est marié ; les poules grimpent aux arbres pour séparer le jour de la nuit et l'odeur du café qui monte dit que l'aube en fait autant... Les repères de la mémoire sont ainsi faits : *Votre bébé, Madame, avant ou après la Grande Clameur ?*

Le jeudi 13 juin 1974, en début d'après-midi, à moins que ce ne fut le vendredi 14, car là où j'étais le marquage du temps avait déraillé. Ce jour-là donc, 13 ou 14 juin, en début d'après-midi, dans les Amériques du Sud, du Centre et dans la façade ouest des Amériques du Nord, et en soirée dans les Europes et les Afriques, une immense onde de choc secoua mille millions de personnes rivées à leur radio ou à leur téléviseur, dans tous les azimuts de la planète Terre, dont les Orients extrêmes au petit jour. Vingt ans d'accumulation de témoignages de par le

The Huge Cheer

In this land of orality, of uncertain dating, of approximate times, and hopeless lack of punctuality, memorable events must be used to situate oneself in time. Thus one is born under such-and-such a President, and was a young woman at the end of the American Occupation; after hurricane Hazel the family moved to Port-au-Prince, and when the Duvaliers fell, she got married; hens climb into trees to separate day from night and the rising odor of coffee does the same for the dawn… Thus points of reference are made for the memory: *Your baby, Madame—before or after the Huge Cheer?*

On Thursday, June 13, 1974, in the early afternoon—unless it was Friday the 14th, since in the place I then found myself time had been derailed—anyway, on that day, the 13th or 14th of June, in early afternoon in the Americas of the South and the Center and on the western face of the Northern Americas, and in the evening in the Europes and Africas, an immense shock wave shook a thousand million people glued to their radios or televisions, at all the compass points of planet Earth, including the Far Easts at sunrise. Twenty years of gath-

monde et des milliers de publications de toutes sortes le confirment : la clameur fit bien une chaîne autour du globe. L'épicentre était à Port-au-Prince duquel monta un cri poussé en même temps par plus d'un demi-million de personnes. La vague grimpa prestement les premiers contreforts à l'orée de la basse ville, se répercuta de versants en collines en remontant les vallées abruptes, pour porter la nouvelle jusqu'aux villages perchés des cimes ennuagées de Kenscoff, cinq mille pieds plus haut, avant de glisser par la vallée de la Gosseline directement sur Jacmel, moins de cent secondes plus tard, de l'autre côté qui donne sur la mer des Caraïbes. Jacmel s'arrêta net de crier en entendant descendre de la montagne la voix de Port-au-Prince. Ce fut la seule fois qu'une clameur traversa la Péninsule du sud d'Haïti.

La Péninsule Italienne, de son côté, frissonna comme traversée par un cataclysme et resta muette, suspendue au silence que tous les Italiens firent en même temps. Ce fut aussi une première. En ce début de deuxième mi-temps à la Coupe du monde 1974, l'équipe haïtienne venait de prendre les devants de la *Squadra Azzurra* en marquant le premier but ! Ceux qui vécurent ce moment en Italie rapportent que l'absence totale de bruits de quelques secondes s'étira comme une éternité, dont tout le monde se souvient avec précision, avant que les jurons et autres gros mots ne parvinssent à reprendre souffle, et le dessus. Pour longtemps. Car les joueurs revinrent en Italie en cachette des médias et à la dérobée, par des chemins multiples pour éviter la fureur et l'accueil musclé des *tifosi*, comme après la coupe de 1966.

À Montréal, c'est au centre Claude-Robillard, sur grand écran, que Haïtiens et Italiens rajoutèrent leur contribution à la chaîne des voix. Les premiers sautèrent tous de leur chaise en même temps, et les autres moins de trente secondes après se levèrent tous pour applaudir. Jamais autant d'Haïtiens n'embrassèrent autant d'Italiens.

Chaque Haïtien se souvient, exactement, avec qui il était au moment du but de Manno Sanon, et de ce qu'il a dit, et de ce qu'il a pensé. Des milliers de garçons ont été prénommés Manno cette année-là, comme le confirmera vingt ans après la liste des noms des candidats aux Baccs de 1994. Une vraie épidémie !

ering the statements of witnesses all over the world and thousands of publications of all kinds confirm it: the cheer formed a chain that circled the world. The epicenter was at Port-au-Prince, from which there rose up a cry uttered at the same time by more than a half-million people. The wave climbed swiftly over the buttresses of the lower city, echoed from hill to mountainside, climbing steep valleys to carry the news to the villages perched on the cloudy heights of Kenscoff, five thousand feet higher, before sliding down the Gosseline valley straight to Jacmel, less than a hundred seconds later, on the other side facing the Caribbean sea. Jacmel immediately stopped shouting when it heard the voice of Port-au-Prince coming down from the mountain. It was the only time that a roar crossed the Southern Peninsula of Haiti.

As for the Italian Peninsula, it trembled as if hit by a cataclysm and remained mute, suspended in a silence which fell upon all Italians at the same time. This was also a first. At this, the beginning of the second half of the 1974 World Cup, the Haitian team had just taken the lead over the *Squadra Azzurra* by scoring the first goal! Those who experienced that moment in Italy report that the total absence of sound for several seconds seemed to stretch into an eternity that everyone remembers precisely, before curses and other swearing managed to recover and gain the upper hand. For a long time. Because the players returned to Italy hiding furtively from the media by taking different routes to avoid the furor and the muscular greetings of the *tifosi*, as had happened after the 1966 World Cup game.

In Montreal, it was at the Claude Robillard Center, with its big screen, that Haitians and Italians added their contribution to the chain of voices. The former leapt to their feet as one, and the latter all stood less than thirty seconds later to applaud. Never had so many Haitians embraced so many Italians.

All Haitians remember exactly who was with them when Manno Sanon made his goal, and what they said, and what they thought. Thousands of boys were given the name Manno that year, and the list of candidates for the *Baccalauréat* twenty years later, in 1994, confirms it. A real epidemic!

N'allez surtout pas leur dire qu'ils perdirent quand même le match par 3 buts à 1, ils vous accuseraient de ne rien comprendre des victoires morales au football, d'être bouché à la subtilité des gains symboliques au soccer, d'être irrécupérable pour ne pas saisir le sens des heureuses défaites au ballon rond, plus glorieuses que la victoire, que la Coupe elle-même, et qu'au défilé des Thermopyles, Léonidas comme Manno Sanon... et cætera. À preuve : plus personne ne se souvient que ce fut la coupe de la révélation du *football total* par la Hollande et que *Lato le chauve* de la Pologne y totalisa 7 buts... Et qui se rappelle encore que l'URSS, digne, préféra la disqualification par la FIFA, indigne, que de jouer contre le Chili dans le stade de soccer que Pinochet avait osé profaner lors de son coup d'État du 11 septembre 1973 ? Personne ! Alors que tout le monde se souvient du BUT haïtien de ce jour-là, le premier de cette coupe-là. Et au centre Claude-Robillard de Montréal, les Haïtiens ovationnèrent, très évidemment, chacun des trois buts de l'Italie et sortirent bras-dessus bras-dessous avec les Italiens éberlués de les voir tellement plus festifs qu'eux.

C'est que les Haïtiens avaient longuement préparé cette surprise en dix ans d'efforts.

Déjà, aux éliminatoires de la CONCACAF pour le championnat de 1970 joué au Mexique, l'équipe haïtienne ne devait rater sa sélection que d'un cheveu, en prolongation contre Le Salvador, alors que les règles nouvelles du nombre de buts comptés lui auraient valu d'être parmi les seize finalistes de l'époque. C'est ce que chantèrent à tue-tête toutes les radios et tous les supporteurs dans la préparation du prochain rendez-vous de 1974 en Allemagne :

Si gen katran
nou manke pran'l
nan fè prolongasyon
ane sa-a n'anpwen plan
Ayiti pou devan

[Nous l'avons raté de peu
En prolongation
Voilà quatre ans
Sans faute cette année
Nous serons sélectionnés]

And please do not mention to the Haitians that they still lost the match 3 goals to 1—they would accuse you of understanding nothing of the moral victories of soccer, of being deaf to the subtleties of symbolic victories, of being beyond redemption for not grasping the meaning, in this sport, of happy defeats with the black-and-white ball, more glorious than victory, than the Cup itself, than the victory march of the Thermopylae with Leonidas as Manno Sanon… et cetera. The proof: no one remembers any more that it was the Cup where Holland unveiled its *total soccer* or that *Lato the Bald* of Poland scored a total of 7 goals…

And who still remembers that the worthy USSR preferred disqualification by the unworthy FIFA rather than play against Chile in the soccer stadium that Pinochet had dared to defile during his coup d'etat in September 1973? No one! While everyone remembers the Haitian GOAL on that day, the first of that championship game. And in the Centre Claude-Robillard in Montreal, the Haitians applauded, of course, each of Italy's three goals; and they left arm-in-arm with the Italians, who were dumbfounded at seeing the Haitians more festive than they were.

The thing is that the Haitians had been carefully preparing this surprise during ten years of effort.

Already, at the qualifying rounds of the CONCACAF for the 1970 championship in Mexico, the Haitian team had only missed being selected by a hair, in overtime against El Salvador, when the new rules about the total goals scored would have earned it a place among the sixteen finalists at the time. That is what all the radios and supporters sang at the top of their lungs during the preparations for the next meeting in 1974 in Germany:

Si gen katran
nou manke pran'l
nan fè prolongasyon
an sa-a n'anpwen plan
Ahiti pou devan

[We missed it by so little
In overtime
Four years ago
This year there is no doubt
We will be chosen.]

et le refrain entraînant de cette méringue inspirée annonçait déjà le but de Sanon :

Zim, bim, bowww
Manno Sanon toup pou yo

[Manno Sanon tire et compte]

Ce but est entré dans la petite histoire du soccer ; la Grande Histoire même, vous diront ces amateurs incollables sur les statistiques de ce sport, les seuls à ne coquettement parler de Pelé que par son vrai nom, que l'intéressé à dû lui-même oublier depuis longtemps, Edson « Dico » Arantes Do Nascimento, non seulement parce que ce fut le premier but de cette Coupe et le premier d'Haïti dont on n'attendait pas tant (il y eut un deuxième, contre l'Argentine s'il vous plaît ! toujours par Sanon), mais c'était face à l'Italie, le champion en titre, dont on datera le déclin dans cette coupe à partir de ce but, et c'était face à l'invincible Dino Zoff, un portier d'enfer qui battait tous les records du monde pour n'avoir accordé aucun but depuis douze matchs. Le ciel s'écroula touché par un lob. Haïti remportait SA coupe du monde.

Mais il y avait aussi en cette année 1974, ceux et celles qui croupissaient, *incommunicado*, dans les cellules des prisons politiques du fils Duvalier. La clameur les surprit juste après l'infect repas de ce jour qui était un maïs moulu liquide et blanchâtre, sur lequel on avait répandu une louche de pois rouges, *dlo* et brûlés, car le cuisinier de la prison brûlait systématiquement les sauces rallongées et claires de haricots rouges qui nous étaient destinées, sans aucune exception, tout le temps que je fus astreint à sa cuisine. Je venais d'en faire la remarque au *Major Tinette*, le peu charitable surnom habituel de ces prisonniers de droit commun affectés aux tâches sanitaire et nourricière dans les cellules des *politiques* — ce qui se résume au changement des tinettes et à la distribution des gamelles. Il venait de me demander, d'un air narquois, si je me croyais, ici aussi, dans un restaurant pour mulâtres, quand ce bruit d'apocalypse et de géhenne gronda sans avertissement.

L'interprétation fut différente dans chacune de nos quatorze cellules enfouies sous terre. Aucun de nous ne trouva cependant la bonne réponse. Quelques-uns se

And the lively refrain of this inspired *merengue* announced in advance Sanon's goal:

Zim, bim, bowww
Manno Sanon toup pou yo

[Manno Sanon shoots and scores.]

This goal has entered soccer's minor history—and even its Major History, according to those fans so well-versed in the statistics of the sport, the only ones who will slyly refer to Pele only by his real name, which he himself must have forgotten a long time ago, Edson "Dico" Arantes Do Nascimento—not only because this was the first goal of the Cup match and the first by Haiti, of whom no one had expected much (they had another one, against Argentina, if you please! Again by Sanon.), but this was against Italy, the current champion—whose subsequent decline would be traced back to that game and the moment of that goal—and they were facing the invincible Dino Zoff, a goalie from Hell who had beaten all world records by having allowed no goals in twelve matches. The sky fell, hit by a heavenly lob. Haiti won ITS world cup.

But there were also those in that year of 1974 who were rotting, incommunicado, in the political prison cells of the growing *jean-claudisme* of the younger Duvalier, and whom the great cheer caught by surprise just after the revolting meal of that day, consisting of liquid, whitish corn meal onto which had been dumped a ladleful of weak, watery, burnt red beans; for the prison cook systematically burned the clear, diluted red bean sauce meant for us without exception, the whole time that I was compelled to eat his cooking. I had just mentioned this to *Major Slop-Bucket*, the uncharitable nickname of those nonpolitical prisoners assigned the sanitary and food distribution tasks in the cells of the *politicals*, which came down to changing the latrine buckets and distributing the tin plates. He had just asked me mockingly if I thought I was in a restaurant for mulattos, when this noise of the Apocalypse and Gehenna roared up without warning.

The interpretations were different in each of our fourteen cells buried underground. None of us came to the right conclusion, however. Some began to recite their last prayers with fervor and fear: the act of con-

mirent à réciter avec ferveur et frayeur leur dernière prière : l'acte de contrition des catholiques se mêlait aux invocations protestantes dans une surenchère de hautes gammes. D'autres laissèrent échapper leur certitude démocratique que le peuple hurlait sa joie de la fin de la dictature et du départ des tyrans. Pour moi, il n'y avait pour produire un tel effet de brusque panique générale qu'une éruption, sans doute le cône volcanique intact des Matheux qui reprenait du service.

Il me revint alors la dernière en date de ce type d'éruption dans la région, la Montagne Pelée de 1902 qui détruisit Saint-Pierre en Martinique vers la même période de l'année, ne laissant qu'un seul et unique survivant des trente à quarante mille habitants de cette ville, lors la plus peuplée de l'île : le prisonnier que son cachot enfoui protégea de la nuée ardente qui déferla du cratère ce 8 mai-là.

Ce fut la seule fois que je me sentis chanceux en ces lieux.

trition of the Catholics mingled with Protestant invocations in an escalation of the highest order. Others let out their democratic conviction that the people were shouting for joy at the end of the dictatorship and the flight of the tyrants. In my opinion, nothing could produce such an effect of sudden general panic but an eruption, doubtless the intact volcanic cone of the Matheux range which was going back into operation.

I then recalled the most recent of this type of eruption in the region, Mount Pélée in 1902, which destroyed Saint-Pierre in Martinique at about the same time of the year, leaving only one survivor from among the thirty to forty thousand inhabitants of that city, at that time the most populous of the island: a prisoner whose underground cell had protected him from the dense, flaming cloud that swept down from the crater on that 8th of May.

It was the only time I felt lucky to be in that place.

La valeur « rajoutée »

Deux frères. Inséparables. L'un blanc l'autre noir. Grands amis depuis le secondaire à la Polyvalente Louis Philippe Paré de Châteauguay. Ils avaient été ensemble, année après année, élèves de Ben et de Jean-Marie et de Georges, de Mireille et de Pierrette et d'Henri sans que l'ombre d'un désaccord vienne troubler cette mutuelle élection d'enfance. C'est donc tout naturellement qu'ils choisirent le même métier payant de l'informatique, à l'approche du bogue de l'an 2000, et qu'ils se firent beaucoup d'argent très rapidement. Ils s'achetèrent ensemble deux maisons de ville attachées l'une à l'autre pour être voisins au bord de l'eau, vue imprenable sur fleuve et sur le Pont Mercier, dans un nouveau complexe qui vendait des habitations non finies. Ils avaient payé le même prix le même jour chez le même notaire au même vendeur du même entrepreneur. Ils étaient comme cela. Jumeaux. *Marasa.*

Le Canadien français était excellent bricoleur par héritage et l'Haïtien mêmement par héritage piètre de ses dix doigts. Qu'à cela ne tienne ! L'amitié solide fit qu'ils terminèrent ensemble, pareillement, les deux demeures pendant leurs rares moments perdus, telle-

Value-Added: And Then Some

Two brothers. Inseparable. One white, the other black. Fast friends since secondary school at the Polyvalente Louis-Philippe Paré in Chateaugay. Year after year, they had together been the students of Ben and Jean-Marie and Georges, of Mireille and Pierrette and Henri, without the slightest shadow of discord troubling this mutual childhood choice. And so it was quite natural that they selected the same well-paid profession in computers, as the millennial Y2K bug approached, and that they made a lot of money very quickly. Together they bought two attached townhouses so that they could be neighbors on the shore, with a magnificent view of the river and the Mercier Bridge, in a new complex that sold unfinished homes. They had paid the same price the same day in the same notary's office to the same real estate agent representing the same builder. That's the way they were. Twins. *Marasa.*

The French-Canadian had inherited his ancestors' talent as a handyman, and the Haitian, by the same token, had his ancestors' lack of ability to use his two hands. No matter. Their firm friendship brought their work on their two houses to an end together, equally,

ment ils étaient en demande. Ce fut donc un long chantier de deux ans, dans lequel l'un eut tout le loisir de professer par l'exemple du savoir-faire accumulé et l'autre, à défaut de traditions, s'instruisit de son mieux sur le tas. L'harmonie régnait sur le chantier que ne troublait aucune divergence. Chacun savait tenir sa place. L'un le boss, l'autre le manœuvre.

Ils étaient contents. Le travail était bien fait. Les résultats étaient beaux. À la dernière pause de la dernière inspection des travaux finis, le connaisseur évalua le tout avec satisfaction. Les cuisines en chêne ajoutaient bien quinze mille dollars de plus au prix de base de chaque demeure. Les salles de bains tout confort, pas moins de vingt mille dollars de plus. Quant aux sous-sols terminés, quelque quinze mille dollars étaient le minimum. L'ami blanc leva son verre pour trinquer avec l'ami noir en l'honneur de leurs maisons siamoises, en disant qu'ils venaient d'ajouter cinquante mille dollars à leurs investissements à partir de matériaux comptant au plus pour le tiers de cette somme. Leur temps de travail se trouvait bien rémunéré, mais c'était surtout la satisfaction d'avoir tout fait soi-même qui procurait le plus de plaisir. La dernière leçon de bricolage délaissait ainsi les marteaux et les clous, le plâtre et la peinture, pour le domaine de la fierté de la belle ouvrage, chapitre essentiel que le maître espérait voir un jour rajouter à tous les guides pratiques sèchement utilitaires. Ils levèrent leurs verres à cette idée.

Lorsque vint son tour de trouver un prétexte pour trinquer, le Noir déclara que, pour sa maison à lui, l'augmentation était de vingt mille dollars de plus que les cinquante mille annoncés. Qu'à cela ne tienne ! Le Blanc trouvait cette somme un peu forcée, mais ce n'était pas le moment de contrarier son ami en ce jour où l'on pendait la crémaillère. Il fit semblant de se ranger à cette surévaluation, puisque le marché s'appréciait et qu'avec un peu de chance ils trouveraient acheteurs à ce prix. C'est alors que l'ami noir lui précisa qu'il aurait de toutes les façons vingt mille dollars de plus pour la même maison, quel que soit le prix que son ami blanc voulait bien demander.

Invité à s'expliquer sur cette exagération, il dit en citant beaucoup de cas, comment il allait, en vendant, tirer bénéfice de n'avoir pas, lui, de voisin haïtien.

during their rare free moments (their talents being so in demand). So it was a long project which lasted two years, during which one of them had all the time he needed to transmit his know-how by example, and the other, lacking such traditions, learned as best he could on the job. Harmony reigned over the work site, and no differences of opinion perturbed it. Each one knew his place. One was the boss, the other the unskilled laborer.

They were pleased. The work was well done. The results were excellent. During the last break in the last inspection of the finished construction work, the expert looked it over with satisfaction. The kitchens with their oak cupboards would add a good fifteen thousand dollars to the base price. The bathrooms with their modern conveniences would bring twenty thousand more. As far as the basements were concerned, some fifteen thousand dollars was the minimum. The white friend raised his glass with his black friend to toast their Siamese houses, declaring that they had just added fifty thousand dollars to their investment, using materials costing no more than a third of that sum. Their time spent working was well rewarded, but it was the satisfaction of having done it all themselves that brought the most pleasure. The last do-it-yourself lesson over, hammers and nails, plaster and paint were abandoned for a feeling of pride in a job well done, an essential chapter that the experienced teacher hoped one day to see added to all the dryly practical handbooks. They raised their glasses to the idea.

When the black man's turn came to propose a toast, he declared that as far as his house was concerned, the increase in value was twenty thousand dollars more than the fifty thousand his friend had suggested. Really! The white man found this sum somewhat exaggerated, but it wasn't the moment to contradict his friend on this their housewarming day. He pretended to agree with this overvaluation, since the market was appreciating and with a little luck they might find buyers at that price. That is when the black friend added that he would earn twenty thousand dollars more for the same house, no matter what price his white friend asked.

Invited to enlighten his friend, he explained, citing numerous examples, that when he sold his home, he would benefit from the fact that he did not have a Haitian living next door to him.

Ballade pour Galata

Son nom secret de femme était Galata et un homme aux sanglots retenus la veillait. Du fond de pays d'où elle venait, chaque fille porte un nom de chrétien-vivant pour l'État civil, et pour l'État militaire, mais c'est surtout pour apprivoiser l'émigration sauvage un jour à venir, inévitable. Viviane, Carmen, Jacqueline, Edith... sont ainsi noms pour papier timbré. Mais la communauté des femmes de chaque lignage donne secrètement un nom à leurs filles, comme un viatique pour leur traversée à pied de la vie. C'est que les femmes de chez elle traversent toujours la vie à pied. Galata était donc son bon vrai nom. Il signifie en créole grenier d'entreposage des aliments — quand il y en a évidemment. C'est un beau nom que femme-grenier. Le nom secret qu'elle murmurait à sa fille, quand elle la berçait, était Sara, un beau nom de femme-marché qui portait l'espoir qu'elle devienne une madame, un jour, une *madamesara.*

Ce n'est que beaucoup plus tard, qu'elle a su que les croisés de la chrétienté avaient ramené ce nom de Galata de la tour qui domine cette ville aux cent monuments qu'est Constantinople, pour en faire le *galetas* français

Ballad for Galata

Her secret woman's name was Galata, and a discreetly sobbing man watched over her. In the back-country she came from, every girl bears a Christian name, a *nom de chrétien-vivant,* for her civil status and the military state, but especially for taming an eventual, inevitable, wild emigration. Viviane, Carmen, Jacqueline, Edith… are thus names for stamped papers. But the community of women of each lineage gives a secret name to its daughters, to support them in their walk through life. You see, all the women from her home went through life on foot. Galata was thus her true name. In Creole it means an attic where food is stored—when there is any, of course. Attic-Woman is a nice name. The secret name she murmured to her daughter as she rocked her was Sara, a nice name for a market-woman which carried the hope that she would one day become a woman of respect, a *madame-sara.*

It was only much later that she learned that the Crusaders of Christianity had brought back Galata, the name of the tower that dominates the city of a hundred monuments that is Constantinople, to turn it into the French *galetas* of chilly eaves and attic rooms for maids,

des frileuses combles et mansardes pour bonnes, avant que le terme n'aille se contracter aux colonies en *gal'ta*, petit-nègre pour dire réserves de vivres de bouche des esclaves, et redevenir enfin le *galata* des soupentes des cahutes du sud. Quel parcours de mille ans pour la baptiser ! Les femmes de chez elle n'en sont pas revenues quand elle a été leur raconter. Ce soir-là, il y avait aussi dans l'assistance un homme qui avait tout de suite senti qu'elle méritait ce détour millénaire. Il ne l'avait plus quittée du regard de la nuit, comme maintenant il burinait chacun de ses traits dans sa mémoire, pour que s'estompe le plus lentement possible l'image de sa femme.

Née de paysans moyens des plateaux du Sud, elle avait grandi à la campagne, élevée par les contes, les proverbes, les chansons, et les *lodyans* tirées à la pointe du soir, ne sachant que signer son nom, résultat d'une vague fréquentation de l'école du presbytère et aptitude de base requise des filles des montagnes. C'est important de savoir faire signer leur nom aux filles, pour éviter plus tard la contestation de leur consentement aux actes de dépossession. Dans ces montagnes, les hommes et leurs notaires sont depuis longtemps tombés d'accord là-dessus. Et puis le prêtre est aussi content de les avoir à l'école au moins deux fois dans l'année : cela fait mieux sur les photos de classe quand il y a des filles, et quand il y a la visite annuelle des bailleurs de fonds. Ce qui fait bien deux fois par année. Leur apprentissage de la signature pouvait s'étaler ainsi sur deux ou trois ans. Mais pour Galata ce fut rapide. Assez rapide pour que le don d'école lui fût reconnu dans la communauté et que tout le monde regrettât qu'elle ne fût un garçon. Et cela n'alla pas plus loin.

Mais voilà qu'à 12 ans, à la mort de son père, elle fut recueillie chez un pasteur protestant de la capitale et envoyée à l'école du soir. Au terme d'une succession de virages serrés — dont l'émigration comme bonne à Montréal vers 25 ans, munie de trois années d'études secondaires, dûment sanctionnées par le Brevet d'État —, Galata s'était accrochée au point d'être, à cinquante ans, admise au doctorat. Savante comme pas un ! Cette vie lui a coûté cher dans la tête.

Elle ne vivrait donc pas vieille avec ce caillou si mal placé qu'on ne pouvait l'enlever, et qui grossissait depuis

before the term went to the colonies and contracted itself into *gal'ta*, pidgin French for the food supplies for slaves, finally changing back to the *galata* of the lofts of huts in the south. What a thousand-year path it took before finally naming her! The women where she lived were amazed when she told them about it. That evening there was also among the guests a man who had immediately sensed that she was worth this thousand-year odyssey. He had not taken his eyes off her all evening, as now he engraved each of her features into his memory, so that the image of his wife would fade as slowly as possible.

Born to average peasants in the southern plateaus, she had grown up in the country, raised with stories, proverbs, songs, and *lodyans* told at twilight, knowing how to write only her name, the result of a vague attendance at the parish school and a basic competence required of mountain girls. It is important for them to know how to sign their names, to avoid any later challenge to their consent to eviction notices. In those mountains, men and their lawyers agreed on this a long time ago. And then the priest is also happy to have them in school at least twice a year: it looks better if there are some girls in the class pictures, and when the financial backers make their yearly visit. That adds up to twice a year. Thus learning to sign their name could take two or three years. But for Galata it was quick. So quick that a talent for school was recognized by the community, and everyone regretted that she wasn't a boy. And it went no further.

But then at the age of twelve, when her father died, she was taken in by a Protestant pastor in the capital and sent to evening school. At the end of a succession of hairpin turns—including emigration to Montreal to work as a maid when she was about 25, armed with three years of secondary school duly recognized by an official certificate—Galata had been so persistent that at the age of fifty she was admitted to a doctoral program. Smarter than anybody! But life was jealous of her brains.

So she would not live to a ripe old age with that mass, so ill-placed that it could not be removed, and which had been growing for two years to the point where it drove her head mad from time to time. It would happen soon, and she needed to put her life in order, since later

deux ans à rendre folle sa tête de temps à autre. C'était pour bientôt, et elle devait faire le ménage de sa vie, car après, cela lui prendrait tout son petit change rien que pour se laisser glisser jusqu'à la fin. Une vie d'un demi-siècle. Elle n'en avait pas dormi un mois, comme depuis dix ans, il lui arrivait souvent de ne pas dormir un mois. Mais elle avait jusqu'à présent refusé de me raconter, car elle était dérangée par tous ces récits d'effritements, du sida à l'Alzheimer, de la folie à la folie. Rien que des récits d'hommes disait-elle, en passant par mon bureau de directeur de sa thèse mort-née. Comme si les femmes avaient une telle familiarité avec la déveine, qu'il devenait superflu pour elles d'en parler. Il ne lui fallait pas moins faire vite. Mais quoi ?

Ses interminables hésitations entre un sujet de narration sur *Les femmes et l'espace dans les lodyans des montagnes du Sud...* et une thèse plus didactique sur *La formation traditionnelle des filles des montagnes par les lodyans...* n'avaient plus de sens pour la paysanne devenue universitaire. Elle passait d'un trop tôt à un trop tard, trop tôt pour avoir pu dominer par l'écriture les chambardements de sa vie, et maintenant trop tard, de la mort si proche. Comme elle avait tout organisé pour disposer des quatre prochains mois de l'été 2001, elle résolut de combler ce grand vide qui se creusait à mesure en dedans d'elle, en se mettant à l'écoute des derniers battements de sa vie. Elle s'est racontée en un million de mots, m'a dit son homme, en me remettant dix cassettes devant le cercueil — sa dernière volonté, précisa-t-il — comme pour me prendre à témoin, en ce dernier lieu, du prix de son effort. Elle avait enveloppé le tout dans son foulard de tous les jours, à la manière paysanne de chez elle, quand c'est précieux à mort !

Je sais que le rire en allé de Galata habitera chacun des mots de ces trois gros volumes d'une vie sur terre battue, quand je les transcrirai un jour, pour madame Sara, pour sa fille.

Une vie sur terre battue, juste épitaphe, non ?

she would need all her small change just to let herself slip toward the end. A half-century of life. She had not slept for a month because of this. It had been happening for ten years, this periodic month-long insomnia. But up until now she had refused to tell me, since she was upset by all the stories of lives crumbling away, from AIDS to Alzheimer's, from madness to madness. These were nothing but men's stories, she said, passing by my office of director of her stillborn dissertation. As if women had such a familiarity with misfortune that it became superfluous to talk about it. But she still had to do something quickly. But what?

Her interminable inability to decide between a study of *Women and Space in the Lodyans of the Southern Mountains* and a more didactic dissertation on *The Traditional Training of Mountain Girls Through the Use of Lodyans*... no longer had meaning. She went from too early to too late, too early to have been able to take control of the disorder of her life through writing, and now too late because of her approaching death. Since she had organized everything so that the next four months of the summer of 2001 were taken care of, she resolved to fill this great emptiness which was gradually deepening within her by tuning in to the last flutterings of her life. She recounted herself with a million words, her husband told me, handing me ten cassettes as we stood before the coffin—her last wish, he added—as if she were calling me as a witness, in this place, to the cost of her last effort. She had wrapped them in her everyday scarf, in the peasant manner of her origins when something is extremely valuable.

I know that Galata's now-silent laughter will inhabit each word of these three fat volumes of a life on barren earth, when I transcribe them one day for *Madame Sara*, for her daughter.

A life on Barren Earth: a right epitaph, isn't it?

Les trois morts de Gérard Pisket

Mon coiffeur haïtien, de la rue Van Horne à Montréal, fait aussi, discrètement derrière un paravent, de la teinture. Il rassure ainsi mes compatriotes qui ressortent de là les cheveux d'un noir reluisant. Sauf qu'un jour, je l'ai vu faire l'inverse avec une tignasse noire qu'il grisonnait. Le client, jeune, du type marabout, aux longs cheveux de jais et au profil aquilin, descendait visiblement d'une de ces communautés rurales fondées après l'indépendance par ce qui restait des deux brigades polonaises ayant fait cause commune avec l'armée indigène. L'occasion était trop belle d'échanger avec lui sur les particularités de son groupe, notamment les *lwa* paternels blancs, soudards et soûlards, de leur panthéon vodou. Mais une fois établi le contact, dans l'exubérance habituelle des salons de coiffure haïtiens le samedi après-midi, nous nous reconnûmes, lui l'ancien chef de section de Fond-des-Blancs, moi, en randonnée dans la zone à la toute fin 1988. Cette identification réciproque provoqua entre nous une froideur telle, subite et palpable, que les autres clients firent silence, la chose la plus inimaginable en ces lieux-là, ce jour-là de la semaine. Il sortit précipi-

The Three Deaths of Gérard Pisket

My Haitian barber on *rue* Van Horne in Montreal also dyes hair, discreetly, behind a screen. This reassures my compatriots, who come out from behind it with gleaming black hair. Except that one day I saw him do the opposite with a mop of black hair that he was making gray. The young customer, looking somewhat like a stork, with long jet-colored hair and an aquiline profile, was obviously a descendant of one of those rural communities founded after Independence by the remains of the two Polish brigades that had joined forces with the indigenous army. It was a perfect occasion for talking with him about the particular characteristics of his group, especially the white paternal *lwas*, boors and drunks, of their vodou pantheon. But once contact was established, in the usual exuberance of Haitian barber shops on Saturday afternoons, we recognized each other. He was the former head of the Fond-des-Blancs section, whom I met while touring the zone in late 1988. This mutual identification prompted such a coldness between us, sudden and palpable, that the others fell silent, an unheard-of event in such a place on that particular day of the week. He left immediately.

tamment. Dix mois plus tard, cette rencontre allait me valoir une comparution comme témoin expert dans une cause de substitutions d'identité en cascade.

Contrôlé pour un banal excès de vitesse par une patrouille équipée du tout récent ordinateur de bord de la police de Montréal, le propriétaire de ce permis de conduire était classé mort depuis quinze mois. En poursuivant l'enquête avec le joujou tout neuf, on découvrit qu'il était aussi mort une première fois voilà deux ans. Son arrestation immédiate se fit avec un luxe de précautions qui fit plus tard rire l'assistance au prétoire : pas tant les gants chirurgicaux, ni même les gilets pare-balles, enfilés à la hâte, que le chapelet que la policière, d'ascendance italienne, s'était passé au cou à des fins d'exorcisme. On ne sait jamais...

L'affaire remontait à deux ans, quand le grand frère, de quinze ans son aîné, Gérard, de retour au pays, à Noël, pour la première fois muni de son passeport flambant neuf de citoyen canadien, mourut en s'étranglant avec un *doumbrèy*. (Ce qu'il a sué, le greffier, pendant vingt minutes, avant que je ne sois invité à intervenir pour faire comprendre à la Cour qu'il s'agissait d'une quenelle de farine cuite qui sert à épaissir les pois rouges en sauce, et que cette première mort de l'affaire était probablement tout ce qu'il y avait de plus naturel, la néfaste gourmandise de Gérard comprise, car les réputés *doumbrèy* de Fond-des-Blancs assaisonnés au *ti salés* et pétris d'œufs battus, étaient glissants et délicieux, quoique aussi désignés d'étouffe-chrétiens dans la zone. À preuve.)

À la veillée réunissant parents et amis, voisinage et gens de passage, la grand-mère déclara qu'il serait dommage de ne point rentabiliser les papiers de Gérard, d'autant qu'elle avait dû vendre deux « carreaux » de très bonnes terres à café pour faire partir son premier petit-fils. « Du Blue Mountain, mes amis ! » Et puis, il fallait aider la jeune veuve, une femme blanche de Chicoutimi, ainsi que les deux enfants, dont les photos de petites brunettes prune aux yeux clairs et aux longues tresses noires trônaient sur le cercueil. Pour avoir souvent vu à l'œuvre les tireurs de *lodyans*, ces tisserands du merveilleux, à chaque veillée mortuaire, dont il ne faut rater aucune, je m'étais fait à l'idée que chaque mort est un message à déchiffrer dans ces campagnes haïtiennes, et que la suggestion à peine voilée de la

Ten months later, this encounter was to bring me a summons to give expert testimony in the case of a series of substitute identities.

Stopped for a simple speeding violation by a Montreal patrol car equipped with the latest on-board computer, the owner of the driver's license was found to be listed as having died fifteen months earlier. Pursuing the investigation on their brand-new toy, the police discovered that he had also died for the first time two years earlier. His immediate arrest took place with a plethora of precautions that later caused laughter in the courtroom: not so much surgical gloves, nor even bulletproof vests, but rather the rosary of a policewoman of Italian descent placed around her neck to exorcise any evil spirits. You never know…

The affair went back two years, when his big brother Gérard, fifteen years older than he, on a visit to Haiti for Christmas carrying a brand new Canadian passport, died by choking on a *doumbrèy*. (How he sweated, the court recorder, for twenty minutes, until I was invited to intervene to explain to the court that this was a cooked flour dumpling that was used to thicken red beans in a sauce, and that this first death was probably completely natural, caused by Gérard's fatal gluttony—understandable in this case, since the famous *doumbrèys* of Fond-des-Blancs, seasoned with salt pork and lightened with beaten eggs, were slippery and delicious, although they were also known for choking people. The proof was before them.)

At the party which gathered together kinfolk and friends, neighbors and people passing through, the grandmother declared that she thought it would be a pity not to take advantage of Gérard's papers, especially since she had had to sell two "squares" of good coffee-growing land to send off her oldest grandson. ("Blue Mountain coffee plants, my friends!") And then they would need to help the young widow, a white woman from Chicoutimi, as well as the two children whose photos—little plum-colored brunettes with light eyes and long black braids—held a place of honor on the coffin. Having often seen *tireurs de lodyans*, weavers of the fantastic, at work at every wake, none of which must be missed, I had become used to the idea that in the Haitian countryside every death is a message to decipher, and

grand-mère, à partir de laquelle l'assistance broda toute la nuit, avait valu le déplacement.

Mais ils passèrent à l'acte !

Le jeune frère — tous les marabouts se ressemblent — fut vieilli tambour battant, pour s'approcher du sel et poivre, de la chevelure, de la photo, de passeport, du décédé. Il prit l'avion et s'achemina sans trop de problèmes jusque chez l'épouse pour lui faire part de la substitution et de sa nouvelle responsabilité de faire vivre la famille de son frère. Il dut quitter Chicoutimi le soir même en courant.

L'épouse, encore déchaînée à l'audition de la cause, eut tout le mal du monde à essayer de faire mourir légalement son mari entre-temps, n'ayant toujours rien touché de l'assurance-vie retenue jusqu'à la clarification de l'imbroglio.

L'autre Pisket prétendit ne s'être arrêté au terminus de Berri-de Montigny que pour changer d'autobus, vers New York, avant de se fondre dans l'anonymat du Bronx. Rassuré au bout de deux ans, il revint en groupe et en voiture à Montréal, ayant même banalisé le fait qu'il avait prêté, ou loué (?) — ce point est resté flou à l'audience —, sa carte soleil d'assurance-maladie à un ami cardiaque qui ne lui avait plus donné signe de vie. Et pour cause. Ce dernier était mort dans une clinique de sport, au milieu d'un électro-cardiogramme à l'effort, recommandé depuis deux ans dans le dossier de ce sportif à la santé robuste qu'était Gérard Pisket, qui mourut ainsi une deuxième fois.

Ce samedi-là, chez le coiffeur, il était venu pour une coupe et teinture, ses cheveux étant redevenus trop noirs pour sa photo de passeport. Il se préparait aussi pour le bal d'un homme-orchestre en tournée en Amérique du nord, car il accompagnait comme chauffeur et garde du corps les dignitaires du regroupement macoute de New York qui avait commandité l'événement. À sa brusque sortie du salon, il commit sa dernière erreur en tournant trop vite sur l'avenue du Parc.

Avant même que fût complètement établie en droit l'usurpation de l'identité de Gérard Pisket par le tribunal, mourut encore sous ce nom, une troisième personne, celle-là en détention provisoire, dans l'attente du verdict et du prononcé de la sentence, la jugulaire tranchée par un couteau artisanal, sort autrefois exclu-

that the thinly-veiled suggestion made by the grandmother, embroidered upon by the guests all that night, had been worth the trip.

But they went from talk to action.

The young brother—all storks look alike—was hastily aged until his hair resembled the salt-and-pepper color of the deceased brother's hair in his passport photo. He took the plane and made his way without too much difficulty to the widow's home to inform her of the substitution and of his new responsibility to support his brother's family. He had to leave Chicoutimi that very night, at a fast run.

The widow, still wild with rage at the court hearing, had, in the meantime, experienced all the trouble in the world trying to make her husband die legally, and still had not received his life insurance, which was being held back until the whole mix-up was resolved.

The other Pisket claimed that he had stopped only at the bus station at Berry de Montigny, to change to a bus for New York, before melting into the anonymity of the Bronx. Reassured after two years, he returned to Montreal in a car with a group of people, having casually mentioned the fact that he had loaned, or rented (?)—this point remained vague at the hearing—his health-insurance card to a friend with a heart condition who had shown no signs of life since then. And with good reason. This man had died in a sports clinic, during a stress electrocardiogram which had been recommended two years earlier in the medical file of this hearty sportsman who was Gérard Pisket, who thus died a second time.

That Saturday, at the barber shop, he had come for a cut and a dye-job, since his hair had become too black for his passport photo. He was also getting ready for a dance featuring a one-man-band which was touring in North America, as he traveled as chauffeur and bodyguard with the dignitaries of the *macoute* group in New York which was sponsoring the event. After his sudden departure from the barber shop, he had committed his last mistake by turning too fast onto Avenue du Parc.

Even before the usurpation of Gérard Pisket's identity had been completely established by the court, a third person of that name died, this one in temporary custody awaiting a verdict and the pronouncing of a sen-

sivement réservé aux violeurs d'enfants et délateurs incarcérés, et depuis peu applicable aussi aux tontons macoutes.

tence, from having his jugular cut by a homemade knife, a fate reserved in the past for child rapists and jailed informers, and recently applied to *tontons macoutes.*

Les tables à palabres

L'un des grands héritages de la *lodyans* tropicale, quand elle doit affronter l'hiver, est de donner lieu entre exilés, à de longues soirées passées autour des tables à manger, à polir des scénarios du passé et de l'avenir, auxquels, par petites couches, chacun rajoute du sien. À grands éclats de rire. Cela dure parfois des heures avant que le château de cartes en construction collective, ou la légende urbaine soigneusement façonnée, ne s'effondre au départ des convives. Du théâtre total, tout le monde tour à tour acteur, public et chœur, dans la plus pure tradition provinciale de la galerie devant maison, aux quatre coins de lucioles, ces petites veilleuses à huile qui bornaient la scène où se tenait la compagnie. L'on ne dira jamais assez combien les tables à palabres ont dorloté les impuissances de l'exil et consolé de ses blessures narcissiques.

J'ai déjà vu sur la Rive Sud de Montréal, à Brossard, une nuit blanche de Saint Sylvestre tenir douze heures sur l'unique thème rêvé de l'abolition de la domesticité en Haïti ! L'on était loin de soupçonner que chacun des dix convives pouvait ainsi parler, de tous les points de vue imaginables, un soir de fête d'Indépendance, de la

Table Talk

One of the great legacies of the tropical *lodyans*, when it must confront winter, is to provide the opportunity among exiles for long evenings spent around dining tables eating, polishing up scenarios of the past and future to which each adds an element, building them up in thin layers. With great roars of laughter. It sometimes goes on for hours before the collectively-constructed house of cards or the carefully-crafted urban legend collapses with the departure of the guests. Total theatre, with each one taking his turn as actor, audience and chorus, in the purest provincial tradition of the front gallery of a house with "fireflies" at its four corners—little oil lamps which marked the stage where the company held forth. There will never be enough said about how this table talk comforted the helplessness of exile and consoled it for its narcissistic wounds.

On the South Bank of Montreal in Brossard, I have even seen a sleepless night on New Year's Eve go for twelve hours on the sole, ideal topic of the abolition of domesticity in Haiti! No one suspected that each of the ten guests could speak so well, from all imaginable

production du sous-homme. Et cette autre fois où fut dressé, en une nuit, un mémorial aux médaillés d'argent. C'est qu'il n'y a pas de deuxième place en politique haïtienne, et donc pas de médaille d'argent. Le gagnant peut s'allier au troisième, et même faire front avec le peloton, mais celui qui le suit immédiatement est l'ennemi à abattre, la menace, et ce d'autant plus que l'écart est faible. Il n'est pire place que la deuxième, la place du mort, comme on dit du siège à côté du conducteur.

Un événement marquant de la communauté est ainsi toujours décortiqué et un rituel d'État, comme le choix des premiers ministres, est chaque fois reconstitué par l'apport de ce que chacun en sait. Et puis, quand survient l'exceptionnel, comme cette mort accidentelle, la mort de K., qui provoqua une commotion collective, on en parlera longtemps autour des tables, sous vingt angles différents, en vingt versions différentes, des vingt facettes d'une même vie. En *lodyans* certifiées conformes, la chronique devient romance et la biographie fiction.

* * *

Toutes les heures du jour de sa mort avaient compté. L'histoire pourrait ainsi commencer indifféremment par le petit matin des ablutions d'avant l'opération, ou sur le coup de midi quand on annonça laconiquement sa mort, ou par la veillée du cadavre au grand soir. Chacune de ces vingt-quatre heures du 18 mars 1986 allait sonner encore longtemps dans les mémoires, tout juste quarante jours et quarante nuits après la chute des Duvalier, comme un signe, pour de répétitives reconstitutions des événements, car beaucoup se sont refusés à en faire une banale mort anesthésique. Il ne pouvait pour eux mourir que les armes à la main. À bout de souffle certes, mais pas du manque d'air d'un larynx obstrué. C'était trop bête. Pour d'autres, par contre, il s'était gaspillé et épuisé en diaspora à courir de petits-bourgeois en classes moyennes et allait enfin tâter au pays, pour la toute première fois, du paysan et du bidonvillois. Il serait ainsi mort aux portes de l'essentiel. C'était trop bête. Il fallait tout fouiller et refouiller pour voir à qui pouvait profiter cette mort déguisée en grossière erreur médicale, car nombreux ils étaient à pouvoir en profiter, trop nombreux même.

points of view, one Independence Day evening, on the creation of the subhuman. And there was that other time when in one night a memorial was erected to silver medal-winners. You see, there is no second place in Haitian politics, and no silver medal. The winner can ally himself to whoever came in third, and even unite with those at the back of the pack, but the one who is immediately behind him is an enemy to bring down, a threat, all the more so if the gap between them is narrow. There is no worse place than second, the suicide seat, as they say about the front passenger seat in a car.

Thus a memorable event in the community will reconstruct itself, or a State ritual, like the choice of Prime Ministers, will be dissected each time through the contributions of what each one knows about it, tile by tile in a mosaic. And then, when something exceptional occurs, like an accidental death, the death of Karl, which was a collective shock, discussion will turn around the table for a long time, from twenty different angles, in twenty different versions, of the twenty facets of one life. In authenticated *lodyans*, the chronicle becomes romance and biography becomes fiction.

* * *

On the day of his death, every hour had counted. And so the story could begin either with the early-morning ablutions preceding the operation or at the stroke of noon when his death was tersely announced, or with the wake over the body that evening. Each of those twenty-four hours of March 18, 1986 was to echo for a long time in memory, just forty days and forty nights after the fall of the Duvaliers, like an omen, with repetitive reconstructions of the events, for many refused to believe in a commonplace death by anesthesia. According to them, the only death for him was to go down fighting. Out of breath, of course, but not because of a lack of air in an obstructed larynx. It was too stupid. For others, however, he had wasted and exhausted himself in the diaspora frequenting the lower middle classes, and was finally going back to experience, for the very first time, the peasant and the slum dweller. And so, according to them he had died at the threshold of the heart of the matter. It was too stupid. You would have to sift and resift to discover who stood to gain by this death disguised

Cela avait commencé le... Mais de quel commencement s'agit-il pour conduire à cette fin ? Celui des symptômes six mois auparavant, ou celui de l'engagement dans la compagnie de Jésus vingt-six ans avant, ou celui du militantisme politique initié dans le groupe des étudiants haïtiens de Strasbourg voilà vingt ans, ou tout simplement cette vie de cinquante ans commencée le 10 janvier 1937 ? Tous ces commencements semblaient conduire à cette même fin qui tranchait entre un avant et un après, à l'avant du vivant engagé bourré d'ennemis intimes, et l'après du mort qui n'a subitement plus que des amis intimes. C'est le temps nouveau qu'introduit l'oraison funèbre, genre encensoir qui dit bien que le gisant ne ferait plus peur à qui que ce soit en ce bas monde. Car c'était cela sa mort, il ne fera plus peur à qui que ce soit. Aux proches comme aux lointains. Plus aux premiers d'ailleurs. Et surtout plus peur à lui-même qui était sagement la grande peur de sa vie.

Cela avait commencé à l'été 1985, d'une drôle de manière. Il entendait moins de mots en mettant le combiné du téléphone à l'oreille droite. Les phrases se déroulaient avec des blancs intercalés et il lui fallait faire l'effort de deviner les mots sautés. À l'oreille gauche, le flot de paroles était continu. Il plaisantait un peu en rivant certains interlocuteurs toujours à droite pour rater le plus possible de leur bavardage. C'était commode dans cette période de fin de règne des Duvalier embrouillée de toutes sortes de radotages.

Moins d'un mois après l'apparition des premiers symptômes sur lesquels il blaguait comme d'un effet de la cinquantaine proche, des problèmes de vision floue et d'étourdissements s'ajoutèrent. Il s'en inquiéta, plus pour la motocyclette qu'il prévoyait utiliser bientôt comme mode de transport dans le monde rural en Haïti, et de la contre-indication que ses malaises signifiaient. Sans moto, il ne se voyait pas curé dans les campagnes de la Grande-Anse. Il s'en fut à l'urgence de l'hôpital Jean-Talon où l'interniste de garde le référa à un neurologue qui l'envoya à un chirurgien qui le recommanda à un oto-rhino-laryngologiste qui le renvoya au chirurgien. Voilà comment à 7 h 30 le 18 mars au matin, il s'était retrouvé dans la salle d'induction pour son anesthésie en vue de se faire enlever à partir de 8 h 30 une tumeur du nerf acoustique.

as a crude medical error, since they were numerous, the ones who could gain by it, even too numerous.

It had begun on the... But what beginning to choose that could lead to this end? The one concerning his symptoms six months earlier, or the one when he joined the Company of Jesus twenty-six years earlier, or the one about the political activism learned in a group of Haitian students in Strasbourg twenty years before, or quite simply a life of fifty years begun on the tenth of January, 1937? All those beginnings seemed to lead to the same end, which stands out between a Before and an After—the before of a living, committed man beset by intimate enemies, and the after of a dead man who suddenly has only intimate friends. It is a new era that the funeral oration ushers in, of the flattering type that says that these mortal remains will no longer instill fear in anyone here below. That was what his death was about: he will no longer frighten anyone. Near or far. And especially, he will no longer inspire fear in himself, which was the great, silent fear of his life.

It had begun in the summer of 1985, in a strange way. He began to hear fewer and fewer words when he put the telephone receiver to his right ear. Sentences progressed with interspersed blanks in them, and he had to make an effort to guess at the skipped words. At the left ear, the stream of words was continuous. He would joke a little, always applying certain people to his right so that he could miss most of their chatter. It was convenient in that period of the end of the Duvaliers' reign, muddled up with all sorts of drivel.

Less than a month after the appearance of the first symptoms about which he joked as if they were an indication of his approaching half-century, he began to suffer problems of blurred vision and dizziness. They worried him, mostly because of the motorcycle he soon planned to use as transportation through the rural parts of Haiti and because his feelings of faintness meant that this would be inadvisable... Without a motorcycle, he could not imagine how it would be possible to serve as a pastor in the countryside of Grande-Anse. He went to the emergency room at Jean-Talon Hospital, where the internist on duty referred him to a neurologist who sent him to a surgeon who advised him to see an oto-rhino-laryngologist who sent him back to the surgeon. That is how he found himself, at 7:30 on the morning of March 18, in an anteroom

Et cætera, et cætera, et non la moindre, car à l'autopsie effectuée le jour même de la mort de K., il fut constaté que la tumeur était bénigne.

* * *

Et ce soir d'hier, au plus blanc d'un long hiver de plus, après le touffé d'aubergines aux pattes de crabes d'Alaska achetées chez Waldman, la ronde s'était faite au plus près du réel, autour d'un document que tout le monde dit exister, mais que personne n'a vu de ses yeux vu. Tous prétendent connaître quelqu'un qui connaît quelqu'un l'ayant vu. Classique. La rumeur dit encore que le document a été mis sous scellés pour cinquante ans, tamponné de l'anglicisme *classifié.* Qu'à cela ne tienne, ils vont quand même l'ouvrir entre eux, ce document, par la magie du verbe. La neige qui neigeait a neigé toute la nuit.

* * *

Montréal année 2044. Vancouver a quitté le premier le Canada pour se rattacher à Seattle dans l'ancien État de Washington et créer une conurbation de la façade pacifique... C'est aussi l'année du centenaire de P et M, de la première génération. Leurs filles, N. et S., entrant en septuagénie, mères et grands-mères, sont au cœur de la fête. Le clou de la soirée, une vente aux enchères. Le document n'existe plus qu'en un seul exemplaire. Pas même une photocopie. Sa date: 14 août 1994. Le nombre de pages: 5. Ses auteurs: trois experts, pointus haut de gamme, en sondages politiques. Tout le monde sait globalement de quoi il s'agit, mais toutes les tentatives de le consulter avant ce terme ont échoué. Et pas un seul survivant de la poignée de ceux à l'avoir vu à l'époque! Vaut-il la somme fixée comme mise de départ, voilà un demi-siècle, le million de dollars US?

Bien que le million demandé ne soit plus en 2044 ce qu'il était en 1994, la chose adjugée à cinq millions de dollars US montre qu'ils sont quand même quelques-uns à vouloir la posséder, en toute connaissance de cause pour l'avoir auscultée à loisir avant les enchères. Le prospectus du manuscrit parlait de l'illustration par excellence du verrou que ne purent sauter huit générations d'Haïtiens — car en 2044 la situation en Haïti sera exactement la même:

for his anesthesia in preparation for having a tumor on his acoustic nerve removed in an operation that would start at 8:30.

Et cetera, et cetera, and that is not the worst of it, for at the autopsy carried out the same day as Karl's death, the tumor was found to be benign.

* * *

And on an evening a while back, after the braised eggplant with Alaskan crab legs from Waldman's, the discussion had closely approached reality, turning on a document that everyone said existed, but that no one had seen with his own eyes. Everyone claimed to know someone who knew someone who had seen it. Rumor still has it that the document was sealed for fifty years, stamped with the term *classified.* Never mind, they will open the document among them anyway, through the magic of words. The snow that was snowing snowed all night.

* * *

Montreal in the year 2044. Vancouver has been the first to leave Canada, joining Seattle—from the former state of Washington—to create a conurbation on the Pacific... It is also the year of the hundredth birthday of P. and M., of the first generation. Their daughters, N. and S., in their early seventies, mothers and grandmothers, have organized the party. The high point of the evening, an auction. This is the only remaining copy of the document. Not even a photocopy. Dated: August 15, 1994. Number of pages: 5. Its authors: three top-of-the-line experts in political polling. Everyone knows its general topic, but every attempt to consult it before this date has failed. And not one survivor of the handful who had seen it back then! Is it worth the reserve price of a million U.S. dollars, determined a half-century earlier?

Even though the million asked for is not in 2044 what it was in 1994, the object auctioned off at five million dollars U.S. shows that there are still those who want to possess it, fully informed since they had examined it thoroughly before the auction. The prospectus of the manuscript spoke of the deadlock that eight generations of Haitians had been

l'élite sur place à l'inamovible 2 %, sauf que plus de 50 % des Haïtiens seront lors citoyens américains de toute la gamme des classes moyennes. Cela vaudrait de mettre ce document sous vitre pour la contemplation des générations à venir.

Le document porte titre Choix d'un premier ministre, *et le développement répond clairement à la question de son commanditaire,* « Qui choisir comme premier ministre ? » *Il a coûté une petite fortune en son temps.*

Pendant toute une semaine, les trois experts travaillèrent de concert, chacun sur un élément du sondage. La première démarche fut de dresser une liste exhaustive des personnalités susceptibles d'occuper le poste de premier ministre. Après tamisage par des grilles superposées aux mailles de plus en plus petites — on se serait cru en labo de géo —, le résidu final devait ramener la généreuse troupe de départ à trente candidats, à raison de deux par année pour les trois prochains mandats. Prudent non ! D'autre part, un jury de six personnes — sélection non moins poussée d'un très large bassin —, allait avoir à décerner dix notes à chacun des candidats précédemment triés sur le volet. Quant aux dix questions retenues, elles cernaient un profil à vous faire, de ce premier ministre, le chef de gouvernement dont rêvait la Constitution de 1987, l'utopique.

Le samedi suivant fut entièrement consacré à la mise en scène du jury qui notait les candidats, une question après l'autre. Bref, il devait finalement sortir de l'exercice la liste ordonnée des trente candidats potentiels, par ordre de points obtenus. Et depuis lors, l'on ne pouvait plus se retrouver autour d'une table sans entendre une version quelconque de cette histoire. Toutes sortes de bruits s'étaient mis à circuler à propos des noms et de leur position sur la liste invisible. La plus persistante des fabulations, dix Premiers Ministres plus tard, est que, très rigoureusement, à chaque crise, le poste était attribué au dernier de la liste, celui du plus petit pointage, évidemment.

« Par la queue, messieurs-dames, par la queue ! » Le trentième, le vingt-neuvième, le vingt-huitième, etc.

* * *

Le hic, est qu'ils se rendront compte, en 2044, que c'était vrai.

unable to break—for in 2044 the situation in Haiti will be exactly the same: the entrenched elite at a fixed 2%, except that more than 50% of Haitians will by that time be American citizens at all levels of the middle classes. That would be worth putting this document under glass for the contemplation of future generations.

The document bears the title: "Choice of a Prime Minister," and its main section clearly answers the question of the person who commissioned it, "Whom to choose as Prime Minister?" It cost a small fortune at the time.

For an entire week, the three experts worked together, each on his part of the survey. The first step was to draw up an exhaustive list of personalities likely to occupy the position of Prime Minister. After sifting them through a superimposed grid with smaller and smaller openings—you would have thought you were in a geology lab—the final residue brought the ample herd down to thirty candidates, or two per year for the three following five-year terms. Cautious, weren't they! In the next step, a jury of six persons—selected no less carefully from a very large pool—was to award ten grades to each of the candidates previously handpicked from the list. As for the ten questions selected, they outlined the profile that would make of this Prime Minister the head of government dreamed of in the 1987 Constitution, the utopian one.

The following Saturday was entirely devoted to the actions of the jury, which rated the candidates, studying one question after the other. In short, the outcome of the exercise was to be a roster on which the thirty potential candidates were to be listed in the order of points obtained. And since then, no one has talked around a table without hearing some version of this story. All sorts of rumors began to circulate about the names and their position on the invisible list. The most persistent of the tales, ten Prime Ministers later, is that, quite scrupulously, at each new government crisis, the position was given to the last on the list—the one with the fewest points, of course.

"Go to the back of the line, please! Get in line!" the thirtieth, the twenty-ninth, the twenty-eighth, etc.

* * *

The catch is that they will realize in 2044 that it was true: "Go to the back of the line, please; get in line!"

Les pompiers de Saint-Marc

À Saint-Marc, il y a l'emplacement d'une caserne de pompiers, un abri pour deux camions de pompiers, un arrêté municipal sur les conditions à remplir pour devenir pompier de Saint-Marc, des règlements pointilleux pour la prévention des incendies dans la ville, mais il n'y a ni pompiers et ni de camions de pompiers à Saint-Marc.

Cette bizarrerie date de quelques années, quand l'Association des Saint-Marcois de Montréal, à sa vingt-troisième réunion régulière, posa le problème de disposer de la rondelette somme accumulée de kermesses créoles en soupers-bénéfices, de bals en bingos, de rafles en ventes de café. Surtout la vente de café. Le fameux café de Saint-Marc de la qualité du Blue Mountain de la Jamaïque qui se vend une centaine de dollars la livre aux comptoirs de la torréfaction à Nédgé. Au prix du sucre au XVIIIe siècle. Ou presque.

La filière avait été montée dans la ferveur de la chute des Duvalier en février 1986. Une micro-entreprise s'occupait de mettre en condition le produit récolté sur une base artisanale, dans les contreforts de la Chaîne des Matheux, réputée pour son café depuis l'époque

The Firefighters of Saint-Marc

In Saint-Marc, there is a barracks for firefighters, a shelter for two fire trucks, a municipal order on the conditions one must fulfill to become a firefighter in Saint-Marc, precise regulations for the prevention of fires in the town; but there are no firefighters and no fire trucks in Saint-Marc.

This oddity dates from a few years ago, when the Association of Saint-Marcois of Montreal, at its twenty-third regular meeting, made ready to use the tidy sum accumulated from Creole fairs to benefit dinners, from dances to bingo, from raffles to coffee sales. Especially coffee sales. The renowned coffee of Saint-Marc, of as high a quality as Jamaica's Blue Mountain coffee, which sells for some hundred dollars a pound at coffee-roasting shops in Nédgé. The price of sugar in the eighteenth century. Or nearly.

The network had been set up during the fervor of the Duvaliers' downfall in February 1986. A micro-business saw to the preparation of the product harvested by small growers in the foothills region of the Matheux mountains, known for its coffee since colonial times, and the beans were transported in small ten-pound bags

colonialе, et les grains étaient convoyés par petits sacs de dix livres jusqu'aux 30 kilos réglementaires d'une valise. Ce qui était tout à fait légal. Une grande chaîne connue de distribution de café absorbait à bons prix toute cette production, pour en faire Dieu sait quoi à coups de mélanges, et Dieu seul sait sous quelles autres appellations. Car, du Bleu de Saint-Marc à prix forts, personne n'en a jamais vu affiché à Montréal.

Mais seules comptaient pour l'Association les rentrées régulières et appréciables que ces humbles passeurs rendaient possibles de voyage en voyage. Une fois acquise la nationalité canadienne qui mettait fin aux tribulations des passages de douanes et de frontières, le premier geste de tout néo-citoyen était de partir, serein et certain de revenir, revoir les siens au pays. Et faire ses devoirs envers les ancêtres Et rapporter sept petits sacs de café. Ils avaient ainsi accumulé, avec fierté, cent quatre-vingt mille dollars à verser en acompte, à la ville de Montréal, pour deux camions de pompiers, remis à neuf et adaptés aux conditions d'utilisation en pays sous-developpés. Pour la toute première fois de leur vie, ils étaient propriétaires d'une telle somme et en état de s'engager pour un quart de million de dollars afin d'offrir au chef-lieu dont ils se réclamaient ces deux beaux objets chromés qu'ils voulaient à bandes vertes et jaunes, aux couleurs de la ville et de l'équipe saint-marcoise de football.

Le premier point à l'ordre du jour touchait à l'urgence de faire aboutir le projet. C'est qu'en cinq ans, trois incendies, tout à fait banals, avaient détruit plus de quatre cents maisonnettes avant qu'arrivent deux camions de pompiers de Port-au-Prince, trois heures trop tard. Et voilà qu'à Port-au-Prince, trois camions flambant neufs avaient disparu une fin de semaine, comme volatilisés. Ce genre de choses étaient devenues courantes en ces temps ; passe encore pour les avions militaires revendus clandestinement, les bateaux des garde-côtes détournés en homardiers, les trente camions de détritus que l'on avait fait traverser nuitamment la frontière dominicaine à la queue leu leu, mais quand même pas trois des cinq camions de pompiers d'une capitale faite de bois d'allumettes ! Une totale angoisse pour les provinces vers lesquelles ne seraient plus envoyés les deux camions restants. Et il ne fallait pas

up to the prescribed thirty-kilo limit per suitcase. Which was completely legal. A large chain of coffee distribution absorbed all this production at a good price, making God knows what of it by blending it with other types of coffee, under God only knows what names. For no one had ever seen high-priced Saint-Marc Blue advertised for sale in Montreal.

The only thing that counted for the Association was the regular and considerable inflow from Haiti that those humble couriers made possible from journey to journey. Once they had acquired Canadian citizenship, which put an end to the tribulations of passing through customs and borders, the first act of the new citizen was to leave for Haiti—serene and sure of being able to return—to visit his family, do his duty towards his ancestors, and bring back seven little bags of coffee.

And so they had proudly amassed one hundred eighty thousand dollars as a down payment to the City of Montreal, for two fire trucks, renovated and adapted for use in an underdeveloped country. They held such a sum of money for the very first time in their lives, and were now in a position to take on a commitment of a quarter million dollars in order to give their home town these two beautiful chrome-covered objects that they wanted to be painted with green and yellow stripes, the colors of the town and of the Saint-Marc soccer team.

The first item on the agenda concerned the urgency of completing the project. In the last five years, three quite ordinary fires had ended up destroying more than four hundred small homes before two fire trucks had arrived from Port-au-Prince, three hours too late. And then hadn't three brand-new fire trucks disappeared one weekend in Port-au-Prince, as if they had vanished into thin air? This type of thing had become common at that time; not to mention military airplanes sold under the table, coast-guard boats converted into lobster boats, or the thirty garbage trucks that had crossed the Dominican border at night one by one; but really, not three of the five fire trucks in a capital made of matchboxes! A disturbing total for the provinces, to which the remaining two fire trucks would not be dispatched. And they couldn't count on the fire trucks from the Maïs Gaté airport, built low to the ground to move just a few kilometers on well-tended tarmac, and which broke down long before

compter sur les camions de pompiers de l'aéroport Maïs Gaté, construits bas pour rouler quelques kilomètres seulement sur des tarmacs en bon état et qui tombaient en panne, bien avant les lieux d'incendies, dès qu'on les risquait sur les routes défoncées de Port-au-Prince.

Bref, chacun des membres de l'Association des Saint-Marcois de Montréal pouvait s'enorgueillir de sa fidélité envers sa petite patrie, et chacun y allait du nombre de sacs transportés depuis quatre ans en tel nombre de voyages. Saint-Marc allait donc avoir la même flotte de camions de pompiers que Port-au-Prince, devait faire remarquer le coordonnateur de l'Association, sous une interminable ovation debout. C'était un triomphe auquel on avait convié, à titre d'observateurs à rendre jaloux, l'exécutif des onze autres associations régionales de Montréal. J'en étais, au nom des Amants de la ville de Quina.

Il fallait vite former les quatre équipes de pompiers qui allaient se relayer sur les camions par chiffre de 12 heures, car la ville de Montréal offrait gratuitement la formation nécessaire à cette douzaine de pompiers, pour peu que la communauté prenne en charge voyages et séjours. Presque tout le monde se proposa pour en héberger un, trois repas compris. La réjouissance était aux gestes larges. Dans cette atmosphère solennelle, même les bannières vert et jaune aux écussons de la ville avaient plus fière allure dans cette réunion que pendant les vingt-deux autres qui avaient précédé, me glissa un voisin. Puis la parole fut au Maire de Saint-Marc, flanqué de ses deux maires assesseurs, venus tous trois pour le don de l'Association des Saint-Marcois de Montréal.

Ce dernier fit part à l'assistance du travail effectué par le Conseil communal, c'est-à-dire le choix de l'emplacement de la caserne des pompiers, la supervision des travaux de construction d'un abri temporaire pour les deux camions et finalement la préparation et le vote de l'Arrêté municipal ouvrant au concours national pour devenir pompier à Saint-Marc. Et son « Article Premier » stipulait que pour être pompier à Saint-Marc, il fallait être d'origine haïtienne et « n'avoir jamais adopté une autre nationalité. »

À ce dernier petit membre de phrase, toute l'assistance de Saint-Marcois se leva d'un seul bond, comme s'il s'agissait d'une chorégraphie longuement répétée,

arriving at the site of a fire when they risked driving on the potholed roads of Port-au-Prince.

In short, each of the members of the Association of Saint-Marcois of Montreal could take pride in such loyalty to their home town, and each one recounted the number of bags they had transported for four years of such and such a number of journeys. Saint-Marc was going to have as many fire trucks as Port-au-Prince, remarked the coordinator of the Association, bringing on an interminable standing ovation. It was a triumph to which they had invited the boards of the eleven other regional associations in Montreal as observers, in order to pique their envy. I attended, representing the "Friends of the Town of Quina."

The four teams of firefighters who would take over from each other on the trucks in twelve-hour shifts had to be trained quickly, since the City of Montreal was offering the necessary training for the dozen or so firefighters free of charge if the community would provide their travel and living expenses. Almost everyone offered to house a firefighter, meals included. Their delight expressed itself in expansive gestures. In this momentous atmosphere, even the green and yellow flags bearing the town's coat of arms took on a prouder appearance than at any of the preceding twenty-two meetings, whispered the person seated next to me. Then the mayor of Saint-Marc took the floor, his two assistant mayors at his side, all three in Montreal to accept the gift of the Association of Saint-Marcois of Montreal.

The mayor informed the audience of the measures taken by the Commune Council: that is, the choice of the site for the barracks, the supervision of construction of a temporary shelter for the two trucks, and finally the preparation of and the vote on a municipal decree establishing a national competition for becoming a firefighter in Saint-Marc. And its *Article the First* stated that in order to be a firefighter in Saint-Marc, the candidate must be of Haitian origin and must never have held any other citizenship.

On hearing these last few words, the entire audience of Saint-Marcois leapt to its feet, as if they were executing some much-rehearsed choreography, to background music of the scraping of metal chairs soon drowned out by exclamations. It took the Montreal police to put an

avec pour fond sonore un vacarme de chaises métalliques bientôt couvert d'éclats de voix. C'est la police de Montréal qui mit fin à l'échauffourée générale qui suivit la lecture du premier article. Elle craignait avec raison que les trois magistrats de Saint-Marc ne fussent lynchés.

Dans les dépositions des nombreux interpellés, qui étaient hors d'eux, revenaient souvent les indélicatesses que *chien n'aurait pas fait à cochon sous un manguier de La Gonâve* et que quelqu'un d'inspiré avait magistralement traduit, sur la chemise brune des procès-verbaux, par cette formule lapidaire, consacrée au Québec, et juste ici jusque dans son débraillé : « On leur a chié dans les mains. »

end to the general melee that followed the reading of *Article the First*. They feared, with reason, that the three dignitaries from Saint-Marc might be lynched.

The depositions of the numerous overwrought people summoned included repeated indelicate remarks such as the statement that what had been done to them was what *a dog would have done to a pig under a mango tree in Gonâve*, an expression which some inspired person had masterfully translated, on the brown folder holding the statements, by this pithy Québécois expression, accurate in this case even in its slovenliness: the town had "shat in their hands."

Que sont les batailles devenues ?

Il y en avait partout. Au fond de nos garages que nous retrouvions creusés de leurs trous et dans nos sous-sols, où ils s'étaient déjà faufilés. Les rats de Nédgé s'étaient imposés dans toutes nos conversations de voisinage en ce mois de mai. Il fallait un plan de bataille, et le premier barbecue du long week-end de la fête de Dollard vit gravement, devisant, une dizaine d'amis du quartier, à leur première rencontre d'après l'hiver.

Nous nous étions tous connus à la fin des années 1970, quand nos enfants fréquentaient la garderie *Les Petits Nuages* du Manoir de Nédgé. Le tout-puissant comité des parents avait provoqué *ex nihilo* une grande crise d'orientation pédagogique quand s'était présenté un aréopage de docteurs, aux idées divergentes arrêtées, à titre de papa et maman des quelques dizaines d'enfants sains qui ne demandaient qu'une chose, qu'on leur foute la paix pour jouer ensemble. La crise ne fut dénouée que quand tout le monde accepta l'ultime solution, avant la fermeture imminente de la garderie, de confier la pédagogie à une *jardinière* de dix-neuf ans, fraîchement diplômée d'un cégep, et de se la fermer. Tout alla bien depuis cet incident fortement dramatisé

Where Are the Battles of Yesteryear?

They were everywhere. In the back of our garages, where they had dug their holes, and in our basements, where they had already slipped through. The rats of Nédgé had taken over all the neighborhood conversations that month of May. We had to draw up a battle plan, and the first barbecue of the long Dollard holiday weekend found ten or so neighborhood friends soberly conversing at their first gathering since winter's end.

We had all met at the end of the seventies, when our children went to the daycare in Nédgé called *Little Clouds*. Out of the blue, the all-powerful parents' committee had triggered an enormous pedagogical crisis upon the arrival of a prestigious array of Ph.D.'s and M.D.'s, all with differing ideas, the daddies and mommies of several dozen healthy children who only asked one thing: to be left in peace to play together. The crisis was resolved only when everyone accepted the ultimate solution—before the imminent closing of the daycare center—of turning everything over to a nineteen-year-old kindergarten teacher, recently graduated from a junior college, and keeping their mouths shut.

qui avait vu pratiquement toutes les écoles et tendances pédagogiques de trois continents s'affronter. Nous venions de mettre au point pour encore longtemps notre modèle à nous de Tricontinentale à Nédgé. Et tout le monde continua à se revoir d'anniversaires d'enfants en premières communions et confirmations. Mais voilà que, vingt ans après, ces quinquagénaires encore prompts remontaient au créneau.

L'Argentine la première fit doctement le tour des techniques en usage à Buenos Aires pour contrer la gent trotte-menu. Nous reconnûmes que l'exposé ne détonnerait pas dans une fin d'après-midi de symposium. Le Breton, littéraire intimiste, se souvint de son enfance à traquer dans la cuisine familiale leurs incursions interdites. Le Québécois dit de sa jeunesse à Saint-Michel la bonne harmonie qui finalement régnait entre tous les animaux de la ferme, y compris ces rongeurs, et s'attendait bien à les voir sonner la retraite comme ils sonnèrent la charge. Notre médecin ontarien mit en garde contre les poisons « incorrects » en ces temps d'obsessions écologiques. Les quatre universités de la ville s'étant exprimées à ce premier tour de jardin, nous fîmes consensus sur la technique de la ratière pour enrayer l'invasion.

Mon voisin le curé, qui venait de publier chez *Libre Discours* une allégorie remarquée, se dévoua une fois de plus pour la communauté et rapporta de la grosse quincaillerie de la rue Sherbrooke les sept pièges qui offrirent à l'archéologue, un natif de Montréal fouillant Carthage, le prétexte à une solide digression sur les machines de guerre des sièges romains. Et nous eûmes droit aussi, de mon ami qui délaissait Derek Walcott pour la première fois depuis son Nobel, à « La Peste et les rats dans la littérature ». La référence était inévitable, en ces jours de ferveurs camusiennes renouvelées. Tout cela dégénéra en un tour d'horizon d'incroyable érudition où défilèrent tous ceux qui opinèrent un jour sur les rats (Einstein aurait dit que pesant quinze livres, ces bêtes auraient régné sur terre...) et sur leur mode d'organisation grégaire.

Quand il fut recommandé pour appât un P'tit Québec Mozzarella doux, ferme assez pour tenir à la bonne place et tendre à point pour attirer leurs crocs infatigables, il était temps, car Nédgé, menacé, devait

Everything went well after that very dramatic incident, which had involved a confrontation of nearly all the schools and pedagogical tendencies of three continents. We had just perfected our own form of tricontinental action in Nédgé, and it would continue in operation for quite a while. Everyone kept seeing each other for children's birthdays, first communions, and confirmations. But here we were, twenty years later, fifty-year-olds who were still ready to scale the ramparts.

The Argentinean first made a scholarly expose of the techniques in use in Buenos Aires to combat the rat tribe. We conceded that his presentation would not be out of place in an afternoon symposium. The Breton, a literary intimist, recalled his childhood spent stalking these forbidden trespassers in the family kitchen. The Québécois spoke of his youth in Saint-Michel, and of the harmony that reigned among all the farm animals, including the rodents, and he expected them to sound the retreat as they had sounded the charge. Our Ontarian doctor warned us against "incorrect" poisons in these times of ecological obsession. Since the city's four universities had expressed themselves in this first round, we came to an agreement on using rat traps to stem the invasion.

My neighbor the parish priest, whose noteworthy allegory had just been published by *Libre Discours*, put himself out yet again for the community and brought back from the big hardware store on *rue* Sherbrooke the seven traps which provided the archeologist, a native of Montreal who worked on digs in Carthage, with an excuse to serve us up a solid digression on war machines used during the Roman sieges. And we were also treated, by my friend who relinquished Derek Walcott for the first time since he received his Nobel Prize, to a discourse on "Plague and Rats in Literature." The reference was inevitable, in those days of renewed fervor for Camus. All this degenerated into a parade of incredible erudition joined by all those who had at one time or another expressed themselves on the subject of rats (Einstein was supposed to have said that if they had weighed fifteen pounds, these animals would have reigned over the earth...) and their gregarious social organization.

When it was recommended that we use as bait a "P'tit Québec" Mozzarella—mild, firm enough to stay in place

reprendre l'initiative. Nous convînmes que tous nos essais commenceraient le soir même, et rendez-vous fut pris pour un autre barbecue d'état-major dès le surlendemain lundi, toujours férié et terme de trois jours d'affilée de soleil annoncé.

L'ombre sentait bon le lilas mauve quand le cercle de voisins se reforma pour constater que les ratières avaient performé de la même manière. Et très exactement de la même manière. Dès le samedi soir, dans la première demi-heure de pose du piège, le premier rat se faisait prendre. Mais ensuite, jusqu'à ce lundi soir, pendant près de quarante-huit heures, aucune des ratières n'avait pu prendre un deuxième rat. L'affaire, étrange en effet, demandait conciliabule et force boissons.

Et c'est là pendant trois heures, de punchs en boudins, de sangrias en grillades, de bières en saucisses, que le sens aiguisé des hypothèses atteint des sommets rarement égalés en d'autres circonstances abstèmes. Faire la démonstration de tout ce qui a été proposé, en ce début de soirée, tiendrait occupées beaucoup d'équipes de recherches toute une année. Il paraît que ces bêtes ont un sens, chez nous inconnu, qui les rend capables de reconnaître la machine qui aurait tué l'un des leurs; cela pour expliquer que les nombreux changements de place des ratières furent vains. On convoqua, en quête d'une sortie de crise, l'Histoire sur la fin des grandes pestes noires du Moyen Âge, et la psychologie animale sur l'intuition de l'espèce qui sait abandonner les navires en perdition. Pour être subitement si bien informée sur les infimes nuances qui distinguent les cinq cents familles de cette espèce de rongeur — du surmulot, rat gris d'égout, au rat noir, agent des épidémies —, la sociologue américaine avait dû passer tout le week-end à bachoter dans quelques ésotériques traités de ratologie.

On était au dessert, et j'avais délaissé depuis un certain temps mon poêle à bois, recyclé en réchaud à grilles, quand une dernière flamme monta vive des braises; et je revis distinctement mon père dans notre cour arrière à Quina, agenouillé devant la flamme d'un journal en feu, au-dessus duquel il faisait flamber nos ratières et souricières. Je humai aussi dans la mémoire de mon enfance l'odeur âcre de sang brûlé qui accompagnait ce rituel de tous les soirs, et les effluves acidulés de la fumée des pelures sèches d'oranges qui vous

and just tender enough to attract their tireless teeth, the time had come: Nédgé, in jeopardy, had to take the initiative. We agreed that our tests would begin that very evening, and the general staff arranged to meet again at another barbecue two days later, a Monday, again a holiday, and the end of three straight days of predicted sunshine.

The shadows were filled with the scent of purple lilacs when the neighbors' club came back together to report that the rat traps had all performed in the same way. In exactly the same way. Beginning on Saturday evening, during the first half-hour after the traps had been set, the first rats were caught. But from then until this Monday evening, for nearly forty-eight hours, none of the traps had succeeded in catching a second rat. This strange affair called for serious consultation and a multitude of drinks.

And it was then, for three hours, from punches to *boudins*, from sangrias to grilled meat, from beers to sausages, that the heightened meaning of our hypotheses reached summits rarely equaled in other, abstemious circumstances. Proving everything that was proposed at the beginning of that evening would have occupied several research teams for an entire year. It seems that these rodents have a sense, unknown to us, which makes them capable of recognizing a machine which has killed one of their own; that is what explains that we had moved the traps around several times in vain. In search of a way out of the crisis, we called upon the teachings of history on the end of the great black plagues of the Middle Ages, and upon animal psychology to explain the intuition of this species that knew when to abandon sinking ships. And we were suddenly quite well informed about the minute nuances which distinguish each of the five hundred families of this species of rodent—from the brown rat and the gray sewer rat to the black rat, the bringer of epidemics—by an American sociologist who must have spent her entire weekend cramming on a few esoteric treatises on ratology.

We had begun eating dessert, and I had abandoned my little wood stove recycled into a barbecue grill, when a last flame rose vividly from the coals; and I saw my father in our backyard in Quina, kneeling before the flames of a burning newspaper, stoking the fire with

chasse les maringouins comme aucun vaporisateur ne sait le faire.

Les rats, décimés par les ratières flambées, ont perdu la bataille de Nédgé, et nous attendons de pied ferme la vague des moustiques de la fin de l'été autour des barbecues.

our rat traps and mouse traps. In my childhood memory I sniffed the acrid odor of burnt blood which accompanied this ritual every evening, and the acid smell of smoking dried orange peels, which repelled the mosquitoes as no insect spray can do.

The rats, decimated by the burnt rat traps, lost the battle of Nédgé, and we are ready and waiting for the wave of mosquitoes around our barbecues at summer's end.

Le goût d'un pays

Ils étaient trois, à la terrasse qu'ombrage l'immeuble du Grand Journal de Montréal, le front soucieux et l'air grave, la mine défaite et l'œil morne. C'était pourtant avec de tels clichés, que l'on pouvait mieux dire leur réel agacement de se trouver là, ensemble. Ils étaient trois, des trois tendances qui autrefois convergentes, avaient donné l'espoir d'un changement pour Haïti. Mais c'étaient maintenant trois frères ennemis — des ennemis intimes comme on dit en politique haïtienne —, vieillissants et acides, convoqués par une jeune journaliste de bagout, de l'âge de leurs enfants trentenaires, dans un ultime sursaut pour vendre 2004 au monde. Deux siècles après l'indépendance de 1804. Elle avait obtenu de son quotidien, où elle tenait rubrique culinaire, l'autorisation d'une série d'articles d'actualité à donner le goût d'Haïti, des articles capables de changer, si peu soit-il, la perception négative projetée, surtout ces jours-ci, par le pays des ancêtres. De retour d'une semaine d'enquêtes sur le terrain, troublée, elle leur demandait, à eux les aînés de la première migrance, avant son ultime rédaction, comment on fait pour donner, en cette saison de feu et de sang, le goût de la

The Taste of a Country

There were three of them, at the sidewalk café in the shadow of the *Grand Journal de Montreal* building, with worried brows and a serious air, a defeated expression and a doleful eye. Yes, it is such clichés that can best describe their real annoyance at being there, together. There were three of them, from the three trends which, when they had converged in the past, had offered hope for a change for Haiti. But they were now three brother enemies—intimate enemies—aging and acerbic, summoned by a young, glib journalist the age of their thirty-year-old children, in a last spurt of effort to sell 2004 to the world. Two centuries after the Independence of 1804. She had obtained from her daily paper, where she wrote the culinary column, the authorization for a series of topical articles giving a taste of Haiti; articles capable of changing, if only a little, the negative perceptions projected, especially those days, by the country of our ancestors. Having just returned, troubled, from a week of investigation on site, she asked them, the elders from the first migration, before writing her final draft, how, in that season of fire and blood, to go about giving readers a taste of Croatia,

Croatie, de la Somalie, du Cambodge, de la Palestine, du Rwanda, de l'Afghanistan... ou d'Haïti.

« Morte-saison que celle-là, en vérité, quand les peuples y goûtent tant. Il n'y a justement pas de recette. »

Donner le goût d'Haïti et, précisait la jeune journaliste, de manière littéraire en moins de mille mots, cinq jours de suite, pour dire ce qu'elle entendait quand elle écoutait ce peuple d'origine, pour écrire ce qu'il lui dictait ce peuple d'origine, et pour crier quand il souffrait ce peuple d'origine. Et voilà pourquoi en cet après-midi, elle essayait de les prendre à témoin sur le goût de ce pays.

« C'est bien de donner ce goût, mais à qui ? »

Certainement pas à ceux qui l'ont déjà trop, ce goût d'Haïti, et qui s'y accrochent même, comme à un pays de cocagne, un nirvana qu'ouvrent toutes grandes les poudres blanches, un havre pour flibusteries et pirateries.

« Ils ne sont pas nombreux, ces gens d'un goût douteux, mais comment le leur enlever ce goût, à eux qui sont tout ? »

Elle disait en avoir même trouvé qui avaient le mauvais goût de camper en costumes d'époque, corsaires, sabre au clair. À les voir tellement accrochés, il faudrait bien montrer dès le premier article ce à quoi ils s'accrochent tant, et pourquoi ils ont tellement le goût d'Haïti.

« Comment donner le goût d'un pays, quand on y a enlevé jusqu'au goût d'y vivre ? »

Pouvait-on alors reprendre avec l'avant-goût du rêve avorté, disait-elle, en se lançant dans une autre tirade, et de parler du moment, pas trop ancien, où tous rêvaient d'aller goûter la liberté reconquise par tout un peuple, car ce pays a quand même bon goût, tant son peuple goûte bon.

« Mais les hordes casquées et bottées sont venues lui interdire de rêver. »

Peuple bon enfant quand, derrière son rire et son sourire, l'on ne devinait pas encore qu'il irait un jour en rangs serrés voter, afin de goûter aux charmes de la démocratie. Il a bu jusqu'à la lie son calice au goût de fiel, attendant patiemment que sa chance repasse, ayant déjà pris goût à cette démocratie, sel de la terre qui fait que jamais plus il ne sera zombie. C'était là son troisième article. Le plus lyrique jusqu'à présent.

of Somalia, of Cambodia, of Palestine, of Rwanda, of Afghanistan… or of Haiti.

"An off season, truly, when different peoples are sampling it so much. And there is no recipe."

Giving a taste of Haiti and, added the young journalist, in a literary fashion in less that 1000 words, for five consecutive days, telling what she heard when she listened to these Haitian-born immigrants, writing what they dictated to her, these Haitian-born immigrants, and shouting when they suffered, these Haitian-born immigrants. And that is why, that afternoon, she was trying to make them describe the taste of the country.

"It's fine to offer this taste, but to whom?"

Certainly not to those who already have too much of a taste for Haiti, and who even cling to it, as to a land of milk and honey, a nirvana that white powder opens wide, a haven for freebooting and piracy.

"There aren't very many of them, the ones with dubious taste, but how can this taste be removed from these people who are everything?"

She said she had even found some who had the bad taste to get themselves up in period costumes, as corsairs with drawn swords. Seeing them so hooked, she knew it would be necessary to show from the very first article to what they were so attached and why they had such a taste for Haiti.

"How can you give a taste of a country, when even the taste for living there has been taken away?"

Launching into another tirade, she wondered if the articles should take up (with a foretaste of an abortive dream) the not-too-long-ago moment when everyone dreamed they were going to taste the liberty that had been won back by an entire people, since that country does have good taste, seeing that its people taste so good.

"But the helmeted and booted hordes came to forbid them to dream…"

Well-behaved people, and no one yet guessed that beneath their laughter and smiles, they were people who would one day go to the polls in closed ranks to vote, charmed by democracy. They had drunk their chalice of bile to the dregs, waiting patiently for their opportunity to come knocking again, salt of the earth that guarantees that they never again will be zombies. That was her third article. The most lyrical so far.

« Il ne fallait pas se tromper, Haïti, le goût d'Haïti, n'a rien à voir avec tous les exotismes isléens. »

Ce pays avait été pays d'espérances profondes, de traditions marronnes et de résistances insondables. Ce pays avait été certainement l'un des rares à porter en lui sa propre manière de s'en sortir, son propre chemin de rupture et d'ouverture. Tout ce potentiel populaire avait été identifié, repéré, calibré...

«Mais la chance est passée. Repassera-t-elle un jour ?»

Elle disait y croire parfois, un peu, beaucoup, passionnément, et que cela pourrait même être possible, s'il arrivait que tous et toutes se mettent à exorciser leurs vieux démons...

«L'épuisante splendeur de la démocratie ! Ce devait être le cinquième article, vu la chute aux accents d'utopie. »

Elle dira même que cette question haïtienne est la seule qui lui permette encore de discuter d'abondance de goûts et de couleurs avec ses amis cuisiniers, puisque tous ses amis sont cuisiniers, gens de paroles, de goût et de couleur, et qu'elle ne pourrait pas être l'amie de quelqu'un qui ne le soit pas, cuisinier. Le goût d'Haïti, qu'elle disait, passait forcément par la parole de tous les jours, partagée à la brunante, aux heures allongées des punchs planters, sous sa tonnelle qui reverdissait ces jours-ci dans le quartier du Plateau Mont Royal. Si jamais il nous arrivait de passer par là, nous ne devrions pas hésiter à monter sur son toit les rejoindre.

Oui, elle avait grand goût de ce pays, et grand goût du rêve dont elle rêvait pour lui, avec toute la force que met le créole à dire *grangou*, au point d'avoir placé — à peine le temps pour ses invités de ne pas laisser refroidir une petite camomille — plus de trente fois le mot goût dans son esquisse de la série qu'on lui avait confiée.

* * *

Et si, finalement, nous n'avions pas complètement perdu notre temps ?

"Make no mistake, Haiti, the taste of Haiti, has nothing to do with all the island exoticisms."

This country had been a country of deep hopes, fugitive slave traditions, and unfathomable resistance. This country had certainly been among the rare ones to carry within itself its own method of getting away, its own road to rupture and opening. All this human potential had been identified, noticed, calibrated...

"But opportunity has passed by. Will it knock again one day?"

She said she believed so at times, a little, a lot, passionately, and that it could be possible, if everyone brought themselves to exorcise their old demons...

"The exhausting splendor of democracy, my dear! That should be your fifth article, given its ending with hints of utopia."

She will even say that this Haitian question is the only one that still allows her to discuss tastes and colors fully with her friends who are cooks, since all her friends are cooks, people of words, of tastes, and of colors; and that she could not be the friend of someone who wasn't a cook. The taste of Haiti, she said, was naturally transmitted by everyday words, shared at nightfall, at the hour of planter's punch, beneath her *tonnelle* which flourished those days in her neighborhood of Plateau-Mont-Royal. If we ever happened to pass by, we should not hesitate to go up to her roof to join them.

Yes, she had a great taste for this country, and a great taste for the dream she dreamed for it, with all the strength that Creole puts into saying *grangou*, to the point where she had put—in scarcely the time for her guests not to let their cup of chamomile get cold—the word "taste" more than thirty times in her outline of the series that had been assigned to her.

* * *

And what if, in the long run, we had not completely wasted our time?

¿Devine qui vient danser?

C'est toujours à midi *pile*, avec tout le désespoir que met l'espagnol à dire *en punto* sans aucune illusion, que devraient s'ébranler les carnavals de Port-au-Prince qui finissent toujours par commencer deux à trois heures plus tard. Mais le carnaval haïtiano-caraïbe fort endiablé de Nédgé a rompu avec cette tradition de retard, car il commence vraiment à midi. *Pile.* Toute la génération immigrante des parents n'est pas encore revenue de cette acculturation de leurs rejetons. Et puis, il n'y avait que des Antillais pour déplacer un carnaval des froids d'avant carême aux chaleurs du dernier dimanche de juin, qui cette année tombait le vingt-quatre du mois.

Le défilé, qui longe la rue Sherbrooke d'est en ouest, part du parc de la rue Girouard pour s'arrêter vers les cinq heures de l'après-midi au terrain de jeu du campus de Loyola qui est capable d'abriter, pour encore quelques heures, avant la tardive tombée de la nuit du 24 juin de la Saint-Jean, les déhanchements de vingt mille jeunes danseurs et danseuses dans tous leurs états.

Les trottoirs de Nédgé, sur les trois kilomètres du parcours, avaient été transformés pour la circonstance

¿Guess Who's Coming to Dance?

It's always at noon *on the dot*, with all the hopelessness that a Spaniard would use to say *en punto* with absolutely no illusions, that Haitian Carnival celebrations in Port-au-Prince are supposed to kick off, Carnivals that end up starting two hours later. But the boisterous one in Nédgé has broken with this tradition, since it really does begin at noon. The immigrant generation of parents has not yet recovered from this acculturation on the part of their offspring. And then, only people from the Caribbean would shift a Carnival from the cold weather before Lent to the heat of the last Sunday in June, which fell that year on the twenty-fourth of the month.

The parade, which goes along *rue* Sherbrooke from east to west, leaves from the park on *rue* Girouard and ends at about five o'clock in the afternoon at the playing fields of the Loyola campus, which for several hours more can hold the swaying hips of twenty thousand young worked-up dancers before the late nightfall of June 24, the feast of Saint John the Baptist, Québec's patron.

The sidewalks of Nédgé, along the three-kilometer parade route, had been transformed for the occasion

en terrasses de café occupées par les parents et autres baby-boomers qui assistaient au défilé. C'était une marée de toutes les couleurs métisses que des déguisements osés dénudaient en une infinité de nuances chaudes. La classification la plus ancienne connue, celle de Moreau de Saint-Méry, les rangeait dès la fin du XVIIIe siècle, par combinaison des cent vingt-huit parties des apports respectifs des sangs noir et blanc, en une douzaine de types aux beaux noms de sacatra, griffe, marabout, mulâtre, quarteron, mamelouc, métif, octavon, sang-mêlé. Sans compter les multiples nuances présentes de noir et de blanc, du Peul cuivré à l'Irlandais laiteux.

Des remorqueuses tiraient une douzaine de plates-formes, à intervalles de trois cents mètres, sur lesquelles s'empilaient d'énormes caisses de sonorisation. Les affiches sur les camions arboraient en français la ponctuation espagnole des interrogations et des exclamations. ¿Pourquoi pas? Plusieurs orchestres et ensembles musicaux fusionnaient pour l'occasion, afin d'atteindre les décibels requis par des morceaux à jouer en plein air et par-dessus tellement de cris de bandes costumées, et de masques individuels, grouillant des coloris d'un marché de Port-au-Prince.

D'antillais à ses débuts, vers 1970, le carnaval de Nédgé avait fait ensuite place aux rythmes latinos dès 1980, pour maintenant consacrer chaque plate-forme à un genre particulier et non plus à un pays d'origine comme autrefois. Pour la *méringue*, descendants dominicains et haïtiens se regroupaient, en oubliant, ou plutôt en ne sachant pas, que leurs *vieux* s'étaient chamaillés cent ans à revendiquer la paternité du rythme. La plate-forme du *reggae* était à dominante jamaïcaine quoique envahie par toutes les îles anglophones et le Canada anglais, tandis que la plate-forme du *compas* haïtien était devenue canadienne-française par prise d'assaut. La samba nettement brésilienne, le *zouk* martiniquais et guadeloupéen et la *salsa* afro-cubaine accueillaient aussi qui voulait bien les rejoindre, et la grande majorité venue pour danser dansait indifféremment d'une plate-forme à l'autre en changeant continuellement de rythme et de groupe. Des syncrétismes inattendus rendaient encore plus chauve mon ami ethnomusicologue, avec qui j'assistais au défilé. Il s'arrachait le peu de cheveux qui lui

into sidewalk cafes occupied by the parents and other baby boomers who were watching the procession. It was a tidal wave of all the colors of mixed races, which daring costumes laid bare in an infinity of warm nuances. The oldest known classification, formulated by Moreau de Saint-Méry, arranged them in the late eighteenth century by combinations of twenty-eight parts of black and white blood, into a dozen types with the lovely names of *sacatra, griffe, marabout,* mulatto, quadroon, *mamelouc, métif,* octoroon, mixed blood. Without counting the multiple current nuances of black and white, from the copper-skinned Peul to the milky Irish.

Powerful tractors pulled a dozen big platforms, at three-hundred-meter intervals, on which were piled enormous amplifiers and sound systems. Posters on the trucks sported Spanish punctuation for questions and exclamations in French. "¿Why not?" Several orchestras and musical groups had come together for the occasion, to reach the required decibel level for pieces played outdoors and over the cries of costumed groups and individual masqueraders, swarming with the colors of a Port-au-Prince market.

From the French-Antilles flavor of its beginnings around 1970, the Nédgé Carnival had taken on Latin rhythms from 1980 on, until now each float was devoted to a particular musical genre and not to a country of origin as they had been at first. For the *merengue*, descendants of Dominicans and Haitians grouped together forgetting, or rather not knowing, that their "old ones" had squabbled for a hundred years over which had invented this rhythm. The reggae float was predominantly Jamaican, although invaded by all the English-speaking islands and English Canada, while the Haitian *compas* float had been taken by storm by French-Canadians. The samba, clearly Brazilian, the *zouk* from Martinique and Guadeloupe, and the Afro-Cuban salsa also welcomed any who wished to join them, and the great majority of those who came to dance moved equitably from one float to the other, continually changing rhythms and groups. Unexpected fusions made my ethnomusicologist friend, with whom I had attended the parade, even balder. He pulled out his few remaining hairs in the face of such iconoclastic audacity. "¡Such cross-cultural fertilization! ¡Such cross-cultural fertilization!" he repeated.

restait devant autant d'audaces iconoclastes. « ¡ Que de métissages ! ¡ que de métissages ! » répétait-il.

Les héritiers de Nédgé ignoraient les frontières, mariaient sans retenue les genres et redessinaient joyeusement une nouvelle carte du monde. Ils recollaient des continents qui s'étaient détachés les uns des autres depuis les temps géologiques, et allaient même jusqu'à bousculer la géopolitique contemporaine, en jetant un pont entre Cuba et la Nouvelle-Orléans, réconciliant en cadence tous les frères ennemis. Les principaux rythmes n'excluaient pas, de temps à autre, la surprise de voir entonner, comme un *ochan* à l'intention des terrasses, une entraînante *rumba* d'autrefois à la papa ou un athlétique *mambo* de la jeunesse de maman. Les parents en étaient encore à Bebo Valdes, le père, et les enfants loin devant avec Chucho Valdes, le fils.

Puis tout le monde se transportait au parc au moment où le soleil cessait de chauffer pour ne plus que tamiser l'éclairage de l'énorme terrain de jeu, aux lisières duquel avaient pris position cent kiosques et éventaires aux mille produits autrefois exotiques. Cela avait été au tour des Haïtiens de proposer le thème culinaire de l'année. Ils avaient retenu le maïs, plat national populaire haïtien, céréale d'origine américaine s'il en est, diversement préparé du haut en bas du continent, largement répandue dans le monde en d'autres cuissons variées et mondialement connue sous son nom Arawak de Ayiti : Mahi. Il y avait comme un bonheur d'être ainsi mêlé de près à l'une des trois plus grandes graines de la terre. Et ce fut fête gourmande d'épluchettes de *blé d'Inde* du Québec, de *pop-corn* états-uniens, de *tortillas* mexicaines, de *tapas* maya, de *maïs moulu* et d'*acassan* des *Isles à sucre*, d'*umita* chilienne, de *pastel de choclo* andin… avant de goûter à la *polenta* de l'Europe méditerranéenne et à la *mamaliga* des pays de l'Est, plats accompagnés des alcools à base de maïs, dont l'enivrante *chicha* des Incas aux ferments des Cordillères.

Les fourneaux étaient presque tous tenus par des hommes que la migration avait ouvert à cette tâche dévolue à l'autre sexe au pays d'origine. Beaucoup d'entre eux sont ainsi devenus des chefs réputés à force d'application. Ici, monsieur le professeur de belles-lettres portait haut sa toque de cuisinier, là le romancier-traducteur

The heirs of Nédgé knew nothing of borders, intermarried without restraint, and were joyously redesigning a new map of the world. They glued back together continents that had detached from each other far back in geological time, and even went so far as to shake up contemporary geopolitics, building a bridge between Cuba and New Orleans, rhythmically reconciling all the hostile brothers. From time to time, the leading rhythms did not exclude the surprise of seeing someone launch themselves, like an *ochan* aimed at the sidewalks, into a lively rumba from Papa's past or an athletic mambo from Mama's youth. The parents were still back with Bobo Valdes, the father, and the children far ahead with Chucho Valdes, the son.

Then everyone went to the park at the moment when the sun stopped heating things and did nothing more than dapple the enormous playing field with light. At the edges were a hundred kiosks and stalls whose products had once been exotic. It had been the Haitians' turn to propose the culinary theme of the year. They had chosen corn, the national food of the Haitian people, grain of the New World, if there is such a place, prepared in a diversity of ways from the top to the bottom of the Americas, spread widely around the world to be cooked in varied ways, and known throughout the world by its Arawak name from Ayiti: Mahi. There was a sort of happiness at being thus closely identified with one of the three greatest grains of the earth. And it was a gourmet festival of corn on the cob from Québec, popcorn from the United States, Mexican *tortillas*, Mayan *tapas*, ground corn and *acasan* from the Islands, Chilean *umita*, Andean *pastel de choclo*; before tasting Mediterranean Europe's *polenta*, and the Eastern countries' *mamaliga*, dishes accompanied by corn-based alcoholic beverages, among them the intoxicating *chicha* of the Incas with its fermenting agent from the Andes Cordillera.

The stoves were almost all operated by men, whom migration had opened to this heretofore unfamiliar task in their home countries, to the point that many of them had become well-known chefs among their friends by dint of effort. Here a professor of literature wore his chef's *toque* with pride; there the novelist-translator wore an apron over his roundness which looked its best in this uniform. In short, on that day everyone set up and

son tablier sur des rondeurs du meilleur effet dans cet uniforme. Enfin, tous, ce jour-là, apprêtaient et servaient, dégustaient et buvaient en femmes et hommes de maïs, pour le plus grand bonheur de Miguel Angel Asturias, dans un parc de Nédgé.

Le défilé s'était changé en une kermesse qui savait pouvoir compter, à deux jours de la journée la plus longue de l'année, le solstice, sur la prolongation solaire nécessaire aux évolutions des troupes nationales. Que la *cueca* chilienne ait pu immédiatement suivre le *tressé-ruban* haïtien était un don de Nédgé, car jamais auparavant toutes ces cultures ne s'étaient autant côtoyées. Qu'elles en soient même venues, à commémorer ensemble, chaque année, dans un coin de ce parc, le 11 septembre, et la chute du Palais de la Moneda de Santiago, et la prise d'assaut de l'église Don Bosco à Port-au-Prince, et l'attaque des tours jumelles de New York... est à la dimension d'un songe. Celui d'une nuit d'été sur la rue Sherbrooke, où une nouvelle génération arc-en-ciel piaffait aux portes d'un pays comme pour une répétition générale.

served, ate and drank as women and men of corn, to the delight of Miguel Angel Asturias, in a park in Nédgé.

The parade had transformed itself into a fair which, two days after the longest day of the year, the solstice, could count on the prolonging of sunlight essential to the movements of national groups. It was a gift of Nédgé that the Chilean *cueca* could follow immediately upon the Haitian ribbon-braiding dance, for these cultures had never before mixed so closely. The fact that they even came together each year, in a corner of this park every September 11, to commemorate the fall of the Moneda palace in Santiago, the storming of the Don Bosco church in Port-au-Prince and the attack on the twin towers of New York… took on the dimensions of a dream. A midsummer night's dream on *rue* Sherbrooke, where a new rainbow generation stamped at the gates of a country as if it were a dress rehearsal.

Terre-Promise | Promised Land

L'arbre miracle

Le choc du retour au pays natal a d'abord été pour moi de revoir le seul être de la famille à ne m'avoir jamais visité en exil, le manguier de mon enfance, car ce n'est pas un manguier ordinaire que ce manguier en plein milieu de la cour familiale à Port-au-Prince, à la rue Magny, qui débouche cent mètres plus bas sur le Champ-de-Mars, haut lieu des imposantes masses des Casernes Dessalines, du Palais présidentiel, du Palais des ministères et des Tribunes devant lesquelles défilaient les troupes de soldats au pas martial, les bandes carnavalesques en déhanchements et la jeunesse estudiantine en parade du 1er mai. C'était aussi le centre culturel de Port-au-Prince dominé par les deux cinés-théâtres de l'époque, le Rex et la Paramount. Le vieux manguier vivait lors une vie rangée avec sa saison de mai à octobre, six mois de production et six mois de repos. Il portait des *mangues-fil,* les meilleures pour la « tòtòt », expression sans aucun doute à venir du bébé qui tête la « tòtòt » de sa mère. Pour cela, il fallait percer un petit trou à l'extrémité du fruit par où l'on aspirait toute sa juteuse réserve de nectar, jusqu'à ce qu'il ne reste que la peau et la graine. La tòtòt de *mangue-fil* est

The Miracle Tree

My first shock on returning to my native land came when I saw the only family member who had never visited me during my exile, the mango tree of my childhood. This one is no run-of-the-mill mango tree, right in the middle of my maternal grandparents' yard, on the Magny Street side, a street which leads, a hundred meters away, to the Champ-de-Mars, a most important place surrounded by the imposing masses of the Dessalines Barracks, the Presidential Palace, the Ministers' Palace, the two movie theatres of the time (the Rex and the Paramount), the stands past which would pass troops of soldiers with a military stride, Carnival-like groups with swaying hips, and student youthfulness parading along on the First of May. At that time, the old mango tree lived a well-regulated life, with its season from May to October, six months of production and six months of rest. It bore *mangues-fil,* the best ones for the "*tototte,*" an expression which almost certainly comes from the baby who nurses at his mother's "*tototte.*" To do this, you had to pierce a little hole at the tip of the fruit, through which you could suck up its juicy reserves of nectar until nothing was left

à ranger comme douceur au panthéon des madeleines de Proust ou de la salivation des chiens de Pavlov, une référence littéraire et scientifique en culture haïtienne. La *mangue-fil* est l'espèce emblématique de la mangue à pouvoir se consommer ainsi, presque toujours au pied de l'arbre, car elle est trop fragile avec sa cargaison ventrue de jus pour se conserver longtemps ou s'exporter. « Il n'est de mangue que de tòtòt » vous diront même certains amateurs nostalgiques des rares espèces à tòtòt, comme la *mangue-corne,* dédaigneux qu'ils sont de toutes les autres mangues réfractaires à cet usage, et qui de ce fait font l'objet du marché mondial de la mangue sur lequel ne se trouve aucune mangue à tòtòt.

Nous nous retrouvions tous en cercle à lui lancer des pierres et tous autres objets capables de décrocher les mangues jaunes, mûres à point ; sauf Sanzo, le petit cousin qui, sachant à peine marcher, savait déjà grimper tel un petit singe jusqu'au faîte de l'arbre, talent qui faisait bien des jaloux qui en parlent encore cinquante ans plus tard, à chaque réunion familiale.

C'était un très vieux manguier que l'on nous disait, à cette époque du mitan de siècle, 1950, avoir été planté le jour même de la déclaration de l'indépendance, le 1er janvier 1804 qui était un dimanche. Ce jour-là, le mot d'ordre dans toute la plaine du Cul-de-sac et les hauteurs de la ville avait été que chaque personne plantât un manguier en prévision des mauvais jours. L'ancien esclave de l'habitation caféière à avoir mis en terre celui-ci eut l'idée d'enfouir symboliquement aussi dans le trou les fers des punitions de la période révolue en ce dimanche. C'est ainsi que le tronc de notre manguier avait bizarrement poussé, avec en son centre une chaîne d'esclave, dont les deux bouts pendaient de chaque côté du tronc à ne jamais pouvoir s'enlever sans tuer l'arbre. Or, on ne tue pas un manguier en Haïti, c'en est l'arbre-miracle.

Deux à trois mangues par jour et par personne, pendant cent cinquante jours, a toujours été le moyen de franchir la période de soudure, entre les semailles des pluvieux mois de mai et les premières récoltes des novembres frais, quand seul l'arbre-miracle soutient les ventres creux. Trois milliards de mangues donc par année, partout où peut pousser un manguier, dans les endroits les plus insolites, plus sacré encore qu'une vache

but the skin and the pulp. Sucking on a *mangue-fil* can be classed for its sweetness alongside Proust's madeleines or the salivation of Pavlov's dogs, familiar literary and scientific references in Haitian culture. The *mangue-fil* is the emblematic species of mango that can be consumed in this way, almost always beneath the tree, for the fruit is too fragile, with its bulging cargo of juice, to last very long or to be exported. "There is no mango but the *tototte*," declare some mango lovers nostalgic for the rare species that lend themselves to the *tototte* such as the horned mango, disdainful of all the other species that are resistant to this use, and which—because of this quality—make up the world mango market where there is not a single *mangue à tototte.*

We would all form a circle, throwing rocks and any other objects capable of dislodging the dead-ripe yellow mangoes; except for Sanzo, our little cousin, who although he could barely walk, already knew how to climb like a little monkey right to the top of the tree, a talent which was the envy of many who still talk about it fifty years later at every family reunion.

It was a very old mango tree, and they told us—in that mid-century era, 1950—it had been planted the very day of the Declaration of Independence, the first of January, 1804, a Sunday. On that day, the watchword in the entire Cul-de-Sac Plain and the heights of the city had been that every person should plant a mango tree in anticipation of bad days to come. The former slave at the coffee plantation, putting a mango tree into the earth, had the idea of symbolically burying in the tree-hole the irons used to punish slaves during the period that had ended that Sunday. That is why the trunk of our mango tree had grown eccentrically with, at its center, a slave's chain whose two ends hung from each side of the tree. It was so embedded that it could never be taken out without killing the tree. And no one cuts down a mango tree in Haiti, that is why it is the miracle tree.

Two or three mangoes a day per person, for one hundred fifty days, had always been the way to get through the in-between time, after the planting in the rainy month of May and the first harvests in cool November, when only the miracle tree keeps empty stomachs going. That makes three billion mangoes per year, everywhere a mango tree can grow, in the most unusual places. One

de l'Inde, jamais coupé sous peine de signifier que la prochaine soudure sera de famine.

Il nous fallait nous mettre à trois petits bonhommes de cinq ans pour en faire le tour de nos bras ouverts, nos six mains fermement cripées deux à deux. Plus d'un mètre de diamètre assurément. Pour être aussi gros, il avait dû traverser toutes nos périodes troublées de révolutions et contre-révolutions dont les liesses populaires, à chaque changement, voyaient une marée humaine agiter des branches d'arbres arrachées sur le passage de la foule. Un manguier, voisin du Champ-de-Mars, où aboutissaient invariablement toutes ces manifestations depuis cent cinquante ans, devait en avoir marre d'être ainsi mis à contribution plus souvent que de raison. Il s'en était défendu en n'offrant plus aucune prise à ces émondages politiques répétés, par un tronc lisse haut de près de trois mètres, avant la moindre branche secondaire; ce qui compliquait passablement pour nous la façon de le grimper. Seul Sanzo y arrivait, pour nous raconter ensuite ce que de là-haut il avait pu voir sur le toit proche du Palais présidentiel. Une telle proximité, promiscuité même, n'en finissait pas cependant d'être dangereuse, déjà que le samedi 25 mai 1957, une bombe jetée d'un avion sur ce palais, en supposant que c'en était la cible vu l'imprécision du lancer, faillit lui tomber dessus.

L'affaire Caillard, une dizaine d'années plus tard, devait infliger un solide traumatisme au manguier quand les trois canonnières de la marine haïtienne prirent la mer et ouvrirent le feu sur le Palais national. Il y eut trois de ces engins mal ajustés à lui passer dans le feuillage, et le dernier coupa net la partie haute de l'arbre, avant de terminer sa course à l'étage de la maison familiale, blessant gravement un oncle. Notre manguier devint stérile pendant plus de quinze ans, probablement en signe de protestation contre ces conspirateurs qui ne savaient même pas tirer. Il ne mena jamais plus à terme aucune de ses floraisons. Il faisait peine à voir ainsi estropié et boudeur. Et puis subitement, l'année 1986 de la chute de la dictature, il se remit à produire des mangues, mais cette fois à longueur d'année, sans répit et sans aucunement respecter saisons sèches ou saisons pluvieuses, temps de repos et temps de production. Il était devenu fou, complètement déraillé,

of them is more sacred than a cow in India. Cutting down this tree is the most extreme action possible, and it means that the next in-between period will be one of famine.

It took three of us little five-year-old boys to wrap our arms around it, our six hands firmly clenched two by two. Certainly more than a meter in diameter. In order to become so big, it must have gone through all our troubled periods of revolutions and counter-revolutions, when public jubilations at each change saw a human tide brandish tree branches broken off as the crowd passed by. A mango tree neighboring the Champ-de-Mars, where for one hundred and fifty years all those demonstrations invariably ended up, must have been fed up with having to contribute more often than was reasonable. This tree had protected itself by offering no more fodder to those repeated political pruning activities—its trunk was smooth to a height of about three meters before there was the slightest secondary branch. This complicated our climbing technique quite a lot. Only Sanzo could do it, and he would tell us that from there he could see the nearby rooftop of the Presidential Palace. Such proximity, with its lack of privacy, was always dangerous, however. Even as early as May 25, 1957, a bomb dropped from the air on that Palace (assuming it was in fact the target, given the imprecision of the bombardier) almost fell on the tree.

The Caillard affair, about ten years later, was to inflict heavy trauma on the mango tree when the Haitian navy's three gunboats went to sea and opened fire on the National Palace. Three badly-aimed missiles passed through its foliage, and the last one cut the top of the tree right off before ending up on the second floor of the family home, injuring one of my uncles. Our mango tree became sterile for more than fifteen years, probably as a sign of protest against the conspirators who did not even know how to aim correctly. None of its flowerings would ever reach full term. It was painful to see it so crippled and sulky. And then, suddenly, in 1986—the year the Duvalier dictatorship fell—it began to produce mangoes again, but this time it did so all year long, ceaselessly and without reference to dry seasons or rainy seasons, times of rest and times of production. It had gone mad, completely unhinged, abandoning all caution. It even began to grow new lower branches full of

toute prudence abandonnée jusqu'à faire pousser de basses branches nouvelles toutes pleines de mangues, à hauteur d'homme. À moins que ce fût un choix politique contre les dictatures à renverser ou une crise de compassion pour la détresse du peuple. Nous craignions cependant que cette verdeur à ses âges ne soit un dernier baroud d'honneur avant de mourir.

L'on fit venir la faculté de la flore en consultation, avec leurs experts ès manguiers, et leurs conservateurs des trois cent vingt-cinq espèces de mangues locales, et surtout la sommité en la matière, l'agronome François mon ami. Aucun d'eux n'était finalement psychiatre pour manguier fou ou confesseur de manguier mystique, ou encore sémioticien de la tòtòt, ce qu'il aurait fallu à l'évidence pour entrer dans ce débordement de l'arbre qui subitement, en 2004, pour son deux centième anniversaire, se mit cette fois à pousser une flèche, en se prenant pour un palmier royal. Folie de grandeur peut-être, en contestation du palmier royal dans les armoiries de la République sans doute, quand, en fait, nul autre arbre que lui n'avait autant porté ce peuple à bout de branches.

mangoes, at human height. Unless this was a political choice in favor of overturning dictatorships or a fit of compassion for the people's distress. But we feared that such vigor at its age might be a last gesture of panache before dying.

The botany faculty was brought in to consult, with its mango-tree experts and its curators of the three hundred twenty-five species of local mangoes, and especially the leading expert in the subject, my friend François the agronomist. In the end, none of them was a psychiatrist for mad mango trees or a confessor for mystical mango trees, and even less a semiotician of the *tototte*, all of which seemed to be needed in order to understand the excesses of a tree which suddenly, in 2004, for its two-hundredth birthday, began this time to grow a single, vertical branch skyward, thinking it was a royal palm. Delusions of grandeur, perhaps, no doubt a protest against the royal palm in the coat of arms of the Republic, since in fact no tree but the mango had borne its people on its branches

Les bébés volés

Je prenais des vacances dans ma province, tout en continuant à observer de près les improvisations sans lignes directrices d'un tout nouveau gouvernement. J'avais trouvé le moment bien choisi pour me documenter sur une spécialité du comportement qui approfondit ce qui se passe aux premiers moments dans la tête de ceux qui viennent d'accéder à un pouvoir discrétionnaire, qu'il s'agisse de prise d'otages, de chefferie de bandes de voyous, ou de primature politique. Les nouveaux démiurges, ivres de puissance, sont poussés à commettre d'entrée de jeu un abus manifeste pour illustrer jusqu'où ils peuvent aller trop loin. Dans ces cas, le pire est tellement à craindre que l'on recommande de gagner du temps avec tout nouveau petit chef, pour que l'ivresse du début perde de ses effets pervers. C'est dans ces moments critiques qu'un otage se fait abattre, qu'une cabale sacrifie la ressource rare qui confusément menace l'incurie, ou que l'on détruit inconsidérément bâtiments et monuments irremplaçables. Passe encore que ce phénomène sanctionne de grandes rivalités ou de grands enjeux au nom de la raison d'État, mais le vivre à tous les niveaux, jusqu'aux plus modestes, était désespérant.

Stolen Babies

I was spending a vacation in my province while continuing to observe the improvisations of a brand new government working without guidelines. It was a well-chosen opportunity for me to gather material for a behavioral study that might cast light on what passes, during the earliest moments, through the mind of those who have just attained discretionary power, whether it be a question of hostage taking, leadership of gangs of hoodlums or political domination. The new demiurges, drunk with power, are moved at the outset to commit some obvious abuse in order to illustrate just how far beyond the limits they can go. In these cases, the worst is so much to be feared that it is wise to gain time with any new little leader, so that the early intoxication can lose some of its pernicious effects. It is in these critical moments that a hostage can be destroyed, a cabal will sacrifice the precious resource that seems to represent a vague threat to their carelessness, or irreplaceable buildings and monuments are rashly destroyed. It is bad enough that this phenomenon sanctions intense rivalries or the risking of huge stakes in the name of reasons

Dans le centre pédiatrique voisin de mon sous-bois, un médecin d'expérience, formé au pays même et spécialisé à Sainte-Justine de Montréal dans les années 1960, dirigeait avec un rare savoir-faire local. Il résistait depuis deux ans aux tapageuses propositions d'une jeune doctoresse débarquée d'une ville universitaire d'Europe. La militante — puisqu'elle était militante depuis ses années de pensionnat à Sainte-Rose-de-Lima de Lalue passées à fréquenter de jeunes garçons du Petit Séminaire Collège Saint-Martial voisin — tenait absolument *à la socialisation néonatale en pouponnière en exposant dès la naissance les bébés à la visite intégrative des parents et des amis de la famille en interface...* À ce gargarisme, le vieux s'était toujours opposé en entourant la pouponnière d'un service de surveillance pointilleux, et en filtrant les visites. Il en avait trop vu et trop entendu dans sa vie de médecin, depuis que jeune étudiant il fréquentait la cour de l'Hôpital général de Port-au-Prince, pour livrer ainsi son Centre à l'importation de pratiques non acclimatées.

C'était d'autant plus justifié que depuis quelques mois d'étranges nouvelles faisaient la une de nos journaux télévisés le soir. On volait des enfants pour des adoptions sauvages à l'étranger, et j'avais moi-même été attiré par un attroupement qui regardait flotter dans le canal du quartier Bicentenaire trois carcasses éviscérées de bébés que l'on disait, dans le reportage qui allait en faire état le soir même, avoir été opérés pour le commerce de leurs organes, en demande sur un marché international bien précis. Il ne fallait pas se cacher qu'un boucher fou des abords de Pétionville, tueur en série, devint un lugubre fournisseur de viandes humaines... et que l'histoire fit grand bruit avant les élections de décembre 1990. Sans compter que l'on chuchote encore sur la persistance de rituels assassins et cannibales. Tout ceci remettait en mémoire qu'il se fit, au plus noir des temps de l'affairisme jean-claudien des années soixante-dix, commerce de sang et de cadavres sur une grande échelle dans ce pays, à la demande de quelques hôpitaux et facultés de médecine d'outre-mer.

Le vieux fut emporté par la bourrasque des nouveaux petits purs et durs qui firent ravage dans le monde médical. On révoqua à tour de bras tout ce qui ne venait pas d'Europe, avec un peu de ferveur collective et beaucoup

of State, but to live it at all levels, even the most modest, was heart-breaking.

In the pediatric center on the other side of my hedge, an experienced doctor, who had trained in Haiti and had developed his specialty at Saint-Justine in Montreal in the sixties, ran things with a rare local know-how. For two years he had resisted the hyped-up proposals of a woman doctor who had arrived from a European university town. This militant—she had been a militant since her years of boarding school at Sainte-Rose-de-Lima in Lalue, which she spent hanging about with the boys of the neighboring Petit Séminaire Collège Saint-Martial—insisted absolutely *on neo-natal and in-patient socialization by exposing babies from birth to the integrating, interfacing visits of family and friends of the family...* The old doctor had always shown his opposition to this hogwash by surrounding the nursery with a watchful security service and by screening visitors. He had seen and heard too much in his doctor's life, dating from the time he had hung about the courtyard of the General Hospital in Port-au-Prince, to give his Center over to the importation of unassimilated practices.

He was even more justified by the fact that for several months strange events had been making up the headlines of our television news each evening. Children were being stolen for illegal foreign adoptions, and I myself had been drawn to a crowd who was watching images of eviscerated carcasses of babies floating in the canal in the Bicentenaire quarter; babies who, in the report that would be made that evening, were said to have been operated on for the sale of their organs, in great demand in a specialized international market. It should not be forgotten that a mad butcher from the outskirts of Pétionville, a serial killer, had become a lugubrious supplier of human meat... and that the story had caused quite an uproar before the December 1990 elections. Without counting the fact that people still whispered about the persistence of murderous and cannibalistic rituals. All that brought back memories of the fact that in the darkest period of *jean-claudien* wheeling and dealing in the seventies, there was a trade in blood and cadavers on a grand scale in this country, responding to the demands of a few hospitals and medical schools overseas.

de lâcheté individuelle. Leur chasse aux sorcières, dont eux seuls semblaient ignorer les conséquences, était capable de conduire à la catastrophe bien avant le terme d'une gestation de neuf mois ; ce qui fut d'ailleurs le cas !

Et dans le petit centre d'à côté de mon sous-bois, la pouponnière fut enfin grande ouverte, comme geste premier de défi de *la nouvelle patronne sans peur et sans reproche, habituée du béton en prime...*

Au terme de la première heure de visite, le premier jour, il manquait trois bébés au comptage. On les avait volés et on ne les a jamais retrouvés depuis.

The old man was swept away by the gust of new purist and pitiless youngsters who were wreaking havoc in the medical world. Everything that did not come from Europe was dismissed outright, with a slight touch of collective fervor and a lot of individual cowardice. Their witch hunt, of which they were the only ones unaware of the consequences, was capable of bringing on a catastrophe well before the gestation period of nine months; which was precisely what happened!

And in the little center next to my hedge, the nursery was finally opened wide, as a first gesture of defiance by *the new director, a dauntless woman, an experienced* femme de béton…

At the end of the first visiting hour of the first day, three babies were missing from the count. They had been stolen and have never been found.

La mort du Colonel

Nous étions plusieurs à rouler normalement, en cette fin d'un dimanche, les derniers kilomètres de la côte aux plages, à l'est de Port-au-Prince, quand toutes les radios interrompirent leur programme pour lire le communiqué : le Colonel le plus puissant de l'heure s'était fait avoir, chez lui, dans sa *soupe jaune* du matin. Empoisonné. Mort. Raide. Et ce fut la plus folle course jamais vue dans Port-au-Prince. À pied ou en voiture, tout le monde fonçait vers sa demeure ou un abri quelconque. L'on devait rapporter plus tard des choses incroyables : des voitures se rentraient dedans et les conducteurs affables renvoyaient, sans s'arrêter, les formalités au lendemain. *Si Dieu le veut !* Trois paralytiques reconnaissants répétèrent à l'envi toute la semaine à tous les micros qu'ils s'étaient levés d'un coup pour courir sans bâton ni béquilles. *Miracle !* Moins d'une heure après le communiqué, et il était à peine cinq heures de l'après-midi, les rues habituellement noires de monde étaient blanches. Pas le moindre signe de vie. Une station de radio évoqua les conséquences publiques de l'assassinat de l'Archiduc à Sarajevo... et une autre les conséquences privées de la grande panne

Death of the Colonel

There were several of us at Sunday's end, driving normally along the last miles of beaches on the coast to the east of Port-au-Prince, when all the radios interrupted their normal programming to read a communiqué: the most powerful Colonel of the hour had fallen prey, at home, to his morning *yellow soup.* Poisoned. Dead. Stiff. There followed the maddest rush ever seen in Port-au-Prince. On foot or by car, everyone made a dash for home or for some sort of shelter. Later, the most incredible things were reported: cars collided and affable drivers, without stopping, put the formalities off until the next day. *God willing!* Three grateful paralytics repeated all week for the microphones that they had risen instantly and run without cane or crutches. *A miracle!* Less than an hour after the communiqué, barely five o'clock in the afternoon, and streets usually black with people were blank. Not the slightest sign of life. One radio station brought up the assassination of the Archduke in Sarajevo… and another the great blackout in New York… but none dwelt on the "*yellow soup.*" Overloaded telephone exchanges had broken down and the sudden demand for electricity had

d'électricité de New York... mais aucune n'insista sur la « soupe jaune ». Les centrales téléphoniques surchargées étaient tombées en panne et la brusque demande d'électricité avait fait sauter les systèmes. Port-au-Prince était dans le noir et le silence. La veillée forcée qui commençait allait être longue. Une ville entière s'était terrée et retenait son souffle dans l'attente, jusqu'au petit matin, de suites apocalyptiques. Mais il ne se passa rien. Absolument rien. En apparence du moins. Car.

Il fallait remonter au temps de l'esclavage et de l'indépendance, où les poisons furent des armes quotidiennes, pour saisir que toutes ces pratiques n'avaient certainement pas disparu d'un coup dans la période nationale. Aussi, la première de toutes les sages craintes entretenues d'une génération à l'autre, était-elle justement celle de l'empoisonnement. Il fallait, hors de chez soi, s'en garder continuellement par des manières adéquates. Mais il fallait aussi mettre un point d'honneur à ce que sa maison en soit exempte, *poison free*, disait-on même des maisons honnêtes, pour les distinguer. Et comme la notion de mort naturelle n'a jamais eu cours à Quina, c'est évidemment dès l'enfance que je fus exposé, comme tout le monde, aux raffinements des histoires qui dressaient un catalogue exhaustif des substances et de leur mode d'emploi, dont deux ou trois avaient particulièrement frappé mes jeunes âges.

Il s'était même greffé, sur l'ensemble des convenances courantes, des façons particulières de recevoir quand on faisait de la politique. Or ils en faisaient tous, de la politique, du matin au soir, à commenter les nouvelles du jour, à propager les rumeurs les plus folles, à en créer même à l'occasion quand les événements nouveaux se faisaient rares. Au point que tout devint politique et que pour n'importe quel étranger en visite, on mettait en branle ce code. On ne pouvait ainsi offrir à boire du rhum à un ayant droit, élu ou nommé, fonctionnaire ou militaire, héritier ou *homo novus* — bref, tout le monde — qu'à partir d'une bouteille neuve hermétiquement bouchée avec son cachet d'origine. Elle devait être ostensiblement ouverte avec quelque difficulté, feinte ou réelle, sous les yeux de l'invité qui devait à son tour feindre ne pas s'en apercevoir, ou mieux, protester après coup qu'une bouteille déjà ouverte eut très bien fait l'affaire. J'ai souvent entendu dire : *Nous n'avons*

blown the entire system. Port-au-Prince was dark and silent. The forced vigil that was beginning would be long. An entire city had gone to ground and held its breath until daybreak in the expectation of apocalyptic consequences. But nothing happened. Absolutely nothing. On the surface, at least. Because.

You have to go back to the time of slavery and independence, when poisons were common weapons, to understand that such practices had certainly not disappeared suddenly during the national period. Thus the foremost of all the reasonable fears passed down from one generation to the next was precisely the fear of being poisoned. When not at home, one had to protect oneself continually by taking adequate measures. But it was also necessary to make it a point of honor to assure that one's house contained no toxic substances. *Poison free* was the expression used to describe respectable homes and set them apart. And since the notion of a natural death was never widely accepted in Quina, I was exposed from my earliest childhood, like everyone else, to the refinements of stories which drew up an exhaustive catalogue of these substances and their use, two or three of which had particularly impressed my youth.

There was even a particular code, grafted onto the body of common rules of propriety, for receiving guests when politics were involved. But in fact everyone engaged in politics, from morning to night, as they commented on the news of the day, spread the wildest rumors or even created them at times when there were few new events. To the point where everything became political, so that the code was set in motion for any stranger coming to visit. Thus you could not offer rum to anyone having a right to it, elected or appointed, bureaucrat or military, wealthy heir or self-made man—everybody, in short—except from a new bottle hermetically corked with its original seal intact. The bottle must be uncorked openly with a bit of difficulty, feigned or real, in full view of the guest who, in his turn, had to pretend not to notice, or even better, to protest after it was too late that an already-opened bottle would have sufficed. I have often heard someone say: *We have no more rum*, when there were three or four nearly-full bottles on the shelf. What was meant was: *We have no more new bottles to open for an unexpected guest.*

plus de rhum, quand il y avait sur les étagères deux à trois bouteilles à peine entamées. C'était pour dire : *Nous n'avons plus de bouteille neuve à déboucher pour un hôte de passage.*

Ainsi Quina s'enfonçait-elle lentement dans une psychose du poison avec d'étranges politesses et bonnes manières d'exorcismes. Tous les gestes étaient codifiés comme autant d'antidotes à la panoplie des poisons. Il fallait par exemple toujours raccompagner un visiteur jusqu'aux lisières de sa propriété si la brune du soir était déjà tombée. C'est que l'une des plus redoutables substances ne faisait effet que si celui qui l'avait absorbée s'exposait ensuite au serein. C'était le fameux *Pinga serein*, le *Prends garde* au serein ! On pouvait donc convivialement boire la potion avec son invité et le laisser partir seul disparaître dans le noir. Et que dire du café, que tout grand amateur de café ne boit jamais que chez lui, sous prétexte de savants dosages personnels des poudres, mais plus prosaïquement parce qu'il est bien connu que le fond d'une tasse de café est assez noir pour cacher n'importe quelle substance. *Anba kafe fè nwa !*

Même si l'on bassinait les jeunes avec des préceptes de base d'une bonne éducation : « À votre service » *c'est l'usage*, « Non merci » c'est *façon* — la langue de Quina avait gardé quelques tournures anciennes comme pour dire que la politesse et les bonnes manières sont choses qui traversent le temps sans ride —, il s'était aussi développé une brochette de rituels d'amicale confiance et de sincères alliances dont le plus significatif était le partage de la soupe jaune. En toutes circonstances notables, comme le 1er janvier ou le jour anniversaire du père de famille, ou au plus vénéré moment de la semaine, le dimanche matin, ou pour les grands départs et les grandes retrouvailles... la *soupe jaune* au menu était hautement symbolique. Chaque maîtresse de maison avait sa recette particulière et l'on savait à l'avance le registre des assaisonnements que l'on trouverait à sa table et le fumet qui distinguerait sa *soupe jaune* de toutes les autres, comme une signature. C'était même la seule invitation qui dispensait de toutes les formalités de protection, on y buvait goulûment tous les restes de bouteilles ouvertes, sirotait café sur café, et les convives gagnaient allègrement seuls la nuit sans être raccompagnés.

And so Quina sank slowly into a psychosis of poison with the strange courtesies and good manners of an exorcism. Every gesture was codified, each as an antidote to the panoply of poisons. For instance, you always had to accompany a visitor to the boundary of your property if twilight had already fallen. The reason for this was that one of the most formidable substances did not take effect unless the one who had absorbed it was subsequently exposed to darkness. It was the famous *Pinga serein*, or *Beware the nightfall*! Thus one could drink the potion convivially with one's guest and let him leave alone to disappear in the darkness. And then there is coffee, that every great lover of coffee drinks only at home, on the pretext of personal preferences for the proportion of grounds to water, but more prosaically because it is well known that the bottom of a coffee cup is black enough to hide any substance whatever. *Anba kafe fè nwa!*

Even though basic precepts of good upbringing were drummed into the heads of youngsters, "At your service" is *customary*, "No, thank you" is *formal*—Quina's language had kept a few vintage turns of phrase as if to say that politeness and good manners are things that go through time without aging—a group of rituals of friendly confidence and sincere alliances had also been developed, the most significant of which was the sharing of *yellow soup*. For any notable circumstance, like the first of January or the birthday of the father of a family, or at the most venerated moment of the week, Sunday morning, or for important departures and important reunions… *yellow soup* on the menu was highly symbolic. Every homemaker had her own particular recipe, and you knew in advance the range of seasonings you would find and the aroma that would distinguish her *yellow soup* from all the others, like a signature. It was even the only invitation exempt from all the procedures for protection, as everyone drank greedily from all the open bottles, sipping coffee after coffee, and the guests would return home alone blithely without anyone accompanying them.

Bien que tous les petits provinciaux aient été régulièrement sermonnés sur les perfidies port-au-princiennes et mis en garde contre toutes les trahisons qui s'y déroulaient, jamais au grand jamais n'avait-on évoqué la *soupe jaune* comme pouvant faire un jour partie des profanations de la capitale.

Although all little provincials had been regularly lectured about the perfidies of Port-au-Prince and warned against all the treachery that went on there, never, but never had anyone mentioned that *yellow soup* might one day become one of the desecrations of the capital.

Le petit curé du pont de Léon

À Léon, il y a un pont. Le pont de Léon. Au pont de Léon, il y a un curé. Le curé du pont de Léon. Il est petit, le curé du pont de Léon. Aussi l'appelle-t-on le petit curé du pont de Léon.

Le petit curé du pont de Léon rêvait de grande audience et d'influence nationale depuis qu'en 1990, un confrère de jeune âge avait réussi le coup de se faire élire président de la République. Aussi, le petit curé du pont de Léon contrôlait de moins en moins bien la fausse modestie qui sied aux vœux d'humilité qu'il avait prononcés. Il se mit à écrire, mais sa prose ne dépassa pas l'auditoire poli de la nonciature de la Grande-Anse. L'évêque lui fit même dire qu'il s'attardait trop dans ses descriptions de la traversée de la rivière, à la passe dite *Bounda mouillé* les jours de marché, sur le sexe trempé des femmes. Il était vraiment désolé, le petit curé du pont de Léon, de rester ainsi confiné dans l'ombre où la Providence semblait l'avoir caché depuis son retour de formation de Montréal.

Mais il crut voir un signe des cieux mettant fin à sa relégation quand, un jour de cyclone, le pont de Léon fut

The Little Priest of Léon Bridge

At Léon, there is a bridge. The Léon Bridge. At Léon Bridge, there is a priest. The priest of Léon Bridge. He is small, this priest of Léon Bridge. That is why he is called the little priest of Léon Bridge.

The little priest of Léon Bridge had dreamed of great success and national influence ever since 1990, when a youthful colleague had managed to get himself elected President of the Republic. Thus the little priest of Léon Bridge had increasing difficulty controlling the false modesty that suited the vow of humility he had taken. He began to write, but his prose went no farther than the polite audience of the nunciature of Grande-Anse. The bishop even gave him to understand that, in his descriptions of river crossings at the ford called *Bounda mouillé* on market day, he lingered too much over the soaked buttocks of the women. He was truly desolate, this little priest of Léon Bridge, at having to remain thus confined in the shadow where Divine Providence seemed to have hidden him since his return from undergoing training in Montreal.

But he believed it was a sign from heaven that his imprisonment was at an end when, in the midst of a

emporté par les eaux en furie. Il tenait enfin sa chance, Dieu merci ! et n'allait pas la lâcher.

Le petit curé du pont de Léon qui n'avait plus de pont confectionna une pétition de quatre cents noms, sans être trop regardant sur les morts des dernières années qui auraient de toutes les façons signé, s'ils avaient été encore en vie. Bref, la pétition du petit curé du pont de Léon qui n'avait plus de pont avait deux fois plus de noms qu'il ne restait de vivants dans le village. Mais qui viendrait regarder à de tels détails en ce pays où les morts votent en foule régulièrement, je vous le demande ?

La première lettre à porter les quatre cents signatures parla du pont emporté mais surtout de l'urgence de le reconstruire pour prévenir les risques d'infection que faisait courir aux sexes des femmes la traversée de la rivière. Le succès de la lettre se mesura à l'importance des radios qui la lurent. C'était le triomphe, puisque dans l'avalanche de lettres à parvenir aux rédactions après les dégâts du cyclone, il fallait bien sortir de l'ordinaire des réclamations simplement urgentes et prioritaires, par un quelconque aspect insolite ou inattendu, pour espérer être lu. Le commentateur principal de radio Haïti-Inter titra de grand matin : « La passe *Bounda mouillé* justifie toujours son nom » et dans l'édition de quatre heures de l'après-midi de radio Quisqueya, la commentatrice principale y alla d'un « À Léon, le curé discute d'un autre sexe que celui des anges ! » La deuxième lettre retenue n'avait pas de pétition de quatre cents noms et n'avait pas le piquant de la première puisqu'il ne s'agissait que du député d'Anse-à-Foleur qui réclamait, malgré l'absence du moindre trafic automobile, l'asphaltage de sa ville et des routes de sa commune dont la poussière causait des conjonctivites aux habitants. On pouvait croire qu'une conception prophylactique des ponts et chaussées se frayait ainsi un petit chemin du côté de chez nous, mais en fait, un modeste tronçon de 1850 mètres en ligne droite, bien éclairé cependant et assez solide, ferait l'affaire du député et des petits avions du soir bourrés de ce que vous savez que je sais ! « Ce n'est plus de la poussière, mais de la poudre aux yeux... » devait conclure l'édito.

Enhardi par ce premier succès, le petit curé du pont de Léon qui n'avait plus de pont s'assit à sa table pour

hurricane, the Léon Bridge was carried off by a raging torrent. His opportunity had knocked, thank God, and he was going to seize it.

The little priest of Léon Bridge who no longer had a bridge prepared a petition containing four hundred names, without being too particular about recently-deceased parishioners who would have signed anyway if they had still been living. In short, the petition of the little priest of Léon Bridge who no longer had a bridge had twice as many names as there were living inhabitants in the village. But I ask you, who would pay attention to such details in this country where dead people vote regularly in large numbers?

The first letter bearing the four hundred signatures spoke of the washed-out bridge and especially of the urgency of rebuilding it in order to avoid the risk of infection to which the women's genitals were exposed when they had to ford the river. The success of the letter was measured by the importance of the radio stations that read it on the air. It was a triumph, since such an avalanche of messages had arrived on editors' desks after the hurricane that to have any hopes of being read, a letter had to stand out, through some unusual and unexpected aspect, in contrast to the ordinary ones containing merely urgent and deserving claims. The leading commentator for Haïti-Inter Radio used in its morning report the headline: "The *Bounda mouillé* channel still deserves its name," and in the 4 p.m. edition on Quisqueya Radio, the leading commentator started off with: "In Léon, the priest discusses more than just the sex of angels." The second letter receiving attention did not have the spice of the first, since it was merely from the deputy representing Anse-à-Foleur who demanded (in spite of the absence of any auto traffic) the paving of his town and the roads of his commune, whose dust was causing the inhabitants to contract conjunctivitis. It looked as if a prophylactic conception of the highway department was making some little headway in our part of the world, but in fact, a modest section of straight road, 1850 meters long, well lit, however, and fairly solid, would be just right for the deputy and the small evening aircraft filled with you-know-what: "It's not a question of dust in the town, but of dust in our eyes," concluded an editorial.

composer une suite de lettres, toutes appuyées par les quatre cents signatures. Il s'était inventé une base et n'entendait pas en rester là. Et puis, il était inutile de refaire signer tout ce monde chaque fois, vu qu'une moitié ne savait pas signer et que l'autre moitié ne pouvait plus signer. La liste fut abondamment photocopiée et annexée à chaque épître envoyée aux radios, aux ministères et au Parlement.

La trouvaille du petit curé du pont de Léon qui n'avait plus de pont fit le bonheur des affairistes de Port-au-Prince qui se mirent à vendre des listes de pétitions. Pour quelques dollars, vous pouviez joindre à votre demande de faveur personnelle un impressionnant alignement de 600 signatures de personnes appuyant votre requête et votre démarche. Le marché se stabilisa assez vite à trois dollars les cent signatures.

Tout à son destin, le petit curé du pont de Léon en reconstruction fouillait longuement l'histoire de tous les ponts célèbres pour donner des fondements à sa future campagne. On ne le vit plus que pensif et pressé, marmonnant un étrange bréviaire où l'on distinguait pêle-mêle *Le Pont de la Rivière Kwaï*, qui jouait à guichet fermé au Rex, et le Pont-Euxin, qui est une mer, mais il n'en avait cure, le curé. Il n'était pas intéressé aux travaux en cours et n'était pas plus attentif qu'il ne fallait à ses tâches pastorales, expédiant les messes en moins de deux pour retourner à ses travaux sur les ponts et ne s'attardant plus qu'aux homélies dans lesquelles les fidèles découvraient, un peu plus médusés à chaque fois, les liens entre la Sainte Église et les ponts : le pont d'Avignon, au temps de la résidence des papes, ouvrit cette série. Pontificale. Et puis ce fut l'Église comme pont entre Dieu et les Hommes, générique incluant les femmes, précisa-t-il ; il n'était pas homme à les oublier dans leur détresse de la traversée des gués de ce bas monde qui menaçaient d'eau leur « nature », disait-il, comme il convenait au bas clergé, depuis les chroniques de la conquête espagnole d'ailleurs, de nommer cette flore obsédante pas du tout catholique.

On rapporta évidemment en hauts lieux ecclésiaux et politiques l'étrange fixation du petit curé du pont de Léon qui allait avoir un nouveau pont. Tout lui était confirmation de sa bonne étoile et le sommet fut atteint quand le Parti démocrate des USA fit campagne prési-

Emboldened by this first success, the little priest of Léon Bridge who no longer had a bridge sat down at his table to compose a succession of letters, all supported by the four hundred signatures. He had invented a base for himself and was not about to let the matter rest there. And it was impractical to make everyone sign again, each time, in view of the fact that one half did not know how to sign and the other half couldn't sign. The list was copiously photocopied and appended to each epistle sent to the radio stations, the Ministries and Parliament.

This innovation devised by the little priest of Léon Bridge who no longer had a bridge made the wheeler-dealers of Port-au-Prince quite happy, and they began to sell petition lists. For a few dollars, you could attach to your request for a personal favor an impressive array of 600 signatures of people supporting your petition and your actions. The market stabilized fairly quickly at three dollars per hundred signatures.

Totally absorbed by his destiny, the little priest of Léon Bridge under reconstruction searched at length in all the histories of famous bridges, in order to provide a foundation for his future campaign. He appeared always to be pensive and hurried, muttering a strange breviary in which could be heard a jumble of the *Bridge on the River Kwai*, which was playing to full houses at the Rex, and *Euxine Bridge*, which is not a bridge but the Black Sea, but the priest cared little for that. He was not interested in the ongoing construction work and was no more attentive than absolutely necessary to his pastoral duties, tossing off masses hastily in order to return to his research on bridges, and only slowing down for homilies in which the parishioners discovered, a little more dumbfounded each time, a tie between the Holy Church and bridges: the bridge of Avignon at the time of the residence of the Popes opened this over-arching series. And then it was the Church as a bridge between God and Man, a generic term including women, he explained; he was not a man to forget them and their distress in crossing the fords of this world below which threatened to drench their "nature," he said, as the lower clergy had been wont, from the time of the Spanish conquest, to name this not-at-all-Catholic flower which obsessed them.

dentielle pour Clinton en novembre 1996 avec le slogan « Un pont vers l'avenir ». C'était trop de signes célestes et il se lança en campagne sous le thème *Eau Secours !* pour filer à contre-pied la métaphore du *Lavalas*. La commission d'enquête ecclésialo-politique, en ce temps la différence était subtile, envoyée à Léon rapporta que danger il y avait effectivement pour les hiérarchies respectives et confondues, et qu'il fallait disposer au plus vite de ce *Pongongon*.

C'est au pavillon psychiatrique de *Pont Beudet* que se termina l'aventure du petit curé du pont de Léon qui ne fut ni à l'installation du nouveau curé, ni à l'inauguration du nouveau pont. Son remplaçant, à sa première homélie, s'attarda sur la « nature » des femmes pour dire...

This strange fixation of the little priest of Léon Bridge who was going to have a new bridge was of course reported in ecclesiastical and political high places. Everything confirmed that his lucky star was in the firmament, and the acme was reached when the Democratic Party of the U.S.A. campaigned for Clinton in November 1996 with the slogan "A bridge to the future." The celestial signs were overwhelming, and he launched a campaign with the theme "Water Safety," to contrast with the metaphor of *Lavalas*. The ecclesiastico-political commission of enquiry sent to Léon (at that time the difference between Church and State was subtle) reported that there was in fact a threat to their respective and merged hierarchies, and that this *Pongongon*—bridge maniac—must be disposed of as soon as possible.

It is in the psychiatric wing of *Beudet Bridge* that it all ended, this adventure of the little priest of Léon Bridge who attended neither the installation of the new priest nor the opening of the new bridge, at the blessing of which his replacement, in his first homily, lingered upon women's "nature" by saying...

Les amants de la Ravine du nord

Dans ce dossier, je ne trouvai en arrivant rien qu'une photo, prise en altitude d'un hélicoptère. Tous les papiers avaient disparu de la chemise, pour me laisser seul avec une pièce surréaliste : il y avait un tablier de pont qui pendait ridiculement à angle aigu d'un côté ; en contrebas était planté un bulldozer végétalisé par toutes sortes d'herbes et de lianes, et en retrait, à flanc de versant, une maisonnette en maçonnerie de quatre pièces sans toit, aux ouvertures sans porte ni fenêtre, conquise par la broussaille. Il y avait, pour unique fil conducteur de tout ce qui manquait au dossier, au dos de cette rencontre d'une ruine, d'un engin lourd et d'un ouvrage d'art, une localisation écrite au crayon de plomb, *Ravine de l'Arbre*, et une date, aux deux derniers chiffres presque illisibles.

La *Ravine de l'Arbre* n'existe pas dans nos toponymes, et personne ne savait rien de cette photo aérienne de 4 pouces sur 4 pouces, difficile à localiser de surcroît à cette échelle du $^1/_{1000}$ par laquelle 1 mètre de terrain était représenté par 1 millimètre de photo. Chercher cette scène de 1 hectare s'apparentait à l'aiguille dans la botte de foin ; mais, je savais qu'ils étaient quelques-uns à

The Lovers of the Northern Ravine

On my arrival, I found nothing in this file but a photo, probably taken from the air in a helicopter. All the papers had disappeared from the folder, leaving me with only a surrealistic item: there was a bridge roadway hanging ridiculously at an acute angle on one side; below it stood a bulldozer vegetated with all sorts of grasses and vines, and set back on the slope, a little four-room masonry house with no roof and with neither doors nor windows in its openings, conquered by the underbrush. The only hint about what was missing in the file was on the back of this meeting of a ruin, a piece of heavy machinery, and a piece of craftsmanship—a location written in pencil, *Ravine of the Tree*, and a date whose last two numbers were nearly illegible.

The *Ravine of the Tree* did not exist in our directory of place names, and no one knew anything about this four-by-four-inch aerial photo, difficult to situate, moreover, with its scale of 1/1000 by which one meter of terrain was represented by one millimeter of the photo. Finding this two-and-a-half-acre scene was comparable to the needle in the haystack; but I knew that even

savoir quand même, puisqu'il y avait un bull, un pont et une maison.

Bref, une photo de plus à ne pas livrer son histoire! C'est que nous croulions sous les photos abandonnées dans la précipitation par la dictature aux abois, et beaucoup de ces témoignages de tortures étaient proprement atroces. Des caisses et des caisses de photos prises par un régime de répressions bureaucratisées et dont les bourreaux étaient bien en vue, reconnaissables, pendant les séances d'interrogatoires. À quoi répondait cette obsession de tout photographier et de tout consigner, dans de grands cahiers noirs, paroles, faits et gestes des acteurs? C'était bien plus que du zèle, peut-être un rituel, pour fidéliser tout le monde à la grande famille. Dans la série, la petite photo d'un pont perdu, d'un bull renversé et d'une maison inachevée ne valait pas plus d'attentions.

Quelques mois plus tard, revenant d'une tournée de la côte nord en hélicoptère, quelle ne fut ma surprise de survoler le tableau. Je fis venir immédiatement les cartes adéquates et j'encerclai la zone probable de la photo. Le petit pont devait surplomber un défilé dont la traversée ouvrirait astucieusement sur une vallée allant s'élargissant en une plaine aride. La plaine de l'Arbre. Restait à trouver quelqu'un capable de me raconter l'histoire de la photo. Ils furent d'abord trois à m'en donner chacun quelques bribes, qu'ils tenaient de quelqu'un qui connaissait quelqu'un... de l'escouade qui y avait travaillé... et dont on n'eut jamais plus de nouvelles. Et puis le quatrième, ministre à l'époque, était un témoin oculaire.

C'était jour d'inauguration. Notables et officiels étaient venus pour couper le ruban traditionnel du petit pont qui symbolisait les ouvrages d'art de la nouvelle route. Le Chef lui-même s'était déplacé par hélicoptère pour les louanges. Force discours et soleil chaud étaient au menu de l'estrade, recouverte de tissus aux couleurs nationales. Le petit pont avait quatre pattes d'apparence identique, mais, l'une d'elles, la dernière coulée, n'a pas tenu quand l'engin lourd des TP est passé pour aller de l'autre côté du défilé qui ouvrait à la grande Plaine de l'Arbre où il n'y a pas d'arbre. Le gros Bull jaune a roulé tout en bas dans le fossé et faisait peine à voir avec sa mâchoire d'acier fichée à demi dans l'argile après un triple tonneau. Le petit pont avait fait l'objet de savants

so, someone knew something, because there was a bulldozer, a bridge, and a house.

In short, one more photo that would not reveal its story! We were inundated with photos abandoned in the hasty departure of a dictatorship at bay, and much of this evidence of torture was literally appalling. Boxes and boxes of photos taken by a regime of bureaucratized repression whose butchers were quite visible and recognizable during interrogation sessions. What prompted this obsession of photographing everything and of recording, in large black notebooks, the words and deeds of those involved? It was much more than zeal, perhaps a ritual, to secure the loyalty of everyone to the great ruling family. In this context, the little photo of a lost bridge, an overturned bulldozer, and an unfinished house was not worth pursuing.

A few months later, returning from a visit to the northern coast by helicopter, imagine my surprise at finding myself flying over this picture. I immediately sent for adequate maps and I drew a circle around the probable area of the photo. The little bridge should have spanned a gorge, cleverly opening onto a valley which gradually broadened into an arid plain. The Plain of the Tree. All I needed was to find someone able to tell me the story behind the photo. At first I found three people, each of whom gave me some bits and pieces which they had learned from someone who knew someone… from the gang that had worked there… and who had not been heard from since. And then the fourth, a minister at the time, was an eyewitness.

It was the day the bridge was to be dedicated. Notables and officials had come to cut the traditional ribbon on the little bridge that symbolized the achievements of craftsmanship of the new highway. Even the Leader had come by helicopter to hear himself praised. Many a speech and a hot sun were on the menu for the platform, draped in bunting in the national colors. The little bridge had four seemingly identical supporting uprights, but one of them, the last one poured, did not hold when the heavy machinery of the Department of Public Works passed over the bridge to get to the other side of the parade that was to begin on the great Plain of the Tree where there were no trees. The big yellow bulldozer fell to the bottom of the ravine and was

calculs pour livrer passage aux caravanes de camions de matériaux pour l'irrigation de la Plaine de l'Arbre qui allait enfin avoir des arbres. Mais, c'était ne pas compter avec les amours du contremaître.

C'est au troisième mois de la construction du pont, juste avant la coulée du quatrième pilier, qu'une jeune payse vint retrouver sa tante, marchande aux abords du chantier. Ce morceau de choix revenait de droit au contremaître qui avait préalablement négocié sa venue avec la tante. On les vit tous les soirs, dès le noir propice, prendre les sentiers de chèvres pour se perdre par-delà les lignes de crêtes. Elle était guillerette à longueur de journée à servir les hommes du chantier et sentait bon le ylang ylang trempé dans du *bérhum*. Ses lèvres violettes, et ses dents écartées, ravivèrent les histoires de ces femmes fatales qui perdaient leurs hommes plus sûrement que les sirènes océanes. Le contremaître entreprit, au carrefour de cette dernière passe avant la vallée, un abri pour le commerce de sa fiancée. Puis, ce fut une tonnelle qui devint peu après un deux-pièces. Jusque-là, personne ne s'était vraiment inquiété pour le pont, puisque tout travail public construisait bien quelques pans de murs ailleurs. Mais, quand la flamme du contremaître lui fit envisager un quatre-pièces à soustraire d'un seul pilier, plusieurs subordonnés lui firent part des risques à enlever plus de deux tonnes de ciment et de fer en un seul point. Le contremaître mit tout sur le compte de la jalousie. D'autorité, il en fit une affaire personnelle, renvoya les récalcitrants et s'entoura d'une escouade de fidèles bien à lui, pour la construction de la maisonnette et du dernier pilier.

Il ne s'était jamais imaginé que ce petit pont de rien du tout, perdu dans la montagne, eût pu donner lieu à tant de démonstrations inaugurales. Avant même la fin des travaux, il vit un jour arriver, avec incrédulité, l'équipe des estrades présidentielles, affectée à monter et démonter en toute hâte la scène des spectacles gouvernementaux des premières pierres, des premières pelletées, et autres premières pompes. Les metteurs en scène du protocole étaient venus sur place régler la chorégraphie. Le lendemain matin, très tôt, l'hélicoptère fit deux voyages de caméras et de reporters, d'invités et d'agents de sécurité. Puis, ce fut, au troisième voyage, le Chef en

painful to see with its steel jaw driven into the clay after a triple somersault. The little bridge had been the object of scientific calculations aimed at letting through the caravans of trucks full of building materials for the irrigation of the Plain of the Tree which was finally going to have some trees. But this plan did not take into account the foreman's love affair.

It was the third month of construction on the bridge, just before the fourth pillar was to be poured, when a young peasant girl came to visit her aunt, who ran a stall in the area near the construction site. This choice morsel belonged by right to the foreman, who had negotiated her arrival beforehand with the aunt. They could be seen every evening, as darkness was falling, following the goat tracks to lose themselves beyond the crests of the hills. She was saucy all day long when serving the workmen, and smelled of ylang-ylang soaked in bay rum. Her violet lips and her widely spaced teeth revived the stories of those *femmes fatales* who brought about the death of their men more surely than the sirens. The foreman undertook to build, at the crossroads of this last pass before the valley, a shelter for his fiancée's stall. Then it became a *tonnelle*, and soon afterward a two-room dwelling. Up to this point, no one had really worried about the bridge, since any public work traditionally included a few sections of wall outside the construction site. But when the ardor of the foreman brought him to the point of envisioning a four-room house using the material from only one pillar, several of his subordinates reminded him of the risks of removing more than two tons of concrete and iron from a single point. The foreman attributed all their protestations to jealousy. Imposing his authority, he made it a personal affair, fired the recalcitrant ones and surrounded himself with a gang of men loyal to him for the construction of the little house and the last pillar.

He had never dreamed that this unimportant little bridge, lost in the mountains, could give rise to so many inaugural celebrations. Even before the construction was finished, he was astonished one day to see the presidential platform team arrive, having been assigned the task of speedily setting up and taking apart the stage for governmental spectacles such as cornerstone layings, groundbreakings, and other inaugural ceremonies.

personne et les membres de la *Communauté internationale* qui n'en manquent pas une.

Le dernier à m'en parler un soir dans ce bureau qu'il avait lui-même occupé, voyant que j'en savais beaucoup déjà, et croyant peut-être que je savais tout, me demanda à voir la photo. Il y avait en effet en bas, au coin droit, un petit rectangle blanc auquel je n'avais pas prêté attention au début et qui devait bien être, à l'échelle de la photo, un monticule de béton, à la base d'environ huit pieds sur huit pieds.

« Cela semble en effet recouvrir une fosse, lui dis-je, septique peut-être ?

— Non, commune, compléta-t-il à voix basse, commune », rajouta-t-il encore plus bas.

The directors of the formalities had come to arrange the choreography on the spot. The next morning, very early, a helicopter made two trips bearing cameras and reporters, guests and security police. Then, on the third trip, it was the Leader in person and the members of the *International Community* who never miss such things.

The last one to speak to me of this, one evening in my office which he had once occupied himself, seeing that I already knew quite a lot about it, and perhaps believing that I knew everything, asked to see the photo. There was something near the bottom, in the right corner—a little white rectangle which I had not noticed at first and which must have been, given the photo's scale, a mound of concrete with a base measuring about eight feet by eight feet.

"It seems to be covering a pit," I said, "perhaps a septic pit?"

"No, a burial pit," he added in a low voice, "burial," he added even more softly.

Lincoln, Churchill et le contremaître

Il faut trois personnes, deux téléphones et une journée pour lancer une rumeur d'envergure dans le petit monde branché de Port-au-Prince. Dès le lendemain, on peut déjà vérifier si les gens sont contents d'adhérer ou non à la cabale mise en route. Le troisième jour, le *zen*, ce mentir vraisemblable, devenu autonome, peut grossir jusqu'à son accréditation dans le public ou perdre de son mordant, si personne n'y trouve intérêt. Ainsi donc, je consignais, à la faveur d'un nouveau poste, les éléments observables de la construction d'une théorie de la cabale. J'y tenais, tant ce stade suprême du *coup de langue* est devenu le mode normal d'expression de la peur des bourgeoisies petite, moyenne et grande. Peur de quoi ? De tout ce qui menace confusément et dérange le *statu quo* de deux siècles.

J'avais un contremaître qui excellait à trouver des solutions aux problèmes les plus insolites. Il récupéra nuitamment des lampadaires à Hinche pour les placer à Jérémie d'où il détourna des camions pour le chantier de Hinche... baissant ainsi la pression intempestive d'un évêque qui voulait des lampadaires tout de suite et la pression non moins intempestive d'un leader paysan

Lincoln, Churchill and the Foreman

Three people, two telephones, and a day are all that is necessary to launch a substantial rumor in the small, interconnected society of Port-au-Prince. By the next day, it is possible to verify whether people are willing or not to subscribe to the plot set in motion. The third day, the *zen*, this plausible lie, has taken on a life of its own, and can grow to the point where it is publicly confirmed or loses its edge, if no one is interested in it. And so, taking advantage of a new position, I recorded the observable elements of the construction of a theory of the cabal. I felt it was important, given the ultimate development of the *coup-de-langue*, which had become the normal mode of expression of fear by the petit, middle, and high bourgeoisie. Fear of what? Of everything that vaguely threatens and upsets the two-century-old status quo.

I had a foreman who excelled at finding solutions to the most unusual problems. By night he would retrieve streetlights from Hinche and put them in Jérémie, where he would divert trucks to the construction site in Hinche... thus relieving the ill-timed pressure of a bishop who wanted streetlights immediately and of the

qui, lui, voulait des camions tout de suite. Camions et lampadaires revinrent à leur place respective, dès que ces braillardes requêtes largement diffusées ne furent plus d'actualité dans les médias.

Une autre fois, il fit garder ouvert un magasin de matériaux de construction toute une soirée pour terminer un chantier qui devait être inauguré à minuit ; telle était la commande. Il semblait le seul efficace, le seul à travailler, des deux douzaines de contremaîtres qui jurèrent sa perte. Le complot fut bien monté. En dedans d'une semaine, pratiquement tout le monde s'était mis à dire du mal de lui. On ne lui reprochait rien de particulier au début, mais on suggérait qu'il se passait des choses, graves. Puis la deuxième semaine, comme aucune sanction ne semblait devoir être prise contre lui, les accusations devinrent plus précises. Tout et n'importe quoi y défila : sa mère était un loup-garou bien connu qui le soir volait d'arbre en arbre ; il était un batteur de femmes ; il avait été un macoute triomphant du duvaliérisme ; il émargeait au *payroll* des lugubres « attachés » sous les militaires... Il était pingre, disait l'un, dépensier comme lui seul, disait l'autre. Il mange pour trois, ajoutait l'un, il ne mange pas du tout, ajoutait l'autre. Et puis, il avait raté quatre fois son baccalauréat avant de devenir contremaître... C'était cela le menu d'une semaine ordinaire. Mais finalement, à dépoussiérer les rumeurs les plus folles, les coups les plus bas, il ne restait comme chefs d'accusation que les ristournes de 5 % reçues sur certains matériaux et un solide penchant pour l'alcool du malin contremaître.

Je résolus de mettre à l'abri ce travailleur efficace en lui confiant, hors de portée de ses collègues, et néanmoins amis de longue date, quelques tâches essentielles : un maille de sentiers et de carrefours dans les campagnes, afin de désenclaver plus de trois millions de paysans pauvres, acculés autrement à marcher sur Port-au-Prince rejoindre les deux millions déjà sur place. Il urgeait que quelqu'un d'habile en effet se penchât sur la rétention des populations rurales et montagnardes. Mais je jouai de déveine quand courut la rumeur, le *zen*, que je voulais m'occuper d'autres choses que des trous dans les rues de Port-au-Prince. J'avais provoqué une levée de boucliers du tout-puissant groupuscule — moins de trente mille personnes — à y circuler en voitures privées.

no less ill-timed pressure of a rural politico who wanted trucks no less immediately. Trucks and streetlights returned to their respective places as soon as these widely-publicized loudmouth requests were no longer considered newsworthy by the media.

Another time, he kept a construction materials warehouse open all evening in order to finish a construction job that was to be dedicated at midnight; that was the order. He seemed to be the only efficient one, the only one who worked, among the two dozen other foremen who swore to bring about his ruin. The plot was well hatched. Within a week, almost everyone had begun to speak ill of him. They had nothing in particular against him at the beginning, but they suggested that serious things were going on. Then the second week, since no sanctions seemed to have been taken against him, the accusations became more specific. Everything but the kitchen sink was passed in review: his mother was a well-known werewolf who flew from tree to tree at night; he was a wife-beater; he had been a triumphant *macoute* under Duvalierism; he was on the payroll of the sinister "*attachés*" under the military regime... Some said he was a skinflint, while others said no one was a bigger spender than he. He eats like a horse, some said, he doesn't eat at all, added others. And then he had failed his *baccalauréat* exams four times before he became a foreman... That was the menu of an ordinary week. But finally, after brushing away the wildest rumors and the lowest blows, the only remaining charges against the clever foreman were the 5% kickbacks he received on certain materials and a solid penchant for alcohol.

I resolved to keep this efficient worker out of harm's way by entrusting him—out of reach of his colleagues who were nevertheless longtime friends—with a few essential tasks: a mesh of paths and crossroads in the countryside, intended to open up an area inhabited by more than three million poor peasants who would otherwise be forced to march on Port-au-Prince to join the two million who had already arrived. He himself had in fact urged that someone clever look into the retention of rural and mountain populations. But I ran into some bad luck when the rumor, the *zen*, spread that I wanted to take care of something besides holes in the streets of Port-au-Prince. I had caused an outcry from a small

À peine un centième des effectifs ruraux concernés, mais quelle puissance ! Depuis 1804 !

L'homme qui avait tellement d'ennemis vint un jour de grand matin chez moi. Il y rencontra une autre visiteuse de l'aube arrivée avant lui aux premières lueurs, avocate d'une partie adverse venue dénoncer le vieil avocat efficace du Ministère pour avoir été au service des militaires putschistes et demander de lui opposer un plus jeune, et un moins expérimenté, pour lui permettre de gagner sa cause, indéfendable certes, mais favorable aux amis des amis politiques... Le contremaître avait tout entendu. Il s'en servit pour caractériser le milieu et me demander de ne plus autant le défendre car mon temps était compté avec de tels agissements. Il ajouta que je ne devais d'avoir tant duré que par l'effet de surprise de la première communiante qui traverse un bordel.

Je retins l'image et m'habillai tout de blanc pour la rencontre avec les contremaîtres que j'avais convoqués pour entendre de leur bouche les reproches. Ils savaient déjà tous que seulement deux chefs d'accusation avaient été retenus. Ils foncèrent en chœur pour les étayer de la fois où il était saoul à une inauguration devant le Président, de l'autre fois où la ristourne avait dû culminer, vu qu'il s'était acheté une voiture, pas neuve, même assez vieille, mais quand même une voiture, avec chauffeur, qui roulait pour amener ses enfants à l'école et sa femme au marché. Quand je demandai comment il se faisait que tous menaient le même train de vie, il me fut répondu, encore en chœur, qu'ils étaient tous d'heureux joueurs de *borlette,* et qu'ils rêvaient tous, la veille des tirages, des numéros gagnants. Fallait y penser !

Je coupai court, et leur dit combien efficace il était dans son travail. J'aurais apprécié que tous ceux qui lui tiraient dessus puissent au moins en faire autant que lui. La question sans réponse étant toujours dans ces cas : *Qui dit mieux ?* Alors, j'autorisai tout le monde à essayer de faire comme lui, ristournes comprises, mais à l'expresse condition de la performance identique, car le pire à craindre était un corps angélique de contremaîtres inefficaces, piailleurs, râleurs, hâbleurs et cabaleurs de surcroît. Je terminai par la question de l'alcool : *il paraît qu'il boit un clairin parfumé aux figues expédié de Saint-Marc. J'ai fait faire enquête, il s'agit bien d'un « trempé » de la guildive des Nonez. J'ai donc pris sur moi d'en comman-*

but all-powerful group—fewer than thirty thousand people—who traveled those streets in private cars. Scarcely a tenth of the rural population concerned, but what power! Since 1804!

The man who had so many enemies came to see me one day at sunrise. There he met another dawn visitor, a woman who had arrived before him at first light, the lawyer for an opposing litigant, who had come to accuse the old, effective Ministry lawyer of having been in the service of the military putsch, and to ask to replace him with a younger, less experienced one, so that she could win her case, which was admittedly indefensible but politically correct. The foreman had heard everything. He made use of it to characterize the environment and to ask me not to defend him so much any more, since such goings-on showed that my days were numbered. He added that I had only lasted this long because of an element of surprise comparable to that of seeing a young girl just having had her first Communion passing through a bordello.

I retained the image and dressed all in white for my meeting with the foremen, whom I had called together to hear the accusations from their own mouths. They already knew that only two charges remained against him. They attacked in chorus to shore up the charges with the time he was drunk at an unveiling right in front of the President, and the other time when the kickback must have been paid, since he had bought a car, not new, even fairly old, but all the same a car, with a driver, which drove about to take his children to school and his wife to market. When I asked how it was that they all led the same kind of life, they responded, again in chorus, that they were all lucky *borlette* players, and that the night before drawings, they all dreamed the winning numbers. I should have thought of that!

I cut off their complaints, and told them how effective he was in his work. I would have appreciated that all those who were taking pot shots at him could at least do as much as he did. The unanswerable question in these cases is always: "Who can do better?" And so I authorized everyone to try to do as he did, kickbacks included, but on the express condition of an identical performance to his, since the worst situation would be an angelic group of inefficient, whining, moaning, boastful, and even plot-

der plusieurs gallons pour vous tous, des fois que s'y trouverait la solution de la performance.

Le lendemain matin, mes deux boss, le président et le premier ministre, tout sourire, me taquinèrent en réunion du Conseil sur les vagues que je faisais aux Travaux publics — mes moindres gestes leur étaient immédiatement rapportés, évidemment —, mais ils voulaient surtout savoir d'où me venaient ces deux solutions si peu politiques.

De Winston Churchill, pour la première et d'Abraham Lincoln, pour la seconde.

ting foremen. I ended with the question of alcohol: *it seems that he drinks a kind of* clairin *flavored with figs sent from Saint-Marc. I have investigated, and it is a* "trempé" *from the* guildive *of Nonez. So I have taken it upon myself to order several gallons for all of you, in case it proves to be the solution to the performance problem.*

The next morning, my two bosses—the President and the Prime Minister, all smiles, teased me at a meeting about the waves I was making in the Public Works Department—my slightest actions were immediately reported, of course—but they wanted especially to know where I had come upon such unpolitical solutions.

From Winston Churchill, for the first, and from Abraham Lincoln, for the second…

Le sourire perdu des garçons de café

Il avait passé un mois au pays, venant, pour la première fois de sa lointaine diaspora montréalaise, chercher une niche pour prendre du service. On ne pouvait plus douter de ses serments réitérés sur l'urgence de profiter de trente années d'expérience d'un ingénieur électrique, en instance de retraite, pour que jaillisse enfin la lumière dans ce pays de noirceurs. Une telle perspective, surtout clamée aux douze coups de tous les minuits, dans l'un des deux restaurants branchés du centre-ville de Port-au-Prince, faisait du bien en ces moments de coupures de courant.

Le rituel des expatriés dans ces deux cafés les avait très tôt fait rebaptiser dans le public, de *Nédgé sur Mer,* pour celui de la rue Pavée, et de *Columbia Boys,* pour l'autre du Champ-de-Mars. Depuis quand exactement ces deux surnoms ? Je ne le sus jamais en parlant aux garçons de service, mais par contre, j'appris que ceux-ci, désabusés derrière leur sourire qui fait aussi partie de leur uniforme, enregistraient tout, et savaient depuis longtemps mesurer les clients à leurs pourboires : entre les radins qui l'oublient et les bluffeurs qui l'exagèrent, l'homme de qualité ne donnait ni trop ni pas assez, de

The Lost Smiles of Café Waiters

He had spent a month in Haiti, coming, for the first time during his far-off Montreal diaspora, to find a niche where he could be of service. It was impossible to doubt the sincerity of his repeated statements on the urgency of taking advantage of his thirty years of experience as an electrical engineer in the process of retiring, so that this land of darkness might finally sparkle with light. Such a perspective, especially when it was proclaimed every midnight at the stroke of twelve, in one of the two fashionable restaurants in downtown Port-au-Prince, was reassuring in those times of power outages.

The expatriates' ritual in these two cafés soon caused them to be renamed by onlookers: *Nédgé-by-the-Sea* for the one on Rue Pavée, and *The Columbia Boys* for the other on the Champ-de-Mars. When had they been so christened? I never found out from the waiters, but I did learn that, behind the smile that was part of their uniform, these men absorbed everything, and had known for a long time how to judge customers according to their tips: between the cheapskates who left nothing to the blowhards who overtipped, there was the man

me dire Rhum, un garçon, fin observateur de sa terrasse. Il m'avait aussi confié que ceux qui reviendraient au pays fréquentaient modérément ces lieux et ceux qui ne reviendraient pas s'y installaient tous les jours de leur séjour.

Quelque cinq mois plus tard, le plus haut poste de l'énergie devenu vacant, ils furent nombreux sous ces deux tonnelles à naturellement dire que c'était l'occasion de faire une offre à notre expert si décidé. Ce qui fut fait, après force recommandations individuelles et mise en marche de la rumeur publique. La réponse, qu'il mit dix jours à formuler, au point que l'on ne l'attendait plus, fut un morceau d'anthologie : un contrat en Béton, un pont d'Or et une protection d'Acier.

D'un, le Béton : le contrat requis devait stipuler que le poste était de sept ans, sans possibilité de révocation. L'inamovibilité exigée se doublait d'une reconduction de sept ans, sur simple décision unilatérale du seul titulaire (bref, un poste de quatorze ans conduisant à une seconde retraite à soixante-quinze ans). Suivaient toutes sortes de considérations sur les conditions de travail, les pleins pouvoirs de nomination et de révocation dans l'administration ; l'autonomie complète de la direction et la présidence du Conseil d'administration (réservée par la loi au Ministre). Le reste était à l'avenant.

Il ne s'agissait, comme pour tous les autres postes de ce niveau, que d'un siège éjectable dont le bouton était sous d'autres doigts que ceux de l'intéressé. De plus, une simple lettre de nomination tenait lieu de contrat et la marge de manœuvre de tout nouveau désigné était au départ toujours mince... Nous étions loin du compte.

De deux, l'Or : les clauses monétaires stipulaient paiements en dollars américains et versement de trois années à l'avance. De plus, une ligne de crédit sur l'étranger devait permettre dans tous les cas le versement des quatre années restantes. Des *per diem* conséquents, en monnaie locale, complétaient le tout, aussi assaisonné de frais de déménagements et d'allocations en dollars canadiens pour des vacances familiales régulières au lieu de recrutement. Et cætera.

Il fut calculé que le contrat réclamé était de treize fois supérieur à ce qui allait être versé au nouveau titulaire.

of quality who gave neither too little nor too much, said Rhum, a waiter and keen observer of his clientele. He had also confided that the ones who would return again to Haiti spent a moderate amount of time in the cafés, while those who would never return could be found there every day of their visit.

Some five months later, the highest post in the Department of Energy having become vacant, there were many beneath the awnings of both sidewalk cafés who said naturally that the opportunity had arrived for making an offer to this determined expert. Which was done, after many an individual recommendation and the setting in motion of public rumor. His response, which took ten days to compose—so long that it was no longer expected—was worthy of being included in an anthology: a contract set in Concrete, with a Golden Bridge and a Steel Shield.

First, the Concrete: the contract he demanded was to stipulate that the appointment would be for seven years, with no possibility of dismissal. This required irremovability was doubled by a seven-year renewal, to be activated by a simple, unilateral decision of the civil servant himself (in short, a fourteen-year position leading to a second retirement at the age of seventy-five). There followed all sorts of clauses on working conditions, complete autonomy in hiring and firing, and the chairmanship of the Administrative Council (a post held by the Minister, by law). The rest was in the same vein.

As in the case of all other positions at that level, the post was nothing more than an ejection seat whose button was under someone else's finger. What's more, a simple letter of appointment took the place of a contract, and the maneuvering room of any new appointee was extremely narrow from the beginning... The two positions were far from compatible.

Secondly, the Gold: the monetary clauses stipulated payments in American dollars, deposited three years in advance. What is more, a foreign line of credit was to provide the deposit for the four remaining years, no matter what happened. Substantial *per diems* in local currency completed the package, which was also padded with moving expenses and benefits in Canadian dollars, for regular family vacations in the country from which he was recruited.

De trois, l'Acier : il exigeait un *Full Metal Jacket.* Il avait vraiment très peur pour envisager vivre longtemps avec vingt et un gardes du corps, en roulement de sept par tranche de huit heures, dans trois Jeep 4 x 4 identiques aux vitres fumées et aux portes arrière blindées. Il devait donc y avoir un chauffeur et un garde du corps par voiture-leurre, et trois personnes à ses côtés en permanence.

La vérité de ce poste était de quelques erratiques gardes d'une compagnie privée qui se traînaient les pieds et les fusils de chasse dans la cour principale. En uniforme brun et jaune, il est vrai. Toutes les situations de crises précédentes avaient toujours démontré que les vigiles étaient les premiers à détaler. D'ailleurs, leur présence étant de plus en plus décorative, car il avait été décidé de ne pas armer les fusils pour éviter toute bavure. Bref, pour la sécurité dans ce poste, mieux valait, comme tout le monde, se recommander à la grâce de Dieu.

La télécopie arriva tellement en retard que tout était déjà consommé et le nouveau titulaire installé à son poste depuis une semaine. Mais, classe politique oblige, il fallut fournir des explications sous les tonnelles et des preuves à la rumeur publique.

Aux cinq apéritifs de la semaine suivante, au *Nédgé sur Mer* et au *Columbia Boys,* notre diaspora faisait les frais de toutes les conversations des répondants qui avaient appuyé sa candidature et qui maintenant, surpris, commentaient ses exigences. Les galeries, hilares, en rajoutaient sur le contrat réclamé, si besoin en était. Et on ne le désigna plus que par son nouveau surnom de BOA, le reptilien carnassier aux initiales de Béton, Or et Acier. Même les garçons de café sortirent de derrière leur sourire d'uniforme, pour raconter comment et pourquoi ils savaient depuis toujours que celui-là trouverait un moyen de s'empêcher de faire le saut.

L'on s'attendait donc à ne plus le revoir. Il n'en fut rien. Tous les ans à la même époque, le Boa revint comme si de rien n'était, dire les mêmes choses aux mêmes tables. Seul a changé le sourire qui ne fait plus partie de l'uniforme des garçons. C'était trop leur demander, en effet.

It was calculated that the contract he demanded was for thirteen times as much as the sum budgeted for the new post.

Thirdly, the Steel: he demanded a Full Metal Jacket. He must have been extremely afraid to consider living for any length of time with twenty-one bodyguards, in three eight-hour shifts, in three identical Jeep 4 x 4's with tinted glass and armored rear doors. There would have to be a driver and a bodyguard per decoy vehicle, and three people at his side at all times.

The truth about this position was that there were a few erratic guards from a private company who dragged their feet and their hunting rifles in the main courtyard. In brown and yellow uniforms, at least. All the preceding crisis situations had always shown that the sentries were the first ones to flee. Besides, since their presence was becoming merely decorative, it had been decided not to load the rifles, in order to avoid any blunders. In short, as far as security for this position was concerned, it was best to do as everyone else did—put yourself into the hands of God.

The fax arrived so late that everything had already been arranged, and the new staff member had been installed in his position a week earlier. But political rank brings its obligations—explanations had to be provided beneath the café awnings, and fodder for rumors.

During the five cocktail hours of the following week at *Nédgé-on-the-Sea* and *The Columbia Boys*, our diaspora member was the topic of conversation among all those who had served as references and who had supported his candidacy, and who now made surprised comments about his demands. The onlookers jokingly inflated the contract even more, just in case. And he was referred to only by his new nickname, BOA—the carnivorous reptile with the initials "*Béton, Or et Acier,*" for "Concrete, Gold, and Steel." Even the waiters came out from behind the smile that was part of their uniform, to explain how and why they had always known that that one would find a way to provide a parachute for himself.

And so no one expected to see him anymore. But that wasn't the case. Every year, at the same time, the Boa returns as if nothing had happened, to express the same ideas at the same tables. The only thing that has changed is the smile which is no longer a part of the waiters' uniforms. That would be asking too much of them.

L'antichambre du Nobel

C'était en fin novembre 1990. En plein dans cette campagne présidentielle aux cadres clairsemés, que la victoire allait bientôt surcharger d'amis, arrivés au secours de la victoire, dans un interminable défilé de mode de retournements de vestes. Mais nous en étions encore à un soir de solitude, moins de dix, à scruter la culture comme unique source de séduction et ultime ressource de négociation, quand s'imposa l'échéance de 1492 à son cinq centième anniversaire. Il ne fallait pas être grand sorcier pour cerner l'hypothèse que les Nobel de littérature et de la paix tomberaient probablement en Caraïbe en cette année 1992 et qu'il nous fallait faire au plus vite le tour de notre monde, pour voir avec qui prendre ces chances qui allaient passer. En ce temps, il était beaucoup question des chances qui passaient.

Nous avions deux bonnes cartes à jouer. D'une part, ce candidat, dont le profil d'homme de paix gagnait chaque jour assez d'audience — il ne suffisait que d'empêcher ses dérapages pour le voir finaliste —, et d'autre part, cet auteur qui en avait déjà fait assez dans tous les genres de la création pour être distingué par le suprême

The Anteroom of the Nobel Prize

It was the end of November, 1990. At the height of the presidential campaign with its thinly scattered leaders, whom victory would soon overwhelm with friends coming to the aid of victory, in an endless fashion show of turning coats. But we were still in an evening of solitude, fewer than ten of us, scrutinizing culture as a unique source of seduction and an ultimate resource for negotiation, when the approach of the five hundredth anniversary of 1492 made itself felt. It took no crystal ball to work out the hypothesis that the Nobel prizes for literature and peace would probably fall somewhere in the Caribbean in the year 1992, and that we must quickly examine our peers, to decide with whom to cast our lot when this opportunity knocked. At that time, seizing opportunity was often on our minds.

We had two good cards to play. On the one hand, a candidate whose profile as a man of peace was increasingly capturing attention—we had only to prevent him from making one of his blunders to see him become a finalist; and on the other hand, an author who had already produced enough in all the genres of creativity to be singled out by the Nobel jury. He fit into the tri-

jury. Il était bien de la tradition des hommes en trois morceaux qui avaient marqué ces XIXᵉ et XXᵉ siècles haïtiens : des scientifiques, engagés en politique, avec des carrières littéraires. Ou vice versa. Avec des fortunes diverses dans chacun des morceaux. Une liste appréciable de cette combinaison trinitaire jalonnait notre histoire jusqu'aux derniers en date, de Jean Price-Mars à Jacques Roumain à Jacques Stéphen Alexis à... Restaient les vivants parmi lesquels obligatoirement choisir. Nous avions été unanimes à en désigner un capable un jour de se mériter ce hasard.

Un doublé haïtien n'était pas totalement déraisonnable dans la conjoncture exceptionnelle qui faisait scintiller ce pays de tous ses feux. Ce rendez-vous que semblait vouloir prendre le pays avec l'Histoire du Monde n'avait que deux précédents de cette amplitude : le 1492 d'Hispaniola et le 1804 de Saint-Domingue. On rêvait de ce 1992 pour cet Haïti alors bercé par la musique électorale que chantait tout un peuple en liesse :

Si l'on est seul à rêver
On reste dans le rêve
Si nous rêvons ensemble
Peut-être arriverons-nous à nous réveiller

Il fallait cependant prendre des dispositions strictes, que partout autour de nous prenaient les autres, pour présenter leurs candidats d'un calibre, somme toute, proche des nôtres. Ou presque. Partout l'on s'agitait sur ces choses sérieuses en Caraïbe. Sauf chez nous jusqu'à ce soir-là. Il fut donc décidé de commencer par la littérature, vu que le dossier de Nobel de la paix, beaucoup moins complexe à monter, pouvait attendre que les promesses d'une ère nouvelle se confirmassent après les premiers mois de gouvernement et d'application du programme annoncé dans le manifeste intitulé *La chance qui passe.* La démarche était de consulter d'abord un cercle d'amis, connaisseurs de l'œuvre de l'auteur, pour la composition de l'éventuel comité de promotion de la candidature car, un Nobel, cela ne s'improvise pas. Et l'on se quitta, tard dans la nuit, pour un sondage de deux jours, convaincu d'avoir fait un pas vers la gouverne responsable de la chose publique.

Le premier connaisseur et ami consulté, dans l'éclat d'un grand rire d'homme de théâtre, dira qu'il faut en

partite tradition of men who had marked Haiti's nineteenth and twentieth centuries: scientists, involved in politics, with literary careers. Or vice versa. With differing fortunes in each of the three parts. A considerable list of this trinitarian combination marks our history up to recent times, from Jean Price-Mars to Jacques Roumain to Jacques Stéphen Alexis to... The living ones remained, among whom one must be chosen. We were unanimous in designating an author who was capable one day of earning this great honor.

It was not completely unreasonable to imagine a double Haitian victory, considering the exceptional circumstances that were causing the country to sparkle with all its brilliance. This encounter the country seemed to be wanting to make with World History had only two precedents of such magnitude: Hispaniola's 1492 and Saint-Domingue's 1804. We dreamed of this 1992 for Haiti, lulled by election music sung jubilantly by an entire nation:

If we dream alone
We keep dreaming
If we dream together
We will perhaps be able to awaken.

But strict measures had to be taken, and were being taken everywhere by others, in order to present their candidates who were, all things considered, of a caliber approaching ours. Or nearly. Everywhere in the Caribbean these serious matters were being debated. Except among us, until that evening. We decided to begin with literature, in view of the fact that the problem of the Nobel Peace Prize, much less complicated to address, could wait until the promises of a new era were confirmed after the first months in office and the application of the program announced in a Manifesto entitled "Opportunity Knocks." Our approach would begin with the consultation of a circle of friends, experts on the author's works, with a view to the composition of a possible committee to promote the candidacy—for a Nobel Prize doesn't just happen. And our gathering broke up late at night, all of us ready to poll our friends for two days, convinced that we had taken a step toward controlling the rudder of the ship of state.

rentrant chez l'auteur traverser l'antichambre avant d'atteindre l'homme, et que cette antichambre est tapissée de peintures toutes identiques de l'auteur par lui-même, et cætera, et cætera.

Mais de l'œuvre il ne souffla mot.

Le second connaisseur et ami consulté, dans un petit gloussement pointu de rongeur, dira que chez l'auteur on atteint l'homme avant son antichambre et que cette pièce dérobée est hérissée de sculptures toutes identiques de l'auteur par lui-même, et cætera, et cætera.

Mais de l'œuvre il ne souffla mot.

Le troisième connaisseur et ami consulté dira, dans un sifflement reptilien, qu'il faut pouvoir atteindre l'homme dans son antichambre, de miroirs *murs à murs*, où il écrivait entouré d'images de lui-même renvoyées à l'infini dans toutes les directions, et cætera, et cætera.

Mais de l'œuvre il ne souffla mot.

À notre deuxième rencontre, force fut de constater qu'en deux jours, comme en deux siècles, nos vieux démons cabaleurs n'étaient pas exorcisés. Rien de nouveau donc et rien de caché de surcroît pour rendre compte de cette sale manie des myopes de s'en prendre au doigt quand il pointe la lune. Un historien, néanmoins homme de lettres, avait déjà longuement exploré *La déroute permanente de l'intelligence* dans ce pays, tandis qu'un autre historien, néanmoins homme politique, celui du *Complot permanent contre la qualité*:

Edmond Paul était un arrogant...
Mais de l'œuvre pas un mot.
C'était pourtant le plus modernisateur du XIXe siècle.

Louis Joseph Janvier était pédant...
Mais de l'œuvre pas un mot.
C'était pourtant le plus grand du XIXe siècle.

Anténor Firmin était vaniteux...
Mais de l'œuvre pas un mot.
Ce fut pourtant le plus encyclopédique du XIXe.

Demesvar Delorme était suffisant...
Mais de l'œuvre pas un mot.

Et cinquante autres furent hautains...
Mais des œuvres pas un mot,

Ne fût-ce que pour s'en démarquer.

The first expert and friend consulted, with the hearty laughter of a man of the theatre, said that when you go to the author's home, you must cross an anteroom before reaching the man himself, and that this anteroom is covered with identical self-portraits of the author, et cetera, et cetera.

But he said not a word about his literary works.

The second expert and friend consulted said, with a little pointed, rodent-like chuckle, that when you visit the author's home you meet him before arriving at the anteroom and that this hidden room is bristling with identical sculptures, all self-portraits of the author, et cetera, et cetera.

But he said not a word about his literary works.

The third expert and friend consulted said, with a reptilian hiss, that you must meet the man in his anteroom, with *wall-to-wall* mirrors, where he wrote surrounded by images of himself repeated to infinity in all directions, et cetera, et cetera.

But he said not a word about his literary works.

At our second meeting, we were forced to admit that in two days, as in two centuries, our old scheming demons had not been exorcised. Nothing new, then, and nothing hidden, moreover. A historian who was nevertheless a man of letters had already explored at length *The Constant Disarray of Intelligence* in this country, while another historian who was nevertheless a politician, outlined the *Constant Plot Against Quality* to account for the nasty habit of the nearsighted to ignore the forest for the trees.

Edmond Paul was arrogant...
But not a word about his works.
And yet he was the most progressive of the nineteenth century.

Louis Joseph Janvier was pedantic...
But not a word about his works.
And yet he was the greatest of the nineteenth century.

Anténor Firmin was vain...
But not a word about his works.
And yet he was the most encyclopedic of the nineteenth century.

Derek Walcott et Rigoberta Menchu allaient se mériter les deux Nobel 1992 pour la Caraïbe ; et je ne sais toujours rien de l'antichambre de cet auteur haïtien ; mais il paraît qu'il n'a même pas d'antichambre, m'a-t-on assuré depuis.

Demesvar Delorme was self-important.
But not a word about his works.

And fifty others were haughty...
But not a word about their works

Not even to set oneself apart from them.

Derek Walcott and Rigoberta Menchu also deserved the two 1992 Nobels for the Caribbean. And I still know nothing about the anteroom of that Haitian author whom I never visited; but it seems that he does not even have an anteroom, or so I was later informed.

Qui a coulé Le Neptune ?

Je devins sourd aux chuchotis du vernissage quand j'arrivai au pied d'un tableau aux dimensions d'une autre époque : *Les Bœufs du Neptune.* Ses dominantes bleu et or déclinaient toutes les nuances qu'un rouge soleil rasant à l'horizon projetait sur la scène d'une mer étale d'après la tempête. Dans cette évanescence crépusculaire, des bœufs morts, de grandeur presque nature et gonflés comme des outres pleines, servaient chacun de bouées de sauvetage à quatre naufragés agrippés à leurs membres raides. Les dimensions affichées étaient trop précisément celles du *Radeau de la Méduse*, 491 x 717 cm, pour que cette démesure fût fortuite.

Je revis le bateau, chargé à ras dans la rade de Jérémie, se préparer à lever l'ancre aux petites heures du matin. L'ultime branle-bas faisait courir les marins affectés aux arrimages des chargements qui continuaient toujours de monter à bord. Tout au fond de la cale, l'empilement compact des sacs de café était à lui seul suffisant pour lester le navire jusqu'à sa ligne de flottaison. Les jours précédents, j'avais remonté assez loin la filière du café pour savoir que la photo de la soute pleine que je venais de prendre symboliserait les accointances de toute la

Who Sank the Neptune?

I became deaf to the whisperings at the art show opening when I came upon a painting whose dimensions were from another era: *The Cattle of the Neptune.* Its dominant blues and golds offered all the nuances that a red sun skimming the horizon cast onto the scene of a slackened sea after a storm. In this evanescent twilight floated dead cattle, almost life-sized and swollen to bursting, each serving as a life preserver for four shipwreck victims clinging to its stiff legs. The dimensions indicated were too precisely those of the *Raft of the Medusa*, 491 x 717 centimeters, for this excessive size to be a coincidence.

I saw the boat again, loaded to the gills, lying off Jérémie, preparing to weigh anchor in the wee hours of the morning. The last flurry of activity sent sailors assigned to stowing the cargo scurrying about as it continued to come aboard. In the depths of the hold, a compact stack of bags of coffee was in itself enough to ballast the boat down to its waterline. During the preceding days, I had gone back far enough along the coffee chain to know that the photo of the full hold that I had just taken would symbolize the contacts along an entire

chaîne des intermédiaires. Mais, il nous restait encore, à ma compagne et moi, à découvrir jusqu'où l'on pouvait repousser les limites d'un tonnage... et l'esprit de lucre. D'instinct j'avais déjà changé de caméra, pour travailler en noir et blanc, car il allait me falloir publier aussi des photos pour conjurer le sort qui menaçait.

Le pont avait été transformé en une seconde soute de marchandises amoncelées et en parc à bestiaux: grosses pièces de boucheries sur pieds aux cornes entravées, et ribambelle de caprins aux pieds enlacés deux à deux. Les nasses d'osier superposées montaient haut au centre du pont en une vingtaine d'étages de toutes les espèces de volailles et gibiers. Et pour compléter ce riche marché flottant du grenier de la Grande-Anse, tout autour des parapets du pont, des régimes de bananes vertes pendaient nus vers l'extérieur à toucher l'eau.

Le troisième niveau était une espèce de mezzanine surajoutée qui tenait lieu de deuxième pont de bois. Il était strié sur toute sa longueur d'étroites rangées de bancs peints en vert foncé où prendraient place les voyageurs assis, car il y avait un prix réduit pour voyageurs debout et accrochés, là où c'était possible. Le tout était surmonté d'une tonnelle à armature légère recouverte d'un plastique bleu foncé en cours de décoloration sous les ardeurs du soleil et d'effilochement sous les coups des intempéries.

La nuit tombait presque quand nous arrivâmes sur le pont supérieur pour saisir d'en haut la scène. Des lumières tellement faibles balisaient ce terril d'humains, d'animaux et de marchandises que je me rappelle m'être demandé où ils avaient bien pu trouver ces ampoules de 5 watts. Les petits enfants dormaient déjà, recroquevillés sur les sacs, et l'on chargeait encore en les enjambant. Tout cela me faisait penser à l'*Arche de Noé* puis, irrésistiblement au *Radeau de la Méduse* de Géricault sur lequel, jeune étudiant, j'avais fait un long exposé et que j'avais été revoir quatre fois au Louvre, en quatre ans.

Nous rentrâmes dans la cabine de pilotage pleine d'instruments défectueux, et surtout inutiles, nous précisa le Capitaine, puisqu'il allait louvoyer à vue des côtes, et que, de plus, il était pilote au long cours pour avoir caboté dans la mer des Caraïbes d'île en île *au vent* des alizés, et de terre-ferme en terre-ferme *sous le vent*

chain of intermediaries. But for my companion and me, it remained to be discovered just how far the tonnage limits—and the profit motive—could be pushed. I had already instinctively changed cameras, to work in black and white, since I would also have to publish photos to ward off the threat of bad luck that hung over the scene.

The deck had been transformed into both another hold for piled-up merchandise and a livestock pen: huge slabs of meat on the hoof with their horns in shackles, and herds of goats tied up in pairs by the feet. Wicker cages stacked on top of one another climbed high at the deck's center, twenty or so stories of all types of poultry and game birds. And to complete this floating market from the breadbasket of Grande-Anse, all around the outside of the railings, bunches of green bananas hung exposed and touching the water.

The third level was a sort of mezzanine, added on as a second wooden deck. It was striped along its entire length by narrow rows of benches painted dark green where the seated passengers would take their places, since there was a reduced price for passengers standing and clinging wherever it was possible to do so. The whole thing was topped off with a *tonnelle* made of a light frame covered with a dark blue plastic tarp in the process of fading from the sun's heat and fraying from bouts of bad weather.

Night had nearly fallen when we arrived on the upper deck to take in the scene from above. The lights that marked this heap of humans, animals, and merchandise were so feeble that I remember wondering where they had been able to find five-watt bulbs. The little children were already asleep, curled up on the bags, and sailors stepped over them as they continued to stow more cargo. All that made me think of *Noah's Ark*, and then, irresistibly, of the *Raft of the Medusa* by Géricault, about which, as a young student, I had given a long report, and which I had gone back to see at the Louvre four years in a row.

We entered the pilot-house, full of defective and above all unnecessary instruments, the Captain explained to us, since he was going to keep the coast in sight as he sailed; and moreover, he could boast of long years as a pilot, having coasted in the Caribbean from island to island *before* the trade winds, and from main-

d'ouest. Il continua à nous parler de lui et du navire, encore bons à leurs âges, pour la navette entre Jérémie et Port-au-Prince, et de la cabine principale que nous pourrions occuper, avec l'assurance que l'on dégagerait bien une petite place à bord pour la Jeep avant la levée de l'ancre. Nous avions décliné l'offre pour reprendre l'impossible route qui nous obligeait à passer par les plus hauts sommets de ce pays.

Le Neptune a mis cinq ans à couler. La disparition annoncée de toute la classe entrepreneuriale de la zone, le millier de *madansara,* fut reçue comme une « exagération », mot-clé qui à Port-au-Prince recouvre toutes leurs petites démissions quotidiennes pour ne rien assumer. Et plus personne ne se sentit concerné par l'inéluctable catastrophe.

J'étais de passage au pays, en février 1993, quand c'est finalement arrivé... et l'*Arche de Noé* m'était revenue, d'autant plus intensément qu'il s'en était trouvé un pour faire remarquer que c'était *« le onzième jour du deuxième mois (que) Dieu (avait) dit à Noé... »* Ce que j'ai vu alors arriver sur nos plages pendant deux jours du côté de Miragoâne a de loin dépassé le morceau de bravoure du naufrage de *La Méduse.* En effet, des bœufs morts gonflés comme des outres pleines servaient de bouées de sauvetage à des naufragés agrippés à leurs membres raides.

Les registres retrouvés du *Neptune* disent à peu près tout de ce qui a sombré ce jour-là, jusqu'au nombre exact des animaux embarqués ayant péri, *bêtes à cornes et bêtes cavales, vivres de bouches et denrées...* comme dans les relevés du XVIIIe siècle saint-dominguois ; mais, les seuls chiffres à n'avoir fait l'objet d'aucune recension étaient ceux du nombre des humains qui étaient montés à bord, *Nègres et Négresses, Négrillons et Négrittes,* auraient dit alors ces mêmes relevés.

Combien ? dis-je au peintre venu me signaler que je venais de passer plus d'une heure à regarder le même tableau et qu'il fallait maintenant fermer la galerie. Combien ? dis-je.

land to mainland *beneath* the west wind. He continued to talk about himself and his ship, still good at their age for the trip back and forth from Jérémie to Port-au-Prince, and about the main cabin that we could occupy, with his assurance that they would clear a little space on board for the Jeep before weighing anchor. We had declined the offer, returning to the impossible road that forced us to go through Les Cayes and the highest mountains in the country.

The *Neptune* took five years to sink. The news of the disappearance of the whole entrepreneurial class of that area, the thousand or so *madansaras,* was received as an "exaggeration," a key word in Port-au-Prince that covers all their little daily failures to accept responsibility. And no one felt concerned by the inevitable catastrophe.

I was making a brief visit to the country in February 1993 when it finally happened... and *Noah's Ark* came back to mind even more intensely, since someone came up with the observation that it was "the eleventh day of the second month that God had said to Noah..." What I saw arrive on our beaches for two days near Miragouâne went far beyond the romantic bravura of the sinking of the *Medusa.* In fact, dead cattle, swollen to bursting, served as life preservers for shipwreck victims clinging to their stiff legs.

The recovered logbooks of the *Neptune* enumerate just about everything that went down that day, even to the exact number of animals on board having perished, *horned livestock and livestock of the horse family, food supplies and staples...* like the lists from eighteenth-century Saint-Domingue; but the only statistics that figured nowhere on any list were those for the number of humans who had boarded the ship—those same ancient lists would have said *Negroes and Negresses, Piccaninnies.*

How many? I said to the painter, who thought I had asked "How much?" as he came to let me know that I had just spent more than an hour looking at the same painting, and that he had to close the gallery. How many? I said.

Verbatim : recette pour quatre

Des instructions codées avaient été envoyées à Paris enjoignant l'ambassade de se procurer, le jeudi même du lancement, trois exemplaires du volumineux *Verbatim* de Jacques Attali et d'envoyer un messager les apporter le lendemain à Port-au-Prince par le vol le plus direct. Ce carnet des paroles quotidiennes du président Mitterrand avec son entourage était attendu avec d'autant plus d'impatience que l'auteur, de passage au pays, allait être reçu en audience et retenu ensuite à déjeuner lundi midi avec les quatre premiers personnages de l'exécutif. Il ne restait que la fin de semaine pour se faire une idée précise de ces presque mille pages.

Dès réception des exemplaires, amenés dans la nuit du vendredi par le chancelier en personne, un conciliabule de mini-cabinet fut tenu sur la manière de procéder. Aucune des autorités présentes ne voulait prendre la responsabilité de lire et de résumer ce livre pour ses collègues ; on lui ferait ensuite porter la responsabilité des bévues et autres conneries qui pourraient être dites par tout le monde à ce déjeuner avec un auteur réputé sarcastique. Faute de volontaire, tout le monde étant subi-

Verbatim: Recipe for Four

Coded instructions had been sent to Paris enjoining the Paris Embassy to procure, on the very Thursday it was launched, three copies of Jacques Attali's voluminous *Verbatim*, and to send a messenger to bring them the next day to Port-au-Prince by the most direct flight. This notebook of the daily words of President Mitterrand to his entourage had been awaited with an impatience heightened by the fact that the author, currently on a visit to Haiti, was to be granted an audience with the President and was to dine afterwards with the four most important personages in the Administration. They had no more than a weekend to become familiar with nearly a thousand pages.

As soon as the copies arrived, delivered Friday night by the Chancellor himself, a discussion of this mini-Cabinet was held to decide how they were to proceed. None of the authorities present wished to take the responsibility for reading and summarizing this book for his colleagues; he would then bear the responsibility for any blunders and other stupidities which might be uttered by everyone at this luncheon with an author who had a reputation for sarcasm. Lacking any volunteers—

tement très occupé, il fut décidé de former un comité capable de fournir trois niveaux de lecture du carnet. Le choix des membres donna lieu à beaucoup de palabres avant d'en arriver à un dosage savant. Comme il était déjà deux heures du matin quand le consensus se fit, les trois sélectionnés, qui n'en demandaient pas tant, furent réveillés et convoqués d'urgence pour le petit jour au ranch présidentiel, très loin dans la plaine. Le pouvoir a ceci de fascinant qu'ils acceptèrent tous les trois d'être ainsi consignés sans préavis et de faire part de leur point de vue au souper du dimanche soir, avant d'être reconduits en ville. Et ils se mirent immédiatement à lire en s'isolant de tout le va-et-vient d'un week-end normal en ce haut lieu.

Le premier que l'on invita à parler avait été choisi pour son mode de lecture au premier degré d'élève appliqué. C'était un agronome imbattable et intarissable sur l'univers complexe de chaque petite chose. En deux jours, il n'avait toujours pas fini de lire et de relire son exemplaire qu'il avait annoté d'une couverture à l'autre. Il fit état que les paroles sélectionnées par Attali — puisque ce dernier avait évidemment procédé à une véritable épuration — étaient celles du domaine réservé du chef de l'État : politique étrangère, nomination des cadres, défense nationale, grands projets aussi bien d'alliance et de fédération, comme l'Europe à construire, que monumentaux, afin de perpétuer le septennat par la pierre, pour les générations à venir. Puisqu'il est impossible de s'introduire dans ce cercle le plus restreint du pouvoir, il devenait fascinant de disposer d'un *verbatim*, même épuré. La dimension du Chef se révèle immédiatement. Et le Mitterrand que nous campait Attali dans cette chronique ne manquait pas de panache, même si, pour faire tout à fait vraisemblable, il n'avait pas censuré, ici ou là, quelques peccadilles et anodins travers du patron. Mais, côté travers, le premier lecteur avança que le temps se chargerait plus tard de rendre publics les travers les moins anodins, comme cela se fait pour tous les présidents de toutes les Républiques, sous des titres aussi voyeurs que « Tonton m'écoute », trouvaille d'une connotation indéniablement haïtienne.

Il fit le rapprochement avec ses lectures des enregistrements du bureau ovale de Nixon pour s'étonner, comme tout le monde, de la dégradation et de la vulga-

everyone was suddenly quite busy—it was decided to form a committee capable of furnishing three approaches to the reading of this volume. The choice of committee members gave rise to endless discussions before a scholarly mix was agreed upon. Since it was already two o'clock in the morning when they arrived at a consensus, the three selected, who had not asked for such an honor, were awakened and summoned urgently at dawn to the Presidential Ranch, far away on the plains. The fascinating thing about power is that all three accepted being thus detained without warning and agreed to communicate their points of view Sunday evening at supper, before being driven back to the city. And they set about reading at once, isolating themselves from all the normal weekend bustle in this important place.

The first one invited to speak had been chosen for his literal way of reading, like an industrious student. He was an agronomist, unbeatable and inexhaustible when it came to the complex universe of small things. In two days, he still had not finished reading and rereading his copy of the book, which he had annotated from cover to cover. He stated that the quotes selected by Attali—since this author had of course undertaken a veritable expurgation—were those of the domain of a Head of State: foreign policy, appointment of administrators, national defense, great projects not only of alliance and federation, such as the construction of a unified Europe, but also monumental; in order to commemorate his seven-year term in stone for future generations. Since it is impossible to break into this the smallest and most intimate inner circle of power, it became fascinating to have a *Verbatim* available, no matter how expurgated. The dimensions of the Leader are immediately revealed. And the Mitterand that Attali portrayed for us in this chronicle did not lack panache, even though, for the sake of verisimilitude, Attali had not censured, here and there, a few peccadilloes and harmless quirks of his boss. But on the other hand, the first reader declared that time would eventually take the responsibility for making public his less harmless quirks, as happens in the case of every president of every Republic, with titles as voyeuristic as "*Tonton m'écoute,*" Big Brother," which sounds like *tonton macoute*: an invention with an undeniable Haitian connotation.

rité des paroles quotidiennes d'une fin de mandat d'un Président atteint à mort par une presse sonnant l'hallali. Déjà en ce temps, il s'était demandé ce que devait être le *verbatim* du bureau présidentiel à Port-au-Prince de chacun de nos chefs successifs. Il était facile d'imaginer un Duvalier père, surtout préoccupé de durer le plus possible, entouré exclusivement de militaires et de miliciens, continuellement absorbé dans des rapports de police et des comptes rendus d'interrogatoires de ses supposés opposants. Avec un bilan, en cinq mille jours, de 30 000 disparus et de 300 000 arrestations, cela devait en effet beaucoup gruger chacun des jours du chef. Ce n'étaient que petits tortionnaires et minables espions. Ce pouvoir fut tellement médiocre d'attention pour la démocratie et le développement que l'on ne devait pas souvent causer de ces choses, somme toute, les seules à devoir composer le *verbatim* d'un bureau présidentiel comme le nôtre. Ouf! Le résumé était un peu long mais fidèle, et les débordements inattendus mais instructifs à souhait pour justifier que ce choix de lecteur du premier degré avait été le bon.

Le second invité à parler s'étonna de ce que chaque membre de l'entourage de Mitterrand, et Mitterrand lui-même, fût aussi versé en économie et en finance, en monnaie et en banques, jusqu'à faire croire qu'il n'est de gestion que celle de ces flux abstraits autour des déficits, des dévaluations, et des capitaux sédentaires ou nomades, sinon carrément en fuite. Il y avait certainement un biais à ne retenir de ce pouvoir socialiste, et de sa gestion nationale, qu'une image de technocrates d'une seule et même discipline, s'affrontant sur les infimes nuances qui distinguent les multiples clans de la corporation professionnelle des banquiers. Ce *verbatim* renseignait finalement plus sur les biais (et le songe) d'Attali, et les réalisations flatteuses à mettre à son compte d'auteur, comme le sommet de Versailles en 1982, que sur le pouvoir au quotidien de Mitterrand dans toutes ses facettes, ou même sur Mitterand lui-même. D'où les polémiques qui faisaient déjà rage quarante-huit heures après la parution de ce livre partiel et partial, semble-t-il, non exempt d'indélicatesses, d'oublis et de partis pris. Il n'y avait mis que le samedi pour se faire une tête de cette brique et son brio faisait

He connected his reading to the recordings from Nixon's Oval Office in order to express his astonishment, similar to everyone else's, at the degradation and vulgarity of the everyday end-of-term speech of a President mortally wounded by the hounding press. He had already begun to wonder what should be the *Verbatim* from the Presidential office in Port-au-Prince of each of our successive Leaders. It was easy to imagine a Duvalier *père*, concerned above all with lasting the longest time possible, and surrounded exclusively by the military and militia, continually absorbed in police reports and summaries of the interrogations of his supposed opponents. With an official toll, in five thousand days, of 30,000 disappeared and 300,000 arrests, that must have taken up much of the Leader's daily schedule. They were nothing more than petty torturers and pathetic spies. That presidency was of such limited interest for democracy and development that one surely talked seldom of the things which were, in sum, the only ones which might make up a *verbatim* of a presidential office such as ours. Whew! The summary was a little long, but faithful, and its unexpected but extremely instructive excesses justified the choice of this literal reader as a good one.

The second guest to speak was surprised that each member of Mitterand's entourage, and Mitterand himself, was so well-versed in economics and finance, in currency and banking, to the point that it might be believed that administration is nothing more than managing those abstract flows around deficits, devaluations and sedentary or wandering (if not literally fleeing) capital. There was certainly a bias in retaining nothing more of this socialist administration and its management of the nation than an image of technocrats from one and the same discipline, clashing over the tiny nuances which distinguish the multiple clans of the professional guild of bankers. Lastly, this *verbatim* informed us more about the biases (and the dreams) of Attali, and the self-flattering achievements of the author, such as the Versailles summit in 1982, than about Mitterand's daily exercise of power in all its facets, or even on Mitterand himself. This was the source of the polemics which were already raging forty-eight hours after the publication of this book that was partial in both the meanings of the word, and certainly not free of indelicacies, omissions and political bias. It

honneur aux lecteurs de second degré qu'il était censé représenter en qualité d'économiste de talent.

Puis ce fut au tour du troisième, vieux routier fatigué qui n'avait consacré qu'une matinée à ce pensum avant de s'occuper à autre chose, notamment à lire son bréviaire et fouiller tous les livres de la bibliothèque du ranch. Cette réclusion intempestive l'avait mis de mauvaise humeur. Il commença par vitupérer contre ce *verbatim* si loin de la tradition des prophètes qui savaient dire leurs quatre vérités aux grands de ce monde et passa, sans plus de ménagement, à l'esquisse du *verbatim* dont il rêvait pour les années en cours. Il le voyait sous forme de bilans hebdomadaires et il le limitait d'abord aux échanges des petits matins entre le président, désigné par les urnes pour veiller et guider, et le premier ministre attelé avec son gouvernement à gérer l'espérance et la désespérance, avec vision.

Puisqu'il était souhaitable qu'il y ait quelqu'un pour écrire ce *verbatim*, car ce genre méritait encouragement chez nous, ne serait-ce que comme garde-fou, le *briefing* quotidien entre ces deux personnes devrait avoir pour témoins et scribes leurs deux chefs de cabinet. Ces deux-là seraient chargés de nous rapporter ce qui s'est dit d'essentiel chacun des jours de la semaine, pour quitus du mandat confié à l'exécutif. Rien que cela serait déjà un début inespéré.

Mais, comme il connaissait bien les quatre personnes en question — pour avoir été leur professeur — il fit part qu'à rêver de les voir ensemble chaque matin pour le plaisir de son *verbatim*, il craignait finalement que les caricaturistes de l'opposition ne profitent de l'exercice pour les voir le lundi en *bande des quatre*, le mardi en *quatuor à cordes*, le mercredi en *quatre mousquetaires*, le jeudi en *quatre cavaliers de l'apocalypse*, le vendredi en *quatre évangélistes* et le samedi en *quatre Dalton*...

On lui fit remarquer, avec une pointe d'agacement, qu'il n'avait rien prévu pour le dimanche. Il répondit alors, mi-badin mi-sérieux, douter fort que des caricaturistes de l'opposition eussent pu survivre jusqu'au dimanche, au terme d'une telle semaine à ainsi dessiner ce quarteron de chefs en face de lui.

had taken him only one day, Saturday, to get to the heart of this tome, and his brio made him an admirable example of the reader of hidden meanings he was supposed to be, in his position as a talented economist.

Then it was the third reader's turn, an old, tired campaigner who had spent no more than a morning on this laborious chore before going about other occupations, in particular reading his breviary and examining all the books in the Ranch library. This untimely imprisonment had put him into a bad humor. He started by railing against this *verbatim* which was so far from the tradition of the prophets who knew how to tell a few home truths to the powers that be; then he passed bluntly on to the *verbatim* that he imagined for the years we were currently going through. He saw it in the form of weekly reports, and he would limit it to the early-morning exchanges between the President, designated by the ballot boxes as guide and protector, and the Prime Minister, who was in harness with his government in order to manage hope and hopelessness with vision.

Since it was desirable that someone should be there to write this *verbatim*, for this genre deserved encouragement in our country, if only as a safeguard, the daily briefing between these two persons should have as witnesses and scribes their two Cabinet chiefs. Those two would be given the responsibility of reporting to us the key points discussed on each day of the week, as an official record of the Executive branch. Even that would already be an unhoped-for beginning.

But since he knew the four people in question quite well—he had been their professor—he confided to them that while dreaming of seeing them together each morning for the pleasure of his *verbatim*, he feared that in the end, opposition cartoonists would take advantage of this exercise to show them Monday as the *Gang of Four*, Tuesday as the *String Quartet*, Wednesday as the *Four Musketeers*, Thursday as the *Four Horsemen of the Apocalypse*, Friday as the *Four Evangelists*, and Saturday as the *Four Daltons*... It was pointed out to him, not without irritation, that he had predicted nothing for Sunday. He replied, half jokingly half seriously, that he doubted that the opposition cartoonists would have been able to survive through Sunday, after a week of caricaturing this quartet of leaders across from him.

La machine à faire des trous

L'équipe de la signalisation traçait la ligne médiane de la nouvelle route, la mort dans l'âme, car à chaque fois qu'une route se retrouvait simplement carrossable, les accidents la transformaient en couloir de la mort. Plus aucune exigence pour conduire, plus aucun contrôle de l'état des voitures, plus aucune restriction à l'importation sauvage de matériels juste bons pour les cimetières d'autos de Boston à Miami, plus aucune norme d'aucune sorte. Il savait, l'ingénieur de chantier, qu'il mesurait, calculait, traçait lignes jaunes des séparations, lignes blanches des croisements, pointillés des priorités pour mille morts à venir. Mais jamais, il n'avait pensé commencer la série par lui-même.

À la vue de cette route du Nord reconstruite, la voiture du juge semblait retrouver une nouvelle jeunesse. Cela faisait des années qu'elle était contrainte à ne marcher qu'au pas, d'une crevasse à l'autre, et de rares fois elle poussait un petit trot sur les courtes distances des bouts de tronçons de 1850 mètres en ligne droite, miraculeusement d'excellente qualité, bien éclairés de surcroît, capables même de recevoir de petits avions la nuit, pour

The Hole-Making Machine

The Road Signs and Markings crew was painting the center line on the new road with heavy hearts, for each time a road became merely passable, accidents would transform it into a corridor of death. No requirements for driving, no control over the vehicles' condition, no restriction on the illegal importation of vehicles which should have been destined for junkyards from Boston to Miami, no norm of any kind. The site engineer knew that he was measuring, calculating, painting yellow lines for separation, white lines for crossing, dotted lines giving the right of way to a thousand deaths to come. But he never dreamed that this series would begin with him.

Catching sight of this rebuilt northern route, the judge's car seemed to discover new youth. For years, it had been forced to poke along from one crack to the next, speeding infrequently to a little canter on the short bits of straight sections about 1,850 meters long, miraculously in excellent repair and well lit, what's more, even capable of serving as a runway for small aircraft at night, would you believe! But these sections, though numerous, were too well guarded to venture onto them very often.

vous dire ! Mais ces tronçons, quoique nombreux, étaient trop bien gardés pour s'y aventurer trop souvent.

Et voilà qu'un grand galop devenait enfin possible sur des kilomètres et des kilomètres. Elle ne savait plus à quand remontait la dernière fois, sa mémoire avait depuis longtemps commencé à lui faire défaut. Elle se poussa à fond, ivre de la brise de mer qu'elle déplaçait, dernier vertige pour une vieille carcasse qui s'élançait sur un long ruban tout neuf en ignorant ces petits cônes jaunes ridicules qui semblaient lui signaler la peinture toute fraîche. Elle ne fit pas non plus attention aux bruits nouveaux qui provenaient d'en dessous, avec des échos métalliques. Les roues arrière ne semblaient plus vraiment suivre attentivement celles de devant. Les freins aussi, fatigués d'avoir trop servi, cessèrent toute action. La direction se mit de la partie en ne dirigeant plus rien. Elle n'avait plus besoin du juge, la voiture, pour faire ce qu'elle voulait, une dernière fois, zigzaguer de la gauche à la droite, de la droite à la gauche. Puis, dans un long crissement de pneus chauves à l'agonie, elle happa l'ingénieur de chantier pour le projeter haut dans les airs, avant de s'arrêter tout sec au bord de la route contre un beau manguier francisque qui sur le choc lui lâcha dessus toute sa juteuse et jaune récolte de la saison. Nous étions en juillet. La voiture était morte sur le coup. Le juge aussi. Les badauds avaient déjà ramassé toutes les mangues quand les *boss réchaudliers* arrivèrent pour la ferraille, un peu avant les ambulanciers pour le juge.

Mais l'ingénieur de chantier n'y était déjà plus, transporté de toute urgence par son équipe à l'Hôpital Général de Port-au-Prince. La description de l'accident par les géomètres présents fut un morceau de grande précision en hommage à leur chef. Il était question de la formule de la courbe convexe décrite par le centre de gravité du corps, de la flèche de sa trajectoire culminant à 8 mètres 75 par-dessus les lignes téléphoniques, au-dessus desquelles il était effectivement passé sous la force de l'impact, des 32 mètres 50 de la distance parcourue avant le point de chute, à midi pile, insistèrent-ils, comme pour en souligner la fatalité et le magique, avant d'aller tous jouer 12 et son revers 21 à la *borlette*. Ils ne dirent nulle part dans le rapport qu'il faisait chaud et que les vapeurs de l'asphalte ramolli fumaient en volutes à vous faire des mirages, pas plus que cette voiture

And finally it was possible to go into a full gallop for kilometers and kilometers. The car couldn't remember the last time this had happened—it was so old that its memory had long ago begun to fail. It pushed itself to its top speed, intoxicated by the sea breeze it was putting in motion, the last giddiness of an old carcass that shot down a long, brand-new ribbon of pavement, ignoring those ridiculous little yellow cones that seemed to indicate the presence of fresh paint. It also ignored the new noises which were emanating from below with their metallic echoes. The rear wheels did not seem to be carefully following the front ones. The brakes, as well, tired of having worked too long, ceased all action. The steering joined in and no longer steered anything. The car no longer needed the judge and did what it wanted, one last time, zigzagging from left to right, from right to left. Then, in a long screech of bald tires in the throes of death, it seized the engineer, throwing him high in the air, before stopping abruptly beside the road against a nice *francisque* mango tree which reacted to the impact by dropping upon it all the yellow, juicy fruit of the season. This was in July. The car was dead at the scene. The judge as well. The curious had already picked up all the mangos by the time that the *Boss réchaudiers*—the men who made and sold small stoves—had arrived for the scrap metal, shortly before the ambulance drivers arrived for the judge.

But the site engineer had already gone, transported with great urgency by his crew to the General Hospital in Port-au-Prince. The description of the accident by the surveyors present was a work of great precision, in honor of their boss. It was a matter of the formula for the convex curve described by the body's center of gravity, of the apex of his trajectory culminating at 8.75 meters above the telephone lines—over which he in fact had passed from the force of the impact—and of the 32.5 meters of distance covered before coming to a landing at noon precisely, they insisted, as if to emphasize the fatality and magic of the event, before they all went to play the number 12 and its reverse, 21, at *borlette*. Nowhere did they report that it was hot, and that the vapors from the softened asphalt swirled to the point of creating mirages, or even that this car should never

n'aurait jamais dû être encore en service sur aucune sorte de route, fût-elle privée. Un cercueil roulant, c'était trop banal pour eux.

Il était déjà dix heures du soir quand on le fit transférer d'urgence pour être opéré, car, là où il était, il n'y avait aucune disponibilité opératoire avant encore soixante-douze heures. On le conduisit, tous coussins rabattus, dans le très bourgeois Hôpital Canapé Vert. Il avait trois fractures ouvertes à réduire, quelques paires de côtes enfoncées, une ablation de sa rate perforée à entreprendre et un peu partout quelques autres déveines du même acabit qui allaient le condamner à deux longs mois d'hospitalisation. En attendant, l'urgent était de lui trouver deux pintes de sang O+ que la Croix-Rouge ne voulait laisser partir que contre un don équivalent. Sa chance, si l'on peut dire, est qu'il y avait un O+ sur les lieux.

Les géomètres ne s'en tinrent pas là dans leur dévotion à leur chef, ils rédigèrent une longue pétition signée de tous les membres du service, félicitèrent à bâbord et dénoncèrent à tribord, alertèrent radios et journaux et surtout mirent en marche la rumeur qui transforma ce banal accident d'une route, vouée à de grandes hécatombes, en un événement politique que personne ne pouvait plus ignorer. Il allait donc y avoir des pour et des contre, des violemment pour et des violemment contre, des moyennement pour et des moyennement contre, des ni pour ni contre et son contraire ni contre ni pour (certaines prises de positions politiques étaient d'une telle subtilité que l'on avait un mal fou à en décoder les nuances) sans au départ trop savoir de quoi était-on pour, de quoi était-on contre.

Mais tout le monde devait prendre l'un des quatre partis : pour, contre, ni pour ni contre, et enfin pour et contre à la fois. C'est à ces deux derniers groupes que se reconnaissaient les vrais professionnels de la survie.

L'affaire prenait des proportions.

Une connaissance à nœud papillon, banquier de son état, grande gueule et fin connaisseur des labyrinthes de la classe politique, me résuma les trois graves erreurs politiques qui avaient été commises dans ce dossier. D'abord, en commençant par la plus petite, l'accidenté n'était pas du bon bord ; à tout le moins, n'étant d'aucun des clans au pouvoir, il n'aurait jamais dû quitter le

have been used on any sort of road, even a private one. A rolling coffin was too commonplace for them.

It was already ten o'clock at night when they made an emergency transfer so he could be operated on, for in the hospital where he was surgery would not be available for seventy-two hours. They drove him with the seatbacks down to the very upper-class Canapé Vert Hospital. He had three open fractures to be reduced, a few pairs of cracked ribs, the removal of his spleen to be seen to, and just about everywhere a few other unlucky injuries of the same ilk which were to keep him in the hospital for two long months. In the meantime, it was essential to find two pints of O-positive blood that the Red Cross would give up only in exchange for an equivalent donation. He was fortunate, if that can be said, that there was an O-positive on the spot. The surveyors were unstinting in their devotion to their boss. They drew up a long petition signed by all the members of their department, congratulated to port and denounced to starboard, alerted radio stations and newspapers, and above all put out the rumor that transformed this ordinary road accident, slated to fade forever from view, into a political event that no one could ignore. Thus there would be those for and against, those violently for and violently against, those neither for nor against and their opposite neither against nor for (certain political positions were of such subtlety than it was extremely difficult to decipher their nuances), without really knowing at the start just what they were for, just what they were against.

But everyone had to choose one of the four positions: for, against, neither for nor against, and finally for and against at the same time. It is in these last two groups that can be found the true experts in survival.

The affair was taking on importance.

A bow-tied acquaintance, a banker by profession, a great talker and keen connoisseur of the labyrinths of the political class, summarized for me the three grave political errors that had been committed in this case. First, beginning with the least important, the victim was not from the right side. At the very least, since he belonged to none of the clans in power, he should never have left the first hospital (if he had been operated on three days later, that would not have been, at best, the first

premier hôpital (Opéré trois jours après, ce n'aurait été, au mieux, ni la première amputation à déplorer suivie d'incapacité totale, et au pire, ni la première victime, vu que le juge avait déjà inauguré la nouvelle liste). La deuxième erreur, plus grave, était que le sang prélevé aurait dû être d'une manière ou d'une autre un don du CHEF. Tout devait partir de LUI et aboutir à LUI. Autrement, n'importe qui serait suspecté d'avoir un « agenda » et de se faire du capital politique. Il me gratifia de deux à trois manières différentes de prélever du sang O positif d'un chef manifestement O négatif. L'hématologie en prenait pour son grade. Enfin, la troisième erreur, celle-là nettement impardonnable, était de n'avoir pas identifié au Service de la signalisation cette dernière source de profits non encore dépecée : le tracé des routes. (C'est que presque tout y avait été cannibalisé, jusque la confection des plaques d'immatriculation des voitures, au départ l'objet même du Service. Appareils et matériel avaient depuis longtemps été adjugés à un privé sous l'ancien régime et maintenus tels jusqu'à présent, sous de solides protections qui s'opposaient à un retour à la normale). Pour finir sa leçon, il me proposait le pari, à un contre cent, qu'en moins d'un mois j'allais voir fondre sur cette minable et dernière petite activité du Service de signalisation, « les appétits kleptocratiques de la magouilleuse engeance ». C'étaient ses propres mots. Et sa manière de parler.

Il était vraiment doué et je n'avais aucun des talents requis. Il prit même l'air découragé du professeur, après la cinquième et vaine explication de la preuve par neuf, quand je lui exposai que mon plus grand rêve dans cette affaire serait d'acheter une machine à faire des trous dans les routes et autoroutes, rues et ruelles, boulevards et passages... Beaux trous en quinconce Trous élégants en enfilades Trous coquins en damier Trous pervers en embuscades Jeunes trous de la veille Trous en goguette Vieux trous du mois dernier Trous plissés Trous forbans Sales trous Trous du nord Trous coucous Trous bonbons Trous verts Trous badours Trous noirs Trous blancs Trous de mémoire Trous d'air Trous d'hommes Trous-madames Trous sots Trous sages Trous partout.

Trous de cul !

deplorable amputation followed by total disability nor at worst the first dead victim, since the judge had already headed up that list). The second error, a more serious one, was that the blood drawn should have been, in one way or another, a gift from the LEADER. Everything should start with HIM and end with HIM. Otherwise, anybody could be suspected of having an "agenda" and of making political capital. He favored me with two or three ways of drawing O-positive blood from a leader who was obviously O-negative. Even hematology was being hauled over the coals! Finally, the third error, this one clearly unpardonable, was not having identified in the Road Signs and Marking Department a last source of profits not yet carved up: painting the road lines. (The thing is that almost everything had been cannibalized, even the making of auto license plates, which had begun as the main object of this Department. Equipment and material had long ago been awarded to a private individual under the old regime and kept so until the present time, behind solid protection that resisted a return to normal.) To end his lesson, he proposed a wager, one to one hundred, that in less than a month I would see "the kleptocratic appetites of the cheating breed" fall upon this last, pathetic little activity of the Department. Those were his own words. And his way of speaking.

He was truly gifted, and I had none of the necessary talents. He even took on the air of a discouraged professor, after the fifth, fruitless explanation of the mathematics involved, when I revealed to him that my greatest dream as far as this business was concerned was to buy a machine for making holes in the roads and highways, streets and alleys, boulevards and passages... Lovely holes in staggered rows elegant Holes in straight lines mischievous Holes in a grid perverse Holes lying in ambush young Holes on sentry duty tipsy Holes old Holes from last month pleated Holes pirate Holes Holes-in-the-wall pigeon Holes cuckoo Holes doughnut Holes Holes-in-the-head mole Holes black Holes white Holes Holes in the memory air Holes man Holes lady Holes glory Holes shame Holes Holes everywhere.

Assholes!

La lumière et le bout du tunnel

Comment peut-on être Haïtien ? Il y a de braves gens qui croient que c'est facile d'être Haïtien, que l'on peut faire exprès de l'être ou même que l'on a choisi de l'être. Mais non, on le devient comme cela un jour par hasard, et sans aucune sollicitation, parce que cela était déjà arrivé de la même façon à vos parents, qui d'ailleurs comme vous, ne l'avaient pas demandé. Ainsi de suite, jusqu'à l'aïeul et sa vieille histoire de bateau. C'est cela être Haïtien, comme être n'importe quoi d'autre, mais la différence est que, bien vite quand on est Haïtien, on se demande pourquoi on est Haïtien. Les autres ne se posent pas cette question, ou se la posent tellement tard, qu'on a dû leur dire de se la poser. Chez nous, ce n'est pas loin d'être la toute première question de l'enfant : *Agaga gougou ?*

C'est donc à cette question existentielle qu'ont tenté de répondre dix mille articles de journaux sur Haïti dans le monde pendant les mille jours (octobre 1991-octobre 1994) d'une crise exceptionnellement médiatisée, à titre de test d'un nouvel ordre mondial en gésine.

C'est à Washington que l'on fit la plus grosse réunion de toutes les têtes pensantes du pays pour savoir com-

The Light and the End of the Tunnel

How is it possible to be Haitian? There are good people who think it's easy to be Haitian, that you can become Haitian on purpose or even that you have chosen to be Haitian. But no, it happens to you one day by chance, not by choice, but because it had already happened the same way to your parents who, like you, had not asked for it. And so on, right back to the ancestor and his old story of a ship. That is what it is like to be Haitian, like being anything else, but the difference is that when you are Haitian, you soon wonder why you are Haitian. Others do not ask themselves this question, or ask it so late that someone must have told them to ask it. In Haiti, it is nearly the very first question a child asks: *Agaga gougou?*

And so it was in an effort to reply to this existential question that a thousand newspaper articles around the world were written about Haiti during the thousand days (October 1991–October 1994) of a crisis given exceptional coverage in the media, as the test of a new world order in its infancy.

It was in Washington that the largest meeting of all the thinkers of the country was organized, to decide

ment faire face à ce déluge d'articles qui allaient dans toutes les directions en emportant tout un fatras sur son passage. Ce fut très décevant de ne pouvoir tirer une ligne d'action de ces centaines d'avis. Il s'était cependant trouvé une jeune femme égarée en ces lieux et foncièrement hors sujet pour dire que la *Vérité sort de la bouche des enfants* et que les mères étaient les meilleures exégètes des premiers babillements, *Agaga gougou?* La surprise fut de taille, l'agacement aussi. Cependant, à être autant démuni face à la question, pourquoi ne pas essayer une ultime rencontre postnatale? L'étrange proposition fit un tortueux chemin jusqu'à une table ronde d'une vingtaine de nourrices confrontées aux explications à fournir aux grandes questions des tout-petits. J'étais terriblement intéressé à voir jusqu'où irait ce déraillement. Ce sera difficile à croire, (pour une fois que j'en raconte une vraie!), c'est de ces élucubrations tirées par les cheveux de ces dames que sortit la manière toute simple de trouver une réponse satisfaisante à *Agaga gougou?*

Elles prirent l'initiative d'un sondage d'opinion effectué le premier trimestre 1994 dans presque tous les pays où se trouvaient des missions diplomatiques haïtiennes, en mobilisant le personnel de soutien exclusivement féminin qui connaissait les allées et venues de la constellation en orbite de ces ambassades et consulats. Toute la logistique fut mise à leur disposition. Des répondants, sélectionnés par ces employées, devaient qualifier leur impression principale d'Haïti par une seule réponse sur un ensemble de treize choix. L'objectif était de prendre la mesure des perceptions d'Haïti dans l'opinion internationale et d'évaluer comment les nuancer. Les sept réponses à revenir le plus souvent cumulaient à plus de 88 % des avis donnés. L'enquête fut suivie le mois d'après d'une mise au point de trois pages sur chacune des sept réponses et l'on redemanda à chacun des répondants s'il conservait ou non sa première réponse, compte tenu des explications fournies. Dans 69 % des cas, les enquêtés ont dit ne pas maintenir leur première impression.

À croire que ce pays qui faisait les manchettes chaque matin depuis ces 30 mois du coup d'État était un pays aux profondeurs inconnues et aux potentiels insoup-

how to respond to this deluge of articles which spread out in every direction, creating havoc in their wake. It was extremely disappointing not to be able to draw some plan of action from the hundred or so opinions represented. But there was, however, a young woman who had stumbled by chance upon the meeting, and who was fundamentally off the subject when she said that the *Truth comes from the mouths of babes* and that mothers were the best interpreters of those first babblings, *Agaga gougou?* There was considerable surprise, as well as irritation. However, seeing that they were so helpless at solving the problem, why not try an ultimate postnatal encounter? This strange proposal made its tortuous way to a round table of twenty or so nursemaids who were faced with the task of providing answers to the great questions posed by little ones. I was terribly interested in seeing just how far this derailment would go. It is difficult to believe (and for once I am telling the truth!), but it is from the far-fetched rantings of these ladies that a simple way of finding a satisfactory answer to *Agaga gougou?* was found.

They took the initiative of organizing an opinion poll, carried out during the first quarter of 1994 in almost all the countries where there were Haitian diplomatic missions, mobilizing a support staff made up exclusively of women who knew the ins and outs of the groups in orbit around these embassies and consulates. All logistical resources were put at their disposal. The respondents selected by these employees were asked to describe their main impression of Haiti by choosing only one answer from a choice of thirteen possible responses. The objective was to gauge perceptions of Haiti in international public opinion and to evaluate and interpret them. The seven responses chosen the most often represented 88% of the opinions given. The survey was followed a month later by a three-page clarification of each of these seven responses, and each respondent was asked if he would still like to retain his first response, in light of the explanations furnished. In 69% of the cases, the subjects said their first impression had changed.

It was enough to make you believe that this country which had been in the headlines for 30 months since the coup d'etat was a country with unknown depths

çonnés : 7 personnes sur 10 changèrent de perception dès la première mise au point !

Pour 27 % des répondants, Haïti est avant tout un *pays pauvre*, aux sources matérielles taries et aux ressources humaines gaspillées. S'il est difficile d'aller à l'encontre de la ritournelle du *Pays le plus pauvre des Amériques et le seul pma du Continent*, il a suffi de deux arguments pour ébranler des certitudes aux apparences aussi incontestables : d'abord la diaspora haïtienne, comme partie possible du pays, est une concentration de ressources humaines et financières absolument exceptionnelles ; ensuite les savoir-faire de la survie peuvent avantageusement être le point de départ obligé de la relance... Pays pauvre ? oui, mais certainement pas aussi démuni qu'on le croit généralement si...

Ils sont 18 % à penser que Haïti est avant tout un *pays divisé*, aux factions politiques antagoniques et irréconciliables. Certainement que ces conflits désespérants, qui n'en finissent pas, cachent que la population haïtienne partage le même idéal de démocratie. Il est même assez rare de voir un pays aussi massivement unitaire, capable de voter à plus 70 % la même option. Mais il y a une minorité qui bloque le jeu... Pays divisé ? oui, mais entre les moins de 5 % de maîtres et les plus de 95 % d'esclaves, comme à Saint-Domingue... Le jeu démocratique et l'entrée en modernité peuvent débloquer si...

Pour 14 % des répondants, Haïti est un *pays disloqué*, un pays sans bon sens. L'impression laissée est celle de quatre millions de paysans dispersés, de villages sans ordre, d'une capitale aux implantations aléatoires pour deux millions de bidonvillois. Maquis vivriers et marchés folkloriques, dit-on... La lecture des trois pages disait que cette vision n'est que l'incapacité à rendre compte des ordonnancements qui existent dans la pauvreté, des logiques qui les sous-tendent et du potentiel qu'ils recèlent pour la rupture et la relance... Pays disloqué ? certainement, mais pas chaotique et encore moins anarchique. Capable d'étonner si...

De l'avis de 9 % des répondants, Haïti est un *pays sans dessein*. L'impression laissée au fil d'événements absurdes est que tout cela s'en va, sans que personne ne sache vraiment où aller, ni comment y aller. Une petite île ubuesque dans laquelle s'agitent des sanguinaires et des voleurs irresponsables sur un peuple décharné à

and unsuspected potential: seven people out of 10 changed their perception after only one clarification!

For 27% of the respondents, Haiti is above all a *poor country*, with its material resources dried up and its human resources wasted. If it is difficult to counter the constant repetition of *The poorest country in the Americas and the only* pma *(less-developed country) on the Continent*, two arguments were sufficient to shake the conviction that appearances seemed to confirm as indisputable: first of all, the Haitian diaspora, as a possible part of the country, is a concentration of absolutely exceptional human and financial resources; next, the know-how of survival can be advantageous as a point of departure for a revival... A poor country? Yes, but certainly not as impoverished as it is generally believed, if...

There are 18% who think that Haiti is above all a *divided country*, with conflicting and irreconcilable political factions. Certainly these hopeless, never-ending conflicts mask the fact that the Haitian population shares the same ideal of democracy. It is even fairly rare to see a country so massively unified, capable of voting for the same option at a rate of 70%. But there is a minority that blocks progress... A divided country? Yes, but between the less than 5% of masters and the more than 95% of slaves, as in Saint-Domingue... the democratic game and the entry into modernity can be unblocked if...

For 14% of the respondents, Haiti is a *dismembered country*, a country that does not make sense. The impression given is that of four million dispersed peasants, of villages without order, of a capital with random settlements for two million shantytown dwellers. Unkempt subsistence plots and picturesque markets, they say... Reading the three pages revealed that this view is nothing more than the inability to recognize the lines of organization that exist in poverty, the logic that underlies them, and the potential for rupture and revival that they conceal... A *dismembered country*? Certainly, but not chaotic and even less anarchic. Capable of surprising if...

In the opinion of 9% of respondents, Haiti is a *country without intention*. The impression given as absurd events unfold is that everyone is leaving, without anyone really knowing where to go or how to get there. A

l'os. Il a suffi de présenter l'accumulation structurée de six décennies de revendications démocratiques pour atténuer efficacement cette juste impression de dérive... Pays sans dessein? non, car la relance peut exister si...

Ils sont 7 % à faire le choix que Haïti est un *pays qui n'a pas de chance*, quand en fait nous nous sommes arrangés pour la laisser passer toutes les fois qu'elle se présentait. Que cache ce nous? les vieux démons d'une minorité de blocage incapable du sursaut et du réveil que commande le moment. Au contraire, ce peuple a donné à ce pays beaucoup de chances que ses meneurs auraient pu prendre si...

Le pourcentage de ceux qui pensent que Haïti est un *pays assisté* est de 7 %. Ce serait un pays incapable de se prendre en main, un pays porté à bout de bras. Il est vrai que les natifs successivement aux commandes ne rêvent et ne parlent que d'aides et de subventions, et de projets venus de l'extérieur, et de transferts de la diaspora, etc. Mais le problème n'est pas là. On peut partir des savoir-faire locaux en ramenant l'assistance externe à son statut d'appoint, et non de substitution, qu'elle n'aurait jamais dû franchir si...

Également pour 6 % des répondants, *Haïti est un pays sans espoir*. Pourtant le *Quoi faire? Comment faire? Quand faire? Avec qui faire?* est bien en place. Il y a même un fort courant appuyé sur un « agenda » réaliste qui pousse dans ce sens, d'autant plus que si...

On pouvait enfin comprendre pourquoi toute cette opération avait pour nom de code « Si ». Elles en étaient au moment où il faut aller dire au Chef qu'il n'est pas capable du miracle que les autres ont échoué et qu'il n'a pas de baguette magique et qu'il n'y a pas de recettes et qu'il n'est pas un Sauveur et qu'il faut des plans de ruptures et qu'il faudrait un projet de modernisation et une vision de classes moyennes passant de 2 % à 40 %, et que cela s'appelle un Manifeste politique, un Projet de société, un Programme de gouvernement, et qu'il faudrait transformer ce qui précède, de 7 impressions mitigées en 7 thèses erronées sur Haïti, et cætera, et cætera. Et c'est là qu'on les attendait!

Mais elles firent ce qu'elles savaient faire avec les petits : enrober l'amère pilule. La réponse à *Agaga gougou?* est maintenant connue; et ce n'est finalement pas

grotesque little island where bloodthirsty men and irresponsible bandits control a people whose flesh has shrunken to the bone. Nothing more was needed than a presentation of the structured accumulation of six decades of demands for democracy to attenuate effectively this accurate impression of a country adrift... A country without intention? No, for revival can be brought about if...

There are 7% who chose the statement that Haiti is an *unlucky country*, when in fact we have made sure that luck would pass us by each time it appeared. What does this "we" conceal? the old demons of a minority interested only in putting up roadblocks, incapable of the burst of effort and the awakening that the moment demands. On the contrary, this people has given its country many chances that its leaders could have taken advantage of if...

The rate of those who think that Haiti is a *welfare recipient* is 7%. They see a country incapable of taking itself in hand, a country kept afloat by the strong arms of others. It is true that the succession of natives in command dream and speak only of aid and subsidies, and of projects brought in from outside, and of transfers of capital from the diaspora, etc. But that is not the problem. One could start out using local know-how, bringing outside aid back to its status as support rather than substitution, which it should never have become if...

For 6% of the respondents as well, *Haiti is a country without hope*. And yet the *What to do? How to do it? When? With what?* is in place. There is even a strong current supporting a realistic agenda which moves in that direction, even more so if...

It was finally understood why this whole operation bore the code name "If." The women had come to the moment where they had to go tell the Leader that he is not able to work miracles that others have failed to bring about, and that he has no magic wand and that there are no formulas, and that he is not a Savior, and that plans to break with the past are needed, and that he has to formulate a project for modernization and a vision of the middle classes going from 2% to 40%, and that this is called a political Manifesto, a social Project, a government Program, and that the preceding would have to be transformed from 7 ambivalent impressions

tant la lumière qui fait défaut que le bout du tunnel qui est introuvable.

Si ! si !

into 7 erroneous theories about Haiti, et cetera, et cetera. And that is what they were expected to do!

But the women did what they knew how to do with their little ones: sugar-coat the bitter pill. The answer to *Agaga gougou?* is now known; and it is at last not so much the light that is lacking as it is the end of the tunnel that cannot be located.

Yessss!

Le cauchemar de Governor's Island

C'était à la base navale de Governor's Island dans la baie de New York, un soir d'orage. Je m'étais assoupi sur le ponton du club des officiers à regarder la statue de la Liberté toute proche maintenir, dans la brume qui s'épaississait, sa torche comme repère des gardes-côtes dans la nuit. Cela allait tellement mal entre les Haïtiens venus ici négocier que Dieu s'était mis de la partie pour démêler les mots et les choses qui s'étaient mis à vivre chacun pour soi, sans plus aucun souci pour les uns de désigner les autres. Les Hommes étaient devenus fous. Ils furent convoqués au Paradis pour s'expliquer. Saint Pierre avait fait poser au-dessus de la porte d'entrée une grande banderole bleu ciel, comme de raison, aux lettres rouge sang, comme de déraison, pour signifier l'ordre du jour : *Les paradoxes des embargos, la crise haïtienne.*

C'est fou ce qu'on rêve dans ce pays ! C'est fou ce qu'on rêve quand on est de ce pays ! Mais le plus drôle, c'est le mal fou que chacun se donne pour se souvenir le plus précisément possible de ses rêves. Cela peut être payant à la loterie, *la borlette,* après une bonne interprétation du numéro correspondant à chaque rêve. Il

The Nightmare of Governor's Island

It was at the naval base on Governor's Island, in a bay in New York on a stormy evening. I had dozed off on the landing stage of the officers' club, watching the nearby Statue of Liberty holding up her torch in the thickening mist as a beacon to Coast Guard vessels in the night. Everything was going so badly among the Haitians who had come here to negotiate that God had intervened to sort out the words and objects that had begun to take on a life of their own, without any effort on the part of the former to name the latter. The Men were losing their sanity. They were summoned to Heaven to explain themselves. Saint Peter had hung a large sky-blue banner over the Pearly Gates, as was reasonable, with blood-red letters, as was unreasonable, to indicate the agenda: *The Paradoxes of the Embargos, the Haitian crisis.*

It's crazy what you dream about in this country! It's crazy what you dream about when you're from this country! But the strangest thing is the incredible effort everyone makes to remember their dreams as precisely as possible. It could pay off at the lottery, *la borlette,* after a correct interpretation of the number correspon-

existe un livre pour cela, le *thiala*. On peut aussi s'adresser à des « interprétateurs » professionnels. Un nouveau métier : 5 % qu'ils demandent si vous gagnez avec le numéro suggéré et rien si vous perdez. Mais vous pouvez aussi mourir pour un rêve. Dénoncé dans un rêve. C'est l'astuce qu'adoptent même les délateurs pour appuyer leurs dires : *Excellence, j'ai rêvé que untel conspirait !* Et souvent cela suffit. On se met aussi en condition pour rêver. Certains trouvent commode de manger immédiatement avant de dormir. Cela les fait rêver de digérer en dormant. Un nouveau commerce des mets et boissons qui font rêver a ainsi vu le jour. D'autres rêvent à jeun. Le plus grand nombre dans ce pays. Ce n'est pas qu'ils n'aimeraient pas manger avant de dormir. Mais enfin, il faut faire avec ce qu'on n'a pas. Alors ils disent que rêver à jeun est la dernière chance du pauvre. Moi, je me souvenais toujours précisément de mes rêves. C'est seulement depuis la prison que j'ai développé un mauvais rapport avec ce médium. Cela fait plus de trente ans que ça dure. Même que maintenant je me soupçonne de rajouter de la couleur, de faire des retouches, d'y aller en trois dimensions... pour déguiser en rêves mes cauchemars car les cauchemars ne payent pas à la borlette. Peine perdue. Mon système est détraqué.

Les procédures du Paradis étaient un bizarre mélange des rituels académiques et politiques dans ce que chacun d'eux avait de plus irritant. Chaque partie devait produire trois Mémoires pour la défense de son point de vue qu'un porte-parole devait présenter en peu de mots. La seule exigence, mais c'était toute une nouveauté dans ce dossier, était de dire la vérité, car on ne ment pas au Paradis.

Le premier groupe à se faire entendre fut le Peuple. Son avocat était Harry L. qui avait été tué de quatre balles à Carrefour, en banlieue de Port-au-Prince, la semaine précédente. Il était habillé du costume noir rayé de fins traits blancs qu'il portait dans son cercueil, dont la photo venait de nous parvenir. Son visage avait les boursouflures des impacts des balles qui toutes lui avaient été tirées à bout touchant à la tête. Je me suis dit qu'après son exposé, il fallait que j'aille l'assurer qu'on s'occuperait des deux familles qu'il laissait et confirmer avec lui les noms des quatre tueurs à gages

ding with each dream. There is a book for this purpose, the *Tiala*. You can also consult professional "intrepretators." A new profession: they ask for 5% if you win with the suggested number and nothing if you lose. But you can also die for a dream. Betrayed in a dream. This is the trick that even the informers adopt to support their statements: *Excellency, I dreamed that So-and-So was conspiring against you!* And that often suffices. There are also ways to put yourself in the right condition for dreaming. Some find it convenient to eat immediately before sleeping. It makes them dream of digesting while sleeping. A new trade in food and drinks that cause dreams has come into being. Others dream on an empty stomach. The majority, in this country. It is not that they wouldn't like to eat before sleeping. But one must learn to make do with what one doesn't have. And so they say that dreaming on an empty stomach is the last hope of the poor. As for me, I always remembered my dreams quite precisely. It is only since my imprisonment that I have developed a bad relationship with this medium. It has been going on for thirty years. Now I even suspect myself of adding color, of retouching, of giving them three dimensions... to disguise my nightmares as dreams. For nightmares don't pay, in *borlette*. Wasted effort. My system is broken down.

The procedures in Heaven were a bizarre mixture of academic and political rituals, drawing from the most irritating aspects of all of them. Each party was to produce three Memoranda to defend its point of view, which a spokesperson was to present in a few words. The only requirement—what a novelty in this case!—was to tell the truth, for lying is not permitted in Paradise.

The first group to make itself heard was the People. Their advocate was Harry Legendre, who had been killed by four bullets at Carrefour, in the outskirts of Port-au-Prince, a week earlier. He was dressed in the black suit with fine white pinstripes that he had worn in his coffin, a photo of which had just been sent to us. His face was swollen from the impact of the bullets which had all been fired point-blank, the barrel touching his head. I told myself that after his presentation, I should go reassure him that the two families he had left would be taken care of, and to confirm with him the names of the

que nous soupçonnions d'avoir fait le coup. Il se mit au ras du quotidien pour parler avec émotion de l'individu qui doit survivre dans la pénurie, sans espérance d'amélioration. Dans ce contexte de misères matérielle et morale qui est celui de la très large majorité de la population haïtienne, l'embargo est une mesure épouvantable qui fait passer les classes populaires de la pauvreté la plus creuse à la misère la plus noire, quelques crans en dessous. Je ne reconnaissais plus sa voix devenue métallique derrière son masque mortuaire. Il parlait maintenant avec le timbre caverneux et lent des rubans magnétiques emmêlés, de la détresse profonde de plus de 95 % de la population au pays. Or c'est là que se recrutent tous les partisans les plus farouches de l'embargo, ceux qui sont prêts à en mourir pour qu'il aboutisse, comme on meurt d'une grève de la faim. Ils n'avaient plus rien à perdre. Les trois titres qu'il soumettait avaient de l'allure : *Une frontière nommée passoire. Les mensonges des tuteurs et des tueurs. La Guerre de l'embargo n'aura pas lieu.* Je me suis dit qu'il avait été bien « coaché » et qu'il fallait que je lise ces trois textes au plus vite.

Le second groupe à se faire représenter fut celui des *panzouistes.* C'était une avocate qui parlait en leur nom, belle mulâtresse devant l'Éternel ! Justement. Elle fit un discours introductif d'une rare véracité : nous sommes les opposants locaux les plus irréductibles de l'embargo et nous sommes ceux qui en profitons le plus ouvertement, de marchés noirs en contrebandes, de collusions pour la fixation de prix élevés aux raretés artificielles, du trafic d'influences aux trafics de la drogue, des prélèvements en espèces en ville aux rançons en nature à la campagne. Nous croulons sous cet amoncellement de profits d'exception grâce à l'embargo, mais nous n'avons cependant qu'une obsession, celle de la levée de l'embargo. Les narcotrafiquants ont littéralement acheté les pays où faire transiter leurs poudres en toute impunité. Nous avons même conclu des alliances régionales avec nos voisins qui sont comme nous sur la route de la drogue, et jamais situation n'a été plus lucrative. Pourtant, les uns et les autres, nous manœuvrons effectivement pour la levée de l'embargo. Leurs trois titres déposés : *La nouvelle dérive des continents. De l'embargo comme abus. Embargo : l'alternative du Diable.* J'ai trouvé

four hired killers we suspected of having done this. He put himself into the context of the commonplace, speaking with emotion of the individual who had to survive in want, without hope of improvement. In the context of material and moral miseries which is that of the great majority of the Haitian population, the embargo is a dreadful measure that causes the working class to go from the emptiest poverty to the blackest misery, a few notches lower. His voice became unrecognizable to me as it grew metallic from behind his death mask. Now he spoke, with the slow, cavernous timbre of a tangled recorder tape, of the profound distress of more than 95% of the country's population. And yet it is among these people that the fiercest partisans of the embargo are recruited, the ones who are ready to die in order that it might succeed, as one might die of a hunger strike. They had nothing more to lose. The three titles he submitted were promising: *A Border Called the Sieve. The Lies of Guardians and Assassins. The Embargo War has been Cancelled.* I thought he had been well coached, and that I must read these three texts as soon as possible.

The second group to be represented was the *panzouistes.* An attorney spoke on their behalf, a beautiful mulatto woman standing before Eternity! Rightly so. She gave an introductory speech of unusual veracity: we are the most implacable local opponents of the embargo, and we are the ones who are benefiting the most openly from it, from black markets to smuggling, from collusion in price-fixing to artificial shortages, from influence peddling to drug peddling, from cash withdrawals in the city to ransoms in barter in the countryside. We are sinking beneath an accumulation of exceptional profits thanks to the embargo, but nevertheless we have but one obsession: that the embargo be lifted. Drug traffickers have literally bought the country in order to use it to pass their powders through it with impunity. We have even concluded regional alliances with our neighbors who are, like us, on the drug route, and no situation has ever been more lucrative. However, each and every one of us is actually maneuvering to have the embargo lifted. The titles of their three memoranda: *The New Continental Drift. On the Embargo as Abuse. Embargo: The Devil's Alternative.* I concluded

qu'elle avait un beau culot et que cela ne lui porterait pas chance dans ce pays.

Pour le troisième groupe, se présenta un *Visage pâle à la langue fourchue.* Je me suis dit dans mon rêve que je rêvais pour ainsi voir ce personnage déguisé en acteur de bande dessinée. Il commença par admettre que l'enjeu n'était pas l'embargo lui-même mais le message qu'on lui faisait porter. Il continua par le fait qu'il existe d'autres façons moins cruelles que les embargos de reconnaître clairement une légitimité, comme il va de soi qu'il existe d'autres manières de mourir collectivement pour une cause que d'une grève de la faim. Mais hélas, nous en étions arrivés là par une succession de réelles occasions manquées en fausses occasions manquées, dans des négociations presque toujours de mauvaise foi. Ici et maintenant, la signification brutale de l'embargo est *NON* au coup d'État et *OUI* à la légitimité démocratique ; même si l'on traîne de la patte pour ne pas pousser jusqu'au bout les conséquences de ce choix : la restauration. Sur cette dernière phrase, il déposa ses trois Mémoires : *Les faux pas du tango de l'Argentin. Le Nouveau Désordre International (NDI) à l'essai. Levée improbable et maintien impossible.*

À ce point de la conciliation céleste où je lorgnais les neuf rapports aux titres pleins de promesses, Saint Pierre, celui-là je l'ai bien vu et il se ressemble, barbe longue, robe blanche et grosse clé comprise, introduisit le Diable pour un résumé des dépositions. Il se ressemblait aussi, grand et noir, cornes, fourche à trois dents et large rictus, bel athlète que ce Lucifer ! Il troussa l'affaire. À chacun son embargo, et trois embargos pour le prix d'un : l'assommoir, la passoire et le dilatoire. Acceptation résignée par les masses du maintien de l'embargo-assommoir dans un contexte de grève de la faim collective. Demande pressante des putschistes de la levée de l'embargo-passoire qui enrichit par son existence, mais qui enrichirait nettement plus par sa levée. Valse-hésitation de l'International réfugié derrière un embargo-dilatoire qui cache mal son absence de volonté politique de restituer ce président-là.

Puis il éclata, comme le Père Noël, d'un rire saccadé hohoh ! hohoh ! (ce doit être ainsi qu'on rit de nous là-haut) que je reconnus immédiatement pour celui qui me réveillait souvent de mes cauchemars depuis le début

that her nerve was admirable, and that this quality would not bring her good fortune in Haiti.

On behalf of the third group appeared a *Paleface with forked tongue.* In my dream I told myself I must be dreaming, seeing this figure disguised as a character in a comic strip. He began by admitting that the issue was not the embargo itself but the message it was supposed to send. He continued by stating that there are other, less cruel ways than embargos of clearly recognizing legitimacy, as it goes without saying that there are other ways of dying collectively for a cause than a hunger strike. But alas, we had come to this through a series of real lost opportunities and false lost opportunities, through negotiations almost always carried out in bad faith. Here and now, the brutal meaning of the embargo is NO to the coup d'etat and YES to democratic legitimacy; even though there is foot-dragging to avoid pushing this choice to its logical conclusion: restoration. With these words, he submitted his three Memoranda: *The Missteps of the Argentine Tango. The Tryout of the New World Disorder (NWD). Lifting It is Improbable and Maintaining It is Impossible.*

At this point in the celestial conciliation procedure, while I was eyeing the nine reports with such promising titles, Saint Peter—I really saw him, and he looks like himself: long beard, white robe, and large key included (he is getting somewhat of a paunch)—introduced the Devil to summarize the statements. He looked like himself, too—tall and black, horns, trident and a broad, evil grin. He was a great athlete, this Lucifer! He gave a skilful wrap-up of the whole affair. To each his embargo, and three embargoes for the price of one: the slaughterer, the strainer, and the delayer. Resigned acceptance by the masses of maintaining the slaughterer-embargo in the context of a collective hunger strike. The pressing demand of those involved in the putsch for the lifting of the strainer-embargo which is making them rich by its existence but would make them much richer by its disappearance. Hesitation waltz by the International Community, taking refuge behind a delayer-embargo which ill conceals its lack of the political will to restore that president to power.

Then he burst out in a staccato, Santa-like laugh: Ho-Ho-Ho! (that must be the way they laugh at us up

de la crise. Au milieu d'éclairs et du tonnerre, les nuages crevèrent d'une trombe d'eau qui me sauça sur le ponton découvert avant même que je pusse courir me mettre à l'abri à l'intérieur où mes amis discutaient ferme sur le titre à donner aux paradoxes des embargos. À leurs mines interrogatives, suite à ma brusque irruption dans la salle d'un air encore confus de sommeil, je répondis que je venais de rêver le titre qu'ils cherchaient. Embargo : la putain respectable.

there) that I recognized immediately as the sound that often awakened me from the nightmares I had suffered since the crisis began. In the midst of lightning bolts and thunder, the clouds burst with a downpour that drenched me on the unprotected landing stage before I could run to take shelter inside, where my friends were vigorously discussing what title to give the paradoxes of the embargoes. To their questioning expressions, upon my abrupt entrance still muddled from sleep, I responded that I had just dreamed of the title they were looking for: *Embargo: The Respectable Prostitute.*

L'Amiral léoganais

J'étais seul, depuis une bonne heure, à louvoyer en face de trois élus floridiens qui soufflaient fort sur la question des réfugiés haïtiens. C'était la troisième nuit de la Conférence Internationale de Miami sur cette question, et de roulis en tangages, j'étais conscient de tirer des bordées pour gagner du temps, exactement comme un marin quinois marronne par grand vent. Il me fallait un point d'entrée sur leur position quand, au détour d'une réponse, dans l'entrebâillement d'une pensée à peine dévoilée, j'ai pu m'introduire dans leur cauchemar collectif pour visionner le film qui se jouait à Miami tous les soirs, depuis le coup d'État de 1991, à guichets fermés et à poings fermés:

La sixième flotte haïtienne de mille bâtiments, montés de cent mille boat people, toutes voiles multicolores déployées (car ce cauchemar américain est en couleurs et à grand déploiement) en route vers la Floride sous le commandement d'un Amiral léoganais, paysan-pêcheur, comme dirait Bob... et l'hélico de la CNN tournoyant en direct au-dessus de cette noce océane rejoignant le demi-million de déjà débarqués des cinq flottes précédentes.

The Admiral from Léogane

I had been alone for a good hour, beating to windward across from three elected Florida officials who were blowing hard about the question of Haitian refugees. It was the third night of the International Conference in Miami on this question, and from pitching to rolling, I was aware of firing broadsides in order to gain time, exactly like a Quinois sailor tacking before a strong wind. I was casting about for a point of entry into their position when, at the turning of a response, in the gap in their barely visible thinking, I was able to gain admittance into their collective nightmare in order to watch the film that had been playing in Miami every evening since the coup d'etat of 1991, with standing room only and clenched fists:

The sixth Haitian fleet composed of a thousand vessels with one hundred thousand boat people aboard, all its multicolored sails unfurled (for this American nightmare is in color and on a wide screen), en route to Florida under the command of a Léoganais Admiral, a peasant-fisherman, as Bob would say... and the CNN copter circling live above this oceanic party joining the

La vision ne manquait pas de panache, le cauchemar de consistance et le risque de fondements. Ma foi, si cela ne dépendait que de ces milliers de figurants, le tournage pouvait bien commencer immédiatement, en temps réel, car le coup d'État avait achevé le scénario de l'autre bord. Depuis, sur les rives d'en face, le soir, l'on rêvait exactement de la même chose. En Noir et Blanc cependant, car ce rêve haïtien est à petit budget:

La sixième flotte haïtienne de mille bâtiments, montés de cent mille boat people, toutes voiles multicolores déployées...

C'était un bon début de discussion que d'avoir en commun les mêmes images intimes peuplant sombres cauchemars et beaux rêves de part et d'autre du Triangle des Bermudes à traverser, un Radeau Amiral en tête. Il fallait se rendre à l'évidence que, pour encore longtemps, ce serait le principal feuilleton onirique haïtiano-miamien — *le soap-opera au top du hit parade des prime time* —, et l'arme secrète de la démocratie seule capable d'un autre rêve. Aussi l'État de la Floride rêvait-il pour Haïti d'une vocation démocratique sans faille, si cette souscription pouvait lui éviter, comme porte d'entrée obligée des Haïtiens aux EUA, d'autres vagues de boat people.

C'était une grande conférence que cette conférence préparée d'assemblées de cent personnes, en assemblées de mille personnes pour arriver à penser le phénomène du million et demi d'expatriés haïtiens comme un prolongement du pays en terres étrangères. Il fallait d'abord arrimer la première génération d'émigrés aux neuf départements de l'intérieur par une armature juridique nouvelle (le dixième département) et un nouveau champ de concepts. Le redoutable problème de la deuxième génération restait pour le moment entier, car dans vingt ans, quand viendra son tour, elle ne sera pratiquement plus de ce pays et n'y enverra même pas d'argent. La rupture risquait d'être consommée en une génération. L'organisation de la diaspora ne pouvait donc venir que de l'intérieur, ainsi que l'incitation de la deuxième génération à s'impliquer plus tard au pays des parents. Seul un gouvernement démocratique pouvait s'intéresser à un constat si lourd de conséquences. Il fallait offrir les structures de l'accueil intérieur, tout en créant les canaux institutionnels extérieurs, pour ces

half-million who have already disembarked from the five preceding fleets.

The vision was not without panache, the nightmare had substance and the risk was not unfounded. My word, if it depended only on these thousands of bit players, the filming could begin immediately, in real time, for the coup d'etat had completed the script on the other side. Since then, on the facing shores people dreamed every evening of exactly the same thing. In black and white, however, since this Haitian dream is low-budget.

The Haitian sixth fleet of a thousand vessels filled with a hundred thousand boat people aboard, all its multicolored sails unfurled...

It was a good starting point for discussion, our having in common the same intimate images peopling dark nightmares and beautiful dreams from both sides of the Bermuda Triangle that had to be crossed, led by a Flagship Raft. You had to yield before the evidence that, for a long time in the future, this would be the major Haitiano-Miamian dream series—the top soap opera on the prime-time hit parade—and the secret weapon of the only democracy capable of another dream. Thus the State of Florida dreamed of a Haiti with an unswerving democratic vocation, if this support could help the state, the obligatory port of entry for Haitians, to avoid taking in new waves of boat people.

This well-prepared conference was a great one, from hundred-person gatherings to thousand-person gatherings, and it succeeded in making everyone think of the phenomenon of a million and a half Haitian expatriates as an extension of Haiti into foreign countries. First of all, it was necessary to connect the first generation of immigrants to the nine administrative departments of the homeland through a new legal structure (the tenth department) and a new field of concepts. The formidable problem of the second generation remained intact for the moment; for in twenty years, when its turn comes, it will hardly be from Haiti any longer, and will not even be sending money back. The break threatened to be consummated in the space of one generation. And so the organization of the diaspora could only come from Haiti, as well as the incentive for the second generation to involve itself later in their parents' country. Only a democratic government could interest itself in an assessment

flux multiples et divers venant des Haïtiens dans le monde. Quant à la deuxième génération, la chance était de faire du pays une immense colonie de vacances capable d'initier celle-ci, dès le plus jeune âge et pour quand elle sera grande, à la langue et à la culture des ancêtres, à l'Histoire du pays des parents et aux devoirs envers le pays d'origine.

Toutes voiles dehors, nous continuions à filer différents prolongements comme la complémentarité des calendriers scolaires pour disposer des enseignants en vacances, ou la restauration du plus grand réseau de forts des Amériques pour l'éducation des enfants et le tourisme des parents... Les vents complices nous menaient à l'ivresse des dépassements de la politicaillerie haïtienne, car n'importe quel reporter de la radio d'Haïti ne posait qu'une question, *candidat ou pas candidat ?* Comme si plus personne ne savait compter jusqu'à trois dans ce pays pour imaginer d'autres engagements, d'autres motivations ou tout autre chose. Mais il fallut bien jeter l'ancre au terme de trois jours et revenir aux élus floridiens qui voulaient une certitude tout de suite. Une seule petite certitude dans cette pêche miraculeuse rêvée : plus de boat people. En échange, ils juraient amitié si profonde qu'ils n'hésiteraient pas aux dernières extrémités. On pouvait les croire volontiers sincères et dignes d'alliance... pour le temps de la menace de leurs si jolies petites plages.

L'hommage reçu, l'amitié cimentée, l'alliance envisagée, de quoi disposaient-ils pour faire participer à leur cauchemar les nuits de Washington, si pleines de l'*American dream*? De peu, disaient-ils, d'à peine les 2 % de voix qui firent perdre aux Démocrates la Floride forte de 27 grands électeurs, le dixième du total requis pour entrer à la Maison Blanche, ce dixième qui la prochaine fois sera indispensable pour une réélection de Bill...

Amiral mon Amiral, te serais-tu jamais douté que sans être parti, c'est toi qui as commandé le retour ?

with such serious consequences. Structures must be offered for receiving them within the country, while also creating exterior institutional channels for these multiple and diverse ebbs and flows coming from Haitians the world over. As for the second generation, there was the possibility of making the country an immense summer camp capable of initiating its members—from a very young age, looking to the time when they would grow up—in the language and culture of their ancestors, in the History of the country of their parents and in the duties owed to their country of origin.

Full speed ahead, we continued to spin off various consequences such as the coordination of school calendars in order to make use of teachers on vacation, or the restoration of the greatest network of forts in the Americas for youth education and adult tourism... Fair winds led us to the intoxication of surpassing Haitian political wheeling and dealing, for every Haitian radio reporter asked only one question, *candidate or not a candidate?* As if no one in that country knew how to count to three anymore in order to imagine other commitments, other motivations or anything else. But at the end of three days, we had to drop anchor and come back to the Floridian officials who wanted an immediate certainty. One tiny certainty to fish out of this miraculous dream: no more boat people. In exchange, they swore such deep friendship that they would not hesitate to go to great extremes. It might be easy to believe they were sincere and deserving of alliance... at least for as long as their pretty little beaches were threatened.

Homage received, friendship cemented, alliance foreseen, what did they have at their disposal to make Washington's nights, so full of the American dream, participate in their nightmare? Very little, they said, just the 2% of votes that caused the Democrats to lose Florida's 27 electors, a tenth of the total needed to enter the White House, this tenth that would be indispensable, the next time around, to Bill's reelection...

Admiral, my Admiral, would you ever have suspected that without even leaving, you would be the one who would lead the return?

Le téléphone de mon compère

Toute la classe politique en faisait autant. Ou s'essayait. Mais ce qui distinguait ce jeune maire était que son art de tirer la couverture à lui avait atteint un degré de virtuosité peu commun. Comme cette fois où il s'était trouvé coincé, sans une gourde en caisse, à la suite d'un conflit avec l'Exécutif qui lui avait coupé les vivres. Telles étaient les mœurs sur lesquelles il n'eut pas le temps de beaucoup méditer, puisque s'annonçait pour dans trois mois la grande visite du maire de Mexico. Un budget national fut débloqué à hauteur de dix millions de piastres-or, ainsi disait-on des billets verts américains en mémoire du temps de la flibuste. La mairie resta cependant étrangère aux travaux et réalisations. Telles étaient les consignes au ministère de la Culture, seul maître d'œuvre. Ça jouait dur.

Il fut décidé d'ériger, en un mois, cinq mille mètres de hauts murs de part et d'autre de la route d'entrée de la ville pour cacher les bidonvilles et livrer à différents peintres un morceau de cinquante mètres de long sur cinq mètres de haut chacun, pour jouer à David Alfaro Siqueiros, à José Clemente Orozco, à Diego Rivera... en hommage aux muralistes mexicains. De généreuses

Telephone Lines

All the members of the political class did it. Or had a go at it. But what distinguished this young mayor was that his talent for turning a situation to his own advantage had attained a degree of uncommon virtuosity. There was the time he found himself stuck, without a gourde in the till, after a conflict with the Executive, which had cut off his supplies. Such were the customs, about which he did not have much time to meditate, since it was announced that there would be a state visit from the mayor of Mexico City three months thence. A national budget was unfrozen, to the level of ten million *piastres-or*, as they referred to American greenbacks in memory of the era of piracy. The mayor's office, however, remained excluded from the projects and construction. Such were the orders of the Ministry of Culture, the sole overseer. That hit hard.

It was decided to erect, in one month, five thousand meters of high walls on both sides of the route leading to the city in order to (hide the shantytowns and) hand over to different painters a piece fifty meters long and five meters high each, to play at being David Alfaro Siqueiros, José Clemente Orozco, Diego Rivera... in

bourses étaient prévues pour ce festival des couleurs et des formes.

Cent peintres étaient attendus. Il s'en présenta mille. Des vrais et des faux, des grands et des petits, des jeunes et des vieux... Il fallut à la barbe du jeune maire, mais il n'avait pas de barbe, sélectionner des jurys et organiser des concours... dont il fut absent. Et pendant un mois, ce corridor de sa ville fut hérissé d'échafaudages comme sur un chantier de pharaon tant l'activité de chaque artiste et de ses aides était fébrile. Les murs prenaient bellement vie.

Au matin de la visite annoncée, une petite douzaine de grimpeurs vinrent installer en hauteur, tout juste avant l'arrivée des dignitaires, une dizaine de banderoles le long du parcours. On pouvait y lire en grandes lettres :

LE MAIRE EST FIER DE VOUS ACCUEILLIR
LE MAIRE VOUS SOUHAITE LA BIENVENUE
LE MAIRE CECI... LE MAIRE CELA...

Le discours du visiteur fut évidemment pour remercier le jeune maire de cette offrande titanesque de vingt-cinq mille mètres carrés de murales haïtiennes, tous les styles confondus, en cette avenue de peintures. Un triomphe.

L'investissement du jeune maire fut évalué à moins de trois cents dollars pour ce coup. C'était à la fois du Mozart, du Pélé et du Michael Jordan !

C'était surtout un cas d'anthologie. Un exemple pour le petit catéchisme des politiciens. Un modèle pour le bréviaire du parfait candidat. Un cadeau pour les *lodyans*. Les galeries furent de son côté avec l'admiration des amateurs. Les hostilités montèrent d'un cran. Il ne l'emporterait pas au paradis. Cela aussi était clair. On l'attendait au carrefour des prochaines élections. Tout fut mis en branle pour son échec qui ne manqua pas de suivre. Ses affaires se mirent à aller mal.

D'abord les Blancs se firent évasifs. Pourtant il avait déjà reçu presque toutes les garanties sur son destin national du côté de la *Communauté internationale*. Il se mit à compter. Combien étaient-ils ? Dix, vingt, trente, quarante ? certainement pas plus, mais à compter ceux qui comptent, moins de quinze ? moins de dix ? moins de cinq assurément. Qu'importe, pendant ces trois cents

homage to the Mexican muralists. Generous grants were planned for this festival of colors and forms.

A hundred painters were expected. A thousand appeared. Real ones and fake ones, great ones and small ones, young ones and old ones... They had to select a jury right under the nose of the young mayor and organize a competition... from which he was absent. And for a month, this corridor of his city bristled with scaffolding as if it were a Pharaoh's construction site, so feverish was the activity of each artist and his helpers. The walls were truly coming to life.

On the morning of the planned visit, a scant dozen or so climbers came just before the arrival of the dignitaries to install ten or so high banners all along the official route. On them, in large letters, was written:

THE MAYOR IS PROUD TO WELCOME YOU
THE MAYOR WELCOMES YOU
THE MAYOR THIS... THE MAYOR THAT...

The subject of the visitor's speech was a resounding thank-you to the young mayor for this titanic offering of twenty-five thousand square meters of Haitian murals, in a mixture of styles, along this avenue of paintings. A triumph.

The investment of the young mayor in this shrewd move was estimated at less than three hundred dollars. What a mixture of Mozart, Pele, and Michael Jordan!

It was a case for the textbooks. An example for the politicians' lesser catechism. A model for the breviary of the perfect candidate. A gift for *lodyans*. The crowd was on his side with the admiration of connoisseurs. Hostilities intensified a notch. He would live to regret it. That was also clear. They lay in wait for him at the crossroads of the next elections. Everything was set in motion for his defeat, which did not fail to follow. His affairs went from bad to worse.

First of all, the whites became evasive. And yet he had already received almost every guarantee possible as to his national destiny from the *International Community*. He began to count. How many were there? Ten, twenty, thirty, forty? Certainly no more, but if you counted only the ones who counted, fewer than fifteen? Fewer than ten? Definitely fewer than five. Never mind, during his three hundred last days in office he had been

derniers jours en poste, il s'était retrouvé invité six cents fois à un coquetel, un dîner de gala, un six à huit, un barbecue, un buffet chaud, un petit déjeuner en tête-à-tête, un anniversaire, un mariage, une fête nationale, une réception, une commémoration... quelque part en terre d'immunité diplomatique à Port-au-Prince. Il avait conservé cet agenda dont la lecture lui faisait tellement mal en ces jours sans invitation. Mieux, ou pire, n'avait-il pas reçu autant de visites au bureau ? N'étaient-elles n'étaient-ils pas venus, chacun chacune de cette communauté internationale, les quarante-trois semaines que comptaient les trois cents jours, en amis amies, pour la vie ? Et puis maintenant ? Rien ! Même les indigènes s'esquivèrent.

La rumeur sans pitié devint cinglante. Le stade ultime fut vite atteint : les ritournelles populaires se mirent de la partie. C'est que chaque moment fort de la vie publique haïtienne est habité de musiques de circonstance. On en était à fredonner, depuis un mois, sur l'air du rap en vogue :

Marco avait tout dit
quand il disait « Un Blanc m'a dit »
Polo avait tout dit
quand il disait « Un Blanc m'a dit »
De si longs voyages pour si peu
On a les Marco Polo qu'on peut

...quand on entendit soudain rejouer du Candio, le chansonnier national des années 1930, dans ce quatrain célèbre que l'on aurait dû graver, depuis lors, sur toutes les façades de tous les Palais présidentiels :

Ou mèt bon kavalye
Chouèl ou te mèt byen sele
Di moman'l pran ponpe
I fok kan mèm ou tonbe

[Quelque bon cavalier que tu sois
Quelque bien harnaché soit ton cheval
Dès qu'il se mettra à piaffer
Forcément tu tomberas]

Et chez lui les visites de se dérober et le téléphone de ne plus sonner. La petite belle-fille, affectée autrefois à temps plein au téléphone, se trouva sans occupation. Le calme plat.

invited six hundred times to cocktail parties, a gala dinner, an open house, a barbecue, a hot buffet, an intimate breakfast, a birthday, a wedding, a national holiday, a reception, a commemoration… somewhere in the land of diplomatic immunity in Port-au-Prince. He had kept his appointment book which was now so painful to read in these days devoid of invitations. Even better, or worse, had he not received as many visits to his office? Had they or had they not come, each member of this international community, during the forty-three weeks that made up the three hundred days, as real friends, for life? And now? Nothing! Even the natives shied away.

Pitiless rumor became scathing. The final stage was soon reached: popular refrains joined in. You see, any important moment in Haitian public life is inhabited by topical music. Everyone had been humming for a month, to the music of a popular rap:

Marco said it all
When he said "A White Man told me"
Polo said everything
When he said "A White Man told me"
Such long voyages for so little
You get whatever Marco Polo you can

…when suddenly they began to play Candio again, the national cabaret artist of the 30's, and his celebrated verse that should have been engraved, from then on, on all the facades of all the Palaces:

Ou mèt bon kavalye
Chouèl ou te mèt byen sele
Di moman'I pran ponpe
I fok kan mèm ou tonbe

[However good a horseman you are
However well harnessed your horse may be
As soon as it begins to paw the ground
You are bound to fall]

And at his home, visitors were elusive and the telephone rang no more. The little stepdaughter, assigned full-time in the past to the telephone, found herself with nothing to do. A lifeless calm.

Je trouvai étrange de le voir choisir ce moment-là pour faire jouer ce qui lui restait de relations afin d'obtenir une deuxième ligne téléphonique. Si cela pouvait adoucir sa traversée du désert d'avoir deux lignes au lieu d'une, qu'à cela ne tienne !

Il passa me remercier chaleureusement quelques jours plus tard, ragaillardi par les nombreuses sonneries qui, d'un numéro à l'autre de sa maison, donnaient ainsi le change aux voisins sur sa remontée de la pente.

I found it strange to see him choose that moment to call upon what remained of his contacts in order to obtain a second telephone line. If having two lines instead of one would ease his time in the wilderness, let him have them!

He stopped by to thank me warmly a few days later, cheered by the constant ringing, which, from one number to the other in his house, fooled his neighbors into thinking he was climbing back up.

Les conseillers du Chef sur son assassinat

L'exercice du pouvoir semble conduire, tôt ou tard, à ce moment où un président se convainc que « La Nation c'est MOI », le syndrome est bien connu, et que son assassinat favoriserait donc les ennemis de la Nation (*Je n'ai d'ennemis que ceux de la Nation*, disait l'un d'eux) en plus de vouer le pays au déluge qui ne manquerait pas de suivre cette perte (*Après moi le déluge*, disait un autre). *Quelle grande perte pour le pays!* pensent-ils tous, en route pour l'exil.

Celui-là eut même la prémonition de la manière dont cela se passerait : d'une balle à la tête. Il se résolut à consulter, sur cette grave question pour sa Personne, chacun des types d'individus qui gravitent autour des pouvoirs, afin de choisir ceux et celles capables de fournir l'avis le plus juste. Il avait fait projet de s'en entourer comme conseillers privés.

Faire profession de donner avis n'est pas une sinécure. Que dire à un chef qui, face au pouvoir, a l'impression d'avoir courtisé vingt-cinq ans une belle pour découvrir, enfin parvenu à ses fins, qu'elle a le sida ? La réponse n'est pas évidente et n'importe qui ne s'en tire pas avec les honneurs de la fonction. Essayez voir !

The Leader's Counselors on His Assassination

The exercise of power seems to lead sooner or later to that moment when a president convinces himself that "*La Nation, c'est MOI*" (the syndrome is quite familiar), and that as a result his assassination would encourage the enemies of the Nation (*My only enemies are the Nation's enemies*, said one of them), and what's more, doom the country to the deluge which would not fail to follow this loss (*Après moi le déluge*, said another). *What a great loss for the country!* they all think, while en route to their place of exile.

This one even had a premonition about the way it would happen: a bullet in the head. He resolved to consult each of the types of individuals who orbit around those in power on the subject of this serious issue concerning his Person, in order to choose those who were capable of providing the most accurate advice. He had conceived a plan of surrounding himself with these people as his private counselors.

Making a career of giving advice is not a sinecure. What can one say to a leader who, coming face to face with power, has the impression of having wooed a beautiful woman for twenty-five years only to discover, when

Les premiers convoqués furent les Enfants de chœur habitués à un service diligent. Ils se mirent en quatre pour deviner le désir du célébrant et aller au-devant de ce qu'ils croyaient être son choix. Ils ne purent rien lui dire de plus que l'État c'est Lui et qu'à ce titre son assassinat favoriserait les ennemis de la Nation, en plus de vouer les siens au déluge qui ne manquerait pas de suivre. Rassurant effet de miroir au début, mais bien vite inodore, incolore et sans saveur.

Le deuxième groupe fut celui des bedeaux et sacristains, sacristaines et autres chaisières, pour lesquels on ne pouvait plus mettre sur le compte du jeune âge une plate soumission. L'avis unanime de ces adultes fut d'une grande déférence qui cherchait plutôt à ne pas contrarier. Puisque l'Autorité croyait l'assassinat possible, eh bien ! ma foi, il était possible. Et quand il ne le croira plus possible, eh bien ! ma foi, il ne le sera plus. Tout simplement. Trop complaisant et pas rassurant du tout.

Ce fut au tour des militants de choc pour lesquels il ne fit aucun doute que si cette question pouvait se concevoir au point d'être posée, c'est qu'il existait bel et bien un complot déjà en cours. Ils prirent le *béton*, la guitare, le micro et s'en furent défendre la révolution contre laquelle on avait ourdi ce sale complot. L'assassinat passa au second plan, ce qui ne plut pas du tout au Président. Exit.

Puis vint le tour des flatteurs. Ils avaient une très longue pratique et des références à faire valoir. Leur savoir-faire s'appuyait sur un solide répertoire et l'on citait telle ou telle histoire comme des classiques du genre : sous le président qui, dit-on, buvait son café de travers au coin gauche de sa bouche, une furieuse mode imitant cette étrange manière de boire prévalut au Palais, tout le temps de son mandat. Ils boiteraient tous et bégayeraient tous si le titulaire était affligé de tels handicaps. On ne pouvait compter sur eux dans l'adversité.

Défilèrent ensuite plein de dignitaires, alliés et proches qui tous pesèrent le pour et le contre, disant toujours possible un assassinat, mais qu'il y avait des dispositions efficaces et strictes à prendre pour l'éviter. Sage, juste, mais ennuyeux.

Les conseillers sans nom et sans visage plaidèrent pour un recours aux forces de la nuit. Vodou. Ils arguèrent que cette démarche dans le monde haïtien était

he finally reaches his goal, that she has AIDS? The answer is not obvious, and it is not just anyone who can fulfill their duty creditably. Just try, and you'll see!

The first ones summoned were the choirboys, accustomed to diligent service. They did everything possible to guess the desires of the celebrant and to anticipate what they believed to be his choice. They could say nothing more than that the He is the State, and in light of that, his assassination would encourage the enemies of the Nation, and what is more, would doom the country to the deluge which would not fail to follow. A reassuring mirror-image effect at first, but soon odorless, colorless, and tasteless.

The second group consisted of the vergers and sextons and other pew attendants, for whom bland submission could not be attributed to their youth. The unanimous attitude of these adults sprang from a great deference which sought not to upset or annoy. Since the Authority believed assassination was possible, well, then, of course it was possible! Quite simply. Too obliging and not at all reassuring.

Then came the party's shock troops, for whom there was no doubt that if this question was so conceivable that it could be asked, that meant that a plot was well and truly planned and already under way. They took to the streets, guitars and microphones in hand, and went out to defend the revolution against which this filthy plot had been hatched. Assassination took a back seat, which pleased the President not at all. Exit.

Then it was the flatterers' turn. They had many years of experience and references to put to good use. Their know-how drew on a solid repertoire, and people could cite such and such a story as one of the classics of its genre: *under that president who, they say, drank his coffee the wrong way, with the left corner of his mouth, a raging fad imitating this strange way of drinking prevailed in the Presidential Palace, during his entire term of office.* They would all limp and stutter if the man in office were afflicted with these handicaps. They could not be counted upon in adversity.

Then all sorts of dignitaries filed by, allies and close associates who weighed the pros and cons, saying that an assassination was always possible, but that there were effective and strict measures which could be taken to avoid it. Wise, right, but boring.

pratique courante d'une grande banalité. Leurs pressions s'apparentèrent de plus en plus à du harcèlement. Le premier rendez-vous fut donc pris au Nord du pays. Ce n'était pas un sanctuaire dérobé dans lequel un médium inspiré officiait. Non. On avait d'abord du mal à se trouver une place tant il y avait de voitures. C'était une foire au Disneyland du Vodou dans laquelle on pouvait reconnaître cent, deux cents, trois cents connaissances de Port-au-Prince débarquant dans ce qu'ils croyaient être le pays profond. Pas sérieux.

Ce n'est qu'au troisième rendez-vous, dans le Sud, que l'on put trouver prédiction d'une *Mambo* qui avait séduit, lors d'une convention nationale de trois jours d'une centaine de chefs religieux à Zumi, pour n'avoir été accompagnée que de filles, évidemment de blanc vêtues, dont de remarquables batteuses des tambours rituels en pantalons bouffants blancs. Elle tranchait, par son port, par sa suite et par cette place exclusive faite aux femmes dans sa haute hiérarchie religieuse. Rendez-vous pris, on la retrouva sur son replat de ligne de faîte dont la vue embrassait de Miragoâne sur l'océan Atlantique, à Côtes-de-Fer sur la mer Caraïbe.

Tout au long de la longue nuit dédiée à l'assassinat du chef, l'important fut d'observer les compagnons dont la détermination semblait se renforcer à mesure. C'est que la vraie relation pratique du vodou à la politique, ce dont n'avaient jamais soufflé mot six gros ouvrages sur la question, devenait claire : conforter les collaborateurs initiés dans la justesse de leur choix et se les attacher par leur propre système de croyance ; que le principal intéressé fut croyant ou non, ce sur quoi s'acharnaient les hypothèses, n'avait aucune importance. Instructif, mais hors sujet.

Les flibustiers de haut vol, comploteurs à leurs heures, vinrent tous offrir, dès que leur fut parvenue la nouvelle qu'un tel sondage était en cours, qui son argent, qui ses cartes de crédit, qui son chéquier. Enfin, une petite partie. Il fallait en conserver pour l'autre à venir après, et l'autre à venir après l'autre... Ils ne savaient qu'acheter et firent des offres d'achat de l'assassinat. Mais, en pareille matière, le principal visé savait que les illuminés n'ont pas de poche et les mystiques pas de compte en banque. Insuffisant.

Nameless and faceless advisors pleaded for a return to the forces of the night: vodou. They argued that this course of action was a common, everyday practice in the Haitian world. Their urgings became more and more akin to harassment. And so the first gathering took place in the northern part of the country. This was not a hidden shrine over which an inspired medium presided. No. First of all, it was difficult to find a parking place there were so many cars. It was a Disneyland of Vodou in which you could recognize a hundred, two hundred, three hundred acquaintances from Port-au-Prince, descending upon what they believed to be the back of beyond. Not serious.

It was only at the third gathering, in the South, that they encountered the prediction of a *Mambo* who had attracted attention, on the occasion of a three-day national convention of a hundred or so religious leaders in Zumi, because she was accompanied only by girls, dressed of course in white, some of whom were remarkable players of the ritual drums wearing baggy white trousers. She stood out because of her bearing, because of her entourage, and because of that exclusive place reserved for women at the top of the religious hierarchy. A meeting having been arranged, they joined her on a shelf of the mountain crest whose view took in everything from Miragoâne on the Atlantic Ocean to Côtes-de-Fer on the Caribbean Sea.

All through the long night dedicated to the leader's assassination, the important thing was to observe his companions, whose determination seemed to strengthen as the night went on. And the true, practical relationship between vodou and politics, about which six major works on the subject have never breathed a word, became clear: to comfort the initiated staff in the justice of their cause, and to attach them to their leader using their own system of beliefs; whether the leader concerned was a believer or not, a topic which engendered many hypotheses, was of no importance. Instructive, but off the subject.

The big-time pirates, conspirators in their time, all came, as soon as they heard the news that a survey on assassination was in progress: this one to offer his money, that one his credit cards, the other one his checkbook. Well, a small portion. They had to keep some for

Les rapporteurs et les rapporteuses, délateurs et délatrices... furent les plus terribles. Ils et elles s'appliquèrent à imaginer qui pourrait être impliqué dans la préparation d'un éventuel assassinat. Et, se piquant au jeu, trouvèrent ceux effectivement impliqués et les dénoncèrent vite en haut lieu pour les suites d'usage. Toute cette engeance complota contre les comploteurs, si bien et si fort, que beaucoup de personnes se mirent à couvert pour laisser passer la cabale inventée de toutes pièces.

Il fallait maintenant calmer le jeu, car un effet de boomerang était à craindre. À force d'en parler, des idées pernicieuses commençaient à naître par-ci par-là chez les sujets et l'idée d'assassinat prenait tranquillement place dans l'ordre des choses possibles. Aussi fut convoqué en toute hâte le dernier groupe, pour un dernier avis. Il ne restait que ceux de la fanfare. Se présenta donc le chef des musiciens du palais.

Une dame, *les enfants!* Vénus stéatopyge.

Catégorique et péremptoire, elle jura que tout assassinat était impossible. Elle en était certaine, de même que tous les siens, au point de parier sa tête si son pronostic devait s'avérer faux. L'on s'enquit pour savoir d'où pouvait lui venir autant d'assurance que jamais le Président ne recevrait une balle à la tête. Elle redoubla de certitude, menaça de mettre en preuve sa main au feu sans se brûler et de recourir en joute, comme autrefois, au jugement de Dieu si besoin en était. Elle devint suspecte à n'avoir pas le même avis que tout le monde. Elle devint surtout passible d'une cabale aux *manches longues* et sa perte était proche. Elle dut avouer.

Son pari était simple : tant que le Président serait en vie, elle aurait raison et pourrait compter sur les bonnes retombées de l'exactitude de sa prédiction ; si jamais elle devait avoir tort, le Président ne le saurait jamais avec une balle dans la tête.

the one who would come after him, and the next one who would follow the next one... They knew only how to buy, and made bids on the assassination. But on a subject such as this, the individual concerned knew that visionaries have no pockets and that mystics have no bank accounts. Insufficient.

The tattletales and informers were the most terrible. They put themselves to imagining who could be implicated in the preparation of a possible assassination. And, involving themselves enthusiastically in the game, found the ones actually implicated and denounced them immediately in high places, expecting the usual consequences. The entire clan of this breed plotted against the plotters, so well and so much that quite a few people went into hiding to ride out the cabal that had been made out of whole cloth.

Now the whole game had to be calmed down, for fear of a boomerang effect. The more talk there was, the more pernicious ideas began to arise here and there among the Subjects, and the idea of an assassination calmly took its place in the order of possible things. And so the last group was summoned hastily, to express a final opinion. Only the members of the band were left. Thus the leader of the Palace musicians appeared.

A woman, *mes enfants*! A steatopygic Venus.

Categorical and peremptory, she swore that an assassination was impossible. She was certain of it, as was everyone in her band: so certain that she offered to risk her own head if her prediction was proven false. They inquired as to where she had gathered such assurance that the President would not be shot in the head. Her certainty grew stronger, and she threatened to prove it by placing her hand in the fire without being burned or to have recourse to God's judgment through jousting, as they did in the past, if need be. She became suspect because her opinion differed from everyone else's. She became especially susceptible to punishment by a *manches-longues* cabal, and her downfall approached. She was forced to confess.

Her thinking had been simple: as long as the President lived, she would be right and could count on beneficial effects from the preciseness of her prediction; if she were ever proved wrong, the President would never know it, with a bullet in his head.

La galerie des huit portraits à grands traits

Le pasteur

Le Pasteur est mort. Si l'on ne devait retenir qu'une seule chose de lui, il faudrait que ce soit la fois où il a marché sur les flots, à l'aéroport de Maïs Gaté où l'on venait de le conduire, les fers aux mains et aux pieds. On l'avait extrait de sa cellule de la prison des Casernes, pour l'envoyer en exil. Jusqu'à présent, cette procédure de bannissement avait été appliquée comme une faveur à quelques condamnés que les pressions internationales, et autres tapages fortement orchestrés par la diaspora, sauvaient des griffes d'une dictature réputée pour sévices atroces et mort cruelle à court terme. C'est dans une indescriptible joie que l'on fêtait ainsi, de temps à autre, à New York, Montréal ou Miami, l'un ou l'autre de ces revenants. Il y eut même une fois la prise en otage de l'ambassadeur américain — un poltron de première celui-là, aux jérémiades incessantes à donner la frousse à n'importe qui d'avoir à partager un jour une cellule avec lui. Ce kidnapping d'éclat valut à une bonne douzaine de disparus de réapparaître pour un vol vers la vie. Une fois l'avion décollé, beaucoup de ces réchappés se laissent aller à leurs premières larmes

A Gallery of Eight Rough Sketches

The Pastor

The Pastor is dead. If only one thing were to be remembered about him, it should be the time when he walked on water at Maïs Gaté airport, where he had just been brought with his hands and feet in irons. They had taken him from his cell in Casernes prison to send him into exile. Up until then, this banishment procedure had been applied as a favor to a few condemned men whom international pressure and highly-orchestrated protests by the diaspora had saved from the clutches of a dictatorship infamous for horrible mistreatment leading shortly to cruel death. It was with indescribable joy that the return of one or another of these resurrected prisoners was celebrated from time to time in New York, Montreal or Miami. There was even one time that pressure was exerted by taking the American ambassador hostage—a first-class coward, that one, who uttered incessant complaints that would frighten anyone who might have to share a cell with him one day. This dramatic kidnapping was worth a good dozen of the missing who reappeared for a flight toward life. Once the plane had taken off, many of those

spontanées : un grand moment de soulagement que de sortir de leur prison, voire de se sentir hors de leur portée, en terre étrangère ! Mais, quelle ne fut pas la surprise ce jour-là d'ouïr le prisonnier refuser l'exil avec véhémence et lui préférer sa cellule sous terre. Il fit tant et si bien, de ses mains et de ses pieds enfin désentravés, que le capitaine d'Air Canada refusa de l'embarquer sur son avion et qu'on dut le reconduire en prison. En passant évidemment quelques heures avec lui par la *Chambre Noire*, dont il est inutile ici de s'attarder sur la machinerie et les machinistes. Il faillit cette fois-ci mourir d'un arrêt cardiaque tant on s'acharna sur lui, raconta-t-il plus tard, hilare de la panique des bourreaux à son évanouissement. Une ou deux semaines après, il sortait de l'hôpital militaire sous les flashs du monde entier. Il avait gagné en jouant gros. Sa vie.

Le pasteur restera toujours vivant.

Le général

La rencontre devait durer trois heures d'horloge. Un dimanche. Deux invités. Le général recevait sobrement au Coca-Cola, en ces heures d'apéro, pour faire le tour des questions de fonds du pays. Il avait longuement vanté sa nouvelle boisson préférée, dont la présentation en petite bouteille trapue fermement encapsulée lui paraissait tellement convenir à un chef d'État devant se méfier de tout — notamment de sa propre réputation d'alcoolique, aurait-il pu rajouter. Une ordonnance, debout derrière lui, ne semblait avoir d'autre fonction que de remplacer chaque bouteille vidée par une autre, débouchée avec effort à la vue de tout le monde, comme pour garantir l'authenticité du liquide. Ce qu'il buvait de Coca-Cola, le général ! Le hic de la rencontre fut qu'il était gris au bout d'une heure, saoul en deux heures et ivre-mort à ne plus pouvoir que bégayer après trois heures à autant ingurgiter les bouteilles qui lui étaient réservées.

Ce dimanche est jour d'évangile des noces de Cana, me glissa l'homme d'église à mes côtés.

who had cheated death let themselves cry their first spontaneous tears: what a great moment of relief it was to leave their prison, not to mention being out of reach of their tormentors, in a foreign land! But what a surprise it was that day to hear the prisoner refuse vehemently to be sent into exile, preferring his underground cell. He expressed himself so well with his finally unfettered hands and feet that the captain of the Air Canada flight refused to let him board his airplane, and they had to take him back to prison. Of course, they spent several hours with him in the *Black Chamber*, whose machines and their operators we will not linger to discuss here. This time, they went at him so hard that he almost died of a heart attack, he recounted later, laughing at the torturers' panic when he fainted. One or two weeks later, he left the military hospital surrounded by cameras from all over the world. He had won by putting up the highest of stakes: his life.

The Pastor will live forever.

The General

The meeting was to take three hours by the clock. On a Sunday. Two guests. The general played host soberly with Coca-Cola during this cocktail hour, in order to discuss basic national issues. He had praised at length his new favorite drink, whose presentation in a firmly encapsulated squat little bottle seemed to be so suitable for a head of State who had to be suspicious of everything—of his reputation as an alcoholic in particular, he could have added. An orderly standing behind him seemed to have no other duties than to replace each empty bottle with another, uncapped with great effort in everyone's sight, as if to guarantee the authenticity of the liquid. How that general imbibed Coca-Cola! The meeting hit a snag, however: he was tipsy within an hour, inebriated in two hours, and dead drunk to the point that he could only stammer after three hours of gulping down the contents of the bottles reserved for his use.

The Gospel text for this Sunday is the story of the wedding at Cana, whispered the man of the cloth beside me.

Le professeur

Ce fut la seule et unique fois que l'on vit de la panique dans chaque paire d'yeux de la *Communauté internationale* en Haïti. Et ce, dès le premier mois de la nomination (élection ?) du nouveau président. Disons que ce dernier n'avait pas à se hisser à ce poste de cette façon-là, c'était inutilement se mettre du mauvais côté de l'Histoire... mais ce n'était quand même plus le kaki amidonné pour tenir droit, ni une doublure qui dépasse, pas plus un homme de main sans tête. Non, le métier du professeur était tel que chaque pays ami s'empressa de revoir sa délégation sur place pour l'épreuve orale qu'elle ne manquerait pas de passer en audience. On ne vit jamais plus en six mois autant de mouvements de personnels rappelés avant terme. De partout du landerneau diplomatique arrivaient des demandes d'information pour une grille d'interprétation de ses saillies, de décodage de ses moindres froncements de sourcils, et même de sa manière de noter, pas seulement ses élèves mais aussi ses interlocuteurs... On s'arrachait à prix d'or tout ce qu'il avait écrit, pour les confier à des gens qui faisaient métier de lire. Lors des points de presse qu'il affectionnait, avec le verbe de ceux qui ont tenu trente ans l'estrade, les premiers journalistes de passage à tenter un débordement trouvèrent à qui parler. Les Blancs ont paniqué, comme peut-être ils auraient paniqué avec Anténor Firmin sur la *Dette* et comme certainement ils ont paniqué avec Davilmar Théodore et Rosalvo Bobo sur la *Dette*. Mais les Nègres aussi ont paniqué. À l'audimat de la peur, du côté des petites-bougeoisies-dorées (pbd) et des petites-bourgeoisies-opprimées (pbo), c'est en nombre de cabales, de coups de langues, de rumeurs que se mesurait la menace. Il y avait, bourgeonnant au pays, ce surplus d'âmes qui en impose, quand le chef sait.

Mais l'expérience n'alla pas plus loin et l'on revint vite aux déficits d'âmes habituels.

La galerie

Il faut avoir traversé en politique beaucoup d'hivers pour reconnaître à chaque fois le signe avant-coureur du dégel des printemps. Il est certains hommes dont une

The Professor

It was the one and only time that panic could be seen in every pair of eyes in the *International Community* of Haiti. It began the very first month of the appointment (election?) of the new president. Let it be said that he should not have pushed himself into the presidency the way he did, thus putting himself unnecessarily on the wrong side of History... but at least the country was no longer led by starched khaki serving to stiffen a spine, nor by an understudy who went beyond the limits, nor even by a hand without a head. No, the trade of professor was such that every friendly country hastened to review its delegation for the oral examination that they would naturally have to take in their first audience with him. For six months, there was a never-again-seen movement of personnel recalled before their term's end. From everywhere in the small, closed diplomatic society came requests for information in order to create an interpretation model for his sallies, a decoder for the slightest wrinkling of his brow, and even for the way he graded not only his students but also his conversational partners... They fought over and paid a small fortune for everything he had written, entrusting his writings to people whose profession was reading. At press briefings, which he enjoyed, using a language that came from thirty years in the lecture-hall, the first visiting journalists who tried to outflank him met their match. The whites panicked, as perhaps they might have panicked with Anténor Firmin on the *Debt*, and as they would certainly have panicked with Davilmar Théodore and Rosalvo Bobo on the *Debt*... But the Negroes panicked, too. In the audience ratings of fear—as far as the gilded lower middle class (glmc) and the oppressed lower middle class (olmc) were concerned—the threat was calculated in terms of the number of plots, of *coups-de-langues*, of rumors. There was a burgeoning surplus of spirit in the country which is awe-inspiring when the leader knows.

But the experiment went no farther, and the country quickly returned to its customary lack of spirit.

The Gallery

One has to have spent many winters in politics to be able each time to recognize the early signs of the spring thaw. There are some men whose sudden reappearance

subite réapparition sous votre tonnelle est la preuve évidente qu'une nouvelle saison débute bientôt pour vous, bien plus sûrement que ne le ferait l'équinoxe du 21 mars. Il faut voir, en un jour, cent téléphones ne plus sonner et vingt visites se dérober pour prendre la mesure de la brusquerie des basses saisons en politique. La galerie se dépeuple et le calme revient. Et puis un autre jour, tout aussi brusquement, cent téléphones sonnent et vingt visites s'annoncent; la galerie se repeuple. Haute saison. Il faut pourvoir prochainement un autre Cabinet. Des noms circulent, les supputations vont bon train, on se positionne, les paris sont ouverts, les cabales enflent, mais enflent démesurément. On virevolte, ronds de jambes et arabesques, défilés et parades, pavanes et processions, coups de langues et coups de langues, cabale enfin... et le consensus de se faire sur les plus rassurants, les plus endettés de la faveur. Et cent téléphones de ne plus sonner et vingt visites de se dérober...

L'incroyable, c'est qu'après l'on ose s'étonner de l'état du pays, du miracle qui tarde, de la déveine qui s'accroche, des chances qui trépassent...

Le descendant

J'ai pris conscience de la Palestine et d'Israël à la veille de la Guerre des six jours de 1967, quand monta la tension entre mes vieux amis d'enfance, Jean-David B. et Mohammed-Antoine I., compatriotes d'ascendances juive et arabe. D'avoir ainsi dans les deux camps deux jeunes Haïtiens allait me permettre un accès privilégié en créole aux enjeux israélo-arabes de cet *Orient* qui m'est alors effectivement devenu *Proche.* Ainsi donc, ils étaient Haïtiens tous les deux, *natifnatal* de deuxième génération. Ils avaient un pays, le sol de leur naissance et de leur enfance, et une culture familiale d'ailleurs car ils savaient que les *Ténèbres* haïtiennes pouvaient devenir *Intifada,* en lançant la pierre qui avait servi à battre le fer entre le Vendredi Saint et le dimanche de Pâques, pour chasser les mauvais esprits pendant l'absence du Christ sur terre!

Les enfants de la deuxième génération hors d'Haïti sont aussi devenus *natifnatal* de ces autres *Pays* plus du tout *Étrangers.* De quel héritage particulier vont-ils faire

on your gallery is a clear sign that a new season will soon begin for you, a signal more certain than the one sent by the March 21 equinox. One must see how in one day the telephones cease their ringing and twenty visitors slip away to believe how abruptly the low seasons arrive in politics. The gallery empties and calm returns. And then another day, just as abruptly, a hundred telephones ring and a hundred visitors arrive; the gallery is repopulated. The high season. Soon a new Cabinet will need to be formed. Names circulate, speculations fly about, people position themselves, betting is open, cabals swell, but they swell excessively... People twirl, with *ronds de jambes* and arabesques, marches and parades, pavanes and processions, *coups-de-langues* and *coups-de-langues,* in other words, a cabal... and a consensus is formed around the most reassuring ones, the ones who are most indebted for favors received. And the telephones stop ringing and twenty visitors slip away...

What is unbelievable is that after all this people have the gall to be astonished at the state of the country, at the miracle which has still not come, at the bad luck that clings, at the opportunities which die before they can knock.

The Heir

I became conscious of Palestine and Israel on the eve of the Six-Day War of 1967, when tension grew between my old childhood friends, Jean-David B. and Mohammed-Antoine I., countrymen of mine of Jewish and Arab ancestry. Having two young Haitians in the two camps was to give me special access in Creole to the Israeli-Arab issues from that *East* which had in fact become *Near* to me. So both were Haitians, probably second-generation, but *natifnatal,* second-generation native-born. They had a country, the country of the soil that had seen their birth and growth; and with syncretism, besides, since they knew that the Haitian *Darkness* could become an *Intifada,* throwing the stone that had served to strike the iron between Good Friday and Easter Sunday in order to chase away evil spirits during the absence of Christ on Earth!

Children of the second generation outside of Haiti also became *natifnatal* in other *Countries* that were no longer *Foreign* at all. What particular heritage will they

montre, de quelle originalité vont-ils faire état? On pouvait craindre qu'ils ne retinssent trop des *Tikouloutries* de nos alliances, des *Timouneries* de nos actions et des *Tyouleries* de nos rapports à nos tuteurs. Car ils savent assez de créole pour encore dire la roublardise de *tikoulout*, les enfantillages de *timoun* et les attitudes de domestiques qu'infère *tyoul*. Ce serait lamentable qu'ils n'héritassent ainsi que des travers de la première génération!

J'ai été leur demander. Ils m'ont parlé de leur éducation autrement plus ouverte sur le monde, de la grande sensibilité transmise sur les inégalités humaines, d'une certaine capacité à s'indigner face à l'injustice, de l'obstination et de la fidélité à un rêve, et enfin de leur familiarisation avec l'utopie comme béquille pour traverser la vie. Et à mesure qu'ils me parlaient d'abondance de leur héritage pour essayer de définir leur apport de deuxième génération haïtienne à leur *pays-non-étranger*, j'ai enfin compris que la réponse n'était pas dans ce qu'ils me disaient. C'était de parler qu'était leur différence. Car, autant parler pour dire ce que l'on pense vraiment, pour se démarquer, pour proposer, pour explorer est valorisé chez eux, autant chez nous se taire à tout moment et partout fait prime. D'où nos surprises en cascade à chaque dictature, quand se révèle la vraie nature de nos chefs politiques, et que sous les anodins François percent les terribles Duvaliers.

Antoine s'était mis à parler là où il fallait se taire. Il a été réduit au silence, selon la formule consacrée.

Le séducteur

Sourire désarmant qui fait plisser les paupières sur des yeux vert émeraude et léger bégaiement qui ajoute au charme dont il joue continuellement, il chassait du côté des épouses délaissées de la coopération. À ce sport de compétition, il devait probablement être bien classé dans les cent premiers joueurs dont s'enorgueillissait un palmarès national qui se piquait de plonger loin ses racines jusqu'aux alcôves coloniales. Ce fils ne fut donc pas le premier bébé noir d'une Blanche. Il n'y eut même

display, what origins are they going to make a point of mentioning? It could be feared that they might retain too many of the *Tikouloutries* of our alliances, the *Timouneries* of our actions and the *Tyouleries* of our relationships with our guardians. For they know enough Creole still to be able to speak of the cunning of *tikoulout*, the childishness of *timoun* and the servile attitudes inferred by the term *tyoul*. It would be pathetic if they inherited only the mistakes of the first generation!

I went to ask them about it. They told me about their different upbringing which made them more open to the world, about the deep sensitivity transmitted to them on the subject of human inequality, about a certain ability to be outraged at injustice, about obstinacy and loyalty to a dream, and finally about their familiarity with utopia as a crutch to lean on through life… And as they spoke to me of the abundance of their heritage in order to try to define their contribution as second-generation Haitians to their *non-foreign country*, I finally understood that the answer was not in what they were saying. Their difference lay in the fact that they were speaking. For just as speaking in order to say what one truly thinks, to differentiate oneself, to propose, to explore… is promoted in their culture, so our culture puts a premium on keeping silent at all times and in all places. That is the source of the flood of surprises we feel when, during each dictatorship, the real nature of our political leaders is revealed, and when the mild François show their true colors by becoming terrible Duvaliers.

Antoine had begun to speak when he should have kept silent. He was reduced to silence, according to the time-honored formula.

The Charmer

With a disarming smile that wrinkles the lids over emerald-green eyes, and a slight stutter which adds to the charm he makes use of continually, he did his hunting among wives neglected by the cooperation program, which brought French men to serve in Haiti in lieu of obligatory military service. In this competitive sport he was probably ranked among the hundred top players, the pride of a national honors list that boasted of roots going back as far as colonial boudoirs. This son was

pas scandale, simplement divorce d'un côté, et de l'autre, le gain de quelques places vers le sommet de la liste des joueurs. Mais, c'est la parade souveraine, inventée lors par le mari trompé, qui mit un bémol à la bonne fortune de ces professionnels. La deuxième épouse que le coopérant ramena au pays semblait n'avoir été choisie, avec soin, que pour son incapacité à céder à quelque séducteur local que ce soit. Cela avait supposé de fines recherches géographiques. D'abord la localisation du lieu qui passait pour le plus haut de l'anti-haïtianisme, et ensuite un choix dans la frange la plus imprégnée de ce préjugé.

De mémoire moyenâgeuse, jamais ceinture de chasteté ne fut mieux scellée.

Le plumitif

À propos de Savants et de Politiques, Max Weber n'avait certainement pas fait le tour de toutes les conséquences du rapprochement de ces deux termes dans des situations comme les nôtres. Il s'en était trouvé un pour commettre, en pleine polémique, à coup d'articles de journaux, *une vibrante apologie qui se voulait enterrer définitivement l'opposition*, à en croire les exagérations habituelles de ce genre de discours. (Encore faut-il toujours s'assurer dans ces cas des symboles du pouvoir !). À cette très longue pièce, de belle facture souvent, ceux d'en face ne répondirent qu'en six courtes lignes :

Dans l'édition du mercredi 1er décembre 1993
d'un hebdomadaire haïtien qui Marche-Au-Pas
un article découpé en pages 11, 12 et 16
traita le Président 22 fois de savant.
L'Opposition compta. Recompta.
Et trouva ce nombre de regrettée mémoire.

Rayi chen di danl blan ! (Hais le chien autant que tu veux, mais reconnais-lui ses dents blanches !). L'opposition s'était forcée pour cette réponse. Chapeau !

Le lodyanseur

Il avait toujours quitté le pays avec précipitation. Et soulagement. Il osait l'avouer maintenant que toute prudence était pour lui inutile. De son premier départ d'août 1965 à son dernier départ d'août 1996, la même

therefore not the first black baby born to a white woman. There was not even a scandal, simply a divorce on one side, and on the other the advancement by several places toward the top of the players' rankings. But it was a masterful defense move, invented by the deceived husband, that put a damper on the good fortune of these professionals. The second wife he brought to Haiti seemed to have been carefully chosen solely for her inability to yield to any of the local seducers. This implied careful geographic research. First, the location of the place which was believed to possess the strongest anti-Haitian sentiments, and then a choice from the fringe group most imbued with this prejudice.

Since the Middle Ages, there had never been a more tightly locked chastity belt.

The Scribbler

Speaking of Scholars and Politicians, Max Weber had certainly not foreseen all the consequences of the connection between these two terms in situations such as ours… He had found a way to make, in the midst of a debate carried on through newspaper articles, *a vibrant justification that would bury the Opposition once and for all*—if you believed the usual exaggerations of that sort of discourse. (But it is still essential, in cases such as this, to make sure to recognize the symbols of power!). The response by the other side to this long article, well-written in places, was no more than five short lines:

In a Haitian daily that Marches-in-Lockstep
an article divided among pages 11, 12, and 16
called the President a scholar 22 times.
The Opposition counted. Counted again.
And the result was always that lamentable number.

Rayi chen di danl blan! (Hate the dog as much as you like, but don't forget its white teeth!) The Opposition had made quite an effort to find that reply. Well done!

The Lodyanseur

He had always left the country in haste. And relief. He dared to admit it to himself now that all caution was useless. From his first departure in August 1965 to his last departure in August 1996, the same haste character-

hâte caractérisait ses derniers moments au pays et son envie d'être ailleurs pour reprendre son souffle. Pourtant, les circonstances et les manières de ses multiples départs avaient été des plus variées, départs pour études, départs de fin de vacances, départ de sortie de prison, départs clandestins et départs officiels, petits départs de quelques jours et grands départs pour longtemps, départs pour toujours... et toujours le retour. Plus de 30 ans de répétition de la même scène, de la même émotion, au même aéroport, à la même gare. Et puis ce dernier départ, pour de bon cette fois, pour cause d'écriture de *lodyans. Ad patres.* Ils l'ont éliminé avec la bonne conscience d'exécuter une sentence qu'il aurait lui-même prononcée.

Sui-ci-daire d'être tireur de *lodyans*, *lodyanseur*, car il les avait vu faire le coup plus d'une fois.

ized his last moments in the country and his desire to be elsewhere in order to catch his breath. The circumstances and methods used for his multiple departures, however, had been highly varied—departures for studies, end-of-vacation departures, departure upon release from prison, clandestine departures and official departures, short departures for a few days and extended departures for a long time, departures forever… and always a return. More than thirty years of repeating the same scene, the same emotion, at the same airport, at the same train station. And then the last departure, this time for good, for having written *lodyans. Ad patres.* They eliminated him with the virtuous feeling of carrying out a sentence he had pronounced himself.

Su-i-cid-al for being a *tireur de lodyans,* a *lodyanseur,* for he had seen them do this more than once.

Cuba est revenu !

Je tiens ma promesse de tirer l'histoire du retour de la *lodyans* à Cuba. Mon ami de Santiago y tenait mordicus, comme signe d'un temps nouveau à l'horizon. C'est qu'un jour il y eut une clameur qui parcourut tout l'archipel isléen, de la bouche grande ouverte de l'Orénoque à la langue étirée de la Floride. *Cuba est revenu ! Cuba est revenu !* scandaient les écolières qui, de toutes les cours de récréation de Trinidad aux Bahamas, auraient vu passer le long de l'arc antillais la grande île voûtée. Elle s'en fut chez elle juste à temps pour recevoir la visite du Pape en personne. Et voilà qu'avec ce retour de l'île chez elle, la *lodyans* bâillonnée reprenait immédiatement son droit de parole caraïbe pour dire l'alpha et l'oméga de cette visite dans un raccourci dont seule elle avait gardé en mémoire les tracés secrets.

À Jean-Paul II il manquait ce fleuron à ses campagnes d'évangélisation et à Castro il fallait un signe d'ouverture pour conjurer l'étranglement. Derrière les pompes de cette double campagne de charme d'un peuple ravi d'être ainsi courtisé, il y avait en coulisse des moments d'âpres négociations dans lesquelles les leaders se dispu-

Cuba is Back!

I am keeping my promise to tell the story of the return of the *lodyans* to Cuba. My friend in Santiago insisted stubbornly on this as the sign of a new era on the horizon. It seems that one day a shout went up over the entire island archipelago, from the wide-open mouth of the Orinoco to Florida's stuck-out tongue. *Cuba is back! Cuba is back!* chanted the schoolchildren who, on all the playgrounds from Trinidad to the Bahamas, were said to have seen the great, bent island pass all along the West Indian arch. It returned home just in time to receive the visit of the Pope in person. And then upon the return of the island to its place, the gagged *lodyans* immediately recaptured its Caribbean right to speech in order to tell the alpha and the omega of this visit with the brevity of which it alone had preserved the secret form.

For John Paul II, this was a missing jewel in the crown of his evangelization campaign; and for Castro, a sign of openness was needed to ward off strangulation. Behind the pomp and ceremony of this double campaign to charm a people delighted to be thus wooed, offstage there were moments following negotiations

taient les moindres retombées. Ainsi courut le bruit que les deux hommes discutaient du prix de la visite. Du donnant-donnant.

Déjà que pour la précédente, celle du premier ministre canadien, un frisson perceptible annonçait que quelques étaux allaient se desserrer. Cran par cran. C'était au tour du Pape d'obtenir en échange une amélioration de l'ordinaire des Cubains. Le rationnement à un poulet par famille et par mois ne devait plus être qu'un mauvais souvenir des temps durs des chutes de toutes sortes du camp socialiste, chute du Mur de Berlin, chute du Rideau de fer, etc. Il demandait avec insistance au moins cinq poulets par famille et par mois, afin de dépasser *la poule au pot* du dimanche des paysans français que réclamait en son temps Henri IV, le Vert Galant. Le pape ne pouvait décemment aller plus bas que le roi de France sans se déjuger. L'argument porta et cette priorité au relèvement de la diète fut finalement acceptée avec en plus le retour de la messe de minuit à Noël pour célébrer la naissance de l'Homme-Dieu et une procession sans entrave à la Fête-Dieu pour faire le compte. Ceux qui savent à quels marchandages se livrent les hommes de pouvoir, une fois loin des caméras, savent que cette petite passe d'arme était bien anodine.

Le courant était continu entre ces deux hommes de la même génération, l'un et l'autre en fin de parcours, et l'on sentait bien qu'ils ne se quitteraient pas sans quelques secrètes confidences d'État de dernière minute, comme gage d'estime réciproque. Elles eurent lieu, comme souvent, au pied de la passerelle de départ. Chuchotées. Têtes collées. Le Pape se pencha : *Tu sais Fidel, Dieu n'existe pas* et ce dernier de lui répondre : *Tu sais Caroll, les poulets non plus.*

when the leaders would quarrel over the slightest repercussions. And so rumor had it that the two men were discussing the price of the visit. Give and take.

Even for the preceding visit of the Prime Minister of Canada, a perceptible ripple foretold that a few vises were going to be loosened. Notch by notch. Then it was the Pope's turn to obtain in exchange an improvement in the Cubans' everyday lives. Rationing of one chicken per family per month should become no more than a bad memory of the hard times accompanying all sorts of downfalls in the Socialist camp—the fall of the Berlin wall, the fall of the Iron Curtain, etc. He demanded emphatically at least five chickens per family per month, in order to go beyond the Sunday *chicken in the pot* of French peasants demanded in his time by Henry IV, the *Vert Galant.* The Pope could not decently do less than the King of France without going back on his word. He carried the day, and the priority of increasing the diet was finally accepted, along with the return of the midnight mass at Christmas to celebrate the birth of God in Man; and an unrestricted procession for Corpus Christi completed the list. Those who know how men in power engage in bargaining, once they are away from the cameras, know that this little passage of arms was quite innocuous.

The current of communication was continuous between these two men of the same generation, each of them nearing the end of his career; and everyone felt that they would not take leave of each other without exchanging a few last-minute State secrets in confidence, as a token of mutual esteem. This took place, as it often does, at the foot of the airplane steps just before the Pope's departure. Whispered. Heads close together. The Pope leaned down: *You know, Fidel, God does not exist*; and the other replied: *You know, Karol, neither do the chickens.*

Ni pour ni contre… tout au contraire

Il y eut un jour grand branle-bas dans le royaume pour déterminer des unités de mesure plus adéquates à chaque phénomène à connaître ; il paraît que la manne promise, et jamais versée s'il vous plaît, par les Agences internationales l'exigeait. Cela ne pouvait plus continuer à leurs yeux de lire dans les statistiques mensuelles les variations *du prix moyen d'une manman poule moyenne* ou d'une *pile de trois bananes vertes moyennes* dans chacun des trente-cinq marchés régionaux. L'humeur du jour des enquêteurs de chaque commune devait compter pour l'essentiel des hauts et des bas observés. Pire, cet état d'approximations avait atteint jusqu'aux recettes de cuisine qui menaçaient d'effondrement la gastronomie locale en commençant par *Avec dix gourdes de patates douces à faire cuire pendant un bon moment…* Comme si ces données étaient universelles, les prix immuables, les quantités invariables et les temps de cuisson évidents. Non, il fallait d'urgence faire quelque chose, les Blancs voulaient s'y reconnaître un peu dans ce déroutant pays hors normes. Il fut donc décidé de commencer par régenter les deux premières choses d'intérêt immédiat pour les deux groupes à se trouver en face à face : une manière

Neither For Nor Against… Quite the Contrary

Once there was a great to-do in the kingdom about deciding upon the most adequate units of measurement for each phenomenon to be studied; it seems that the manna promised but never paid, if you please, by the International Agencies demanded it. In their eyes, it was no longer acceptable to read variations in the monthly statistics on *the average price of an average mama chicken* or on a *pile of three average green bananas* in each of the thirty-five regional markets. The ups and downs observed could be explained simply by the mood of the researchers on any given day. What is worse, this state of approximations had tainted even cooking recipes, which threatened the local gastronomy with collapse, beginning with *Take ten gourdes' worth of sweet potatoes and let them cook quite a while…* As if these elements were universal, prices unchangeable, quantities invariable, and cooking times obvious. No, it was urgently necessary to do something about it—the whites wanted to find a little something familiar in this disturbing country which remained outside the norm. Thus it was decided to begin by regulating the first two things of immediate interest for the two groups

de classer les rapports d'expertise de ces Agences internationales et, du côté national, une manière de rendre compte des changements rapides de leurs interlocuteurs aux postes ministériels.

Comme seules étaient connues dans le royaume les techniques dilatoires pour conserver les *statu quo* depuis deux siècles, on ne sut que créer une Commission présidentielle, ainsi appelait-on les trois experts chargés de la démarche de vous noyer n'importe quel poisson, fût-il de haut-fond. On ne dira jamais assez tout le soin mis à les choisir chaque fois pour que leurs avis soient contradictoires et irréductibles. Pour la circonstance, on s'arrêta à un ancien ministre des Finances du régime des militaires, à un ancien ministre de l'Éducation de l'époque duvaliériste et à une militante-non-encore-ministre du mouvement démocratique. Ils occuperaient les postes de présidente, secrétaire général et rapporteur de la Commission avec assez de pouvoir chacun pour que leur mésentente inévitable conduise à la paralysie. Restait quand même à chaque fois le suspense de découvrir la forme finale qu'allait prendre le blocage. C'était le seul intérêt des Commisions présidentielles.

Le premier à prendre la parole, au nom de son grand âge, avait passé vingt et quelques années en Sorbonne pour ramener un Doctorat d'État ès Lettres que personne dans l'île n'avait lu, mais que tout le monde pouvait voir sous vitre, exposé à la Bibliothèque Nationale, dans l'imposant catafalque qui servait de boîtier aux cinq forts volumes de l'original de la chose qui attendait depuis trente ans un éditeur. Tous s'entendaient pour dire que d'avoir consacré deux décennies à la prose de Jean-Marie Robert de La Mennais, inventeur des FIC, les Frères de l'Instruction Chrétienne, était une méritoire œuvre pie. Il plaida haut et bien pour que le kilogramme devienne l'étalon qui rendrait enfin justice au poids de l'érudition. Deux exemples, qu'il prit soin de choisir dans la Caraïbe, venaient étayer ses propos : d'une part les dix mille feuillets, au format réglementaire de 250 mots en double interligne, de la description d'une toute petite île comme la Guadeloupe, et d'autre part les 8 tomes en 12 volumes de la compilation de trafics entre Séville et l'Amérique naissante, de 1504 à 1650. Il soutenait lourdement que les 4,3 kilos de la thèse de Guy Lasserre, ou les 12, 6 kilos de la thèse commune de

meeting face to face: a way of classifying the experts' reports in the International Agencies and, on the national side, a way of giving an account of the rapid turnover of their contacts in ministerial posts.

Since this kingdom had no other experience than that of dilatory techniques for preserving the status quo for two centuries, the only thing they knew how to do was to create a Presidential Commission—this was the title given to a group of three experts whose responsibility was to evade the issue, no matter what its origin. It is impossible to describe the care taken to choose them each time so that their opinions would be contradictory and implacable. In this case, the choice fell upon a former Minister of Finance under the military regime, a former Minister of Education from the Duvalier era and a not-yet-Minister activist in the democratic movement. They occupied the positions of Chairwoman, Secretary-General, and Reporter of the Commission, each of them holding enough power so that their inevitable dissension would lead to paralysis. Still, there was always the suspense of discovering just what final form the blockage would take. This was the only interesting aspect of Presidential Commissions.

The first one to take the floor, out of respect for his advanced age, had spent some twenty years at the Sorbonne, bringing back a dissertation for his *Doctorat d'Etat* in Literature that no one on the island had ever read, but that everyone could see under glass, exhibited in the National Library, in the imposing catafalque that served as case for the five heavy volumes of the original which had been awaiting a publisher for thirty years. Everyone agreed that devoting two decades to the prose of Jean-Marie Robert de La Mennais, the inventor of the BCI, the Brothers of Christian Instruction, was meritorious and pious work. He pleaded loudly and well for the kilogram to become the standard that would finally render justice to the weight of erudition. Two examples, carefully chosen from the Caribbean, were brought to support his comments: on the one hand, the ten thousand pages in regulation format—250 words per page, double spaced—describing a tiny little island like Guadeloupe; and on the other hand the 8-part 12-volume compilation of the trade between Seville and an emerging America from 1504 to 1650. He maintained

Huguette et Pierre Chaunu, rendaient mieux la démesure de ces œuvres massives. Un murmure d'approbation lui confirma que la Commission avait été sensible à sa pesante argumentation.

Il continua en s'en prenant aux rapports d'expertise des Agences internationales qui ont beau rajouter continuellement sur la quantité, souvent en raison inverse de la brièveté des missions d'études, n'arrivent pas à imprégner la mémoire. Il leur refusait le privilège d'œuvre de poids et proposa le pouce et le pied anglais pour mesure des épines de ces rapports qui, une fois classés sur une tablette, ne bougent plus de là jusqu'au dépôt et classement du prochain rapport sur le même sujet ; geste qui dépoussière un peu le précédent. Ainsi, l'alignement sur la plaine des Cayes serait de 36 pouces ou trois pieds, et il en irait de même avec les quelques autres plaines et régions de ce pays sur un tiers d'île. Cependant, pour les Programmes d'Urgence et de Relance Économique, il proposa carrément de passer au système métrique pour rendre compte des trois mètres que parcouraient les épines de ce rayonnage. Il faut dire que c'était inévitable avec neuf mille rapports de missions pendant les neuf mille jours des vingt-cinq dernières années. Soit un rapport par jour sur la longue période d'un quart de siècle. Le record absolu des terres de missions des Amériques et pactole de la moderne *Ruée vers l'or* des consultants blancs. Il cita la chute de la *lodyans* qui faisait rage depuis un mois : *La famille rurale haïtienne est composée de parents, d'enfants et d'un expert étranger.* Deux mille millions de dette nationale, rien que pour ces rapports redondants à raison de (deux milliards divisés par neuf mille) 222 222 dollars le rapport en moyenne. Telle était la face cachée du chiffre 22 ! Le dodelinement de la tête des autres commissaires laissait facilement prévoir que ses propositions pourraient faire partie des recommandations du rapport final.

Quant aux ministres en Haïti, on ne peut plus en parler que par douzaines, avança le deuxième commissaire. Dans les huit années qui suivirent la chute des Duvalier en 1986, il y eut défilé de 16 cabinets d'une quinzaine de ministres en moyenne, pour un grand total de 20 douzaines de ministres en 100 mois. Il était bon en calcul et même assez versé en finance pour se demander où le pays allait bien trouver, à ce rythme, les moyens

laboriously that the 4.3 kilos of Guy Lasserre's thesis, or the 12.6 kilos of the common thesis of Huguette and Pierre Chaunu, better conveyed the excessive size of these massive works. A murmur of approval confirmed to him that the Commission had been touched by his weighty line of argument.

He continued by reproaching the experts' reports for the International Agencies, which, however much they continually add explanations of quantities, often in inverse proportion to the brevity of their study missions, do not succeed in impressing themselves on the memory. He refused to concede any weightiness to their work, and proposed the English inch and foot for measuring the spines of those reports which, once they were filed on a shelf, never budge again until the submission and filing of the next report on the next subject—a gesture that removes a little dust from the preceding one. Thus, the row of reports on the Cayes plain was said to measure 36 inches or three feet, and it was the same for the other plains and regions of this country covering a third of an island. However, for Emergency Programs and Programs for Economic Revival, he proposed outright to go to the metric system to measure the three meters covered by the spines of reports on that shelf. It must be said that this was inevitable, with nine thousand reports made during the nine thousand days of the last twenty-five years. In other words, a report per day over the long period of a quarter-century. The absolute record for countries receiving such missions in the Americas, and a mother lode for the modern *Gold Rush* of white consultants. He quoted the punch line of a *lodyans* which had been making the rounds for a month: *The rural Haitian family consists of parents, children, and a foreign expert.* Two billion in national debt, for nothing more than these redundant reports, coming to (two billion divided by nine thousand) 222,222 dollars average for each report—such is the true hidden face of the number 22! The nodding heads of the other Commissioners led him easily to believe that his proposals could become a part of the final report.

As for Ministers in Haiti, we are at the point of having to count them by the dozens, put forward the second Commissioner. In the eight years following the fall of the Duvaliers in 1986, 16 Cabinets have filed by, com-

de payer les retraites de ministres à toute la classe politique.

Mais c'est la troisième à parler, la présidente, qui mit le feu aux poudres en rajoutant qu'elle était tentée d'accepter la vulgaire explication du sens commun, que pour un titre d'ex-ministre (l'emploi est tellement éphémère que le titre devrait toujours se mettre au passé) les gens soient prêts à tout. Et à n'importe quoi. Elle ne trouvait aucune logique à la bousculade vers ce niveau d'impuissance la plus totale qui soit actuellement. Le mandat des ruptures nécessaires, et du passage à la modernité, et de démocratie à instituer, et du développement à initier... n'était plus que de la frime comparé à cette occasion d'en mettre plein la vue pour les uns, d'en remettre au moindre prétexte pour les autres et de s'en mettre plein les poches pour un certain nombre ; pendant sept petits mois, durée moyenne des seize cabinets passés, et l'espérance de vie menaçante des cabinets à venir.

Elle se lança dans l'illustration de sa thèse en revisitant quelques cas des 240 titulaires de ces huit années en commençant par ce dentiste à l'auréole de victime en diaspora, et candidat malchanceux aux urnes sénatoriales par un score clandestin après son retour au pays. Que de revenir à sa pratique de base et combler l'écart entre ce qu'il croyait être et ce qu'il représentait vraiment en politique, surtout dans sa province natale, il n'a pu se retenir, pressé par l'âge et une crise cardiaque, disait-on dans son entourage intime de Montréal : ministre de l'idéologie chez les *panzouistes*, à la surprise de sa fille laissée à Montréal. Sans surprise pour d'autres.

Celle-là était notaire de qualité et femme d'insupportable compagnie, militante de bonne famille, restée collée à mai 1968... et toute la petite bourgeoisie dorée pour clients... mais ce n'était pas suffisant. Le ministère des Relations Extérieures, où elle était capable de déclarer la guerre sans que personne ne le sache chez nous, ne lui fit pas peur. Aux autres, oui.

Celui-ci avait le talent de brosser les enjeux internationaux en journaliste de gauche d'un grand quotidien de Montréal, mais devenait un hystérique réactionnaire dès qu'il s'agissait d'Haïti. Ce dédoublement de personnalité devait l'amener, cliniquement, année après année, au suicide : un poste de ministre des Finances, dans l'op-

posed of an average of about fifteen Ministers, for a grand total of 20 dozen ministers in 100 months. He was good with numbers, and well-versed enough in finance to be able to wonder where the country would be able, at this pace, to find the means to pay Ministerial retirement pensions to the entire political class.

But it was the third one to speak, the Chairwoman, who brought things to a head by adding that she was tempted to accept the simple, common-sense explanation that, to obtain the title of ex-Minister (the job is so short-lived that the title should always be put in the past tense), people will do anything. And everything. She could see no logic in the current jostling rush toward this, the level of the most total powerlessness currently possible. The mandate to make the necessary breaks with the past, to move towards modernity, to institute democracy, and to initiate development… was nothing but pretense compared to the opportunity to impress for some, to put things off on the slightest pretext for others, and, for a certain number of them, to fill their pockets; all this during seven short months, the average length of the sixteen past Cabinets, and the threatened life expectancy of Cabinets to come.

She set about illustrating her thesis by revisiting a few cases of the 240 office holders of the preceding eight years, starting with the dentist wearing the halo of a victim from the diaspora who was an unlucky candidate for the Senate due to a clandestine vote after his return to the country. To be able to go back to his basic practice and fill the gap between what he believed himself to be and what he really represented politically, especially in his native province, he could not resist, urged to haste by age and a heart attack, it was said among his close friends in Montreal: Minister of Ideology in the *panzouiste* government, to the surprise of his daughter back in Montreal. No surprise to others.

Another was a highly-qualified lawyer and a woman whose company was unbearable, a party activist from a good family, still stuck back in glory days of May '68… and quite the little gilded middle-class girl for her clients… but that was not enough. The Ministry of International Relations, where she could declare war without any of us knowing it, did not frighten her. Others, yes.

probre la plus totale, pour servir de couverture au pillage organisé de la Banque Nationale par les militaires.

Mais la palme revenait à celui qui, ayant tout compris du scénario de la tragique comédie, joua le jeu du ministre qui donne à voir un ministre qui joue au ministre. Il fit une improvisation d'acteur de qualité avant de regagner son vrai théâtre.

Cette tirade de la militante-non-encore-ministre — on chuchotait que son mari avait mis un veto à sa nomination — ne fut pas du goût des deux autres qui faisaient la gueule depuis un bon moment, et quand elle proposa une nouvelle manière de classifier les ministres en deux grandes catégories, ceux restés *Du bon côté de l'Histoire*, et ceux qui avaient vendu leur âme pour ce plat de lentilles dans un cabinet de Coup d'État, de *De facto*, de militaires ou de macoutes, insultes et menaces commencèrent à pleuvoir.

L'avis unitaire obligatoire devenait impossible; C.Q.F.D. La commission présidentielle ne pouvait plus trancher.

Au premier tour: deux voix contre, une voix pour. Au second tour: une voix pour, une voix contre, une voix ni pour ni contre. Au troisième tour ce fut le contraire.

The next had a talent for outlining international issues as a left-wing journalist for a large daily in Montreal, but he became a hysterical reactionary as soon as it was a question of Haiti. This doubling of his personality was to lead him, clinically, year after year, to suicide: a position as Minister of Finance, in absolute opprobrium, providing a cover for the organized plundering of the National Bank by the military regime.

But the prize went to the one who, having understood everything about the script of the tragic comedy, played the game of a Minister who makes it obvious that he is a Minister who is playing at being a Minister. He did improvisations that were worthy of a highly-qualified actor before returning to his real theater.

This declamation by the not-yet-a-Minister activist—they whispered that her husband had vetoed her appointment—was not to the taste of the others, who had been making faces for quite a while; and when she proposed a new way of classifying Ministers in two broad categories, those remaining *On the good side of History*, and those who had sold their soul for a bowl of pottage by serving in a Cabinet under the Coup d'Etat, de facto military men or *macoutes*... insults and threats began to rain down on her.

The necessary unanimous opinion became impossible, Q.E.D. The Presidential Commission could no longer agree.

The first ballot: two votes against, one vote for. The second ballot: one vote for, one vote against, one vote neither for nor against. On the third ballot, quite the contrary.

Le million d'orphelins du sida

Boss Ti-Raymond a été le premier sidéen assez proche de moi à mourir, ou plutôt celui dont j'ai suivi l'entrée, chaque jour un peu plus, dans la mort. Il était maçon de son métier et je le regardais travailler sur mon chantier avec ses dernières gouttes d'énergie qui s'en allaient à mesure. Il avait sept enfants d'une même mère, tous indemnes heureusement, mais sa femme, atteinte aussi, s'en allait. J'ai accompagné les enfants jusqu'à leur prise en charge par la famille élargie. Et depuis, j'ai vu d'autres fins d'histoire s'ajouter à d'autres fins d'histoire, jusqu'à ce niveau d'abstraction impersonnelle que l'on nomme statistique.

Quand la menace est devenue une évidence de grand public en ce début des années 1980, on l'appela d'abord la maladie des 4H, par identification des groupes de victimes les plus atteintes : Homosexuels, Héroïnomanes, Hémophiles et Haïtiens. Ce fut justement pour les Haïtiens l'effet d'une bombe H. Ce sigle médiatique et porteur allait en se diffusant changer radicalement l'image que la communauté projetait, et l'image qu'elle se faisait d'elle-même. Le désarroi était grand et grande ouverte la blessure, assez pour ne plus jamais se refermer, même

A Million AIDS Orphans

Boss Ti-Raymond was the first AIDS victim close to me to die, or rather the first one I followed as he entered, each day a little more, into death. He was a mason by trade, and I watched him work on my building site with his last drops of energy, which vanished as he worked. He had seven children by the same mother, all seven free of the virus, fortunately, but his wife, also infected, departed as well. I accompanied the children to be taken charge of by their extended family. And since then, I have seen other stories end that way, heaped on top of other stories' endings, until they attained the level of impersonal abstraction they call statistics.

When the threat became evident to the general public in early 1980, it was first called the 4H disease, identifying the groups of victims the most affected: Homosexuals, Heroin addicts, Hemophiliacs, and Haitians. For the Haitians, it had the effect of an H-bomb. This media designation was a carrier which, as it spread, was to change radically the image projected by the community, as well as the image it had of itself. The distress was deep and the wound open so wide that it never again closed, even though, after a long concerted battle waged

si au terme d'une longue bataille conjointe des pointés du doigt, les quatre lettres à survivre furent celles du Syndrome d'Immuno-Déficience Acquise, SIDA. Le mal était fait. Les ravages en cours ne semblaient plus avoir de limites car les coups venaient de partout. Le communiqué de la Croix-Rouge canadienne priant les Haïtiens de s'abstenir de donner leur sang relevait plus de la panique que d'une gestion qui aurait pu s'accommoder de plus de sérénité. L'émotion fut grande. La mesure n'a jamais été rappelée. Les couples mixtes en devenir et non encore assurés de leurs promesses, se diluèrent. L'Hôpital Sainte-Justine annonça qu'il n'était d'enfants atteints qu'Haïtiens, ou presque, sans jamais infirmer le constat depuis.

C'est dans ce contexte qu'au pays commencèrent à tomber les premières victimes. La vitesse de propagation était effarante, quand on finit par comprendre que le processus s'alimentait de la rotation de derviches des soldats d'une caserne à l'autre dans tous les recoins du pays. Quand il fut décidé de débander l'Armée, on s'étonna quand même un peu de l'étrange appui des épidémiologistes unanimement favorables à la mesure et les premiers à le faire savoir par communiqué. Il continuait cependant à en tomber beaucoup et partout. Il n'y eut bientôt aucun mérite à prédire la catastrophe évidente qui s'en venait pour le quart de siècle de l'épidémie en 2004 ; une inconvenante concomitance avec le deux centième anniversaire de l'Indépendance.

Hier, nous étions en 1994, je me suis fait pourtant demander en pleine réunion, sur un ton agacé, quelle serait la prochaine catastrophe de taille au pays haïtien. Bien que très au fait du sort finalement réservé aux messagers de mauvais augure, j'ai quand même répondu à cette provocation du ministre du cabotage aux postures de candidat à la présidence et qui ne vit point venir le naufrage du *Neptune* sans rien perdre de son sommeil : *les orphelins du SIDA pour le bicentenaire de 2004, qui sera aussi la dernière année d'avant les élections présidentielles de 2005.* Je continuai sur ma lancée pour lui préciser qu'à moins d'être encore plus déraisonnables que d'habitude, et que nous ne sombrions dans la folie meurtrière collective de dizaines de milliers de morts comme en Europe ou en Afrique, ce sera cela le cadeau d'anniversaire des deux cents ans d'indépendance : un million d'orphelins chez les quatre millions de moins de

by the victims of this finger-pointing designation, the four letters that survived were those of the Acquired Immune Deficiency Syndrome, AIDS. The harm had already been done. The havoc being wreaked seemed to have no limits, as blows rained down from all sides. The statement issued by the Canadian Red Cross requesting that Haitians refrain from donating their blood was more a result of panic than of a reasoned management that could have adapted more calmly to the situation. Emotions ran high. This measure has never been repealed. Prospective mixed couples, still uncertain about their vows, became scarce. Sainte-Justine Hospital announced that the only children infected were Haitian, or nearly so, without ever repudiating that report since then.

It is in this context that the first victims in Haiti began to succumb. The speed of the disease's spread was astounding, when it was finally understood that the process was being fed by the Dervish-like rotation of soldiers from one base to another in every corner of the country. When it was decided to disband the Army, it was somewhat astonishing to observe the inexplicable unanimous support of the measure by the epidemiologists, who were the first to say so in a communiqué. But many were still succumbing, everywhere. There was soon no merit in predicting the obvious catastrophe that was on its way for the quarter-century of the epidemic in 2004; an unseemly concomitance with the two-hundredth anniversary of Independence.

Yesterday, however (this was in 1994), someone asked me in an irritated tone, right in the middle of a meeting, what would be the next sizable catastrophe to befall Haiti. Although acutely aware of the fate that awaits messengers bearing bad news, I nevertheless answered this provocation by the Minister of Shipping who postured like a presidential candidate, who had not foreseen the sinking of the *Neptune* but had not lost any sleep over it: *the orphans of AIDS for the Bicentennial in 2004, which will also be the last year before the presidential elections of 2005.* Continuing in the same vein, I added that unless we are even more unreasonable than usual, and unless we sink into some deadly collective madness involving tens of thousands of dead as in Europe or Africa, this will be our birthday present for two hun-

vingt ans avec tout le potentiel d'exploitation et d'explosion que suppose ce nombre. Il fallait que ce soit à nous que cela arrivât, nous qui ne savons même plus où donner de la tête avec les deux milliers d'orphelins du naufrage du *Neptune*, au point de proposer au Nobel le Monseigneur qui essaya de les aider !

Il reste peu d'années pour emballer cet inévitable cadeau. La réponse immédiate à l'amplitude de ce drame, qui est sur une lancée que l'on ne peut même pas ralentir, puisque les parents à mourir sont tous déjà infectés ou vont l'être bientôt, ne saurait passer que par une solution native, celle de la tradition de la famille élargie habituée à prendre en charge ses orphelins en difficulté ; une forme d'adoption tout aussi efficace qu'une autre. C'est donc par une vigoureuse politique économique de la famille qu'il faudrait passer, en augmentant le niveau des ressources du million de ménages haïtiens ; une moyenne d'un orphelin par ménage, c'est faisable, c'est jouable, comme noyau dur de la solution. Au lieu de cela, voulant du béton et des inaugurations, il tenait, le ministre, à quadriller le pays d'orphelinats à construire sur le modèle de *La Fanmi se la vi*. Mais cette formule n'est tellement pas dans notre tradition de générosité que le premier, chez nous, à monter ce petit orphelinat de cent enfants fit assez sensation pour que nous en fassions — bouche bée — un président de la République. À se demander maintenant, avec les dix mille *La Fanmi se la vi* que suppose cette solution, ce que nous allons faire des dix mille directeurs d'orphelinats quand chacun d'eux se prendra pour qui vous savez aux prochaines élections !

Je sais que si le million d'orphelins n'a pas enlevé à ce ministre le sommeil, le spectre de dix mille candidats concurrents à affronter en 2005 dans la course à la présidence va l'empêcher de dormir !

dred years of independence: a million orphans among the four million under the age of twenty, with all the potential for exploitation and explosion that the number implies. It had to happen to us, in particular, when we were already so bereft of a solution for the two thousand orphans of the *Neptune* disaster that we nominated the Monsignor who tried to help them for a Nobel Prize!

There are not many years left for wrapping this inevitable gift. An immediate response to the size of this tragedy—which is forging ahead at a rate that cannot even be slowed, since the parents destined to die are already infected or will be soon—can only be one that finds a native-born solution, one which grows out of the tradition of an extended family accustomed to taking charge of orphans in trouble; a form of adoption that is as effective as any other. And so Haiti must develop a vigorous economic policy based on the family, increasing the level of resources for the million Haitian households; an average of one orphan per home is doable, feasible, as the hard core of the solution. Instead of doing this, desirous of concrete and unveiling ceremonies, the Minister insisted on dotting the country with orphanages to be constructed by Public Works on the model of the orphanage called *La Fanmi se la vi*, Family is Life. But this formula is so foreign to our tradition of generosity that the first one in the country to build that little orphanage for a hundred children made such a sensation that—gaping in astonishment—we made him President of the Republic. It might be asked now, with the ten thousand *La Famni se la vi* that this solution would entail, what we will do with the ten thousand orphanage directors when every one takes himself for you-know-who in the next elections!

I know that if a million orphans have not deprived that Minister of his sleep, the specter of confronting ten thousand competing candidates in 2005 in the race for the Presidency will give him insomnia.

Une déveine haïtienne

C'était un vendredi 13. Exactement le vendredi 13 août 1993. Je m'en souviens pour m'être demandé, ce jour-là, en me rendant à mon bureau en métro, quelle tuile pourrait bien me tomber dessus pour me rendre enfin superstitieux. Je me faisais défiler, pour passer le temps, un certain nombre d'aphorismes nouveaux, nés de la dispersion haïtienne dans le monde, tel *S'habiller comme un Haïtien en hiver*, ou *L'index court de l'Haïtien*, à force d'être tapé sur la table à chaque Saint-Sylvestre depuis trois siècles en souhaitant que ce soit la dernière année de déveine. Je me demandais si justement *Une déveine haïtienne* n'allait pas pouvoir bientôt prétendre au même statut universel que *Tout l'or du Pérou* et *Un casse-tête chinois.* J'ai un ami qui se désole tout le temps de nos malheurs en disant combien nous avons une chance insolente pour la déveine.

Aussi eus-je droit ce jour-là, en plein coup d'État, à la visite d'un personnage chamarré qui se faisait appeler *Général Palanrans*, contraction des trois mots d'une locution créole apte à soulever la frayeur en ces temps martiaux, n'eût été le dérisoire de les voir ainsi portés

A Bit of Haitian Bad Luck

It was Friday the thirteenth. Precisely, Friday, August 13, 1993. I remember because I wondered that day, while taking the metro to my office, what tile could fall on my head to finally make me superstitious. To pass the time, I scrolled in my mind through a number of new aphorisms, born of the Haitian dispersion into the world, such as *To dress like a Haitian in winter*, or *The Haitian's short index finger*, from tapping it on the table on every Saint Sylvester's Day for three centuries while hoping that this would be the last year of bad luck. *A bit of Haitian bad luck* would probably not soon attain the same universal stature as *All the diamonds in Africa* or *A Chinese puzzle*. I have a friend who is always lamenting our misfortunes, citing our brazen penchant for bad luck.

And so I was privileged, on that day, in the middle of the coup d'etat, to receive the visit of a highly colorful personage who called himself *General Palanrans*, a contraction of three words from a Haitian saying capable of arousing terror in those military times, if it were not for the triviality of seeing them thus borne in the good-natured hallways of a Montreal university. There were,

dans le couloir bon enfant d'une université de Montréal. Il se trouvait cependant des plumitifs pour l'appeler ainsi dans les petits journaux de la diaspora, depuis qu'il était revenu d'entraînement du Proche-Orient, flanqué de deux autres guerriers, ceux-là de mes amis. Seule la curiosité me fit aller plus avant, car je dois être l'un des rares de ma génération à ne s'être jamais embrigadé dans l'un de ces camps qui promettaient « la victoire au bout du fusil » ; j'eus très tôt la chance de la savoir « au bout du concept » et la malchance de le dire tout haut.

Donc, dans ce pacifique Montréal, le général Palanrans portait haut les signes extérieurs qu'il avait achetés dans les surplus de l'Armée du bas de la ville : bottes de combat lacées sur pantalon de camouflage, casquette et veste assorties de Ranger, poches bourrées de je-ne-sais-quoi qui se voulait inquiétant. Le personnage avait une certaine allure, mais il portait des lunettes noires qu'il n'enlevait jamais. Elles me faisaient penser au tout début du duvaliérisme, quand la vente de cet accessoire fit un tel bond en Haïti que cette rubrique figura, toute seule comme une grande, dans nos importations entre Limousines et Lustres : Lunettes. C'était un signe distinctif et partisan du tonton macoute, et il pouvait en coûter cher d'en porter rien que pour se protéger du soleil. L'on risquait d'encourir les rigueurs de l'usurpation de titres et qualités.

Ses lunettes noires m'indisposèrent.

Il attaqua. Sa proposition était d'éliminer le général félon par une brutale *césarienne* capable d'accoucher la crise d'un simple projectile. À sa décharge, on parlait beaucoup en ce temps de *césarienne.* Il n'était pas seul responsable de sa courte vue. De plus, son prix me paraissait tellement bas qu'il était sans rapport avec l'objectif à viser, et que ce ne pouvait être qu'un échafaudage d'amateur, même à mes yeux pourtant si peu accoutumés à ce genre de contrat.

Je souris, en me disant que, dans tout autre contexte, je serais déjà passible d'avoir comploté. Il fallait couper court et sortir au plus vite de son fantasme conspiratif. Je lui demandai à brûle-pourpoint un curriculum, m'excusant de cette déformation due au lieu de travail où il était venu me voir et à mon métier, qui était de rechercher dans ce genre de dossier l'expérience pertinente d'un postulant. Je lui fis remarquer que le prix demandé

however, some hacks who referred to him by this name in the little newspapers of the diaspora, since he had returned from training in the Near East flanked by two other warriors, both of whom were friends of mine. It was only curiosity which made me pursue a conversation, since I must be one of the rare men of my generation who had never been recruited into one of those camps which promised "victory at the muzzle of a rifle." I had soon had the chance to realize they were "at the end of a concept" and the ill luck to say so aloud.

And so, in the peaceful city of Montreal, General Palanrans wore with pride the exterior symbols he had bought at the Army Surplus store in the lower city: combat boots laced up over camouflage pants, matching Ranger cap and jacket, pockets bursting with unknown items which were meant to be disturbing. This character had a certain presence, but he was wearing dark glasses that he never removed. They made me think of the very beginning of Duvalierism, when sales of this accessory increased to such a degree that this category of goods, all alone like a grown-up, appeared on the lists of imports between Limousines and *Lustres* (Chandeliers): *Lunettes* (Glasses). It was a distinctive and partisan emblem of the *Tonton Macoute*, and it could cost you dearly to wear them simply to protect yourself from the sun. You ran the risk of incurring punishment for usurping titles and positions.

His dark glasses upset me.

He attacked. He proposed to eliminate the felonious General by a brutal *Caesarian* capable of giving birth to a crisis with a single projectile. In his defense, there was much talk of *Caesarian sections* at the time. The responsibility for shortsightedness was not his alone. What's more, his price seemed so low that it was out of proportion with the desired objective, and it could only be the work of an amateur, even to my eyes, so unaccustomed to this type of contract.

I smiled, telling myself that in another context I would already be punishable for conspiracy. I had to bring this to an end and emerge as quickly as possible from this conspiratorial fantasy. I asked him point-blank for his résumé, apologizing for this habit attributable to my profession, which was to search, in this type of case, for the pertinent experience of a job candidate. I

contraignait à cette formalité pour écarter toute suspicion d'improvisation. Je lui précisai qu'il serait aussi bon de mentionner, pour la crédibilité de son offre, le nombre de généraux, chefs d'États, dignitaires *de facto* et *panzouistes*... figurant comme trophées de ses actions passées. Dans un premier temps, il me semblait suffisant de nous en tenir à cela; garanties, attestations et références pouvaient attendre la deuxième étape. Je le priai d'aller remplir le formulaire habituel à la bibliothèque au niveau du métro, même s'il lui fallait changer dans les circonstances *curriculum vitae* en *curriculum mortis*, et de me le ramener à sa convenance plus tard, dans la journée.

Cela fait précisément quatre ans aujourd'hui qu'il est parti remplir son tableau de chasse. Si, à dire vrai, je ne l'attends pas tout de bon pour cet anniversaire, (nous ne sommes qu'un mercredi 13 août), je ne serais nullement surpris de le voir réapparaître un prochain vendredi 13 août, dont celui de 2004, le Bicentenaire, mais encore en 2010, 2021, 2027, 2032... ses lunettes noires de nouveau à la mode.

Notre déveine est ainsi faite que les dates nous sont fétiches et nos modes récurrentes.

pointed out to him that the price he asked compelled such a formality to avoid any suspicion of improvisation. I explained that it would also be advisable to mention, in order to demonstrate the credibility of his offer, the number of Generals, Heads of State, de facto dignitaries, and *panzouistes*... representing trophies of his past actions. At this first stage, it seemed to me sufficient to stop with that; guarantees, certificates and references could await the second stage. I requested that he go fill out the normal form in the library at the subway level, even if he would have to change, given the circumstances, the heading *curriculum vitae* to *curriculum mortis*, and to bring it back to me later that day.

It has been exactly four years today since he left to fill out his list of kills. If, to tell the truth, I do not expect him on this anniversary (it is only a Wednesday, August 13), I will be not at all surprised to see him reappear on the next Friday, August 13, which will arrive in 2004, the Bicentennial, 2010, 2021, 2027, 2032... when his dark glasses are again in style.

Our bad luck lies in the fact that we make a fetish of dates, and that our fashions keep coming back.

Mots de passe | Passwords

De Abobo à Zenglendo

Abobo ! Exclamation qui ponctue les incantations et les rituels du vodou, particulièrement à la fin d'une cérémonie. Cette acclamation de participation fervente est généralement criée en se frappant la bouche de petits coups répétés de la main. *Abobo !* a un sens aussi fort que *Alléluia !* dans les liturgies juive et chrétienne.

Attaché Voir *Zenglendo*.

Ayiti Pendant que Dieu devenait Dieu au Proche-Orient voilà deux mille ans, dans la Caraïbe, l'île entière, ainsi qu'une chaîne de montagnes au sud-est, se faisaient appeler Ayiti par les Taïnos venus des bouches de l'Orénoque à travers l'arc antillais. Cette tradition bimillénaire, perdue pendant les trois siècles coloniaux, 1492-1804, a été reprise sous le nom et la graphie d'Haïti par les hommes les plus en relation avec la partie espagnole de l'île, dépositaire de cette tradition, ceux de l'Artibonite, dont Dessalines, le général en chef, qui imposa ce nom à l'Indépendance.

Bah ! Peu-de-chose Exclamation faussement modeste. Quartier emblématique de la plénitude des classes moyennes haïtiennes pendant les trente glorieuses qui vont de 1930 à 1960 — de la fin proche de l'oc-

From Abobo to Zenglendo

Abobo! An exclamation that punctuates the incantations and rituals of vodou, particularly at the end of a ceremony. This cry of fervent participation is generally shouted while striking the mouth with short repeated blows by the hand. *Abobo!* has as strong a meaning as *Hallelujah!* does in Jewish and Christian liturgies.

Attaché See *Zenglendo*.

Ayiti At the time God was becoming God in the Near East, two thousand years ago in the Caribbean the entire island, as well as a mountain range in the southeast, was called Ayiti by the Taïnos, who had come from the mouth of the Orinoco across the arch of the Antilles. This two-thousand-year tradition, buried during the three colonial centuries (1492-1804), was taken up again in the name and the spelling of Haiti by the men having the closest relationship with the Spanish part of the island, the guardian of this tradition. These were the men of Artibonite, including Dessalines, the commanding general, who imposed this name at the time of Independence.

cupation étatsunienne (1934) au quinquennat de la terreur duvaliériste, 1960-1965. Toute cette population s'est retrouvée en exil, dans le grand mouvement d'évacuation des classes moyennes en diaspora de 1965 à 1985. Une cruelle absence de cadres au pays s'en suivra.

Béton, Homme ou Femme du Béton Militants et militantes en continuelle représentation dans les rues (de béton), pancartes en tête, pour réclamer le retour à la démocratie. Le sens premier de formation sur le tas (sur le béton) a évolué pour caractériser la pression des rues ; *Diplomatie du béton* par exemple.

Borlette Loterie populaire dont la compulsive expansion a conduit à des tirages pluriquotidiens. Sur cette espérance statistique s'est greffée une mystique de la prévision des numéros gagnants par l'interprétation des rêves dûment expliqués dans des livres de correspondance appelés *thiala*.

Bonda (aussi Bounda dans le Sud) Fesses en général, et parfois sexe féminin dans certaines régions du Nord-Ouest.

Bonda mouillé Nom de lieu qui connote, comme au village de Léon, le passage à gué d'une rivière assez profonde pour que le derrière de la personne qui s'y aventure soit mouillé.

Bourgs-jardins Configuration proprement haïtienne de la distribution de la population rurale en regroupements. Mot clé du rural équivalant au mode de distribution en « Rang » au Québec. Il existe en Haïti sept mille cinq cents lieux-dits répertoriés, agrégation des populations en bourgs-jardins.

Bracero Ouvrier saisonnier haïtien dans les cannaies cubaines et dominicaines. La figure du *Viejo à la dent d'or* est celle du vétéran des campagnes cubaines des années vingt, trente et même quarante. Tout le vocabulaire de cette « Traite verte » est espagnol comme *batey* en République dominicaine ou *pitchoun* à Cuba. Sur le modèle de *bracero*, création de *cerebrero* pour la traite blanche des cerveaux dont le vocabulaire est, lui, plutôt anglais ; *brain drain*.

Cavalier polka Personne absolument fiable avec laquelle on fait équipe ; la polka est danse polonaise vive et rythmée, dont l'importance en Haïti vient sans doute des légionnaires polonais de l'indépen-

Bah! Peu-de-chose A falsely modest exclamation (Bah! Just-a-trifle). A neighborhood emblematic of the fullness of life among the Haitian middle classes during the thirty glorious years (1930–60)—from the approaching end of the United States occupation (1934) to the fifteenth year of the Duvalierist terror (1960–65: see "Port-aux-Morts"). All this population found itself exiled, in the great evacuation movement of the middle classes into the diaspora (1965–85). A cruel absence of management-level workers was the result of this.

Béton, Homme or Femme de béton (Concrete, Concrete Man or Woman) Militant activists constantly appearing on the streets (paved with concrete, *béton* in French), placards leading the way, to demand a return to democracy. The original meaning—someone training on the job (on concrete)—has evolved and now describes public pressure in the streets… to the point of creating the term *Diplomatie en béton* (Concrete diplomacy) in the diaspora.

Borlette An unofficial people's lottery whose compulsive expansion has led to several drawings a day. Onto this statistical hope has been grafted a mystique of the prediction of winning numbers through the interpretation of dreams, duly explained in books called *Tiala* showing the correspondences between dream symbols and numbers.

Bonda (also *Bounda* in the south) The buttocks in general, and at times female genitalia in certain regions of the Northwest.

Bounda mouillé A place name that connotes, as in the village of Léon, the fording of a stream deep enough to wet the behind of anyone who ventures into it.

Bourgs-jardins A distinctly Haitian configuration of rural population distribution into groups. A key word in speaking of rural Haiti, equivalent to the method of distribution by *rangs* (long, narrow farms, whose houses are thus fairly close to one another) in Québec. In Haiti, there are seven thousand five hundred places of this description listed—population groupings into *bourgs-jardins*.

Bracero A Haitian seasonal worker on Cuban and Dominican sugar-cane plantations. The figure of the *viejo à la dent d'or* (the old man with the gold tooth) describes a veteran of the Cuban campaigns of the

dance. Expression aussi forte que *partner in crime* en anglais et beaucoup plus juste que marasa ou jumeau, par exemple, pour caractériser la connivence entre deux personnes, qui peuvent être, par ailleurs, fort différentes l'une de l'autre, ce que marasa ou jumeau dénient.

Chelèn Bille neuve rutilante exempte d'imperfections et d'usures par opposition au *grison* vérolé d'impacts, devenu rugueux et terne à force d'être heurté lors des parties. Le vaste vocabulaire des billes a aussi *bika* pour grosse bille mais surtout *boulpik*, cette boule favorite porteuse de chance avec laquelle on lance, tire et pointe, le *tèk. La petite chelèn dont on voudrait faire sa boulpik* appartient à la langue des premiers battements de cœur précoces de la préadolescence.

Chen (prononcer *chin*) Chien. À Quina, le niveau de misère fait du chien un chien abandonné du Bondieu, *Ki mele bondie nan grangou chen!* À Nédgé, le chien n'est pas un chien, mais un animal de compagnie, voire un compagnon; *Se pa tout chen!*

Clairin Rhum du pauvre, la première sortie de la distillation du jus de mélasse ou vésou. Liens: *Grog, taffia, trempé*... toutes des boissons alcoolisées aromatisées d'herbes ou d'écorces de fruits.

Communauté internationale Hyperbole qui désigne en Haïti les « Blancs » du bilatéral et du multilatéral (ce qui donc peut inclure n'importe quel étranger noir), plus ou moins autonomes, plus ou moins importants dans leurs organisations d'origine pour cette affectation, somme toute modeste, dans laquelle tout se règle souvent de surcroît directement de décideurs à décideurs, par-dessus ces relais traditionnels.

Coups de langues (Koutlang) Dire du mal de l'autre en s'embarrassant fort peu de la vérité. Le *Koutlang* converge par systématisme en cabale, forcément orchestrée. Comme la « Préciosité » qui a pu caractériser un moment d'une fin de règne dans l'Histoire, la « Cabale » est actuellement la manière d'être de toute la gamme des bourgeoisies, grande, moyenne, petite, toute petite, très petite. La cabale est un processus social d'autodéfense et de conservatisme bicentenaire des 2 % qui forment les élites haïtiennes.

twenties, thirties and even the forties. All the vocabulary of this "green" slave trade is Spanish, such as *batey* or *pichon*. Modeled on the term *bracero* is the creation of the word *cerebrero* for an object of the brain trade whose vocabulary is normally English: *brain drain*.

Calotte-Marasa See *Marasa*.

Cavalier polka An absolutely trustworthy person with whom one works as a team. The polka is a lively, rhythmic Polish dance, whose presence in Haiti is probably due to the Polish legionnaires of the time of Independence. An expression as strong as "partner in crime" in English, and much more precise than *marasa* or *jumeau* (literally, twin), to characterize the complicity between two persons, who can be, in some respects, quite different from each other; something denied by *marasa* or *jumeau*.

Chelèn A gleaming new marble free of imperfections and worn places, as opposed to the *grison*—pockmarked by impacts, roughened and dull from having collided with so many other marbles during games. The extensive vocabulary of marbles also includes *bika*, for "big marble," but especially *boulpik*, a favorite, lucky ball that is used to throw, shoot, and score (*tèk*). *La petite chelèn dont on voudrait faire sa boulpik* (The little *chelèn* that one would like to become his *boulpik*) belongs to the language of the first, early flutters of the heart in primary school.

Chen Dog. In Quina, a high level of misery makes a dog a dog. In Nédgé, a dog is not a dog, but a companion animal, even a friend; *Se pas tout chen*!

Clairin Poor people's rum, made from the first distillation from molasses or sugar-cane juice. Related: grog, taffia, *trempé*: all alcoholic drinks flavored with herbs or fruit skins and zests.

Comic book See *Bande dessinée*.

Communauté internationale (International Community) A hyperbole referring in Haiti to residents who are expatriates from bilateral or multilateral organizations (which therefore includes any black foreigner), more or less autonomous, more or less important in their original organizations to have been given a comparatively modest posting in Haiti where, moreover, things are often taken care of

Dambhalah et Aida Wèdo Voir *Serpent*.

Dessalines, Jean-Jacques Général d'une remarquable détermination comme chef de la Grande Armée indigène qu'il conduisit à la victoire (après avoir vigoureusement réduit par la force toutes les oppositions et dissidences) ouvrant à l'indépendance d'Haïti, le dimanche 1er janvier 1804, puisque c'était un dimanche ! Cette page glorieuse d'histoire ne le protégera pourtant pas des comploteurs qui eurent finalement raison de lui dans l'embuscade du Pont Rouge le 17 octobre 1806, moins de deux ans après l'Indépendance. Ce trait clanique, de n'avoir même pas reculé devant un homicide de cette taille (parricide autant que régicide), introduit bien aux deux siècles ensanglantés de l'histoire nationale.

École normale supérieure (ENS, dite *la Normale*) Fer de lance créé en 1946 pour jouer le rôle de vivier d'intellectuels organiques à la *Révolution de 1946* dont allait avoir besoin le pays à la fin du xxe siècle. La Normale tiendra vingt ans cette définition, jusqu'en 1966, en distinguant quatre cents garçons et filles dont on retrouvera les contributions dans pratiquement tous les secteurs de la connaissance du pays au dernier quart du xxe siècle.

Femme-jardin Concubine qu'un propriétaire établit sur l'un de ses lopins de terre. Cette polygamie de fait et d'un autre âge, n'a pas résisté à l'appauvrissement généralisé (sauf en de rares endroits comme l'Artibonite rizicole) et à la pression démographique. S'est transmuée en thème littéraire.

Galerie Construction collée à la maison de plain-pied, à distinguer de la tonnelle toujours détachée de la maison principale, comme une pergola de fond de cour. On reçoit plus formellement sur sa galerie, espace de mixité des genres, que sous sa tonnelle plus exclusivement masculine. Galerie & Tonnelle sont hautement métaphoriques en Haïti des lieux de production et de diffusion des positions de chaque groupe de fréquentation, comme ailleurs « Le café de la gare » ou le bistrot du coin et le bar des rencontres. On peut ainsi relier chaque intervenant aux opinions de la galerie qu'il fréquente.

directly from decision-maker to decision-maker, outside of traditional channels.

Coups-de-langues (*koutlang*) Speaking ill of someone with little concern for the truth. The *Koutlang* converges systematically into an obviously-orchestrated cabal. Like *Préciosité*, which was able to characterize a moment at the end of a reign in history, the "Cabal" is currently the way of being of the entire range of the bourgeois classes: upper, middle, lower, quite low, very low. The cabal is a social process of self-defense and two-hundred-year-old conservatism for the 2% who form the Haitian elite.

Dambhala and Aida Wèdo See *Serpent*.

Dessalines, Jean-Jacques A remarkably determined general, head of the Grand Indigenous Army which he led to victory (after having vigorously and forcibly reduced opposition and dissidence), opening the door to Haiti's Independence on Sunday, January 1, 1804, since it was a Sunday! This glorious page in history would not protect him, however, from plotters who finally overcame him in the ambush at Pont Rouge on October 17, 1806. This clannish characteristic, which does not shrink from committing such an important homicide (a patricide as well as a regicide), ushered in two bloody centuries of national history.

École normale supérieure (ENS, called *la Normale*) Spearhead created in 1946 to play the role of spawning ground for the intellectuals essential to the *Revolution of 1946*, which the country was to need at the end of the twentieth century. *La Normale* was to keep this designation for twenty years, until 1966, marking four hundred young men and women whose contributions can be found in nearly all the areas of knowledge in the country in the last quarter of the twentieth century.

Femme-jardin A concubine placed by a property owner on each of his plots of land.. This *de facto* polygamy from another age has fallen prey to the general impoverishment of the country (except in rare areas such as rice-growing Artibonite) and to demographic pressure. It has been transformed into a literary theme.

Gallery (*galerie*) A structure attached to a house at floor level. A gallery differs from a *tonnelle* in that

Gede (à prononcer *guédé*) Officiant du culte des morts et de l'esprit des cimetières, tout de noir habillé, au maquillage blanc, évoquant le squelette et la tête de mort. À la période de la fête des morts, le 2 novembre, ils se regroupent en bande et défilent en chantant des ritournelles critiques et subversives dans la langue ordurière à outrance des *Marchandes de feuilles* du carnaval. Les petits, qui les voient et les entendent passer, y font leur premier plein des gros mots les plus vulgaires.

Gourde Monnaie d'Haïti, autrefois de parité fixe avec le dollar américain dont elle valait le cinquième, vingt cents. Actuellement elle fluctue et sa valeur s'établit à un peu plus de deux cents américains.

Gouyades (parfois *grouyades*) Expression vulgaire pour dire la danse du ventre; manière dominante de danser dans les rues au moment du carnaval.

Grangou Littéralement « grand goût », signifie d'abord *avoir faim*. Et *grangou des mots* est la créolisation de *au plaisir du texte*. Grangou est polysémique, allant de la famine qui est un grangou au kleptomane qui en est un aussi. Grangou et mitan font partie du parler au quotidien.

Gwobonzanj et Tibonzanj Littéralement « Gros bon ange » et « Petit bon ange » qui sont deux principes spirituels constitutifs de l'individu tel que vus par le vodou.

Haïtiens, Haïtiennes Il y a en cette année 2005, douze millions d'Haïtiens dans le monde, regroupés en trois générations, un tiers hors pays et deux tiers au pays. Il y a aussi douze millions d'Haïtiens environ de décédés depuis 1492. Et il y a surtout douze millions d'Haïtiens à naître en ce XXIe siècle. Le premier groupe a créé le genre littéraire de la *lodyans*, le second l'utilise, pour que le troisième s'en souvienne et le perpétue; d'où ce livre!

Hongan Voir *Potomitan*.

Honfor Voir *Potomitan*.

Kalòt-marasa Voir *Marasa*.

La chance qui passe Titre du projet de société et du programme de gouvernement énoncé dans le Manifeste de novembre 1990 du mouvement Lavalas. Sa mise en perspective se lit dans le livre d'entretiens de Joseph Josy Lévy avec Georges Anglade, *L'espace*

the latter is always detached from the house, like a large backyard pergola. Guests are received more formally on the gallery, a space where genders mix, than beneath the *tonnelle*, which is more exclusively masculine. Galleries and *tonnelles* are highly metaphorical in Haiti, as locations for the production and dissemination of the positions of each group frequenting them. In other cultures, their equivalent might be the *café de la gare* (the local café near the railway station) or the corner bistro, the local bar, etc. Thus each speaker can be tied to the opinions of the gallery he frequents.

Gede (pronounced *gay-day*) A celebrant of the cult of the dead and the spirit of cemeteries, dressed all in black with white greasepaint on his face, reminiscent of a skeleton topped off by a death's head. At the time of the feast of the Dead, November second, they gather into groups and march along intoning critical and subversive chants in the outrageously filthy language of the *Marchandes de feuilles* at Carnival time. Children who see and hear them pass by receive their first big dose of the most vulgar bad language.

Gourde Haitian monetary unit, once in fixed parity with the U.S. dollar, of which it was worth a fifth, twenty cents. It is currently in fluctuation and its value is a little more than two U.S. cents.

Gouyades (sometimes *grouyades*) A vulgar expression for the belly dance (a "bump and grind"); the dominant way of dancing in the streets during Carnival.

Grangou Literally, *grand goût* (big taste) means first of all "to be hungry." And *grangou des mots* is the Creolization of "the pleasure of the text." *Grangou* is ubiquitous, from famine which is a *grangou* to a kleptomaniac, who is one too. *Grangou* and *mitan* are parts of everyday language.

Gwobonzanj and **Tibonzanj** Literally "big good angel" and "little good angel," which are the two spiritual principles which constitute the individual, as seen by vodou.

Haitians (*Haïtiens, Haïtiennes*) In this year of 2005, there are twelve million Haitians in the world, grouped into three generations, one third outside the country and two thirds inside it. There are also approximately

d'une génération, Montréal, éditions Liber, coll. « De vive voix », 2004, 275 p.

Lavalas Descente torrentielle des eaux en furie. Expression devenue le nom d'une formation politique qui va dominer l'échiquier politique de 1990 à 2005 autour de la figure charismatique de Jean-Bertrand Aristide ; les promesses de ce mouvement, dont le groupe hégémonique de départ aura été les communautaristes chrétiens menés par un groupe de prêtres spiritains et leurs élèves, n'ont pas été tenues.

Lodyans Genre littéraire haïtien, illustré dans cet album par des miniatures montées en mosaïques, mais qui s'exprime aussi en feuilletons (*Et si Haïti déclarait la guerre aux USA ?*, Montréal, Éditions Écosociété, 2003, 96 p.) comme dans le quotidien *Le Soir*, 1899-1908, le journal du passage de la *lodyans* de l'oral à l'écrit par Justin Lhérisson et Fernand Hibbert.

Lwa Voir *Vèvè*.

Madansara Figure emblématique de la commercialisation des vivres de consommation locale en Haïti. C'est, par extension, la commerçante, souvent chef de famille, dont l'envergure peut largement dépasser le pays pour embrasser un réseau couvrant les Caraïbes et les États-Unis. Quand on parle de *Potomitan* dans la vie rurale, c'est d'elle qu'il s'agit.

Manches longues Dans ce pays de chaleur, porter les manches longues est très formel. Une grève aux *manches longues* s'annonce généralement comme sérieuse, totale et longue. L'expression est d'usage courant.

Marasa (prononcer *marassa*) Jumeau, le double de soi, le dédoublé, clone — pour employer un mot actuel — âme sœur. Aussi le doublé, comme dans *kalòt-marasa*, essentiel dans le dédoublement en culture haïtienne ; l'autre soi-même ou le complément obligé, comme dans pile et face. Tout ce qui se présente par paire. Figure haute du vodou. Liens : jumeau, cavalier polka.

Marchande de feuilles Voir *Gede*.

twelve million Haitians who have died since 1492. And above all, there are twelve million Haitians to come in this twenty-first century. The first group created the literary genre called the *lodyans*, the second used it, in order that the third might remember it and perpetuate it; and so this book!

Hongan See *Potomitan, Vèvè*.

Honfor See *Potomitan*.

International Community See *Communauté Internationale*.

La chance qui passe (Opportunity Knocks) Title of the social project and government program set out in the Manifesto of the Lavalas movement in November 1990. It has been put into perspective by Joseph Josy Lévy, with Georges Anglade, in "L'espace d'une génération," ("The Space of a Generation"), in the collection *De vive voix*, Montreal: Editions Liber, 2004, 275 pages.

Lavalas A torrential downflow of raging water. An expression which became the name of a political grouping which was to dominate the political arena from 1990 to 2005 around the charismatic figure of Jean-Bertrand Aristide. The promises of this movement, whose leaders were Christian community members led by a group of priests, were not kept.

Lodyans A Haitian literary genre, illustrated in this collection by miniatures mounted in mosaics, but which can also express itself as a *Serialized novel* [*Et si Haïti déclarait la guerre aux USA?* (*And if Haiti Declared War on the USA?*), Editions Ecosociété, Montreal 2004, 96 pages], as in the daily *Le Soir*, 1899-1908, the newspaper in which the *lodyans* went from an oral to a written form with Justin Lhérisson and Fernand Hibbert.

Lwa See *Vèvè*.

Macoute(s) See *Vingt-deux*.

Madansara The emblematic figure of the commercialization of food supplies for local consumption in Haiti. By extension, the stature of this small businesswoman, often the head of her household, can go far beyond her country and take in a network covering the Caribbean and the United States. In rural life, when the term *potomitan* is used, it refers to her.

Masisi (prononcer *massissi*) Unique terme créole disponible permettant de désigner et de montrer du doigt dans un même mouvement, l'homosexuel. Cette dernière expression, plus neutre, mettra cinquante ans à se faire une place à peine moins indigne dans une société conformiste au point d'être figée depuis les deux cents ans d'indépendance (1804-2004).

Matelotes Toujours au pluriel, femmes se partageant le même homme. Il se fera certainement un jour une relecture du machisme historique en Haïti pour faire justice d'une particularité au sortir de deux guerres de cent ans : le stock d'hommes épuisé faisait face à une population féminine nettement plus nombreuse. Et si au lieu du machisme traditionnel qui voit un homme aux multiples épouses, nous étions à l'inverse dans une économie sociale de femmes (le « contrat des sexes » des XIXe et XXe siècle révélé par M. Neptune dans *L'autre moitié du développement*, 1986) se partageant le peu d'hommes existants ? Matelotage plutôt que machisme ? C'est une riche perspective de reproblématisation.

Moun Concept créole très complexe d'ontologie qui dit l'être haïtien au coeur de son univers. Les expressions *Tout moun pa moun, Tout moun se moun...* connotent la dignité de personne, d'homme, d'humain.

Mur à mur Exprime la couverture la plus complète qui se puisse concevoir ; assurances mur à mur, tapis mur à mur. Vient de l'américain *wall to wall* et ne se retrouve ni dans le *Petit Larousse* ni dans le *Petit Robert* de France, mais dans le *Dictionnaire des canadianismes*, p. 293. Fait partie de la langue quotidienne du Québec qui s'est bellement servie dans l'anglais des centaines de fois, comme s'y sont aussi servis le français et le créole d'Haïti.

Musicien palais Expression à double sens (comme pratiquement toutes les expressions haïtiennes). C'est l'une des postures les plus classiques de l'opportuniste politique toujours prêt à chanter la gloire du Chef de l'heure en le circonvenant de flatteries, comme le musicien du palais qui fait métier de ces coups d'encensoir qu'entonne la fanfare à longueur

Manches longues (long sleeves) In this land of heat, wearing long sleeves is very formal. A *manches longues* strike promises in general to be serious, total, and… long. The expression is in common usage.

Marasa (pronounced *mah rah sah*) A twin, one's double, one's other self, a clone—to use a current term—a soul mate. Also a double as in *calotte-marasa*, essential to the split personality of Haitian culture: the other self or the necessary complement, like heads and tails. Everything that comes in pairs. A high figure in vodou. Related: twins, polka partners.

Marchande de feuilles See *Gede*.

Masisi (pronounced *mah see see*) The only available Creole term which allows the speaker to name, and at the same time to point a finger at a homosexual. The more neutral term of "homosexual" will take fifty years to gain a slightly less disgraceful place in a society so conformist that it has remained frozen in time for the two hundred years since Independence (1804-2004).

Matelotes (always plural) Women who share the same man. One day there will surely be a rereading of historical machismo in Haiti, which will do justice to a unique characteristic: at the end of a hundred years of war, the diminished stock of men faced a clearly more numerous female population. And what if, instead of traditional machismo that sees a man with multiple wives, we were inversely in an economy of women (the "contract of the sexes" of the eighteenth and nineteenth centuries revealed by Mireille Neptune) sharing the few existing men? *Matelottage* rather than machismo? It is a rich perspective for restating the parameters of a problem.

Moun A very complex Creole ontological concept which expresses the Haitian being at the heart of its universe. The expressions *Tout moun pa moun, Tout moun se moun…* connote one's dignity as a Person, as a Man, as a Human Being.

Mur à mur (wall to wall) Expresses the most complete coverage conceivable; wall-to-wall insurance, wall-to-wall carpet. It comes from the American expression, and is found neither in the French *Petit Larousse* dictionary nor in the *Petit Robert*, but can be found in the *Dictionnaire des canadianismes*, p. 293. It is a

de journée. La capacité de survie des *musiciens palais* est évidemment exceptionnelle d'un gouvernement à l'autre « Le président est mort ! Vive le président ! »

Ochan Hymne des salutations respectueuses habituellement jouées en l'honneur de personnes en situation de pouvoir, comme des autorités politiques, ou de personnes que l'on veut distinguer, comme des aînés.

Pages roses Au départ il s'agit des pages roses du dictionnaire le *Petit Larousse*, largement répandu au pays, et dans lequel on puisait les locutions latines qui émaillaient discours et diatribes. Mais l'ampleur prise par ce phénomène allait finir par attribuer aux « pages roses » le statut de notion indépendante du dictionnaire ; en général tout compendium.

Palmier royal Désigné en Haïti sous le nom de Palmiste ; se retrouve dans les armoiries de la République.

Panzou, panzouiste, donneur de panzou À l'origine, jeu innocent de l'enfance qui consiste à subtiliser plus ou moins habilement le bien d'autrui ; la forme la plus commune est la tape sur la main qui fait tomber l'objet tenu (comme un crayon) dont on s'empare, sans plus de malignité que dans *Jeux de mains jeux de vilains*. L'expression s'est durcie dans une double direction, avec le « taxage » qui est un délit pénal de vol et dans le coup d'État qui est un détournement de légitimité. Terme devenu très commun dans la conjoncture haïtienne.

Parler En tout premier, *Il parle trop* peut s'appliquer même à un muet, s'il ne pose que les questions de fond avec ses mains. *Il parle mal* pour dire celui qui s'entête à dénoncer les injustices ou à vouloir changer les choses au lieu de tirer son épingle du jeu en silence. *Il parle dur* de celui qui ose remarquer que les grands chefs et petits chefs ne sont pas toujours incorruptibles, infaillibles, immatériels et prédestinés. *Il parle bien* du doué du verbe à qui tout le monde prédit sous peu un long silence... comme *il parle seul, il parle toujours, il n'a jamais parlé, il parle pour parler, il s'écoute parler...* Car il existe deux bonnes dou-

part of the everyday language of Québec, which has made good use of English hundreds of times, as has the French of France and Haiti's Creole.

Musicien palais (Palace musician) An expression with a double meaning (as are almost all Haitian expressions). It is one of the most classic postures of the political opportunist, always ready to sing the glories of the current Leader by heaping flattery upon him, just like the palace musician who specializes in those puffs of incense which the band launches into throughout the day. The capacity for survival of *musiciens palais* is obviously exceptional from one government to the next. Their motto: "The President is dead! Long live the President!"

Ochan A hymn or fanfare of respectful greeting generally played to honor persons in power, such as political dignitaries or persons whom one wishes to single out, such as one's elders.

Opportunity Knocks See *La chance qui passe.*

Palace musician See *Musicien palais.*

Pages roses (pink pages) At first this was a simple reference to the pink pages found in the *Petit Larousse* dictionary, widely used throughout the country, and in which one could find Latin expressions to sprinkle about in speeches and diatribes. But this phenomenon became so extensive that it ended up giving the "pink pages" the status of a concept independent from the dictionary; in general, any compendium.

Palmier royal (royal palm) Designated in Haiti by the name *Palmiste*; found on the coat of arms of the Republic.

Panzou (*panzouiste, donneur de panzou*) At its origins, an innocent children's game which consists of stealing, more or less skillfully, someone else's property; the most common form is the tap on the hand which makes it drop the object it was grasping (like a pencil), which is taken without any more meanness than in the any hand-tapping game. The expression has become harsher in two ways: an individual one used with the term *taxage*, which is the criminal offense of robbery; and a collective one in the context of the coup d'etat, which is a perversion of legit-

zaines de manières de finement caractériser la parole à taire, dans un pays où le taciturne passe pour profond et le morose pour stratège.

Pays sans chapeau Locution haïtienne qui veut dire l'au-delà, au pays des morts qui ne portent effectivement pas de chapeau; doit probablement dater de l'époque où tout le monde portait chapeau!

Plaçage La forme d'union la plus répandue dans le rural haïtien, celle des conjoints de fait.

Pongongon D'usage courant, notamment dans le nord-est d'Haïti, pour désigner en créole l'importun.

Potomitan Mât rituel qui soutient effectivement et symboliquement la voûte de la tonnelle (péristyle ou sanctuaire; sens aussi fort que celui du mot « autel ») sous laquelle se déroulent les cérémonies, le honfor du hongan. C'est au pied et autour du *potomitan* que s'organise la liturgie. Par extension se dit de tout ce qui « vertèbre ». *La femme est le potomitan de la famille.*

Pwen Voir *Wanga.*

Raseurisme État habituel d'impécuniosité, de manque chronique d'argent; le raseur est un personnage typique et courant de la scène haïtienne.

Roche-à-ravèt Forme d'érosion par minces plaques ferrugineuses évoquant les blattes (*ravèt*); courante dans la partie centrale de la presqu'île du sud, de Fond-des-Nègres vers Aquin.

Saint-Domingue Nom de l'île (Ayiti des Taïnos devenu Haïti des Haïtiens) au temps de la colonisation française (XVIIe et XVIIIe siècles) après que le conquérant espagnol l'eût baptisé Hispaniola en 1492.

Serpent C'est la figure métaphorique au-dessus de toutes les autres figures du vodou. Le *lwa* Serpent — Dambhalah et Aida Wèdo dans ses deux dimensions masculine et féminine — est plus haut placé que tous les autres *lwa.* Le possédé de ce mystère siffle et se contorsionne comme serpent qui s'enroule autour du *potomitan.*

imacy. A term which has become very common in the current circumstances in Haiti.

Parler (to speak) First of all, *Il parle trop* (He talks too much) can be applied even to a mute, who asks only basic questions with his hands. *Il parle mal* (He speaks badly) describes the person who persists in denouncing injustices or wanting to change things instead of getting silently out while the getting's good. *Il parle dur* (He speaks harshly) is said of someone who dares to mention that the big chiefs and the little chiefs are not always incorruptible, infallible, immaterial, and predestined. *Il parle bien* (He speaks well): describes a verbally gifted person for whom everyone predicts the rapid arrival of a long silence, etc., etc., as in "He speaks alone," "He's always talking," "He never spoke," "He talks for the sake of talking," "He likes to hear himself speak"... For there are a good two dozen ways of cleverly characterizing speech (to be silenced) in a country where taciturnity passes for profundity and gloom for strategy.

Pink pages See *Pages roses.*

Plaçage The most widespread form of union in rural Haiti, a common-law union.

Polka partner See *Cavalier polka.*

Pongongon In common usage, notably in the northwestern part of Haiti, to designate in Creole a tiresome individual, an unwelcome visitor.

Potomitan A ritual pole that supports—physically and symbolically—the roof of a *tonnelle* (a peristyle or shrine; the meaning is as strong as that of the word "altar") beneath which ceremonies take place. The *hongan*'s *honfor.* The liturgy takes place at the foot of this *potomitan* and around it. By extension, it is applied to anything that serves as a backbone. The woman is the *potomitan* of the family.

Pwen See *Wanga.*

Raseurisme A habitual state of impecuniousness, of a chronic lack of money. A *raseur* is a typical contemporary character in the Haitian scene.

Roche-à-ravèt A form of erosion in thin, ferrous plates reminiscent of cockroaches (*ravèts*); common in the central region of Haiti and on the southern peninsula, from Fond-des-Nègres toward Aquin.

Ténèbres, battre les Ténèbres Au sens strict, action de frapper un pilonne électrique en fer avec une pierre entre le Vendredi Saint et le dimanche de Pâques, pour empêcher aux mauvais esprits de prendre possession de la terre en l'absence du Christ mort et non encore ressuscité. Par extension, chasser les mauvais esprits à longueur d'année et donc forme de protestation populaire contre les pouvoirs. En 1957, lors de la campagne présidentielle, le peuple de Port-au-Prince (Le « Rouleau » dévoué à Daniel Fignolé) utilisa ce moyen jusqu'à la nuit du dimanche 16 juin où l'Armée et la Police firent un carnage à la mitraillette de plusieurs milliers de morts en tirant toute la nuit à hauteur d'homme dans les bidonvilles. Cinquante ans après, l'horreur de cette nuit du 16 juin 1957 hante encore comme le premier massacre de masse ouvrant l'ère des charniers du duvaliérisme et du mitraillage récurent des bidonvilles à chaque moment de revendications populaires. Liens : *Ténèbres, Intifada, Fignolé, rouleau, bidonvilles, transition, Cité Soleil.*

Tèt-gridap *Gridap* signifie cheveux crépus, mais particulièrement crépus ! La lampe du pauvre, la lampe tèt-gridap, a une mèche artisanale de coton torsadé qui évoque cette chevelure. Lien : *bobèche.*

Thiala Voir *Borlette.*

Tikoulouterie-Timounerie-Tyoulerie Terrible triade culturelle des minorités jusqu'à la sixième génération. *Tikoulouterie* renvoie aux manières de marronnages dans les alliances ; *Timounerie* stigmatise les attitudes irresponsables dans l'action et *Tyoulerie* dénonce la posture des rapports aux Blancs. La roublardise de *tikoulout*, les enfantillages de *timoun* et les attitudes de domestiques qu'infère *tyoul* sont les travers les plus courants que reproche la descendance en diaspora à la génération migrante des parents, pour expliquer l'état lamentable du pays laissé derrière.

Tonnelle Voir *Galerie.*

Tonton macoute Voir *Vingt-deux (22).*

Saint-Domingue Name of the island (the Ayiti of the Taïnos which became the Haiti of the Haitians) at the time of French colonization (seventeenth and eighteenth centuries) after the Spanish conqueror named it Hispaniola in 1492.

Serpent, snake This metaphorical figure is above all the other vodou figures. The Serpent *lwa—Dambhalah* and *Aïda Wèdo* in its two masculine and feminine dimensions—is more highly placed than the other *lwa.* A person possessed by this mystery contorts himself or herself and hisses like a serpent twining itself around the *potomitan.*

Speak, talk See *Parler.*

Ténèbres (darkness, shadows) To beat the darkness away. In the strictest sense, the action of striking a metal electricity pole or pylon with a stone between Good Friday and Easter Sunday, to prevent bad spirits from taking possession of the earth in the absence of Christ, dead and not yet risen. By extension, chasing away bad spirits all year long, thus a form of popular protest against the powers-that-be. In 1957, during the presidential campaign, the people of Port-au-Prince (*Le Rouleau,* supporters of Daniel Fignolé) used this form of protest until the night of June 16, when the army and the police with their machine-guns brought about a carnage which killed several thousand people. They fired in the shantytowns throughout the night, at the level of the human torso. Fifty years later, the horror of that night of June 16, 1957, still lingers. It was the first mass massacre opening the era of Duvalierism's mass graves and the "cleansing" machine-gun fire raking the shantytowns from then on, whenever there were popular protests, as in 2005, in Port-au-Prince or in the provinces. References: Intifada, Fignolé, Rouleau, shantytowns, transition, Cité Soleil (the largest shantytown in Port-au-Prince).

Tête-gridap *Gridap* means frizzy, particularly frizzy. The poor people's lamp, the *tête-gridap* has a homemade wick of twisted cotton which resembles this type of hair. Reference: *bobèche.*

Thiala See *borlette.*

Tikoulouteries–Timouneries–Tyouleries A terrible cultural triad of minorities right up through the sixth

Vèvè C'est, en terme profane, le blason, les armoiries, le logo propre à chaque « Esprit » ou « Mystère » ou *lwa* du vodou. Il est dessiné en ouverture d'invocation du lwa par les mains initiées et expertes des fonctionnaires du culte, Hongan ou papa-lwa et Mambo ou maman-lwa, grands dessinateurs devant l'Éternel (« Grand Maître » en langage vodou). À noter donc que cette haute hiérarchie religieuse, quoique inégalitaire et patriarcale, est ouverte et effectivement accessible aux femmes et que l'acte de dessiner y est central.

Viejo Voir *Bracero.*

Vingt-deux (22) Chiffre et date fétiches de la dictature duvaliériste qui annonça pendant trente ans toutes ses décisions importantes le 22 d'un mois, saluait le Chef de 22 coups de canon, s'identifiait par le 22 sur les rares bulletins de vote, et faisait défiler la troupe des tontons macoutes, main droite levée, deux doigts en V, le 22... Cependant, la symbolique des chiffres chanceux et des dates porte-bonheur imprégnaient la culture haïtienne bien avant le duvaliérisme (1957-1986).

Wanga Toute la gamme des préparations magiques capables d'assurer un résultat recherché, de la cérémonie à la potion. On fait donc un *wanga* et on est coutumier de *wanga.* Dans *wanganègès* nom local de l'oiseau à poudre d'amour (oiseau-mouche, le colibri des Taïnos), entendre littéralement « wanga de négresses ». Mais attention ! « négresse » est un générique signifiant le féminin, car « nègre » signifie le masculin, comme dans « grand nègre » = « grand homme ». Conclusion : Un Blanc peut ainsi être un « grand nègre » en créole haïtien, et un Noir africain en mission en Haïti être classé parmi les Blancs.

generation. *Tikoulouteries* refers to the prudent, peasant manners, the protective front used in relationships, especially with outsiders; *Timouneries* stigmatizes irresponsible attitudes in action; and *Tyouleries* denounces an unctuous relationship with whites. The craftiness of *tikoulout,* the childishness of *timoun,* and the servile attitudes inferred by *tyoul* are the most common mistakes for which descendents in the diaspora reproach the migratory generation of their parents, mistakes which explain the lamentable state of the country they left behind.

Tonnelle See *Gallery.*

Tonton macoute See *Vingt-deux.*

Twenty-two (22) See *Vingt-deux.*

Vèvè In secular language, it is a coat of arms, or in more religious terms, the logo particular to each "Spirit," "Mystery," or *lwa* in vodou. It is drawn as the invocation of the *lwa* begins, by the initiated and expert hands of the servants of the religion, the *Hongan* or *papa-lwa* and *Mambo* or *manman-lwa,* great artists in the eyes of the Eternal (Grand Master in vodou). It must be noted that this upper religious hierarchy, although patriarchal and not egalitarian, is open and in fact accessible to women.

Viejo (see *bracero*).

Vingt-deux (22, twenty-two) The lucky number and date for the Duvalierist dictatorship, which for thirty years announced all its important decisions on the 22nd of the month, saluted the Leader with 22 cannon shots, identified itself with the number 22 on infrequent ballots, and had the troops of *tontons macoutes* march, both hands raised with two fingers in the shape of a V, on the 22nd... But the symbolism of lucky numbers and charmed dates pervaded Haitian culture long before Duvalierism (1957-1986).

Wanga The whole range of magical preparations capable of bringing about a desired result, from ceremonies to potions. People make *wangas* and are accustomed to *wangas. Wanganègès,* the local name for the bird which is the source of a love powder (a hummingbird which the Taïnos called *colibri*), means literally "*wanga* of negresses." But watch out! "Negress" is a generic term signifying the Feminine, since "Negro" signifies the Masculine, as in "great Negro" =

Zen (à prononcer *zin,* graphie créole du son *in,* et non *zen* comme dans le terme rattaché au bouddhisme) Informations ou bruits colportés. En circuit fermé, dans les classes dominantes comprenant fort peu de personnes, le *zen* est capable de provoquer des effets de distorsion et de circularité importants. Il est organiquement lié au coup de langue (koutlang) et à la cabale, avec lesquels il forme la trilogie de la rumeur.

Zenglendo Terme de créativité populaire désignant la figure du tueur à gages et des bandes armées. À chaque période historique un terme différent désigne les mêmes personnages : *de facto, panzouiste, putschiste, zimbaboué, attaché, macoute, escadron de la mort, brassard rouge, chimère.* Depuis un certain temps, des équivalents féminins ont fait leur apparition, comme Zenglenda, métamorphose moderne des escadrons féminins de la mort, les « Fillettes Laleau » de l'après-guerre qui furent les premières de ces engeances. À noter aussi que le féminin de tonton macoute sous la longue dictature duvaliériste était encore la « Fillette Laleau », espionne et milicienne pas moins redoutable.

"great man," and "great Negress" ="woman of caliber." Conclusion: a great white man is thus a great Negro in Haitian Creole, and a black African on a mission in Haiti is classified as white.

Zen (unconnected to *Zen,* the term related to Buddhism): Information or rumor spread from one person to the next. In a closed circuit, among the ruling classes which include few people, the *zen* is capable of provoking important effects of distortion and circularity. It is organically related to the *coup de langue* (*koutlang*) and the cabal, with which it forms the trilogy of rumor.

Zenglendo A creative popular term designating the figures of the hired killer and armed gangs. In each historical period, there was a different term designating this same character: *de facto, panzouiste, putschiste, zimbaboué, attaché, macoute,* death squad, red armband, etc. Recently, feminine equivalents have made an appearance, such as *Zenglenda,* a modern metamorphosis of the female death squads, the *Fillettes Laleau* of the post-war era under Estimé, who were the first of these groups. It should also be noted that the feminine form of *Tonton Macoute* under the long Duvalierist dictatorship was *Fillette Laleau,* a no less formidable female spy.

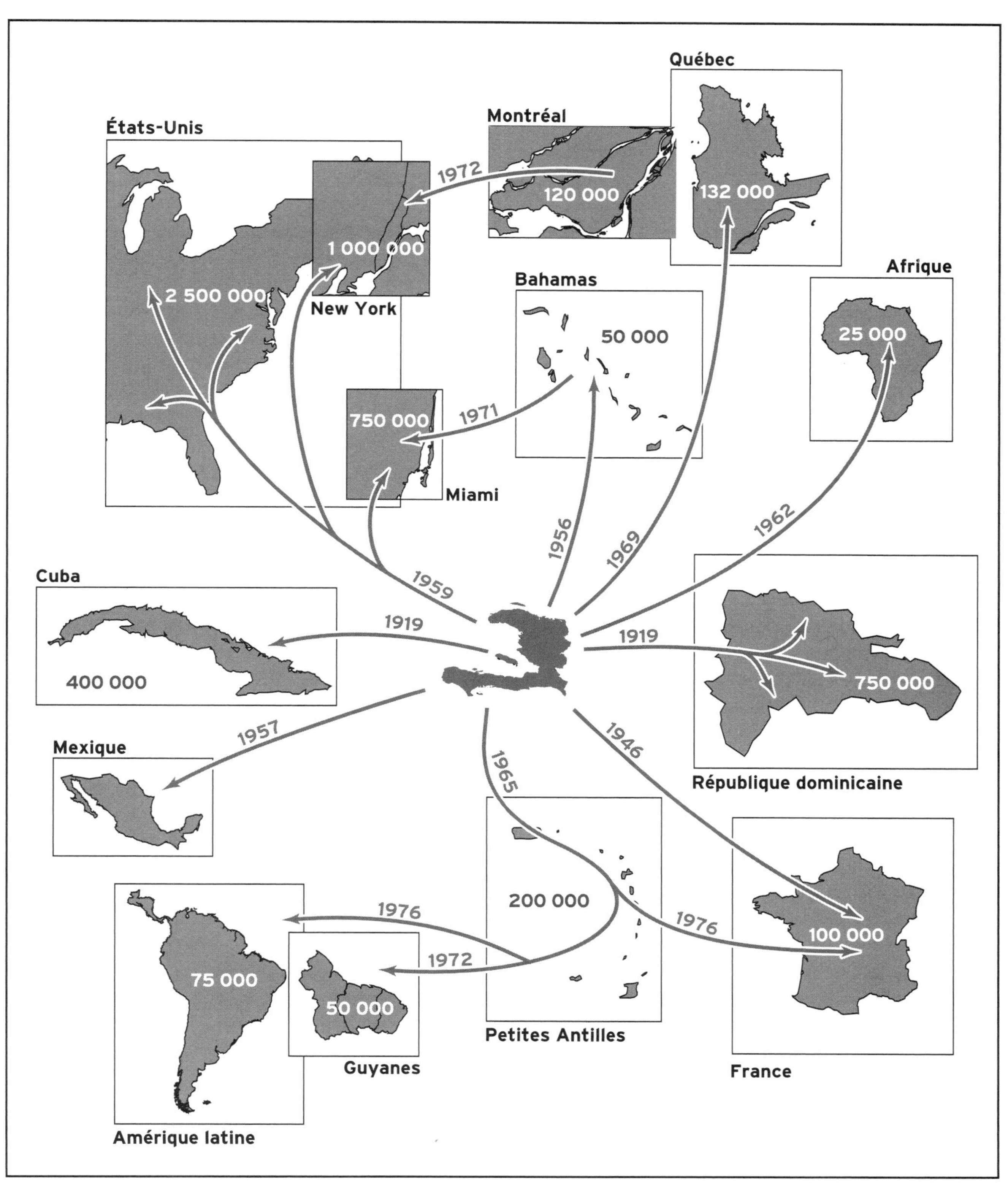

Québec
132 000
Montréal
120 000
1972
États-Unis
2 500 000
1 000 000
New York
Bahamas
50 000
Afrique
25 000
750 000
1971
Miami
1956
1969
1962
1959
Cuba
1919
400 000
1919
750 000
République dominicaine
1957
Mexique
1965
1946
200 000
1976
1976
75 000
1972
50 000
100 000
Petites Antilles
Guyanes
France
Amérique latine